La Rivière et la Mer

Collection
Œuvres au rouge

Dominique Kesteloot

La Rivière et la Mer

éditions deville

À mes vieux amis…

Prologue

L'histoire racontée dans ce livre est la réponse de mes vieux amis et de mes lointains aïeux à une lettre que je leur avais envoyée par la voie infinie de la pensée. Dans cette lettre, j'avais convié ces passagers de la vie à une grande balade le long de la Rivière du temps afin qu'ils me racontent leur présent. On s'est tous donné rendez-vous au pied d'un grand saule bordant la Rivière. Nous étions si nombreux que l'eau ne semblait plus s'écouler, freinée par le poids de nos ombres. Nos mémoires se sont déliées à l'aune de l'immense bonheur de s'être tous retrouvés.

Mort ou vivant, connu ou inconnu, chacun de nous, à l'échelle du temps qui passe, est un morceau de l'autre. Ce morceau comble, élargit son être, replie l'infinitude vers soi et arrondit les murs de l'absence. Il révèle en nous les traces indélébiles de l'Histoire et ce flux du temps qui nous porte, depuis des millénaires, toujours plus vers l'avant. Il est troublant de ressentir ces morceaux, car ils nous mènent dans notre for intérieur le plus ignoré. Ce regard au plus profond de soi met en lumière les vagues de l'évolution qui nous ont façonnés depuis l'origine des choses.

J'aurais voulu commencer cette balade la veille de la naissance de notre univers et remonter le courant de la Rivière du temps, depuis le Big Bang jusqu'à maintenant, pour comprendre toute la réalité de l'être que je suis, pour mesurer tout cet immense passé qui s'est accompli et qui s'exprime aujourd'hui en moi. J'ai un pied dans ce Big Bang, c'est mon premier ancêtre, mon ancêtre physique et chimique. Mais ce travail aurait été trop fastidieux. Je commencerai donc, humblement, cette balade 13,6 milliards d'années plus tard, par mes proches ancêtres biologiques, à la fin du XVIIIe siècle.

Ce livre s'ouvre par une escalade terrestre, la première ascension du mont Blanc, et se ferme par une autre escalade, céleste celle-là, le premier pas de l'homme sur la Lune. 183 années défileront entre ces deux amorces de mise en apesanteur. Cela représente à peine quelques millièmes de seconde depuis l'aube de notre univers. Ce n'est même pas le temps d'une respiration ni d'un battement de cœur, juste une petite goutte d'eau dans le courant rapide et assidu de la Rivière du temps. Et pourtant, cette goutte infinitésimale, à elle seule, va grandement bouleverser l'évolution de l'espèce humaine, égarée dans l'étendue énigmatique du cosmos, qui ressemble de plus en plus à une mer sans rivage.

Songeur, au bord de la Rivière, je regarde mon ombre flotter sur l'eau. Un léger vent, à sa surface, multiplie mon visage en d'autres visages qui me rappellent quelque chose de ces passagers de la vie.

Écoutons leurs mots revenir dans notre présent. Sentons les vibrations du passé s'échouer sur les plages de notre mémoire. Regardons les rides du temps se détendre sur les flots paisibles de l'infini.

Août 1786

Invitation à la compréhension de soi

Univers Omicron, superamas Laniakea, amas de la Vierge, Groupe local, Voie lactée, système solaire, planète Terre, hémisphère nord. IIe millénaire après Jésus-Christ, 786e année, lundi 7 août, 6 heures 23 du matin. Deux humains intrépides, un médecin et un chasseur de chamois, réussissent l'incroyable exploit de se hisser, munis d'un simple bâton de berger, au sommet du mont Blanc. Un Européen n'avait jamais vu la Terre d'aussi haut. Cette ascension est comme une forme de première conquête spatiale.

En cette aube radieuse, les deux Terriens sont éblouis par le paysage onirique qui se déploie sous leurs yeux. Les cathédrales alpines tendent, avec fierté, leurs flèches au firmament : au nord, les carnassières Dents du Midi, à l'ouest, le familier col du Bonhomme, au sud le sage mont Cenis et à l'est le majestueux Cervin surpassé de 156 mètres par son maître, le mont Rose. Dans le ciel auroral, trois fins nuages volent à s'enivrer. Au fond de la vallée, l'obscurité résiste encore aux premières lueurs du jour.

Mais lentement, la lumière, comme chaque matin depuis l'éclosion de notre astre solaire, va réaliser son œuvre diurne.

Le spectacle est olympien. Les deux alpinistes savourent ce moment, à la fois grandiose et intime, où le monde semble vouloir se refaire. L'espace, béant, dilue la Terre dans le ciel. Il élargit les pensées et invite à regarder derrière le mur du temps.

Ce matin-là, dans un rituel millénaire, les hommes et les femmes ouvrent leurs yeux au soleil levant. À quoi ressemblent leurs journées ? Prenons les sentiers sinueux de notre mémoire profonde, dévalons les pentes vertigineuses de l'Histoire et revisitons-la avec ceux qui nous ont précédés et qui ont participé indirectement à la construction de ma personne.

Je descends les escaliers de la pyramide de la vie pour tenter de me comprendre à partir du vécu de ces gens qui m'ont, en quelque sorte, porté à travers le temps pour que je sois, aujourd'hui, tout en haut de la pyramide. Chaque homme, dans son présent, transite par le passé avant d'aboutir à ce qu'il est.

Cette addition de vécus depuis Adam et Ève refait surface chaque jour du présent dans les gestes, dans les envies, dans les décisions. Tout ce qui s'est fait au passé continue son développement dans le déroulement du temps. Le présent poursuit ce que la mort a arrêté. Il pousse sur les terres du passé. Chaque homme est le résultat de l'Histoire. Si on ne connaît pas l'Histoire, on ne se connaît pas soi-même. Creuser l'Histoire, c'est creuser son être, c'est se laisser entraîner par la sève des branches jusqu'aux racines de l'arbre que je suis devenu.

Dans le même état d'esprit que mon vieil ami Goethe, qui un soir d'octobre 1786 rentre dans Rome pour y débuter son voyage initiatique, je reviens dans le passé afin de retrouver ces gens d'hier qui, par leurs dons, en gènes, en actes, en mots, ont nourri mon être et m'ont permis de goûter moi aussi à la vie.

Le ciel m'offre pour faire ce grand périple intemporel l'une des constellations les plus populaires auprès des humains : son cheval blanc ailé. Pégase me prend sur son dos et, en seulement quelques amples mouvements d'ailes, me conduit dans le présent du passé. Le passé n'est jamais très loin…

La révolution politique en marche

Au cours de cette fin du XVIIIe siècle, l'Europe poursuit sa mue. L'esprit des

Lumières continue de l'éclairer. Les prémices d'un nouveau type de société se dessinent. Politiquement, les États vont bientôt remplacer les empires. Économiquement, le capitalisme va se développer avec force. La société de consommation s'annonce. Culturellement, de nouveaux courants philosophiques et artistiques vont voir le jour. Les murs de la religion vont, mais très lentement, se lézarder. La science va se démultiplier en plusieurs nouvelles sciences et lever un voile troublant sur l'intimité de la vie. C'est le début des révolutions tous azimuts : révolution sociale, révolution de régime, révolution technologique, révolution des esprits, aux États-Unis, en Europe et singulièrement en Belgique.

Ces années-là, les hivers sont très rigoureux. Celui de 1788 est particulier. À la côte belge, à Ostende, tout est gelé. Les gens peuvent même traverser le port à pied. C'est un vrai film de science-fiction auquel la nature les convie. Les bateaux de pêche sont coincés dans la banquise, et leurs coques en bois se font dévorer par les crocs glacés de la mer. Une catastrophe pour les pêcheurs, mais une aubaine pour les âmes sensibles à la beauté gracile. Sous un ciel entièrement dépouillé de ses nuages, la neige a métamorphosé les dunes en un grand désert blanc. Les rayons du soleil s'y jettent à corps perdu, frustrés de ne pas pouvoir la faire fondre. Tout est épuré, lisse, malléable. Dame Nature se montre nue et se fait désirer très lentement. On entend même son plaisir remonter à travers le sable, sous l'effet du vent de mer, totalement envoûté. À hauteur de Coxyde, une famille de phoques joue avec un morceau de glace. Sur la plage, les enfants chassent les flocons de neige comme des papillons en été. Ils sont euphoriques de se retrouver en plein conte fantastique. La magie sort des grimoires. La vie dévoile sa face féerique. L'irréel visite le réel.

En France aussi, l'irréel visite le réel. Alors que Lavoisier vient de publier son fameux *Traité élémentaire de chimie*, qui fait véritablement rentrer la chimie dans l'ère moderne, au château de Versailles, le froid est encore plus engourdissant qu'à l'extérieur. La frustration sociale et économique de la population est à son comble. La buée des bouches révoltées trouble la brillance des miroirs. Les lustres dorés tremblent d'inquiétude. Encore quelques matins, et le roi Louis XVI ne pourra bientôt plus, comme il en a l'habitude, se réveiller face au soleil levant. L'insurrection gronde de plus en plus fort. Elle va frapper comme une foudre et se répandre sur tout le pays. Un pan entier de l'histoire de France est en train de tomber.

Le 14 juillet 1789, le peuple français prend la Bastille, prison d'État, emblème de l'absolutisme. La forteresse aux huit tours sera entièrement détruite par les flammes. Le soulèvement populaire sonne le glas du régime monarchique, despotique et sacralisé. La Révolution française est déclenchée. Elle va entraîner l'Europe dans l'une des mutations les plus audacieuses de son histoire et mettre, non sans mal, le citoyen au cœur du pouvoir. On ne comptera pas les exécutions, les fourberies, les coups bas. La société va prendre, après une longue phase de maturation, une forme d'organisation jamais utilisée jusque-là. La Révolution française aura des répercussions profondes dans la façon dont les individus participeront à la vie politique. Une nouvelle ère s'ouvre. Rien ne sera plus comme avant. L'Histoire change de cap à 180 degrés.

L'année 1789 est vraiment une année révolutionnaire puisque quelques mois plus tôt, de l'autre côté de l'Atlantique, George Washington était élu premier président de la toute nouvelle république indépendante, les États-Unis d'Amérique. Chez nous également, la révolution est de mode.

Le peuple belge, alors sous occupation autrichienne, fait entendre dans les rues sa colère devant les réformes que veut imposer l'empereur autrichien Joseph II, sans aucune consultation. C'est la Révolution brabançonne : les Belges proclament leur indépendance et, à l'instar des États-Unis, créent les États belgiques unis. Mais ce nouveau pays ne durera qu'un an. La discorde entre les catholiques et les libéraux gêne considérablement la défense du pays et favorise le retour des troupes autrichiennes, qui reprennent l'autorité sur la Belgique.

Le peuple belge est coutumier des situations politiques agitées. Entre 1713, date du Traité d'Utrecht instituant les Pays-Bas autrichiens, et 1831, date de l'indépendance de la Belgique, leur terre sera gérée par trois régimes différents : le régime catholique et impérial autrichien, le régime laïc et révolutionnaire français et le régime calviniste et despotique hollandais. Les Belges apprendront, en quelques années, toutes les caractéristiques des régimes politiques en vigueur en Europe. Ils vont devenir de véritables spécialistes de la science politique. Ils auront bien besoin de ce savoir-faire pour gérer leur pays.

À Paris, la situation devient intenable pour le Roi. Il est au pied du mur. Il tente de s'enfuir avec sa famille pour rejoindre une frange de l'armée française, restée fidèle à la monarchie, à Montmédy, près de la frontière belge. Mais sa tentative ne réussira pas. Il est reconnu en chemin et arrêté le 21 juin 1791 à Varennes, en Lorraine, près de Verdun. C'est bientôt la fin d'un règne, d'une époque, d'une société.

La transcendance de la musique

Pendant l'hiver qui suit, en Autriche, c'est bientôt la fin d'un génie, d'une vie, d'un rêve. Au premier étage du n° 8 de la Rauhensteingasse, en plein cœur de Vienne, dans la nuit du 5 décembre, Mozart se retire du monde des vivants. Il n'a que trente-cinq ans. Malgré son jeune âge, il aura écrit des centaines de partitions. Entre ses doigts mourants, le manuscrit du *Requiem*, qu'il aurait tellement voulu terminer. Dans chaque vie, il y a quelque chose d'inachevé, un goût de trop peu.

Mozart est parti, mais sa musique va maintenant alimenter la Rivière du temps et faire monter le niveau de l'eau. Sa *Flûte enchantée*, ses sonates pour piano, sa *Petite Musique de nuit*, ses adagios, celui à la clarinette, cet allegretto pour piano, clarinette et alto, vont nourrir chaque nouvelle génération. Quelle beauté, quelle subtilité, quelle justesse ! Mais où Mozart a-t-il été trouver tout cela ? Il peut y avoir du grandiose en l'homme, du sublime. Dans certains moments, il effleure le divin.

La musique est magique ! Par sa force transcendante puissante, elle vous fait sortir du temps et vous pénètre jusqu'aux recoins les plus profonds de votre être. La musique est un libérateur de soi. Elle me fait dire des choses que j'aurais été incapable d'exprimer tout seul. Elle a une faculté particulière à tendre les pensées vers les rêves et les envies. Elle m'ouvre les portes de ce que je ne sais pas, de ce qui a disparu, de ce qui est inaccessible et souffle en moi un léger vent d'éternité. La musique me ramène aux fondamentaux de la vie : l'amour, la sincérité, la liberté, la générosité et me fait passer par tous les états d'âme : le bonheur, la nostalgie, le doute, la tristesse. Elle ravive les passions et les regrets comme elle réveille les souvenirs. Elle est ma conscience, mon tribunal, ma folie. La musique est mon Dieu à moi.

Quand je pense à Mozart, je pense à cet après-midi du mois de mai à Berlin. C'était pendant mon service militaire. Avec quatre collègues de mon bataillon, profitant de quelques jours de permission, nous avions décidé de visiter Berlin-Est et Berlin-Ouest. Le régime communiste sévissait encore. Il était risqué, pour des miliciens occidentaux, de passer le mur de Berlin. On était jeunes, insouciants. Si la *Stasi*, la police est-allemande, avait été au courant de notre véritable statut, cela aurait provoqué un sacré tollé diplomatique entre la Belgique et l'Allemagne de l'Est.

Je me vois encore, de retour d'une balade dans Berlin-Est où j'avais été frappé par le silence des rues, me promener ensuite dans Berlin-Ouest, beaucoup plus trépidante et inventive. Tout d'un coup, j'ai été happé par un air de musique délicieusement envoûtant. Ma promenade a été instantanément guidée par cet air qui, comme une main de chef d'orchestre, me dirigeait au milieu d'une cour intérieure, dans une vieille maison de maître dont les murs étaient emballés dans un épais feuillage rouge ocre. Quelques musiciens étaient en train d'y jouer un quatuor pour flûte et cordes.

C'est ici, dans cette cour, que j'ai rencontré Mozart pour la première fois. J'ai été pris d'emblée par la profondeur de sa musique. J'étais présent et absent à la fois, partout et nulle part. Les oiseaux, qui nichaient dans les murs, chantaient au diapason des instruments. Ils semblaient connaître la musique de Mozart par cœur. Quel enchantement !

Depuis ce jour-là, Mozart est devenu mon ami intime, mon ami de sang de l'Histoire, mon « vieil ami ». L'amitié qui nous lie est d'un genre particulier : je connais Mozart, mais lui ne me connaît pas. Malgré cette amitié à sens unique, son âme, libérée du temps, est arrivée à moi, et une amitié est née. L'héritage des gens du passé offre aux hommes du présent des rencontres qui les enrichissent au plus profond d'eux-mêmes. Nous nous nourrissons tous les uns des autres. La vie est encore plus florissante quand on l'approche dans son entièreté en abolissant les frontières du temps.

Mozart m'a révélé quelque chose de précieux : le voyage intérieur. La musique est la mère des pensées. Le prodige de Salzbourg m'a appris à les creuser et à m'en nourrir. Derrière une pensée se cache toujours une autre pensée.

Le Pincio, fenêtre sur le temps

Il est difficile de rattraper son quotidien quand la musique de Mozart vous mène si haut dans le ciel, là où tout semble œuvrer à l'unisson. Les hommes en bas, mais cela n'est pas nouveau, continuent de guerroyer : ils ne sont jamais d'accord. Le feu de la Révolution s'étend hors des frontières françaises. En avril 1792, la France déclare la guerre à l'Autriche, qui occupe encore la Belgique. La Prusse, en vertu d'une alliance défensive conclue quelques mois plus tôt avec l'Autriche, déclare à son tour la guerre à la France. Très vite, le cours de l'Histoire va s'accélérer. Quatre mois plus tard, le peuple français envahit les Tuileries, résidence du roi Louis XVI, et le coiffe du bonnet rouge de la Révolution.

La marche révolutionnaire se confirme. Elle va définitivement orienter la société dans une direction toute nouvelle, celle de la démocratisation et de la socialisation. Quelle utopie de croire en la réussite d'un tel défi ! Des erreurs, des crimes, des injustices vont suivre. Mais ce sera le prix à payer pour construire la démocratie. Tout a un prix, quel que soit l'idéal que l'on défend.

Malgré la gravité des événements, je ne peux passer sous silence la nomination, en cette année 1792, d'un peintre brugeois, Joseph Suvée, au poste de directeur de l'Académie de France à Rome. Le moment est exceptionnel dans l'histoire artistique de la Belgique, je devrais plutôt dire de la Flandre. Suvée est le porte-étendard de l'école brugeoise néoclassique, mélange d'art de l'Antiquité et de tradition artistique flamande. Il va faire connaître cette école dans toute l'Europe en exhortant ses élèves à développer leurs talents à Paris et surtout à Rome, où ils côtoieront des artistes aussi illustres que David et Ingres. Certains de ses élèves travailleront même pour Napoléon et le roi de Hollande, Guillaume Ier. Après des études à l'Académie des Beaux-Arts de Bruges, Suvée se perfectionnera à Paris où il logera au Louvre et sera nommé académicien. Il remportera le très renommé prix de Rome en 1771, devant Jacques-Louis David en personne, le maître du néoclassicisme. Excusez du peu ! David, vexé, fera tout pour contrarier la carrière de Suvée. Son prix le rend très populaire aux yeux des Brugeois et place la ville de Bruges aux premiers rangs de la scène artistique européenne.

Suvée sera pendant quinze ans le directeur de l'Académie de France, située dans l'enchanteresse villa Médicis, où il décédera d'une crise d'apoplexie. Ses élèves lui érigeront une petite stèle à son effigie dans le prestigieux Panthéon romain.

Je garde toujours précieusement la villa Médicis dans un coin privilégié de ma mémoire. Cette villa qui se trouve au sommet d'une des collines de Rome, le Monte Pincio, est le genre de maison que l'on aimerait avoir comme dernière demeure pour mieux préparer le grand départ vers « l'ailleurs ».

Le Pincio est l'un de mes endroits préférés dans la Ville éternelle. Chaque fois que je m'y rends, je ne peux m'empêcher d'aller flâner là-haut à l'ombre des grands pins. C'est mon septième ciel, mon jardin suspendu où tous les fruits de mes pensées mûrissent avec une facilité déconcertante. De cette auguste crête, l'Histoire semble se refaire sous vos pieds. C'est une loge royale au-dessus des temps qui, en ces lieux magiques, défilent solennellement dans le même costume d'apparat. Une balade dans les allées ombragées du Pincio vous plonge aussitôt dans l'intimité de l'Histoire comme si elle était toujours présente.

Le Pincio offre l'une des plus belles vues sur la ville, surtout au crépuscule. À la tombée du jour, les âmes viennent s'y donner rendez-vous pour y observer, non sans une certaine dérision, le monde des humains. Après que l'œil solaire a posé un dernier regard sur Rome, le ciel se métamorphose en un grand tableau de la Renaissance où la lumière rougeâtre se dilue amoureusement entre les premiers brillants stellaires. Ce tableau est un ravissement absolu. Mélange de majesté et d'intimité, cette vue inonde notre esprit et efface à tout jamais les tribulations de la vie.

Il y a, sur ce Parnasse romain, un essoufflement étrange du temps comme s'il ne savait plus comment faire tourner l'horloge. Ces couleurs d'aquarelle, ces pins légèrement penchés, ce décor d'opéra qui fait danser vos yeux au-dessus des terrasses et des toits poussent à la rêverie et à l'oubli de sa mortalité. Sur cette cime judicieusement boisée, une grâce plane, les âmes semblent se détendre et les corps ne ressentent plus l'usure de l'âge. Il y règne une paix qui s'enfonce sans retenue au plus profond de votre être et vous rend transparent devant l'éternité. Au Pincio, le temps n'a plus sa place. Les aiguilles se sont arrêtées.

La Flandre sous le joug révolutionnaire

Suspendons ce vol gracieux au-dessus du Pincio, rejoignons la réalité de l'Histoire et marchons dans les pas de nos anciens compagnons de vie. La transition est plutôt brusque ! Pégase ne sent pas la différence : il est complètement habité par l'apesanteur. Le 21 janvier 1793, à 10 heures 22, un grand roulement de tambour déchire les murmures du peuple rassemblé place de la Révolution, à Paris. Le bourreau s'apprête à lâcher la lame de la guillotine sur le cou du roi de France, Louis XVI. La sentence a été votée avec juste une voix de majorité. Les lourdes décisions tiennent parfois à bien peu de choses.

Beaucoup de gens sont offusqués, mais n'osent rien dire. Le régime de la Terreur sévit encore. Des dizaines de milliers de personnes passeront sous la lame de fer : des prêtres, des hommes politiques, des nobles, des femmes, Lavoisier aussi.

La guillotine est la toute nouvelle machine utilisée, depuis 1789, pour l'application de la peine de mort après la proposition du médecin Joseph Guillotin de rendre la mort moins douloureuse. Fini les écartèlements, les bouillages, les pendaisons, les bûchers. Même la mise à mort se démocratise.

L'Ancien Régime tombe. Une page tourne pour la France, pour l'Europe, pour le monde. C'est le début de la fin du pouvoir despotique en Occident. La grande vague des réformes est en route. Elle s'infiltrera partout, jusque dans la culture, qui va très vite s'ouvrir à la population. En novembre a lieu l'inauguration du Musée du Louvre. Il deviendra le premier musée public au monde. Plus tard, durant l'année 2018, il accueillera dix millions de visiteurs. Le Louvre, palais des rois, transformé en galerie publique : tout un symbole de cette société qui change.

La Révolution arrive rapidement chez nous. Au début de l'été 1794, les troupes françaises envahissent la principauté de Liège ainsi que les Pays-Bas autrichiens et battent les troupes prussiennes et autrichiennes à Fleurus, près de Charleroi. La France annexe la Belgique. Après quatre-vingt-un ans d'occupation et un court intermède d'un an, les Autrichiens sont chassés définitivement. Les Belges sont officiellement intégrés à la France républicaine. Le territoire de la Belgique sera divisé en neuf départements français. La Flandre comprendra deux départements : le département de la Lys, dont Bruges sera le chef-lieu, et le département de l'Escaut.

L'occupation de la Belgique par les troupes françaises révolutionnaires sera très durement vécue en Flandre : le flamand réduit à un patois, les privilèges supprimés, le culte catholique interdit, les biens des nobles confisqués, les églises pillées. Bruges, la dévote, qui vivait encore selon les traditions de l'Ancien Régime, est traumatisée. Les habitants sont choqués. Le changement est trop radical. Les esprits ne suivent pas.

La réforme des mentalités

En ces temps de révolution, l'ordre établi va souffrir. La participation du peuple à la vie politique, le développement des sciences, la laïcisation et l'emprise de la société de consommation qui arrivent vont complètement chambouler les références sociales et culturelles des hommes. Le grand arbre des certitudes va perdre beaucoup de branches.

Même les vérités changent; elles ne sont jamais définitives. Elles évoluent sans cesse, poussées par cette double force créatrice et destructrice de l'homme, qui lui a permis d'être encore là, aujourd'hui, dans le déroulement du temps. Les vérités ne sont que l'expression momentanée de la mentalité d'une époque. Au fil du temps, leur durée de pertinence et de légitimité va se raccourcir; elles risquent même de devenir de plus en plus éphémères. Il arrivera peut-être un jour que, pressée par l'individualisation extrême, conditionnée par la cupidité des hommes, emportée par les nouvelles technologies et bousculée par les découvertes scientifiques de plus en plus troublantes, l'Humanité n'aura plus de vérités fondamentales auxquelles s'accrocher.

L'homme va, après la Révolution française, perdre peu à peu ses points de repère. Il commence à vaciller dans ses croyances les plus profondes. Tout, dans sa nature, son comportement, son questionnement, est en train de changer. La véritable révolution qui est en marche, en cette fin du XVIIIe siècle, est la révolution des esprits. Mais personne n'en a encore conscience. Cette révolution est irréversible. Elle n'est pas encore terminée aujourd'hui.

« Omnia ab uno et in unum omnia »

Je m'arrête avenue Général Leman, à Bruges. Je voudrais présenter à Pégase ma grand-mère, Marie Van Outryve, du côté de mon père. Il m'est souvent arrivé de passer le week-end chez elle. Elle m'a raconté moult choses sur le vécu de ma famille, mais aussi sur l'histoire quotidienne de Bruges. Je prenais beaucoup de plaisir à l'écouter.

J'aime cet exercice qui consiste à explorer les chemins de mon passé et y retrouver ces innombrables pierres que l'existence a utilisées pour se construire et aboutir à ce que je suis devenu aujourd'hui. Être l'archéologue de son passé apporte une plus grande conscience de la complexité de ce corps humain que j'habite. Ce corps, je ne l'ai pas fabriqué moi-même. Je n'en suis pas propriétaire. Je le loue à l'évolution qui l'a façonné et me l'a prêté pour un laps de temps très court.

Cette exploration révèle la longue route de l'Histoire de la vie qui a commencé à l'aube de notre univers et qui passe, aujourd'hui, en moi. C'est comme débobiner son être pour retrouver tous les fils qui le forment. Ce n'est pas un retour en arrière, c'est un approfondissement de soi à la lumière de cet immense travail millénaire de l'évolution.

On ne s'imagine pas à quel point son propre passé est d'une profondeur gigantesque. On peut le redescendre jusqu'à l'origine des choses. Tout ce qui m'a précédé depuis les premiers rayons des étoiles trouve un sens dans ma personne. Cela forme un « tout », enraciné au fond de nous-mêmes. Chaque homme porte en lui l'accumulation de tout ce passé. L'Histoire de la vie circule en chaque être humain, elle est notre véritable sang. Le présent n'est que la partie émergée du passé. Avant de naître, je suis déjà en préparation, j'existe déjà partiellement. Il y a une préexistence dont le long cheminement aboutit à l'être que je suis. C'est cette préparation, ce travail évolutif qui est intéressant à explorer et à conscientiser. Cette phase est la partie invisible de l'iceberg de ma vie. Elle supporte mon passage sur la Terre. Je ne peux fondamentalement me comprendre sans cette partie. Elle donne la vraie mesure de mon être à l'échelle de la grandeur et du mystère de l'existence.

La conscientisation de cette partie invisible donne un sentiment d'appartenance à cette longue chaîne de l'évolution, comme si on pouvait ressentir l'évolution agir en soi, réaliser intellectuellement cet immense travail évolutif, se sentir le « bout » provisoire de l'évolution. Quelle émotion, quel prestige, quelle admiration, quelle motivation si chaque être humain pouvait être conscient de ce poids en lui de ces centaines de millions d'années d'évolution passées ! Nous sommes tous impliqués, pauvres ou riches, malheureux ou heureux, dans cette longue chaîne. Si chacun de nous pouvait se regarder à l'aune de son passé profond, s'il pouvait se considérer par rapport à ce « tout », il aurait sans doute une plus haute et plus noble image de lui-même et des autres. Cette conscientisation ne pourrait que renforcer le respect pour ce que je suis et ce que les autres sont.

J'ai le sentiment de divaguer un peu, rien qu'un peu. Mais c'est si bon de se regarder à l'échelle de ce « tout » ! La hauteur simplifie et vous ramène à l'essentiel. La lumière se lève toujours plus tôt sur les sommets que dans les vallées. Serait-ce si difficile à faire ? Je m'éloigne, je suis en train de perdre le fil de mon texte. Replongeons dans l'Histoire, laissons-nous emporter par ses fonds marins, posons-nous sur ces vagues millénaires qui nous ont modelés. Quel plaisir de se délester de son présent pour mieux ressentir l'immuabilité du temps vous traverser !

Un billet pas comme les autres

La mémoire de ma grand-mère était remplie d'une foule d'anecdotes qu'elle me racontait avec un certain humour et beaucoup de nostalgie. Elle avait une façon de parler assez naïve, très visuelle mais toujours précise.

Je me souviens fort bien d'un après-midi. Ma grand-mère et moi étions en train de prendre le thé dans le petit salon réservé à la causette, situé du côté de la rue. Parcourant les pages d'un album de photos de famille, tout en tournant très méticuleusement la cuillère dans sa tasse, elle me narrait, avec un plaisir non dissimulé, les us et coutumes de la famille. Elle s'attarda sur une photo de tante Philomène, la sœur de mon arrière-grand-père. Ma grand-mère me raconta, en donnant l'impression de me dévoiler quelque chose, comme si c'était un grand secret, que Philomène gardait toujours sur elle, dans son portefeuille en cuir, un billet de banque. Ma grand-mère était en possession de ce billet. Je la vois encore sortir le portefeuille, complètement ramolli par le temps, du premier tiroir de sa commode. Le billet s'y trouvait toujours. Elle le prit avec une gestuelle très respectueuse, en retenant presque son souffle. Le billet était si plié qu'il était à peine visible. Ma grand-mère n'avait jamais osé le défaire : cela aurait été un sacrilège ! Mais pour son petit-fils, ma grand-mère avait apparemment fait fi du sacré. Quand elle déplia le billet, je fus surpris par sa grande dimension. Ma grand-mère me le donna en cadeau.

Intrigué sur l'origine de ce billet, je décidai d'effectuer quelques recherches. Bien m'en prit, car je ne fus pas déçu. Philomène détenait probablement ce billet de ses grands-parents qui avaient vécu sous l'occupation de la France républicaine. Ce billet, émis en novembre 1792, avait une valeur de 400 livres. Au lendemain de la Révolution, les finances de l'État français étaient calamiteuses : la Révolution coûtait cher et l'argent, à l'époque, était aux mains d'une petite frange de la société. L'État se procura cet argent en nationalisant beaucoup de biens du clergé et de la noblesse par l'intermédiaire des assignats.

Les premiers assignats remontent à décembre 1789. Ils sont émis par la « Caisse de l'extraordinaire », créée pour recevoir et gérer le produit de la vente des biens nationalisés. Au départ, les assignats sont de simples avances sur la vente des biens du clergé. Puis ils sont utilisés comme papier-monnaie. Des quantités beaucoup trop importantes d'assignats seront émises et déprécieront totalement ce moyen de paiement. En 1796, la valeur de l'assignat s'effondre, à un point tel que les autorités financières décident d'en arrêter l'émission. Elles font détruire la planche à billets au milieu de la place Vendôme, à Paris.

En regardant de plus près ce billet, deux petites phrases m'ont bien fait rire. Sur le côté gauche du billet était inscrit : « La loi punit de mort le contrefacteur.» Et sur le côté droit du billet : « La nation récompense le dénonciateur. » Les temps ont bien changé. La justice d'aujourd'hui est un enfant de chœur par rapport à celle de la Révolution française.

La révolution économique

La révolution, à cette époque, n'est pas que politique, elle est aussi économique. À partir de la fin du XVIIIe siècle, l'industrie va connaître un essor exponentiel avec l'invention de nouvelles techniques de fabrication, principalement dans les secteurs du textile et de la sidérurgie. De nouvelles machines vont permettre d'exploiter les énergies fossiles comme le pétrole et le charbon. Nous sommes en plein dans la première révolution industrielle. Le capitalisme se développe. L'argent se multiplie et favorise les investissements. Le placement financier devient à la mode. C'est la période des premières grandes bourses internationales : New York en 1792, Londres et Paris en 1801.

Le terme « bourse » apparaît probablement au début du XIVe siècle, à Bruges, carrefour commercial notoire, où il existe plusieurs lieux d'échanges pour les marchands de l'Europe du Nord et du Sud. Une de ces places commerciales porte le nom de la famille Van der Buerse. Les marchands prennent l'habitude, chaque fois qu'ils se rendent à une place commerciale, de dire qu'ils vont à la « Buerse ». Cette habitude va s'institutionnaliser, en 1409, par la création de la Bourse de Bruges.

Beaucoup de nouvelles entreprises voient le jour. Les Anglais sont des pionniers en la matière. Ils vont donner une impulsion économique dans toute l'Europe et particulièrement en Belgique, où ils vont grandement contribuer au développement de l'industrie. En 1779, Samuel Crompton invente une nouvelle machine à filer utilisant l'énergie hydraulique, la « mule-jenny ». C'est le tout début de la fin du travail manuel. Dix-huit ans plus tard, un ouvrier mécanicien anglais, William Cockerill, appliquera cette nouvelle technique de production dans l'industrie du textile. Il montera ces moulins à filer la laine à Verviers et deviendra l'un des plus grands centres drapiers en Belgique. Peu de temps après, un riche tanneur gantois, Liévin Bauwens, ravit aux Anglais le secret de leurs appareils et installe les nouveaux métiers à filer le coton à Gand ; il en fera le centre cotonnier de la Belgique.

L'avènement de Napoléon

Pendant que le capitalisme monte en puissance, la révolution politique prend une nouvelle tournure. Outre-Quiévrain, un homme fait de plus en plus parler de lui. C'est le général Napoléon Bonaparte. Il est en train de poser les premiers jalons de son immense ambition. Il veut redessiner le monde. Son projet est pharaonique. Napoléon sait très exactement ce qu'il veut faire. On dirait même qu'il arrive à diriger son propre destin. Il semble tout maîtriser avec une aura presque surnaturelle. Napoléon se prend pour Alexandre le Grand et conquiert la Turquie et la Syrie. Il va même jusqu'en Égypte.

C'est au cours de cette campagne qu'un jeune officier de l'armée napoléonienne découvre un morceau de stèle noire, à Rachid, dans le delta du Nil, lors de travaux de fortification. Sur cette pierre est gravé un texte écrit en trois écritures différentes : hiéroglyphique, démotique et grecque. Cette pierre, plus connue sous le nom de pierre de Rosette, est la clé pour la traduction de l'écriture égyptienne, les hiéroglyphes. Beaucoup de scientifiques vont se pencher, avec passion, sur cet étrange rébus pour tenter de le résoudre. Voilà qu'un morceau du passé remonte à la surface du temps présent. Le passé, c'est le sous-sol du présent, le socle de notre maison. Il nous apprend comment nos murs ont été construits.

De retour d'Égypte, Napoléon va forcer un coup d'État et prendre le pouvoir. En décembre, une constitution est rédigée et l'élève au titre de premier consul, seul maître à bord de l'État français.

Un nouvel empereur arrive, un nouveau siècle aussi. Le temps et un homme ont rendez-vous au même moment. Ce n'est peut-être pas une coïncidence dans l'esprit très présomptueux de Napoléon. Le dernier jour du XVIIIe siècle, le beffroi de Bruges tonne minuit. Un siècle va basculer dans un autre. Toute la ville dort. Le son des cloches, qui cadence le mouvement de la brume au-dessus des canaux, est entraînant, dense, inspiré. Il est annonciateur d'une période hors norme. Le XIXe siècle qui se lève, en ce matin du 1er janvier, sera un grand siècle pour l'Humanité. Il va enrichir la société des hommes comme rarement un siècle l'a fait dans l'Histoire.

Dès les premières minutes de l'année nouvelle, Napoléon va enclencher la vitesse supérieure. Sur le bureau en acajou, dans son cabinet aux Tuileries, est déroulée une carte de l'Europe où toutes les capitales sont soulignées. Le natif d'Ajaccio a un appétit impérialiste sans pareil. Sous de faux airs d'Hannibal, Napoléon franchit les Alpes pour conquérir Rome. Il prend aussi l'Autriche et la Prusse. Chez nous, au contraire des dirigeants révolutionnaires français, Napoléon va traiter la Belgique comme une véritable province française. Les Belges bénéficieront des mêmes droits que les citoyens français sauf pour la liberté des langues : l'usage du flamand sera sévèrement réprimé. Dans son programme, Napoléon va placer la Belgique au centre même de sa politique européenne. Après une visite à Anvers, qu'il compare à une ville d'Afrique tellement son état lui paraît déplorable, il décide de faire creuser le premier bassin du port et de rétablir la navigation sur l'Escaut. Il veut faire d'Anvers « un pistolet braqué sur le cœur de l'Angleterre ». De nouveaux quais et de nouveaux chantiers navals vont considérablement moderniser le port et favoriser la prospérité de la ville.

La Sonate au Clair de lune

Alors que les projets fourmillent dans la tête de Napoléon, dans celle d'un musicien célèbre, le vide règne en maître. Il erre sur les bords du Danube en tirant amèrement ses pensées qui semblent si lourdes à porter. C'est Beethoven. Il a du vague à l'âme : le compositeur, qui donne des cours de piano, à Vienne, aux enfants du comte von Brunswick, vit une déception sentimentale tragique. L'amour que l'artiste porte à l'une de ses élèves de dix-sept ans, la très belle Italienne Giulietta Guicciardi, cousine des von Brunswick, lui a inspiré un morceau délicieux, la *Sonate au Clair de lune.* Il lui offre sa partition comme une invitation à l'amour. Mais Beethoven s'est trompé. Giulietta ne l'aime pas plus que cela. Elle préfère l'argent et le charme de quelqu'un d'autre. Quand Beethoven lui donne la sonate, elle lui annonce son mariage. Celui qui a idéalisé Napoléon est sous le choc. Il est d'autant plus abattu que, peu de temps auparavant, son médecin lui a confirmé que sa surdité était incurable. Dans cette sonate, c'est toute la désillusion amoureuse qui s'exprime. Un rêve déchiré de n'avoir pas pu vivre l'amour, comme si Beethoven avait pressenti la réponse de Giulietta.

Quand j'écoute sa sonate, les murs de mon être se fissurent. Sa musique me délie de ma condition humaine et me rend transparent au mystère de la vie. J'aime particulièrement ce moment de délivrance. Il me donne l'illusion enivrante d'effleurer les abords des sources de la Rivière du temps.

Un homme s'est fait Dieu

Napoléon, lui, n'en a cure, des sentiments. C'est son projet qui compte, quelle qu'en soit la manière. Il est boulimique et a des vues sur l'Espagne, l'Angleterre, la Russie. Le Corse veut tout et tout de suite. Rien ne semble résister à son jusqu'au-boutisme expansionniste et à sa gloire personnelle. Il a un besoin insatiable de reconnaissance, terrestre et même céleste. Napoléon décide de se donner un statut divin comme Charlemagne il y a presque un millénaire. Le 2 décembre 1804, il s'autoproclame empereur à la cathédrale Notre-Dame de Paris, et non pas à Rome comme c'est la tradition depuis des siècles. Après avoir obligé le pape Pie VII à se déplacer à Paris, Napoléon, le jour du sacre, le fera attendre deux heures sur le parvis de Notre-Dame. Dans la cathédrale, snobant le protocole, il prendra des mains du pontife la couronne de laurier aux 56 feuilles d'or et se la posera lui-même sur la tête sous les yeux timidement approbateurs du pape.

D'après l'expression choisie par le peintre David, le pape semble essuyer cette gifle avec une certaine bienveillance. David immortalisera ce moment de désacralisation, baigné dans cette ambiance un peu hautaine, caractéristique des grandes cérémonies, dans un immense tableau qui couvre l'entièreté du mur ouest de la salle du Sacre, au château de Versailles. Je suis allé voir ce tableau avec mes enfants et je me souviens de leurs yeux impressionnés en le regardant. Le nombre important de personnages, les couleurs de leurs habits, la dimension du tableau, la solennité du moment, tout les fascinait.

Le premier milliard

En cette année 1804, Napoléon est au faîte de la gloire. Il vit au superlatif. En termes de réussite personnelle, il bat tous les records. Mais il y a encore mieux, et Napoléon ne le saura jamais : un sacre d'un tout autre genre, encore plus imposant, sort des livres de l'Histoire. Cette année-là, les habitants de la Terre peuvent se targuer de battre un record d'exception : ils viennent de dépasser le cap du premier milliard d'êtres humains. La population mondiale, à partir de ce début du XIXe siècle, va connaître une expansion fulgurante qui va bouleverser complètement la (sur) vie des hommes.

Napoléon aurait aimé gouverner un milliard d'êtres humains. Sa mégalomanie le poursuit.

Après son sacre à Paris, il devient roi d'Italie. Son empire couvre, maintenant, une grande partie de l'Europe. Le vieux continent ne s'était plus retrouvé sous l'autorité d'un seul homme depuis Charlemagne. Comme roi d'Italie, Napoléon fera inscrire, comme titre personnel, sur tous les actes publics : «*Augustissimo e altissimo imperatore*». Il n'y a pas plus suprême, plus fier et plus orgueilleux. Napoléon plane. Il baigne dans la grandeur. Son idéal de pouvoir est démesuré. Après Alexandre le Grand et Charlemagne, le voilà César. Son appétence d'égaler, voire même de surpasser, les grands personnages de l'Histoire est sans limites.

Son empire actuel ne lui suffit pas encore. Secrètement, il a un plan, une sorte de fantasme politique. 739 ans après Guillaume de Normandie, il rêve d'être le second continental à envahir l'Angleterre. Napoléon voit grand, trop grand. Un peu d'humilité ne lui ferait pas de tort ! Les Anglais vont s'en charger. Le 21 octobre 1805, à l'aube, au large du cap Trafalgar, près de Cadiz, en Espagne, les flottes espagnoles et françaises vont recevoir une véritable leçon de tactique militaire de l'amiral anglais Nelson. La victoire anglaise, malgré la mort de Nelson sur le pont de son vaisseau, le *Victory*, est éclatante. L'échec pour le jeune empire français est cuisant.

Cette victoire va avoir un retentissement énorme. Elle va donner à l'Angleterre un lustre qui va briller dans le monde entier. Surfant sur l'image de puissance commerciale et politique grandissante de leur pays, les entrepreneurs anglais vont poursuivre leur offensive économique sur le continent européen. En 1807, Cockerill s'installe à Liège où il établit des ateliers de construction de métiers à filer la laine. Dans l'industrie de la sidérurgie, il fait construire, toujours à Liège, des machines à vapeur. De nouveaux procédés sont inventés pour la transformation du fer en fonte. On utilise de hauts fourneaux, des fours à puddler et des laminoirs. Comme la transformation du minerai de fer exige des quantités considérables de combustibles, les charbonnages se multiplient dans les régions riches en charbon : à Liège, dans le Namurois et dans le Hainaut. La Wallonie va devenir la région la plus industrialisée d'Europe.

Une période avant-gardiste

Nous galopons au-dessus de quelques mois. Pégase fait une halte en 1808 : le jeudi 14 juillet, jour de la fête nationale française, Marie Paradis gravit le sommet du mont Blanc. C'est la première fois qu'une femme réussit cet exploit. Une femme peut réaliser ce qu'on pensait que seul un homme était capable de faire. Ce XIXe siècle va se caractériser par une grande poussée émancipatrice de nos égéries et idylliques compagnes de vie. Beaucoup d'entre elles vont oser sortir du « socialement correct » et chacune, à sa manière, va démontrer qu'une femme peut être autre chose qu'une mère, un objet de séduction ou une femme au foyer. Elle peut aussi avoir une vie individuelle propre, menée en fonction de ses envies, de ses ambitions, de ses qualités.

Il y en a une, parmi ces femmes émancipatrices, que j'aime particulièrement. Elle fait partie de mes vieux amis. C'est la poétesse française Louise Colet. Je ne peux résister à l'envie de coucher sur ma feuille quelques mots écrits dans son *Italie des Italiens* et qui dépeint d'une manière suave et un brin câline un spectacle de feux d'artifice tirés du haut du Pincio, vers 1858 : « La fontaine, les statues, les colonnes et les arbres qui s'échelonnent sur le versant du Pincio brillent tout à coup en relief sur les teintes fluides des feux de Bengale : tantôt ce fond magique a la couleur de rubis, tantôt celle de l'émeraude, tantôt celle de l'améthyste, puis celle de la topaze; les jets plus vifs du feu d'artifice jaillissent bientôt en vives clartés. Au centre de la décoration, le groupe de Minerve se détache éclatant; une architecture éphémère de rayons et de paillettes monte jusqu'au ciel. Aux portiques et aux temples antiques succèdent les donjons et les tours du Moyen Âge; les artificiers italiens sont les plus habiles du monde. Le peuple qui remplit la place est ravi du spectacle; on le devine à tous ces yeux noirs qui pétillent, car pas une exclamation ne se fait entendre; sans la causerie des soldats français, on se croirait dans une compagnie d'ombres. Des effets subits de lumière électrique illuminent et embrassent toute l'étendue; des groupes expressifs se détachent sous cette vive clarté : des montagnards de la Sabine découpent sur ce fond lumineux leurs profils bronzés; les gamins de Rome, comme ceux de Paris, se hissent sur les épaules les uns des autres; des mères tiennent assis de tout petits enfants sur leur tête; d'une main elles les soutiennent aux reins, de l'autre elles serrent leurs jambes mignonnes, pendantes sur leur sein; elles ont naturellement des attitudes sculpturales pleines de grâce et de noblesse. Quelques jeunes filles d'Albano et de Frascati tendent leur cou comme un fût de colonne au-dessus de la pourpre de leur corset; elles rient des lèvres et du regard aux flammes qui les éclairent, leurs dents éclatent comme des perles, leurs yeux chatoient comme des pierreries. »

Je me serais bien vu me promener sur le Pincio, bras dessus bras dessous, avec Louise. On aurait plaisanté sur les attitudes des promeneurs, fait voyager nos pensées dans la Rome antique, accordé nos regards sur la beauté du paysage et, peut-être, aussi autre chose, au pied d'un grand pin… Ce texte de Louise est bucolique, chatoyant. Il y a du sirop dans sa plume à la place de l'encre. Mon amie Louise met sa sensibilité féminine au service de l'écriture. Cette façon de voir les choses à travers les yeux d'une femme offre à la société de l'époque un regard nouveau sur le monde. Les femmes vont s'exprimer dans la littérature, dans les sciences, dans le sport, dans la politique. Leur émancipation va élargir les esprits.

Tout est avant-gardiste dans ce siècle détonnant. L'avant-gardisme est vraiment le terme qui résume le mieux le XIXe siècle. On place les référentiels sous un autre angle. Il y aura des avant-gardismes dans tous les domaines : économique, social, artistique, scientifique, politique et même métaphysique. Un passionné invétéré de la nature et de son fonctionnement, Charles Darwin, qui naît ce 12 février 1809, va sérieusement embrouiller la perception que l'homme a de lui-même et de son origine.

La musique participe aussi à cette rénovation des esprits. L'année qui suit ouvre ce qu'on appelle la « génération 1810 ». Des compositeurs extraordinaires vont naître : Mendelssohn, Chopin, Schubert et Liszt. La musique dans ce qu'elle a de plus intimiste va s'exprimer. Le piano ne sera jamais aussi bien utilisé. L'exaltation du romantisme à l'extrême. La nostalgie profonde où la musique sort l'âme de sa léthargie.

Les canaux de Damme

On entend autrement, on pense autrement, on agit autrement. De nouveaux projets sont lancés, tous plus singuliers les uns que les autres. Napoléon, porté par cette vague décomplexée, décide de relier Bruges à l'Escaut, à hauteur de Breskens, par la construction d'un nouveau canal, le très polémique « *Damse Vaart* ». Sa construction causera maints dégâts : il traversera le centre de Damme, et beaucoup de belles maisons ainsi que le marché de blé seront démolis. Les dommages ne s'arrêteront pas là. Les trois fleuves qui confluaient dans le centre de Damme — la Lieve, entre Damme et Gand, la Reie, entre Damme et Bruges et le Zwin, entre Damme et la mer — ainsi que le port seront remplis de sable et ne seront plus jamais réutilisés.

L'Histoire s'est déjà donné rendez-vous à Damme. C'est ici qu'en juillet 1468, Charles le Téméraire, fils de Philippe le Bon, duc de Bourgogne, a épousé Marguerite d'York, sœur des rois Édouard IV et Richard III d'Angleterre. Ce mariage a été organisé dans un luxe et un faste jamais vus à l'époque. Le grand peintre gantois Van der Goes a participé à la décoration de la cérémonie.

Quand je passe à Bruges, j'aime toujours faire un détour par le village de Damme et me promener le long de son canal qui ressemble à une majestueuse nef. Il y a comme une forme de religiosité qui y règne. Les arbres, poussés par le vent de la côte, semblent s'agenouiller devant la coulée d'eau qui chemine entre leurs pieds. On se croirait dans une immense cathédrale où les troncs d'arbre sont les colonnes et les feuilles, argentées par la lumière du ciel, les vitraux. Cette cathédrale n'a pas d'autel ni de porte. Elle est transparente et ouverte à toutes les pensées. Une messe pourrait très bien y être célébrée sans que cela ne perturbe le chant des oiseaux, la souplesse des roseaux ou l'éclat lustré des couleurs miroitant sur l'épiderme de l'eau. Le vent dans les feuilles s'entend comme une prière sauvage et pénétrante. On est pris d'un sentiment de recueillement. Les derniers souffles de la mer font baisser les yeux qui se surprennent à voir des anges dans le miroir pieux du canal. Même la nature, ici, est religieuse. Bruges, la très catholique, semble l'avoir influencée jusque dans la manière dont les hautes herbes et les arbres se dressent vers le ciel.

Pourtant, cette religiosité va s'émousser sous l'influence révolutionnaire française. Au lycée Impérial, ouvert il y a peu à Bruges par Napoléon, et dans certains milieux, de nouvelles idées voient le jour : on parle d'athéisme, de libertinage. Les jeunes de la haute bourgeoisie flamande qui fréquentent cet enseignement vont répandre ces idées très osées. Mais pour le commun des mortels brugeois, il faudra plus d'un siècle pour qu'elles arrivent à rentrer dans ses oreilles très religieusement policées.

Bruges et Napoléon, c'est le jour et la nuit. Cela n'empêche pas l'empereur d'effectuer, le 18 mai 1810, une visite officielle dans la ville, accompagné de son épouse Marie-Louise. Il y est reçu par le maire, le baron Charles de Croeser de Berges, qui à cette occasion se verra remettre l'étoile de chevalier de la Légion d'honneur. Lors de son retour à Paris, Napoléon, sans aucun scrupule, prend dans ses bagages la précieuse Madone de Michel-Ange de l'église Notre-Dame pour l'installer dans la capitale de son empire, Paris. Cette merveilleuse statue, éloge artistique de la maternité, a été achetée en Italie par un riche commerçant flamand, Jean Mouscron. Celui-ci en a fait don à l'église Notre-Dame.

Napoléon se prend pour plus qu'un empereur : une espèce de Dieu sans le côté religieux. Aucune tradition, aucune morale ne peuvent l'empêcher d'agir. Sa nature, outrecuidante, le pousse à sortir de la norme. Ainsi, quelques mois plus tard, farouche adversaire du culte, il ira jusqu'à transférer les archives du Vatican à Paris. Son impiété est si grande qu'il songe même à y déménager le domicile du pape !

Un linceul blanc

Le héros de la France se place au-dessus de tout. Il exécute son destin, imperturbable, sûr de lui. Éternel insatisfait, il veut encore agrandir son empire. En juin 1812, Napoléon se risque dans un nouveau coup de poker et décide de conquérir la Russie. Il veut maintenant jouer au tsar.

Les livres d'histoire en parlent très peu, mais beaucoup de jeunes Belges seront frappés par la conscription et devront participer à une guerre qui ne les concerne en rien. À Bruges, de nombreuses familles sont touchées par les enrôlements imposés par Napoléon. Les Belges sont farouchement hostiles à l'idée de se mettre au service de l'occupant français. Certains jeunes refuseront la conscription et prendront le maquis en se cachant dans les forêts et les campagnes. Cet enrôlement obligatoire créera un véritable traumatisme dans la population. Beaucoup de parents ne reverront plus jamais leurs fils.

Le 24 juin, l'armée impériale française franchit le Niémen et pénètre en Russie sans déclaration de guerre préalable. Le premier jour d'automne, elle rentre dans une Moscou en feu et désertée. Ses habitants ont fui et brûlé les provisions de la ville. Le tsar Alexandre Ier et ses troupes, cachés dans les campagnes avoisinantes, attendent une autre arme pour les défendre : l'hiver. Les vivres commencent très vite à manquer pour les soldats français et les premières gelées apparaissent. La situation devient intenable. Cette bataille, qui semblait « physiquement » se terminer, n'est politiquement pas conclue. Les Russes ne se sont pas rendus. Elle tourne rapidement au drame pour Napoléon. Le temps est compté : il faut partir. Le 19 octobre, Napoléon se résigne à battre en retraite avec ses troupes. Mais il est trop tard. L'ogre hiver a déjà ses yeux carnassiers rivés sur l'armée française. Sur le chemin du retour, la neige bride sans pitié les soldats dans leur marche. Ils n'ont presque plus rien à manger. Harcelée par les cosaques, l'armée napoléonienne doit retraverser, dans un froid glaçant, un pays déjà dévasté à l'aller. Un calvaire épouvantable. La mort est omniprésente dans ce long linceul blanc. Des scènes démesurées éclaboussent le paysage. On voit même des soldats, dans une ultime tentative de rester en vie, ouvrir le ventre des chevaux morts et les vider pour s'y abriter contre le froid. Un vrai tableau de Jérôme Bosch, grandeur nature.

Au début de la guerre, l'armée impériale comptait plus de 500000 hommes. Une moitié de l'armée est composée de Français et l'autre moitié de conscrits issus de vingt nations différentes. Près de 90000 seulement, ressemblant à une grande meute de chiens agonisants, repasseront le Niémen. Cela aurait pu être pire. L'ultime sursaut de Napoléon, le long de la Bérézina, a permis d'éviter l'anéantissement total de la Grande Armée.

L'empereur déchu laisse derrière lui plus de 400000 morts. Il a perdu sa réputation d'invincibilité. C'est le début de la fin. Son idéal politique effréné s'essouffle. Toutes ces vies sacrifiées sur l'autel d'une ambition excessive ! On parle d'un million de soldats, armées française et russe confondues, morts dans cette bataille. Si on ajoute les civils, on arrive à deux, voire trois millions de morts. La population mondiale, au début du XIXe siècle, comptait environ un milliard d'habitants. Si on se base sur la répartition actuelle de la population mondiale (60 % en Asie, 17 % en Afrique, 13 % en Amérique et 10 % en Europe), on peut dire que près de 3 % de la population européenne a disparu dans la campagne de Russie. Ce n'est plus une guerre, c'est un cataclysme. À l'époque, les médias n'existent pas. Les gens ne réalisent pas l'ampleur d'un tel désastre.

Napoléon est rejeté par tous les États. On ne supporte plus sa démagogie. On veut le chasser. En octobre 1813, l'Autriche se joint à la Prusse et à la Russie pour lui infliger, lors de la bataille de Leipzig, une défaite cuisante et sans appel. Un mois plus tard, la Hollande, à son tour, se soulève et chasse l'occupant français au profit de la maison d'Orange. Sous la pression des alliés européens ainsi que des autorités françaises, Napoléon accepte son abdication en signant le traité de Fontainebleau le 11 avril 1814. En échange de son abdication, il reçoit la souveraineté sur l'île d'Elbe où il se retire. Mais son jusqu'au-boutisme va bientôt le faire revenir.

La bataille de trop

Par le congrès de Vienne, réunissant, du 1er novembre 1814 au 9 juin 1815, les pays vainqueurs de Napoléon et les autres pays d'Europe, la Belgique est promise à une unification avec les Pays-Bas de Guillaume Ier d'Orange. L'idée d'une zone tampon entre la France et ses voisins y est discutée. Mais les accords d'application n'ont pas été signés. Pendant un an, de mai 1814 à juin 1815, régnera un flou politique sur la Belgique : dépend-elle des Hollandais ou des Français ?

Pendant cette période de flottement politique, Napoléon est rattrapé par son ambition. Le pouvoir le démange. Le 1er mars 1815, il se lance dans une nouvelle tentative de « coup d'État continental ». Il est seul contre tous. Après 54 heures de navigation depuis l'île d'Elbe, à bord du brick *L'Inconstant*, Napoléon débarque dans la baie de Golfe Juan, à la Côte d'Azur. Il remonte sur Paris, exhorte l'armée française à reprendre le combat et restaure l'Empire. C'est le début des Cent-Jours. Profitant de la confusion diplomatique créée par le retour « aux affaires » de Napoléon, Guillaume Ier d'Orange s'autoproclame roi de tous les Pays-Bas, y compris les provinces belges du sud.

La Belgique est réunie à la Hollande pour former le Royaume des Pays-Bas. Le peuple belge ne comprend plus grand-chose. L'État belge n'est qu'un pion dans le jeu d'échecs auquel jouent les grandes puissances européennes. La situation va encore un peu plus se compliquer. Le 15 juin, Napoléon, à la tête d'une armée de 120000 hommes, viole le territoire du Royaume des Pays-Bas pour combattre la force de coalition anglaise, prussienne et hollandaise, regroupée en Belgique aux alentours du petit village de Waterloo. Son destin va basculer. C'est la bataille de trop.

Un casse-tête belge

Cette bataille revêt un caractère particulier pour bon nombre de militaires belges qui sont pris dans un terrible dilemme. La

Belgique a été annexée à la Hollande il y a à peine une semaine, mais elle appartenait encore à la France il y a quelques mois. La réorganisation des deux armées n'a pu encore se faire complètement. Il y a des soldats belges dans les deux camps : des soldats belges dans l'armée du prince d'Orange des Pays-Bas et des soldats belges restés fidèles à l'empereur, qui se trouvent encore dans l'armée impériale. Beaucoup de ces soldats et officiers belges se connaissent ; ils devront se battre contre leurs camarades. On compte environ 4000 soldats belges du côté de l'armée de coalition de Wellington et un peu moins du côté de l'armée de Napoléon. Les Belges de l'armée de coalition sont majoritairement flamands, et les Belges de l'armée impériale wallons. Au-delà d'être un conflit international, cette bataille est aussi une sorte de miniguerre civile belge. Cette situation frise le surréalisme.

Le choc entre l'armée française et l'armée coalisée a lieu dans les plaines de Grez-Doiceau et de Plancenoit, à deux pas des prairies et des bois où je venais gambader quand j'étais petit garçon.

Mon ami Jean-François et moi jouions, pas loin de là, à des combats navals sur la petite rivière du Smohain, avec des maquettes de bateaux que l'on avait construites nous-mêmes et que l'on faisait ensuite brûler sur l'eau. Grande bataille d'adultes et petite bataille d'enfants. La réalité et l'imaginaire. La fin et le début.

La pensée et le neutrino

Un aïeul de ma mère faisait partie des officiers belges de l'armée de coalition. Avec sa grosse moustache noire, ses larges favoris et son uniforme saillant, il en impose. Mon aïeul a vingt-cinq ans quand, dans la nuit du 17 au 18 juin, la bataille se prépare. Il pleut des cordes. Les pieds des patrouilleurs s'enfoncent dans la boue. Les fortes pluies rendent les chemins en mauvais état et empêchent le ravitaillement en nourriture, qui se fait habituellement pendant la nuit. À l'aube du dimanche 18 juin, le soleil jette un regard furtif dans les champs où les perdrix errent innocemment entre les coquelicots. Les cloches de l'église de Plancenoit sortent les soldats de leur torpeur. Ils ont faim et sont fatigués. Dans sa tente d'officier, mon aïeul est songeur : la bataille s'annonce difficile.

Par la magie de la pensée, je l'ai rejoint dans sa tente. Je le vois, assis sur une petite chaise en bois, en train de mettre ses bottes.

Il s'apprête à aller au combat. Mon aïeul peut-il s'imaginer, à cet instant, qu'un de ses descendants parlera de lui dans un livre, deux siècles plus tard ? J'ai deux pieds dans mon présent, mais toutes mes pensées sont à côté de lui, dans son passé. Je le suis, pas à pas, durant toute la bataille.

Les pensées ont les mêmes propriétés que les neutrinos : elles parcourent le temps sans être perturbées par les histoires qu'elles traversent. Je suis au côté de mon aïeul sans qu'il le sache. Il est mort dans son avenir, mais mes pensées le font revivre. Trouble existentiel. Tout est dans tout. À l'échelle de l'immuabilité du temps, de la chaîne de l'évolution, on est tous associés à ce tout. Il n'y a pas de frontière dans ce tout.

La couleur rouge

Dans le présent d'hier, il y a une bataille qui va commencer. Napoléon décide d'attaquer le premier. Dès 11 heures, les coups de canon se font entendre. Les tambours, les timbales, les trompettes, les cymbales couvrent les cris des blessés et les râles des mourants. Le son ambiant est cacophonique. Très haut dans le ciel, le soleil brille de mille feux sur les champs de seigle et de blé écrasés sous le poids des corps sans vie. Ce jour du 18 juin, le soleil est presque à son solstice ; il fera clair très tard, et la bataille pourrait durer longtemps. Mais après d'âpres combats, les armées coalisées réussissent à battre l'armée impériale. L'épilogue tombera vers 20 heures.

Tous les fusils et les instruments de musique se sont tus. Le silence campagnard, quelque peu étourdi, reprend tant bien que mal son rang et entame à nouveau sa mélodie profonde. Au loin, le soleil, selon son rite ancestral, amorce sa descente derrière le fil de l'horizon. Il rougit délicieusement comme si de rien n'était. Sur le sol, la dorure du blé s'est colorée en rouge sang. Il y a du rouge dans le ciel et du rouge sur la Terre : le rouge de la lumière et le rouge de la mort. Tous les deux s'en vont. L'un dit au revoir, l'autre dit adieu. L'un reviendra le lendemain et l'autre disparaîtra à jamais. Similitude des couleurs, mais opposition des finalités. Des dizaines de milliers de corps gisent dans la boue. Pendant la nuit, des pillards prennent sur les cadavres tout ce qui peut être revendu, même des dents. Après le passage des charognards, le lendemain matin, la population locale de Plancenoit et d'Ohain est réquisitionnée pour évacuer les blessés, les mourants et les dépouilles mortelles. Quatre jours seront nécessaires pour dégager entièrement le champ de bataille.

Vaincu, Napoléon abdique et quitte la scène politique européenne : il sera fait prisonnier et condamné à l'exil. Cette fois, pour de bon. Curieusement, sous l'influence sciemment orchestrée de certains écrivains et historiens, la bataille de Waterloo va offrir une notoriété considérable à l'empereur déchu, au point tel que la mémoire collective va presque le faire passer pour le vainqueur. Il y a des guerres où les vaincus sortent plus célèbres que les vainqueurs. Hannibal en est également un exemple typique. Le roi Albert Ier, en 1914, dans un autre genre, aussi.

Avec le départ de Napoléon, le premier empire français s'éteint. La défaite des Français est une bonne chose pour Bruges. Dans la foulée de la victoire de Wellington, beaucoup de familles anglaises viendront s'y établir. Elles vont apporter à cette ville si triste un peu de couleurs et de gaieté. Les bals, les dîners et les concerts seront remis à l'honneur dans certains quartiers.

Une tombe prête bien à l'avance

Pour Napoléon, qui fut l'homme le plus puissant du monde, les portes de la vie se referment déjà. Le 15 octobre, après un voyage en bateau de deux mois et demi, il arrive à l'île Sainte-Hélène. Napoléon dispose pour lui d'une petite cour d'une quarantaine de personnes. Parmi elles, il y a une femme, Catherine Sablon, la cuisinière. Étrangeté des hasards, cette femme est belge et originaire de Limal, un petit village situé près d'Ohain où j'ai passé toute mon enfance. Ma promenade en amont de la Rivière du temps m'offre une bien étrange coïncidence. À vrai dire, ce n'est pas tout à fait une coïncidence. Dame Connaissance est passée par là. La connaissance raccourcit les distances. Elle met les choses ensemble. Quelle ivresse intellectuelle ! La connaissance me fascine, véritablement, par sa magie du rapprochement.

Napoléon restera plus de cinq ans sur cette île, avant d'y mourir. Cette île, entourée de grandes falaises, est sa dernière demeure, sa tombe déjà prête. Il peut jeter son bicorne noir et sa capote grise. Le temps s'est arrêté pour l'homme au regard toiseur. À quarante-cinq ans, il n'a plus que son passé en ligne de mire. C'est contre sa nature. Il est devenu un souvenir de son vivant. Lui qui a revêtu l'habit des plus grands hommes de l'Histoire, Alexandre le Grand, César, Charlemagne, lui qui s'est pris pour un pharaon et un tsar, le voilà seul, sur une île déserte, face à la mer des désillusions. Je l'imagine, juché en haut d'une falaise, en train de regarder défiler à l'horizon tous ces hommes illustres dont il a joué le rôle avec magnificence.

Napoléon s'est placé au-dessus du monde, son rêve l'a dépassé. Il va malgré tout laisser une empreinte profonde sur la route de l'Histoire en plaçant les premières pierres à l'édifice d'une future communauté européenne, par la modernisation et l'uniformisation des pratiques juridiques et administratives de la plupart des pays qu'il a conquis.

Sans rêve, on ne peut changer le cours des choses. Mais ce rêve a eu un prix : la vie de millions de personnes. Notre présence sur Terre sert-elle à s'entretuer ? Faut-il toujours utiliser la violence pour réaliser son ambition ? N'y aurait-il pas d'autres voies pour convaincre l'autre, affirmer ses idées et changer la société ?

La violence semble être un moteur dans l'évolution des hommes. Les rivalités, les jalousies, les désirs de supériorité n'ont-ils pas abouti, dans l'Histoire, à de nouvelles façons de voir, à de nouveaux comportements sociaux et culturels ? Une société en paix progresserait-elle encore ?

Troublante question que le vécu des hommes ne cesse de marteler, siècle après siècle.

Le mythe au présent

Après Waterloo, l'Europe réapprend à vivre sans Napoléon. Les États retrouvent leurs libertés et reprennent leurs biens. Quelques mois plus tard, fin octobre, 41 chariots tirés par des bœufs chargés d'œuvres d'art italiennes, spoliées par Napoléon, traversent les Alpes, en direction de Rome. Un des chariots glisse sur la glace et se renverse. Sous le choc, plusieurs caisses tombent. Dans une de ces caisses, l'incomparable statue grecque du prêtre troyen Laocoon et ses deux fils, étouffant dans les anneaux de deux serpents. La sculpture se brise en plusieurs morceaux. Par terre, un spectacle insolite : les corps des héros malheureux de *L'Énéide*, écrit par mon vieil ami Homère, sont écartelés comme si les serpents venaient terminer leurs basses besognes dans le présent. La réalité prolonge le mythe. Le passé étend son histoire dans le futur. J'aime penser que tout se tient dans un seul et même temps. Rien n'a jamais vraiment commencé, rien n'est jamais vraiment terminé. Sur le sentier, les morceaux cassés sont remis, non sans mal, dans les chariots. À Rome, le grand sculpteur

Canova, qui a été chargé par le pape Pie VII de récupérer les œuvres du Vatican, est livide en voyant l'état de la statue. Il passera des mois à la réparer.

Le *Laocoon* est l'une des œuvres les plus emblématiques dans l'histoire de la sculpture. Elle a été trouvée, au début du XVIe siècle, à l'emplacement de la Domus aurea de Néron, à Rome, et a provoqué chez des artistes aussi prestigieux que Michel-Ange, Raphaël et El Greco une révélation quasi divine.

Les dunes de la mer du Nord

C'est dans cette grande refonte politique européenne que naît à Bredene, le 2 mars 1817, Catharina Emiliana Westyn, mon arrière-arrière-grand-mère du côté de mon père. Bredene est un petit village typique de la côte belge, caché de la mer par de hautes dunes qui ressemblent à de longs cils se déployant docilement au gré des humeurs du vent marin. À cette époque, le village, voisin d'Ostende, est essentiellement constitué de pêcheurs.

Mon aïeule est une femme forte, et la famille aura besoin de cette force pour surmonter les moments éprouvants qu'elle va devoir affronter. Catharina en est la colonne vertébrale. Les échos qui ont remonté le temps jusqu'à aujourd'hui ne parlent d'elle qu'en termes élogieux, respectueux et affectueux. Catharina a deux surnoms : Moetje et Trientje — «*moetje*» de *moeder*, petite maman en flamand, et «*trientje*» de Catharina, petite Catherine. Mon arrière-arrière-grand-mère vivra nonante ans, dont vingt dans un très long veuvage.

J'ai quelques photos d'elle, qui ont été prises au moment des premiers développements de la photographie, à la fin du XIXe siècle, époque où elle était déjà veuve. Sur toutes les photos, Catharina est habillée en noir de la tête aux pieds. Je garde toujours en mémoire une photo où elle est coiffée d'un petit bonnet fixé par deux fines cordelettes, qu'elle nouait en dessous de son menton par un joli nœud qui ressemblait à une mésange huppée prenant son envol. Ce nœud qui allégeait l'omniprésence de la couleur noire était son unique signe de coquetterie.

Moetje a un vrai visage de pêcheur : petit, rond, fort ridé, comme sculpté par le vent de mer. Chacune de ses rides ressemble à un fin sillon d'eau sur le sable cherchant à retrouver le large, à marée basse. Chaque ride est une phrase où les mots semblent avoir été gravés d'une main volontaire et pugnace.

Son visage est un livre ouvert à la page des souffrances et des vicissitudes. Il s'abat dessus des vagues qui se tortillent, comme des témoignages de tourmentes. Moetje n'a pas dû avoir la vie facile. On lit sur son visage le mélange simultané de l'épreuve et de la leçon de l'épreuve ; de la douleur et de la sagesse. Ce mélange est saisissant et rend le personnage terriblement captivant. Rodin aurait sûrement fait de mon aïeule sa muse.

Malgré des yeux tout petits, presque entièrement cachés sous d'épaisses rides, le regard de ma deux fois arrière-grand-mère perce avec une rare intensité. On sent dans ce regard la force du vécu. Ses yeux scintillent comme deux petits brillants rares et donnent à son visage, labouré par les tempêtes de la vie, une préciosité émouvante. Ses vrais bijoux, ce sont ses yeux. Ils ont l'air si profonds ! Ils sont comme une invitation à remonter le temps. On a envie de s'y faufiler pour aller regarder ce qu'ils ont vu. J'aime imaginer Moetje petite fille, le soir, quand le soleil tire sa révérence et que la mer s'esquive vers l'horizon, s'amuser à faire gonfler sa jupe en sautant du haut des dunes.

Ah, ces dunes de la mer du Nord, formées de millions de grains de sable ! Ces grains m'ont toujours interpellé. Ils sont les derniers vestiges des coquillages, fleurs des fonds marins, devenus, par le passage du temps, des résidus du passé, le bout de millions d'années de broyage, la fin d'une vie. Mais un grain de sable n'est pas un grain comme les autres : il ne pousse pas et n'existe que par sa seule présence. C'est tout ce qui lui reste. Il a perdu sa forme organique première et l'énergie vitale qui l'animait. Il est le résidu d'une ancienne vie. Le coquillage a disparu, mais le grain est encore là. Ce grain de sable est dans un repos éternel. Mais malgré cette finitude biologique, il semble encore exister comme témoin d'un passé oublié. Ce grain a encore une valeur, une utilité métaphysique : celle d'éveiller le sens du lointain passé et de l'infiniment petit.

Les grains de sable ont encore leur place dans l'existence. On peut mourir et être encore utile. Quel soulagement dans notre interrogation sur notre propre finitude ! Chez les humains, on pourrait appeler cela le souvenir qui reste des gens après leur grand départ. Le souvenir, c'est ce qu'un individu laisse intellectuellement et humainement en héritage, cette trace qui restera dans le présent et qui se perpétuera dans le futur à travers les générations, cet ajout qui rend les choses encore plus riches, cette brique qui maintiendra et poussera le monde encore plus loin dans la ligne du temps. Il y a des gens qui ne laissent rien, d'autres un peu, certains beaucoup. Chacun participe, à sa mesure, selon ses moyens, au cheminement de la vie, à l'accomplissement des choses.

La mer du Nord était la meilleure amie de ma deux fois arrière-grand-mère. Elles se voyaient chaque jour, en fin d'après-midi. La mer venait la chercher après l'école, à marée haute, pour aller se balader au pied des grandes dunes. Avec ses longs doigts fluides, la mer s'amusait à taquiner Moetje en effaçant, dans le sable, les traces de ses pas. Mon aïeule adorait marcher sur les morceaux de coquillages que lui lançait la mer et les entendre craquer sous ses petites bottines en cuir usées. Elle aimait aussi laisser prendre sa respiration dans celle du vent de mer et sentir le *lied* des vagues cadencer ses pensées. Cette balade était sa récréation préférée. Ma deux fois arrière-grand-mère et la mer du Nord jouaient ensemble jusqu'au moment où les cloches de l'église sonnaient 17 heures, quand les pêcheurs de crevettes à cheval entamaient leur lente immersion dans l'eau. Moetje devait alors rentrer à la maison. Au fil des promenades, dans ses rêves les plus forts, elle sentait son visage se métamorphoser en un grand coquillage où elle écoutait la mer lui révéler les secrets de ses profondeurs.

La mer du Nord n'est pas une mer comme les autres. Elle n'est pas faite pour y nager. C'est une mer que l'on contemple, elle se refuse à l'homme. On s'y baigne par la pensée. A l'inverse, sa cousine du sud, la Méditerranée, s'offre à l'homme, elle invite. On y immerge son corps avec un rare plaisir. L'une est métaphysique, l'autre est physique. La mer du Nord s'approche par l'esprit. Ses vagues creusent les pensées et vous questionnent inlassablement. La mer du Nord est têtue et volontaire, comme mon arrière-arrière-grand-mère. C'est pour cela qu'elles s'entendaient si bien.

L'adulte et l'enfant

Derrière les dunes, frontière naturelle du monde du questionnement, la famille des hommes continue son émancipation. Au cours de cette année 1817, la première révolution industrielle poursuit sa fulgurante réussite. John Cockerill, fils de William, fonde à Seraing l'une des plus vastes usines d'Europe, spécialisée dans la fabrication de machines à vapeur et le travail du fer. Guillaume Ier des Pays-Bas avancera les fonds nécessaires au projet. La grande industrie est née. L'esprit d'entreprise et d'inventivité est partout, même dans le quotidien. En juillet, un Allemand, le baron Drais, assis à califourchon sur une poutre en bois reliant deux roues, effectue quelques kilomètres, juste par action de ses pieds sur le sol. Cette sorte de véhicule, appelée du nom de son auteur « draisienne », sera brevetée sous l'appellation « vélocipède ». C'est la toute première version du vélo. Encore une nouvelle invention. Les imaginations sont débordantes ; il y a comme un acharnement à la nouveauté. La mer du Nord doit, peut-être, regarder tout cela avec une certaine perplexité.

Cette ébauche de vélo donne à Pégase des envies de voyage. Il veut m'emmener en Savoie où l'un de mes vieux amis, Alphonse de Lamartine, va passer un très mauvais moment qui le marquera toute sa vie et, paradoxalement, fera de lui un immense poète. Pégase voudrait faire le trajet en expérimentant cette « draisienne », mais je l'en dissuade poliment. En septembre, Lamartine retourne au bord du lac du Bourget, à Aix-les-Bains, où il a vécu l'année précédente une idylle passionnée avec Julie Charles, rencontrée lors d'une cure thermale. Ils se sont promis de se revoir à la fin de l'été suivant, mais sa Vénus, trop malade pour faire le déplacement, ne sera pas au rendez-vous. La mort la guette. Elle mourra trois mois plus tard. En attendant, en vain, sa belle muse, mon vieil ami est inconsolable. Il va soupirer son désespoir dans l'écriture d'un poème merveilleux, *Le Lac*, qui va lui donner une célébrité éternelle. Le premier quatrain est éblouissant de romantisme :

> « Ainsi, toujours poussés vers de
> nouveaux rivages,
> Dans la nuit éternelle emportés sans
> retour,
> Ne pourrons-nous jamais sur l'océan
> des âges
> Jeter l'ancre un seul jour ? »

Cette phrase est gravée, à jamais, dans ma mémoire. Où que je sois, quoi que je regarde, elle accompagne toutes mes pensées dans leurs longues pérégrinations. Chaque rime fait vibrer les cordes les plus sensibles de mon être. Ce quatrain existe même physiquement : il serpente un quai, le long de la Saône, à Mâcon, en Bourgogne, où est né Lamartine. Lors des grandes vacances, il y a quelques années, j'ai promené lentement mes enfants sur chaque mot de cette phrase pour qu'elle s'imprègne au plus profond de leurs veines.

Je relis souvent *Le Lac*, que j'ai lu pour la première fois il y a bien longtemps. Je me plais toujours autant à m'absorber du ressenti si transcendant de ce poème. Mes sensations sont encore les mêmes. L'âge n'a apparemment pas abîmé la sensibilité juvénile de ma pensée. On porte toujours en soi l'enfant qu'on a été. Cette complicité entre l'enfant et l'adulte rend moins lourd le temps qui passe. J'ai tous les jours des tête-à-tête avec cet enfant. Il me suit dans tous mes regards. On mourra ensemble.

Le médecin Jean-Louis

Je sors de la mélancolie et du romantisme. Il est parfois dangereux de trop s'y attarder. Nous revenons sur les terres de Flandre. Le 9 octobre 1817, Guillaume Ier, roi des Pays-Bas, inaugure l'Université de Gand. Le premier corps professoral comptera seize membres dont neuf étrangers, principalement des Européens. Belle image d'une Europe communautaire, bien avant le traité de Rome de 1957. Un certain Jean-Louis Kesteloot sera professeur de médecine dans cette université. Il donnera cours dès l'année suivante et sera promu docteur en chirurgie et en accouchement. Jean-Louis est originaire, par son père, de Lichtervelde, l'un des berceaux de la famille, du côté de mon père. Il va faire une carrière académique remarquable.

Pour échapper à la conscription militaire, qui se déroule par tirage au sort, et comme l'université de Louvain a été fermée par le gouvernement républicain français, Jean-Louis Kesteloot fera ses études de médecine dans la prestigieuse Université de Leyde. Homme de lettres et grand amateur de musique, il comptera beaucoup d'amis dans le milieu littéraire flamand. Il séjournera à Paris et fréquentera la cour du roi de Hollande, Louis Bonaparte, frère de Napoléon. Il sera l'un des médecins les plus reconnus des Pays-Bas.

Ma grand-mère Marie, qui aimait soigner l'image de la famille, racontait même qu'elle avait entendu dire que Jean-Louis était le gynécologue de l'impératrice Joséphine, épouse de Napoléon, qui n'arrivait pas à avoir d'enfant avec l'empereur. Faute d'héritier, Napoléon divorcerait.

L'impératrice Joséphine est son épouse de 1796 à 1809. Jean-Louis a donc, pendant cette période, entre dix-huit et trente et un ans. Cela semble bien jeune pour soigner une impératrice ! Peut-être ma grand-mère confondait-elle avec Hortense de Beauharnais, reine de Hollande et épouse de Louis Bonaparte. Elle a peut-être confondu la mère, Joséphine, et la fille, Hortense, issue d'un premier mariage. Rangeons les propos de ma grand-mère dans la partie des archives de l'Histoire réservée aux énigmes. Elle en regorge.

Où est la réalité ?

Pensons à autre chose. Laissons-nous bercer un instant par le courant parfois si lénitif de la Rivière du temps. Elle peut nous offrir des moments de grand enchantement. En avril 1820, un paysan de l'île de Mélos, dans l'archipel des Cyclades, en train de prendre des pierres pour délimiter son champ, découvre par hasard ce qui est considéré comme un archétype de la sculpture : la Vénus de Milo. Elle est achetée par un marquis français qui l'offre en cadeau à Louis XVIII qui, à son tour, en fait don au Musée du Louvre.

J'adore les Vénus, tant les primitives, comme celle de Willendorf qui magnifie la fertilité, que les antiques, comme la Vénus de l'Esquilin, à Rome, ou encore celles de la Renaissance, telle la Vénus de Giambologna, à Florence ; elles exaltent le canon de la beauté.

La Vénus de Milo a 2150 ans. Sa peau n'a pas pris une ride. Elle est lisse comme à ses premières amours, aussi douce que la fine voile sur la mer, délicatement orangée par le regard moelleux de la lune, une nuit d'encre, en été.

Je suis allé la voir au Louvre, dans la galerie des sculptures. Nos regards se sont croisés, embrasés, envolés dans un rêve sans rivage. Je l'ai prise par la main, sans rien lui demander. Elle s'est étonnamment laissé faire. Je lui ai joué le personnage du prince Siegfried avec les jambes et les bras de Noureev, comme dans l'opéra de Tchaïkovski. Elle était mon cygne blanc. On a dansé, tous les deux, entre les visiteurs, entre les statues, entre les temps. Quelle paix, quelle légèreté !

Je sais que, chaque fois que j'y retournerai, elle m'attendra.

Je me remémore souvent cet instant étrange. Le soleil matinal étirait ses premiers rayons entre les statues antiques et sa lumière projetait leurs ombres sur le sol. Un peu en retrait, dans un coin de la salle, j'ai soudain été surpris du nombre important de statues autour de moi : les statues grecques et romaines figées dans la pierre, les statues couchées par terre sous l'effet des ombres et les statues vivantes des visiteurs se promenant évasivement. Chaque statue semblait converser très sereinement avec les autres.

Mélange intrigant d'illusion et de réalité. Courbure du temps dans sa plus intime dimension. Statue parmi les statues, qu'étais-je réellement dans cet instant égaré : un morceau de pierre, un lambeau d'ombre, un bout de chair ? Où est la véritable réalité dans ces moments de grande distanciation ? Y a-t-il seulement une réalité ? Dans l'intimité la plus profonde, le temps ne passe pas. Il *est*, sans faire sentir son souffle.

Cela me fait penser au nom que l'on donnait aux sculpteurs égyptiens qui travaillaient à la construction des pyramides. Le sculpteur est « celui qui conserve la vie ». Quelle magnifique définition ! La sculpture est la fusion parfaite entre l'imagination et la matière. Elle lie définitivement le temps et le non-temps.

Le « Grand Tour »

Cette fusion est ce que recherche un Brugeois, André Jacopssen, un vieil ami. Rentier, lettré et, comme moi, passionné de l'Italie, il veut aussi creuser son être et trouver ce passage entre la temporalité et l'éternité. Il part en 1821 pour deux ans faire un grand voyage en France, en Suisse et en Italie. À vingt-huit ans, il sent comme un appel. Ce « Grand Tour », comme on dit à l'époque, se termine traditionnellement en apothéose par l'Italie. Il part de Bruges en avril. Le 28 octobre, il franchit la frontière italienne. Il va visiter Florence, Plaisance, Gênes, Lucques, Sienne, Arezzo, Cortone, Pérouse, Spoleto. Oh le chanceux ! J'aurais aimé être avec lui. Ce « Grand Tour », j'essaye de le refaire chaque année, avec ma petite famille, pendant les vacances d'été.

Jacopssen arrive à Rome le 11 février 1822. Le moment est solennel et intense pour lui. En passant sous la Porta del Popolo, il sent l'Histoire le revêtir de son prestigieux uniforme. Le Brugeois rentre dans un long défilé de célébrités qui, initié au XVIe siècle, continue, encore et toujours, en ce début du XIXe siècle. Il suit Lamartine, qui séjourna dans la ville en 1808, le poète anglais John Keats, décédé quelques mois plus tôt dans une maison de la piazza di Spagna, le peintre français Ingres, qui logea à la villa Médicis. Il précède Chateaubriand, qui reviendra une deuxième fois à Rome en tant qu'ambassadeur de France, les poètes Andersen et Gogol, les musiciens Berlioz, Mendelssohn, Liszt, Gounod. Il rencontre probablement Stendhal, qui est en train d'écrire ses *Promenades dans Rome*, le peintre français Granet ou le grand portraitiste anglais Lawrence, fondateur d'une Académie anglaise des arts dans la ville. Quel grand artiste européen ne s'est pas rendu à Rome ? Cette ville est un véritable bouillon de la culture où est condensé ce que le monde a de plus évocateur. Rome est, pour toute âme artiste, un passage obligé à l'inspiration.

Pendant son périple italien, alors qu'il se trouve en Sicile, une nouvelle va enthousiasmer Jacopssen. Après des années d'obstination et de longues nuits passées dans la bibliothèque de l'Université de Grenoble, le Français Champollion est arrivé à décoder les écritures de la pierre de Rosette. Il a réussi à traduire les hiéroglyphes ! Il publiera ses résultats dans son *Précis du système hiéroglyphique des anciens Égyptiens.* Bientôt, la lourde porte de la fascinante civilisation égyptienne va s'ouvrir. L'égyptologie voit le jour. Une nouvelle science est née, dans ce siècle qui va véritablement devenir le siècle de la multiplication des sciences.

Une rencontre dans la villa Borghèse

Sur le chemin du retour, mon ami Jacopssen décide de repasser par Rome. Il trouve une ville en deuil. Deux semaines auparavant est mort le plus grand sculpteur italien depuis Bernini : Antonio Canova. Canova est un artiste qui m'a beaucoup fasciné. Encore un de ces vieux amis qui m'a marqué. Sa façon quasi parfaite de tailler les corps m'a toujours ébloui. Avec Canova, je vois les choses d'un regard plus dépouillé, plus allégé. Je ne m'évertue plus à essayer de comprendre. Je me laisse aller au simple plaisir de regarder du beau.

Je me souviendrai toujours de ma première rencontre avec Canova. C'était à Rome, pendant les vacances de Pâques, dans la villa Borghèse, située sur les hauteurs de son délicieux parc. Je suis entré seul dans un salon. Le parquet de bois luisait d'un éclat voluptueux. Je suis subitement tombé sur une femme nue, à moitié couchée sur un canapé. Je croyais que je m'étais trompé de pièce, mais à l'évidence, je n'étais pas dans une salle de bain. À travers la grande fenêtre du salon, elle promenait, langoureusement, son regard dans le jardin où les premiers citrons de l'année pendaient aux branches comme des bijoux dorés. La lumière extérieure paressait onctueusement sur sa peau. J'en étais jaloux. J'aurais tellement voulu prendre sa place ! La nymphe me tournait le dos. Je ne voulais pas la déranger, mais j'avais l'impression qu'elle m'appelait. Je l'ai timidement contournée. En arborant un sourire qui n'en finissait pas d'éclore, elle m'a lancé un regard interminable ressemblant à une invitation impérieuse à quelque chose... J'avais envie de courir dans le jardin pour y cueillir un citron et le lui offrir comme pendentif. Une de mes mains, soudain, m'a échappé et s'est envolée vers ses seins d'un velouté irrésistible. J'étais pris dans ses filets. Elle ne bougeait pas. J'étais étonné. Mon geste aimant lui semblait indifférent. Brusquement, le parquet de bois a craqué. Une personne venait de rentrer dans le salon et m'a sorti de ma douce léthargie. Pauvre Dominique ! Tu n'avais pas compris que ce corps ondulé n'était qu'une sculpture en marbre. Cruel réveil ! Déception totale ! Canova, mon vieil ami, m'a joué un tour dont il a le secret : rendre l'imaginaire réel. Cette femme, c'était Pauline, la sœur de Napoléon. Elle restera toujours gravée dans ma mémoire profonde.

Étrangement, à chaque fois que je le regarde, ce demi-nu couché me fait penser au sarcophage des époux étrusques trouvé à Cerveteri, en Italie. La position de la femme est presque la même. Canova n'a pas pu s'en inspirer puisque ce sarcophage a été découvert plus tard, en 1845, par le marquis Campana.

Le marché aux poissons

Je me détache avec regrets des filets soyeux de Pauline. Je sors du salon et de ma rêverie. J'aurais bien voulu la prolonger, mais on ne dirige, hélas, pas ses rêves. Le soleil du petit matin réveille mes pensées dans le tout nouveau marché aux poissons que la ville de Bruges vient de construire au bout de la Blinde Ezelstraat, la rue de l'âne aveugle. L'odeur y est assez différente des citronniers du jardin de la villa Borghèse. C'est ici que ma grand-mère Marie venait acheter son poisson, surtout des soles et des crevettes grises. Je l'accompagnais souvent faire ses courses.

En bonne Ostendaise, ma grand-mère cherchait toujours le poisson le plus frais. Elle faisait au moins trois fois le tour du marché avant de porter son choix sur ce qui allait devenir « son » poisson. Il lui était toujours difficile de décider quel poisson avait sa préférence. C'était un moment de grand silence et de grande tergiversation intérieure. Je ne pouvais surtout pas la déranger à cet instant précis. Je me mettais diplomatiquement à l'écart et je l'observais, non sans une certaine pointe de malice. Dès qu'elle s'était décidée sur le choix de la sole, je la voyais glisser, très pudiquement, une main dans son sac à provisions pour y chercher un petit porte-monnaie en cuir, d'où elle sortait un billet ou quelques pièces. Cette recherche de l'argent était très discrète, comme si ma grand-mère se sentait épiée et voulait empêcher les regards curieux de plonger dans son porte-monnaie. Quand la marchande avait rendu la monnaie, ma grand-mère vérifiait scrupuleusement, pièce par pièce, si le compte était bon. Cela prenait beaucoup de temps ! Les échanges financiers terminés, la marchande, qui avait une voix à faire trembler le cours somnolent des canaux et qui parlait un patois incompréhensible, emballait le poisson dans du papier journal et le jetait sans ménagement dans le panier de ma grand-mère.

Il arrivait que la queue de la sole dépasse du panier. Cela donnait à ma grand-mère un air très « gaulois ». Elle aurait bien eu sa place dans un album d'*Astérix*. Par vents froids ou lorsqu'elle estimait que ses cheveux n'étaient pas des plus propres, ma grand-mère portait un foulard sur sa tête. Le bout du foulard sur son dos ressemblait étrangement à la queue de la sole dans son panier. Quand on marchait derrière elle, on pouvait vraiment croire que ma grand-mère avait un deuxième poisson qui pendait dans le haut de son dos. Ah! ces images d'enfant qui vous restent dans la tête tout au long de votre existence… Quel plaisir de les revoir quand on est adulte!

L'Humanité n'est pas unique

Laissons la marchande de poissons poursuivre son travail et continuons notre promenade dans cette société qui ne tient plus en place. On est curieux de tout, les esprits décrochent de la réalité, tout est remis en question. On brave les convenances, jusque dans la manière de jouer d'un instrument de musique.

Un violoniste génois, Paganini, va jouer au violon comme personne ne l'a fait avant lui. Il ose tout et va chambarder les pratiques musicales. En 1828, il entame sa première tournée à Vienne. Le concert est un triomphe. Le public est ébloui, abasourdi par la virtuosité, la technicité de l'artiste. On n'a jamais entendu autant de variations dans la sonorité d'un violon. L'empereur d'Autriche François Ier le nommera virtuose de la cour.

Et cette remise en question touche aussi le monde scientifique. Une autre nouvelle science, la paléontologie, va déranger les esprits conservateurs comme l'a fait la musique de Paganini. La paléontologie est l'étude, par l'analyse des fossiles, des êtres vivants les plus anciens.

En 1829, dans le petit village d'Engis, près de Liège, un médecin et préhistorien belge, Philippe-Charles Schmerling, découvre le tout premier fossile humain, un crâne d'un enfant de trois ans.

Ce crâne n'est pas n'importe quel crâne. Il s'agit de celui d'un homme qui n'appartient pas à notre espèce, *Homo sapiens.* Le nom que l'on donnera à cette nouvelle espèce provient d'un autre fossile découvert vingt-neuf ans après, dans la vallée de Néander, en Allemagne. C'est le fameux homme néandertalien qui aurait pu aussi s'appeler l'homme d'Engis ou l'Engisien.

Notre Humanité n'est donc pas unique. Aujourd'hui, d'autres Humanités ont été découvertes : *Homo floresienis*, *Homo luzonensis*, *Homo naledi* ou le Dénisovien. Et ce n'est sûrement pas terminé. Quelle remise en question de nos racines !

En ce siècle démystificateur, la croyance en la nature unique de notre espèce humaine s'étiole lentement.

Le missel et les langues indo-européennes

Dans ce formidable renouvellement des esprits qui agite la société, le quotidien de ma famille, fort ancrée dans ses habitudes, paraît rigide, étriqué. La lumière ne passe pas. En avril, Catharina, ma deux fois arrière-grand-mère, fête sa communion solennelle. Une coutume ancestrale d'une population imprégnée des traditions chrétiennes. À cette occasion, comme le veut l'usage, elle recevra un missel en cuir ainsi qu'une image souvenir.

Ma deux fois arrière-grand-mère n'a certainement jamais entendu parler de l'*Homo* néandertalien et encore moins de la langue « indo-européenne ». Le jour même de sa communion est mort, il y a juste 35 ans, un homme exceptionnel par sa grande ouverture d'esprit. Aux antipodes des centres d'intérêt de mon aïeule, il s'est intéressé à tout : la médecine, la physique, la botanique, les mathématiques et surtout les langues. On dit qu'il en parlait vingt-huit. En comparant les langues, il a remarqué des similitudes entre elles et conclu que les langues parlées entre l'Islande et l'Inde provenaient toutes d'une même famille. Il l'appellera la famille des langues « indo-européennes ». Cet homme, c'est William Jones, précurseur de l'idée darwinienne selon laquelle toutes les espèces humaines descendent d'un ancêtre commun.

Il y a beaucoup de visionnaires à l'époque. Le 1er mai 1830 naît à Bruges Guido Gezelle, prêtre et poète qui a compté dans la littérature flamande. Les écrits de Gezelle auront une incidence prépondérante dans la reconnaissance culturelle du flamand. Sous son influence, l'identité flamande va se forger lentement et s'affirmer plus tard à travers le développement politique de la Belgique.

Une genèse bien difficile

À la naissance de Gezelle, les Belges vivent sous le régime hollandais. Les tensions sont grandes, surtout sur les plans religieux et linguistique. Le protestantisme, le catholicisme, le libéralisme, le français, le flamand, le néerlandais ne font pas bon ménage. La colle ne prend pas, et un vent de contestation souffle sur le pays. Le soir du 25 août 1830, le Théâtre de la Monnaie donne une représentation de *La Muette de Portici*. Les chants de l'opéra soulèvent le sentiment patriotique des spectateurs, qui clament leur colère face à l'occupation hollandaise et poursuivent leurs protestations pendant la nuit dans les rues de Bruxelles. Rapidement, des insurrections vont naître dans les provinces. La Révolution belge est déclenchée. En septembre, des combats ont lieu dans le parc de Bruxelles entre l'armée hollandaise et des patriotes bruxellois, liégeois et tournaisiens. Le peuple belge se révolte contre le pouvoir qui est accusé d'ingérence dans les affaires religieuses. La Belgique est catholique alors que le reste du royaume hollandais est principalement protestant. Les libéraux accusent aussi Guillaume Ier d'imposer l'usage du néerlandais aux élites principalement francophones. C'est essentiellement une alliance de bourgeois et de libéraux francophones qui mènera la révolution contre les Hollandais. Le 4 octobre 1830, l'indépendance est proclamée par le gouvernement provisoire. Un semblant de parlement, le Congrès national, est mis sur pied pour rédiger une constitution et choisir la monarchie comme système politique. Une conférence entre les grandes puissances européennes est ensuite organisée à Londres pour discuter de l'avenir de la Belgique. Elles décident de reconnaître son indépendance. Le trône est offert au duc de Saxe-Cobourg, Léopold, qui prête serment le 21 juillet 1831 comme premier roi des Belges. La Belgique est née.

Ce jeune pays a-t-il les reins suffisamment solides ? Après seulement douze petits jours d'indépendance, le nouvel État doit déjà se défendre. Le 2 août, le roi Guillaume de Hollande envahit la Belgique et bat l'armée belge à Hasselt et à Louvain. Les Français, appelés à la rescousse par le roi Léopold Ier, empêcheront les Hollandais d'entrer dans Bruxelles. Un armistice est signé, mais il ne se conclura définitivement que huit ans plus tard, avec le traité des XXIV articles.

L'État belge a été sauvé grâce à l'intervention des grandes puissances. Sa naissance est difficile et son avenir semble incertain. La population belge, mélange des cultures latine et germanique, avec un fort caractère particulariste de ses villes et régions, qui a, le plus souvent, vécu sous influence étrangère, se sent-elle une nation ? La Belgique a toujours eu et aura toujours un problème d'identité. Seule une mutation profonde de son organisation, tout au long de son histoire, lui a permis d'exister encore aujourd'hui. Son salut, c'est le changement.

Un an après l'indépendance, en novembre, des élections, les toutes premières, sont organisées. La démocratie rentre discrètement dans la société belge. L'émancipation politique des citoyens est lancée. Mais cette démocratie reste très limitée. Ce suffrage, dit censitaire, n'autorise le droit de vote qu'aux personnes qui paient un certain montant d'impôt, de 20 à 80 florins. Ce vote favorise ceux qui détiennent l'argent. La bourgeoisie ira donc voter en masse, et c'est elle qui détiendra le pouvoir : on l'appellera la bourgeoisie « censitaire ». 1,1 % de la population belge ira voter, soit environ 46 000 citoyens sur une population de quatre millions d'habitants. C'est très peu, mais c'est un premier pas.

Il est difficile de faire accepter l'accès pour tous à la vie politique. Inconcevable qu'un balayeur de rues, un allumeur de réverbères, un porteur d'eau, un chiffonnier ou une marchande de poisson puissent voter. Il faut beaucoup de temps pour changer les habitudes et les mentalités. La démocratie ne se fait pas en un jour. C'est un long et ingrat travail qui se poursuit toujours. La démocratie est plus un processus qu'une réalité définitivement accomplie.

Le couvent Notre-Dame-de-la-Poterie

Je passe les techniques de vote. Ma balade, le long de la Rivière du temps, avec mon fidèle Pégase, me conduit dans un couvent à

Bruges. Complètement décalées par rapport au débat sur la démocratie, le 6 septembre 1831, les bonnes sœurs du couvent Notre-Dame-de-la-Poterie organisent une grande cérémonie. On procède ce jour-là, en grande pompe, au transfert des reliques du bienheureux saint Idesbald dans l'église du couvent. Saint Idesbald fut l'abbé de la renommée abbaye cistercienne des Dunes, à Coxyde, au XIIe siècle.

La mère supérieure est particulièrement fière que son couvent ait été choisi par les autorités religieuses pour conserver les reliques du saint. Elle organisera la cérémonie d'une main de fer. Cette mère supérieure s'appelle Benedicta Kesteloot. Elle dirigera le couvent pendant trente ans. Sa sœur Rosalia lui succédera. Durant quarante ans, une Kesteloot présidera aux destinées de ce couvent. Ces deux sœurs sont nées à Lichtervelde, là où de nombreuses lignées de la famille du côté de mon père trouvent leur genèse. Vers la fin du XVIIIe siècle, beaucoup de Kesteloot de Lichtervelde vont émigrer vers les villes voisines, principalement Nieuport, Torhout et Bruges.

Mes deux cousines lointaines jouissent d'une très honorable réputation. Cette réputation est même visible. À l'occasion du centenaire du transfert des reliques de saint Idesbald, quatre vitraux représentant des scènes du transfert seront placés dans le chœur de l'église. Sur l'un des vitraux, on peut reconnaître Benedicta touchant la relique. Et dans la grande galerie des portraits, on peut encore voir aujourd'hui ceux de mes deux aïeules aux côtés des autres mères supérieures.

Il y a un hic dans la cérémonie de ce 6 septembre : les os qui se trouvent dans le cercueil de plomb ne sont pas ceux de saint Idesbald ! Une étude récente les date à quatre siècles plus tard. On a sacralisé la mauvaise personne ! L'Église s'est bien gardée de révéler l'erreur…

Quand j'étais petit, ma grand-mère m'emmenait souvent dans ce couvent. J'adorais le chemin pour y arriver. On partait le matin de bonne heure. Nous empruntions trois quais en enfilade : le Groenerei, le Sint-Annarei et le Potterierei, qui longeaient un canal jusqu'au couvent. Ce canal, chapeauté d'une succession de cinq petits ponts, a profondément marqué mes yeux d'enfant. Deux impressions me reviennent toujours à l'esprit.

L'espace en dessous de chaque pont me fascinait. Il ressemblait à un œil légèrement étiré, comme un œil oriental. C'étaient des yeux intrigants, dont l'intensité variait en fonction de la grandeur des ombres qui flottaient sur l'eau et de la clarté du ciel. Il se dégageait de ces yeux une profondeur et une intimité sans égales, qui leur donnaient un pouvoir soporifique irrésistible. Ils scintillaient au rythme lent et langoureux de l'eau morte du canal. Quand je les regardais trop longtemps, j'étais englouti dans ce faux rythme. Ces yeux voraces happaient mon regard avec une aisance déroutante et me faisaient tomber dans un état de somnolence. Je devais lutter pour rester éveillé. Après avoir passé les cinq ponts, j'étais presque endormi.

Je n'ai pas oublié une autre impression. Tout le long du canal bosselé par ces multiples yeux, j'avais la sensation effrayante que je marchais à côté d'un long serpent à cinq têtes. Dès que je m'approchais d'un pont, l'un des yeux du serpent s'ouvrait comme un feu clignotant inquisiteur. Ma présence le dérangeait. Au fur et à mesure que j'avançais, j'avais, à hauteur de chaque pont, une appréhension à passer «l'œil» qui semblait épier mes moindres faits et gestes. Je sentais son regard me transpercer le dos. Je n'osais même pas me retourner.

Une fois le cinquième pont franchi, j'arrivais chez les bonnes sœurs complètement vidé, docile, soumis. Une attitude somme toute bien de circonstance pour entrer dans un couvent. Peut-être que ce serpent travaillait à la solde de la mère supérieure…

La multiplication des sciences

Dérivons lentement des eaux profondes de l'imaginaire et regagnons la terre du réel; tous deux, en cette période très créative de l'Histoire, se confondent régulièrement. Quand les Belges construisent leur nouveau pays, l'Europe est en train d'explorer le reste du monde. De nombreuses missions scientifiques sont organisées dans les régions les plus reculées de la Terre. Le 27 décembre 1831, notre naturaliste Darwin embarque à bord du bateau d'exploration scientifique *Beagle*, de la marine royale britannique. Initialement, l'expédition scientifique a pour mission de cartographier les eaux d'Amérique du Sud. Prévu au départ pour une durée de deux ans, le voyage se prolongera finalement trois ans de plus. Un tour du monde sera bouclé.

Darwin, lors des nombreuses escales en Amérique du Sud, en Australie, à Tahiti, aux îles Galápagos ou aux Açores, consacrera toutes ses journées à observer la nature, à faire des croquis des plantes et des animaux ainsi qu'à prendre des spécimens et des fossiles. La nuit, enfermé dans sa cabine, il va les répertorier et les classer. Il fera un relevé détaillé de toutes les espèces animales et végétales qu'il a trouvées. Ses travaux vont lui permettre de développer une théorie qui va révolutionner le monde.

Un Belge, Charles Noury, passionné de sciences naturelles et second du gouverneur des Établissements français d'Océanie, fera, quelques années plus tard, le même travail, à Tahiti et aux Marquises.

Il y a un véritable engouement, à cette époque, pour toutes les sciences, et en particulier l'histoire naturelle. De nouvelles disciplines apparaissent : la botanique, la géologie, l'anthropologie, la minéralogie. L'homme cherche dans toutes les directions. Il a comme une faim à découvrir. Trop longtemps sevré par l'obscurantisme de la religion, l'homme de ce XIXe siècle a une envie presque obsessionnelle de lever le voile mystifiant et trompeur de l'apparence. Il est curieux de tout et part sans préjugés, sans tabous, à l'exploration de lui-même, tel un enfant excité à l'idée de franchir la ligne de l'interdit. L'homme s'interroge sur son fonctionnement en mettant de côté l'interprétation religieuse. Il va rechercher des réponses, par la voie de la science, aux mystères de la nature, savamment rendus impénétrables par l'autorité morale de l'époque, l'Église. Quelle impertinence !

Créer une identité nationale

Dans ce siècle qui ose tout, la nouvelle Belgique tente de trouver sa voie. C'est loin d'être facile ! Tout en poursuivant sa construction politique, l'État belge doit améliorer son organisation financière. Durant les deux premières années qui suivent l'indépendance, les échanges monétaires sont très complexes. Un grand nombre de devises, hollandaise, française, autrichienne ainsi que celle de la Principauté de Liège, ont simultanément cours sur le marché belge. Cette complexité monétaire est symptomatique de la complexité politique dans laquelle la Belgique se trouve. Le choix d'une seule et même unité monétaire nationale s'impose rapidement aux dirigeants de la nouvelle Belgique, qui s'alignera sur le système monétaire français et prendra le franc comme unité monétaire.

Alors que la Belgique essaye, tant bien que mal, de se profiler comme un État, les esprits continuent de s'écarter de la pensée officielle. Un bel exemple de cette émancipation est le peintre Félicien Rops. Né en 1833, libertaire et provocateur, il va mettre un sacré grain de sel dans les milieux conservateurs de l'époque. Ses dessins osés vont en choquer plus d'un. L'année suivante, un autre homme défend aussi, mais sous une autre forme, la notion de liberté. Pierre-Théodore Verhaegen, l'un des fondateurs du Parti libéral belge et président de la Chambre, crée l'Université libre de Bruxelles. Il initie le principe du libre examen qui prône l'indépendance du jugement. 96 étudiants s'inscriront lors de cette première année académique. Aujourd'hui, on en est à plus de 28000 élèves. La démocratisation de la connaissance démarre.

Après la mise en place d'un système politique, financier et éducatif, l'État belge poursuit sa construction. Ce qui lui manque encore, c'est un ego. La Belgique doit se forger une identité, une fierté, une fibre patriotique qui s'étendent des dunes de la mer du Nord aux sources de la Semois. C'est loin d'être joué. Un événement phare va l'aider à créer un début de sentiment national et lui donner une image internationale. Une identité réussie doit à la fois être consciente de l'intérieur et reconnue à l'extérieur. Cet événement est l'inauguration, le 5 mai 1835, de la première ligne de chemin de fer du continent, Bruxelles-Malines. Jamais, depuis Stephenson qui lança la première locomotive en 1829 sur une voie ferrée en Angleterre, un train ne s'était déplacé sur le continent européen. C'est aussi une autre « première » : la plus longue distance parcourue par un train, 23 km.

L'inauguration se déroule à la gare de l'Allée-Verte, située près de la porte Napoléon, par où l'empereur est rentré en 1804. C'est la première gare européenne. Tôt le matin, des centaines de calèches déferlent dans les rues de Bruxelles pour s'y rendre. On se bouscule de toutes parts. Le ministre Charles Rogier, grand acteur de la révolution de 1830, inaugurera la ligne en présence du roi Léopold Ier. Une foule énorme, où se mélangent des Belges de toutes les provinces mais aussi des étrangers, se presse autour de la gare pour assister au départ du convoi. Toute la haute société s'y est donné rendez-vous.

On sent dans le regard des Belges une certaine fierté qu'un tel événement puisse avoir lieu dans leur tout nouveau pays. Un sentiment d'appartenance à une nation belge est peut-être en train de mûrir dans l'esprit des gens. Sentiment encore peu fondé après cinq ans de vie commune. Il faut vivre des choses ensemble pour créer une identité.

Beaucoup d'historiens et d'hommes politiques vont, dans les années qui suivent, interpréter à leur manière l'Histoire pour prouver que la Belgique est bel et bien une nation.

Le convoi est impressionnant : il est composé de trois trains qui roulent l'un derrière l'autre. Chacun est tiré par une petite locomotive. La première locomotive, « la Flèche », remorque sept voitures ; la deuxième locomotive, « l'Éléphant », quinze voitures dont neuf décorées de bannières aux armes des provinces ; et la troisième, « le Stephenson », sept voitures. Le convoi transporte neuf cents personnes.

L'événement va prendre une tournure spéciale le 9 mai quand « la Flèche » refait le trajet Bruxelles-Malines. En rentrant en gare de Malines, la locomotive n'arrive pas à freiner à temps et ira s'enfoncer dans le bureau du receveur malinois. On retrouvera les mécaniciens de la locomotive dans le canal de Louvain !

Certains esprits conservateurs ne se priveront pas d'ironiser sur les effets de cette « prétendue » modernité.

Début du tourisme

Trois ans plus tard, le réseau ferroviaire belge réunira les quatre villes les plus importantes du Royaume : Bruxelles, Anvers, Gand et Liège. Dans les années qui suivront, les chemins de fer connaîtront une expansion extraordinaire. De Bruxelles, monsieur et madame Tout-le-Monde pourront se rendre à la Côte d'Azur, en Suisse, en Allemagne, en Bourgogne.

Les pays s'ouvrent. Les distances se raccourcissent. Les cultures se croisent. De nouvelles opportunités commerciales naissent. On flaire de bonnes affaires. De nouveaux métiers vont apparaître dans le secteur touristique : l'hôtellerie, les agences de voyages ou encore la publication des premiers guides touristiques. L'éditeur britannique John Murray sera l'un des pionniers en la matière. Il publiera, en 1836, son premier guide qui traitera de la Hollande, de la Belgique et de la Rhénanie.

On voyage déjà beaucoup à l'époque, et toutes les raisons sont bonnes : le tourisme, l'exploration, mais aussi la recherche scientifique. Le 2 octobre, le *Beagle* accoste en Angleterre. Darwin descend du bateau avec une immense quantité d'informations sur la vie des espèces animales et végétales. Des mois durant, il va analyser toutes ces données. Sa tête est remplie d'idées et d'hypothèses. Sa pensée bouillonne. Quelque chose de sensationnel est sur le point d'éclore dans un coin de son cerveau.

Crise économique en Flandre et migration de la famille

À l'opposé, dans les pensées de mon trois fois arrière-grand-père, Carolus, la température est sibérienne. Le dernier jour du mois de novembre, après une longue maladie, meurt son épouse, Anna Catharina Van Overschelde. Mon aïeul, qui est aubergiste et ancien maître charpentier, vit mal ce décès, surtout que la situation financière de la famille n'est guère confortable. Il convolera en secondes noces avec sa gouvernante. Elle a vingt-sept ans et lui cinquante-deux ans. La famille traverse une période difficile. La crise économique qui commence à sévir en Flandre a des retombées dans beaucoup de foyers, surtout dans les campagnes. La famille n'est pas épargnée. À Lichtervelde, l'argent manque et dans l'auberge que tient Carolus, les clients se font rares. Sa femme Anna Catharina, qui par son travail de fileuse arrivait à combler les fins de mois, n'est plus là. Carolus s'interroge. Que doit-il faire ? Rester ? Chercher un nouveau travail ?

Très loin de se préoccuper de la misère des gens, les autorités politiques européennes s'affairent aux négociations diplomatiques. Elles scellent définitivement l'avenir de la Belgique. Après plusieurs années de pourparlers ardus portant sur le régime des relations entre la Belgique et la Hollande, suite à la révolution de 1830, le traité des XXIV articles est enfin signé, en avril 1839, à Londres. Les grandes puissances — l'Angleterre, la France, la Prusse, la Russie et l'Autriche — ont décidé du sort de la Belgique, qui n'a même pas pu participer aux négociations. La considèrent-ils seulement comme un véritable État ?

La Belgique ne sera pas gâtée. Elle subira d'importantes amputations territoriales. Elle perdra le Limbourg hollandais, la Flandre zélandaise et le Brabant septentrional au profit de la Hollande. Ce traité affaiblira aussi économiquement l'État belge. Un des points d'achoppement des négociations est l'usage de l'embouchure de l'Escaut. La Belgique se verra contrainte à verser un droit de péage à la Hollande pour le passage des navires vers Anvers. Toute indépendance a un prix. Heureusement, en matière de pilotage, le traité sera plus clément. Il prévoira que la Belgique et les Pays-Bas aient les mêmes droits et que les deux pays puissent installer des stations de pilotage sur les deux rives de l'Escaut afin de pouvoir mettre des pilotes à disposition des navires naviguant dans l'embouchure. Ceux-ci auront désormais le libre choix entre des pilotes belges et des pilotes hollandais.

Dans cette Belgique hésitante et encore très pubère, la Flandre est au plus mal. Son industrie linière s'effondre. La dentellerie s'était longtemps maintenue sur les marchés en raison de son faible coût et de sa qualité. Mais dans les années 1830 et 1840, face à la mécanisation de l'industrie du textile et l'évolution de la mode vestimentaire, elle va s'enfoncer dans une crise irréversible. De nombreuses personnes seront réduites au chômage. Cette crise va peser lourdement sur la population, d'autant plus que les autres types d'activités industrielles y sont très peu développés. La plupart des familles vivent de la dentellerie. Rien qu'à Bruges, sur un total de 45000 habitants, on compte 10086 dentellières. Les nouvelles techniques de production vont faire chuter leur nombre considérablement. La Flandre subira de plein fouet la crise économique faute de pouvoir se reconvertir dans d'autres industries.

Beaucoup de gens vont fuir les campagnes pour venir chercher du travail dans les villes. En raison de cette émigration urbaine, Bruges connaîtra un accroissement de sa population entre 1830 et 1850. Elle passera de 39000 à 50000 habitants, dont 40 % vivront dans la pauvreté. Jamais le chômage n'a été si important. Jugeant sa situation intenable à Lichtervelde, mon trois fois arrière-grand-père Carolus Kesteloot décide aussi d'émigrer vers Bruges pour y trouver une opportunité de travail. Ce n'est pas spécialement le bon choix, mais c'est mieux que de rester à Lichtervelde. Il emmène avec lui sa seconde femme, Maria Thérèse, et les quatre enfants de son premier mariage. La famille s'installe à la rue Hauwer, pas loin de l'église des Capucines.

Le monde du minuscule

Alors que le marasme économique et social pèse sur la Flandre, une nouvelle intrigante jaillit du courant de l'Histoire. En 1839, l'Allemand Theodor Schwann découvre que toute la matière vivante, tant végétale qu'animale, est cellulaire. Notre cerveau, notre cœur, les feuilles des plantes, la peau des animaux, les os, tout est composé de cellules. La biologie moderne est née.

Il y a, à l'échelle microscopique, une structure d'un degré de sophistication inouï dans laquelle une mécanique phénoménale gouverne les moindres faits et gestes de notre corps. L'homme porte en lui un monde d'une complexité prodigieuse, un espace incroyablement organisé, pourvu de milliards de cellules. Chacune de ces cellules a un rôle bien particulier à remplir dans le bon fonctionnement de notre organisme.

Des années plus tard, on calculera que chaque être humain contient dix quatrillions de cellules, soit dix millions de milliards de milliards de cellules. Réalise-t-on cet immense monde qui grouille en nous, ces milliards de cellules qui travaillent sans relâche, nuit et jour, à notre service, qui font que l'on peut manger, marcher, penser, sourire, pleurer ? Chaque action, chaque réaction de notre corps est le résultat de l'intervention parfaitement synchronisée de milliards de cellules. La nouvelle est bouleversante pour certains ou choquante pour d'autres.

L'intimité la plus cachée de la vie se dévoile. L'homme entrouvre un nouveau monde : le monde du minuscule. Des questions nouvelles vont se poser. Les cellules qui nous composent sont-elles programmées? Où vont-elles chercher tant d'énergie? Les premières réponses ne vont pas tarder à tomber dans les années à venir, quand les scientifiques vont « descendre » encore plus bas dans ce monde fascinant du tout-petit. Le secret de la vie est peut-être en nous-mêmes.

La vie n'est pas une illusion romantique ou biblique. Elle est concrète, elle a ses lois. Elle agit selon un schéma rigoureux; tout est codifié. La vie a son propre règlement intérieur, même pour une simple feuille d'arbre : sa structure, sa forme, sa couleur ou son mouvement dans l'air, quand elle tombe, obéissent à des lois physiques précises.

L'homme s'enfonce dans les abysses de son être, dans les fondements de la matière, sa matière. Où va-t-il s'arrêter? Ce siècle est décidément exaltant.

L'existence est enivrante quand l'être humain s'emploie à sonder les arcanes de son fonctionnement et de son origine. C'est le début d'une immense aventure qui va complètement modifier la compréhension que l'homme a de lui-même et faire tituber de fond en comble la normalité.

L'art et la politique

Les scientifiques sont euphoriques. Cette euphorie est contagieuse ; elle s'étend aussi dans le monde politique. On a vu Napoléon qui rêvait d'unir des États sous un même projet sociétal. Il y a aussi des peuples qui veulent recouvrer leur liberté. Un soir du 9 mars 1842, à la Scala de Milan, un jeune compositeur encore inconnu dans le monde des mélomanes va faire souffler sur l'Italie, occupée par les Autrichiens, un vent d'émancipation. C'est Giuseppe Verdi. Il présente ce soir-là son premier opéra, *Nabucco.*

La musique donne des envies d'idéal. Elle attise les sentiments. En écoutant le cœur des esclaves hébreux se révoltant contre le roi de Babylone, Nabuchodonosor, les spectateurs sont pris d'un désir d'affranchissement politique. C'est le point de départ du mouvement d'indépendance de l'Italie. L'art joue souvent sur les peuples l'enjôleur d'un projet politique : le dessein impérial de Napoléon a été magnifié par le peintre David, le peuple belge a été porté par la musique d'Auber, avec sa *Muette de Portici* et ce 9 mars, les grandes envolées lyriques de Verdi, avec son *Nabucco* vont enflammer le patriotisme italien.

Si Verdi a choisi d'écrire une musique sur Nabuchodonosor, ce n'est pas un hasard. En cette décennie, les archéologues travaillent d'arrache-pied, en Irak, dans les villes antiques de Babylone et de Ninive. Des informations époustouflantes affluent vers l'Europe. Des civilisations, avec une organisation sociale et politique extrêmement poussée, y ont vu le jour. Ces découvertes vont remettre en question de fond en comble non seulement nos connaissances historiques, mais aussi nos convictions religieuses. Un pan nouveau de notre histoire s'ouvre. C'est dans cette région de la Mésopotamie que les premières grandes villes, la première écriture, les premières formes de comptabilité, la roue, les chars, les banques, l'étude des astres sont apparus. Quelques années plus tard, on découvrira à Ninive, dans la bibliothèque du roi assyrien Assourbanipal, les tablettes racontant l'épopée de Gilgamesh, cet « Ulysse babylonien » confronté à plusieurs défis. Dans cette épopée, on parle de déluge, de paradis, de serpent, des travaux de Gilgamesh. Tout cela a été écrit il y a près de 4000 ans, bien avant la Bible, bien avant les douze travaux d'Hercule dans *L'Iliade* et *L'Odyssée* d'Homère. Les archéologues, les historiens, les philosophes, les sociologues sont enthousiasmés, peut-être un peu moins les prêtres… Il faut réécrire l'Histoire. Rien n'est jamais vraiment exact.

Cet exemple de *Nabucco* est très révélateur de la manière dont les esprits peuvent évoluer. Une découverte archéologique a inspiré à un musicien l'écriture d'un opéra dont l'air va inciter un peuple à prendre son indépendance. La science et l'art qui suscitent et avivent un idéal politique. Tout sert, tout se tient, tout peut faire prendre un sens. La société, dans ses mutations politiques et culturelles, est fascinante.

Bruges, la pauvre

À des années-lumière de cette nouvelle interprétation de l'Histoire, mon trois fois arrière-grand-père, Carolus, subit la dure réalité de la vie dans cette ville de Bruges qui n'arrive toujours pas à prendre le train des nouvelles idées et du développement économique. Quel contraste entre cette euphorie des esprits nourris par les découvertes scientifiques et cette misère physique et intellectuelle dans beaucoup de familles brugeoises ! La médaille de la vie a toujours son revers. La crise économique se traîne. La pauvreté est partout. Carolus est un symbole de cette misère. Mon aïeul est à la recherche d'un emploi. Il réussit bien à trouver des petits boulots, mais jamais pour très longtemps. Faute de moyens, il ne parvient plus à payer le loyer de sa maison. Mon trois fois arrière-grand-père doit redéménager. Il ira habiter avec sa famille dans l'une des « maisons-Dieu » dans le quartier du Spanoghe, ancêtre des logements sociaux, située dans la rue Marie, près de l'hôpital Saint-Jean.

La vie, dans son cheminement, ne raisonne pas : elle s'exécute. Et quand elle s'exécute, la vie met de côté, sans vergogne, tout ce qui peut freiner son avancée : des faiblesses, des défaillances, des carences. Quelques mois à peine après son déménagement, Carolus contracte le paludisme et meurt d'un excès de fièvre. La vie l'a mis de côté, sans préavis. Un homme est mort, mais la vie, elle, continue sa marche, volontaire, têtue, avec un sens de l'obsession de soi développé à l'extrême. La vie va droit devant elle, sans ménager l'espèce humaine. A-t-elle une stratégie, une conscience de ce qu'elle fait ? J'ai envie de le croire, mais je n'en sais rien.

Malgré cette vague de pauvreté, la ville de Bruges fait parfois mine de bouger. Quelques signes de modernité pointent ici et là. Les canaux se colorent très légèrement. Juste après la mort de mon aïeul, la commune décide, en 1844, de construire sa première gare sur le Zand, suite à la mise en service de la ligne de chemin de fer Gand-Bruges-Ostende. Un autre petit signe de modernité pointe dans la grisaille urbaine. Le Brugeois Louis Constantin Jacopssen, l'un des pères de la photographie en Belgique, procède aux premiers essais photos au daguerréotype. Louis Constantin est le frère d'André Jacopssen, mon vieil ami, féru d'Italie. D'après certains, on doit à Louis Constantin la plus ancienne vue photographique de la ville de Bruges. Il s'agit d'une photo du Minnewater, le lac d'Amour, prise probablement en 1844.

Le daguerréotype, du nom de son inventeur le Français Daguerre, est un procédé qui permet de produire, après quelques minutes d'exposition, une image sur une plaque de cuivre. Grâce à cette nouvelle technique, le portrait photographique va commencer à se commercialiser.

Mais en dépit de ces timides nouveautés, la pauvreté reste encore bien présente. La ville est même au bord du gouffre. La famine se répand dans tous les quartiers. Au printemps 1847, des gens affamés, dans un dernier geste de survie, se ruent vers les boulangeries et les dépôts de grains pour les dévaliser. La police doit intervenir pour calmer les émeutes. Afin de subvenir aux plus nécessiteux, la commune organise des distributions de soupe et de pain. À la famine viennent s'ajouter le typhus et le choléra. L'ambiance dans les rues de Bruges est désolante. La ville si illustre, si riche quatre siècles plus tôt est méconnaissable. Où sont les commerçants, les artistes, les mécènes ? Où sont les fêtes, les grands banquets ? Qu'elle est loin, la Venise du Nord !

À Bruges, on se rue pour un pain; en Californie, on se rue pour l'appât du gain. L'année suivante, un autre type de ruée s'exprime, c'est la ruée vers l'or. Les intérêts dans l'histoire des hommes sont très variables. Le pain et l'or peuvent susciter la même attention. Tout est relatif. À Coloma, dans la rivière « el Río de los Americanos », un employé d'une scierie découvre, en 1848, des pépites d'or. L'attrait de l'or, couplé à une industrialisation massive en Amérique, va faire rêver des millions de gens. C'est le début d'un immense mouvement d'immigration. Le rêve américain est né. Des millions de personnes vont faire le grand saut vers les États-Unis. On en comptera 22 millions entre 1860 et 1914. Parmi ces immigrants, il y a beaucoup de Belges, dont un certain Jean-Nicolas Perlot. À vingt-six ans, il part en bateau de Cherbourg pour atteindre Monterey, en passant par le cap Horn. Ce voyage d'enfer durera six mois. De vendeur de tissus à Paris, il deviendra orpailleur.

Partout, sauf à Bruges, la société bouge dans tous les sens. La moindre opportunité est saisie. On n'arrête pas d'entreprendre. Dans la capitale belge, on lance de grands projets d'urbanisme. En février, le conseil communal adopte le projet de construction d'une galerie couverte de plus de 200 mètres de long. Ce seront les galeries royales Saint-Hubert. Le service postal suit aussi le mouvement. L'année 1849 voit circuler les premiers timbres-poste. Dorénavant, c'est l'expéditeur qui paiera les frais de transport en collant un timbre sur l'enveloppe et non plus la personne qui reçoit la lettre.

Chopin, le chantre de l'élévation

La Rivière du temps est loin d'être perturbée par la frénésie de la nouveauté qui caractérise ce XIXe siècle en pleine ébullition. Les agissements des hommes ont très peu de prise sur son courant. La Rivière entonne inlassablement son vieux refrain. Le 17 octobre, en pleine nuit, meurt à Paris un autre vieil ami, mon compositeur préféré, Chopin. Son corps sera inhumé au cimetière du Père-Lachaise, et son cœur, transporté par sa sœur Ludwika en Pologne, sera scellé dans l'un des piliers de l'église de la Sainte-Croix, à Varsovie.

Comme sa musique me bouleverse ! Comme son *tempo rubato* est subtilement dosé ! Son *Nocturne* n° 5, sa *Romance*, son *Printemps*, son *Andante spianato*, à chaque fois que je les écoute, m'offrent l'illusion presque réelle de sentir mon âme vibrer, totalement affranchie de son corps.

La musique fait parler les âmes, et celle de Chopin le fait particulièrement bien. Sa musique fissure la lourde Porte du mystère. Elle rend le mystère tangible, presque palpable. Il y a dans sa musique un mélange d'éternité, de vide bienfaiteur, d'ivresse au goût doucement amer et de regret de quelque chose d'infiniment lointain que l'on ressent, mais que l'on ne parvient pas à définir ou, peut-être, dont on ne parvient pas à se souvenir. Avec Chopin, j'ai l'impression que je pourrais savoir métaphysiquement qui je suis réellement, mais je sens que je l'ai oublié. Chopin me fait prendre conscience de cet oubli. Je suis dans l'oubli et non plus dans l'ignorance de moi-même. C'est troublant. On est devant le grand porche de la Vérité. Une ambiance étrange où l'on se perd comme genre humain, pour se réveiller sous une autre forme d'être, débarrassé du sort de la mort.

Je n'ai bien sûr pas connu Chopin, mais la magie de sa musique n'a jamais rendu une personne aussi proche de moi. Il est descendu dans mon être. Il est devenu mon ami « intérieur ». J'ai pris du Chopin en moi comme j'ai aussi pris du Lamartine, du Schwann, du Jacopssen, du Canova, du Darwin, du Colet, du Mozart. Je suis chaque fois un peu plus par ces gens qui m'ont précédé. Ce sont mes vieux amis, mes amis « historiques ». J'en ai tellement ! J'en ai trouvé dans toute l'Histoire, même jusque dans l'Antiquité. Ces amis du passé sont des pères pour moi, des mères, des sœurs, des frères.

Le temps n'a pas de prise sur ce genre d'amitié. Je les ai rencontrés par la magie d'un texte, d'une musique, d'une peinture, d'une sculpture. Une amitié intemporelle, profonde, intime est née que même leur mort n'a pu annihiler. Ce sont les amis les plus fidèles que vous puissiez avoir dans la vie. Ils vous accompagnent dans toutes vos pensées, où que vous soyez. Ils vous sont éternellement disponibles. Grâce à ces amitiés intemporelles, la solitude n'existe pas. Je suis toujours en pensée avec quelqu'un.

J'aime sentir en moi la « présence posthume » de tous ces gens qui m'ont révélé à moi-même. Ces legs de l'Histoire ont perfectionné mes idées, affiné mon comportement, décuplé mes envies. Leurs vécus se sont accumulés dans le temps et remplissent aujourd'hui mon être. Ils repoussent toujours plus loin les frontières de mon univers intérieur. Je ressens profondément cette accumulation « historique » en moi. Tous ces vieux amis sont des précurseurs de ce que je deviens. Prendre ce que les autres ont laissé pour enrichir son être : c'est une forme d'évolutionnisme intellectuel mais aussi une façon de s'éduquer.

L'Histoire, à travers le temps, est un immense réservoir de vécus offerts gracieusement à chacun de nous du présent, pour grandir son être. Dans la vie, le don de soi est fondamental, car il permet de nourrir la vie des générations présentes et futures. Ces liens amicaux historiques me font ressentir encore plus fort cette attache indéfectible à la grande famille humaine depuis qu'elle s'est formée durant cette longue aube africaine.

Retirons-nous tout doucement de la musique pleine d'âme de Chopin. Qu'il est difficile d'en sortir quand elle vous noie dans ses eaux tendrement grisantes. Avec Chopin, je ne suis plus dans la Rivière, je suis dans la vapeur d'eau. Très loin des évasions oniriques, tout en bas, les hommes vivent leurs réalités, souvent implacables. Une deuxième épidémie de choléra s'abat sur la Belgique. Elle en paiera un lourd tribut : 22041 morts dans les années 1848 et 1849.

Bruges est particulièrement marquée. La ville touche le fond : le typhus, la famine, le choléra. Il y règne une atmosphère lugubre, déprimée. Les gens restent cloîtrés dans leurs foyers. La nuit, les façades des maisons ressemblent à des masques tragiques du théâtre romain qui ricanent sournoisement sous l'injonction militaire des coups de cloches des églises. Seules les grandes artères sont illuminées par des réverbères à huile que les ouvriers communaux, très religieusement, tels des franciscains allant à la prière, viennent réapprovisionner chaque avant-soirée. Cette huile provient des baleines, surtout les rorquals, pêchés à grande échelle dès le début du XIXe siècle. Bruges vit cachée. Elle se refuse à prendre la vague de la modernité qui se déploie avec force dans la société.

Janvier 1850

Une nouvelle Renaissance

Dès 1850, un véritable âge d'or, hormis à Bruges, s'ouvre en Belgique. La Wallonie, profitant d'un sous-sol riche en charbon, surfe sur la vague de l'industrialisation. La Flandre n'est pas en reste : Gand est devenue un important centre de l'industrie cotonnière. L'électricité et l'automobile vont bientôt faire leur apparition. C'est le début de la deuxième révolution industrielle. L'activité économique connaîtra un essor sans précédent, dont le progrès matériel fulgurant qui en résultera va influencer radicalement les traditions et les habitudes des gens dans leur quotidien.

Une tradition qui ne change pas ou peu, quelle que soit l'époque ou la société dans laquelle on vit, c'est le mariage. Cette année-là, mon arrière-arrière-grand-père, Karel Kesteloot, rencontre sa future épouse, Catharina Westyn, Moetje. Le couple s'installera dans une petite maison dans le centre de Bruges. Bien que ce début du XIXe siècle voie se développer la mode des premiers voyages de noces, mes arrière-arrière-grands-parents ne partiront pas. La lune de miel est plutôt réservée à la haute bourgeoisie. Neuf mois après, Catharina, qui a déjà trente-quatre ans, met au monde son premier enfant. Malgré son âge avancé, mon arrière-arrière-grand-mère offrira à l'Humanité une fille et cinq garçons.

Mes deux fois arrière-grands-parents auraient pu partir en lune de miel de l'autre côté du Channel, à Londres. Il s'y déroule un événement très intéressant mais pas très romantique pour un voyage de noces. Du 1er mai au 11 octobre 1851 est organisée au Cristal Palace, spécialement construit pour la circonstance, la première Exposition universelle. Cette Exposition va accueillir pas moins de 6 millions de visiteurs et abritera près de 14000 exposants. Un des pavillons connaît beaucoup de succès, c'est celui où est exposé du mobilier d'intérieur étrusque. Ce mobilier a été dessiné sur la base de nombreux originaux qui viennent tout récemment d'être découverts dans les vieilles cités étrusques en Toscane et dans le Lazio. Ces découvertes vont créer une véritable mode en Europe. Toutes les riches familles voudront un objet étrusque dans leur intérieur.

La civilisation étrusque est, avec la civilisation thrace et la civilisation nuragique, l'une des civilisations les plus mystérieuses et les plus fascinantes en Europe. J'ai eu l'occasion, avec ma petite famille, en Italie, en Bulgarie et en Sardaigne, de voir de plus près leurs tombes, leurs villages, leurs terres et j'en ai été ébloui. Dénigrés par les Grecs et par les Romains, les Étrusques, tout comme les Thraces et le peuple nuragique ou encore les Ibères, font partie de ces civilisations qui ont été volontairement déformées, dénaturées, voire éclipsées des livres de l'Histoire par leurs conquérants.

Le peuple étrusque impressionne par le haut degré de développement de sa société. Les morts font l'objet d'une très grande dévotion, la vie sociale est d'une qualité inégalée pour l'époque, le sens de la fête est très prononcé, et les femmes partagent à égalité avec les hommes le quotidien. L'art y est extrêmement raffiné.

Il y a une sculpture étrusque dont je raffole, c'est la statuette votive, l'*Ombra della sera*. L'original a été découvert fortuitement par un archéologue chez un fermier toscan qui l'utilisait pour déblayer les bûches dans la cheminée de son feu ouvert. Cette statue exhale la simplicité, la candeur, le déconditionnement total. Plus tard, le sculpteur Giacometti s'en inspirera. Beaucoup d'artistes vont être influencés par les nombreuses œuvres d'art de la Préhistoire et de l'Antiquité découvertes en ce XIXe siècle. Une nouvelle mini-Renaissance artistique voit le jour.

J'aurais bien aimé être étrusque, ne fût-ce que pour participer à l'un de leurs banquets et débattre avec eux de l'homme, de la société et du mystère de la vie. Je me demande s'il y aurait eu beaucoup de divergences d'opinions entre nous. Peu, je pense. Malgré les immenses progrès réalisés depuis lors, les questions fondamentales restent les mêmes. Les découvertes épaississent plus le mystère qu'elles ne le dévoilent. Derrière chaque réponse se cachent toujours de nouvelles questions. On croit savoir plus, mais ce n'est qu'une douce illusion. Le mystère aime se dérober aux réflexions humaines. Il prend comme un malin plaisir à complexifier la situation après l'éclaircie de la découverte. Il aime se faire rechercher comme s'il voulait se faire désirer. Peut-être veut-il nous attirer, à sa manière ? Une forme de séduction bien particulière. Il y a quelque chose de très féminin dans le mystère.

Pégase m'apprend à poser les vraies questions. Je dérive lentement. Il est si lénifiant de se laisser prendre par le mystère. Il exerce, sur celui qui y pense, comme une force de gravitation irrésistible. Mais l'Histoire me rappelle. Je quitte le banquet étrusque. Je prends malgré moi congé des convives. Je remets le cap vers cette deuxième moitié du XIXe siècle où, face à la montée en puissance trop brutale et sans cadre social du capitalisme industriel, les esprits réagissent. Marx, qui vient d'écrire à Bruxelles, où il est réfugié politique, le *Manifeste du Parti communiste*, lance les bases d'une nouvelle idéologie qui sera plus tard mise en pratique par de nombreux États.

Emporté par ce mouvement réactionnaire, l'art se remet en question. De nouveaux courants voient le jour : l'impressionnisme, le symbolisme, le romantisme, le réalisme, l'expressionnisme, le surréalisme. La Belgique occupe une place de choix dans ce renouvellement artistique. Elle compte déjà de grands noms comme Stevens et Rops. Suivra bientôt Khnopff, Ensor, Tytgat, Spilliaert, Wouters, Permeke, Delvaux et Magritte. Elle produit aussi les sculpteurs Meunier et Minne ainsi que le musicien César Franck, qui sera même professeur d'orgue au Conservatoire de Paris. En littérature, on trouve Gezelle, Rodenbach, Maeterlinck, Verhaeren. En France, il y a Lamartine, Rimbaud, Baudelaire, Verlaine, Flaubert, Victor Hugo, Mallarmé. L'éditeur Pierre Larousse va publier le *Nouveau Dictionnaire de la langue française*, qui deviendra au fil du temps le fameux *Petit Larousse illustré*. En Italie, il y a Praga, Verga. En Angleterre, les sœurs Brontë. Aux États-Unis, Edgard Poe. L'Allemagne a vu passer Goethe et Hegel. Et que dire en Russie, avec Tolstoï, Dostoïevski et Gogol !

Mais cette formidable liberté de pensée est mise à mal par les esprits conservateurs. En avril 1856, un auteur encore inconnu, Flaubert, achève la rédaction de son premier ouvrage, *Madame Bovary*, qui parle d'adultère. Le livre provoque une indignation dans la classe dirigeante. L'ouvrage fera l'objet d'un procès pour « outrage à la moralité publique et religieuse et aux bonnes mœurs ». Flaubert sera néanmoins acquitté. Médiatisé par ce procès, le livre va connaître un immense succès. L'année suivante, un autre de mes vieux amis, Baudelaire, publie *Les Fleurs du mal*. Un procès, aussi pour immoralité, est instruit contre l'auteur. Baudelaire et l'éditeur seront condamnés à des amendes et six poèmes devront être retirés.

Les mentalités sont toujours fainéantes au changement. Les tabous sont légion dans la société, à cette époque. Malgré tout, les esprits vont se délier, poussés par le culot et le sens aigu de la liberté de certains hommes et femmes.

Ce siècle est en train de devenir celui de l'expression. Tout vit, tout sort. Il y a comme un besoin de se libérer, de s'émanciper, de dire les choses différemment, par les mots, par les images, par les sons. Et l'homme de ce siècle va bientôt créer tous les moyens pour communiquer et partager ces nouvelles façons de penser : les journaux, les livres, la publicité, l'organisation de foires internationales, le cinéma, le téléphone, le phonographe et aussi le télégramme. En 1858 est envoyé le premier télégramme transatlantique. L'homme a même réussi à utiliser les ondes pour communiquer!

L'inventivité n'a pas de limites. Elle va aussi toucher la photographie, dont la technique du tirage des images sur papier à l'albumine s'impose de plus en plus. La photographie va connaître un véritable engouement, d'abord auprès de la bourgeoisie et de l'aristocratie, ensuite dans toute la population. De nombreux photographes itinérants en feront leur commerce. Tout le monde voudra se faire prendre en photo. Une mode s'installe, celle de l'image personnalisée. Beaucoup de studios, transformés en de véritables décors théâtraux, vont s'ouvrir dans les grandes villes. L'imagination des photographes pour épater les clients est sans bornes. J'ai encore chez moi quelques vieilles photos de mes aïeux. L'une d'elles les montre posant dans un grand escalier derrière lequel est peinte sur un mur une terrasse bordée de fleurs de géranium. Sur une autre photo, on les voit dans un bateau, sur une autre encore dans une petite voiture. Il est alors fort à la mode d'utiliser ces photos comme carte postale. Elles sont le symbole même de la modernité.

La boîte à couture de Moetje

Les jours s'ajoutent aux jours. Le temps s'amoncelle toujours plus sur le sol si poreux de l'existence. Au n° 18 de l'Oude Gentweg, à Bruges, dans la maison familiale enrobée de flocons, le 22 janvier 1859, mon arrière-arrière-grand-mère, Moetje, met au monde un petit garçon, Arthur, mon arrière-grand-père. Dès le lendemain de l'accouchement, Moetje reprend son travail. Il y a beaucoup à faire dans la maison. Elle doit s'occuper de ses six enfants, dont un nourrisson. C'est l'hiver. L'approvisionnement en charbon est un souci permanent. Pour ne pas en consommer de trop, elle ne chauffe qu'une seule pièce, la salle à manger. Tout le quotidien s'y déroule : les repas, les lectures, les jeux de cartes. Mon arrière-arrière-grand-mère, souvent jusque tard le soir, y tricote aussi des pulls ou recoud les vêtements de ses petits chérubins.

L'intérieur est monacal. Deux bougeoirs en cuivre trônent sur l'applique qui surplombe le poêle à charbon. Ils encadrent, comme deux gardes suisses du Vatican, une vierge en cire délicatement habillée d'une robe en dentelle. Un Christ en bois pend au-dessus de la porte. Le poêle, où les morceaux de charbon rougissent sous l'injonction des flammes, ressemble à un purgatoire. Sur les murs, des reflets sombres, très légèrement cadencés par la danse des flammes, font penser à des moines capuchonnés, en pleine prière. Cette salle à manger est un vrai sanctuaire. La petite lampe à huile, placée juste au-dessus du fauteuil où Moetje coud, projette son ombre sur le mur d'en face. Cette ombre a étrangement la forme de la *Pietà* de Michel-Ange : la tête penchée, les épaules recourbées, les bras balançant. Voilà le grand artiste de la Renaissance qui s'invite dans ma famille. Quel honneur !

Michel-Ange fait aussi partie de mes vieux amis. C'est un vrai artiste. J'adore chez lui la générosité dans l'effort, le jusqu'au-boutisme absolu, l'entêtement à tirer à son paroxysme l'expression d'un visage, la fameuse « *terribilità* ». Il ne vit que par et pour son idée ; toute autre chose est secondaire. Jamais content, il y a chez lui comme une frustration constante de ne pouvoir toucher la perfection.

J'aurais aimé le voir à l'œuvre, caché dans un coin de son atelier. Sentir sa frustration, regarder sa déception, entendre sa rage. L'amitié que j'ai pour lui me le fait imaginer dans la maison de mon arrière-arrière-grand-mère. Je l'aurais bien vu passer les derniers jours de sa vie dans cet intérieur brugeois, ombreux et monastique. L'artiste enfin au repos. Il aurait aimé ça.

Dans la salle à manger, les soirées sont très intimistes. Une pudeur puissante y règne. L'obscurité semble volontairement cacher les quelques rares filets de lumière. Tout est replié, reclus, concentré sur un geste, un trait, une respiration. Il y a peu à voir. Tout est dans le ressenti. Même le silence a l'air de retenir intentionnellement son propre souffle. Seul, dans cet espace totalement intériorisé, le cliquetis des aiguilles à coudre arrive à percer le silence. Cette bataille des aiguilles résonne telle une horloge écoulant les heures à une cadence affolée, comme si le temps avait perdu le contrôle de lui-même.

Mon arrière-arrière-grand-mère connaît par cœur les techniques de couture. Très habile des mains, elle pourrait coudre les yeux fermés. Elle conserve tout son matériel de couture dans une grande boîte en bois sur laquelle est collé un gros morceau de tissu vert dans lequel elle pique ses épingles. Cent soixante ans plus tard, cette boîte à couture existe toujours. Elle est chez moi, dans mon bureau. Elle a franchi les murs de l'oubli. Cette boîte ne contient plus d'aiguilles ni d'épingles ou de boules de laine. Mais quand je l'ouvre, je vois sortir la *Pietà* et les moines capuchonnés. J'entends le silence étouffé. Quand je pose ma main sur la boîte, je ressens les vibrations des aiguilles en train de se battre comme des épées pour dompter les fils de laine. Tout revient dans mon présent.

J'aime m'anesthésier des retours du passé. Il y a quelque chose de troublant à ressentir le passé qui, à travers un simple objet, fût-il une boîte à couture, continue à s'exprimer dans le présent. On le porte inconsciemment. Nous sommes tous les enfants du passé que nous prolongeons dans le futur. Tout est dans tout. Tout n'est qu'un présent sans fin.

L'homme et la création

Loin de cette lumière intérieure, une autre lumière, beaucoup moins sommeilleuse, va voir le jour et éclairer le monde d'un regard nouveau. L'année 1859 est une année révolutionnaire pour les vieilles croyances des habitants de la Terre. Le 24 novembre, Charles Darwin publie son livre *L'origine des espèces par la sélection naturelle.*

Ce livre va avoir une très grande incidence, souvent controversée, dans la communauté scientifique ainsi qu'auprès de la population et surtout chez les ecclésiastiques. Le livre fascine. Tous les exemplaires sont vendus en une journée.

Les travaux d'Alfred Wallace, naturaliste et collègue de Darwin, qui arrivait aux mêmes conclusions que lui, n'ont pas eu le même retentissement. Wallace est amer. Il a des opinions politiques très franches sur les excès du capitalisme, sur le colonialisme et sur les droits de la femme, qui ne plaisent sans doute guère à l'intelligentsia anglaise.

Dans son livre, Darwin développe sa théorie de l'évolution basée sur le mécanisme de la sélection naturelle. Ce principe va questionner notre compréhension du monde du vivant : l'homme n'est plus l'image qu'il se faisait de lui-même, il est le résultat d'une lente et longue adaptation et non pas d'une création toute faite à un moment donné. Il a un ancêtre commun avec le singe. C'est son cousin ! L'homme est un singe évolué. Quel chamboulement métaphysique ! On apprendra plus tard que, génétiquement, l'homme et le chimpanzé sont identiques à 98,5 %. Darwin arrivera à la conclusion que les espèces biologiques changent au cours du temps et que de nouvelles espèces apparaissent par transformation de celles qui existent déjà. Il démontre aussi que toutes les espèces vivantes ont un ancêtre commun. L'homme a non seulement un ancêtre commun avec le singe, mais si on redescend plus loin dans la ligne de l'évolution, il a aussi un ancêtre commun avec les plantes, avec les poissons, avec toutes les espèces vivantes, qui partent toutes de la même origine : l'eau. C'est la grande famille de la vie. L'espèce humaine n'est qu'une espèce — mais quelle espèce ! — parmi des millions d'autres. Elle est même très récente par rapport à certaines, beaucoup plus anciennes.

Cette théorie bouleversera les idées établies et créera un séisme philosophique aussi important que celui provoqué par Copernic qui a démontré que la Terre n'est pas le centre de l'univers. Elle va jeter un immense et torturant doute sur la genèse de l'homme, son évolution et sa place dans la chaîne de la vie. Nous ne serions peut-être pas le but suprême du Grand Créateur ni l'enfant de Dieu, objet de toute son attention et de tout son amour. Quelle déception ! À qui peut-on donner notre confiance alors ? L'image de marque de Dieu en prend un sacré coup ! Les êtres humains se sentent brusquement seuls, abandonnés, déracinés.

Dans quel « machin » nous trouvons-nous ? Qui sommes-nous réellement ? L'homme est-il l'aboutissement unique de cette évolution ? Il semblerait que non, puisqu'il y a d'autres espèces qui évoluent de leur côté et qui se développent sous d'autres formes de vie. L'évolution a-t-elle une logique dont la finalité débouchera sur quelque chose de bien précis ? Est-elle munie d'une énergie secrète qui conduit les espèces vivantes vers un état d'être spécifique ? La chaîne de la vie semble se perfectionner. L'évolution des espèces vivantes montre une tendance à l'amélioration, au perfectionnement des espèces actuelles par rapport aux premières espèces. La vie est peut-être un long chantier. Mais pour construire quoi ? Sommes-nous seulement le résultat d'un « hasard heureux » ? Les questions pleuvent et rendent le mystère encore plus mystérieux.

Selon Darwin, l'évolution ressemblerait plus à un corail qui pousse dans tous les sens qu'à un arbre qui tend vers le ciel où l'homme serait au sommet de la plus haute branche. Pour lui, il n'y a pas de hiérarchie dans l'évolution. La position de l'homme dans cette chaîne de la vie n'est ni supérieure ni inférieure. Il est dans la vague évolutionniste au même titre que des millions d'autres espèces biologiques. La théorie de l'évolution remet en cause notre véritable identité et le sens de notre présence sur Terre. Elle n'en finit pas de nous tourmenter l'esprit.

Aujourd'hui, beaucoup de personnes — les créationnistes — nient encore l'évolutionnisme. Le débat reste ouvert. Tant que ce questionnement restera sans réponse définitive, les dieux continueront à hanter les hommes. Et aussi longtemps qu'il y aura des dieux dans notre imagination, les religions exerceront sur les masses un pouvoir politique. Une société émancipée des dieux n'est pas encore pour demain. Mais comme se le demandait Hegel, à juste titre, que pourrait être « la religion d'un peuple libre » ? Dans notre forme de vie, qui est par nature liée à la réalité de la mort et du mystère, il restera toujours une dimension métaphysique à combler. Et les religions continueront à tirer parti de cette dimension.

Où en est cette évolution en cette moitié du XIXe siècle ? Depuis l'apparition des premières cellules vivantes sur la Terre, il y a environ 1,5 milliard d'années, elle continue, imperturbablement, son petit bonhomme de chemin. Mais cette moitié, et particulièrement cette fin de siècle, marque un moment capital dans la compréhension de cette évolution. Au cours de cette période, l'homme va découvrir les bases d'un nouveau monde, celui de l'extrêmement petit, invisible à nos yeux, imperceptible à notre entendement. Un monde qui est le véritable moteur de notre vie et où les acteurs sont d'un genre nouveau : les cellules, les molécules et surtout les atomes.

Dans un avenir proche, on découvrira que les atomes vivent dans un univers bien à eux où tous leurs constituants se meuvent dans un mécanisme parfaitement réglé : certains tournent en couches successives autour du centre de l'atome ou sautent vers une autre couche, d'autres interagissent entre eux ou tournent sur eux-mêmes. Les futures exploitations de ces découvertes sur l'extrêmement petit vont permettre à l'homme, dans les prochaines années, d'acquérir la connaissance suffisante pour se donner les moyens d'influer sur le mécanisme de l'évolution, peut-être même de le modifier. Mais cela, en cette année de la publication du livre de Darwin, on ne le sait pas encore. L'homme appréhende de mieux en mieux la vie, il la subit moins. C'est une constante depuis ses premiers pas. Il est à l'aube d'une nouvelle vision de lui-même. Un autre soleil est en train de se lever à l'horizon : le soleil d'une lumière qui éclairera jusqu'aux confins du mystère de l'existence.

Ces réflexions ne traversent même pas les esprits très catéchisés des habitants de Bruges. Dans la ville, très peu de gens sont au courant de la nouvelle théorie de l'évolution. Elle sera souvent étouffée par les autorités, car elle met en péril beaucoup de vérités reconnues comme indiscutables jusque-là. Le savoir est un danger pour le pouvoir.

La Belgique, terre culturelle

Continuons notre périple dans les dédales de l'Histoire. Cette promenade le long de la Rivière du temps va nous réserver de nombreuses surprises plus palpitantes les unes que les autres, parfois décevantes, parfois folles, parfois troublantes. Comme la vie est singulière !

À la fin de l'année 1859, un certain Edmond Khnopff s'installe avec sa famille à Bruges, où il est nommé substitut du procureur du Roi. Ils habitent dans une maison située, au coin du Sint-Annarei et de la Langestraat, au pied du Groenerei, le quai Vert, en français. Son fils s'appelle Fernand, mon vieil ami, future grande figure du symbolisme belge, avec Ensor et Rops. Les fenêtres de la maison dominent le quai Vert et ses deux vieux ponts, le Meebrug et le Peerdenbrug. Ces deux ponts centenaires semblent tenir debout par le seul poids de leurs souvenirs. Fernand vivra dans cette maison jusqu'à ses huit ans. Il se souviendra toujours de cette vue particulière depuis sa chambre. Chaque matin, au réveil, sa première pensée est pour le quai Vert. Il s'empresse d'ouvrir la fenêtre pour aller se regarder dans le liquide verdâtre du vieux canal. Il aime observer son visage flotter au rythme apathique et somnolant de l'eau. Fernand passe des heures devant ce miroir magique qui lui fait voir son inconscience. On retrouvera cette ambiance intimiste et féerique dans beaucoup de ses tableaux. Fernand Khnopff influencera de grands peintres comme Gustav Klimt et Egon Schiele.

La connaissance de l'Histoire permet des rapprochements insolites. Quelques années plus tard, mon grand-père Joseph et sa famille viendront aussi s'installer au quai Vert, dans une maison située juste en face de celle des Khnopff. Revoilà Dame Connaissance et sa magie. La connaissance met la vie en scène. Elle donne un sens à ce qu'on regarde. Avec la connaissance, tout devient plus familier. Elle met de la couleur partout.

À cette époque, la Belgique est une véritable terre culturelle. Les plus grands s'y rendent. En mars 1860, Richard Wagner en personne donne deux concerts à l'Opéra de la Monnaie, à Bruxelles. Le mois suivant naît à Ostende le peintre James Ensor. Il fait partie de ceux qui vont perturber l'ordre établi. C'est un personnage haut en couleur et fantasque. Il ne fait rien comme les autres. Il vit dans une modeste maison ayant appartenu à son oncle. L'intérieur, très excentrique, est bourré de bibelots étonnants. Le rez-de-chaussée abrite une boutique de jouets et de souvenirs. Il aime y recevoir des artistes, des savants, des écrivains et des politiciens, à qui il joue des airs étranges sur un harmonium. Même la réalité, chez lui, est surréaliste. Comme ce jour où la radio annonce sa mort par erreur. Amusé, il se rend devant son buste, érigé pour ses septante ans par la commune d'Ostende, un brassard noir au bras, déclarant à tout le monde qu'il porte son deuil.

Il est essentiel que la société puisse tirer profit de ce genre d'homme pour qui la liberté de pensée reste reine au-dessus de la mer du quotidien. Il n'y a rien de plus appauvrissant qu'une société qui se suffit de ce qu'elle est. Dans la vie, rien n'est jamais vraiment acquis. Il est fondamental de ne cesser de s'interroger, de secouer nos mentalités. On ne peut jamais considérer la réalité comme une fin en soi. En agissant ainsi, on empêche les esprits dogmatiques de prendre le dessus.

Il faut garder un esprit libre et curieux. La sauvegarde de la nature humaine de l'homme est à ce prix.

Renouvellement tous azimuts

La liberté et la curiosité sont bien dans l'air du temps. Il y a comme un besoin vital de sortir, de s'évader, de voir autrement. Les biologistes, les archéologues, les écrivains, les peintres, les musiciens ne sont pas les seuls à parcourir le monde. Les chefs d'État ont aussi des envies d'exotisme, mais pas pour les mêmes raisons. En janvier 1861, un certain Félix Éloin est chargé par le roi Léopold Ier de se rendre en Océanie, principalement dans l'archipel des Nouvelles-Hébrides, la Nouvelle-Calédonie, les îles Fidji et Sandwich, pour y acquérir, par traités, des territoires et en prendre possession au nom de Sa Majesté. Le roi Léopold a une obsession politique : créer une dixième province belge, la province du Pacifique. Éloin échoue dans sa mission. Beaucoup plus tard, la Belgique aura bien sa dixième province, la province du Brabant flamand. Une province obtenue non pas en agrandissant le territoire, mais en le morcelant. Un nouveau type d'acquisition territoriale s'ajoutera aux manuels de science politique. Les autorités belges ont toujours été très inventives dans la gestion de leur pays.

La Belgique va vers l'étranger, et l'étranger va vers la Belgique. La ville de Bruges compte de plus en plus de sujets de Sa Majesté la reine Victoria. En 1860, ils sont 1200. Parmi eux, de nombreuses familles aisées. Leur présence va élever le niveau de vie dans la cité de la dentelle. Les Anglais vont créer des écoles, des banques, des boutiques, des salons de thé, même une église anglicane.

Beaucoup d'aristocrates brugeois mettront leurs enfants dans les couvents ou dans les écoles privées anglaises. Les intellectuels anglais vont aussi faire revivre le passé illustre de Bruges en faisant des recherches sur son histoire. Ces recherches déboucheront sur la création de musées que l'on ouvrira à tous les citoyens.

Dans ce grand élan d'ouverture, l'économie, les sciences, la culture et particulièrement la technologie vont petit à petit se rapprocher des intérêts du citoyen. Tout sera de plus en plus aiguillé vers l'individu : la radio, la télévision, le téléphone, la photographie, le tourne-disque, la voiture, le train, l'avion, la moto et aussi le vélo. En mars 1861, à Paris, un chapelier apporte à Pierre Michaux, serrurier, une draisienne, qui a la roue avant défaillante, pour la faire réparer. L'un de ses fils, Ernest, l'essaye et se plaint du désagrément qu'il éprouve pour garder les jambes levées. Son père suggère de poser un axe coudé dans le moyeu de la roue pour faire office de repose-pieds qui fera tourner la roue. La pédale est née. Le vélo, sous sa forme moderne, voit le jour. Un nouveau sport va bientôt apparaître : le cyclisme.

Tout est nouveau à cette époque : de nouveaux sports, de nouvelles sciences, de nouveaux mouvements artistiques, de nouvelles industries, de nouveaux métiers, de nouveaux moyens de transport. Il n'y a pas un domaine où on n'innove pas. Tout s'emballe. La société se développe même sous terre. Le 1er janvier 1863 est inaugurée à Londres la première ligne de métro au monde. La ligne fait 6,5 km de long. Les rames du métro sont de petits trains à vapeur alimentés par du charbon. Il faut une certaine dose de courage pour descendre dans cet enfer urbain où l'odeur de brûlé et une fumée grisâtre règnent en véritables despotes. Le métro de Londres va devenir le plus long métro du monde avec ses 408 km de parcours desservant 274 stations. Une véritable ville sous la ville.

Ce mouvement de rénovation à tous crins va remuer les vieilles habitudes, même les plus opiniâtres. Les droits humains sont aussi pris dans la vague. L'une des plus anciennes sanctions pénales, la première peut-être, la peine de mort, va bientôt être abolie. En 1863, la Belgique condamne à mort un certain Charles Kestelijn. Il sera décapité par la guillotine sur la Grand-Place d'Ypres. C'est la dernière fois que la peine de mort sera appliquée pour les crimes de droit commun. À l'époque, le « métier » de bourreau est une véritable histoire de famille. On est bourreau de père en fils. Les bourreaux se marient avec des filles de bourreaux. De véritables dynasties familiales ont le monopole sur cet étrange métier.

Le XIXe siècle est animé d'un esprit d'émancipation hors du commun. La société des hommes s'organise même au-delà des États. Le transport et le commerce s'internationalisent, tout comme un domaine, jusque-là impensable, la solidarité, et en particulier les secours aux blessés de guerre. Le 22 août 1864, la Croix-Rouge est officiellement créée, à Genève, par le Suisse Henri Dunant. Mais cette noble intention ne freinera pas les guerres, il y en aura toujours. Un an après la création de la Croix-Rouge, aux États-Unis, l'interminable guerre de Sécession s'achève. Il y aura plus de 600000 morts. L'homme est décidément affamé d'hommes. Son appétit meurtrier n'est jamais rassasié.

Le prêche de Gezelle

Que fait ma famille dans ce vaste chambardement social, économique, politique et philosophique ? Elle est complètement étrangère à ces bouleversements. Le quotidien, très ritualisé, absorbe toutes ses pensées. Comme chaque dimanche, Moetje, mon arrière-arrière-grand-mère, se rend à pied à la messe, à l'église Sainte-Walburge de Bruges. Depuis le mois d'octobre 1865 — « *Zaaimaand* » en vieux flamand, « mois où on procède aux semailles » —, Guido Gezelle y est vicaire. Mon arrière-arrière-grand-mère apprécie énormément ses homélies empreintes de poésie. Il prêche en flamand alors que la langue officielle est le français. En continuant résolument à prêcher dans la langue de Vondel, il sauvegarde le particularisme flamand. Gezelle me fait penser à ces prêtres bulgares qui, malgré l'occupation ottomane, s'obstineront à écrire en cyrillique.

L'église Sainte-Walburge est située à la Sint-Maartensplein, pas loin de la Verversdijk, quai des teinturiers, dans le prolongement du quai Vert. Moetje se sent particulièrement bien dans cette église. Elle aime ce blanc immaculé qui domine tout l'intérieur. La blancheur si présente semble transformer les murs en une immense voile nuageuse. Tout est si laiteux que ma deux fois arrière-grand-mère a l'impression de monter au ciel. Elle est devenue une sainte, une vierge, un ange.

Cette église a été construite par un architecte brugeois, Pierre Huyssens, maître du baroque aux Pays-Bas au milieu du XVIIe siècle. Il séjourne pendant un an à Rome, en 1626. À cette époque, dans la Ville éternelle, l'art est baigné par l'influence énorme d'un artiste que j'aime beaucoup. C'est Lorenzo Bernini, encore l'un de ces vieux amis que l'Histoire m'a donnés en présent. Il vient de réaliser l'*Apollon et Daphné*, le *David* et plus tôt *Le Rapt de Proserpine*. Ah ! Cette main de Pluton dans la cuisse tendue de Proserpine ! Elle résiste encore, mais elle ressent déjà les premières envies d'abandon.

Pierre Huyssens a vu ces sculptures et est subjugué par les prouesses techniques de Bernini. Il fait vivre les corps, on les entend parler, jouir, respirer. Bernini est un artiste extrêmement prolifique. Presque dans chaque quartier de Rome, dans chaque palais se trouve l'une de ses œuvres.

La beauté de la connaissance

Cette petite incursion que je viens de faire dans la Rome de Bernini, en partant de l'église Sainte-Walburge, m'a été offerte par la connaissance que j'ai de l'Histoire. Voilà qu'à partir de mon arrière-arrière-grand-mère Moetje, je vous parle de Bernini. Mon arrière-arrière-grand-mère et le sculpteur n'ont pourtant rien à voir l'un avec l'autre, mais ma soif inassouvie de savoir les a mis ensemble.

Bernini s'est invité dans ce livre par la grâce de la connaissance. Quoi de plus beau que d'aller à la rencontre des hommes et des choses par la connaissance ? Si vous faites l'effort de venir à elle, avec envie et humilité, la connaissance vous ouvrira généreusement ses grandes portes et vous guidera, avec une foi inébranlable, sur les chemins toujours plus éclairants et rassasiants de son immense domaine.

La connaissance permet de voir. Si vous n'avez pas la connaissance, vous ne voyez pas. En sa compagnie, un rien vous parle, où que vous soyez. La connaissance dévoile. Elle donne vie à tout. La connaissance appelle aussi à la connaissance. Il y a une espèce de fluidité gourmande qui fait que dès qu'on la touche, la connaissance vous pousse à vouloir en savoir encore plus. Plus on en mange, plus on en a faim. La connaissance rend également plus humain et pacifie les jugements. Elle pousse à comprendre les différences et, ce faisant, réconcilie les gens. Le savoir élargit notre horizon et offre l'apaisement et le recul nécessaires pour mieux appréhender la vie. La connaissance nous rend aussi plus libres et plus maîtres de nos opinions. En nous transformant en citoyens du monde, elle est le meilleur remède contre la manipulation politique et religieuse. La connaissance rapproche tout. Elle permet de faire rencontrer des gens, de lier des faits, des époques, des images et libère ainsi le poids de notre conditionnement. Elle aide à passer de l'autre côté de la Rivière du temps et à la regarder autrement. La connaissance donne aussi du bonheur : je suis l'homme le plus heureux du monde quand je comprends un peu mieux les choses. Il faut être curieux de tout : la curiosité est l'aube de la connaissance.

Le premier déclic qui m'a ouvert les portes de la connaissance, ce fut un moment tout simple dans la chambre de ma sœur. J'étais au lit pour une maladie infantile, la varicelle. Je devais avoir onze ou douze ans. Au-dessus du lit pendait une petite étagère où se tenaient, dociles comme des soldats de garde d'un palais enchanté, cinq tomes de l'encyclopédie *Tout Connaître*, qui racontait l'Histoire du monde. L'ennui et la curiosité m'ont poussé à grimper vers l'étagère. J'ai pris le premier tome et je me suis laissé prendre par le courant enivrant de l'Histoire. J'ai voyagé en zigzaguant entre les images, entre les phrases, jusqu'au cinquième tome. J'ai lu l'Histoire des hommes en une semaine. J'ai parcouru toute la vie, depuis qu'elle existe, en sept jours, le temps qu'a pris le Dieu biblique pour faire son monde. J'étais fasciné, j'ai rêvé, j'ai volé au-dessus de l'Humanité. Je n'ai jamais appris autant en si peu de temps. Cette première rencontre avec Dame Connaissance restera éternellement dans ma mémoire. Ces cinq tomes sont comme des colonnes sur lesquels j'ai bâti le temple de ma vie.

Le Code de la route céleste

Le cours du temps vient de nouveau de m'échapper. J'ai été happé par le vent nourricier de la connaissance. C'est plus fort que moi. J'aime tellement me laisser pénétrer par son souffle ! Je reprends ma balade. Pégase, une fois n'est pas coutume, me conduit chez lui, dans son monde, vers la constellation de Persée, là d'où tombent les étoiles filantes, les Perséides. Un Italien, Giovanni Schiaparelli, découvre en 1866 que les chutes des étoiles filantes, chaque année en août, coïncident avec la rencontre entre la Terre et l'orbite de la comète Swift-Tuttle, découverte deux ans plus tôt. Ces étoiles filantes ne sont donc que de simples grains de poussière échappés de la comète et qui s'enflamment ensuite en traversant l'atmosphère terrestre, à plus de 60 km/seconde.

Tout s'explique. Ce n'était pas de la magie. La Terre se trouve en plein cœur de milliers de routes empruntées par des millions de « véhicules volants » : des planètes, des étoiles, des comètes, des astéroïdes. Le ciel est une véritable carte routière. Le Code de la route céleste est si finement rédigé et si parfaitement appliqué que rares sont les accidents. Impressionnant, quand on voit à quelle vitesse tous ces véhicules se déplacent. C'est presque miraculeux. Et s'il y a des accidents, c'est souvent pour créer quelque chose de nouveau comme une planète ou une étoile. Même les accidents ont une utilité. Tout est prévu dans le Code de la route céleste. L'univers n'est pas chaotique. Il y a comme un esprit très cartésien qui semble régir le trafic cosmique.

Maniusia

Oublions ce monde étonnamment si bien huilé. Cela nous dépasse. Regagnons humblement notre petite Terre et ce petit bout de terrain, la Belgique. Avec l'avènement de Léopold II, en 1865, elle ouvre un nouveau chapitre de son histoire, après celui de sa création. Le tout jeune pays rentre maintenant dans sa phase d'expansion économique. Une ère de prospérité sans égale débute. Un grand nombre de nouvelles entreprises voit le jour. La société Delhaize est un bel exemple. En 1867, Jules Delhaize va révolutionner la distribution alimentaire en créant un réseau de succursales dans tout le pays. Ces nouvelles entreprises sont souvent familiales : Jules est aidé par son frère Édouard et son beau-frère Jules Vieujant.

Cette année 1867 est particulière à plus d'un titre. Une foule d'événements, tous plus singuliers les uns que les autres, apparaissent. La première machine à écrire est commercialisée. Alfred Nobel invente la dynamite. Il va faire fortune. En mars, les États-Unis achètent l'Alaska à la Russie pour 8,7 millions de dollars. Une bouchée de pain. Une erreur stratégique impardonnable que la Russie, plus tard, regrettera amèrement. En France, la loi Duruy rend obligatoire l'école primaire pour les filles. L'émancipation se développe. Le savoir va enfin pouvoir être partagé. C'est important, car le partage du savoir pousse à la naissance de nouvelles idées et crée encore plus de savoir. En avril, lors de l'Exposition universelle, à Paris, *Le Beau Danube bleu* de Johan Strauss s'entend au-dessus de la Seine. Le succès est retentissant. Cet air va devenir une référence mondiale à chaque réveillon de Nouvel An. En juin, l'empereur Maximilien, époux de Charlotte, la fille de Léopold Ier, est fusillé. Les troupes françaises sont expulsées du Mexique.

En 1867, toujours, de nouveaux États se forment. Le Grand-Duché de Luxembourg devient indépendant ainsi que le Canada et la Hongrie. À Paris et à Varsovie, deux personnes que j'apprécie énormément croisent leur destinée. Le dernier jour d'août, mon vieil ami Charles Baudelaire meurt de la syphilis dans une maison de santé, alors que, rue Freta, à deux pas de la Vistule, naît, deux mois plus tard, Marie Sklodowoska, ma grande amie, la future Marie Curie. Marie est la petite dernière d'une famille de cinq enfants. Elle sera la plus cajolée. Comme les Flamands, les Polonais aiment donner un diminutif à leurs enfants. Ses parents l'appelleront « Maniusia ». Ce petit bébé aux yeux gris-bleu va devenir dans quelques années l'une des personnalités les plus estimées au monde.

Un jeu de piste

Des pays sont créés, d'autres disparaissent, des hommes meurent, d'autres naissent.

Des expulsions, des signatures, des fêtes, des découvertes. Les événements, les dates se succèdent. L'Histoire se remplit. Je la regarde défiler du haut de mon présent. Le courant de la Rivière du temps est de plus en plus rapide. Plus la Rivière se remplit d'histoires, plus son courant s'accélère. Que d'avancées, que d'inventions, que de miracles accomplis depuis les premiers pas de bipède de l'homme ! On dirait qu'il est lancé dans une longue course. Une course-poursuite ? Une course contre la montre ? Et où mènera cette course folle ? Y aura-t-il seulement une arrivée ? Sommes-nous, inconsciemment, les dépositaires de quelque chose ? Nul ici-bas ne peut répondre. La seule façon de le savoir, c'est de tout mettre en œuvre pour continuer cette grande aventure humaine le plus longtemps possible.

Je commence à me perdre dans ces interrogations déroutantes. Ce n'est sans doute pas encore le moment d'y répondre. Beaucoup de réponses sont données, mais pas encore celle qui primera toutes les autres. J'ai envie de croire qu'il y en a une. Je reprends ma piste. Ce mot « piste » qui tombe, par hasard, dans ma phrase, m'inspire une réflexion. La vie n'est-elle pas un jeu de piste où chaque nouvelle découverte faite par l'homme est un indice qui lui permet de trouver le chemin qui le mènera jusqu'à l'explication ultime ? Notre existence ressemble peut-être à un jeu de décryptage. Le Démiurge jouerait avec nous. Ce n'est qu'une interprétation parmi d'autres. Trop d'illusions, d'optimisme. Question peut-être futile…

Ce mot « piste », je ne l'ai pas trouvé tout seul. Le travail d'écriture offre souvent des surprises troublantes. Il vous fait dire des choses sans que vous ne l'ayez pensé. Comme si je n'étais qu'un relayeur, un scribe, un interprète. Quand je relis certaines phrases que j'ai écrites, je me demande où j'ai été les chercher… L'écriture agrandit l'espace de la pensée.

Dans le travail d'écriture, comme dans les autres arts, il y a des moments de transcendance où le temps se met à l'écart et où le mur de notre condition humaine s'effrite. Dans ces moments de détachement total, des choses se libèrent inconsciemment. On ne sait pas d'où elles sortent. J'ai souvent l'impression, lorsque j'écris, que ce sont les mots qui me disent ce que je dois écrire. Les mots parlent entre eux. Il faut savoir les écouter.

Écrire est un exercice très particulier qui demande beaucoup de tact. En écrivant, on joue avec les mots, mais les mots jouent aussi avec vous. Il n'est jamais facile de les mettre d'accord. Les mots ont des comportements très humains. Il y a les discrets qui sont difficiles à trouver, mais qui, bien placés, peuvent changer le sens d'une phrase. Il y a les mots un peu hypocrites qui ont plusieurs sens ; eux sont difficiles à placer. Les mots d'une grande profondeur qui rayonnent sur toute une page. Il y a aussi les mots musiciens qui ont une telle sonorité qu'ils font chanter un chapitre entier. Avec des caractères si différents, nombreux sont les heurts de voisinage. Tout l'art d'écrire est de trouver un terrain d'entente entre les mots, à l'instar d'un maestro soucieux de trouver la meilleure harmonie entre les instruments de son orchestre.

Je ferme cette parenthèse sur le travail d'écriture. Retournons en Flandre, où l'élan identitaire se fait progressivement sentir. Outre Gezelle, une autre personne va réveiller le sentiment flamand : c'est Charles de Coster. De père flamand et de mère wallonne, en 1867, il fait revivre l'histoire de Thyl Eulenspiegel, issue des légendes flamandes du XVIe siècle, pendant l'occupation espagnole. Son livre, écrit en français, contribua à mettre en lumière les traditions et l'âme flamande. Eulenspiegel, paysan jovial et rusé, né à Damme, était le défenseur des libertés face à l'oppression du duc d'Albe. Avec Gezelle et de Coster, mais aussi Hendrik Conscience, une identité flamande est en train de naître en ce milieu du XIXe siècle. Une identité qui ne cessera de s'affirmer au fil des années. Elle aboutira peut-être un jour à l'édification d'un État flamand indépendant.

Léopold, pilote de mer

Nous franchissons l'embouchure de l'Escaut. Pégase me dépose dans le petit village de Vlissingen, situé juste à l'endroit où la mer du Nord et le fleuve, depuis des lustres, se complaisent dans un enlacement immuable. C'est dans ce village que, le 12 janvier 1869, naît Arthur Van Outryve, mon arrière-grand-père du côté de la mère de mon père. Arthur voit le jour à Vlissingen parce que son père Léopold, originaire d'Ostende, s'y était installé pour y exercer le métier de pilote de mer. Il y a rejoint la station de pilotage et sa petite colonie de pilotes belges, créée par un marin ostendais, André Ockert.

Mon arrière-arrière-grand-père Léopold a obtenu son diplôme de pilote de mer à vingt-cinq ans. Pour exercer ce métier particulier, il faut suivre une formation donnée par l'État. Les cours portent sur les techniques de navigation, les courants, les règlements fluviaux, la lecture des cartes maritimes ainsi que sur la topographie des lieux. À la remise de son diplôme, mon deux fois arrière-grand-père reçoit une médaille qu'il doit obligatoirement porter sur lui lorsqu'il sort en mer.

Cette médaille est pour le pilote de mer à la fois son laissez-passer et sa fiche d'identité. En cas d'accident mortel, fréquent dans ce métier, la médaille permet d'identifier formellement son propriétaire et ainsi de faciliter les formalités de succession. Cette médaille, fixée par deux anneaux, est placée en bandoulière au-dessus du gilet de pilote, vêtement officiel et obligatoire. La médaille est en argent pour les pilotes ordinaires et en cuivre pour les pilotes extraordinaires. Sur cette médaille sont gravés le grade, le numéro de matricule du pilote ainsi que le nom de la station dont il dépend.

Une fois son diplôme en poche, mon arrière-arrière-grand-père emménage avec sa famille à la station de pilotage de Vlissingen. Des milliers de bateaux empruntent l'embouchure de l'Escaut. Cette station couvre la zone entre la mer et Vlissingen pour les services d'entrée et les services de sortie. Quand un bateau rentre dans l'embouchure de l'Escaut, il est guidé par un pilote, le « pilote de mer », de la Manche vers Vlissingen, et ensuite pris en charge par un autre pilote, le « pilote de rivière », de Vlissingen vers Anvers ou Terneuzen. La tâche principale du pilote de mer est d'indiquer au commandant du navire les multiples dangers auxquels son bateau peut être confronté en naviguant dans l'embouchure : les écueils cachés, les bas-fonds, les bancs de sable mobiles, la profondeur de la mer ou les différents courants et leur direction.

Pour rejoindre les navires entrant dans l'embouchure, les pilotes utilisent de petits voiliers, les « goélettes ». Ces bateaux-pilotes, pourvus de deux mats et facilement manœuvrables, sont équipés d'une barque. Cette barque, poussée par la force des bras de quatre à six rameurs, sert à acheminer le pilote de mer le long de la coque du navire marchand et à le récupérer.

Le travail de pilote est très éprouvant. Il exige de grandes qualités physiques, surtout la montée à bord juste après l'accostage. Léopold les a ; il est une véritable armoire à glace. Trapu et carré, il a un torse de joueur de rugby. Équipé d'un ciré, de grosses bottes et d'une ceinture de sauvetage, mon deux fois arrière-grand-père doit attendre le meilleur moment pour monter dans le navire marchand. Lorsque la mer est agitée, l'exercice est périlleux. Il se laisse porter par la bonne vague et, à l'aide d'une échelle ou même d'un simple cordage installé à l'avant du navire, grimpe ensuite le long de la coque pour monter à bord rejoindre la cabine du commandant et lui servir de guide. C'est un métier à haut risque, et il est fréquent de voir des pilotes se noyer. C'est ce qui est d'ailleurs arrivé au beau-frère d'Arthur, lui aussi pilote.

Plusieurs corporations offrent ce service de pilotage. Il existe une grande rivalité entre elles, surtout entre les Hollandais et les Belges. Une véritable course pour être le premier à se présenter devant le navire marchand a chaque fois lieu. Le premier navire-pilote arrivé près du navire se voit attribuer le service de pilotage. Toutes les manœuvres, parfois pas toujours des plus fair-play, sont utilisées pour arriver à ses fins. Mais cette rivalité n'empêche nullement beaucoup de solidarité entre les corporations pour porter secours à un pilote dès que celui-ci est en danger.

Mon arrière-arrière-grand-père retournera vivre à Ostende à quarante-cinq ans, l'âge maximal requis pour exercer le métier de pilote de mer. Il y mourra pendant la Première Guerre mondiale des suites d'une interminable maladie.

La voix de ma mère

La mort, dans son travail journalier, fait le ménage comme tout le monde. Elle prend régulièrement les poussières. Un dimanche du mois de février 1869, elle balaye l'intérieur de la maison de mon ami Alphonse de Lamartine et l'emporte au ciel. Il est maintenant dans le mystère qu'il a, de son vivant, tellement essayé de percer. Seuls les morts ont le privilège de pénétrer le mystère…

Au revoir, mon vieil ami. Tes mots sont des tableaux qui pendent dans le salon de mes pensées. Il y a du Lamartine en moi. On est tous, hommes du passé et hommes du présent, le terreau de l'autre. Quelle richesse, quand l'histoire des hommes et des femmes vous traverse et vous grandit. Tout s'échange. On se prend et on se donne tous l'un à l'autre, souvent inconsciemment, rarement volontairement, trop rarement. Ce grand partage alimente l'évolution, nourrit l'existence de chacun. L'idéal serait que ce partage soit plus conscient. Si chaque homme, chaque femme pouvait volontairement se conscientiser de la richesse des autres, le monde pourrait alors prendre une orientation plus pacifique et constructive. Je rêve encore. L'utopie sommeillera toujours en moi comme une braise qui n'attend qu'un simple souffle pour s'enflammer.

Quelques jours après la mort de Lamartine, d'autres flammes, brûlantes celles-là, vont presque rendre une personne inconsolable. À Mons, mon deux fois arrière-grand-père du côté de ma mère, Joseph Honorez, va bientôt vivre la plus grande frayeur de sa vie. Joseph est professeur de violon à l'Académie de musique de Mons. Il adore la musique, et son violon est son meilleur ami. Il tient à son instrument comme à la prunelle de ses yeux. C'est son bâton de marche, sa liberté.

Ce matin-là, l'Académie prend feu. Dans l'urgence, mon aïeul réussit à évacuer ses élèves. Sur le trottoir, ils regardent tous, médusés, le bâtiment brûler. Brusquement, un cri tranche les pensées de mon arrière-arrière-grand-père : c'est la voix étouffée de son violon qui l'appelle à l'aide. Dans la précipitation générale, Joseph l'a oublié. Son bâton de marche suffoque dans la fumée. N'écoutant que son amour pour la musique, il se lance dans les escaliers, brave les flammes et retrouve son violon que le feu commençait déjà à brûler. Mon deux fois arrière-grand-père le serre instinctivement contre son cœur comme si c'était son enfant et, saoul de joie, fait le chemin inverse à toute enjambée. Mon aïeul est pris d'un immense soulagement. Il a sauvé sa moitié.

J'ai repêché ce violon dans la Rivière du temps. Je l'ai sauvé une deuxième fois. Il est maintenant chez moi. J'adore sa forme, son toucher, sa sonorité. J'aime les mots utilisés pour décrire chaque partie du violon : les « ouïes », les deux fentes sur le ventre du violon qui permettent au bois de respirer, l'« âme » qui transmet les frémissements des cordes ou encore les « éclisses » qui sont les hanches du violon. On dirait la Vénus de Milo qui se métamorphose. Elle s'est échappée du Louvre…

J'ai fait faire une révision complète de ce violon. D'après le luthier, mon deux fois arrière-grand-père devait être droitier et portait une barbe, car, à l'endroit où il posait son menton sur le violon, le luthier a remarqué de nombreuses usures dans le bois. Ce violon a été fabriqué à Mirecourt, en France, par l'atelier Nicolas.

Joseph Honorez initie une lignée de musiciens dans la famille. Son fils, Alphonse, baryton, sera professeur de chant à l'académie de Mons. Son arrière-petite-fille, ma mère, continuera plus tard cette lignée en suivant des cours de chant. Son père, Adelson, lui achètera un piano.

Ma mère a une belle voix de contralto. Je me souviendrai toujours de mes retours à la maison, le soir, quand je rentrais en vélo de l'école. Au moment où j'entamais la dernière ligne droite, juste avant d'arriver chez moi, j'entendais déjà sa voix percer les grandes fenêtres de la façade comme une envie de courir à ma rencontre pour me prendre dans ses bras. Son chant, tel un lied, se laissait porter par le léger vent qui planait au-dessus des blés cultivés juste en face de la maison. Cette voix, si laineuse, sautillait d'épis de blé en épis de blé pour arriver jusqu'à moi. Elle ravivait la bonhomie du champ qui, au moment de mon passage, se muait en une longue chevelure dansante. Quel beau cadeau ! Mère Nature et mère génitrice dans un même élan affectueux. Je ne me sentais plus sur un vélo, j'étais dans un carrosse en coton. Je ne pédalais plus, je glissais !

Dans un recoin de ma tête, j'entends encore chanter ma mère. C'est si déconcertant de sentir sa pensée revenir avec une telle facilité dans le temps, comme si j'étais encore son petit garçon, comme si j'étais toujours en train de pédaler le long des blés. Ma mère est encore si vivante dans mon présent. L'absence ne fait pas oublier. Au contraire, elle renforce la présence de l'autre au plus profond de soi. On s'appréhende différemment. Son âme s'est réfugiée en moi. Une autre façon de rester ensemble…

Le Schtroumpf simplet

Allez, Dominique, sors de ton carrosse en coton, reviens sur Terre, reprend ton bâton de pèlerin. Il y a tant de choses qui bougent dans ce siècle émancipateur ! Tandis que la société poursuit sa marche économique, de nouvelles routes commerciales s'ouvrent. La mondialisation ne date pas d'aujourd'hui. Le 17 octobre 1869, en présence de toutes les têtes couronnées d'Europe, a lieu l'inauguration du canal de Suez, construit par la Compagnie française qui lui a donné son nom. Un accès plus court vers l'Orient voit le jour. C'est la dernière impératrice de France, Eugénie, épouse de l'empereur Napoléon III, qui préside la cérémonie à bord d'un bateau somptueusement décoré. Mon vieil ami Verdi composera un opéra, *Aïda*, pour commémorer cet événement.

Un autre type d'inauguration, scientifique celle-là, a lieu la même année. Un de mes vieux amis les plus chers, le chimiste russe Dimitri Mendeleïev, cadet, dit-on, d'une famille de dix-sept enfants, rassemble pour la première fois dans un tableau tous les éléments chimiques alors connus jusque-là et les classe en fonction du nombre de leurs protons. C'est le fameux tableau de Mendeleïev.

Ce tableau est une petite merveille scientifique. L'idée est de toute beauté. Ce tableau est structuré en colonnes et en rangées en fonction des propriétés chimiques et de la configuration électronique des éléments chimiques. C'est un outil d'une utilité extraordinaire, car il permet de prévoir comment les éléments chimiques peuvent réagir entre eux et aussi de prédire l'existence de nouveaux éléments. Ce schéma, précurseur des différentes combinaisons possibles entre atomes, va être complété au fil des années par la découverte d'autres éléments chimiques. On en compte aujourd'hui 118. Il est le premier référentiel formalisé de la future physique quantique. De ce référentiel découleront entre autres, dans les années qui vont suivre, des découvertes comme la radioactivité, l'isolement du radium ou encore la fission et la fusion nucléaires.

Le premier atome, inscrit tout en haut du tableau, est l'hydrogène. C'est l'atome qui a la structure chimique la plus simple : un électron et un proton dans son noyau. Comparé à la structure beaucoup plus complexe de ses compères, il fait figure de débutant. Il est le fluet de la bande. Chez les Schtroumpfs, il aurait été le Schtroumpf simplet. C'est presque humiliant ! Mais paradoxe des paradoxes, c'est l'atome qui a sans doute la plus grande importance dans le monde de l'infiniment grand et dans le monde de l'infiniment petit. L'hydrogène est probablement le tout premier atome créé par le Big Bang. Quel honneur ! Le Grand Architecte a donné au plus simple les rênes du pouvoir en lui attribuant un rôle primordial dans l'émergence et le développement de notre univers. Sans lui, pas de matière possible. L'hydrogène est également indispensable dans l'apparition de la vie. Sans lui, pas d'eau possible.

Le Tout-Puissant, dans son grand dessein, a donné la plus haute fonction à la simplicité. Les choses compliquées affleurent du simple. Tout se construit, même quand on s'appelle Dieu. Deux autres atomes seront générés par le Big Bang : le lithium et l'hélium. L'hélium va produire la lumière, un des tout premiers effets tangibles du Big Bang, point de départ de notre future existence. Quelle symbolique ! Les autres atomes seront produits par les étoiles. Tous ces atomes serviront plus tard à la formation des planètes et, bien plus tard encore, au développement de la nature et des hommes.

La mathématique est une langue

Les découvertes qui se multiplient poussent les scientifiques à structurer leur savoir et à édifier de nouvelles théories par l'usage de méthodes de travail rigoureuses et de modèles de plus en plus sophistiqués. Toute science ne peut progresser sans formalisme, sans classification, sans modèle. Le tableau de Mendeleïev en est un magnifique exemple.

Dans ce grand exercice d'approfondissement de la connaissance, la mathématique est l'instrument par excellence qui permet d'élaborer des théories qui vont avancer des vérités sans les avoir prouvées. La mathématique fait prévoir, alors que la réalité de la découverte n'existe pas encore. Elle devance la preuve. Les trous noirs, le Big Bang, la matière noire, les antiparticules, l'énergie sombre, les ondes gravitationnelles ont été découverts par le biais de modèles mathématiques. La confirmation de leur existence ne s'est faite ou ne se fera que plus tard, grâce au développement de l'informatique et des techniques d'observation.

La mathématique permet de comprendre le fonctionnement de l'univers. C'est la clé. Comme disait Galilée, l'univers est écrit en langue mathématique. Dans l'univers, derrière chaque mouvement se cache une formule mathématique. La mathématique décode le mystère sans pour autant en extraire le sens.

Le capitaine Nemo

La science explose, littéralement, dans ses concepts, dans ses démarches, dans ses convictions. Elle va réduire l'espace du mystère. La recherche scientifique va progressivement conduire à une nouvelle compréhension du fonctionnement de la vie. L'homme, en ce siècle si émancipant, est en train de comprendre qu'en dessous de la sphère biologique existe toute une structure complexe qui sert de base à la vie elle-même. Sans cette base, la vie ne peut se développer. Dans les années à venir, on démontrera que la vie est tridimensionnelle. Une couche physique où les particules (les électrons, les protons, les neutrons et les quarks) interagissent pour former un atome. Une couche chimique où les atomes se combinent pour former une molécule. Et une couche biologique où les molécules s'agencent entre elles pour faire fonctionner des cellules dans un corps humain, dans une plante, dans un animal. Ces trois couches forment un tout indissociable, interdépendant qui permet à une vie de vivre. Il y a une machinerie troublante qui nous supporte et nous maintient en vie.

Lentement mais sûrement, la vie se dévoile dans son mécanisme. L'Humanité commence à percer le secret des lois physiques qui la gouvernent. Très peu de gens en sont conscients. Mais il y a un homme qui l'a très bien compris. Il est exalté par toutes ces découvertes scientifiques. Cela provoque chez lui une véritable furie intellectuelle. Il va confondre brillamment la science et l'imaginaire. Cet homme, c'est Jules Verne. En cette année 1869, il publie son livre *Vingt mille lieues sous les mers*.

Quand j'étais petit, j'ai dévoré ce livre. Le capitaine Nemo me fascinait. Je voyageais dans les profondeurs, sans limites, de mon imagination. Je n'arrivais plus à revenir sur

Terre. Quelques années plus tôt, Jules Verne avait déjà écrit son fameux *Voyage au centre de la Terre*. Il écrirait encore *L'Île mystérieuse*.

Un énième Notre Père

En cette décennie marquée par un esprit d'inventivité extraordinaire, les Belges ne sont pas en reste. Le moteur à explosion et la dynamo sont créés par Étienne Lenoir et Zénobe Gramme. Dans un autre registre, un Brugeois, Vincent de Groof, essaye, à partir d'un ballon, de voler. Il sera considéré comme le premier Belge à s'élever dans les airs. Sa tentative est exceptionnelle dans cette ville si conformiste. Les habitants doivent le prendre pour un demi-fou. Malheureusement, il se tue en s'écrasant avec son ballon. Cette triste issue confortera les Brugeois dans l'idée que les changements sont dangereux et qu'il vaut mieux ne pas en faire.

Dans l'ancienne Venise du Nord, l'indolence, l'ennui, l'aveuglement règnent en maître. Tout se répète docilement comme on récite par cœur un énième *Notre Père*. À part quelques actions sporadiques de certaines personnes éclairées comme Suvée, Gezelle, Jacopssen ou de Groof, rien ne change. Bruges est une ville apathique, introvertie, comme endormie dans les vieux songes de son passé illustre, elle est un îlot abandonné par l'Histoire. L'ambiance secrète et obscure si particulière qui y règne va inspirer beaucoup d'écrivains et de peintres. Cette apathie est d'autant plus frappante qu'au même moment, partout ailleurs, les découvertes scientifiques, les créations artistiques, les inventions sont en train de propulser la société dans le monde de l'innovation et de la consommation. Mais Bruges la sourde ne veut rien entendre. Elle résiste obstinément. Bruges ressemble à l'eau sans courant de ses vieux canaux, qui stagne et qui se languit de son triste sort.

Cette inventivité est telle qu'on en oublierait presque les guerres. On n'en a plus entendu parler depuis quarante ans. Mais c'est une fausse impression. Quelque chose qui ne change pas et que les hommes n'arrivent jamais à écarter de leurs réflexes, ce sont bien les guerres. Elles sont très régulières dans le calendrier des humains. En juillet 1870, ils rejouent à leur jeu favori. La France de Napoléon III et la Prusse de Bismarck engagent les hostilités pour une sordide question de candidature d'un prince prussien, Léopold de Hohenzollern, au trône d'Espagne. Ce nouveau conflit entre

Français et Prussiens, depuis la bataille de Waterloo, sera de très courte durée.

Augusta, héroïne de « Bruges-la-Morte »

Les hivers passent le relais aux printemps, les vagues s'étirent et se retirent, la lune s'éteint et puis se rallume. De ce mouvement incontrôlable de la vie, par un beau matin d'été, émerge mon arrière-grand-mère du côté de mon père, Augusta Emiliana Gevens. Elle naît dans cette Bruges amorphe le lundi 8 août 1870, le jour de la fête de saint Dominique, mon saint patron. L'Histoire permet des rapprochements insolites. Peut-être que le hasard essaye de murmurer quelque chose, comme une envie du destin, que je rencontre mon arrière-grand-mère.

Le sort d'Augusta sera dramatique. Sa vie, très brève, ne sera qu'une suite ininterrompue de malheurs, une tragédie sans dénouement, mélange de délire wagnérien et de mélancolie baudelairienne. L'infortune s'acharnera sur elle avec une obstination démesurée comme un chien affamé qui ne veut pas lâcher son petit morceau de viande trouvé sur un trottoir, un soir frileux d'hiver.

Si mon vieil ami le poète Rodenbach avait connu Augusta, il aurait fait d'elle l'héroïne de son livre *Bruges-la-Morte* tant elle personnifiait la déprime ambiante de la ville de Bruges. Le livre de la vie de mon arrière-grand-mère se lit comme un roman de Rodenbach.

Augusta est l'aînée d'une famille de cinq enfants. Son père, qui s'est marié sur le tard, a trente-huit ans le jour de l'accouchement. Il tient une auberge à Assebroek. Pour fêter l'arrivée de sa fille dans la vie, il offre une tournée générale à ses clients. Au bar, autour des chopes de bière, surtout la spécialité locale, la Steenbrugge, depuis quelques jours les discussions vont bon train sur une découverte étonnante à laquelle personne ne croit. L'archéologue allemand Heinrich Schliemann vient de mettre au grand jour les vestiges de la légendaire cité de Troie, rapportée dans *L'Iliade* d'Homère. Des fragments de la réalité sortent du mythe. La science, à travers l'archéologie, remet les pendules de l'Histoire à l'heure.

Un siècle fut nécessaire

Le mois suivant, une nouvelle qui n'est pas pour déplaire aux clients de l'auberge est au centre des conversations. Après seulement six semaines de conflit, la guerre franco-allemande prend déjà fin le 2 septembre, à Sedan, à la frontière belge. La France capitule et signe l'acte de reddition. L'empereur Napoléon III est fait prisonnier en Allemagne. Le surlendemain, à Paris, en apprenant la nouvelle, la foule envahit le palais Bourbon. Une volonté de changement de régime est dans l'air. Les députés proclament la IIIe République et la fin de l'Empire. La France ne connaîtra plus jamais de régime impérial. Un système réellement démocratique va se mettre en place. Mais cette nouvelle République ne verra pas le jour tout de suite : le conflit n'est pas encore terminé. L'armée prussienne, survoltée par sa victoire à Sedan, ne se satisfait pas de la reddition de la France et déclenche une véritable attaque sur tout le territoire français. Le 18 septembre, elle est aux portes de Paris.

Au même moment, Rome vit aussi un siège, mais pour des raisons différentes. Le *Risorgimento* trouve son épilogue. Le rêve de Garibaldi est réalisé. L'armée régulière italienne rentre dans la ville antique qui redevient la capitale de l'Italie, enfin unifiée. Elle ne l'avait plus été depuis la fin de l'Empire romain. L'Histoire revient à ses premières amours. Elle refait ce qu'elle avait défait.

En France, le dénouement n'est pas le même. Durant le mois de novembre, les villes de Metz, Amiens, Orléans et Tours tombent dans les mains de l'armée prussienne. La France va bientôt abdiquer. Le 18 janvier 1871, dans la pièce la plus prestigieuse et symbolique de la puissance française, la salle des Glaces du château de Versailles, Guillaume Ier, roi de Prusse, se fait proclamer empereur d'une Allemagne unifiée qui devient un Empire. Il humilie les Français. Louis XIV et Napoléon doivent se retourner dans leurs tombes. Les troupes allemandes ne vont pas rester longtemps. En mai, le traité de Francfort est signé et met fin à la guerre franco-allemande. La France perdra l'Alsace et une partie de la Lorraine. Adolphe Thiers devient officiellement le premier président de la IIIe République.

Une page cruciale de l'histoire de nos amis français vient de se tourner. Depuis la révolution de 1789, leur pays est passé par deux républiques, trois monarchies et deux empires. Il aura fallu près d'un siècle pour que la France prenne véritablement son envol démocratique. La démocratie ne se construit pas en un tour de révolution. Cela demande du temps, de l'expérience et des échecs.

Dans la lumière

J'ai aussi envie de prendre mon envol, mais d'une autre manière : par la lecture. Durant l'été, l'un de mes vieux amis, le poète Arthur Rimbaud, qui m'a beaucoup sensibilisé à la littérature, va écrire un de ses plus beaux textes, *Le Bateau ivre*. Il n'a que dix-sept ans, et cela fait déjà plus de dix ans que ce virtuose des mots écrit.

Avec lui, comme avec Chopin, j'ai découvert que l'âme, qui trop souvent se morfond dans le silence, dans des moments de grandes folies, sort de son mutisme et se dévoile, malgré elle, pour offrir à l'être mortel que je suis l'émotion de ressentir le souffle de l'éternité. Rimbaud a réussi à faire parler son âme. Il plane. Il rentre dans le vent. Il devient le vent. C'est trop tentant de relire deux paragraphes merveilleux de son *Bateau ivre* :

> « Et, dès lors, je me suis baigné dans le
> Poème
> De la Mer, infusé d'astres, et
> lactescent,

Dévorant les azurs verts ; où,
flottaison blême
Et ravie, un noyé pensif parfois
descend.»

Ou encore :

«J'ai rêvé la nuit verte aux neiges
éblouies,
Baisers montant aux yeux des mers
avec lenteurs,
La circulation des sèves inouïes,
Et l'éveil jaune et bleu des phosphores
chanteurs ! »

Quel bonheur que de lire ces mots qui tournoient comme des feuilles détachées de leurs branches et qui se laissent emporter dans l'ivresse des airs ! Ces mots, on peut les humer, les entendre, les toucher. Ils sèment des espoirs fous. On ne peut les comprendre que les yeux fermés. La vraie lumière est celle qui éclaire de l'intérieur. Il y a en moi un grand paysage rempli de mots de Rimbaud. Ils poussent en abondance dans ma terre profonde. Son âme n'est jamais très éloignée de la mienne.

Sortons délicatement de l'esprit rimbaldien et retrouvons cette société où tout bouge dans un mélange particulièrement fertile. Tout est orienté par l'imagination qui se met au service de la science, de l'économie et encore et toujours de l'art qui traverse une période de créativité exceptionnelle. En 1872, un jour d'automne, dans le port du Havre, Claude Monet, de retour d'un voyage à Londres où il a été fasciné par les couleurs de Turner, en regardant le soleil levant, se sent rentrer dans un nouveau monde. Il s'empresse de le peindre. En contemplant cette lumière matinale si transparente, il a comme l'impression d'être dedans et plus dehors. L'artiste est derrière le rideau du visible. La lumière lui a dévoilé son intimité. C'est la lumière qui ne sait pas qu'on la regarde, comme une Vénus qui fait sa toilette, discrètement, dans un petit cours d'eau, à l'ombre d'un grand figuier. C'est la lumière qui se réveille lentement, remplie encore de ses songes nocturnes, une lumière dans son intérieur qui n'est pas encore sortie de chez elle. Ce n'est pas la lumière qui permet de voir, c'est la lumière qui se laisse voir. Quel délice de laisser baigner son regard dans ces couleurs intériorisées, dans cette lumière, encore au repos, soulagée de sa mission d'éclairer ! L'art, par le talent de Monet, réussit son but véritable : dépasser l'horizon des illusions et rentrer dans l'essence même des choses. Monet mettra comme titre à son tableau *Impression, soleil levant.* Ce tableau donnera son nom à un nouveau mouvement pictural : l'impressionnisme.

La lumière va aussi susciter des impressions aux habitants de Bruges, reclus dans l'obscurantisme. La ville décide de remplacer les réverbères à huile par des réverbères à gaz et les fera fonctionner en continu jour et nuit. Pour les Brugeois, c'est une véritable révolution. Ils avaient l'habitude de vivre dans la pénombre, de croiser dans les rues des marcheurs sans visage, ils vont voir maintenant des expressions, des regards, des sourires. Enfin un peu de vie ! La cité fantôme sort, très timidement, de son lourd sommeil. Tout doucement, Bruges s'invite dans la vague de la modernité.

Le tourisme, véritable activité économique

Dans cette vague, le tourisme se développe comme une activité économique spécifique. Il prendra un essor particulier avec l'apparition du train. Les esprits entrepreneurs comprennent très vite tous les avantages et les bénéfices qu'ils pourraient tirer de l'organisation de voyages. Le tourisme offre un intérêt commercial extraordinaire. Il va prendre une ampleur sans précédent.

Un Belge l'a bien compris. Lors d'un séjour aux États-Unis, en 1872, inspiré par les frères Pullman, Georges Nagelmackers décide de créer la « Compagnie internationale des wagons-lits ». Nagelmackers a une idée de génie : ses trains seront non seulement les plus confortables et les plus luxueux — la création de la voiture-restaurant en est un bel exemple —, mais ils franchiront aussi les frontières en Europe, en Asie et au Moyen-Orient. Chacun de ces trains deviendra une légende : la Flèche d'or, l'Étoile du Nord, le Train bleu, l'Ostende-Vienne-Express et bien sûr le fameux Orient-Express.

On voyage partout sur la Terre, mais aussi dans la Terre. En cette année 1872 débutent les travaux du percement d'un tunnel ferroviaire à travers le col du Gothard, en Suisse. Ils dureront dix ans. Ce col, que de fois n'a-t-il pas été emprunté pendant plusieurs siècles, depuis la Renaissance jusqu'au XIXe siècle, par les artistes curieux de découvrir cet eldorado de l'art qu'est l'Italie ! Moi aussi, je l'ai emprunté à maintes reprises, poussé par cette même curiosité artistique. Je suis toujours rempli d'envies quand je foule ces chemins de montagne où ces artistes ont dû braver des intempéries souvent extrêmes pour descendre vers les terres d'Italie, en quête de nouvelles émotions.

Le col du Gothard, mais aussi le col du Simplon, le col du Brenner ou celui du Grand-Saint-Bernard font partie des « descentes » alpestres les plus prestigieuses vers l'Italie. Ces passages sont autant de grandes arcades de l'art qui s'ouvrent sur l'Italie renaissante. De mémorables sculpteurs, peintres, écrivains et musiciens passeront sous ces arcades : Giambologna, Rubens, Van Dyck, Goethe, Lamartine, Balzac, Liszt et bien d'autres. Quand je suis là-haut, dans ces défilés, je me sens aussi l'âme d'un artiste épris de cet immense et unique désir de renaître une seconde fois sous le soleil légendaire et intellectualisant de l'Italie.

Verlaine à Bruxelles

J'enjambe les jours et les semaines. La hauteur me rend de plus en plus léger. L'apesanteur me pénètre. Pégase est étonné de la vitesse à laquelle je m'adapte à son monde. Dans mon présent, je décide de poursuivre mon travail d'écriture dans un bar. Il est 10 heures 30, je viens de m'asseoir à la Taverne du Passage, située à Bruxelles, dans les galeries royales Saint-Hubert, plus exactement dans celle de la Reine. Ce lieu, qui s'appelait, au XIXe siècle, le Café de la

Renaissance, abritait le siège du Cercle artistique et littéraire. De grands écrivains comme Baudelaire, Alexandre Dumas, Victor Hugo, Apollinaire y sont passés, ainsi que Rimbaud et mon vieil ami Verlaine, le 9 juillet 1873.

Je me suis installé au fond du bar. Il y a un miroir en face de moi. L'atmosphère est brumeuse. Je tourne ma cuillère dans mon café au lait où des nuages menaçants se forment. Dans le miroir, je vois Paul Verlaine, rabougri sur une petite table en marbre, comme une plante qui a besoin d'eau. Il est triste. Son ami Rimbaud lui a annoncé la veille qu'il le quittait. Paul a l'air désabusé, aigri. Devant lui, des verres vides traînent leur ennui. Son regard est flottant. Dans sa poche droite, un révolver qu'il vient d'acheter chez l'armurier Montigny, tout près du café. Verlaine laisse quelques pièces sur la table et sort. Il est juste midi. Il rejoint l'hôtel où il partage une chambre avec Rimbaud. À peine entré dans la chambre, dans un geste désespéré, il tire deux balles vers son ami. L'une blesse le poignet de Rimbaud, l'autre s'écrase sur le plancher. Verlaine, effrayé, emmènera son ami à l'hôpital Saint-Jean pour le faire soigner. Heureusement, la blessure n'est pas bien grave. À la sortie de l'hôpital, Rimbaud, furieux, décide de rentrer sur-le-champ à Paris. Devant la gare du Midi, Verlaine, confus, l'aborde, cahin-caha, en s'excusant de toutes les façons. Croyant à une seconde tentative de meurtre de son ami, Rimbaud ira se réfugier auprès d'un agent de police. Verlaine sera arrêté et emmené dans une prison à Mons, où il restera deux ans. Il y écrira plusieurs poèmes qui seront publiés dans un livre qu'il intitulera judicieusement *Sagesse.* L'amour surprend toujours par sa faculté à nous faire oublier le sens de la réalité. C'est ce qui fait toute sa magie.

Pégase me secoue. Je sors de mon imaginaire. Je me replonge dans le déroulement du temps. L'ébullition économique se poursuit en Belgique et, une fois n'est pas coutume, la ville de Bruges est de la partie. Les autorités communales commencent à comprendre l'intérêt du tourisme. En 1874, la ville achète le palais des seigneurs de Gruuthuse, qui sera transformé en musée. C'est le point de départ du développement d'une politique muséale qui connaîtra un succès retentissant quelques années plus tard.

La folle course aux brevets et à la découverte

Une des raisons de cette ébullition économique est le nombre important d'inventions qui voient le jour. Toutes ces inventions vont être commercialisées et créer de la richesse. Des marchés entiers sont à prendre. L'intérêt commercial qui se cache derrière chaque nouvelle invention va créer une grande rivalité entre ingénieurs et scientifiques pour revendiquer le titre d'inventeur officiel. Il y aura une véritable course à la déposition de brevets. L'Écossais Graham Bell, l'Américain Thomas Edison et l'Italien Antonio Meucci vont ainsi se livrer un duel ardu pour le titre d'inventeur du téléphone. Ayant une femme et une mère sourdes, Bell va consacrer toute sa vie à l'étude et à l'amélioration de la communication des personnes souffrant de surdité. En 1876, il construit un écouteur qui transforme les vibrations électriques en vibrations sonores. Le 10 mars, il effectue à Boston le premier appel téléphonique avec son assistant Watson assis dans une pièce voisine. La première « phrase téléphonique » — « Monsieur Watson, veuillez venir dans mon bureau, je vous prie » — arrive dans les oreilles de Watson. Qui peut imaginer, à cet instant précis, que ce petit mètre qui sépare les deux compères va être prolongé sur des milliers de kilomètres quelques mois plus tard ?

Cette expérience sera brevetée et offrira à Bell le titre officiel d'inventeur du téléphone. Bell, homme d'affaires rusé, a été le plus prompt à faire breveter son invention. L'Italien Meucci, plus artiste et bon vivant, aurait pu le faire plus tôt, dès 1873, année où il avait déjà inventé le téléphone. Il est déçu et amer. Poussée par la communauté italo-américaine, la Chambre des représentants des États-Unis reconnaîtra officiellement, mais très diplomatiquement, en 2002, le « rôle fondamental » joué par Meucci dans l'invention du téléphone. Il aura fallu attendre 126 ans. Le Britannique Matthew Web, lui, ne devra pas attendre si longtemps pour que son fantastique défi soit reconnu. Le 24 août 1875, totalement huilé pour se protéger du froid, il traversera la Manche en 21 heures 45 malgré des courants défavorables. À Calais, les autorités officialiseront immédiatement son exploit.

Les exploits, les inventions et les nouvelles idées continuent de déferler avec vigueur l'année suivante. Le 1er septembre, le premier bulletin du temps est édité en Belgique. Il est basé sur l'analyse de la carte synoptique telle qu'utilisée aujourd'hui. Un mois après, Graham Bell fait fonctionner la première ligne téléphonique au-dessus de l'Atlantique, entre Boston et Cambridge. À l'époque, les liaisons ne peuvent être établies que point par point. Les premiers postes téléphoniques seront achetés par paires. Mais peu après, Bell mettra en place un réseau de câbles téléphoniques géré par un bureau central qui orientera les abonnés vers le numéro désiré. Le téléphone manuel est né. Bell va commercialiser son invention en créant la Bell Company.

La science, aussi, est inventive. Cette année-là, un naturaliste anglais, John Lubbock, publie un livre, *L'Homme préhistorique*, où il fait montre d'un esprit très perspicace. Suite aux récentes découvertes archéologiques, il constate que vers la fin de la Préhistoire, cette période qui a précédé l'apparition de l'écriture, de véritables révolutions sociales, économiques et politiques ont eu lieu : le développement des techniques de chasse, les premières domestications des animaux, les premiers élevages, les premiers travaux agricoles, les premières utilisations d'outils en métaux, les premiers villages.

Pendant cette période, les hommes ont eu une vie sociale et culturelle beaucoup plus avancée que ce qu'on pensait. Lubbock clarifie le calendrier de ces révolutions en inventant deux nouveaux termes : « Paléolithique » et « Néolithique », pour différencier deux périodes dans la Préhistoire. L'une où l'homme nomade suit la nature, et l'autre où l'homme sédentaire commence à apprivoiser la nature.

Aujourd'hui, de plus en plus d'historiens défendent l'idée de sortir le Néolithique de la Préhistoire, tant cette période a été révolutionnaire dans l'évolution de l'espèce humaine, et de l'incorporer dans l'Histoire.

La folle course au brevet et à la découverte n'arrête pas. Aux États-Unis, Thomas Edison dépose le brevet du phonographe, le premier enregistreur, ancêtre du tourne-disque. Edison a trouvé un système qui permet d'enregistrer et de reproduire des sons à partir d'un cylindre en cire, muni d'une aiguille et d'un cornet acoustique. Et en Belgique, une découverte exceptionnelle a lieu à Bernissart, dans le Hainaut, à la frontière française. Des mineurs, en creusant une galerie dans une mine de charbon, découvrent vingt-neuf squelettes complets d'iguanodons. Ces grands dinosaures herbivores, qui ont vécu il y a près de 140 millions d'années, sont l'un des premiers essais de vie mais qui n'a pas réussi l'examen très complexe de l'évolution.

Depuis quelque temps, les paléontologues du monde entier se livrent une lutte sans merci, parfois même agressive, à la recherche d'ossements d'animaux préhistoriques. Les historiens appelleront, très platement, cette lutte la « guerre des os ».

Premiers drames

Fortune et inventivité là-bas, tristesse et pauvreté ici. Tout se mélange. La vie tourne dans un sens comme dans un autre. Elle ne fait pas la distinction entre le bonheur et le malheur, entre le bien et le mal. Elle est entière. Le 31 octobre 1877, le mauvais sort accapare mon arrière-grand-mère, Augusta. Hadès, gardien du royaume des morts, frappe déjà à sa porte. Elle perd son petit frère Théophile qui meurt à l'âge de trois ans. Une maladie l'a probablement emporté. Augusta n'a que sept ans. Une ombre virale vient de s'installer dans un coin de ses yeux. C'est la première épreuve d'une très longue série. Heureusement qu'elle ne peut pas lire son destin ! Il sera impitoyable pour elle.

Les malheurs et les tristesses n'ont jamais freiné les hommes dans leur cheminement. Ils enchaînent les événements dans un étrange amalgame. Il y a de grandes choses, des choses avilissantes, des choses qui passent inaperçues. L'ordinaire côtoie l'inhabituel, le merveilleux fréquente le répulsif, le respectable frôle l'indécent.

Tout est dans tout ; le peuple des hommes s'exprime sans fioritures.

Un an après la mort de Théophile, l'homme affiche sa nature avilissante. Le roi Léopold II, qui a des vues politiques sur le continent africain, engage l'explorateur anglais Henri Morton Stanley. Le souverain lui donnera comme instruction d'établir des comptoirs commerciaux au Congo en prenant possession de tous les territoires qu'il jugera utiles à la réalisation de son projet. Stanley va faire son travail sans aucun sentiment, implacablement, sans morale. Il traitera le peuple congolais comme des esclaves au service des intérêts économiques. Les Européens traceront dans toute l'Afrique, selon leur logique, des frontières qui ne correspondent pas aux réalités ethnolinguistiques et se partageront les terres des ancêtres de l'Humanité comme si c'était un grand gâteau au chocolat.

De gâteau, il n'en est nullement question pour mon arrière-grand-mère Augusta. Elle est aussi une esclave, celle d'Hadès, qui décide précipitamment de renvoyer sa jeune mère, Mélania, au ciel. Encore un départ sans explication. Jamais on ne sait pourquoi on doit partir. Augusta, qui n'a pas encore neuf ans, endure déjà le décès de deux êtres chers : son frère et sa mère. Le vent est en train de tourner et ne changera plus de direction ; il a pris définitivement le cap de la tragédie. Son destin est tout tracé : vivre dans le deuil.

Je voudrais que Pégase intercède auprès de ses collègues célestes en faveur de mon arrière-grand-mère, mais, au ciel, on ne sait pas ce qu'est la miséricorde. Les dieux ne descendent jamais de leur piédestal pour nous réconforter : ils nous ignorent superbement.

La sortie des préjugés

Nous reprenons malgré tout notre promenade. Le courant de la Rivière du temps nous emmène vers la péninsule ibérique. Maria, la fille de Marcelino Sanz de Sautuola, propriétaire de la grotte d'Altamira, au Pays basque, en jouant dans les dédales de la caverne, comme elle aime tant le faire, remarque d'étranges dessins sur la roche. On dirait des bisons, des mammouths, des rennes, même des rhinocéros. Ils galopent à toute vitesse. Un véritable film documentaire sur les animaux sauvages défile au-dessus de ses petits yeux d'enfant. Ces corps sont si finement dessinés. Quelle beauté, quel chef-d'œuvre artistique ! Maria appelle son père. En admirant la course de ces animaux, Marcelino est pris d'une étrange idée. Il a vu des crânes d'hommes préhistoriques exposés à l'Exposition universelle de Paris l'année précédente. Serait-il possible que ces hommes aient réalisé cette œuvre artistique ? Marcelino publie ses suppositions. À la lecture de cette publication, les archéologues, les historiens de l'art et même les évolutionnistes sont choqués que l'on reconnaisse une capacité artistique à un homme préhistorique. Pour eux, il ne fait aucun doute que ces dessins ont été réalisés par des bergers du Moyen Âge. Inimaginable dans les esprits de l'époque qu'un homme préhistorique, que l'on situe plus près de l'animal que de l'être humain, puisse faire de l'art. Vilipendé par tous, Marcelino Sanz est même accusé de faux.

Ce ne sera qu'en 1902, après d'autres découvertes de peintures pariétales similaires, que la communauté scientifique avouera s'être trompée. Sanz, décédé plus tôt, ne pourra pas entendre ce pardon scientifique. Il est mort en accusé. Il aurait pu mourir en héros. Tout est bien relatif.

Une vérité vient de nouveau étouffer une ancienne. Les vérités ne s'entendent guère entre elles. Elles ne tiennent pas longtemps sur la grande ardoise de l'Histoire ; on les efface régulièrement. Il n'est jamais facile d'admettre qu'une vérité soit fausse quand la société l'a érigée en croyance, cela demande beaucoup d'humilité et de largesse de vues. Mais l'homme a besoin de vivre avec des vérités. C'est plus sécurisant. La grande ardoise sera souvent effacée au cours de ce XIXe siècle qui est *le* siècle de la sortie des préjugés : sur l'animalité des hommes préhistoriques, sur la genèse de la Terre, sur l'origine divine de l'homme, ou encore sur le caractère unique de notre espèce, *Homo sapiens*.

Toute société, dans sa gouvernance, s'appuie sur des vérités qu'elle pense exactes. Mais l'homme ne cesse de découvrir. Les vérités d'un jour ne sont plus celles du lendemain. La vérité est provisoire. Rien n'est jamais vrai. Tout est toujours à redéfinir. Seules peut-être quelques rares vérités arrivent à franchir l'examen du temps. Elles touchent à un attribut particulier de l'amour : le sens du cœur et ses expressions si troublantes : la bonté, l'affection, la tendresse. Les gestes d'amour sont les traits caractéristiques les plus évolués de la vie. Mais peut-être que cela aussi, au regard des futures découvertes génétiques, ne sera plus si immuable.

Le serpent

À la maison, par contre, dans le fil de la vie recluse de la famille, la vérité chrétienne fonctionne comme un verrou indéboulonnable. Elle est inaltérable ; personne n'oserait la mettre en doute. Les opinions, les repas, les attitudes, les regards, tout est infléchi par la pensée religieuse.

Trois mois après le décès de sa femme, le 20 août 1879, mon deux fois arrière-grand-père Frederik, comme c'est l'habitude à l'époque, convole en secondes noces avec sa gouvernante, Maria Rosalia Boone, de vingt-cinq ans sa cadette. À Bruges, ce n'est pas très bien vu. Malgré cette petite entorse à la morale locale, un mariage est célébré.

Sa seconde mère n'est pas une sinécure pour Augusta, mon arrière-grand-mère. Maria Rosalia est une femme possessive, austère, rêche, un brin perfide. Elle va traiter les cinq enfants du premier mariage comme des étrangers. Elle a tant de haine à leur égard qu'elle ira même jusqu'à leur faire mettre des chaussures trop petites pour qu'ils aient mal aux pieds. Cette personne va particulièrement mener la vie dure à Augusta, l'aînée. Elle la fera travailler sans relâche.

L'ambiance à la maison est étouffante. Les cinq enfants détestent tellement leur belle-mère qu'ils vont l'appeler « le serpent ». Sa réputation est si mauvaise qu'elle va traverser toutes les générations. Sa descendance en parle encore aujourd'hui, 141 ans plus tard ! C'est dire l'enfer qu'ils ont dû vivre. Le petit dernier, Oscar, va le plus souffrir de l'attitude indifférente et sournoise de sa belle-mère. Privé de sa mère à trois ans, Oscar sera plongé dans un vide affectif profond. Heureusement, sa sœur aînée, Augusta, mère avant l'âge, aura les mots justes et les gestes aimants pour le réconforter.

L'homme rivalise avec le soleil

Que ma famille est si éloignée de l'effervescence extérieure ! Elle fait peine à voir. Aux États-Unis, une invention, une de plus, va bouleverser notre société. Le soir du 21 octobre, un fil de coton torsadé en fer à cheval brûle pendant plusieurs dizaines d'heures dans un verre où le vide quasi absolu a été effectué. Edison vient d'inventer la lampe à incandescence. Dans le petit atelier, personne ne songe à se coucher tant le moment est historique. Une nouvelle lumière, autre que celle du feu et du soleil, voit le jour. L'homme crée maintenant lui-même de la lumière ! Il rivalise avec l'astre solaire !

Cette invention aux conséquences immenses sera l'un des pas les plus importants de l'homme dans cette marche irréversible qui le mènera, petit à petit, à se détacher de cette nature qui l'a vu naître et l'a fait grandir. L'homme, à partir de ce soir mémorable, sort encore un peu plus de sa coquille naturelle où il s'est développé. Comme un enfant qui s'émancipe de son éducation, l'homme, à tort ou à raison, s'émancipe de la nature. Il est en train de construire son propre milieu. Un milieu qui sera peut-être un jour totalement déconnecté de sa source naturelle. Une véritable révolution est en cours. Personne ne peut imaginer ce soir-là qu'un genre humain nouveau est en train de se façonner lentement. Les choses ne seront plus comme avant. Le baromètre de l'Histoire s'envole. Tout bouge à une allure exponentielle. Il est difficile pour les esprits de digérer intellectuellement, moralement et spirituellement tout ce qui se passe en cette fin du XIXe siècle. Cela va trop vite.

Face à tous ces changements, Bruges la pudique ne bronche pas, elle continue de somnoler. Néanmoins, en 1880, apparaît un peu de ciel bleu dans son activité économique. De nouvelles industries naissent. Il s'agit surtout de petites entreprises familiales et artisanales telles que les forges, les imprimeries, les distilleries et les brasseries. Bruges prend peu à peu le train de la deuxième révolution industrielle. Il était temps ! Ce retard sur l'Histoire s'explique beaucoup par l'absence de tissu entrepreneurial et la grande influence de l'évêché de Bruges, bastion du catholicisme en Belgique. L'Église, à Bruges, est si puissante et omniprésente dans la vie de ses habitants qu'on en oublie presque la séparation prévue par la Constitution avec l'État. Toute la vie sociale et éducative de Bruges est dans les mains de l'Église : les écoles, les hôpitaux, les hospices, les pensionnats.

Le culot des femmes

Ailleurs qu'à Bruges, la sortie de l'individu des sphères d'influence religieuse et de la morale officielle se fait sentir de plus en plus. Les gens prennent leur destin en main. Ils s'affirment en tant que véritables citoyens du monde. Ils passent outre les « ce qu'on dit » et les discours des autorités.

En Allemagne, la même année, une femme d'exception, Hope Bridges Adams-Lehman, avec une opiniâtreté extraordinaire, faisant fi des sarcasmes et des préjugés, passe outre aussi. Elle vient de réussir les examens pour l'obtention du diplôme de médecin, mais l'Université de Leipzig lui refuse le titre de médecin au seul motif qu'elle est une femme.

Hope Bridges devra attendre vingt-quatre ans pour que son diplôme soit officiellement reconnu. Elle pourra néanmoins exercer son métier grâce à l'intervention de la reine de Prusse, Augusta de Saxe-Weimar.

Beaucoup de femmes font preuve d'un culot inouï qui va changer l'image du « sexe faible ». En Belgique aussi, le vent de l'émancipation féminine souffle. L'Université libre de Bruxelles accepte enfin que les femmes puissent suivre les cours. Quatre ans plus tard, une certaine Isala Van Diest sera la première femme belge autorisée à exercer le métier de médecin.

Hope et Isala, toutes deux médecins généralistes, gynécologues et adeptes de l'avortement en cas de danger pour la mère, accomplissent à elles seules une véritable révolution des mentalités. Les femmes ont autant de droits que les hommes.

Dans la famille, les esprits ne sont pas enclins à forcer le destin. C'est plutôt le destin qui va imposer ses vues. En octobre 1881, Maria Rosalia Boone, « le serpent », met au monde un petit garçon, Joseph. Maria Rosalia aura encore un second enfant, Maria Sylvia Louisa. « Le serpent » n'accordera du temps qu'à ses deux enfants de sang et délaissera les cinq autres. Deux clans vont cohabiter. Augusta, malgré la malveillance de sa belle-mère, l'aidera dans le ménage et s'occupera de ses frères et sœurs. Augusta est courageuse. Elle aura besoin de ce courage. Son demi-frère Joseph va déjà mourir quatre mois après sa naissance. Augusta s'est occupée de ce petit bébé comme une maman. Et ce n'est qu'un début ! La « Grande Faucheuse » passera souvent à la maison.

La société en « mode créativité »

Dès que l'on sort de Bruges, l'ambiance est radicalement différente. La société n'arrête pas de bouger. Tout est en « mode créativité ». Et il n'y a pas de frontière à cette créativité. L'art montre l'exemple. Une belle illustration est la mission du peintre Constantin Meunier, en Espagne. À l'automne 1882, lui qui pourtant n'aime pas trop voyager, est envoyé à Séville, en Andalousie, par les autorités belges pour y réaliser une copie de la *Descente de croix* du peintre belge Pieter de Kempeneer. Ce peintre de la Renaissance, qui a longuement séjourné en Italie, a introduit le style de Raphaël en Andalousie. Son tableau pend dans la magnifique cathédrale au centre de la ville.

Je me souviens — je devais avoir treize ou quatorze ans — avoir visité avec mes parents cette gigantesque cathédrale, étirée vers le ciel par la tour de la Giralda, qui ressemble à un grand mât domptant les voiles de l'Histoire. J'ai été frappé par deux choses : l'immense retable gothique, dont la couleur jaune ocre aveuglait mes yeux d'enfant, et le tombeau contenant les restes du prestigieux Christophe Colomb, majestueusement porté par quatre statues d'hommes grandeur nature représentant les quatre grands royaumes d'Espagne : la Castille, l'Aragon, la Navarre et le León, au XIIe siècle.

J'ai particulièrement apprécié ce voyage en Andalousie, terre mélangée de culture européenne, arabe et juive. Cette région, entre le VIIIe et le XIVe siècle, était un véritable laboratoire de la mixité culturelle. Aujourd'hui, on revit cette même expérience dans toute l'Europe. Les mêmes problèmes se répètent régulièrement dans l'Histoire, mais on en tire rarement les leçons. L'homme a souvent la mémoire très courte ;

se retourner vers le passé n'est pas trop dans sa nature. Aveuglement des traditions, vanité individuelle, ignorance, faible conscience? Chacun en fera son interprétation.

Dans ce climat de créativité, beaucoup de personnes vont se lancer dans les affaires. Les exemples de «*self-made-men*» seront nombreux. Parmi eux, un Belge, un certain Paul Splingaerd, vient d'être nommé mandarin à Suzhou par le vice-roi Li Hongzhang. Enfant abandonné, peu scolarisé, il va devenir un homme d'affaires et un diplomate de grande influence en Chine. Les Belges s'exportent bien. On en trouvera sur les cinq continents.

Cette créativité fuse partout; il y en a pour tous les genres. À Bruxelles, le centre est éclairé pour la première fois à la lumière électrique, et Charles Neuhaus crée sa marque de chocolat, qu'il va appeler «Côte d'Or» en référence à la Côte-de-l'Or, dans l'actuel Ghana, où il s'approvisionne en fèves de cacao. L'ingénieur allemand Gottlieb Daimler met au point le premier moteur à explosion; il fabriquera bientôt la première motocyclette. En Écosse, John Dunlop invente le pneu en caoutchouc. L'architecte William Le Baron Jenney construit le premier gratte-ciel à Chicago. Un peu plus tard, à New York, Lewis Waterman invente le stylo à encre à réservoir et, plus près de chez nous, le Gantois François Van Rysselberghe crée le premier téléphone public interurbain. L'Histoire traverse une période résolument moderniste où les envies et les rêves sont légion. C'est la fameuse « Belle Époque ».

Chez Delhaize, la créativité est aussi de mise. On se lance dans la distribution à grande échelle. Un nouveau type de logistique est créé pour livrer les denrées alimentaires dans tout le pays. L'entreprise dispose, à la gare de l'Ouest à Bruxelles, d'un quai spécial qui assure la rotation de 550 wagons de marchandises par semaine. Ces marchandises sont transbordées dans de gros chariots tirés par des chevaux, qui prennent ensuite la direction de l'entrepôt national, situé à Molenbeek, au lieu dit Osseghemveld. De là, les vivres sont acheminés en charrettes vers les succursales ou au domicile des gens. La distribution des marchandises devient un véritable métier. Plus tard, on utilisera les camions et les avions. Le transport de fret est né.

Dans ces succursales, on peut acheter des conserves américaines comme le saumon, des fruits californiens, beaucoup de variétés de café et une gamme de vins de grands noms. Le commerce se mondialise. Les Belges découvrent le monde dans leur assiette. Encore une nouvelle manière de voyager.

La vague des changements s'emballe et s'étend partout. Elle touche également le secteur de la santé. La médecine aussi se modernise. Le 6 juillet 1885, une invention vitale pour la santé des hommes va voir le jour.

Ce matin-là, une femme et son fils frappent à la porte du laboratoire du français Louis Pasteur. Le petit garçon a été mordu trois jours plus tôt par un chien enragé. Pour le médecin de famille, l'enfant n'a plus que quelques jours à vivre. Pasteur a bien trouvé un vaccin contre la rage, mais il ne l'a expérimenté que sur des animaux. Pressé par la mère et sous la responsabilité du médecin de famille, Pasteur accepte d'injecter le vaccin dans le bras de l'enfant. Après quelques jours, l'enfant est toujours en vie. Après trois mois, il sera déclaré guéri.

Dans le futur, de nombreuses vies vont ainsi être épargnées. Ce n'est pas un miracle. C'est le résultat de l'intelligence de l'homme.

Odile et la succursale Delhaize

En cette fin de siècle, l'imagination et l'intelligence forment un couple très prolifique. On peut vraiment parler d'une ébullition des idées. Tout sort de l'ordinaire. Delhaize poursuit son développement et ouvre, en 1885, une succursale à Jurbise, juste en face de la gare. Fait rarissime pour l'époque, l'entreprise engage une femme pour prendre la direction de cette succursale. Elle s'appelle Odile Amande, mon arrière-grand-mère du côté de ma mère. Odile n'a que vingt-deux ans. C'est la première fois qu'une femme occupe cette fonction dans l'entreprise Delhaize.

Toute la famille loge dans ce magasin. Odile se fait aider par sa fille Hélène et sa belle-fille Élise, ma grand-mère maternelle. Elle a bien besoin de cette aide, car les journées sont non seulement chargées, mais aussi très longues. La succursale ouvre à 6 heures du matin et ferme à 21 heures, sans interruption le midi. Et le dimanche, elle est ouverte jusqu'à 13 heures. On est loin des horaires d'aujourd'hui !

À l'intérieur, les murs sont cachés par de hautes étagères où sont stockés des produits alimentaires de toutes sortes. Sur l'imposant comptoir en bois trône une grande balance qui sert à peser le sucre et le café. Mon arrière-grand-mère a placé au milieu du magasin un petit poêle à charbon pour garder la pièce chaude en hiver.

Odile s'occupe de tout. Outre le service aux clients, elle gère elle-même la comptabilité. Les documents comptables tels que le facturier, le grand livre, le livre des recettes, le tableau du personnel ou l'inventaire du stock existent déjà. Elle transfère aussi les recettes à l'agence bancaire de la Banque nationale de Jurbise. Mais ce qui lui prend le plus de temps, c'est la gestion des commandes et surtout le rangement des produits lors de la livraison qui se déroule très tôt le matin. Quand la charrette de Delhaize traverse le village et s'arrête devant la succursale pour décharger les marchandises, c'est chaque fois un moment particulier dans la journée des Jurbisiens. Le bruit des sabots des chevaux sur les pavés des rues sonne comme un réveil. Le passage de la charrette joue le rôle d'une horloge dans la journée des habitants. C'est un repère. On sait si on est en avance ou en retard. La charrette est aussi une grande attraction. Beaucoup de gens curieux sortent de leur maison pour venir voir les nouveaux produits, surtout les produits exotiques en provenance des Amériques. On taille une bavette. On s'amuse.

Mon arrière-grand-mère est plus qu'une vendeuse. D'un caractère discret et chaleureux, elle est aussi une confidente pour ses clients. Elle en sait autant, si ce n'est plus que le curé du village. Cela ne plaît d'ailleurs pas trop à l'homme à la soutane noire, qui se plaint souvent du manque d'assiduité des paroissiens à venir se confesser. Mon arrière-grand-mère est devenue sa rivale !

Le début du progrès social

Dans cette période de modernisation tous azimuts, la Belgique est un acteur important. À la Côte, on entame des travaux pour la construction d'une ligne de tram entre La Panne et Knokke. Elle fera 69 km de long. Cette ligne sera la plus longue ligne simple de tram du monde. Quel éclat pour le pays ! Ce petit État, d'un peu plus de 300 km de long, va aussi faire parler de lui dans le secteur de l'édition. En mars, juste avant de mourir, Émile Zola publie *Germinal.* C'est un Belge, Albert Lacroix, qui a édité ses premiers ouvrages. Il a aussi été l'éditeur de Victor Hugo pour son livre *Les Misérables.*

Germinal nous a sensibilisés au monde ouvrier. Il a fait ouvrir les yeux sur cette frange de la société qui travaille dur et gagne peu. L'apparence montre la révolution industrielle comme une période faste où l'argent coule à flots. Mais la réalité du terrain révèle un tout autre visage. J'ai retrouvé un règlement d'entreprise de 1872. Quelques règles consternent : « Il est interdit de parler pendant les heures de bureau. » « Il est permis de prendre de la nourriture entre 11 heures 30 et 12 heures. Toutefois, le travail ne doit pas être interrompu. » « Le personnel sera présent de 6 heures du matin à 6 heures du soir. » « En cas de maladie, le salaire ne sera pas versé. » « En hiver, le personnel apporte chaque jour 4 livres de charbon. » « L'ouvrier est responsable des dégâts aux machines. » Et le règlement de conclure : « Nous attirons votre attention sur la générosité de ce règlement. Nous en attendons donc une augmentation considérable du travail. » Le succès se fait souvent sur le dos des plus faibles. La « Belle Époque » a aussi son côté pile.

À Bruges, la Belle Époque peine à s'exprimer. Malgré tout, la famille sort timidement de sa somnolence. En septembre, Léandre, frère d'Arthur, mon arrière-grand-père, est heureux. Il est nommé professeur. Léandre est une figure marquante de la famille. C'est un homme fort, au propre comme au figuré. Il tient de sa mère, Moetje. Depuis que son grand-père Carolus Ludovicus a amené la famille de Lichtervelde à Bruges, quelque quarante-cinq ans plus tôt, c'est lui qui connaît la plus belle réussite dans la famille. Il fera des études, il sera professeur à l'École normale de Gand, puis inspecteur cantonal de l'enseignement primaire. Léandre écrira aussi des livres scolaires. Son neveu Joseph, mon grand-père, aura beaucoup d'admiration et de respect pour le succès de son oncle. Il va lui donner envie de devenir professeur. L'oncle Léandre est un beau symbole de cette société dynamique qui croit en elle et qui veut réussir.

Cette dynamique n'a pas que des répercussions économiques. Elle va aussi avoir des conséquences sociales. La réussite économique peut jouer un rôle dans le progrès social. Certains patrons vont affecter une partie des bénéfices à l'amélioration des conditions de travail de leurs ouvriers. Mais c'est surtout sous la pression du mouvement syndicaliste naissant et grâce à l'introduction, plus tard, du suffrage universel que la situation de la classe ouvrière va s'améliorer. Cela prendra du temps. Les esprits conservateurs vont peser de tout leur poids pour freiner ce progrès nécessaire. Le 1er mai 1886, de centaines de milliers de travailleurs manifestent dans toutes les villes des États-Unis pour revendiquer la journée des huit heures : huit heures de travail, huit heures de repos et huit heures de loisir. À Chicago, les forces de l'ordre répriment la manifestation avec une extrême violence. Une bombe est lancée dans les rangs de la police. Un procès s'ensuivra. Des huit ouvriers condamnés à mort, quatre seront pendus. En souvenir de cette tragédie, la tradition du 1er mai, comme journée du travail, sera instaurée. Comme toujours, il faut des morts pour réveiller les bonnes consciences. La journée des huit heures ne sera votée que trente ans plus tard. C'est un premier pas. Il y en aura d'autres : les mesures d'hygiène et de sécurité au travail, les congés payés, le suffrage universel, les pensions, les allocations de chômage, le dimanche sans travail. Le progrès social suit lentement le développement économique.

Giambologna, mon frère jumeau

Je ne le dirai jamais assez : ce XIXe siècle est captivant. Les esprits sont tournés vers l'aventure, l'égalité, l'affranchissement. On sort des critères traditionnels. On prend tous les risques, même de sculpter des nus. L'art se regarde sans tabou. Le sculpteur belge Jef Lambeaux, amoureux de la nudité telle qu'exaltée à la Renaissance, va sculpter en cette année 1886 *Les Passions humaines*, mélange de corps nus qui se tordent dans les mouvements les plus libres. Mais l'artiste est allé trop loin. Son œuvre sera interdite pour outrage à la moralité.

Lambeaux s'est inspiré du Belge Jean de Boulogne, Giambologna en italien, sculpteur du XVIe siècle et directeur artistique à la cour des Médicis. Giambologna est un artiste que j'apprécie énormément. Il fait aussi partie de mes vieux amis. N'écoutant que sa passion pour la sculpture, en 1555, il abandonne tout et, à l'âge de vingt-cinq ans, part de Douai, sa ville natale, pour aller découvrir les nouvelles tendances artistiques en Italie. Si j'étais né à cette époque, j'aurais fait la même chose. Il pense n'y rester que quelques mois. La passion artistique sera plus forte ; il ne rentrera plus jamais. Giambologna vivra toute sa vie dans une ville qui symbolise la séduction, qui est le phare de la Renaissance, la réincarnation même de la femme dans tout ce qu'elle peut avoir d'envoûtant. Cette ville, c'est Florence.

Giambologna, tout comme Ghirlandaio, Pollaiolo, Donatello, Ghiberti, Verrocchio et bien d'autres, m'a donné envie de rencontrer la belle Florence. Cette Aphrodite urbaine, je l'aimais déjà avant de l'avoir vue. Je désirais ardemment qu'elle libère ses souvenirs et rejoue la Renaissance, l'une de mes périodes préférées, rien que pour moi, sujet du temps qui passe. J'avais envie de goûter, de rêver, de m'élever. Et tout cela, je l'ai vécu au plus profond de ma chair et de mon âme. J'ai pu rencontrer le David de Michel-Ange qui scrutait son adversaire d'un regard nouveau, le Persée de Cellini qui délivrait la très sensuelle Andromède, la Sabine de Giambologna qui se tordait de plaisir dans les bras de Romulus. Ils étaient tous là pour moi, juste le temps d'un oubli du temps.

Les façades de Florence ont la même couleur que la peau de Vénus. Sa lumière est diluée comme celle au lever du jour dans les champs de Toscane. Les fleurs de ses jardins sentent la culture qui se propage généreusement dans les pensées. Quelle belle ville, quelle belle femme ! Elle a enfanté de si grands artistes et philosophes ! Dans ses rues est née une nouvelle pensée, l'humanisme, où l'homme se regarde entier et sans décor au centre du grand miroir de l'existence. Totalement charmé, j'avais envie de prendre la place de l'Arno pour abreuver Florence à chacun de ses soupirs.

Je dois m'arrêter. Je pourrais écrire une encyclopédie sur elle. Son charme me pousse tellement à lui déclarer mon infinie passion. Rome, que j'adore aussi, va en être jalouse. Ces deux dames merveilleuses ne peuvent être comparées. Elles portent un titre de noblesse différent : Rome est une impératrice et Florence, une princesse. À chaque titre sa saveur, ses rêves.

Pégase me rappelle à l'ordre ; notre balade est loin d'être terminée. Il faut que je reprenne mon texte. Mais c'est si bon de se laisser emporter par la beauté d'une ligne, d'une forme, d'une ombre ! Je ne remercierai jamais assez Giambologna de m'avoir fait découvrir ce regard-là. Après chaque rencontre, je suis un peu plus. Ma personne change, évolue. Il faut savoir prendre et se laisser prendre. Ces rencontres avec mes vieux amis fertilisent ma terre intérieure.

Élargissement de la notion de liberté

Prenons nos distances avec la vénusté. Elle m'enivre au point de me faire perdre le sens de la réalité. Cette balade dans le passé me donne un sentiment de liberté particulier. Quel plaisir que de sautiller d'un événement à l'autre, d'une époque à l'autre, d'une personne à l'autre ! Faire revivre tous mes vieux amis. Les réunir autour de mon présent. Partir vers l'hier et puis revenir vers l'aujourd'hui. Ce voyage allège quelque peu le poids de ma mort assurée. Ce jour-là, je devrai partir, je n'aurai pas le choix et je ne pourrai plus revenir. Cet aller-retour par la pensée est la vraie jouissance du présent. Je pars dans l'avant, mais je peux aussi regarder vers le passé. J'aimerais tant avoir le don d'ubiquité pour mieux ressentir l'universalité du temps !

Pégase sait très bien le faire, mais il ne me l'a jamais expliqué. Je remonte sur son dos. On doit galoper : la cadence de l'Histoire est infernale. Il y a tellement de choses qui se passent. Le 28 octobre 1886, la statue de la Liberté, exécutée des mains du sculpteur Frédéric-Auguste Bartholdi et dessinée par l'architecte Gustave Eiffel, est inaugurée à New York. La statue, dont la couronne aux sept pointes représente les sept continents, a été démontée de ses 350 pièces pour pouvoir être transportée en bateau. Elle est offerte aux États-Unis par la France comme symbole de l'amitié franco-américaine à l'occasion du centenaire de l'indépendance des États-Unis. Bartholdi s'est inspiré du

Colosse de Rhodes, l'une des sept merveilles du monde antique, et des statues monumentales égyptiennes.

Les plus conservateurs ne voient pas d'un bon œil ce cadeau empoisonné. La liberté, à ce moment-là, est plutôt considérée comme révolutionnaire, donc dangereuse. Mais cette image révolutionnaire va mûrir, et la notion de liberté va s'élargir, lentement, aux principes d'égalité, de paix, de droits de l'homme, de droit à l'expression, de droit des Noirs, des ouvriers et aussi des femmes. C'est encore très loin d'être une réalité. À l'inauguration de la statue, seules deux femmes, parmi les six cents convives, ont été invitées. Les femmes crient au scandale. Une personne va sauver leur honneur : c'est Emma Lazarus. Elle a écrit un poème sur le nouveau colosse de New York. Ce poème parle des exilés, des déshérités, des pauvres. Les autorités de la ville le feront graver sur le socle de la statue de la Liberté, mais seulement quelques années plus tard.

La professionnalisation de la communication

Dans cette société en pleine émancipation, la communication prend de l'amplitude. Tout commence à se savoir plus facilement. Les techniques d'imprimerie vont se moderniser et créer une importante production littéraire, unique dans l'Histoire. En 1887, la Belgique compte plus de quotidiens et d'hebdomadaires qu'aujourd'hui ! L'information se répand de plus en plus et est à la portée de tous. Les portes du savoir s'ouvrent, les esprits s'éveillent. Les murs de l'interdit vont petit à petit, enfin, s'effriter. La lumière de la connaissance va traverser les esprits taiseux et voilés, surtout de Bruges. De nouvelles vérités vont bousculer les mentalités.

À côté de la modernisation des techniques d'imprimerie, un autre moyen de communiquer va aussi voir le jour, c'est la publicité, qui va très vite devenir un outil stratégique essentiel des entreprises. Les marques commerciales se multiplient et vont rivaliser d'ingéniosité pour s'offrir les logos les plus attractifs. En juin, la marque Coca-Cola est inscrite au registre du commerce par son inventeur, John Pemberton, un pharmacien de Géorgie, aux États-Unis. Mais quelque temps après, un riche homme d'affaires, Asa Griggs Candler, flaire le bon coup. Il rachète, non sans certaines manœuvres pas très glorieuses, la marque et la formule, à Pemberton, pour 2300 dollars. Il fondera The Coca-Cola Company, en 1892. En 2020, le chiffre d'affaires de Coca-Cola s'élèvera à 27 milliards de dollars. Candler a vu juste. La précieuse formule du Coca-Cola sera mise dans un coffre-fort à l'agence de la Sun Trust Bank, à Atlanta.

Le virus de la recherche

Cette fin de siècle étourdissante voit les découvertes archéologiques se succéder à foison. En 1888, une nouvelle découverte fabuleuse interrompt le passé dans son long repos. Sur la rive gauche du Nil, dans la région du Fayoum, des centaines de tombes du IIe siècle de notre ère sont mises à jour. Elles sont très particulières. Sur la tête des momies sont déposés des portraits peints sur une toile de lin ou une fine lamelle de bois. Ce sont les premiers portraits peints sur chevalet. Parmi ces portraits, le visage délicieux d'une femme, dite « l'Européenne », sort de l'ordinaire. Ses yeux sont des fenêtres ouvertes sur l'océan de l'immortalité : ils songent plus qu'ils ne regardent. Son regard, tourné vers l'intérieur, n'a plus besoin de lumière pour voir. Il est habité par autre chose.

Ces portraits vont frapper les esprits et influencer le futur art byzantin. La découverte du Fayoum aura le même retentissement que celle du Laocoon sur les artistes de la

Renaissance. Toutes les créations artistiques forment un tout. Elles s'autoalimentent. Elles se comprennent mieux dans leur ensemble. L'Histoire fonctionne comme cela aussi. Quand on l'aborde dans son intégralité, on saisit mieux les causes des choses.

À la maison, l'atmosphère contraste avec la réussite économique, artistique et scientifique que connaît la société. Le défilé des drames ne s'arrête pas. Il y a comme une logique entêtée à l'échec. Maria Sylvia Louisa, la demi-sœur de mon arrière-grand-mère Augusta, s'éteint à l'âge de cinq ans. C'est déjà le quatrième décès en moins de dix ans pour Augusta, qui n'a que dix-sept ans. La famille voit tout en noir. Cela devient pathologique. L'ombre virale persiste dans son entreprise délétère.

Mais la mort d'un être humain ne ralentit pas la société dans sa grande mue. Peu avant Noël, mon vieil ami François Dubois, un jeune médecin hollandais d'origine belge, s'embarque pour l'île de Sumatra. Qu'est-ce que j'aurais aimé l'accompagner ! Une idée folle — mais à cette époque tout le monde semble être touché par le virus de la recherche — le pousse vers cette île lointaine. Dubois est un passionné de paléoanthropologie, la science qui étudie les premiers hommes et leur évolution. Cette science, motivée par la toute nouvelle théorie de l'évolution darwinienne, connaît déjà l'existence de l'homme de Néandertal et celle de l'homme de Cro-Magnon. Les scientifiques cherchent un lien entre l'homme d'aujourd'hui — plus tard on dira *Homo sapiens* — et les derniers singes les plus évolués. Une sorte de chaînon manquant dans l'évolution des premiers hommes. Dubois rêve d'être le premier à découvrir ce chaînon manquant. Pendant un an, il va ratisser le sol de Sumatra, mais sans rien trouver. Mon vieil ami a la tête dure. Son obstination va bientôt lui donner raison.

Le goût de la curiosité, la soif de savoir, le désir d'invention sont dans tous les esprits. L'Allemand Émile Berliner, en mai 1888, présente sa nouvelle création, le gramophone, le deuxième ancêtre du tourne-disque. Ce système d'enregistrement et d'écoute utilise un disque plat pour graver les sons et non plus un cylindre comme dans le système d'Edison. Plus facile à reproduire et moins cher, le disque plat va devenir le standard par excellence dans l'industrie musicale. Il va propager, dans les années futures, dans le monde entier, un nombre incroyable de rythmes musicaux : le jazz, le yé-yé, le cha-cha-cha, le blues, le reggae, le rock'n'roll, le disco, la musique classique. La créativité artistique est stimulée.

L'obscurantisme ambiant

Mon arrière-grand-mère Augusta n'entendra jamais un air de Mozart. Elle qui vient de terminer ses secondaires et est première dans sept cours — en langue française, en arithmétique, en système métrique, en calligraphie, en dessin, en littérature et en physique — ne sait rien de toutes ces nouvelles inventions sur le gramophone, l'ampoule électrique, le stylo à encre, ces découvertes sur la cellule, sur l'origine de l'homme. La ville de Bruges est si renfermée, si opaque ! Les professeurs informent-ils leurs élèves de ces inventions et découvertes prodigieuses ? Sont-ils seulement au courant ? Peut-être ne veulent-ils tout simplement pas les divulguer. Ne sont-elles pas, dans leurs yeux conservateurs, trop diaboliques ? Ces changements pourraient dissiper l'attention et la moralité de la jeunesse.

Le jour de la proclamation des résultats, sous les acclamations de ses professeurs, mon arrière-grand-mère reçoit comme prix, des mains du préfet, un livre intitulé *Le Questionneur de la Jeunesse.* Parmi les

1835 questions posées dans ce livre, il y en a une qui montre bien l'esprit très religieux qui domine à l'époque : « Quelle différence capitale y a-t-il entre les empires de l'Antiquité païenne et ceux du monde moderne ? C'est que les premiers, n'ayant d'autre principe d'existence que celui de la force, portaient en eux le germe de leur décadence, la force ayant ses moments inévitables de défaillance ; tandis que les empires modernes, reposant sur la fraternité chrétienne, n'ont pour danger de décadence que les fautes de l'homme, qui peuvent être évitées, pardonnées, réparées. » Comme si seules les guerres menées par les chrétiens étaient pardonnables et pas celles menées par les païens...

Malgré cet obscurantisme ambiant, Augusta doit être une femme forte, éclairée et pleine de bon sens pour parvenir à la fois à s'occuper du ménage, à épauler son père dans son travail d'aubergiste, à supporter l'aversion de sa belle-mère et en même temps à obtenir de si brillants résultats scolaires. J'aurais eu vraiment plaisir à la rencontrer. Mais je vais, par la magie du monde du « hors-temps », finir par la croiser. La force de la pensée et du sang va bientôt nous rapprocher.

La démocratisation de l'art

Très loin de cette cécité brugeoise, du 5 mai au 31 octobre 1889, la ville de Paris organise, pour la quatrième fois, l'Exposition universelle. À cette occasion, l'État français fera construire la fameuse Tour Eiffel. La France profite de cet événement international pour fêter le centenaire de sa Révolution. Certains pays d'Europe, surtout monarchistes, le voient d'un mauvais œil et refusent de participer à une célébration qui commémore la révolution du peuple.

Cet événement est inédit dans sa physionomie. Pour la première fois lors d'une Exposition universelle, l'électricité est utilisée. Un changement total ! Les heures d'ouverture sont prolongées jusqu'à minuit. Les ponts, les jardins et les pavillons sont illuminés. La Tour Eiffel est enveloppée de grands cordons lumineux et, à son sommet, luit un puissant phare. La scénographie rentre dans une nouvelle dimension.

Tandis que les visiteurs vont de surprise en surprise, à quelques rues de la Tour Eiffel, mon vieil ami Rodin travaille, dans son atelier du Dépôt des marbres, sur l'une de ses œuvres les plus marquantes, *La Porte de l'Enfer*, inspirée de *La Porte du Paradis* de

Ghiberti, à Florence. Beaucoup de figurines y sont sculptées. Parmi elles, *Le Penseur* et surtout *Le Baiser*. Ce *Baiser* est simple, touchant. Il est déconditionné de toutes vues religieuses, de tout conformisme. Il est si naturel ! On ressent le bien-être, l'égalité, l'humanité.

Le thème du baiser est fort à la mode pendant la Belle Époque. De nombreux artistes comme Klimt, Munch, Chagall, Brancusi ou Lambeaux vont se lancer dans l'apologie du baiser, prélude spontané aux ébats amoureux.

Dans l'histoire de l'art, l'un des baisers les plus mémorables est celui entre Amour et Psyché, aujourd'hui au Musée du Louvre, commandé par un colonel écossais, Sir Campbell, et sculpté par mon vieil ami Canova. Canova a su prendre la seconde où les corps entament, très subtilement, leurs langoureux étirements. Il n'y a rien de plus doux et précieux que cette œuvre qui exprime le geste annonciateur du baiser plutôt que le baiser lui-même. Le mouvement des bras est d'une délicatesse éblouissante. Les corps se touchent à peine. Tout est encore dans l'hésitation. Seules les mains osent initier un semblant d'envie. Pas loin du couple, il y a une statue qui se sent bien seule. C'est Niké, la déesse de la victoire qui, quelques marches plus haut, regarde chaque jour, désespérée, Amour et Psyché avec jalousie.

Avec *Le Baiser* de Rodin, l'art se modernise dans son concept et dans sa manière. Cette sculpture est un symbole éloquent de cette société qui se démocratise à l'échelle des citoyens. Tout devient plus compréhensible et concevable.

Cette démocratisation de l'art ne se manifeste pas uniquement dans la manière de réaliser une œuvre, mais aussi par l'ouverture du monde de l'art au grand public. La photographie et la musique en sont deux beaux exemples. En 1889, le premier appareil Kodak est commercialisé. Les gens ne devront plus se rendre dans un studio. Ils pourront eux-mêmes jouer au peintre en photographiant des paysages, des sourires, des gestes. De même, avec l'invention du tourne-disque, la musique ne s'exprimera plus uniquement dans les salons privés des palais ou dans les salles de concert. Monsieur et Madame Tout-le-Monde pourront inviter à leur table Mozart, Strauss, Chopin, Beethoven. L'art s'ouvre aux citoyens, il est à la portée de tous. Les idées et les émotions sont attisées. Quelle révolution pour l'épanouissement personnel !

Le rêve et la folie

Pégase adore la face artistique des humains. Depuis leurs premiers pas, les hommes ont toujours eu une âme d'artiste, en l'exprimant déjà par la peinture pariétale ou la sculpture de statuettes. L'art est aussi vieux que le langage. L'inspiration leur vient par le rêve, la mélancolie, le doute, la peur, l'ivresse, le mystère, la colère, la tristesse. Elle se manifeste parfois dans la folie. Le 27 juillet 1890, Vincent Van Gogh commet un acte fou. C'est du moins ce que prétend la mémoire collective. Il se tire une balle en pleine poitrine, à Auvers-sur-Oise, en France.

Van Gogh meurt pauvre. De son vivant, il n'a vendu qu'un seul tableau, *La Vigne rouge*. Hasard de l'Histoire, nouvelle révélation de Dame Connaissance, Anna Boch, une artiste-peintre belge qui a acheté ce tableau, habitait route de Renipont, à Ohain, à deux pas de la maison où j'ai passé toute mon enfance. Une fois de plus, la connaissance facilite les rapprochements. Elle a l'art de réunir des choses qui s'ignorent. La connaissance scelle des alliances comme si elle voulait installer la paix dans les esprits.

Quelques mois plus tard, un autre geste fou, mais moins radical que celui de Van Gogh, a lieu dans le parc du château de Gretz-Armainvilliers, en France. Clément Ader réalise son rêve en prenant tous les risques. Il effectue un vol, il faudrait plutôt dire un bond, de 50 mètres à 20 cm du sol, avec un appareil qu'il appellera dans son brevet « avion Éole ». Le mot « avion », d'*avis*, oiseau en latin, est né. C'est le tout début de la conquête de l'espace. Suivront les avions supersoniques, les fusées, les satellites, les modules, les sondes.

L'exploration n'est plus seulement horizontale, elle devient aussi verticale. L'homme sort un pied de sa barque terrestre. Il effleure la surface de la mer céleste et prend la direction du domaine interdit des dieux. Quel outrage, quel sacrilège que de vouloir emprunter leurs chemins ! Mais les progrès ne se font jamais sans profanation. Les rares témoins dans le parc sont émerveillés devant cette extraordinaire prouesse. Ils sont à cent lieues d'imaginer que ce tout petit pas de 50 mètres n'est que le premier d'autres encore plus extraordinaires.

Dans le futur, l'homme se promènera sur la Lune, fera rouler une sonde sur Mars, sur une comète et en fera voyager deux hors de notre système solaire. Il construira même autour de la Terre un « village » habité en permanence par les hommes. Et tous ces pas ne sont sans doute qu'un début. Si j'avais dit cela à mon arrière-grand-mère de Bruges, elle m'aurait pris pour un illuminé.

La folie et les rêves sont des traits fondamentaux de la nature humaine. Ils sont nécessaires pour que l'Humanité continue d'évoluer. Sans folie, sans rêve, l'homme ne grandit plus. La prise de risque est un facteur essentiel au progrès. Vivre, c'est risquer.

L'homme sait-il vraiment ce qu'il veut ?

Après l'émerveillement, le désenchantement. L'un et l'autre forment un couple inséparable dans l'histoire des hommes. L'année 1890 se termine tristement. Trois jours après Noël, aux États-Unis, dans l'État du Dakota du Sud, a lieu le massacre de Wounded Knee. 350 Indiens sont tués par l'armée états-unienne.

Cette bataille sera le dernier soulèvement indien. Tout un peuple sauvagement arraché de ses racines, privé de toute chance de survie. Aujourd'hui, on dirait un génocide. Cela ne sera hélas pas le dernier. Il y en aura encore d'autres malgré le développement de la démocratie, l'émancipation des mœurs, le brassage des cultures. Comme quoi, la nature profonde de l'homme change très peu ou, dit d'une manière plus optimiste, très lentement. Des centaines de milliers d'années d'expérience de vie, des centaines de millions de tués depuis l'apparition des premiers hommes n'ont pas suffi à freiner le caractère violent de l'être humain. L'homme reste fondamentalement, dans ses erreurs, dans ses vices, dans ses faiblesses, le même. Il cherche le conflit plutôt que l'entente alors qu'il a tout pour être heureux. La Terre lui offre tout ce dont il a besoin. Le bonheur ne semble pas l'intéresser.

L'homme sait-il vraiment ce qu'il veut ? Il y a quelque chose d'incompréhensible et de décourageant à cela. C'est la grande amertume de l'existence. Chaque homme s'approprie toujours ce que l'autre a de plus que lui ou impose à l'autre sa propre conception des choses. Il est dans une logique égocentrique. Le sens de l'universel n'est pas dans son caractère, et pourtant il coule dans son sang. L'homme est l'empreinte d'un gigantesque travail mystérieux qui a commencé depuis le Big Bang, et peut-être encore bien avant. Son passage sur la Terre n'est qu'un simple épisode, une péripétie de ce travail en continuelle élaboration. L'homme ne pourrait-il pas prendre un tant soit peu conscience de sa dimension universelle ?

Les hommes devraient intérioriser cette dimension, car elle fait comprendre la fragilité de la vie, les faiblesses de l'être humain, la relativité des choses, les limites de notre conscience, la beauté de la Terre. Cette compréhension éclaire les vraies valeurs : le souci de la paix, l'égalité des chances, le bien-être, la préservation de notre planète. De temps en temps, les hommes le font, mais toujours trop timidement. C'est un défi de taille pour notre espèce, *Homo sapiens.* Si on veut survivre, chacun de nous doit prendre ce défi pour lui. À trop vouloir défendre ses intérêts, on finit par perdre le sens des choses.

Janvier 1891

Ostende, la mondaine

Ostende, en cette fin du XIXe siècle, est l'une des cités balnéaires les plus prisées d'Europe. Elle est surnommée la reine des plages. Depuis que le roi Léopold II y a construit un chalet dans les dunes, tout ce que compte la société comme mondanités s'y retrouve en villégiature. Chaque week-end, les trains acheminent sur les plages, dans les thermes et au casino les bourgeois et les aristocrates. Même les souverains et les princes étrangers viennent y passer du bon temps. Des maisons de style nouveau trônent dans les dunes. La « villa romaine » renaît sur la Côte. Ostende est le Deauville belge. Avec son luxe tapageur, la ville retentit de rires policés et de plaisirs raffinés. Les femmes se défient pour être les plus élégantes. Le chapeau fait l'objet des créations les plus excentriques. Il est intégré dans la coiffure. On le pare de fleurs, de plumes, de rubans. De simple couvre-chef, il devient un jardin suspendu, une coupe de fruits, un îlot exotique. À la Belle Époque, le chapeau est l'instrument de mesure par excellence du niveau social. Seule l'ouvrière sort la tête découverte. Sur la digue, lieu phare où elles rivalisent d'originalité, ces dames cherchent à se singulariser par leurs bonnes manières et par la fantaisie de leurs habits. Ce ne sont plus des promeneurs venus goûter l'air marin, mais des mannequins défilant le long de la mer, devenue un immense miroir où ils se délectent à se regarder.

Un mariage sans messe

À 30 km de là, Bruges est tout le contraire d'Ostende. Elle est sa face cachée. La première révolution industrielle lui a peu profité. L'ancienne cité médiévale a perdu de son lustre d'antan. Elle se traîne. Vers 1850, la ville est même la plus pauvre du pays. Ostende la riche, la mondaine, la libérale et Bruges la pauvre, la puritaine, la catholique.

C'est dans ce milieu brugeois obsolète que les destins de mes arrière-grands-parents, Arthur et Augusta, se croisent. Augusta, depuis la fin de ses secondaires, consacre son temps à aider son père à l'auberge. Peut-être qu'Arthur fréquente cette auberge et vient y boire un verre qu'Augusta lui sert avec un beau sourire ? Arthur, plutôt bel homme, n'est sûrement pas insensible au charme juvénile de cette fille de dix-neuf ans. Ils n'habitent pas loin l'un de l'autre. Augusta, à la rue Sainte-Catherine, et Arthur, juste de l'autre côté du canal de Gand, à l'Oude Gentweg.

Très peu de temps après leur première rencontre, mon arrière-grand-mère tombe enceinte. La famille est très embarrassée. Dans cette ville de Bruges, si prude et ultracatholique, il faut sauver les apparences. Des noces sont organisées au plus vite. Le mariage a lieu le 28 janvier 1891, six jours après le 32ᵉ anniversaire d'Arthur. Augusta, enceinte de quatre mois, vient d'avoir vingt ans. Elle est triste, car sa grossesse l'empêche de célébrer un mariage religieux. L'Église l'interdit. La fête est gâchée. Aucune invitation ne sera envoyée.

La cérémonie du mariage civil se déroule à la maison communale de Bruges, à 11 heures du matin, sous l'autorité de l'échevin Jules Fonteyne. L'ambiance est lourde et morose. Les yeux se fuient. Augusta a du mal à cacher son petit ventre rempli de vie. Dans la salle des mariages, il n'y a guère âme qui vive : les deux témoins, la mère d'Arthur et le père d'Augusta ; les trois frères d'Arthur et d'Augusta ainsi que sa sœur sont aussi présents. Personne d'autre, même pas les amis. Arthur est orphelin de son père, et Augusta est orpheline de sa mère. À la fin de la cérémonie, très rondement menée, mes arrière-grands-parents sortent de la maison communale presque comme des clandestins. Les regards conformistes s'abattent sur eux. Ma chère arrière-grand-mère va devoir subir les « non-dits », les « qu'en-dira-t-on », les sous-entendus, les silences malicieux.

La vie du couple ne part pas du bon pied. Cela ressemble à un mariage forcé. De toute façon, quel autre cas de figure pouvait-on envisager ? Avorter ? Se séparer ? Mère célibataire ? Impensable dans le milieu puritain brugeois. Mes arrière-grands-parents sont condamnés à vivre ensemble. Pourquoi, finalement, la sauce ne pourrait-elle pas prendre ? Mais le destin a déjà la réponse dans sa grande poche. Il sera implacable comme un jugement sans aucun droit à la défense. Le couple ira s'installer dans une petite maison à quelques pas de celle des parents d'Augusta.

Le chaînon manquant

De l'autre côté du globe, sur l'île de Sumatra, l'esprit aventureux de notre anthropologue Dubois est très à l'opposé du conformisme de Bruges. Il s'obstine toujours à la recherche de son chaînon manquant. Mon vieil ami décide, en cette année 1891, de passer sur l'île voisine, Java. En plein après-midi, ses ouvriers découvrent un fragment de boîte crânienne humaine. Dubois est frappé par la dimension du cerveau, bien plus gros que celui d'un singe, plus comparable à celui d'un homme. Il découvre aussi un fémur dont l'analyse lui permet de conclure que l'être humain auquel il appartient devait maîtriser la posture debout. Dubois juge ce squelette comme le chaînon manquant entre l'homme et les derniers singes les plus évolués.

Cet ancêtre nouveau prend le nom d'« homme de Java », mieux connu aujourd'hui sous le nom d'*Homo erectus.*

Petit à petit, l'homme renouvelle de fond en comble sa généalogie. Il se repositionne dans la ligne de la vie, non plus par la voie du message biblique, mais par la voie de l'analyse scientifique. Un véritable tremblement de terre métaphysique prend forme. La personne de la rue, elle, ne sait rien. Tout est canalisé. Mais les secousses de ce tremblement de terre vont cependant commencer à fissurer les normes établies. Les vérités sont en train de craquer dans leurs certitudes. Ainsi fait son chemin l'Histoire : un enchaînement permanent d'anciennes et de nouvelles vérités.

Le grand rendez-vous

Dans la famille, à Bruges, *Homo erectus* est un parfait inconnu. Les esprits sont emmurés. Cinq mois après son mariage forcé, Augusta accouche de son premier enfant. C'est une fille, Irène. Mais comme un signe vengeur du tribunal divin, cet enfant, conçu illégitimement, sera jeté dans le feu du purgatoire. Ce petit bébé va mourir trois jours après sa naissance.

La première maternité de mon arrière-grand-mère se termine par un cauchemar. Elle culpabilise. Mon aïeule a péché alors qu'elle n'était pas mariée. Elle a touché l'interdit en pactisant avec le diable. Le châtiment est tombé comme un jugement sans pitié. C'est déjà son cinquième décès, après celui de son frère, sa mère, son demi-frère et sa demi-sœur. La marche funèbre poursuit sa route. Le mauvais sort continue de s'acharner. Il la tient, il ne va plus la lâcher. Coïncidence, cette même année, Rodenbach publie à Paris l'une de ses premières œuvres, *Le Règne du silence.* Un titre qui me fait amèrement penser à mon arrière-grand-mère. Sa vie sera constamment immergée dans le silence, ce dernier espace où l'on s'isole pour cacher ce qu'on ne peut dire, pour noyer son chagrin, pour imaginer ce qu'on aurait aimé faire quand on n'espère plus rien de la vie.

Quelques mois après le décès de la petite Irène, mon vieil ami Arthur Rimbaud s'en va la rejoindre. Les morts, quelles que soient leur religion, leur race, leur classe sociale, montent dans le même bateau. On redevient tous semblables pour le grand rendez-vous. La mort égalise, elle démocratise. Rimbaud a trente-sept ans. Son destin a voulu qu'il succombe à un cancer foudroyant. Ce torturé de la vie, cet esprit en mal-être continu s'en va, dans d'atroces souffrances, rallier enfin son horizon rêveur.

Un autre destin est en train de prendre forme. En Pologne, mon amie Marie Curie quitte sa ville natale de Varsovie pour venir étudier la physique et les mathématiques à la faculté des sciences de la Sorbonne, à Paris. Marie, qui à onze ans a déjà perdu sa sœur et sa mère, est une femme forte et une brillante étudiante. Elle aurait voulu s'inscrire à l'Université de Varsovie, mais l'accès est réservé aux seuls garçons. Marie tient à sa liberté de femme. Elle va prendre sa revanche d'une manière éclatante. Le monde entier va bientôt entendre parler d'elle. Après trois jours de voyage en train, Marie va s'installer dans une petite mansarde, rue Flatters, en bordure du Quartier latin. Dans une société dominée par les hommes, cette dame intelligente, moderne et indépendante est une figure emblématique de l'émancipation des femmes.

Les premiers salons

L'émancipation, l'innovation, l'entreprise sont les maîtres mots de cette fin de siècle. En 1892, la compagnie Edison General Electric fusionne avec Thomson-Houston Electric pour former ce qui va donner l'une des plus grandes multinationales au monde, la General Electric Company. En Belgique, on se lance dans de nouvelles façons de vendre. L'Union Véloce Club de Bruxelles organise pour la première fois une exposition entièrement consacrée à la bicyclette. Une cinquantaine de fabricants viendront montrer leurs « petites reines ». La mode des salons est née. Dans les années à venir, ils vont connaître un énorme succès. Il y en aura pour tous les goûts : salons de l'auto, de l'habitat, du jardin, de la famille et bien d'autres encore.

Ma chère arrière-grand-mère Augusta n'aura jamais l'occasion de rouler à vélo, ni de prendre le train, ni de manger des fruits exotiques. A-t-elle seulement déjà vu la mer ? Augusta est hors de son temps. Elle vit dans une bulle. La bulle de la culpabilité et du sacrifice. Elle est une détenue d'une société brugeoise en total repli sur elle-même, écrasée sous le poids de ses vieilles croyances. Son destin, c'est la maternité, rien que la maternité. Le 10 mars 1893, elle met au monde son deuxième enfant, une fille, Isabella, future sœur religieuse. Mais ce court moment de joie est déjà de trop. La vie ne veut lui faire aucun cadeau. Deux mois plus tard, un sixième drame, encore un, frappe Augusta. Elle perd son père, qui meurt à l'âge de soixante et un ans, après une très longue et douloureuse maladie. Mon arrière-grand-mère n'est pas encore au bout de ses peines. Beaucoup d'eau va encore couler sous les ponts.

Le petit frère d'Augusta, Oscar, est très affligé par la mort de son père. Il en est même aigri, mais pour une autre raison : il a souvent maille à partir avec sa belle-mère, il ne supporte pas sa malignité. Oscar a besoin d'air, de liberté. N'en pouvant plus, il fuit la maison et se met en quête d'un travail. Une boucherie, pas loin, l'embauche comme ouvrier. À dix-huit ans, il s'enrôlera comme volontaire au 4e régiment de ligne et passera ensuite à la Gendarmerie nationale. Pendant le conflit de 1914-1918, il sera attaché à la personne du ministre de la Guerre, Charles de Broqueville, lorsque celui-ci établira son QG à Dunkerque et à Saint-Pierre-Brouck.

Augusta est dépitée, abattue. Il n'y plus que des départs dans sa famille. Elle n'a pas l'esprit à quoi que ce soit, même pas à lire un journal. Il y a pourtant des choses très intéressantes dans la presse. On y parle des nouvelles techniques de vote. Le suffrage universel devient obligatoire, mais reste limité au vote plural qui succède au vote censitaire. Le vote est plural, car il attribue une voix supplémentaire au père de famille âgé de trente-cinq ans payant une contribution fiscale pour sa maison, ainsi qu'aux porteurs d'un diplôme universitaire ou de fin de secondaires, les très pompeusement appelés « capacitaires ». Ce régime de vote inaugure un élargissement de la démocratie en décuplant le corps électoral qui atteindra, aux élections de 1894, 21,6 % de la population. Même si, grâce à ce nouveau type de suffrage, certaines classes défavorisées peuvent voter, les classes aisées restent néanmoins majoritaires dans l'électorat.

Une ardeur extraordinaire

À contre-courant de ce qui se passe dans la famille, la société, elle, est en état de surexcitation. Il y a une ardeur entrepreneuriale extraordinaire. Tout devient possible et imaginable. Pas un secteur n'échappe à cet emballement. Ceux des transports et de la construction ont particulièrement le vent en poupe. Sur les routes, les premières voitures vont bientôt sortir en France, en Allemagne et en Angleterre. Sur les rails, la Compagnie internationale des wagons-lits ouvre une ligne, en train express, entre Ostende et Vienne, avec un prolongement sur Budapest, Belgrade et même Istanbul, véritable attraction exotique à l'époque. Dans les airs, à New York, le premier gratte-ciel dépassant les 100 mètres de hauteur est construit : c'est le Manhattan Life Insurance Building. Bien plus tard, cette hauteur sera quasi multipliée par dix avec l'édification de la tour Burj Khalifa à Dubaï, haute de 828 mètres.

La science, à travers les sciences préhistoriques, continue aussi sa marche euphorique. Un archéologue, Édouard Piette, fait une rencontre singulière dans la grotte du Pape, à Brassempouy, en Aquitaine. Après 28000 ans dans l'obscurité, il réveille le visage d'une femme à la lumière d'un jour de l'année 1894. Il s'agit d'une mini-statuette d'une finesse exquise, haute de 3,65 cm et datant du Paléolithique supérieur. Elle est sculptée dans de l'ivoire d'une défense de mammouth. Cette statue est probablement la plus ancienne représentation d'un visage humain. Quelle émotion! Et cet honneur revient à une femme. Bel hommage! On l'appellera *La Dame à la capuche*. Ce visage est délicat, sensible, touchant. L'homme ou la femme qui a sculpté cette figure d'une qualité artistique hors pair est-il ou est-elle vraiment «préhistorique»? Une nouvelle preuve que l'image montrant nos lointains ancêtres comme des sauvages relève plus du stéréotype que de la vérité. Ils étaient aussi sensibles que nous.

Escapade à Paris et à Torino

En juillet 1895, Pégase et moi, on s'invite à Sceaux, dans la banlieue parisienne, au mariage de mon amie Maria Sklodowska avec Pierre Curie, professeur à la faculté des sciences de la Sorbonne. À cette occasion, ils reçoivent chacun un cadeau révolutionnaire : une bicyclette. Le surlendemain, ils partent en voyage de noces sur leur petite merveille à deux roues en Île-de-France. Nous les accompagnons jusque dans le centre de Paris, où nous décidons de rester pendant quelques mois. Nous passons nos matinées à flâner sur les quais de la Seine, et surtout à fouiner chez les bouquinistes qui, depuis quatre ans, ont reçu l'autorisation de la mairie d'installer leurs caissons verts sur les rives du fleuve. J'ai envie de relire les grands auteurs français. Les journées défilent au gré des mots qui virevoltent dans mes pensées.

J'adore les livres. Un livre, c'est le compagnon le plus fidèle. Avec un livre, on n'est jamais seul. Il évade, il interpelle. Il ouvre les pensées. Un livre porte en lui les attributs de la véritable amitié : fidélité et disponibilité. Cet ami intime trouve toujours quelque chose à dire. Un monde sans livre est un monde éteint.

Le 22 octobre, nous sommes témoins d'un accident ferroviaire rocambolesque à la gare Montparnasse. Un train n'arrive pas à s'arrêter en rentrant dans la gare et troue la façade. Le mur est éventré. De la rue d'en face, la gare ressemble à une grande bouche ouverte qui semble cracher la tête d'un train. L'image est complètement surréaliste. Un vrai Disneyland en plein cœur de Paris!

L'hiver 1895 est rigoureux dans la capitale française. Il a revêtu la ville de son manteau de fourrure d'hermine. Il fait un froid glacial, et le givre a dentelé les bords de la Seine. Nous fêtons le réveillon de Noël au

Moulin rouge, qui a ouvert ses portes six ans plus tôt. Le repas est succulent. À la table d'à côté, mon vieil ami Henri de Toulouse-Lautrec est sur sa lune. Sous l'air du *French Cancan* et rythmées par les coups de talon des danseuses aux jambes interminables, ses pensées, embrumées dans l'alcool, esquissent les premiers traits de son dessin, *Lassitude*. Ce dessin avant-gardiste, dépouillé à l'extrême au point de faire ressentir physiquement ce que l'on regarde, fera office de charnière entre l'impressionnisme et l'expressionnisme.

Trois jours plus tard, nous assistons à la première séance de cinéma publique donnée par les frères Lumière, dans le salon indien au sous-sol du Grand Café, à deux pas de l'Opéra Garnier. Dix petits films, d'une durée de presque une minute chacun, sont projetés ce soir-là. Malgré l'importance historique de l'événement, les journalistes n'ont pas cru bon de se déplacer. Seulement trente-trois personnes, venues un peu par hasard, sont présentes. Elles sont éberluées et passent par tous les états d'âme : la surprise, le rire, la panique. Dans une projection ultérieure de *L'arrivée d'un train en gare de La Ciotat*, les spectateurs croiront même que la locomotive va sortir de l'écran.

Une autre façon d'exprimer les choses est née. Aux six arts classiques — l'architecture, la sculpture, la peinture, la musique, la littérature et la danse — vient s'ajouter un nouvel art : le cinéma. Les acteurs vont devenir les stars de la vie publique. La «*people mania*» va se développer ainsi que tous ses à-côtés : les revues de mode, les spots publicitaires, les festivals de cinéma, les *awards*, les procès sur le droit à l'image, les déclarations contredites, les images construites.

Après cette belle escapade dans la Ville Lumière, nous prenons la direction de l'Italie, vers Torino. On revient toujours à l'Italie. C'est plus fort que moi. Mon âme y a déjà établi ses quartiers. En février 1896, mon vieil ami le compositeur Giacomo Puccini présente son opéra *La Bohème* dans la prestigieuse salle d'opéra le Teatro Regio. C'est tout de suite un triomphe.

La musique de Puccini me comble. Elle se fond si naturellement dans le silence et se dilue avec une telle grâce dans ses méandres qu'elle en arrive à le faire parler. Le silence est le porte-parole très discret du mystère. Mais quand la musique de Puccini le traverse, il perd de son assurance au point de dévoiler quelques bribes de vérité. Quel dépaysement spirituel d'écouter sa musique, surtout quand elle est chantée par le grand ténor Caruso et, plus tard, par Pavarotti ! Leurs voix sont emportées par les vents célestes. Même les dieux se laissent émouvoir.

Le calendrier de la vie, chamboulé

L'observateur que je suis, du haut de son présent, est stupéfait par tant de créativité. L'art, l'économie, la science sont tournés vers l'inventivité, en totale communion. L'homme défie l'imagination. Et ce n'est pas fini ! Le dimanche 1er mars 1896, une découverte sensationnelle, une de plus, voit le jour. Le français Henri Becquerel découvre, un peu par hasard, la radioactivité naturelle. Le hasard est souvent un passage récurrent à la découverte scientifique.

Toute la matière, organique ou minérale, est constituée d'atomes. Elle émet naturellement des rayonnements ou radiations qui sont le résultat d'une désintégration de certains atomes qui les composent. La radioactivité va permettre, par l'analyse du carbone 14 contenu dans la matière, comme les roches terrestres, de calculer, avec beaucoup plus de précision, l'âge de la Terre. La datation par la radioactivité bouleversera complètement la ligne du temps, qui va se rallonger d'une façon vertigineuse. Du Moyen Âge à la fin du XVIIIe siècle, la chronologie en vigueur, tirée de l'Écriture sainte, fixait la date de la création de la Terre et celle de l'homme à il y a environ 6000 ans. La datation par la radioactivité va faire passer la formation de la Terre à 20 millions d'années au XIXe siècle, et jusqu'à 600 millions d'années en 1950. On est aujourd'hui à 4,65 milliards d'années. En seulement presque deux siècles, le temps a vieilli de plus de 4 milliards d'années ! Encore une vérité qui s'efface de l'écran de la vie. Quelle perturbation dans les esprits ! La création, telle que racontée dans la Bible, semble si loin. Le paradis s'éloigne ; l'homme paraît de plus en plus minuscule sur ce fil du temps qui ne cesse de s'étirer. L'être humain n'a pas fini de s'interroger sur ses origines et son sort. Les vérités ne résistent pas à l'épreuve du temps. Elles sont en perpétuelle correction.

Pégase m'arrête brusquement. Grand amateur de sport, il ne veut absolument pas rater le plus grand événement sportif au monde. Il prend la direction de la Grèce, terre de ses géniteurs. Du 6 au 15 avril ont lieu les premiers Jeux olympiques modernes à Athènes, 1 503 ans après les derniers Jeux olympiques antiques. Quatorze nations y participent. Signe du destin, comme un rappel du passé dans le présent, c'est un

Grec, un berger, *Spyrídon Loúis*, qui gagnera le marathon en 2 heures 58 minutes et 50 secondes. Il imite le soldat athénien Phidippidès qui courut, en 490 avant Jésus-Christ, près de 42 km, du village de Marathon, situé sur la côte Est de la Grèce, jusqu'à Athènes, pour annoncer la victoire des Grecs sur les Perses. Il paraît qu'il en est mort. Aujourd'hui, on court un marathon en 2 heures 02. Un temps amélioré de près de 56 minutes depuis lors. Impressionnant ! Le cap des deux heures sera bientôt franchi.

La subtilité des parfums

Juste après les premiers Jeux olympiques modernes naît, à Jurbise, au premier étage de la succursale Delhaize tenue par sa mère, mon grand-père maternel, Adelson Pilette. Dans ce magasin, il règne toujours une grande agitation. Les clients qui discutent, les fournisseurs qui déballent leurs marchandises, ma grand-mère qui donne ses consignes. Mais il y a surtout une chose qui frappe : l'odeur des marchandises qui, comme une armée conquérante, s'est emparée de toute la maison. À l'intérieur, le nez est en permanence aux aguets. Toutes sortes de parfums, tous plus subtils les uns que les autres, planent dans l'air. Il y a l'arôme corsé des épices, celui des grains grillés du café ou celui, plus sucré, des fruits. Cette nuée de parfums mélangés est unique dans le village. Elle n'existe que chez mon arrière-grand-mère. Cet effluve inimitable s'incruste partout, dans les vêtements, dans les draps de lit, dans les tentures, même jusque dans les serviettes de la salle de bains. Il donne des envies. Adelson, dès sa naissance, est plongé dans ces parfums nouveaux et multiples. Ses sens vont être constamment à l'affût. Il va acquérir la subtilité du goût. Pour lui, sentir, c'est déjà manger. Ce n'est pas pour rien que plus tard, il deviendra un fin gourmet. Il aura un odorat particulièrement aiguisé et pourra juger de la qualité d'un plat rien qu'à sa senteur.

L'Europe et la Russie, en sens contraire

À trois bonnes heures à cheval du magasin de Jurbise, le défilé des « grandes premières » ne s'arrête pas. Dans le haut de la ville de Bruxelles, depuis plusieurs mois, des enfants, chaque jour, s'attroupent dans une excitation générale, tout le long de l'avenue Louise. Ils viennent voir les premiers tramways électriques à trolley circuler jusqu'à Uccle. Ceux-ci vont remplacer progressivement les trams omnibus tirés par des chevaux, encore en service. L'ancien et le nouveau se mélangent. Et ce n'est pas tout. À la place Stéphanie et dans le goulot de l'avenue Louise, les premières publicités apparaissent. Les façades des maisons et les rues se colorient. Il y a du rouge, du vert, du bleu. Un air d'exotisme entre dans Bruxelles, qui ressemble à un grand parc d'attractions.

La modernisation bat son plein en Europe, sauf de l'autre côté de l'Oural où la réalité est tout autre. Le 26 mai, le tsar Nicolas II, coiffé d'une éblouissante couronne sertie de 4936 diamants, est sacré empereur à la cathédrale de l'Assomption, à Moscou. La cérémonie byzantine est d'un faste inouï. Tout est baigné dans la dorure. Mais les apparences sont trompeuses. Dehors, dans les campagnes et les villes, la pauvreté sévit durement. Luxe tapageur et misère totale. Le contraste est saisissant. Le vent de la contestation monte et va tourner en un véritable cyclone social. Le destin de la Russie est sur le point de basculer, mais pas dans la même direction que les pays occidentaux. Il y a d'un côté en Europe une société qui innove dans tous les domaines, et de l'autre, en Russie, un État archaïque complètement en retrait de l'actualité mondiale qui très vite va chuter dans la pire des extrémités.

Un zoo humain

Dans la petite maison d'Assebroek, le quotidien est toujours aussi décalé par rapport à l'actualité, en pleine ébullition. Mon arrière-grand-mère Augusta est sur le point d'accoucher une nouvelle fois. Son quatrième enfant en cinq ans ; la nature ne peut pas beaucoup mieux faire. Sa grossesse a été éprouvante. Il a fait chaud tout l'été. Tôt le matin du jeudi 3 septembre 1896, elle donne naissance à un garçon, mon grand-père. Augusta choisira comme prénom Joseph. Peut-être en souvenir de ce petit demi-frère Joseph auquel elle s'était tant attachée et qui est mort quand elle avait onze ans.

Mon grand-père naît en plein essor économique, dans une période d'inventivité extraordinaire. Les hommes veulent comprendre les choses autrement, ils ont soif de nouveautés. Joseph sera animé de cette même soif. Tout l'intéressera : l'astronomie, la musique, la peinture, l'histoire, l'économie. Il sera bien de son temps.

Cette inventivité enfle dans tous les domaines : les transports, le commerce, la distribution, les sciences, la publicité, les loisirs. Il y a aussi l'organisation d'événements.

Bruxelles est aux avant-postes. La future capitale de l'Europe se lance dans la mise en place d'événements culturels de portée internationale. Le 25 février 1897, Victor Horta, considéré aujourd'hui comme le maître de l'Art nouveau, présente pour la première fois son mobilier au quatrième Salon de la libre esthétique.

Bruxelles, en cette année 1897, est à la une de l'actualité. En mai, la ville organise, pour la première fois en Belgique — encore une « première » —, l'Exposition universelle. Parmi les différents stands présentés par l'État belge, il y en a un qui est particulièrement choquant pour nos yeux du XXIe siècle. Un village indigène y est reconstitué, où 267 Congolais sont exhibés dans des huttes. Un zoo humain grandeur nature ! Sept d'entre eux, ne supportant pas le climat, vont y mourir. Ils seront enterrés, dans l'anonymat, dans un petit cimetière à Tervuren.

En plein débat suscité par la toute nouvelle théorie de l'évolution et les premières découvertes en paléontologie humaine, les Africains noirs sont considérés par les « spécialistes » de l'époque comme le chaînon manquant entre le singe et l'homme. Ce discours prétentieux, qui prône la suprématie d'une race sur l'autre, va faire le lit du racisme.

Ébauche de coopération dans la recherche scientifique

Pégase me presse de quitter l'Expo. Il ne veut absolument pas manquer le départ d'un bateau. À l'aube du 16 août, une expédition scientifique belge quitte le port d'Anvers pour l'Antarctique. À son bord, parmi les scientifiques, outre des Belges, on compte un Polonais, un Norvégien, un Américain et un Roumain. Ce type de voyage scientifique, à la fois international et multidisciplinaire, est très avant-gardiste pour l'époque. L'équipage de vingt-trois personnes est commandé par le Belge Adrien de Gerlache. Le navire, *La Belgica*, qui ressemble à un laboratoire flottant, est surchargé : le pont dépasse des flots de 50 cm seulement. Dès le départ, le capitaine connaît quelques déboires. Ils ont à peine quitté le port qu'une panne survient dans la machinerie, à hauteur d'Ostende. Le navire devra y rester une semaine pour effectuer les réparations avant de pouvoir repartir. Deux membres de l'équipage, prenant cette panne comme un mauvais présage, décident d'abandonner l'expédition. En chemin, avant d'arriver en Antarctique, cinq personnes seront débarquées pour indiscipline. Parmi l'équipage, il y a un homme qui va faire parler de lui quelques années plus tard. C'est le Norvégien Roald Amundsen. Passionné des deux régions polaires, il a une idée fixe en tête : devenir le premier homme à atteindre à la fois le pôle Nord et le pôle Sud. Toute sa vie sera consacrée à ce défi. Il va même en mourir.

Le contenu du vide

Mon guide intemporel, Pégase, laisse *La Belgica* voguer vers le pôle Sud et revient vers le nord. Il s'arrête au-dessus de l'Angleterre. Il veut me montrer quelque chose de particulier en cette année 1897. Une découverte prodigieuse, en ce siècle prolifique, va propulser la science dans une dimension extraterrestre. Un Anglais, John Thomson, démontre par l'expérience que l'atome n'est pas l'infiniment petit et indivisible. Il découvre dans l'atome un monde qui abrite des éléments encore plus petits que le plus petit. Il réussit à décomposer l'atome et découvre son premier constituant. Il le nomme « électron ».

Un nouveau monde, qui ne fonctionne pas sur les principes classiques de la science, se dévoile aux hommes : le monde de l'invisible, du vide. Nous sommes à l'aube d'une nouvelle science, très déroutante pour l'esprit conditionné de l'être humain : la physique quantique. Avec la physique quantique, l'homme va découvrir, dans les années futures, que le vide n'existe pas ; qu'au contraire, il est rempli à ras bord. Dans ce vide, il y a une vie extrêmement complexe, d'une énergie inouïe, qui se joue de nos capacités intellectuelles. Le mot « rien » ne veut désormais plus rien dire. On devrait presque vénérer l'électron tant il est indispensable à la vie. On découvrira plus tard que l'électron d'un atome, via l'interaction électromagnétique, va « s'accrocher » à d'autres atomes. Ces électrons vont « souder » des atomes entre eux pour former une molécule, tremplin vers la vie cellulaire. L'électron est le grand rassembleur sans qui toute chose ne pourrait voir le jour. Pas d'électron, pas de vie possible. Respect, monsieur l'électron !

Avec la découverte de Thomson, le mouvement atomiste, né à Milet des pensées de Démocrite, reprend des couleurs après avoir purgé une longue descente dans l'obscurantisme de près de vingt-trois siècles. Démocrite stipulait déjà que toute matière est le produit des multiples combinaisons entre atomes.

En cette fin de siècle, les sciences s'agitent dans tous les sens. On recherche, on explore, on remet tout en question. Tout est sujet à investigation. En mars 1898, notre navire scientifique, *La Belgica*, est emprisonné par les glaces en plein milieu de l'Antarctique. Les membres de l'expédition deviennent les premiers hommes à hiverner en Antarctique. Ils y resteront bloqués pendant un an et vont dériver de 2000 km. Ils vivront deux printemps sans lever de soleil à une température de -40 °C. Un exploit sans précédent. Ce n'est qu'à coups d'explosifs que le bateau pourra être dégagé. Ils vont prendre tous les risques pour survivre.

En politique aussi, on prend des risques. On se lance dans la croisade de l'assouplissement des mentalités. L'heure est à la reconnaissance des droits, au bannissement des préjugés. Le 18 avril, le Parlement belge vote la loi Coremans-De Vriendt. Cette loi reconnaît la légitimité linguistique du néerlandais. Elle donne au néerlandais rang de « langue officielle » avec le français. Il a fallu attendre soixante-sept ans. Il était temps !

Ma grand-mère, une Sissi belge

C'est durant cette période de reconnaissance de l'identité flamande que naît, le

11 juillet, ma grand-mère, Marie Van Outryve. Hasard du calendrier, c'est le jour officiel de la « fête nationale » en Flandre. À son arrivée sur Terre, ma grand-mère s'est fait accompagner par de futures célébrités. Cette année-là naissent Enzo Ferrari, quel pionnier ! Michel de Ghelderode, quel dramaturge ! Golda Meir, quelle personnalité ! Henry Moore, quelle puissance expressive ! René Magritte, quel imaginaire ! Elle naît aussi l'année où meurt Sissi, l'impératrice Élisabeth d'Autriche, symbole par excellence des romances amoureuses et des tragédies politiques. Ma grand-mère, très romantique, dévorera tous les livres écrits sur Sissi. J'ai été, lors d'un voyage à Vienne, dans la crypte des Capucins où se trouve la tombe de Sissi. Elle n'a rien perdu de sa popularité : sa tombe est encore fleurie chaque jour. Le conte de fées se perpétue encore et toujours.

Ma grand-mère voit le jour pendant la Belle Époque. La bourgeoisie s'est enrichie et vit dans une douce illusion de bien-être. Ma grand-mère, dans son comportement, reflète parfaitement bien cette insouciance. Elle aime chanter, dessiner des fleurs, s'occuper de son jardin, vaquer à ses occupations ménagères, sans véritable souci ou préoccupation, comme détachée des réalités de la vie… Une vraie Sissi en miniature.

Rome, l'immortelle

Quelques mois après la naissance de sa fille Marie, mon arrière-grand-père Arthur effectue avec sa femme un voyage à Rome. Mon aïeul participe aussi à ce long défilé de célébrités qui ne cessent d'affluer vers la ville antique. Zola vient de le précéder. Il a publié *Rome* deux ans plus tôt.

L'ancienne capitale du monde est une ville à part. Elle a un pouvoir d'attraction très particulier : c'est un aimant pour tout esprit curieux et amoureux. Elle fascine par le poids de son histoire. Rome est l'âtre de l'intemporalité où tous les temps viennent se détendre. Dans la cité de mon ami Marc-Aurèle, le passé se conjugue au présent comme si le temps ne faisait plus vieillir. Rome, c'est la communion des siècles. L'éternité y est descendue. C'est l'instant des temps réunis. Un instant léger et intime qui perdure sans jamais plus flétrir. Un instant enfin libéré de l'accomplissement brutal du temps. Dans cette césure libératrice, tout se voit, tout se ressent, presque tout se comprend. Quoi de plus beau et paisible que de se laisser être dans cet instant ? On vole enfin, on ne sent plus la poigne encombrante du temps ni la glu de la pesanteur. À Rome, la mort a trouvé son maître.

Je me suis souvent rendu à Rome avec ma famille, chez le grand-père de ma femme. La première fois que j'ai foulé le sol romain, ce fut en descendant les escaliers de la Trinité-des-Monts. J'avais l'impression de rentrer dans un théâtre à ciel ouvert, le théâtre de l'Histoire. Quand je me promène dans ses rues, je vois Bernini en sueur sculpter le Triton ; je vois les sénateurs romains discourir en toge blanche ; je vois Goethe assis sur un morceau de colonne romaine en train de méditer. Tout revient. Rien ne s'éteint. À Rome, on respire autrement. La culture s'est substituée à l'oxygène. Il est presque vital que je m'y rende régulièrement pour me ressourcer et faire voyager mes pensées au rythme enivrant des vents de l'Histoire. Si j'avais pu choisir le lieu de ma naissance, j'aurais choisi Rome. Elle personnifie tout ce que j'aime : la fantaisie, l'éternité, la beauté. J'ai des sentiments pour elle.

Depuis que j'ai rencontré Rome, je sais qui je suis. La ville aux sept collines m'a dévoilé mes goûts profonds et m'a fait prendre conscience de mon historicité. Rome est un révélateur de soi. Dans cet écrin de l'Histoire, je suis né une seconde fois. Un être humain est en constant devenir. On peut être plus que ce qu'on croit être. La vie, dans ses nombreuses variations, permet des étonnements de soi, des dépassements de soi. Chaque nouveau dépassement est une nouvelle naissance. La vie est une succession de naissances de soi. Au cours d'une vie, on ne naît plus d'une mère, mais de soi-même. On est sa propre mère. C'est la vraie richesse de la vie, car elle vous permet de démultiplier votre personne. La vie prend sa véritable valeur dans l'accumulation de ces naissances. Une grande vie est faite de grandes naissances. L'ultime dépassement est celui de la mort. C'est le dernier accouchement. La dernière délivrance de ce qu'on est. Les limites n'existent plus alors. On a tout donné à la vie et elle va tout nous rendre à sa manière. Il n'y a plus rien qui puisse nous séparer de ce qui est au-dessus de notre entendement.

L'écriture me sort lentement du temps. Je me libère de ses murs. Mais je dois me freiner. Je suis encore en vie. Reviens, Dominique, continue ton petit chemin le long de la Rivière. Il est trop tôt pour passer derrière l'horizon.

Depuis les premiers balbutiements des hommes, la même règle primordiale dicte leur sort : tout ce qui naît doit mourir. Les uns derrière les autres, la file des morts prolonge la file des naissances dans un ordre immuable. La vie et la mort sont mélangées, sans disparité, dans la Rivière du temps. Elles baignent dans la même eau. En novembre, mon arrière-grand-mère Augusta met au monde une petite fille, Dominique, qui prendra plus tard le surnom de « Mimi ». Cet enfant vient s'ajouter aux 54241 habitants que compte la ville de Bruges. Et après une naissance, une mort. La grande file s'étire.

Le mois suivant, le jour de Noël, mon vieil ami Georges Rodenbach succombe à une appendicite. Il sera enterré à Paris, au cimetière du Père-Lachaise. Son célèbre livre *Bruges-la-Morte* fera connaître la ville dans le monde entier. Bruges si solitaire se retrouvera sous les feux de la rampe bien malgré elle.

Exploitation inédite de la matière

Rodenbach n'aurait pas pu le savoir, mais quelques jours avant qu'il ne rende son dernier soupir, la science a fait un pas de géant dans la manipulation de la matière. Alors que les préparatifs du réveillon battent leur plein, de l'autre côté de la Seine, deux personnes, totalement absorbées par une expérience chirurgicale, vont jouer à la magie. Dans les locaux sombres de l'École de physique et de chimie, rue Lhomond, le couple Pierre et Marie Curie, après avoir déjà découvert le polonium, va réussir à isoler un autre atome : le radium. Cette découverte, à l'origine de la technique de la radiographie, sauvera beaucoup de vies.

La science, et en particulier la nouvelle physique quantique, poursuit sa chevauchée fantastique et repousse les limites du mystère. Elle s'enfonce toujours plus loin dans les dédales du monde troublant de l'infiniment petit, creuset de la vie. Dans les années qui suivent, l'homme va s'employer non seulement à identifier et isoler tous les atomes, mais aussi à les manipuler.

La matière vit, change, bouge. Il y a moyen d'utiliser ses constituants. Un exemple de cette manipulation est ce qu'on appelle la fission nucléaire. En bombardant le noyau d'un atome (surtout l'uranium, extrêmement radioactif et très fissile) avec un neutron, celui-ci, qui est sans charge électrique, va pénétrer dans le cœur du noyau et relâcher l'énergie qui assurait sa cohésion. Le noyau, en se scindant sous l'effet de la fission, va libérer d'autres neutrons qui vont provoquer une autre fission, laquelle va à son tour libérer d'autres neutrons. Cette cascade de plusieurs fissions va produire une énergie énorme. Cette technique sera utilisée pour la fabrication de la tristement célèbre bombe atomique.

La main de l'homme entre dans l'univers des atomes et joue avec ses constituants. Quelle commotion psychologique ! Imaginez, si l'être humain arrivait à manipuler les cinq milliards de milliards de milliards d'atomes contenus dans son organisme ! Parmi ces atomes, trois contrôlent 93 % du corps : l'oxygène, le carbone et, tiens tiens... notre atome d'hydrogène. Le revoilà, notre Schtroumpf simplet ! Il est décidément partout. Cette immense société d'atomes forme des milliards de connexions entre eux pour fabriquer des neurones, des gènes, des chromosomes et quantités d'autres cellules.

Si l'homme avait la main sur tous les neurones, il pourrait peut-être connecter son cerveau à un ordinateur et y télécharger sa mémoire ou encore détecter les signaux électriques que le cerveau donne pour faire bouger la bouche et les mâchoires afin de déclencher la parole et les reproduire sous forme artificielle et ainsi traduire les pensées en paroles. Il pourrait aussi manipuler les gènes de manière à avoir des bébés aux yeux bleus. Et, pourquoi pas, maîtriser le gène qui déclenche les comportements violents ou même contrôler des objets par la pensée. Certains y croient. Tout semble possible.

De même, en s'immisçant dans ce monde déconcertant des atomes, le « nanomonde », l'homme va décoder les mécanismes internes de la matière qui permettent, par le jeu des combinaisons entre particules atomiques, de produire des propriétés comme, entre autres, la résistance et la durabilité. Plus tard, par l'utilisation d'appareils très sophistiqués, l'homme pourra créer lui-même ces mécanismes en déplaçant et assemblant des atomes avec d'autres atomes pour former des molécules pourvues, par exemple, des caractéristiques de résistance au feu, d'isolation, d'imperméabilité ou de conductivité électrique. Ces molécules seront intégrées dans des matériaux tels que le verre d'une vitre ou le caoutchouc d'un pneu pour les rendre totalement isolants et résistants ou imputrescibles dans le cas du bois. Cette manipulation chirurgicale sera exercée dans beaucoup de domaines : la médecine, l'agroalimentaire, l'électronique, la construction, l'automobile, la communication et malheureusement aussi l'armement. Même créer de la matière, que ce soit sous forme solide, liquide ou gazeuse, deviendra bientôt réalité. Nous sommes à l'aube d'un nouveau rapport entre l'homme et la matière.

L'Humanité est en train de se lancer dans la plus grande révolution de toute son histoire. Une meilleure maîtrise de la matière a toujours été un élément fondateur d'une nouvelle civilisation. Après l'âge de la pierre, l'âge des métaux et l'âge de l'acier, une ère très singulière commence avec l'âge atomique. Cette révolution va diamétralement modifier la nature humaine de l'homme. Elle va lui faire changer d'identité.

On croit rêver ! En cette fin de siècle, les pensées les plus folles se libèrent. La curiosité et l'audace refoulent les vérités toutes faites dans les archives. Les ponts tombent, les mystères se comprennent mieux. La science bouleverse les idées reçues et démasque la réalité profonde. Et ce n'est qu'un début ! La vie est un long et lent exercice de décodage.

Les « quatre-roues »

Un autre genre de découverte, plus terre à terre, tombe en janvier 1899, comme un superbe cadeau de Nouvel An offert aux passionnés de l'Histoire. Après de longues fouilles dans le forum, à Rome, l'archéologue italien Giacomo Boni sort de la terre une étrange pierre noire, en latin la *Lapis niger*. Sur cette stèle est gravé un texte qui parle d'un roi. C'est la première fois que l'on met la main sur un texte où le mot « roi » apparaît. Elle est la confirmation que Rome fut, à ses débuts, une royauté : depuis de nombreuses années, les historiens en cherchaient la preuve. La stèle date des années 500 avant Jésus-Christ, période qui correspond parfaitement à celle que les historiens avaient envisagée. Le puzzle de l'Histoire se reconstitue.

Les découvertes succèdent aux découvertes. Face à cette poussée extraordinaire à la recherche et à l'innovation, Bruges va céder. Les « premières » commencent aussi à apparaître. En septembre, mes arrière-grands-parents inscrivent leur fils Joseph à l'école gardienne de Marie, située place de la Vigne, en face du délicieux lac d'Amour, près du béguinage. Dans la rue, il y a comme un bruit étrange qui ne ressemble pas au silence habituel de la ville. Le va-et-vient des gens, qui jusque-là était cadencé par les bruits de sabots des chevaux, est dérangé par un nouveau son : celui d'un moteur. Mon grand-père Joseph voit pour la première fois passer devant lui une chose insolite qui embrase son regard : un quatre-roues, la voiture. Elle va petit à petit remplacer les « quatre-pattes » des chevaux. D'autres étrangetés vont suivre. Bientôt aussi, les premiers tramways vont circuler dans la ville. « Bruges-la-Morte » se réveille doucement, involontairement, presque à contrecœur.

Le premier jour d'école, mon grand-père Joseph recevra déjà un prix en récompense de son bon travail. Ce prix est une image colorée qui représente une petite fille en train de lancer des graines à des poules. Les images en couleur sont rares à l'époque. Mon grand-père en est très fier ! C'est son tout premier prix. Il le signera et conservera toute sa vie ce précieux sésame dans son portefeuille.

La Belgique, deuxième puissance industrielle au monde

Tout change, même le bruit. L'industrie automobile débute. Cette année, la FN, la Fabrique nationale d'armes de guerre de Herstal, récemment créée et qui produisait déjà des vélos, juge que la moto et l'automobile offrent des perspectives prometteuses de diversification. La première automobile de la FN, conçue par Joseph Cosmo, sera un réel succès commercial. Les Belges sont entreprenants. Sous l'égide de grands visionnaires comme Ernest Solvay dans la production de la soude et Édouard Empain dans le développement du chemin de fer et du tramway, dont celui du métro de Paris, ou encore Jules Lahousse qui va racheter une mine de plomb en Catalogne, la Belgique va rayonner à travers le monde entier et voir son économie exploser, à un point tel qu'elle va se hisser au deuxième rang des puissances industrielles du monde, derrière la Grande-Bretagne mais devant les États-Unis. Vu de 2021, on croit rêver.

Cette omniprésente volonté d'entreprendre s'accompagne d'une chasse aux records sans précédent : record de la hauteur dans la construction et de la distance dans l'aviation, records sportifs et aussi record de la vitesse sur les nouvelles routes. En avril, un Belge, un certain Camille Jenatzy, est le premier homme, paraît-il, à dépasser la vitesse de 100 km/heure en voiture. Durant la Belle Époque, aucun interdit, aucun danger ne semblent freiner les hommes.

La Belgique fait décidément beaucoup parler d'elle. Dans le port d'Anvers, en ce matin du 5 novembre 1899, c'est l'excitation générale. *La Belgica* est de retour. La foule est massée sur les quais et agite de petits drapeaux belges rythmés par les cris déchaînés des mouettes.

Le bateau rentre majestueusement, toutes voiles baissées. L'équipage est debout sur la proue. Même la mer, pour la circonstance, a revêtu ses plus beaux apparats : elle s'est totalement aplanie pour permettre à la lumière aurorale de briller comme la dorure du masque funéraire d'un pharaon. L'enthousiasme populaire est énorme. Tous les membres de l'expédition seront décorés par le roi Léopold II, qui voit dans cette mission une publicité idéale pour affirmer l'identité belge.

Malgré deux morts et deux cas de démence, l'expédition est une grande réussite scientifique dans des domaines aussi variés que l'étude des courants, la faune marine, la météorologie et le magnétisme. Le navire sera réquisitionné au début de la Seconde Guerre mondiale par l'armée britannique et coulé lors de la bataille navale de Narvik, en Norvège. Il est toujours coincé au fond de l'océan Atlantique. Il aurait mérité un meilleur sort.

Trois semaines après le retour triomphal de *La Belgica*, le 27 novembre — ou, comme on dit en vieux flamand, le «*27ste in slachtmaand*» («le 27 du mois où on tue le cochon») —, meurt à Bruges Guido Gezelle, l'un des moteurs de la conscience flamande en cette fin du XIXe siècle. Il tenait une place spéciale dans tous les cœurs des Flamands, et en particulier dans celui de ma deux fois arrière-grand-mère, Moetje. À la mort de Gezelle, Moetje, très pieuse, mettra précieusement l'image mortuaire du poète dans son livre de chevet préféré, *De navolging van Christus — L'Exemple du Christ*, de Thomas A. Kempis, un mystique néerlandais du Moyen Âge, très populaire en Flandre.

La fin d'un grand siècle

La mort de Gezelle ferme les portes du XIXe siècle. Ce fut le grand siècle des révolutions. Une révolution politique influencée à la fois par les idées progressistes développées à la suite de la Révolution française et par les conséquences sociales de la deuxième révolution industrielle d'où émergeront de nouvelles idéologies, comme le marxisme et le socialisme. Une révolution scientifique par la découverte de l'infiniment petit – la cellule et l'atome — et l'utilisation que l'on peut en faire. Une révolution économique par la découverte de nouveaux outils de fabrication, qui vont permettre une production à grande échelle, et par l'apparition de nouvelles inventions qui vont accélérer la course à la consommation. Une révolution sociale, conséquence de la révolution économique et politique, où le citoyen devient électeur et consommateur. Une révolution métaphysique et philosophique, qui, suite aux découvertes scientifiques, chamboulera complètement le calendrier de la vie des hommes et le sens à donner à l'existence.

L'homme a vieilli de plusieurs centaines de milliers d'années, et la Terre de plusieurs millions d'années. Cette révolution philosophique verra l'affaiblissement de l'influence de la religion et questionnera l'homme sur sa vraie nature : un être qui porte en lui un monde organisé selon des règles précises, en continuel mouvement de « fabrication ». Ce XIXe siècle s'est aussi caractérisé par une révolution artistique fertile en nouveaux courants qui transgresseront les tabous les plus pointus.

Il m'est difficile de quitter ce siècle tant il est riche en découvertes les plus ardues, les plus surprenantes, les plus osées par rapport à l'esprit de l'époque. L'homme explore partout : dans les airs, sous la terre, dans son corps, dans sa conscience. Ce siècle est un siècle phare dans l'Histoire. Il est l'un des socles sur lequel se construit aujourd'hui notre XXIe siècle.

Mais continuons à nous laisser emporter par le courant de l'Histoire. Glissons-nous, avec une certaine souplesse, il en faudra, dans celui du XXe siècle qui, par rapport au précédent, sera plutôt un siècle de guerres qui porteront beaucoup de noms différents : guerres nucléaires, guerres coloniales, guerres financières, guerres civiles, guerre froide. Un siècle de transition, peut-être, dira-t-on plus tard.

Ce XXe siècle débute très symboliquement par la publication d'un livre qui va faire grand bruit dans la société : c'est *L'interprétation du rêve*, de Sigmund Freud. Ce livre va, après le monde quantique et le monde cellulaire, ouvrir un nouveau monde, encore un : celui de l'inconscient.

En cette période de l'Histoire, il y a beaucoup de nouveaux mondes qui s'ouvrent. La curiosité intellectuelle est partout et va pousser à comprendre l'homme et la vie sous de nouvelles dimensions jamais imaginées jusque-là. La véritable face de l'existence se révèle lentement à l'esprit humain. Dans un futur proche, on ne parlera plus d'interdit, de sacré, de mystère ; on parlera de particules élémentaires, de neurones, d'inconscience. L'intimité de la vie se dévoile et apparaît sous des caractéristiques encore plus ambiguës.

Le questionnement de l'homme sur sa véritable identité est très loin d'être terminé.

Que la vie est passionnante ! Mais pourquoi est-elle toujours aussi difficile à sonder ? Pourquoi met-elle tant de temps à se découvrir ? Pourquoi l'homme est-il si lent à la comprendre et à se comprendre ? La vie nous fait bien des cachotteries. On dirait qu'elle prend un malin plaisir à ne pas se dévoiler trop rapidement, comme pour faire languir les hommes sur leur sort ou pour les forcer à le trouver par eux-mêmes. Et si cela était voulu ?

La plus ancienne écriture

Cette occultation métaphysique n'empêche pas les hommes de continuer à écrire l'Histoire. Des pages entières sont remplies chaque jour. Cela fait maintenant près d'un siècle que la recherche archéologique, boostée par l'argent de riches hommes d'affaires, est en pleine effervescence. Les découvertes se multiplient tant et plus. Après la pierre de Rosette en Égypte, les cités étrusques en Italie, le site d'Angkor au Cambodge, la *Lapis niger* à Rome et aussi le palais de Minos en Crète, une nouvelle découverte extraordinaire voit le jour en 1901 à Suse, en Iran. Une stèle en basalte est sortie du sable par le Français Jacques de Morgan. Sur cette stèle est gravé un texte de loi en écriture cunéiforme. Ce texte de 282 articles, édictés par le roi de Babylone Hammourabi vers 1730 avant Jésus-Christ, traite de nombreux thèmes de la vie en société, tels que la protection de la propriété privée, le droit commercial, la famille, la corruption des magistrats. Cette amorce de Code civil est intéressante à plus d'un titre. C'est probablement la première fois qu'une loi est écrite par des personnes autres que des prêtres. La société civile s'affranchit de l'autorité religieuse. La découverte du Code d'Hammourabi va aussi faire déplacer l'origine des premières civilisations plus à l'est. Notre connaissance de l'Histoire change une nouvelle fois.

Pégase se cambre soudainement et franchit en un éclair la Méditerranée. Quelqu'un d'adulé vient de mourir en Italie. Mon guide ailé veut soutenir les Italiens dans leur deuil. Le 27 janvier, l'idole de tout un peuple, Giuseppe Verdi, s'en va rejoindre sa femme et ses enfants, décédés il y a soixante ans déjà. Une foule énorme assiste à l'enterrement. La cérémonie durera douze heures. Sa popularité est immense. Sa vie est intrinsèquement liée à celle de Garibaldi. L'âme du *Risorgimento*, c'est Verdi.

Mais je ne peux trop m'attarder à Milan. Je dois remonter vers le nord. Ma famille va bientôt aussi connaître le deuil, et je voudrais la réconforter. On traverse la France où, comme dans la plupart des pays européens, tout se modernise. Il y a tellement d'inventions qu'il devient nécessaire d'en régulariser l'utilisation. Le 13 septembre 1901, la France, qui comptait déjà 2400 voitures, sort un décret-loi instituant les premières immatriculations des véhicules. Elles sont limitées aux voitures qui roulent à grande vitesse, c'est-à-dire à plus de 30 km/heure. Il y a un début à tout.

Le tourisme culturel

Il neige beaucoup en ce début de l'année 1902. En février, l'Institut royal météorologique relève jusqu'à 35 cm de neige, à Uccle. Le record du siècle dans l'histoire climatologique de la Belgique. Cette neige va continuer par intermittence à saupoudrer le paysage jusqu'au 14 mai, jour où il neigera encore dans tout le pays. L'adage « il n'y a plus de saison » est déjà bien d'actualité.

À la fin de ce mois sibérien, la belle-mère de mon arrière-grand-mère, le « serpent », pousse son dernier soupir. Elle meurt toute seule, abandonnée : son mari et ses enfants sont six pieds sous terre depuis bien longtemps, et les enfants du premier mariage de son mari ont déjà tous quitté la maison. Il n'y a personne pour l'accompagner dans l'autre monde ; elle paie chèrement sa malfaisance. Mais malgré les actes de vilenie et les mots cruels qu'elle a dû subir de sa belle-mère, Augusta a tenu à être présente à l'enterrement. Toujours aussi fidèle, toujours aussi probe, toujours aussi juste. Une grande dame.

Mon arrière-grand-mère Augusta est une mère délicieuse qui se dévoue sans compter. Aux petits soins avec chacun de ses enfants, elle a la fibre maternelle particulièrement aiguë.

À la rentrée scolaire, lorsqu'elle conduit son fils Joseph à l'école, mon arrière-grand-mère est surprise par l'animation qui règne devant l'entrée de l'hôpital Saint-Jean : la première grande rétrospective consacrée au peintre flamand Memling y est organisée. Cette exposition, qui va attirer près de 35 000 visiteurs, chiffre impressionnant pour l'époque, suscitera un énorme engouement pour la peinture flamande du XVe siècle. Bruges commence à prendre conscience de la richesse de son passé et de l'exploitation commerciale qu'elle peut en tirer. Le tourisme culturel est né. Bruges se réveille un peu plus, elle va enfin s'émanciper.

S'il y a un domaine où, pendant sa longue période de vaches maigres économique et sociale, Bruges a toujours su garder une certaine renommée, c'est l'art, surtout grâce à la qualité de son Académie. Dans la lignée des grands peintres brugeois des XVIIIe et XIXe siècles qui ont tous étudié à l'académie de Bruges, tels Joseph Suvée, François Kinsoen (peintre à la cour de Jérôme Bonaparte, roi de Westphalie), Joseph Odevaere (commandes reçues pour le Quirinal à Rome) et Joseph Ducq (peintre à la cour d'Eugène de Beauharnais, vice-roi d'Italie), en septembre 1903, le jeune Constant Permeke, futur porte-étendard de l'expressionnisme flamand, s'inscrit à l'Académie des Beaux-Arts de Bruges. Avec Spilliaert, il est le peintre qui dessinera le mieux la mer du Nord.

Augusta n'a jamais entendu parler de Suvée ni de Permeke. Elle vit entre ses murs, poursuivant son sacerdoce voué à la maternité. Les naissances se suivent avec une régularité de métronome. Après une petite Élodie naît un petit garçon, Alphonse. La maison est une vraie pouponnière. Mon arrière-grand-mère doit s'occuper de sept enfants, dont deux bébés de trois et deux ans et un nouveau-né. Les journées sont bien remplies : nourrir le petit dernier, superviser les devoirs des plus grands, faire les courses, conduire les enfants à l'école.

Dans cette grande crèche, mon grand-père Joseph rêve de quelque chose. Il croise de plus en plus souvent des vélos dans les rues. Joseph aimerait tant en avoir un ! Mais il n'ose pas le demander à ses parents ; cela leur coûterait beaucoup trop d'argent. Il est fasciné par les bicyclettes. Pendant les vacances scolaires de cette année 1903, en juillet, est organisé le premier Tour de France cycliste. Cette course deviendra très vite l'un des événements sportifs les plus populaires dans le monde. Pour tout l'or du monde, mon grand-père ne voudra manquer ce grand rendez-vous annuel. C'est le début d'une énorme passion.

La malédiction est sur Augusta

Je tourne la page de l'année 1904. Pégase n'a pas trop envie de s'arrêter en 1905, mais j'insiste pour y aller. Les pages suivantes vont être lourdes, peu agréables à écrire. L'année commence tout de suite très mal. Le 29 janvier, mon arrière-grand-mère Augusta vit un septième drame : son petit Alphonse, qui n'a pas encore deux ans, cède déjà à la mort. L'affliction est d'autant plus pénible à supporter qu'Augusta, le jour du décès de son fils, est enceinte de huit mois. Elle a une vie dans son ventre et un mort dans ses bras. Augusta subit son sort, impuissante. Elle est désespérée. Mais le martyre n'a pas encore fini de s'abattre sur ses frêles épaules. Le malheur va de nouveau frapper. Toujours plus fort, toujours plus impudent. Le destin ne lui donnera même pas le temps de faire son deuil. Elle va boire le calice jusqu'à la lie.

À peine un mois après la mort d'Alphonse, un soir qui s'annonçait heureux, Augusta perd à l'accouchement un petit garçon qu'elle avait prévu d'appeler Léon. Qui sait si le choc de la mort d'Alphonse n'a pas été fatal au nouveau-né… Augusta passe d'un sentiment de tristesse à un sentiment d'aigreur. Tout se mélange. Tout est secoué. Plus rien ne semble tenir droit. Le jour de l'enterrement, le temps est glacial. Le vent piquant mugit de douleur. Son cri ressemble aux claquements d'un fouet sur une peau meurtrie. Avant de quitter la maison pour le cimetière, Augusta dépose le corps froid de son bébé dans le petit cercueil en sapin, le même bois que le berceau resté vide. Elle l'a emmitouflé dans son châle en laine blanc, comme la neige dehors qui couve avec soin le sol gelé. Mon arrière-grand-mère connaît le cimetière par cœur, ses murs, son ciel, son silence : elle y a déjà enterré son père, sa mère, son frère, sa petite Irène, son petit Alphonse, son demi-frère et sa demi-sœur. C'est presque sa seconde maison. Augusta vit un deuxième enterrement en moins d'un mois. Ses deux enfants, de surcroît ! Quel sentiment de gâchis, d'énergie galvaudée ! Enceinte dix-huit mois pour tout perdre en un mois. Le mal s'acharne contre elle et n'autorise aucune pitié.

Où mon arrière-grand-mère trouve-t-elle la force de tenir ? Je voudrais descendre dans l'Histoire et venir la consoler. Je ressens remonter jusqu'à moi le battement crispé de son cœur. J'entends sa voix s'extirper du temps et s'époumoner dans l'immortalité, comme un appel à l'aide en retard, comme une vague qui ne s'échoue que maintenant sur les rives de ma mémoire. Mais je ne peux plus rien, trop de temps nous sépare. Je suis impuissant, prisonnier de mon présent.

Quelle curieuse sensation que moi, dans le futur, je ressente un appel du passé. Pourrait-il y avoir un lien cosmique entre mon aïeule et moi, une sorte d'électron libre spécialisé dans les relations familiales qui fasse communiquer le passé et le futur ?

Sont-ils réellement morts, tous ces gens du passé, si je les ressens en moi ? C'est sans doute un songe, ou peut-être quelque chose qui me dépasse. Allez savoir… Il y a encore dans l'existence tellement d'inconnues à élucider.

Les jours et les mois qui suivent la mort du petit Léon sont interminables. Tout est si lourd à porter. Mes arrière-grands-parents sont anéantis. Il faut se ressaisir. Mais à la maison, la vie est difficile : le ménage a peu de moyens, les six enfants dorment tous dans la même chambre et les provisions d'hiver s'amenuisent. Heureusement, à elle seule, mon arrière-grand-mère comble ce vide matériel en leur offrant tout ce que le cœur d'une mère peut donner : l'affection, la mansuétude et l'attention. Elle les câline. Tous les soirs, à la lueur de la bougie en cire déposée sur la table de chevet, devant les grands yeux candides et confiants de ses enfants, Augusta lit une petite histoire pour les endormir et leur ouvrir les fenêtres du rêve comme si la réalité n'existait plus.

Cette pauvreté matérielle se conjugue avec une pauvreté culturelle : dans la famille, on n'est au courant de rien. Quel décalage entre ce monde clos d'une famille brugeoise et le monde extérieur qui s'ouvre dans toutes les directions ! Un épais mur de béton les sépare : le mur de la non-information, le mur de la culpabilité, le mur de l'interdit du savoir. Toutes les inventions et découvertes qui voient le jour à une vitesse exponentielle sont étouffées par les autorités religieuses de Bruges. Dans cette ville si croyante, toute nouveauté est à proscrire comme si cela représentait une menace. Il y a comme une peur de se perdre. Le savoir pourrait affaiblir la foi. L'immobilisme, ou le strict respect de la règle, est plus commode pour préserver les intérêts du clergé.

Malgré ce mur et ces malheurs qui s'accumulent sans relâche, Augusta remplit son rôle de mère avec un sens du devoir et une générosité admirables. Elle fleurit la maison, elle chante de petits airs. Avec peu, elle parvient encore à donner beaucoup. Tout ce qu'elle touche, elle le transforme en quelque chose d'attrayant, de beau, de doux. Quelle sérénité ! Il y a du sacré dans ses gestes. Cette attitude maternelle si noble va à tel point émouvoir mon grand-père Joseph qu'il va vénérer sa mère et attribuer ses gestes à la Providence. Il la voit presque comme une madone. Elle est un cadeau du ciel, un ange dans l'obscurité de Bruges.

Joseph lui en sera éternellement reconnaissant. Il lui dévoilera ses sentiments dans une lettre d'une rare sensibilité, qu'il écrira plus tard, adulte, à titre posthume. Chaque mot, poli dans l'amour et la déférence indéfectibles que mon grand-père vouait à sa mère, est d'une délicatesse touchante. Des mots qu'il aurait tant voulu lui dire de vive voix. Mais la mort de sa mère, mandée trop tôt par les gouvernants du ciel, l'empêchera de lui donner ce geste de gratitude. Joseph regrettera toujours de ne pas lui avoir dit « merci ». Cette lettre est chez moi, dans le tiroir de ma table de nuit. J'aurais tant voulu la poster pour qu'elle arrive enfin à sa mère ! Mais je n'ai toujours pas trouvé sa nouvelle adresse…

À Bruges, l'horloge de l'église Notre-Dame tourne péniblement. Le temps est essoufflé, démotivé. Tout est baigné dans le drame. Même la météo s'en mêle. Au début de l'été 1905, des orages violents éclatent sur tout le pays, causant beaucoup de dégâts et faisant de nombreux morts. Tout est sombre. Le temps imite ironiquement les malheurs d'Augusta, comme si le ciel voulait rajouter une couche de tristesse supplémentaire. L'actualité participe aussi à cette détresse endémique. L'hiver suivant, en mars, suite à un coup de grisou, 1 099 mineurs, qui doivent travailler dans des conditions inhumaines, meurent à Courrières, dans le Pas-de-Calais. Les corps, calcinés et déchiquetés par l'explosion du gaz, sont à peine identifiables. Les veuves pleurent, les orphelins sont inconsolables. Victor Hugo, dans sa tombe, crie à l'injustice.

Décidément, le mal ambiant ne veut pas s'arrêter. Et il va encore s'étendre : les malheurs sont contagieux. À Paris, en ce 19 avril, il pleut des cordes. En sortant d'une réunion à l'Académie des sciences, Pierre Curie glisse sur les pavés de la rue Dauphine. Un attelage tiré par des chevaux ne peut l'éviter. Il est coincé entre les sabots, et sa tête est écrasée par la roue arrière du chariot. Il meurt sur le coup. Mon amie Marie est sous le choc. Mais sa foi en la recherche et le travail intellectuel va la sauver des dérives du chagrin.

Depuis deux ans, tout se ressemble. Il y a comme une harmonie négative. Tout se conjugue dans le noir. On frôle le surréalisme. Et pour Augusta, le chemin de croix est loin d'être terminé. Le mauvais sort insiste, encore, toujours plus. La vie peut être cynique, sournoise. Tout paraît ligué contre elle. Tout semble programmé dans un plan machiavélique, parfaitement appliqué.

Dans une logique inintelligible, le martyre va continuer. Le 14 mai, la famille retombe dans la douleur. Augusta met au monde une petite fille qu'elle voulait appeler Emma. Deux jours après sa naissance, le bébé meurt. Emma, diminutif d'Emmanuelle, se traduit par « Dieu est avec nous » en hébreu. Mauvais choix, car Dieu est bien absent, ce 14 mai. Il n'a pas voulu éviter un neuvième drame à Augusta. Une fois de plus, Dieu ne fait rien. À quoi sert-Il, à part nous laisser souffrir et nous livrer à nos doutes ?

Mon stylo tremble. Je ne sais plus écrire droit. Une larme tombe sur ma feuille. Elle dilue mes mots, qui prennent la forme d'un grand point d'interrogation. Pourquoi Augusta, si bonne, si généreuse, est-elle ainsi frappée par le mauvais sort ? La vie est tellement inique avec elle ! Ma feuille ressemble à un marécage ténébreux. Pégase, qui me couvre de ses longues ailes duveteuses, n'a pas l'air très perturbé. La mort pour lui a la même valeur qu'un sourire, une éclipse, un souffle, une éruption solaire, un son, une implosion d'étoile, une naissance. C'est le tout qui compte.

Mon arrière-grand-mère est épuisée, accablée. La mort lui a ravi furtivement quatre enfants. Elle se sent visée. Il y a comme une conjuration des éléments contre elle. Tout se déchaîne méthodiquement, implacablement. La malédiction est tombée sur Augusta. J'ai envie de courir dans le passé, la retrouver, la tirer sur les rives de la Rivière du temps pour la laisser se reposer quelques instants. Ne pourrait-on pas inventer un secours *post mortem* ? Mon sang bout d'impuissance. Je suis là, au bord de mon marécage ténébreux, à tenter, en vain, d'envoyer du réconfort dans le passé. J'aimerais tant donner à mon arrière-grand-mère un peu d'affection, lui offrir un geste d'amour, une caresse ou un baiser pour adoucir son chagrin. Comme ce *Baiser* que mon vieil ami Klimt vient de réaliser, quelques mois plus tôt. Un baiser doré par l'envie de faire du bien, un baiser sans yeux, délicat, intime, léger, tout en nuance, sans arrière-pensée, simple, qui file vers le cœur du cœur, le fond de l'âme, qui passe tout en finesse les frontières et les tabous, qui fait tout oublier, qui vous rend unique dans l'instant. Qu'est-ce que ce baiser lui aurait fait du bien ! Et malgré ce calvaire, Augusta résiste avec une force et un calme admirables. Elle endure tout sans jamais se plaindre. Elle se conduit comme une sainte. J'imagine que le Père tout-puissant, dans sa grande bonté, devant une si noble attitude, lui a déjà réservé l'une des meilleures places au paradis avec vue imprenable sur le sommet de l'Olympe.

Arthur, son mari, supporte de plus en plus mal ces répétitions incessantes de malheurs. Plutôt bel homme, pas insensible aux femmes, il pense que Dieu se venge sur lui. Il voudrait s'enfuir, tout abandonner. Mais il ne peut pas, il faut sauver l'honneur. Dans une Bruges si pieuse, son geste serait condamné. Il deviendrait la cible méprisée des regards. Mais Arthur est sur le point de craquer. Sa mère, qui jusque-là cachait avec beaucoup de diplomatie les frasques de son fils, va bientôt rejoindre les cieux. Avec le départ de sa mère, Arthur va perdre son dernier filet protecteur. Il finira quand même par choisir la fuite.

Mort de Moetje

Le jour de Noël 1906, Dame Nature a retiré ses plus beaux atours. Elle se prépare à porter le deuil en blanc. La neige tombe abondamment sur tout le pays. La Rivière du temps coule, en cet hiver, avec beaucoup d'abattement : l'eau est glacée, le courant est lent et pathétique. La Rivière freine ses eaux comme si elle n'avait plus envie d'aller plus loin. Elle veut rebrousser chemin ou en prendre un autre.

Ce temps polaire est de mauvais augure pour la famille. Ces dernières années, la vie a été cruelle avec elle. Mais la tristesse n'a pas encore atteint son point culminant. Au début du printemps, alors que le froid persiste, mon arrière-arrière-grand-mère, Moetje, meurt à Bruges, dans la maison de sa fille célibataire Philomène, avec qui elle vivait depuis la mort de son mari. C'est dans l'après-midi qu'elle lâche son dernier souffle, en pleine sieste, assise dans ce fauteuil où elle avait toujours l'habitude de sommeiller après le repas du midi. Une sieste devenue éternelle. L'ombre de la *Pietà* de Michel-Ange sur le mur du petit salon s'envole… Ma deux fois arrière-grand-mère était véritablement l'âme de la famille. Elle avait toujours une attention pour chacun, elle s'occupait de tout. Sa mort laissera un énorme vide.

Moetje quitte le monde des humains à quatre-vingt-dix ans. Elle devait être une femme bien robuste pour vivre aussi longtemps. Les femmes dans la famille, sauf Augusta, ont souvent eu une santé de fer. Ma grand-mère Marie est décédée à quatre-vingt-dix ans aussi, à quelques mois près.

Mais la référence par excellence, c'est ma six fois arrière-grand-mère, Francisca Seys, décédée à l'âge de cent ans et trois mois.

L'âme de Moetje repose maintenant sur les eaux de sa grande amie, la mer du Nord, qui peut la cajoler, aussi longtemps qu'elle veut, de toutes ses vagues. Quand je flâne sur les plages, le vent marin, qui m'étreint de ses mains invisibles, me rappelle à chaque fois cette image de Moetje, petite fille sautillant sur les coquillages à marée basse. Je ne l'ai jamais vue de mes yeux, mais l'écho affectueux que me renvoie la mer du Nord me la fait voir avec mon cœur.

Dans la rue d'Avinyo

Je sors de ma léthargie marine. Je me retrouve avec mon vieil ami, Pablo Picasso, dans son atelier de Montmartre. L'été qui suit la mort de Moetje, il termine *Les Demoiselles d'Avignon*, inspiré des filles de joie qui vendent leurs charmes dans la petite rue d'Avinyo à Barcelone. Le cubisme vient de naître; une nouvelle forme de peinture voit le jour. L'ère de l'abstrait se lève. C'est au cours d'un séjour dans le délicieux petit village de Horta, au sud de la Catalogne, que Picasso aura sa révélation artistique. En face du village s'étend majestueusement la chaîne de montagnes les Roques de Benet. L'artiste ira souvent se promener dans ces montagnes. C'est là, dira-t-il, qu'il trouvera l'inspiration pour créer ce style cubiste si particulier.

J'ai souvent été dans ces défilés montagneux sombres et reclus. À chaque fois, j'ai été impressionné par la grandeur intimidante des lieux. Il sort de ces parois rocheuses des milliers de regards qui vous épient sans arrêt. On dirait que ces montagnes n'ont pas envie que vous soyez là. On s'y sent de trop, terriblement étranger.

Par un triste matin d'automne

Nous quittons très discrètement les Roques de Benet. Pégase, pour ne pas déranger le silence claustral des lieux, évite de battre des ailes et préfère planer jusqu'à notre prochaine destination. On rejoint les terres brugeoises. Elles ne sont pas bien différentes de celles des Roques de Benet : introverties, déprimées, maussades. Et ce ne sont pas les événements qui arrivent qui vont améliorer les choses. Début septembre, mon grand-père Joseph se rend au conservatoire pour suivre son premier cours de musique. Joseph est ravi ! Il adore la musique. Elle éveille en lui la profondeur de l'âme. Sa mère, Augusta, fredonne souvent de petites mélodies à la maison. Il aime l'entendre chanter et laisser sa douce voix allumer ses rêves. Joseph a hérité de l'oreille musicale de sa mère. Mais ce soir-là, après son cours, sur le chemin qui le reconduit à sa maison, mon grand-père est songeur. Chaque pavé sur lequel il marche est une interrogation sans réponse. Sa maman est malade. Elle est dans son lit depuis quelques jours déjà. Il n'a plus beaucoup l'occasion de lui parler. Augusta semble si détachée, si distante. Joseph ne comprend pas, ou si peu. Il ne sait pas que l'ombre virale est en train de tirer définitivement ses rideaux sur les yeux angéliques de sa maman. Cette interminable tragédie, qui aura duré trente ans, est en train d'accomplir son dernier acte.

Le malheur touche la famille à son paroxysme quand, cinq mois après le décès de Moetje, tôt dans la matinée du mercredi 18 septembre 1907, mon arrière-grand-mère s'éteint officiellement après une pénible maladie, dans sa maison à l'adresse prémonitoire : Kleine Kerkhofstraat 78, « rue du petit cimetière » en flamand. Officieusement, Augusta serait morte en couches d'un onzième enfant. Le faire-part du décès se termine par la même phrase que celle écrite sur le faire-part de son père Frederik Gevens : « Mort après une longue et pénible maladie.» La fille et le père en totale communion dans la mort. Ressemblance des hasards, rapprochement intime des destins, coïncidence des fatalités.

Augusta n'aura connu que de la tristesse. Elle a perdu son frère Théophile à sept ans, sa mère à huit ans, son demi-frère Joseph à onze ans, sa demi-sœur Maria Sylvia Louisa à dix-sept ans, sa fille Irène à vingt ans, son père à vingt-trois ans, ses fils Alphonse et Léon à trente-cinq ans et sa fille Emma à trente-six ans. Quel inventaire! Il était temps que ce cruel supplice se termine. La vie de mon arrière-grand-mère a un goût de cendres. La mort l'a côtoyée toute sa vie. Tel un prédateur avide d'une nouvelle proie, celle-ci s'est approchée peu à peu d'Augusta avant de la prendre définitivement.

Mon grand-père Joseph, le jour des obsèques de sa mère, a onze ans. Augusta a perdu sa mère à l'âge de neuf ans. La mère et le fils ont vécu la même douleur presque au même âge. Le même destin semble passer de génération en génération. Il y a des destins qui sont peut-être héréditaires.

L'enterrement a lieu trois jours après le décès, le samedi 21 septembre. Les membres de la famille et les proches amis sont d'abord conviés à une réunion à la maison de la défunte, à l'aube. Tout se passe très discrètement. Augusta, qui ne s'est pas mariée devant l'église, ne peut bénéficier d'une messe officielle. La famille a choisi le premier service funèbre de la journée, très tôt, à 8 heures du matin, à l'église paroissiale Sainte-Catherine. On ne veut pas trop ébruiter la tragédie. Dehors, il fait encore sombre, le jour ne s'est pas encore totalement levé. Les dernières ombres de la nuit cachent le visage des rares personnes présentes. On dirait qu'elles portent toutes des masques. Les masques du « je suis là, mais ne me regardez pas ». Comme pour la cérémonie de son mariage, les obsèques d'Augusta seront rapidement menées. On craint les regards, les « faux-fuyants ».

Augusta n'a jamais reçu dans sa vie un moment de reconnaissance. Elle l'aurait tant mérité ! Elle a vécu dans l'ombre : celle que la société a tissée autour d'elle pour ne pas trop la voir. Augusta était enceinte le jour de son mariage et le jour de sa mort. Troublante similitude. Éloge de la vie ou affront au bien-pensant qui règne dans les esprits étriqués de cette ville de Bruges, complètement en dehors de son temps.

Pendant l'office, les figures sont blêmes. Le silence dérange, tellement il est pesant. La messe est brève. À la sortie de l'église, les gens ne s'arrêtent même pas sur le parvis. Chacun rentre précipitamment chez lui. La famille se retrouve seule. Elle forme vite un petit cortège qui va, à pied, se rendre au cimetière en suivant le corbillard. Le rythme est lent, les pas sont hésitants. Les roues en bois de la charrette qui porte le corps d'Augusta résonnent dans les rues du quartier encore endormi comme un interminable cri de détresse. Les branches des grands sapins qui bordent l'entrée du cimetière semblent se pencher avec une certaine compassion sur les petites épaules des six enfants orphelins.

En ce triste premier jour d'automne, derrière le cercueil, un veuf rongé par le remords et six enfants, âgés de quatorze à six ans, marchent docilement vers l'ultime demeure de leur épouse et mère. Les cloches de l'église sonnent 8 heures 30. Le vide est partout. Le silence, tout d'un coup, est si massif, si dictatorial ! On a envie de hurler, de s'enfuir. Le geste du dernier au revoir va s'accomplir. La famille entoure la tombe qui se trouve à quelques pas de celle de Guido Gezelle. J'aurais tant aimé qu'il récite, en guise de gratitude, l'un de ses poèmes à l'intention de ma chère arrière-grand-mère ! Mais aucune faveur ne lui sera accordée, comme si la vie n'avait jamais voulu d'elle.

Les ouvriers communaux glissent la lourde dalle de pierre : l'adieu est scellé. Une froide brise balaye avec dédain les feuilles mortes tapies entre les tombes et importune la solennité du silence. Dans les arbres, le vent entonne une très discrète oraison funèbre qui se traîne péniblement jusqu'au fond du cimetière. Tante Philomène se tient tout près des enfants. Ils sont abattus.

À la maison, les mélodies d'Augusta se sont tues. Les vases sont vides. Il n'y aura plus de petites histoires le soir à la lueur de la bougie. La maison a perdu son âme. Mon grand-père Joseph, très religieux, est envahi par les interrogations. Il doute. En une fois, la vie l'arrache, cruellement et sans raison, de l'affection d'une mère. Il ne comprend pas. Sa foi plie mais ne se rompt pas. Joseph passe sans transition de la naïveté et l'illusion de l'enfance à la réalité implacable de la vie. Il va mûrir en quelques secondes.

Joseph n'a jamais connu ses grands-parents maternels ni son grand-père paternel. Il ne pourra même pas trouver un peu de chaleur auprès de sa seule grand-mère, Moetje, puisqu'elle vient de décéder. Mon grand-père est dans un vide affectif total. Heureusement, il reste sa tante Philomène, qui est aussi sa marraine. Philomène, célibataire sans enfant, va prendre Joseph sous sa protection et le couvera de toute l'affection maternelle qu'elle n'a jamais encore eu l'occasion d'assouvir.

Le rappel des contraires

Augusta la martyre, la sainte, s'en est allée. Dame la Mort a finalement eu pitié d'elle et est venue la prendre pour tuer le mauvais sort. Le chien ne mord plus, il a lâché son morceau de viande. Toute sa vie, mon arrière-grand-mère l'aura dédiée aux enfants. Elle a été une première fois mère dès neuf ans, à la mort de sa mère, en s'occupant de ses six frères et sœurs. Puis une deuxième fois en donnant vie à dix enfants, et peut-être même onze. Enceinte pendant huit ans. Elle a même sacrifié sa propre vie, puisqu'elle serait morte en couche. Morte en voulant donner la vie. Quel don de soi ! Augusta s'est comportée comme un ange dans ce monde borné et sans couleur de cette ville de Bruges recluse derrière les murs des bonnes convenances.

Le tableau de sa vie ressemble à un champ de tombes. Mon arrière-grand-mère est maintenant libérée, elle ne sent plus la douleur ni le regard des autres.

Le destin a été perfide avec mon aïeule : elle a été enterrée le 21 septembre, premier jour d'automne ; elle a habité une maison située « rue du petit cimetière » ; et pour couronner le tout, sa mère portait le nom de van den Kerckhoven, en flamand « des cimetières ». Bizarrerie des hasards, étranges coïncidences, futiles constats.

Augusta a fréquenté la mort toute sa vie durant. Que de souffrances et de frustrations n'a-t-elle pas endurées ! Pourquoi la vie s'est-elle acharnée à ce point sur cet ange de douceur ? Pourquoi cet entêtement au mal ? La vie est toujours troublante dans ses choix. Elle tourne invariablement autour du même pilier : celui des interrogations. La vie est le rappel des contraires : le rappel du malheur quand on est dans le bonheur et le rappel du bonheur quand on est dans le malheur. Rien n'est juste, rien n'est injuste. La vie défile sans regarder derrière elle. Elle déroule.

La mort d'Augusta ferme le livre de *Bruges-la-Morte*. Par la magie des mots de Rodenbach, mon arrière-grand-mère s'est invitée dans mon imagination pour me raconter son calvaire. Son appel de détresse était si fort qu'il a accéléré le temps pour que je l'entende dans mon présent.

Un intime relâchement

Augusta est partie, mais, chaque soir, à la tombée de la nuit, au moment où la lumière se retire et les fleurs se ferment, ses douces mélodies bruissent à la surface des canaux. Quand je musarde dans les vieilles rues de Bruges au gré du reflet des lampions et que le vent du souvenir étire mes pensées vers le présent d'avant, mes veines se crispent et mon âme, entraînée par les marées de l'Histoire, court vers Augusta. Au plus fort de ma rêverie, je la vois enfin. Son ombre semble porter mes pas avec une infinie bonté. Dans l'air ambiant, j'entends ses doux mots vibrer au diapason de mon cœur. Pendant cet intime relâchement, je la sens tendrement en moi. Elle paraît si calme ! Ses yeux, libérés de la mort, remontent le temps pour me regarder dans le grand miroir de l'éternité. Nos regards se diluent l'un dans l'autre et éclairent le ciel nocturne d'une lumière jamais vue.

Dans cette étrange communion intemporelle, je vois l'Histoire avec plus de profondeur. C'est comme si je me décomposais dans l'Histoire en traversant les différentes « couches géologiques » de mon être. Cette décomposition m'aide à mieux comprendre ce que je suis : le résultat provisoire d'un vaste et immense vécu qui se déroule depuis l'explosion du Big Bang — à supposer que cette explosion soit réellement un point de départ. L'histoire d'Augusta, comme celle de tous les hommes et femmes qui m'ont précédé, est une part de mon histoire. Elle circule dans mon sang et dans mes pensées aujourd'hui et circulera dans le sang et les pensées de mes enfants demain. Il y a de la terre d'Augusta et des hommes et femmes du passé dans ma terre. Chacun de nous, au passé, au présent, au futur, a de la terre de l'autre.

Curieusement, la famille ne dispose que d'une seule photo de mon arrière-grand-mère, et encore ! On n'est pas sûr que ce soit bien elle. Je ne peux même pas mettre un visage sur son nom. L'Histoire l'a rejetée. Je dois puiser dans les profondeurs de ma mémoire pour l'imaginer et la ressentir. Augusta est invisible dans la Rivière du temps. Elle a suivi le courant comme des millions d'autres personnes. Sa vie est passée inaperçue. C'est le lot de la majorité des gens. Mon arrière-grand-mère n'a jamais pu décider pour elle. Son passage sur Terre se résume en un mot : subir. Elle a accepté son sort avec dignité, sans jamais se rebeller, comme si elle s'était préparée à ce destin. Quel sens donner à la vie quand elle est si cruelle ? Tant de résistances, tant de patiences jetées dans le néant. Une vie qui ne s'est jamais réalisée. Une victime de l'existence ? Il y en a tellement.

L'héritage génétique

Mais la vie d'Augusta n'aura pas été vaine, car elle m'a rempli de quelque chose. Mon être forme un tout génétique et historique, vieux de millions d'années, où la vie d'Augusta, ses douleurs, ses pensées, ses frustrations, ses sensations sont mélangées dans ce tout. Elles ont leurs traces en moi. La vie d'Augusta prend un sens dans ce tout. Même si, aux yeux de la société, elle est une parfaite inconnue, Augusta aura maintenu la chaîne de la vie en lui offrant des enfants et ainsi en me permettant de vivre et de continuer ce tout. Je n'en suis pas conscient, mais par son vécu, je suis « plus ». Elle m'a transmis ses gènes, son histoire et le résultat de l'évolution des millions d'années qui l'ont précédée. Et après moi, ce tout sera à chaque nouvelle vie, à chaque nouvelle génération, de plus en plus « plus ». Tout cet immense passé de la vie des hommes et des femmes, tout ce vécu est en moi. Toute cette accumulation de l'évolution s'échoue en moi telle une vague partie du fin fond de l'horizon des temps, qui s'offre au rivage du présent. Mais cette longue évolution, ce n'est pas moi qui l'ai faite, elle ne m'appartient pas. Je la reçois comme un héritage de toutes ces personnes qui sont passées avant moi. Il y a dans tout être une dualité : ce qui est mien, c'est-à-dire ce que je fais de mon présent, et ce que j'ai hérité. L'un est dans l'autre. On ne peut se dissocier de cette part du passé. Pégase est si heureux que je comprenne cela ! C'est la première fois que je vois sourire un cheval.

Cette somme de vécus est comme un outil, de plus en plus amélioré, que les hommes se passent, de génération en génération, pour pousser l'espèce humaine à se réaliser encore plus pleinement. Chaque homme, de son vivant, porte les vies anciennes dans le futur. L'homme, dans son présent, est un transporteur de la mémoire génétique et culturelle d'un temps vers un autre temps.

Dans ce processus sacré de passation d'héritage, la mort ne jouerait-elle pas un rôle particulier ? La mort ne ressemblerait-elle pas à un palier nécessaire à l'évolution de la vie ? Si la mort n'existait pas, l'évolution de l'espèce humaine ne serait-elle pas freinée ou n'évoluerait-elle pas autrement ? Si les tout premiers *Homo sapiens* avaient été éternels, l'Humanité d'aujourd'hui aurait-elle atteint le même état d'avancement génétique et intellectuel ? La mort peut influencer l'homme dans son évolution. Mourir serait peut-être le plus grand acte de solidarité qu'un être humain puisse faire afin d'assurer la pérennité de l'évolution de son espèce.

Pégase m'a monté bien haut dans le ciel des réflexions. Je dois redescendre. La Rivière du temps a encore tant de choses à nous raconter ! À Bruges, le décès de sa douce mère rend mon grand-père Joseph inconsolable. Il veut se révolter, hurler l'injustice de la vie, se laisser aller aux émotions. Mais il ne peut pas. La rébellion est proscrite, bannie. Aucune réaction de faiblesse n'est autorisée. Il serait montré du doigt par les voisins, par les professeurs, par les prêtres. La société brugeoise, très austère, le rejetterait. Il faut suivre la ligne officielle, cet ordre public incontestable où tout le monde se tait sans jamais oser le contredire. Heureusement, mon grand-père continue ses cours de musique au conservatoire. Dans la musique, Joseph s'évade. Elle le rapproche de cette mère si brutalement enlevée par la mort. La musique réconcilie les temps et simplifie les interrogations. Elle rend intime ce qui est éloigné ou perdu. Pendant l'hiver, mon grand-père réussit son premier concours de musique avec la mention honorable. Ce prix lui mettra un peu de baume au cœur.

Un abandon de son navire

Tentons de sortir de ce chapitre sombre et cruel de l'histoire de la famille. Fuyons cette ville de Bruges, vieillotte et scrupuleuse. Pégase veut me changer les idées. Éternel optimiste de nature, il m'emmène en 1908 voir ce qui se passe dans cette société qui n'arrête pas de s'émanciper, ouverte sur l'océan de l'inventivité. Cette année est une année où d'autres futures grandes multinationales vont être créées : Agfa en mars, Ford en septembre et Olivetti en octobre. Le capitalisme est en pleine expansion. Tout s'innove. De nouveaux concepts voient le jour, comme celui des spectacles à grande échelle. Du 25 mai au 2 juin a lieu, à Gand, un grand show aérien. Plusieurs avions, provenant de France pour la plupart, y font une démonstration. C'est tout à fait inédit en Belgique. Cette manifestation sera l'occasion de deux grandes premières mondiales. Ce sera la toute première fois qu'un passager civil montera à bord d'un avion. Et le lendemain, ce sera la toute première fois qu'une femme montera à bord d'un avion comme passagère.

Ma tentative de sortir de ce chapitre sombre de la famille ne sera que de courte durée, car les épreuves vont revenir. Après l'enterrement d'Augusta, tante Philomène, la sœur de mon arrière-grand-père Arthur, a pris les choses en main. Pour mieux s'occuper des six enfants, elle a décidé de loger dans la maison familiale jusqu'à la fin de l'année scolaire. L'ambiance y est encore maussade. L'heure devrait être à la reconstruction, mais le malheur va encore frapper. Il y a comme un virus tenace dont la famille ne parvient pas à se débarrasser. Un nouveau coup de massue va tomber.

À l'origine de ce coup de massue : mon arrière-grand-père Arthur. Sa conscience se fissure. En l'espace de neuf mois, le temps qu'il faut pour faire un enfant, Arthur a vu la mort lui prendre sa mère et sa femme. L'horloge de la vie lui a offert deux morts pour le prix d'un enfant. La vie est inflexible ; elle suit son cours sans explication, sans s'excuser, elle passe. Raisonne-t-elle dans son cheminement ? Tous ces malheurs, toutes ces douleurs, ces vérités étouffées, comment les interpréter ? Le mauvais sort, l'injustice, l'éducation rigide, le poids du bien-pensant ? Comment faire face ? L'oubli, la sagesse, l'ivresse… la fuite ? Pendant l'été, Arthur se défait de toute responsabilité en abandonnant le navire familial. Il quitte la maison et s'installe à la Côte. Ses trois filles, Isabella, Élodie et Dominique, iront habiter chez leur tante Philomène. Les trois fils, Jules, Joseph et Antoine, seront placés dans un pensionnat à Ostende. Ce pensionnat sera leur nouvelle maison. Mon grand-père Joseph y restera pendant sept ans.

Je ne connais pas les raisons précises qui ont poussé mon arrière-grand-père à quitter le foyer et à se séparer de ses enfants. Il faut sans doute voir ailleurs. Mon oncle, plus tard, m'a très discrètement raconté qu'il se rappelait que sa tante « Mimi » lui avait dit qu'Arthur, son père, vivait avec une danseuse de cabaret. Toujours ce roman de Rodenbach qui revient. Mais ce n'est peut-être qu'un bruit de couloir. Les vraies raisons de cette déchirure familiale demeureront un mystère.

Ce mystère a été voulu, il a été nourri par son fils, mon grand-père Joseph, qui a enfermé son père dans le tiroir de l'oubli. Il lui en veut terriblement. Plus jamais il ne parlera de lui. Joseph ne gardera aucun souvenir personnel de son père. Il a tout jeté. Il refusera toujours de divulguer la moindre information à son sujet. On ne peut pas savoir. Joseph entourera volontairement cet épisode de sa vie d'un épais silence. Un épisode qu'il va cacher au plus profond de sa mémoire. Il va tirer ce secret comme un boulet attaché au pied d'un prisonnier. Mon grand-père aura beaucoup de peine à le porter. Ce sera sa croix à lui.

Le voile du mystère

Je ne crois pas au mystère. Le mystère, c'est ce qui reste à découvrir. Le mystère, quel que soit son degré d'opacité, dissimule toujours une réalité. Et si le mystère de l'existence était aussi nourri par un silence volontaire ? Pourquoi nous cache-t-on le sens fondamental de l'existence ? Il y a comme un voile hermétique. Y a-t-il une raison particulière à ce silence ? Pourquoi l'homme ne peut-il pas savoir ? Est-ce trop tôt ? N'a-t-on pas le niveau suffisant pour accepter l'ultime vérité ? N'a-t-on pas le bon profil ? Est-ce trop lourd à porter ? Mais le mystère ne s'exprime jamais. Il se laisse sonder sans jamais se découvrir.

Toutes ces questions sans réponse me tourmentent et m'empêchent de me sentir réellement vivant. L'homme n'est pas pleinement vivant tant qu'il n'est pas pleinement conscient de ce qu'il est. La vraie vie est encore à venir.

Mes interrogations sont sans doute futiles, inappropriées, peut-être même absurdes. Je dérape. Mais ce silence absolu me dérange, il me revient toujours comme un boomerang. Je le porte en moi tous les jours et je n'arrive pas à lever son voile. Je me sens si limité dans ma capacité à comprendre ! Où et comment chercher ce qu'il faut croire ? Cette impuissance me procure une profonde frustration et un ineffable dénuement spirituel. Que suis-je réellement au regard du mystère ?

Nous sommes humains depuis trois ou quatre millions d'années, peut-être même plus. Malgré une durée de vie aussi longue, les hommes, dans leurs fondamentaux, ne savent toujours pas qui ils sont. Et Dieu sait s'ils ont déjà percé un grand nombre de mystères ! Regardez les premiers êtres humains : tout n'était que mystère pour eux. Aujourd'hui, l'homme en a déjà dévoilé tellement !

On sait où se situe la Terre dans l'univers, on sait pourquoi il y a de la foudre, on sait que la matière résulte de combinaisons d'atomes, on sait que la lumière n'est pas blanche mais composée des couleurs de l'arc-en-ciel. Notre intelligence a déjà pu expliquer tant de choses. Mais on ne sait pas si ce complexe mélange biologique, chimique et physique que nous sommes a un sens, on ne sait pas si l'homme a un rôle spécifique à jouer, on ne sait pas si la mort est définitive. Beaucoup de mystères sont déjà élucidés, mais d'autres résistent toujours. Il faudra encore s'armer de patience pour les éclaircir. Mais cela commence à être long. Trois millions d'années ne sont même pas suffisantes. Combien de millions d'années faudra-t-il encore attendre ? Ce n'est peut-être pas une question de temps… Il y a beaucoup d'interrogations sans réponse dans mes phrases. Pégase me lance un regard plein d'équivoques. Mais il ne veut rien me dire. Comme toujours. Il n'y a peut-être rien à dire…

Le chant des vagues

Mettons de côté cette question insondable du voile. Comment la famille, ébranlée par le départ injuste d'Augusta et celui, peu digne, d'Arthur, réagit-elle à cette double déchirure ? Dans sa petite maison de la Wulfhagestraat, située pas loin de la cathédrale Saint-Sauveur, tante Philomène s'emploie à apaiser et à égayer les journées des trois filles de mes arrière-grands-parents. Elles sont très affectées. Philomène n'a pas grand-chose à leur offrir, mais tout ce qu'elle fait, elle le fait avec amour. Elle éprouve une grande empathie pour ses petites nièces. De son côté, mon grand-père Joseph s'habitue mal à la vie du pensionnat. Il se sent seul. Sa mère lui manque. Comme Orphée avec Eurydice, il aimerait tant que les dieux la lui redonnent, rien qu'un instant, juste pour lui offrir un ultime geste d'affection. Mais son imploration n'est pas exaucée.

À onze ans, mon grand-père a enterré sa mère et « enfermé » son père. Il doit déjà prendre sa vie en main, et c'est bien trop tôt. Il est adulte avant l'âge. Beaucoup d'enfants se seraient révoltés. Lui, au contraire, assume, il accepte son sort avec une bravoure et une sagesse impressionnantes. Heureusement, à Ostende, il y a la mer. Et cette mer, qui sans cesse interpelle, va lui offrir la lumière, l'espace, le vent. Qu'elle est loin, l'eau stagnante et obscure des vieux canaux de Bruges ! Les pensées de mon grand-père se libèrent dans ce ciel immense de la Côte, qui descend si bas qu'on a l'impression de pouvoir y monter comme s'il nous invitait à le rejoindre. Joseph se réveille lentement. Les vagues de la mer vivifient son esprit. Il renaît. Sa mère accouche de lui une seconde fois dans les dunes molletonneuses de la mer du Nord.

Mon grand-père ira souvent se promener le long de la digue et converser avec la mer. Comme sa grand-mère Moetje, il trouvera en la mer du Nord une confidente qui entend ses doutes intérieurs. Je ressens aussi ce même attachement envers la mer du Nord. Il a traversé plusieurs générations pour remonter jusqu'à moi. La mer du Nord exerce sur moi une attraction invincible ; je ne peux résister à ses appels. J'aime sentir son regard dans le mien et laisser mes pensées se prendre par le rythme interrogateur de ses eaux. Cette mer, pourtant si terne, sort mon intériorité de son silence. Il y a comme une similitude entre mes pensées qui se nouent et ses vagues qui se creusent : le mouvement est le même. Mon silence intérieur et le silence de ses fonds marins se ressemblent. Ils cachent chacun le même mystère, celui de la genèse de la vie. La rencontre de ces deux silences calme. Cela apaise de ressentir que l'on se ressemble. On se sent moins seul dans son questionnement. Il y a une sorte de rapprochement métaphysique, comme si on renouait un lien avec l'ancre existentielle levée depuis des milliards d'années.

Quand je déambule sur l'estacade d'Ostende, les cris des mouettes, mélangés dans les chants des vagues et le frissonnement du vent, me font tomber dans ce silence réconciliateur. Cette musique unique de la mer du Nord me soulage et me libère de l'apesanteur. Comme je voudrais ressentir la légèreté du vol des mouettes ! Planer au-dessus de l'existence et me comprendre, sans l'attache à ce corps voué à disparaître. Éprouver en moi un tant soit peu ce souffle originel et lointain du cosmos s'enfoncer jusqu'aux confins de mon être. Sentir cet atome primitif grandir en moi…

L'existence universelle

La compagnie de Pégase commence à me faire de l'effet. Tu vas de nouveau trop loin, Dominique. Il y a encore des choses à vivre avant de passer à d'autres dimensions. Mais les événements vont encore me pousser à me mettre en apesanteur. Le dernier jour d'école, le 30 juin 1908, en regardant une carte du monde qui pend dans sa classe, au-dessus du tableau, mon grand-père Joseph est très loin d'imaginer que, de l'autre côté de la Terre, une catastrophe planétaire vient d'avoir lieu.

En Sibérie, au nord du lac Baïkal, à 7 heures 14 précises, comme si le ciel avait donné rendez-vous à la Terre, une météorite traverse l'atmosphère et s'écrase sur le sol en détruisant près de 2000 km^2 de forêts. Elle provoque une onde de choc mille fois plus puissante que la bombe atomique d'Hiroshima. L'impact du séisme est enregistré jusqu'en Europe et aux États-Unis. Comme la situation politique en Russie est tendue, la révolution gronde, peu d'informations arrivent vers l'Europe. Les journaux en parleront très brièvement. Personne ne réalise la gravité de la catastrophe. Sur place, tout est dévasté, il n'y a plus aucune forme de vie. La Terre redevient une planète quelconque. Cela peut aller très vite.

Cette météorite aurait pu tomber sur Bruges. Toute la population de la ville aurait été décimée. Mon grand-père n'aurait jamais eu d'enfants. Je n'aurais jamais existé. Je n'aurais jamais été dans la mémoire de l'Histoire, dans le flux de la Rivière du temps. Est-ce que cela aurait changé quelque chose ? Rien, à part de ne pas avoir alimenté le « tout » des gens qui me sont proches. Chacun, inconsciemment ou consciemment, apporte ses petits mots aux milliards de pages du livre de l'Histoire. Chaque homme écrit ses phrases, des longues ou des courtes.

Durant l'Histoire, l'homme s'émancipe au rythme conditionné de son temps biologique. Le contenu de l'Histoire est produit par l'homme. C'est lui l'acteur. Mais à côté de l'Histoire ou de ce qu'on pourrait appeler «l'existence historique», il y a quelque chose de plus imperceptible, de plus décalé, qui est hors-jeu par rapport à notre vie : c'est l'existence inaltérable et intemporelle de l'univers dans lequel, inconsciemment, l'homme se meut et que j'appellerais «l'existence universelle». Le rythme de cette existence suit sa propre logique, une logique inconnue, inabordable à notre entendement, si logique il y a. Cette «existence universelle» peut effacer «l'existence historique» : une plus grande météorite aurait pu anéantir toute la Terre, et l'Humanité aurait disparu.

Dans ce dualisme métaphysique, l'homme est non seulement un produit de l'Histoire, mais aussi un produit de «l'existence universelle». Il est à la fois un être actif dans «l'existence historique» et un être passif dans «l'existence universelle». L'homme a une double face : celle d'un autochtone et celle d'un étranger. Deux faces qui, comme celles de Janus, regardent dans des directions opposées. Mais l'homme autochtone n'est finalement peut-être pas tout à fait un étranger. Il se croit étranger, mais l'avenir va peut-être rapprocher ses deux faces. Elles vont de plus en plus se regarder. L'homme a un lien avec «l'existence universelle», puisqu'il a été conçu à partir de matériaux provenant de l'univers. Le sang du Big Bang coule dans ses veines. L'homme est l'un de ses enfants. Il est sa marque de fabrique et porte cet immense héritage en lui. Un jour, ce sang pourrait se révéler dans « l'existence historique ». Ce jour-là, peut-être, le cours de l'Histoire cheminera consciemment dans « l'existence universelle », telle une rivière qui retrouve enfin sa mer. Au vu des découvertes scientifiques de plus en plus déconcertantes, « l'existence historique » ne prend-elle pas inconsciemment la direction de « l'existence universelle » ? Si ces deux mondes arrivaient à se confondre, il n'y aurait alors plus d'Histoire. Le temps n'existerait plus. On aurait tout compris. Quelque chose se serait peut-être dévoilé. C'est mon songe à moi. Ma folle et perturbante utopie.

« La religion, garante du bonheur des familles »

Ce dénouement final prodigieux relève surtout de mon petit imaginaire, simple sujet de l'espèce humaine. Ce n'est sûrement pas pour demain ni pour après-demain. Les hommes auront encore et pour longtemps les pieds et poings liés à « l'existence historique ». Dans celle-ci, en septembre 1908, mon grand-père Joseph commence sa première secondaire à l'Institut Saint-Joseph, à Torhout. Comme il existe une ligne de chemin de fer entre Ostende et Torhout, il fera la navette tous les jours en train entre son pensionnat et son école. L'école est située à l'extrémité de la ville, à proximité de la gare. La sortie des élèves est organisée selon un rituel très bien rodé. Sur le toit de l'Institut se trouve un petit pavillon, d'où le personnel de l'école surveille l'arrivée des trains. Dès qu'un train entre en gare, un signal du surveillant, posté dans le pavillon, autorise les élèves à quitter l'école pour monter dans le train.

En ce premier jour de l'année scolaire, mon grand-père reçoit de son professeur le prospectus officiel de l'école. Le ton de ce prospectus est très partial, surtout pour mes yeux du XXIe siècle. Il fait l'apologie de la religion. Une phrase m'interpelle : « La religion étant la base de toute bonne éducation et le plus sûr garant du bonheur des familles, les instructions et les pratiques religieuses y sont l'objet d'une sollicitude proportionnée à leur haute importance. » Les époques ne sont décidément pas les mêmes.

La religion est omniprésente dans la vie de mon grand-père : à l'école, dans ses loisirs et même dans son assiette. Le vendredi, il mange toujours du poisson, nourriture maigre en mémoire du jour de la crucifixion du Christ. Le dimanche, il sert, comme acolyte, la messe à l'église Saint-Joseph de Torhout. Il porte toujours sur lui le Nouveau Testament. Dans ce quotidien très religieux, les week-ends chez sa tante Philomène passent presque comme un moment de libertinage. Sa tante, joyeuse et indépendante, lui raconte de bonnes blagues et, le midi, lui prépare toujours de copieux repas qui, comparés à la cuisine du pensionnat, valent bien un mets de chez Maxim's à Paris. Quand mon grand-père sort de chez sa tante, il a comme un sentiment de gêne d'avoir si bien mangé. Il le ressent presque comme un blasphème.

La consommation à grande échelle

En ce temps-là, pour ses déplacements, mon grand-père utilise le chemin de fer, le bus ou le tram. Mais tout cela va bientôt changer. De l'autre côté de l'Atlantique, la première voiture populaire, la Ford T, sort des ateliers de montage. On va en construire des millions. La production à la chaîne est née. Le rythme de l'industrialisation s'accélère. L'économie, en plein essor, va transformer monsieur Tout-le-Monde en consommateur, quel que soit son portefeuille, quelle que soit sa motivation d'acheter. Qu'il le veuille ou non, le citoyen va être emporté dans le tourbillon de la consommation. Toutes les actions exercées par l'homme dans l'accomplissement de sa vie seront touchées par la main démesurément ambitieuse et sans scrupules de l'intérêt commercial : manger, dormir, regarder, courir, lire, voyager, penser, parler, se soigner. La liste est très loin d'être exhaustive.

Cet essor ne peut se faire sans hardiesse. Il en faut, pour changer les choses ! Beaucoup de gens, à cette époque, sont habités par un sens du risque hors du commun qui les pousse à sortir de la norme. Deux belles démonstrations de cet esprit hardi ont lieu en 1909. L'Histoire va dérouler son tapis rouge devant deux grands exploits. Le 6 avril, l'explorateur américain Robert Peary atteint pour la première fois le pôle Nord. Quatre mois plus tard, le 25 juillet, Louis Blériot traverse pour la première fois la Manche en avion.

L'homme fait fi des températures et de la hauteur. Les hommes sont toujours étonnants dans leur faculté à se surpasser. L'envie de réaliser un défi est souvent plus forte que la peur du danger à le réaliser. Certains hommes sont parfois tellement gagnés par la hardiesse et l'inconscience qu'ils arrivent à passer outre les risques et à repousser les limites du possible. Ces traits fondamentaux, inscrits dans les gènes de l'homme, font que l'homme, depuis qu'il est humain, franchit les obstacles et progresse. Les limites sont des défis et non des murs. Si l'être humain n'avait pas ces qualités-là en lui, il végéterait encore aujourd'hui dans la savane africaine.

Une fausse alerte

Mais cette aptitude, si fondamentale, de dépassement de soi n'est rien à côté de cette force immuable qui réussit à se surpasser sans avoir besoin de limites. En ce mois de mai 1910, « l'existence universelle » revient faire un petit détour dans « l'existence historique ». Le ciel se rappelle au bon souvenir des hommes. Un fragment de l'univers s'invite dans le ciel de la Terre. Depuis quelques jours, les astronomes ont réussi à calculer la date précise du passage d'une comète dans notre système solaire, la comète de Halley. Selon eux, cette comète, qui a un cycle de soixante-seize ans, viendra effleurer les rives du ciel terrestre entre le 20 avril et le 20 mai.

Son périhélie, c'est-à-dire sa position orbitale la plus proche du soleil, est prévu le 19 mai. Beaucoup d'astronomes, dont le Français Camille Flammarion, annoncent que la queue de la comète contiendrait des gaz très toxiques comme le cyanogène. Ce gaz, à base de cyanure, pourrait rapidement provoquer, à la moindre inhalation, un arrêt de la respiration. Les astronomes ajoutent que la probabilité que la queue de la comète franchisse l'atmosphère terrestre est grande. La population mondiale court le risque d'un empoisonnement.

La publication de cette information dans les journaux provoque l'affolement partout dans le monde. On parle de cataclysme, de fin du monde, de jugement dernier. L'attente jusqu'au jeudi 19 mai est insupportable. Il y a même des gens qui vont faire des provisions avec l'idée de se réfugier dans leurs caves.

Le 18 mai, quand les cloches des églises d'Ostende sonnent minuit, personne dans la ville ne dort. Les gens, dans leur lit, sont remplis d'angoisse et d'inquiétude. Ma grand-mère Marie fait des cauchemars. Dehors, la mer, elle, est sereine. Au-dessus des flots endormis, dans le ciel d'encre noire émaillé d'étoiles, un fin souffle laiteux dessine une arabesque géante. La comète enfile son bout de laine blanc dans l'éclat des étoiles. L'intimité de l'univers se dévoile en quelques poussières de temps dans un ballet aérien mille fois répété. Il n'y a personne sur la plage pour assister à ce spectacle unique. Tout le monde gît, médusé, au fond de son lit. C'est bien dommage !

Quelques enfilements plus tard, l'aube, dans son rituel familier, se lève paisiblement et comme d'habitude, à midi, le soleil se pointe au zénith. L'air de la mer sent toujours aussi bon l'iode. Tout est comme avant : la fin du monde n'a pas eu lieu. Ma grand-mère est soulagée. En pleins préparatifs pour sa communion solennelle, elle craignait le pire. Le dimanche qui suit, Marie pourra être fêtée en toute tranquillité. Dans l'église, tout le monde chante d'une voix libérée. Il n'y a pas eu de jugement dernier. Dehors, le temps est splendide. À la fin de la messe, quand elle passe sous le portail, en cortège avec les autres communiantes, les rayons de lumière filtrés par les vitraux transforment ma grand-mère en un petit ange bienheureux.

Le repas terminé, toute la famille ira se promener sur la digue. À la plage, c'est la marée basse. Beaucoup de gens font la sieste près du bord de mer, devant la roulotte qu'ils ont tirée avec des chevaux. Après avoir vécu dans la crainte d'une catastrophe planétaire, ils apprécient encore plus la beauté envoûtante de la mer, la fraîcheur rassasiante du vent marin, la chaleur ouatée du sable sur la peau. Que la vie est belle, précieuse ! C'est un trésor inestimable. Certains se risquent à une petite baignade. Il y a une fille en maillot rayé, assise sur l'escalier au bord de la digue, qui scrute la mer. Elle me fait penser à la *Baigneuse* que mon vieil ami, le peintre Spilliaert, vient de réaliser.

Ce tableau, chaque fois que je le regarde, me plonge dans un doux bien-être. La baigneuse nage dans sa tête. Elle laisse pénétrer le courant de la mer dans le courant de ses pensées. Son corps prend la forme de la marée montante, et les traits de sa silhouette s'étirent jusque dans les sillons du sable mouillé. Elle est tellement absorbée par ce qu'elle regarde qu'elle devient ce qu'elle regarde. Spilliaert a réussi une prouesse artistique magnifique : la communion parfaite entre l'intériorité et l'extériorité.

Une rentrée scolaire très royale

L'été suivant, dans une chaleur accablante, est organisé à Ostende un meeting d'aviation. Mon arrière-grand-père Arthur, passionné d'aéronautique, a amené ses enfants pour leur montrer des avions de tout près. Sa fille Marie, ma grand-mère, qui préfère de loin les chants et les dessins, accompagne son père surtout pour lui faire plaisir. Elle a l'esprit ailleurs. En septembre, elle va entrer à la grande école, en première secondaire. C'est un événement dans la famille.

Le jour de la rentrée, ma grand-mère s'est habillée comme si elle devait se rendre à la cour. Elle porte une robe noire garnie d'un col blanc plat finement dentelé. Fermé par une petite broche, celui-ci lui remonte jusqu'au menton et l'oblige à maintenir sa tête légèrement relevée. Cela lui donne un air très royal. Pendant la récréation, malgré sa tenue endimanchée, elle joue sans retenue. Cette école offre une panoplie étonnante de jeux. Certaines filles jouent avec des raquettes de tennis, d'autres au cricket. Il y en a même qui jouent au jokari.

Ma grand-mère, en ce début d'année scolaire, commence aussi ses premières répétitions à la chorale de l'église Saint-Joseph, à Ostende. Dans la chorale, il y a un garçon de quatorze ans, de deux ans son aîné. Il est discret mais courtois. Son regard est farouche. Il s'appelle Joseph, c'est mon futur grand-père. C'est la première rencontre entre mes grands-parents. Le destin vient de les unir pour la vie. Comme ils ne sont pas très grands — Joseph mesurera plus tard 1,66 mètre et Marie 1,63 mètre —, le curé les a placés au premier rang de la chorale.

Cette église est un haut lieu dans l'histoire de la famille. Les grands classiques de la vie et du quotidien s'y sont déroulés : les baptêmes, les communions, les mariages, les enterrements ainsi que les messes dominicales. Chaque dimanche, ma grand-mère s'y rend à pied avec ses parents, sa sœur Agnès et ses deux petits frères Robert et Maurice, une demi-heure avant l'office, pour préparer les chants de la célébration.

Anniversaires familiaux

Après les années de deuil que la famille a connues, une période plus heureuse s'ouvre pour elle. Deux grands banquets seront organisés : l'un à Bruxelles, en l'honneur de mon arrière-grand-mère Odile, du côté de ma mère, et l'autre à Bruges, en l'honneur de mon arrière-grand-oncle Léandre, du côté de mon père. Le regard vertical sur l'Histoire permet des rapprochements insolites. Ces deux banquets se dérouleront la même semaine, et la raison de ces banquets est identique : un anniversaire.

Le premier a lieu le 23 octobre 1910. Ce jour-là, les sociétés Delhaize Frères et Le Lion organisent une grande réception pour fêter vingt-quatre employés à l'occasion de leurs vingt-cinq ans d'ancienneté. Parmi ces jubilaires, mon arrière-grand-mère, Odile Amande. La journée sera très longue. Le matin, une cérémonie officielle a lieu dans l'établissement central de Delhaize, à Molenbeek, en présence de tout le personnel ainsi que des représentants, des magistrats, des hauts fonctionnaires, des conseillers provinciaux et communaux et des personnalités du monde du commerce et de l'industrie.

Cette cérémonie est, de par sa grandeur et sa solennité, sans précédent dans les annales du commerce et de l'industrie en Belgique. Les invités sont conduits entre deux haies de pompiers en grande tenue dans le salon de réception. Une estrade disposée en gradins est emménagée pour 700 personnes. Le fond de la salle est occupé par la « Phalange musicale » des Établissements Delhaize.

Le soir, un grand dîner est organisé dans la salle du restaurant Élite de la chaussée d'Ixelles, à Bruxelles. Plus de 200 personnes y sont conviées. Modernité suprême, la salle est éclairée à l'électricité. Mon arrière-grand-mère est invitée à s'asseoir à la table d'honneur présidée par Charles Moeller, directeur général de Delhaize Frères Le Lion. Elle est assise entre Jules Vieujant, cofondateur de Delhaize et président du conseil d'administration, et Jules Delhaize, fondateur de Delhaize, administrateur délégué et beau-frère de Jules Vieujant. La table d'honneur, qui comprend 45 personnes dont seulement trois femmes, est placée perpendiculairement aux autres tables dressées sur toute la longueur de la salle. Charles Moeller occupe le centre de la table d'honneur. Il y a 22 personnes à sa droite – Odile est en deuxième position – et 22 personnes à sa gauche. Henri Pilette, son mari, est relégué en vingtième position…

Dans la brochure, offerte aux invités, un commentaire élogieux est écrit sur mon arrière-grand-mère : « Madame Pilette est connue et estimée de tout le pays de Jurbise. Sa maison est devenue une institution. Rien de plus régulier que sa vente. Tous ses clients sont des amis. Sous son habile direction, cette succursale a su acquérir et maintenir une vogue durable. » Il va sans dire que mon arrière-grand-mère est remplie d'une immense fierté.

Le deuxième banquet de la famille a lieu le 29 octobre. Ce banquet est offert par la

Société royale d'horticulture et d'arboriculture, en l'honneur de mon arrière-grand-oncle, à l'occasion de son 25e anniversaire de professorat. Le banquet est organisé au Grand Hôtel du commerce, à Bruges. Le menu est royal, comme le fêté de la soirée. Léandre est grand et fort. Les invités pourraient le confondre avec le roi Léopold II tant il y a de similitudes physiques entre les deux hommes : même barbe blanche et même attitude imposante. Le repas est gargantuesque : potage Colbert, bouchées à la Montglas, soles au vin blanc, filet de bœuf à la bouquetière, tête de veau à la maréchale, faisan de Bohème, compote d'abricots, pâté de gibier à la gelée, pâtisseries, fruits, desserts. Quel appétit !

La cuisine est un art à part. Elle apprend la subtilité, elle contente avec peu. Elle crée la félicité, favorise la concorde entre les gens et fait oublier le temps. Quelle magie ! Comme on dit en Italie, « *A tavola, non s'invecchia* ».

L'électron imite une planète

La magie aussi s'opère dans la physique quantique. L'exploration de l'infiniment petit est en train de mettre au grand jour un monde qui ressemble de plus en plus à une « machinerie » d'une infinie complexité.

En cette année 1911, mon grand-ami, le Néo-Zélandais Ernest Rutherford, physicien et excellent joueur de rugby de surcroît, fait une découverte fondamentale. Professeur à Cambridge, où l'un de ses élèves est un certain Oppenheimer, père de sinistre mémoire de la bombe atomique, il détecte un nouveau constituant de l'atome. On avait la preuve, depuis Thomson, que l'atome était divisible et contenait un électron. Rutherford découvre que dans l'atome se trouve une sorte de toute petite bulle d'une structure quasi impossible à démêler et qui abrite une puissance sans limites, le noyau. Celui-ci concentre presque toute la masse de l'atome, mais ne représente qu'une infime partie de son espace. L'atome est quasi vide. Et autour de ce noyau, l'électron tourne en orbite, comme une planète autour de son étoile. C'est le modèle dit « planétaire ». Rutherford perce les premières frontières de l'infiniment petit.

Les constituants de l'atome se meuvent-ils comme les planètes dans l'univers autour de leur étoile ? L'infiniment petit s'organise-t-il selon le même ordre que l'infiniment grand ?

Les scientifiques en perdent leur latin. Des hypothèses les plus folles circulent dans leur tête. L'éminent physicien danois Niels

Bohr, quelque temps plus tard, viendra mettre un peu d'ordre dans ce trouble existentiel. Bohr découvrira que les électrons se meuvent autour du noyau en différentes couches successives qui ont chacune des niveaux d'énergie spécifiques. Un électron passera d'une couche à l'autre, c'est-à-dire d'une orbite basse vers une orbite haute ou *vice versa*, en absorbant de l'énergie dans le premier cas, en libérant de l'énergie dans le second.

On appelle ce ballet infinitésimal les « sauts quantiques ». Cette absorption ou cette libération d'énergie permet à l'atome de rester stable et d'éviter que l'électron perde totalement son énergie et vienne se fracasser contre le noyau de l'atome. Ce n'est donc pas tout à fait un modèle planétaire.

Avec la découverte de Bohr, l'homme commence petit à petit à se familiariser avec le monde du « vide » qui semble géré par un mécanisme extraordinairement bien huilé, basé sur des règles strictes, rigoureusement appliquées et d'une précision diabolique. La quintessence mathématique par excellence.

On ne peut qu'être ébloui, fasciné, subjugué, troublé par un montage aussi parfait. Et si les sociétaires des atomes étaient les traces vivantes du mystère ?

La conquête du pôle Sud, une véritable compétition

Tout s'entremêle dans l'histoire des hommes : les petits événements toisent les grands, la futilité fréquente la grandeur, le simple flirte avec le complexe. Il n'y a aucune priorité particulière dans ce mélange des genres. En juin 1911, l'équipe de football du Cercle de Bruges, proche du Parti catholique et grand rival du Club, plus libéral, est sacrée championne de Belgique. Mon grand-père Joseph, grand supporter du Cercle, jubile. Dans l'actualité, les historiens sont comblés. L'effervescence archéologique ne se calme pas. En Amérique du Sud, au Pérou, un jeune archéologue américain découvre la fabuleuse cité inca, le Machu Picchu — « la vieille montagne » —, située à 2400 mètres d'altitude. Une autre civilisation est sortie de l'Histoire. Encore une. Au fil des découvertes, l'Histoire s'épaissit, les certitudes s'effritent, les regards changent.

Chez nous, l'événement, c'est la météo. Elle va toucher les extrêmes. En été, le temps est caniculaire. À Ostende, il fait 35,4 °C. C'est la température la plus élevée du siècle pour le littoral belge. La sécheresse causera des problèmes d'approvisionnement en eau potable. De nombreuses communes devront organiser, avec l'aide de la gendarmerie, une distribution rationnée de l'eau. L'hiver qui suit est épouvantable. En janvier, le verglas sévit sur pratiquement tout le territoire belge. Deux personnes décéderont lors de chutes sur la voie publique.

Ce froid glacial va faire d'autres victimes de l'autre côté de la planète. Le 17 janvier, l'expédition anglaise Terra Nova atteint le pôle Sud. Mais au lieu de fêter l'exploit, c'est la déception totale. Les cinq membres d'équipage (Oates, Scott, Wilson, Bouwers, Evans) voient le drapeau noir d'Amundsen flotter au-dessus de la petite tente qu'il a laissée sur place. Malgré une logistique impressionnante, chiens, poneys, véhicules à chenilles motorisés, après quatre mois de marche dans des conditions épiques, ils ont échoué dans la course pour être les premiers à atteindre le pôle Sud. Amundsen y est déjà passé quelques jours auparavant.

À leur découragement va venir s'ajouter l'enfer. Le chemin du retour sera leur chemin de croix. Ils repartent dès le lendemain. Après plusieurs semaines d'efforts surhumains, la nourriture commence à manquer. Ils sont presque déshydratés. Ils se traînent. La mort va venir les prendre l'un après l'autre selon un ordre chronologique perfide. Une première victime va tomber. Evans fait une chute près d'un glacier et se tue. Les jours qui suivent, le temps s'aggrave encore. Cela devient apocalyptique. La mort va revenir; elle suit son plan scrupuleusement. Les pieds d'Oates sont paralysés par des gelures. Il ne peut presque plus marcher à cause de la gangrène. Sournoise, la mort va lui offrir une fin diabolique. Le 17 mars, c'est le jour de son anniversaire, il a trente-deux ans. Oates y voit comme un signe du destin. Il va se sacrifier pour ne pas ralentir la progression de l'équipe. Dans sa tente, il écrit une petite phrase sur un bout de papier qu'il laisse à ses trois compagnons : « Je vais juste dehors, cela va peut-être prendre du temps. » Il sort de la tente et s'enfonce dans la brume. Dans une grande valse funèbre, Dame la Mort va le prendre soigneusement dans son épais manteau. Oates passe derrière le rideau de la vie. Ses trois autres compagnons ne le reverront plus. Mais eux aussi sont dans le collimateur de la mort qui les attend malicieusement. Le 29 mars, le stock de nourriture est totalement épuisé. Les trois hommes sont couchés dans leur petite tente, collés les uns aux autres, ne formant plus qu'un seul corps. Ils savent que c'est fini. Ils sentent la mort qui vient les chercher. Le blizzard polaire va les enfouir sous sa longue couverture blanche. La nuit éternelle se lève pour eux. Une tragédie prend fin. Elle aura été interminable.

Le naufrage du Titanic ou la fin de la Belle Époque

Au même moment, une autre tragédie va se dérouler, sur la mer cette fois. Décidément, Hadès a un calendrier bien chargé, ces temps-ci, comme s'il avait une envie soudaine de s'entourer d'êtres humains. Pégase n'a pas réussi à l'en dissuader. Les dieux ont parfois de ces caprices ! En mars 1912, dans le chantier naval de Southampton, des ouvriers achèvent la construction du navire le plus moderne de tous les temps : le *Titanic*. Pure merveille technologique, il est le plus grand navire jamais construit par l'homme. Il mesure 239 mètres de long, et la passerelle de navigation est à 22 mètres de la surface de l'eau. Le navire est équipé d'un éclairage moderne de 10000 ampoules et de quatre ascenseurs. Un réseau téléphonique intérieur permet aux cabines de luxe d'entrer en communication avec les offices, le bar et le restaurant. Les concepteurs du *Titanic* ont mis en place un système de climatisation tout à fait nouveau. Tous les locaux sont connectés à un chauffage à air chaud. Des radiateurs électriques réglables ont été installés dans les cabines de luxe.

Le mercredi 10 avril 1912, vers midi, le *Titanic* largue les amarres. Tiré par cinq remorqueurs, il quitte le port. L'ambiance est très pompeuse. Le *Titanic* est fier comme Artaban. Il paraît indestructible. Le bateau se rend d'abord à Cherbourg, en France, puis à Queenstown, en Irlande, pour prendre des passagers. Il quitte Queenstown le 11 avril. À son bord, 1316 passagers et 885 membres d'équipage. Parmi les passagers, 26 Belges, pour la plupart des agriculteurs flamands qui se rendent, comme saisonniers, à la récolte de betteraves dans les États du centre des États-Unis. Sur le pont de première classe, les gens de la haute se retrouvent pour faire la causette. Tout est insouciant, léger, presque futile.

Le dimanche, jour du Seigneur, le navire croise déjà au sud de Terre-Neuve. Depuis le départ, le *Titanic* navigue sur une mer d'huile qui ressemble à un immense drap en lin d'Égypte que la légère brise étend sur les flots avec une majesté toute particulière. La nature aussi participe au faste. Mais les apparences sont trompeuses. À 17 heures 30, le *Titanic* effectue une manœuvre pour mettre le cap sur New York. La nuit tombe très doucement. La lune est absente. Le ciel et la mer se confondent dans l'obscurité. Le froid est paralysant. Dans le silence du vent marin, on entend légèrement l'air des *Contes d'Hoffman*, joués par l'orchestre du restaurant dont le premier violon est un Belge, Georges Krins. Au menu, des œufs Argenteuil, un consommé fermier et une galantine de poulet. Vers 23 heures, dans sa cabine, le radiotélégraphiste Harold Bride est exténué et s'allonge sur sa couchette pour se reposer un peu. Mauvaise idée.

Le commandant du navire *Caronia*, qui navigue pas loin, lance au commandant du *Titanic* un avis signalant la présence d'icebergs sur le 42e parallèle nord. Mais il n'y a personne pour recevoir le message. Dehors, une légère brume s'évertue à cacher les étoiles. Le bateau est enveloppé d'un fin voile. Le travail d'embaumement commence. Tout va très vite basculer. À 23 heures 38, le matelot de vigie Frederick Fleet perçoit une immense masse sombre – semblable au rocher de Gibraltar, dira plus tard son collègue. Mais c'est un iceberg. Rapidement, Fleet empoigne la corde de la cloche et sonne trois fois. Le *Titanic* vire à bâbord pour éviter la montagne de glace, mais c'est déjà trop tard et le flanc tribord racle l'iceberg. Des morceaux de glace poudroient le pont. Non, ce n'est pas un feu de Bengale, c'est le début de l'enfer.

Le coup est tellement violent que la coque du navire est éventrée. L'eau pénètre immédiatement dans le bateau. Le naufrage est inéluctable. L'émetteur Marconi du *Titanic* crépite et lance le signal de détresse « CQD », à partir de minuit 30 : « *We have struck iceberg – sinking fast – come to our assistance.* » Pour mettre toutes ses chances de son côté, l'opérateur envoie aussi le tout nouveau signal, le SOS. À bord, c'est la panique la plus indescriptible. Le navire est perdu, il faut l'évacuer. Le *Titanic* penche déjà de l'avant. On fait sortir les canots. Les femmes et les enfants d'abord. Le lieutenant Harold Godfrey Lowe organise l'évacuation du canot n° 14. Il y a soixante personnes à son bord. Quand le canot se pose sur l'eau et s'éloigne du *Titanic*, le spectacle est effrayant pour les naufragés. Le paquebot est presque à demi submergé. Des centaines de personnes sont encore sur le pont à attendre leur tour alors que l'orchestre continue à jouer des mélodies. Surréaliste. Le lieutenant décide de rapprocher son canot des autres embarcations pour y transférer ses passagers. Une fois évacué, son canot pourrait rejoindre le *Titanic* pour y reprendre d'autres personnes. Le changement d'embarcation est malaisé.

Une femme est plus pressée que les autres et freine l'évacuation. Le lieutenant, en tentant de la retenir, lui arrache son châle. Quelle n'est pas sa surprise en apercevant le visage d'un homme ! Un rat sort de son trou. Le lieutenant n'a plus le temps de ramener sa barque vers le *Titanic*, car la poupe du navire s'est subitement dressée à la verticale. Toutes les lumières se sont éteintes.

En quelques secondes, la poupe coule, droite comme dans un dernier salut militaire. La mer a tout avalé. Il est 2 heures 20. Même pas trois heures se sont écoulées depuis l'accrochage avec l'iceberg. Des centaines de personnes se débattent dans l'eau glacée ou s'accrochent à des morceaux de bois. Le lieutenant, dans un rapport qu'il écrira plus tard, est anéanti : « De l'endroit du naufrage nous parviennent les hurlements des malheureux qui se noient. Si je m'approche trop d'eux, je ne pourrai pas les empêcher de s'agripper au canot et de le faire chavirer. La mort dans l'âme, je donne l'ordre de cesser de ramer jusqu'à ce que les cris diminuent. »

Cette tragédie fera 1490 victimes. Seules 711 personnes survivront à cet enfer. À peine 400 corps seront retrouvés et ramenés au cimetière de Halifax, au Canada. Le navire gît aujourd'hui par près de 4 km de profondeur. Et dire que ce bateau était présenté comme insubmersible !

Depuis plus de trois décennies, tout ce qu'on entreprenait était synonyme de réussite. La société respirait la confiance. Le naufrage du *Titanic* vient rappeler à l'homme que la fragilité et l'échec sont des traits constants de son existence. L'Histoire le lui rappellera sous peu. La Belle Époque sort de ses douces illusions. Les plumes des chapeaux des dames de la haute société s'étiolent.

Le naufrage du plus grand navire du monde déclenche une véritable tornade médiatique dans le monde entier. Les journaux en font la une de leurs quotidiens pendant des semaines.

Le drame du *Titanic* n'empêche pas mon grand-père Joseph de réussir brillamment ses examens au terme de sa quatrième secondaire. Il est le premier de sa classe qui compte seulement douze élèves. Mon grand-père est content : il va pouvoir passer des vacances bien méritées chez sa tante Philomène. Joseph adore sa tante. Depuis la mort de sa mère et le départ volontaire de son père, c'est son havre de paix, son feu d'hiver moral. Tous les matins, il se balade dans la campagne, en bordure de Bruges. Il aime suivre le filet blanc des nuages qui s'écoule entre les longs rideaux de peupliers. Le ciel de Flandre est à portée de main. Il s'abaisse si fort qu'on pourrait le colorier ou pétrir ses nuages.

Juillet 1913

Isabella chez les Carmélites

Mon grand-père Joseph, depuis qu'il est au pensionnat, envoie régulièrement des cartes postales à sa tante Philomène. À l'époque, les gens s'écrivent beaucoup. La plupart de ces cartes sont des photos imprimées. Dans une de celles-ci, que Joseph envoie à sa tante le 25 juillet 1913, au verso, une photo de sa classe prise dans le parc de l'école, juste après les examens de fin d'année. Sur la photo, la moitié des étudiants sont habillés en costume complet, col blanc relevé et cravate. Certains sont en train de fumer la pipe, d'autres le cigare. Pour ce qui est de l'usage du tabac du moins, les mœurs ont évolué, apparemment dans un sens contraire. Aujourd'hui, voir à l'école un adolescent fumer la pipe ou le cigare à l'âge de dix-sept ans provoquerait l'ire des professeurs et même des élèves !

En 1913, les jeunes se ramollissent. Il faut les endurcir, et les autorités y veillent. Le 30 août est promulguée la loi instaurant le service militaire obligatoire et généralisé. Jusque-là, le service militaire était obligatoire mais pas universel ; le recrutement se faisait sur la base d'un tirage au sort, avec le droit de payer une somme d'argent pour se faire remplacer. Cette possibilité était souvent utilisée par les fils de classes aisées pour échapper au service militaire. Toujours cet argent qui sert les inégalités.

Un mois plus tard, dans la petite maison de sa tante Philomène où elle habite, Isabella, la sœur de mon grand-père Joseph, fête son anniversaire. Elle a vingt et un ans. Que veut-elle faire de sa vie ? Poursuivre des études ? Travailler ? Pour les filles de bonne famille, c'est peu respectable. Isabella est belle. Elle a de longs cheveux blonds et de grands yeux noirs. Se marier ? Qui peut l'aider ? Sa mère n'est plus là. Son père, elle ne l'a plus vu depuis si longtemps ! Jules, son frère qui a presque vingt ans, de caractère jovial et très blagueur, trouve qu'elle ferait une mère parfaite. Ses autres sœurs et frère, Dominique, Élodie et Antoine, sont encore trop jeunes pour donner un avis. Sa tante Philomène est plutôt perplexe. Celui qui jouera un rôle important est son frère Joseph, le plus catholique de la famille. Sous son influence, l'idée d'une vie religieuse fait son chemin. Elle trouve l'idée de son frère raisonnable. Ma grand-tante ne va pas beaucoup hésiter à devenir sœur religieuse. Orpheline et dans une ville aussi pieuse que

Bruges, ce choix paraît logique. L'orthodoxie d'une époque est respectée. Elle choisira l'ordre des Carmélites du couvent des Sœurs maricoles. Bruges compte beaucoup de couvents ; Isabella a l'embarras du choix. Pourquoi ma grand-tante choisit-elle cet ordre plutôt qu'un autre ? Peut-être parce que dans cet ordre, les religieuses peuvent enseigner. Isabella adore les enfants.

La congrégation des Sœurs maricoles est associée à l'ordre des Carmes. Cet ordre, basé sur la charité, la contemplation et la méditation de l'Écriture, est à l'origine un ordre érémitique fondé près du mont Carmel, en Palestine, dans la deuxième moitié du XIIe siècle. La branche féminine des Carmes ne sera créée qu'en 1453.

Au XVIe siècle, Thérèse d'Avila suscite une réforme pour revenir aux valeurs originelles de l'ordre et fonde le premier couvent de Carmélites réformées. En Belgique, le premier couvent carmélite s'ouvre à Termonde en 1663. Celui de Bruges en 1667. Juste avant la Révolution française, les Carmes possèdent vingt-sept couvents sur le territoire de la Belgique. À la Révolution, les couvents belges sont fermés. Seuls ceux de Gand, de Bruges et d'Ypres resteront ouverts.

Jusqu'à la Révolution française, les sœurs carmélites mènent une vie contemplative. Mais à partir du début du XIXe siècle, face à la grande pauvreté qui sévit en Flandre et spécialement à Bruges, l'ordre des Carmélites s'occupe de l'éducation des enfants pauvres. Les couvents joueront un rôle social très important, ils vont grandement influencer les habitudes et les mentalités dans la population brugeoise. En 1914, un dixième de cette population est encore analphabète et ne peut survivre sans une aide extérieure. Les couvents sont à la fois des écoles, des hôpitaux et des lieux d'aide sociale, comme les maisons-Dieu, pour les plus pauvres.

La décision de ma grand-tante provoque l'agacement de son frère Jules, qui fera tout pour l'en dissuader. Mais c'est peine perdue, Isabella ne changera pas d'avis. Elle est convoquée pour son entrée dans les ordres le 18 mars. Accompagnée de sa tante Philomène — peut-être que son frère Joseph est là aussi, sûrement pas Jules —, Isabella se rend à pied au couvent. Le chemin n'est pas bien long entre la maison de tante Philomène et le couvent, à peine cinq minutes. Sur le petit pont qui enjambe le canal des Augustins, le vent d'hiver soulève ses cheveux en torsade, comme pour la retenir. Son regard est évasif. Elle porte une petite valise avec ses affaires personnelles. À l'intérieur, une photo de sa mère Augusta, ainsi qu'une petite croix en étain reçue de sa tante Coralie. Ce sont les deux seuls souvenirs de famille qu'elle a pris avec elle. Arrivée sur le parvis du couvent, Isabella salue poliment sa tante Philomène. Le vent souffle à nouveau dans ses cheveux, mais en vain. Quand elle referme la lourde porte d'entrée, en croisant une dernière fois le regard de sa tante, Isabella ne montre aucun signe de remords, elle n'a aucun doute. Juste un fin sourire déférent à l'égard de sa tante se lit sur sa bouche. C'est tout.

Isabella sait déjà qu'elle restera toute sa vie dans ce couvent. Les aiguilles de l'horloge se sont arrêtées pour elle. Ma grand-tante rentre dans un autre monde, celui de l'abstinence, du renoncement, de la privation. Elle vivra dans ce couvent jusqu'à sa mort, quarante-huit ans plus tard, presque un demi-siècle. C'est son choix, sa normalité. Comment pourrait-il en être autrement dans cette ville de Bruges si hermétique ? Qu'est-ce qu'Isabella connaît du marxisme, du Néolithique, de l'impressionnisme, du noyau de l'atome, de l'homme de Cro-Magnon ? Les autorités politiques et religieuses de la ville cachent toutes les nouveautés. Bruges est prise d'une cécité très politisée. Isabella est le modèle parfait du bien-pensant brugeois.

Ma grand-tante n'aura pas la tâche facile. La vie dans un couvent est très dure : quarante jours de jeûne par an, obligation d'observer un silence complet en dehors des classes d'enfants, et surtout proscription des sorties, sauf exceptions. Mais Isabella, surnommée dans la famille « tante chère sœur », est en terrain connu, car la vie ne l'a pas épargnée dans sa jeunesse. Elle sait ce que cela veut dire, résister, subir, se taire : elle tient de sa mère. Telle mère, telle fille. Encore une autre sainte. Il y en a beaucoup à cette époque. À ce rythme-là, les places au paradis vont coûter cher ! Isabella sera mise à l'essai pendant deux ans.

En ce matin du 18 mars, quand ma grand-tante rentre dans le couvent, c'est comme si elle se retirait de l'Histoire. Elle sort de la Rivière du temps. Une Rivière qui va bientôt connaître une véritable tempête océanique. Dans à peine cinq mois, le monde va trembler. La société des hommes va déraper.

Une guerre mondiale

Fin juin, mon grand-père Joseph termine ses études secondaires. Les vacances s'annoncent sous les meilleurs auspices pour lui. Joseph est très heureux, car il va pouvoir réaliser son rêve : suivre des études pour devenir professeur, comme son oncle Léandre. De plus, en fervent amateur de courses cyclistes, mon grand-père est ravi. Ce 26 juillet, le Belge Philippe Thys remporte le Tour de France pour la seconde fois. Cette victoire remplit les pages de tous les journaux. Mais la joie de mon grand-père sera de courte durée. Deux jours après la victoire de Philippe Thys, les titres de tous les journaux changent radicalement de couleurs. L'Autriche-Hongrie, soutenue par l'Allemagne, déclare la guerre à la Serbie, alliée de la France.

En parcourant la presse, mon grand-père est très loin de réaliser que le monde va bientôt chavirer dans la plus violente des guerres que l'Histoire ait connues. En l'espace de quelques semaines, par le jeu sordide des alliances politiques entre les grandes puissances (la Triple Alliance entre l'Allemagne, l'Autriche-Hongrie et l'Italie et la Triple Entente entre la France, l'Angleterre et la Russie), l'Humanité va vivre un cauchemar.

Pour la première fois dans l'Histoire, la planète Terre va connaître une guerre à l'échelle mondiale. En Europe, en Orient, en Afrique. Il n'y a pas que le commerce qui se mondialise, la guerre aussi.

Tout a démarré par l'assassinat, un mois auparavant, le 28 juin, de François-Ferdinand, héritier de l'empire austro-hongrois, à Sarajevo, par un terroriste serbe. Sur le moment, la presse ne semble pas s'en inquiéter outre mesure. Mais la déclaration de guerre de l'Autriche-Hongrie à la Serbie sert de détonateur.

Les événements vont très vite se précipiter. Le 29 juillet, la Russie mobilise ses troupes. Le 31, à Paris, Jean Jaurès, président du Parti socialiste, est tué d'un coup de révolver par un nationaliste. Le camp des pacifistes est orphelin. Le même jour, la mobilisation générale, décrétée par le roi Albert Ier, provoque un brusque affolement dans toute la population belge. Personne n'a prévu un tel scénario. Les gens se ruent dans les magasins d'alimentation. Les banques sont assaillies de personnes réclamant leurs dépôts.

L'armée belge se prépare à la guerre. C'est tout nouveau pour elle qui n'a jamais combattu depuis son indépendance. L'armée, avec ses 114000 soldats, se rassemble, vaille que vaille, autour de la place de Liège. Beaucoup de volontaires se présentent pour s'engager. Le frère de mon grand-père Jules, alors âgé de vingt ans, est de ceux-là. Mes vieux amis les peintres Constant Permeke et Rik Wouters sont aussi enrôlés dans l'armée belge. Comme il a le statut d'orphelin, suite à la mort de sa mère et à la « désertion » de son père, mon grand-père Joseph n'est pas appelé sous les drapeaux.

Le 1er août, comme un effet domino, la majeure partie des pays européens bascule dans l'horreur. L'Allemagne déclare la guerre à la Russie solidaire de la Serbie, elle-même alliée de la France et de l'Angleterre. Deux jours plus tard, l'Allemagne déclare la guerre à la France ainsi qu'à la Belgique, sous le régime de la neutralité, qui a refusé l'ultimatum allemand. Le conflit est inévitable. Et dire que le tsar de Russie, l'empereur d'Allemagne et le roi d'Angleterre sont cousins ! Comme quoi, une famille n'est pas toujours le garant de la concorde.

Après les Français, les Allemands

Lorsque les Belges se rendent à leur travail ce matin du mardi 4 août, ils ne savent pas encore que l'armée allemande vient juste de passer la frontière belge. Le midi, le Parlement se réunit en session extraordinaire pour donner au Roi et au gouvernement les pleins pouvoirs. Albert Ier prend, conformément à l'article 68 de la Constitution, le commandement effectif de l'armée. Dans la journée, les premiers combats ont déjà lieu autour de Liège. Personne, à ce moment-là, ne peut imaginer l'ampleur que cette guerre va prendre. Elle va remplir les cimetières comme jamais une guerre ne l'a fait auparavant. Des millions d'hommes paieront de leur vie la mégalomanie absurde de quelques hommes. Le journal *Le Patriote* titre très sobrement, sur la moitié de sa première page, « L'Allemagne déclare la guerre à la Belgique ». Les journalistes ne semblent pas mesurer la gravité des événements, ils rassurent même. La Belgique est confiante en son armée et en celles des Alliés. On a comme l'impression que cette guerre sera courte.

Mais dans les jours qui suivent, les gens vont vite déchanter. Pendant la nuit du 5 au 6 août, Liège subit le tout premier grand bombardement aérien de tous les temps. Les bombes tombent d'un dirigeable, le zeppelin. Ce bombardement provoquera un grand émoi dans toute l'Europe. Malgré une résistance héroïque des Liégeois, l'armée allemande prendra possession de la Cité ardente.

Alors que les Allemands entrent dans Liège, au même moment, de l'autre côté de l'Atlantique, le premier bateau entre dans le tout nouveau canal de Panama. Deux entrées différentes dans leur manière, mais identiques dans leur coût : des morts. Il aura fallu vingt-deux ans de chantiers épiques et de sagas financières peu glorieuses, mais surtout des milliers d'ouvriers morts de fièvre jaune et de malaria, pour arriver à couper le continent américain en deux.

Quinze jours après avoir franchi la frontière belge, l'ennemi circule déjà dans les rues de Bruxelles. Le premier soir, les soldats allemands cuisinent en plein milieu de la Grand-Place. D'autres installent leur bivouac devant le Palais de justice. Les Bruxellois n'en croient pas leurs yeux. Refusant de se soumettre, le bourgmestre, Adolphe Max, est fait prisonnier et déporté en Allemagne. Il ne sait pas que dans le petit village de Tamines, dans la province de Namur, 384 personnes viennent d'être froidement fusillées par les soldats allemands. Un carnage sans nom. La guerre 1914-1918 fait déjà ses premières victimes innocentes. Elle sera bestiale, sans limites.

Toute la Belgique n'est pas encore occupée. La Côte est toujours libre. Les autorités en profitent pour sauver ce qui peut l'être. Une partie des réserves d'or de la Banque nationale de Belgique est chargée à bord de la malle *Jan Breydel*, qui quittera Anvers en direction Folkestone, protégée par deux croiseurs et deux contre-torpilleurs britanniques. Cet or sera mis en sécurité à la Banque d'Angleterre. Dans ce grand « sauve-qui-peut », le quotidien, pour certains, suit son cours malgré tout. Sans trop se soucier des dangers de la guerre, mon grand-père est allé s'inscrire à l'école supérieure d'Ostende pour y suivre un régendat.

Cette rentrée scolaire de 1914 devait être toute particulière pour les enfants, mais la guerre en a décidé autrement. Une loi du 19 mai a instauré l'obligation scolaire dès l'âge de six ans. En ces années d'inventions, de découvertes scientifiques, de liberté artistique, de démocratisation, il était temps de leur donner accès au savoir. On a des difficultés à le croire aujourd'hui, mais en 1890, seulement 4 % des enfants en Belgique fréquentaient l'école de manière régulière. Cette loi, en raison de la guerre, ne pourra pas être appliquée. Les enfants devront encore attendre quatre ans.

Quand mon grand-père rentre à l'école supérieure, en ce 2 septembre, c'est le jour de son anniversaire : il a dix-huit ans. Dans la classe, les questions fusent parmi les élèves. Où sont les Allemands ? L'armée belge parvient-elle à contrer l'offensive ? Comment réagissent les pays voisins ? Des questions auxquelles personne ne peut répondre. Les événements vont hélas prendre une tournure dramatique. Pendant la nuit du 2 au 3 septembre, Anvers est bombardée pour la seconde fois et doit se rendre à l'ennemi.

L'occupation d'Ostende

Après la prise d'Anvers, le roi Albert Ier ordonne la retraite des troupes belges par la rive gauche de l'Escaut, pour aller trouver refuge sur la côte belge. L'armée parvient à rejoindre Ostende, point de ralliement où convergent aussi les 4000 soldats blessés et malades qui se faisaient soigner à Gand, Eeklo et Ypres, ainsi qu'à Bruges, dans le couvent de ma grand-tante Isabella.

La révérende mère du couvent a fermé l'école pour que sa communauté s'occupe au mieux des blessés. La plupart des soldats souffrent de la gangrène. Les éclats des obus ont fait beaucoup de dégâts. Il manque des pansements, des linges propres. Ma grand-tante a fort à faire. D'un caractère vivant et très agréable, elle entraîne les autres sœurs.

Les Ostendais sont surpris de voir l'armée belge éparpillée dans leur ville. Ils ne comprennent pas très bien ce qui se passe. Après avoir traversé à pied toute la Belgique d'est en ouest, l'armée semble errer. Les mines des soldats belges sont déconfites.

Face à l'avancée des troupes allemandes, le gouvernement belge se voit aussi contraint de se replier sur Ostende. Il y restera seulement deux jours. Presque toutes les autorités du pays se retrouvent dans la cité balnéaire : l'armée, le gouvernement, le Roi. Pendant ces deux jours, Ostende remplace symboliquement Bruxelles comme capitale de la Belgique. Au même moment, le roi Albert Ier enjoint à l'armée belge de prendre position sur l'Yser.

Un soleil timide se lève, en ce matin du mardi 13 octobre 1914, dans les rues d'Ostende. Une terrible journée s'annonce pour les habitants. Deux armées vont défiler dans la ville : l'une qui fuit et l'autre qui entre en conquérante.

Dès l'aube, devant l'impossibilité de prendre plus longtemps appui sur Ostende pour donner les soins à ses blessés, l'état-major belge ordonne d'urgence l'évacuation, par tous les moyens, des 13000 blessés vers l'Angleterre à partir du port d'Ostende ou via les ports français. L'évacuation se fera dans le temps record de seize heures, entre le 13 et le 14 octobre. Des malles belges sont réquisitionnées ainsi que de nombreux bateaux de pêche. Le voyage à fond de cale sera pour beaucoup de blessés un véritable calvaire. D'octobre 1914 à février 1915, plus de 20000 Belges seront soignés en Angleterre. Parmi les blessés, Jules, le frère aîné de mon grand-père, ainsi que mon vieil ami Permeke, qui peindra en Grande-Bretagne ses premières œuvres véritablement expressionnistes. Les blessés qui n'ont pas directement été évacués par mer sont entassés dans des trains via Dunkerque pour rejoindre les hôpitaux de la côte française.

La Belgique regrette amèrement que le Parlement, en 1861, ait refusé un budget pour la mise en place d'une force militaire navale. Cette suppression a été une grave erreur d'appréciation dont les effets vont cruellement se faire sentir en ce mois d'octobre 1914 où des navires militaires seraient bien nécessaires pour déplacer les blessés vers l'Angleterre.

Dans la matinée, le Roi, avec son armée, quitte Ostende pour Nieuport. Les Ostendais sont désespérés de les voir battre en retraite. Beaucoup décident aussi de partir, par terre ou par mer. L'ambiance est chaotique. Il y a une cohue indescriptible sur les routes. Une longue file désordonnée de personnes au visage hagard, emportant sacs, coffres, enfants et chiens, se dirige vers la frontière française. La mer est parsemée de chaloupes et de crevettiers où s'entassent les familles pour rejoindre l'Angleterre, les Pays-Bas ou les ports français. La Manche est méconnaissable ; on dirait qu'on pourrait la franchir à pied.

Les troupes belges arrivent à Nieuport. Épuisés, les soldats s'affalent sur la plage. Ils ont reçu la permission de se reposer. De la digue, un spectacle kafkaïen s'offre aux yeux : sur la mer se déroule une immense régate de coquilles à voile et sur la plage s'étend un grand cimetière sans dalles sur les tombes. Il n'y a plus d'eau ni de sable à la Côte. Qu'il est loin, l'air des vacances ! Qu'il est loin, le défilé des bourgeois et des aristocrates ! La vie et sa double face. La réalité cache toujours son contraire. Tout est dans tout.

L'après-midi, devant la poussée rapide de l'armée allemande et sur invitation du gouvernement français, le gouvernement belge quitte le pays et s'embarque à Ostende, destination Le Havre, où il s'installera en exil.

Le roi Albert Ier, lui, décide de rester avec ses troupes. Les souverains s'installeront à La Panne, où ils résideront dans la villa de la famille Maskens. Mon grand-père Joseph, lui aussi, reste. Que peut-il faire d'autre ? Il a commencé ses études de régendat. Il ne veut pas les abandonner.

Au moment où le soleil entreprend sa longue plongée dans la mer, les soldats allemands entrent dans Ostende. La plupart des gens courent se réfugier chez eux. Des enfants jouent encore dans les dunes. À la chaussée de Nieuport, le vacarme est assourdissant : le claquement obstiné des bottes contre le bitume résonne comme les coups répétés du marteau sur l'enclume, le tremblement des canons tirés par les chevaux se fait sentir jusque dans les veines et les cris des officiers qui donnent leurs ordres enrayent le chant traditionnel de la brise marine. Calfeutrés chez eux, les Ostendais glissent timidement un regard derrière leurs fenêtres. Ce qu'ils voient donne froid dans le dos : les soldats allemands portent des casques à pointe, et les baïonnettes de leurs fusils sont dirigées vers le ciel. Un immense essaim de bourdons gris verdâtre traverse leur ville.

Les gens sont glacés d'angoisse. Une guerre. Ils n'ont jamais connu cela. Au loin, comme chaque soir, la mer orchestre imperturbablement la valse de ses marées. L'astre solaire, délicieusement rougeâtre, va se coucher sans état d'âme. La guerre, vue de l'horizon, doit paraître bien oiseuse.

Les Allemands, très organisés, occupent la ville en un éclair. Les entrées de la cité sont immédiatement bloquées et placées sous étroite surveillance. Ostende est une position stratégique importante. Son port ainsi que celui de Zeebruges sont transformés en bastion pour les sous-marins, les *Unterseeboot*, qui vont faire des ravages dans toute la Manche. Des batteries lourdes sont installées à Westende. Une base aérienne militaire, qui doit servir d'appui aux combats menés à la frontière franco-belge, est implantée à Lombaertzyde. L'armée allemande dresse aussi une clôture de fils barbelés le long de la Côte. La reine des plages n'a plus l'air très royale.

À quelques kilomètres de là, des combats font rage sur l'Yser. Le roi Albert Ier, pour bloquer l'avancée allemande et protéger la retraite de l'armée belge entre le fleuve et la mer du Nord, décide d'ouvrir les écluses de Nieuport, provoquant d'énormes inondations. La Belgique résiste encore. L'historien belge Henri Pirenne, qui depuis quelques années est en train de revisiter complètement l'Histoire, écrira : « La Belgique est occupée mais pas conquise », comme la Russie, pendant l'hiver 1812, face aux troupes napoléoniennes. Dans les deux cas, Dame Nature, par l'eau pour la Belgique et par le froid pour la Russie, a été d'une aide redoutable.

La Terre, une illusion trompeuse

Très vite, le conflit militaire s'étend à l'est, au Proche-Orient. En novembre, l'Empire ottoman entre en guerre. Les Ottomans veulent s'affranchir des dominations étrangères. Istanbul déclare la guerre à la France, la Grande-Bretagne et la Russie. La guerre s'internationalise, mais hélas devient aussi de plus en plus barbare. En guise de représailles pour leur échec lors de la « première bataille d'Ypres », qui a eu lieu un mois plus tôt, les Allemands bombardent la ville d'Ypres avec des obus incendiaires et mettent systématiquement tout à feu. Le beffroi et la cathédrale sont la proie des flammes. Ypres est anéantie, écrasée, rasée. Le lendemain matin, le réveil, pour les survivants, est cauchemardesque. Dans la ville et la campagne, le spectacle est glaçant. Il n'y a plus aucun signe de vie. Un vrai paysage volcanique : les champs brûlés, la terre éventrée, les arbres déracinés, des corps broyés. La planète Terre est dépecée par ses propres habitants…

Lorsque du ciel on regarde la Terre, si azurée, si paisible, il est inimaginable de croire qu'elle puisse abriter des formes de vie qui s'entretuent, que la guerre y est omniprésente. De là-haut, on ne voit que des couleurs soyeuses qui tournoient dans un auguste ballet sans fin ; la Terre ressemble à un grand saphir bleu délicatement perlé par le regard maternel du soleil. Un joyau exceptionnel. Si les dieux n'avaient que leurs yeux pour voir, ils ne se douteraient de rien. Ils pourraient croire que tout va bien. C'est peut-être pour cela qu'ils n'interviennent pas dans nos affaires. Mais l'apparence est trompeuse. Derrière cette vue d'une infinie poésie se cachent la violence, la guerre, la haine. La réalité n'est pas celle que l'on croyait. Quelle désillusion pour celui qui viendrait, pour la première fois, mettre le pied sur notre planète !

On dirait que les hommes font tout pour que la Terre redevienne une planète anonyme parmi les milliards d'autres de l'univers. Paradoxe des paradoxes, l'homme tue lui-même ce qui fait son originalité suprême : la vie. Quelle absurdité ! Les habitants privilégiés de la Terre, fruits de milliards d'années d'évolution cosmique, chimique et biologique, sont décidément des fous. Comment peut-on en arriver là ? À quoi sert cette obsession de la destruction ? Les hommes, perdus dans cet immense univers, qui connaissent tellement peu sur eux-mêmes, n'ont-ils rien d'autre à faire ?

Un miracle humain

Un mois plus tard, mon grand-père Joseph passe les fêtes de Noël avec ses frères et sœurs chez sa tante Philomène, mais le cœur n'y est pas. Toute la famille est choquée par le drame yprois. Personne n'a envie de festoyer. Et pourtant, en ce premier Noël de la guerre, le réveillon sera fêté là où on s'y attendait le moins. L'invraisemblable va se réaliser.

Sur le front du sud d'Ypres, dans la commune belge limitrophe avec la France de Comines-Warneton, l'armée britannique fait face à l'armée allemande. Les soldats sont recroquevillés dans leurs tranchées. Il y a de la boue partout. Seul un petit espace de quelques dizaines de mètres les sépare. Les soldats des deux camps sentent l'odeur de leurs cuisines comme s'ils vivaient dans la même maison. Ils s'entendent parler.

Certains Allemands et Anglais échangent même quelques mots. Le soir du réveillon, les soldats allemands accrochent de petits sapins de Noël sur la première ligne de fils barbelés. Des chants de Noël planent dans la brume hivernale.

À cet instant précis, des hommes vont faire un miracle. Il ne faut pas être Dieu pour savoir en faire. Dans un silence surnaturel, des soldats allemands traversent ce petit « *no man's land* » et arrivent à faire passer un gâteau au chocolat aux Britanniques. Ils demandent qu'un cessez-le-feu ait lieu pour permettre à chaque camp de célébrer le réveillon. Surpris par cette situation totalement inédite, les sous-officiers anglais n'osent pas refuser à leurs soldats cette aubaine. Profitant de cette trêve, des soldats des deux armées vont se rencontrer dans ce petit bout de « Terre promise ». Dans cette enclave de liberté, dans cet îlot devenu angélique, un spectacle surréaliste commence. On s'échange des cigarettes et de petits cadeaux de Noël, reçus des familles, comme on le ferait entre amis. Certains vont même y organiser une partie de football. Et à quelques mètres de là, des cadavres sont pétris par la gadoue. Le sang goutte encore. Où sommes-nous ? Dans un théâtre, dans un rêve, sur une autre planète ?

La nature des hommes est déroutante. La fête terminée, ils vont recommencer à s'entretuer. Ceux qui se sont offert des cadeaux, le lendemain, vont tirer l'un sur l'autre. Au nom de l'ordre supérieur, ils vont tuer leurs amis d'un soir. Cette trêve sera longtemps cachée par les autorités militaires. Une telle faiblesse de la part d'une armée ne peut être divulguée.

La mort et l'amour

Quittons cet îlot trompeur qui nous a fait croire un instant que l'homme avait enfin réussi à bannir la guerre. Pégase ne l'a jamais cru. Le deuxième jour de l'année 1915, ce matin-là, un autre de mes vieux amis, le poète français d'origine polonaise par sa mère et italien par son père, Guillaume Apollinaire, monte en gare de Nice, dans le train à destination de Nîmes. Guillaume a intégré l'armée française depuis quelques mois. Sa permission de deux jours est terminée. Il doit rejoindre le 38e régiment d'artillerie pour y poursuivre sa formation avant d'être envoyé sur le front.

Il s'installe à côté de la fenêtre. Le chef de gare siffle le départ à 8 heures précises. Pendant une bonne partie du parcours, le train longe les plages et les criques. Le paysage de la côte méditerranéenne est magnifique : ce bleu si transparent de l'eau, ces courbes ondulées autour des rochers, ce sable caressé par les mains suaves des vagues. Dans le compartiment, en face de lui, un paysage d'un genre très ressemblant l'attire : c'est le visage d'une jeune femme. Elle est si belle ! Sa longue chevelure glisse avec volupté autour de son cou et sur sa poitrine subtilement découverte. Ses yeux, jaspés de vert, semblent fleurir tout ce qu'ils regardent, et sa peau brille comme le sable humide sur une plage à marée basse. Difficile de ne pas succomber quand le reflet de son visage sur la vitre la fait nager dans les vagues d'émeraude.

Lui, le poète, est comblé. La mer et la femme dans un même regard. Et en plus, le compartiment est vide. Guillaume ne peut résister plus longtemps et entame la discussion. Elle s'appelle Madeleine et se rend à Marseille pour prendre le bateau jusqu'à Oran, où elle est professeur de lettres au lycée de jeunes filles. Ils discutent de tout. La guerre est oubliée. Entre Nice et Marseille, c'est 200 km de bonheur. Le temps semble faire une pause pour les deux voyageurs. Mais quand le train entre en gare de Marseille, Apollinaire se sent malheureux. S'il avait été un arbre, toutes ses feuilles seraient tombées d'un seul coup. Il a envie de déclarer quelque chose à Madeleine, mais il ne veut pas la heurter. Il ose quand même lui tendre son petit agenda pour qu'elle y inscrive son adresse. Madeleine se lève la première et prend son chapeau. Devant la glace encastrée entre la banquette et le porte-bagages, elle ajuste ses cheveux et sa voilette. Elle voit dans le miroir les yeux étoilés d'Apollinaire qui l'observe se préparer. Leurs regards se croisent. Elle est troublée. Quand Madeleine s'éloigne sur le quai de la gare, Apollinaire est déjà pris d'une immense envie de la retrouver.

En avril, après trois mois d'instruction, le poète est envoyé sur le front, en Champagne, à quelques kilomètres de la ligne de feu. Il ne peut pas croire ce qu'il voit. Le spectacle est hallucinant. Beaucoup de ses compagnons du régiment meurent à côté de lui. On ne voit plus que du sang. On n'entend plus que des râles. La douleur est partout. Apollinaire angoisse. Il pense qu'il est le prochain dans le viseur de la mort. Mais, dans un infime recoin de sa tête, luit une dernière petite lumière. Il pense à Madeleine, à sa chevelure ondulante, à ses yeux d'été, à sa peau chatoyante. L'opposition extrême des genres le pousse à lui écrire. La proximité de la mort le pousse à l'envie d'amour. Il envoie une première lettre à Madeleine le 16 avril. Heureux scénario, elle va lui répondre. La braise s'enflamme. Apollinaire se croit déjà dans une gondole à Venise. Un nombreux courrier va très vite suivre ; les mots vont transformer Madeleine et Guillaume en amants virtuels. L'imagination débordante des sentiments va faire planer Apollinaire au-dessus des morts de la guerre.

Une nouvelle force militaire

Malgré l'amour, le conflit continue. L'amour ne sait hélas pas arrêter la violence. Cela pourrait être pourtant si facile !

Dans les premiers mois de l'année 1915, les armées alliées commencent à s'organiser. Un corps militaire nouveau va voir le jour : c'est la force aérienne. La guerre 1914-1918 sera le théâtre des premiers combats aériens. La maîtrise des airs offre bien des avantages : l'observation des mouvements de l'armée ennemie ou le bombardement de sites stratégiques comme les ponts, les ports et les gares.

Fréquemment, mon grand-père Joseph voit des avions militaires passer au-dessus de la ville d'Ostende. Il s'agit tantôt d'avions de chasse allemands, tantôt d'avions de l'armée française et parfois, plus rare, d'avions de la petite force aérienne belge, récemment créée et appelée « la Compagnie belge des aviateurs ». Cette compagnie comprend quatre escadrons qui couvrent les quatre divisions terrestres de l'armée.

Ostende sera souvent la cible des avions alliés et allemands. En janvier 1915, un dirigeable français bombardera la gare. Le mois suivant, le mercredi 17, mon grand-père Joseph et ses compagnons de classe, en plein cours, entendent avec stupeur le fracas causé par l'explosion de plusieurs bombes, lâchées par une escadrille anglaise. Même les bancs tremblent. Le professeur, très flegmatique, continue malgré tout à donner son cours.

Le lendemain, les explosions reprendront de plus belle : 240 bombes seront jetées sur l'aérodrome de Ghistelles ainsi que sur les établissements militaires de Zeebruges et d'Ostende.

Il n'y a pas que les bombes, les grenades, les fusils dont les armées se servent pour tuer. Le 22 avril, à Ypres, pour la première fois dans l'histoire de l'Humanité, des armes chimiques sont utilisées. Des soldats allemands ouvrent des bouteilles de chlore dont le gaz, poussé par le vent vers les lignes franco-britanniques, va tuer en quelques minutes des milliers de soldats. L'inventivité n'a pas de limites.

L’oncle Jules

En dépit de cette fournaise guerrière, Pégase parvient à garder son calme. Il me reconduit dans ma famille. Un événement heureux a lieu. Une touche colorée sur fond noir. Le 18 mai est célébré le premier mariage des enfants du couple Arthur-Augusta. Jules, le fils aîné, épouse à l’âge de vingt ans, à Romford près de Londres, Jeanne Desmidt, qui n’a que dix-sept ans. Quelques mois auparavant, Jules, sergent dans l’armée, a été blessé et évacué en Angleterre. Il y a trouvé l’amour. La guerre n’empêche pas les sentiments. Au contraire, elle peut les attiser.

Personne de la famille n’est présent au mariage de Jules. Sa mère et ses grands-parents sont morts, sa sœur aînée est au couvent, toute sortie lui est interdite. Ses autres frères et sœurs sont jeunes et sans argent ; ils ne peuvent faire le déplacement. Quant à son père, il ne l’a plus vu depuis la messe d’enterrement de sa mère. Il ne sait même pas où il habite.

Je n’ai rencontré qu’une seule fois, Jules, mon grand-oncle. Il habitait une petite maison dans les dunes, à Bredene. Je devais avoir six ans quand je suis passé lui rendre visite avec mes parents. J’ai le souvenir d’un homme qui avait le cœur sur la main. Voyant que je regardais avec une certaine excitation une peau de loutre qui pendait dans son salon, il me l'a offerte, sans fioriture, avec ce plaisir noble de donner sans retour, juste pour rendre heureux celui qui reçoit. Cette bonté se lisait sur son visage. Il avait un regard vrai, transparent et un sourire très chaleureux qu'une épaisse moustache étirait sur toute la largeur de son visage. Jules était aussi un brin naïf. Passionné de courses hippiques, il avait acheté avec ses petites économies un cheval de course. À l'hippodrome d'Ostende, le jour de la première sortie de son cheval, après deux tours, en pleine course, le cheval s'est écroulé, mort sur le coup. Jules, ce dimanche-là, devant la haute société ostendaise, n'était pas très fier. N'alliez plus lui demander d'assister à une course hippique !

L'horreur des tranchées

Refermons ce petit interlude humoristique. Il fait du bien en ces temps de guerre. Nous devons continuer notre balade. Elle est de plus en plus décevante. Les désillusions succèdent aux désillusions. Le carnage de la guerre persiste, sans apitoiement. Le 31 mai, Londres est bombardée par des zeppelins allemands. En juin, devant l'ampleur des blessures aux visages, l'armée française se décide enfin à faire porter des casques à ses soldats. Piètre compensation par rapport à la réalité du terrain.

Par milliers, les soldats vont continuer à être jetés dans la gueule toujours plus affamée de la bête humaine. Rien que le 25 août, 25 000 soldats seront tués. Un général français ira même jusqu'à donner comme ordre, en parlant de ses propres soldats, « Faites monter la viande ». Faut-il être aussi haut placé pour dire des choses aussi basses ? L'homme fait pitié. L'orgueil, la vanité, l'égoïsme se moquent de la paix, de l'entraide, du sens universel de la vie.

Et comme s'il n'y avait pas encore assez de morts dans ses rangs, l'armée française va condamner à mort des soldats qui ont abandonné leurs postes de combats ou d'autres qui, pour éviter d'être envoyés sur le front, se sont volontairement mutilés. Des centaines de soldats seront ainsi fusillés « pour l'exemple ». Parmi eux, un blessé que l'on emmènera au peloton d'exécution, lié à son lit d'hôpital ! On mettra son lit droit pour respecter le manuel de procédure militaire qui stipule qu'un condamné doit être fusillé debout ! Jusqu'où peut aller la perversité humaine ? On ne tue pas uniquement ses ennemis, mais aussi ses compatriotes. L'homme est un animal féroce qu'aucune limite ne semble arrêter.

Cette guerre est plus pernicieuse que toutes les guerres précédentes. C'est vraiment une sale guerre. J'ai retrouvé par hasard — mais est-ce réellement un hasard ? — dans la bibliothèque de mon père un livre sur l'Arc de Triomphe de Paris. Dans ce livre, quelques textes ont été écrits par des soldats sur le front.

Un texte m'a particulièrement touché. Celui d'un commandant, un certain Mouquin, écrivant une lettre d'adieu à sa femme, lors de son dernier soir. Il trouve encore la force de lui écrire en vers. Quelle noblesse d'esprit ! Peut-être que cette lettre n'a jamais été mise au grand jour, peut-être même que sa femme ne l'a jamais reçue : « Chérie, je repose sur l'herbe, le dos contre un sapin. La bataille s'est tue, la tourmente est passée. J'ai atteint mon crayon, j'ai pris mon calepin. Je t'y griffonne ici ma dernière pensée. C'est hier vers le soir qu'un obus m'a blessé. Nous devions attaquer. À la sortie du bois, j'ai senti tout d'un coup mon côté traversé. Depuis lors, je suis là, et je saigne et j'ai froid. Je viens de soulever le bord du pansement. Le sang s'est répandu partout sur ma poitrine, là où le soir, parfois, par doux délassement, tu aimais appuyer ta figure enfantine. J'ai pris dans mon carnet – le sang l'a tout taché – vos photos, aux enfants et à toi, ma chérie. Mon regard de mourant y est comme attaché. C'est bien que je vous voie et que je vous sourie. Devant les pauvres yeux que les pleurs ont brouillés, vous êtes rassemblés, veillant mon agonie.

Chers portraits si vivants que mon sang a mouillés, êtres chers avec qui mourant je communie, je ne passerai plus la main sur la blondeur de vos fronts adorés, mes pauvres orphelins. Je ne connaîtrai plus de vos yeux la candeur ni vos habits joyeux, ni vos gestes câlins. »

Le lendemain matin, ses camarades le retrouveront mort…

J'ai envie de laisser un espace blanc à cette page de mon livre après ces lourds mots d'adieu. Comme un vide à laisser remplir par ceux qui ne sont plus là. Tout est dit dans ce texte, tout est là. L'approche de la mort révèle la vraie beauté de la vie : l'amour, les enfants, la tendresse. Ce qu'on regrette le plus quand on part dans ce non-lieu d'où on ne revient pas.

Des caresses et des prières

Pégase me redonne mon stylo. Je ne dois pas me laisser distraire par l'au-delà. C'est trop tôt. J'ai encore bien des choses à vivre. À la rentrée scolaire, ma grand-tante Isabella, fraîchement diplômée pour l'enseignement des classes de maternelle, entame sa première année. Malgré la guerre et ses horreurs, la vie continue. Cela m'a toujours fasciné, cette espèce d'instinct de l'oubli qui pousse, malgré les morts, malgré les maladies incurables, malgré les injustices les plus immondes, malgré les pires turpitudes, l'homme à tourner la page, à poursuivre sa route.

L'énergie de la création, ce subtil et complexe mélange biologique, chimique et physique, nous entraîne résolument vers l'avant, presque comme forcé de suivre le train en marche. Mais le sens de cette marche forcée nous échappe. On est sur une route sans indication. On ne sait même pas où elle mène. L'homme n'a que très peu de hauteur sur ce qu'il fait, mais il le fait quand même.

Ma grand-tante Isabella n'en a sûrement cure, de ce genre de réflexion. Sa lumière, c'est le Christ. Elle vit sur son petit nuage monastique. En ce premier jour de rentrée scolaire, Isabella est aux anges : elle va pouvoir enseigner. Ma grand-tante s'occupera des classes de garçons de trois à six ans.

Elle est très appréciée des enfants et aussi de ses collègues. Isabella a toujours des idées très originales pour rendre ses cours attractifs. Elle a des mains d'artiste ; ses dessins sur le tableau sont de vrais chefs-d'œuvre. L'animation de sa classe est un modèle du genre. Les sœurs lui posent souvent des questions sur sa méthode de travail, son approche des enfants ou la présentation des cahiers. Les enfants l'appellent « *zwarte mie* », à cause probablement de ses grands yeux noir foncé. Ils aiment son caractère vivant et jovial.

Pour son premier cours, ma grand-tante aurait pu annoncer à ses petits élèves une remarquable nouvelle scientifique. Un météorologue allemand, Alfred Wegener, vient juste de publier un ouvrage, *La genèse des continents et des océans*, dans lequel il suggère l'existence, il y a des centaines de millions d'années, d'un supercontinent primordial, la « Pangée », entouré d'une immense mer. À partir de ce constat, il postule que ce supercontinent s'est disloqué, par le jeu du mouvement des plaques tectoniques, en cinq autres continents, qui ont ensuite dérivé. Les portes du couvent de ma tante sont tellement étanches aux idées nouvelles que cette information, si intéressante, n'est jamais entrée dans la tête des bonnes sœurs.

Quand ma grand-tante donne ses cours, du haut de l'imposante estrade en bois, sa longue toge noire exerce une véritable fascination sur les enfants. Dans leurs yeux, la maîtresse ressemble à une grande armoire noire, avec deux pieds et deux tiroirs. C'est l'armoire à secrets. Sa toge a deux grandes poches qui tombent jusque par terre. Chaque poche a une utilité bien spécifique : une poche pour la fantaisie et une autre pour le sérieux.

Dans sa poche de gauche, ma grand-tante dissimule des petits bonbons de sucre qu'elle offre à ses élèves quand ils sont sages. Dans sa poche de droite, Isabella cache de petites images qu'elle donne comme récompense aux enfants qui ont reçu un bon bulletin. Quand ma grand-tante glisse sa main dans l'une de ses poches, tous les yeux des enfants s'illuminent.

Ces petits phares oculaires tranchent avec l'habit sombre d'Isabella. De pied en cap, tout est noir sur elle : son voile, sa robe, sa ceinture, ses sandales et aussi cet impressionnant chapelet aux grains de buis qui pend à sa cordelière par deux attaches en cuivre. Elle l'utilise comme un sextant qui lui permet de se situer dans la journée. À des heures bien précises, Isabella récite le *Notre Père* et/ou le *Je vous salue Marie*, en égrenant rituellement du bout des doigts son chapelet : un grain rond pour le *Notre Père* et un grain ovale pour le *Je vous salue Marie.*

Son chapelet comprend cinquante-neuf grains : six grains pour le *Notre Père* et cinquante-trois pour le *Je vous salue Marie*. Le tour des grains signifie qu'une journée est passée. Le chapelet de ma tante Isabella fonctionne comme une horloge où les aiguilles ne tournent pas en fonction du mouvement de rotation de la Terre sur elle-même, mais en fonction d'un ordre conventionnel. Un autre type de temps…

Ce chapelet est aussi son petit sapin de Noël. Elle y a accroché une médaille de la Vierge Marie, une autre de saint Michel, ainsi qu'une croix de sa tante Coralie.

Chaque grain, lissé par les lentes caresses au rythme infatigable et machinal des prières, brille d'un éclat fort et tenace. J'ai encore ce chapelet chez moi. L'éclat existe toujours aujourd'hui. C'est dire combien ces grains ont été caressés. Les milliers de prières, récitées pendant quarante-huit ans jusqu'à sa mort, semblent avoir été pétries dans chaque grain. Quand je touche ces grains devenus des perles rares à force d'être couvés, cela me fait l'effet, un peu troublant, de toucher à l'intimité d'une personne.

Isabella n'a jamais caressé que les grains de son chapelet. Prendre en main ces grains, c'est comme si je prenais la main de ma grand-tante dans la mienne. Sur chaque grain, je sens le toucher de ses doigts. Comme si elle continuait à caresser, non plus les grains, mais mes mains.

À travers le temps, pour la première fois, elle caresse une peau, ma peau. Sensualité immortelle, geste affectueux posthume, étrangeté des choses, la vie offre parfois des sensations qui vous dépassent.

L'ambiguïté de la vie

Je poursuis ma promenade le long de la Rivière du temps. Je perds le poids de mon présent. Je me sens de plus en plus pris dans la grande ligne de « l'existence universelle », immuable, imperturbable, disciplinée. « L'existence historique » ne lui ressemble guère. Elle est décousue, nerveuse, changeante. Après les caresses, la brutalité de la guerre. Tout est mélangé dans tout.

Sur le front, le conflit continue sans relâche à produire ses morts : des milliers d'hommes tués des mains d'autres hommes.

Il y a aussi ceux qui meurent sans violence. La mort n'a pas de préférence ni dans sa manière ni dans son lieu. Elle agit comme bon lui semble. Un jour d'automne, le mari de mon arrière-grand-mère, Odile Amande, décède chez lui, dans sa chambre située juste au-dessus du magasin Delhaize. À l'intérieur, l'ambiance est étrange. Le parfum des épices, du café et des fruits remonte jusqu'à l'étage. La table s'invite dans la chambre du défunt alors que le curé est en train de donner l'extrême-onction. Le plaisir et la tristesse se croisent dans un cocktail déroutant. Malgré le décès de son mari, mon arrière-grand-mère ne fermera pas son magasin. C'est la guerre, les gens doivent pouvoir continuer à s'alimenter. Elle fera son deuil en travaillant. C'est bien dans son caractère : fort, résistant, tenace.

Ici, le froid brutal de la mort, ailleurs, l'ivresse de l'amour. La vie, dans ses habitudes, brasse les contraires sans pudeur. Chacune de ses deux faces se complaît à reprendre le rôle de l'autre. Le 26 décembre, comme un cadeau de Noël, Apollinaire reçoit une permission pour les fêtes de fin d'année. Presque un an après avoir rencontré Madeleine, poussé par son envie incontrôlable de revoir sa belle muse, il décide de traverser la Méditerranée pour la rejoindre en Algérie. L'amour rend intrépide. Sur le pont du bateau, il n'arrête pas de regarder cet horizon qui le rapproche langoureusement de Madeleine. Chaque vague qui s'enroule sur les flots multiplie son désir de la voir autrement que par les rêves. Il brûle. Il veut exprimer son amour par les mains, par la bouche, par tout son corps. Il voit Madeleine dans des poses lascives, couchée sur la mer. Elle est entièrement dans ses yeux. La mer a disparu. Tout est devenu Madeleine. Le poète arrive le 28 décembre. C'est la fin d'une année et bientôt le début d'une autre. On a envie de croire que c'est aussi le début d'une grande idylle. Mais l'histoire ne nous dit rien de ce qu'ont vécu les deux tourtereaux. Le mystère restera entier. On peut tout imaginer. Apollinaire doit déjà repartir le 7 janvier. Dans le bateau qui le ramène à Marseille, ses pensées sont lourdes. Il va retrouver la guerre, les détonations, les grimaces des blessés, les plaies sanglantes. Le poète laisse derrière lui la beauté, la sensualité, la lumière. Il est à cheval entre la dureté et l'enchantement de la vie. Il ressent tout d'un coup ce côté ambigu de la vie, toujours aussi difficilement interprétable : quand un jour on arrive à donner un sens à la vie, le lendemain, elle peut vous démontrer que vous vous êtes complètement trompé. Essayer de donner un sens aux choses paraît souvent vain. Apollinaire est perdu dans ses certitudes. Il ne comprend plus rien à la vie. Elle va même bientôt se retourner contre lui.

Sur place, les combats continuent avec toujours plus d'acharnement. On tire sur tout ce qui est debout. Et telle une bactérie, cette guerre infecte va se propager dans des pays qui n'ont rien à voir avec le conflit. En janvier 1916, les troupes franco-belges prennent Yaoundé, capitale du Cameroun, colonie allemande. On se bat jusqu'au fin fond de l'Afrique. Même la guerre s'exporte. Les autochtones ne doivent rien y comprendre en voyant ces Blancs s'entretuer.

Depuis 1867, date de la découverte de mines de diamants au Transvaal, en Afrique du Sud, les pays européens ont compris tout l'intérêt économique qu'ils pourraient tirer du sous-sol africain. Considérations que les Africains, qui vivent sans argent, ne saisissent pas. Deux sociétés sont en train d'apprendre à se connaître. Bien long sera le temps de la compréhension mutuelle.

Dans les couloirs d'un couvent

Ma grand-tante Isabella, sœur religieuse, ne sait sûrement pas où se situe le Cameroun. Dans un couvent, une carte géographique n'est pas nécessaire pour trouver son chemin. Le 18 février, après deux ans de mise à l'essai, a lieu la cérémonie officielle de sa profession de foi. Ce jour-là, il neige partout en Belgique, même sur la Côte. Les dieux ont décidé de participer à la décoration. Le vent du nord a déroulé un tapis blanc devant l'entrée de la petite chapelle où a lieu la cérémonie. La pureté naturelle s'est invitée à l'engagement spirituel. La veille, comme l'exige le règlement, Isabella a fait couper sa longue et belle chevelure. Elle n'a pas pu voir son visage sans cheveux, car il n'y a pas de miroir au couvent. Elle va apprendre à ne plus se voir, à s'oublier.

Le matin de la cérémonie, aidée par les sœurs religieuses, ma grand-tante endosse son habit noir officiel, surmonté d'une grande voile, légèrement bordé de blanc au-dessus du front. Son corps est englouti dans l'obscurité. Presque une ombre. Seul son visage laisse encore apparaître un signe de vie. Il ressemble à une petite fenêtre solitaire sur la façade noire d'une maison sans porte. Dépouillement total, effacement de soi. Au cours de la célébration, Isabella, avec quatre autres jeunes filles, fera ses vœux religieux de pauvreté, de chasteté et d'obéissance. Elle recevra le nom religieux de sœur Maria-Helena.

Le soir, quand Isabella regagne sa chambrée, son regard est attiré par la neige qui tombe dans la petite cour du couvent. Elle est frappée par le blanc immaculé qui tranche si fort avec le noir austère de sa robe. Deux couleurs si éloignées l'une de l'autre. Il y a un très léger doute qui traverse ses pensées, mais elle ne tergiversera pas. Qu'est-ce qui a bien pu se passer dans sa tête pour vouloir entrer dans les ordres ? Peut-être qu'elle-même ne le savait pas vraiment. On ne se posait pas beaucoup de questions dans la société très fermée de la ville de Bruges. On décidait souvent pour vous. Son sort, on ne l'avait pas en main.

La célébration terminée, ma grand-tante reprend sa vie conventuelle. Malgré ce qu'on pourrait penser, on ne chôme pas dans un couvent. Chaque jour est rythmé selon un rituel minutieux et indiscutable, fondé sur des règles et des devoirs très stricts. Isabella se lève à 5 heures 30. Après sa toilette matinale, que l'on peut supposer assez rudimentaire, elle se recueille dans un coin de sa chambre afin de méditer. Elle fait ensuite la lecture de son bréviaire. Le bréviaire est un livre qui contient les textes liturgiques à lire à chacune des prières de la journée. Une journée est structurée en une série de sept prières. Dès qu'elle a fini de réciter la première prière, ma grand-tante se rend à l'Eucharistie avec les autres sœurs. C'est seulement après l'Eucharistie que les bonnes sœurs peuvent se mettre à table et prendre leur petit-déjeuner. En hiver, avant que les élèves n'arrivent, ma grand-tante doit allumer le poêle de sa classe, alimenté avec du charbon qu'elle prend dans la cave. Le premier coup de cloche tombe à 8 heures 30. Le dernier, pour marquer la fin des cours, à 16 heures. Ma grand-tante s'occupe alors des devoirs et des leçons des enfants à l'étude du soir. Quand les élèves rentrent chez eux, une autre journée débute pour elle. Pour chaque jour de la semaine, les sœurs reçoivent une liste de tâches à réaliser, comme le nettoyage des chambres, le rangement du réfectoire ou la vaisselle. Une fois les travaux ménagers terminés, elle donne des soins aux sœurs malades et aux sœurs plus âgées. Avant le souper, prévu à 19 heures, a lieu la prière du soir, les vêpres, avec l'ensemble de la communauté. Le repas est très sommaire, presque spartiate : quelques tartines sans beurre avec un peu de fromage. Les sœurs rejoignent ensuite en silence leurs petites chambres pour y lire la septième prière. Elles se couchent à 21 heures précises. Pour Isabella, chaque jour qui passe est une copie conforme du jour précédent. Sa vie est immuable, invariable, figée dans le temps.

La noblesse d'un maréchal

Vie placide d'un couvent d'un côté, déchaînement de la bestialité humaine de l'autre. Tout se mélange encore. Le 21 février débute la bataille de Verdun. La bataille de la honte, du gâchis total. J'ai envie de me réfugier dans le couvent de ma grand-tante pour ne pas être dans la réalité des hommes, pour ne pas connaître la violence, pour ne pas savoir. Des généraux sans scrupules installés bien confortablement dans des châteaux, loin derrière la ligne de front, beaucoup pour le prestige de leurs galons, vont envoyer à l'échafaud par centaines de milliers des jeunes soldats mal préparés, complètement ignorants de l'horreur qui se vit sur le champ de bataille. Un maréchal lancera comme ordre à ses troupes : « Faites-vous tuer sur place plutôt que de reculer. » Un maréchal ! La plus haute distinction militaire ! Quel sens donner à tant d'inhumanité ? Il n'y a pas de limite à la démesure des hommes.

Au milieu de cette boucherie, il y a quelque chose de dérangeant. Un œil implacable et sordide se balade entre les cadavres : c'est l'œil de la caméra. Pour la première fois dans l'histoire, une télévision filme une guerre. L'information est devenue télévisuelle. Une information que seule une partie de la hiérarchie militaire et politique peut visionner. La télévision va mélanger les genres sans finesse ni sentiment : les explosions des bombes, les plaintes des mourants, le sang qui gicle sur l'herbe boueuse. La cruauté sera filmée dans les moindres détails. Apollinaire la vit chaque jour. Le 17 mars, il est touché par un obus qui le blesse à la tête. Ses amis soldats colmatent la blessure avec les moyens du bord. Sa tête est ficelée dans des pansements. Il me fait penser à Van Gogh après qu'il s'est coupé une oreille. Le peintre et le poète se confondent. Le tableau est le même. Fantaisie passagère dans ce décor sanglant. Il en faut pour survivre.

Tandis que le conflit dépasse toujours plus les limites de la virulence, un vent consolateur va souffler dans l'esprit de mon grand-père Joseph.

Le 7 avril 1916 est une date qu'il n'oubliera jamais. Ce jour-là, lors d'une cérémonie officielle, il reçoit son diplôme de régent. C'est un moment très particulier pour lui. Malgré la guerre, malgré la mort de sa mère et la « désertion » de son père, il a réussi à se forger une place dans la société. Joseph ne le montre pas, mais il en retire une très grande fierté. C'est aussi un jour fort pour la famille, car il représente enfin un exemple de réussite.

Au moment où mon grand-père reçoit son diplôme des mains du directeur de l'établissement, il a une pensée émue pour sa mère, Augusta. Il aurait été si content qu'elle assiste à la fête ! Elle qui n'a rien eu de sa vie, elle qui n'a jamais pu choisir, le diplôme de son fils lui aurait tellement fait plaisir ! Cela aurait au moins donné un motif de satisfaction à ses trente-sept années de calvaire sur Terre.

Mon grand-père peut seulement imaginer le sourire et le regard enchanté de sa mère. Cela le rend aigri. Il va puiser dans le sacrifice de sa maman la force de réussir dans la vie. C'est sa motivation secrète, son fil d'Ariane. Tout ce qu'il fera sera en mémoire de sa mère.

L'espace-temps

Pendant que l'Humanité s'entretue, un homme à la tignasse électrisée publie, dans la revue *Annalen der Physik*, un article à l'impact philosophique incommensurable. Cet article va changer la face du monde. L'auteur est Albert Einstein. Il y explique sa fameuse théorie de la relativité générale. Étrange coïncidence que ce genre de nouvelle si transcendante, si grandiose, sorte au moment où les hommes n'ont jamais autant commis d'aussi pleutres et basses actions.

Sa théorie explique que plus la masse d'une planète est grande, plus elle déforme l'espace autour d'elle jusqu'à le faire courber et provoquer des ondes gravitationnelles à l'origine de l'expansion de l'univers et des trous noirs. L'espace peut se déformer, se plier, se tordre, comme si c'était de la matière. Difficile à comprendre, mais c'est la réalité. La théorie de la relativité générale applique, au niveau des mouvements des astres, les principes de la théorie de la relativité restreinte qu'Einstein avait développée dix ans plus tôt, en 1905. Cette théorie est fondamentale à plus d'un titre. Elle va créer un bouleversement total dans la compréhension que l'homme a de son rapport avec le temps.

Elle explique que le temps n'est pas une valeur absolue, mais relative selon que l'on soit en mouvement ou non. Le temps passe différemment si on se déplace à des vitesses différentes. Sa théorie postule que, d'une part, la vitesse de la lumière est la même partout et que, d'autre part, on ne peut se déplacer à une vitesse égale ou supérieure à la vitesse de la lumière. Dans le monde céleste, cela veut dire que lorsqu'un objet se déplace à une vitesse proche de celle de la lumière, sa masse augmente et sa force d'attraction s'accroît. Le temps, pendant ce moment, va s'écouler plus lentement, comme freiné, et l'espace autour de l'objet va se contracter. La vitesse modifie le cours du temps. C'est ce qu'on appelle le phénomène de la dilatation du temps.

La théorie de la relativité générale met en avant une nouvelle dimension après celles, classiques, de la physique, la longueur, la largeur, la profondeur : c'est l'espace-temps. Dans cette dimension, le temps est influencé par la gravitation. Il ralentit lorsqu'il passe à proximité d'un corps massif. Ainsi, plus on s'éloigne du centre de la Terre, plus le temps s'accélère. Quand je suis au sommet du mont Blanc, le temps passe plus vite que si j'étais sur la plage d'Ostende. Espace et temps sont indissociables ; il y a entre eux une sorte d'intimité forcée. C'est le couple le plus soudé du monde.

Ce couple étrange supporte aussi l'univers. L'espace développé par l'expansion de l'univers fait passer le temps. L'espace crée le temps. Plus l'univers s'agrandit, plus le temps s'écoule. Inversement, quand on entre dans l'espace, on entre dans le temps. Regarder le ciel, c'est revenir dans le passé. Plus on regarde loin, plus on se rapproche des premières secondes de notre univers. Comme la lumière met un certain temps pour arriver jusqu'à nous, on peut voir, de notre présent, une étoile qui existait déjà avant que la Terre ne soit formée. Si on possédait un télescope ultrapuissant, on pourrait, de ses propres yeux, aujourd'hui, regarder les tout premiers effets du Big Bang, vieux de plus de 13 milliards d'années. Et si, comme le pensent beaucoup de cosmologues, tout ne se passe que dans un seul et même temps, le Bing Bang est encore caché dans un infime coin tout au fond du ciel. Il n'a pas disparu. Il est bel et bien là. Nous sommes dans son souffle. Le cordon ombilical tient toujours.

En réalité, notre Terre est dans le même espace que celui créé par le Big Bang. On vit dans la même immense maison, mais la porte d'entrée ne nous est plus accessible. La substance primordiale, qui a permis d'aboutir à la forme d'être que nous sommes aujourd'hui, a transité par cette porte. Pourquoi nous a-t-on refermé la porte après l'avoir ouverte pour nous laisser passer ? On ne peut plus sortir par où on est entrés. On ne peut plus revenir, on est condamnés à aller vers l'avant.

Il y a une personne qui a grandement contribué à l'élaboration de la théorie de la relativité générale. Une personne qui aurait sa place dans la mémoire collective. C'est une femme, encore une : la Serbe Mileva Marić. Brillant esprit, femme forte, elle a participé activement aux recherches de son mari, Albert Einstein. L'un a été sous le feu des projecteurs, l'autre est restée dans l'ombre. L'Histoire doit à nouveau se faire corriger.

La solidarité des « coloniaux »

Mais revenons à la guerre. Les réflexions sur l'univers nous ont presque fait oublier notre dimension humaine ; tout devient vite très relatif. La blessure d'Apollinaire s'aggrave. On l'emmène en urgence à l'hôpital, où il est trépané le 9 mai. Le poète ne s'en remettra jamais. Ses pensées vont se faner lentement et s'arrêter définitivement deux ans plus tard. Il a oublié Madeleine, et Madeleine ne lui a plus écrit. Une romance qui disparaît aussi vite qu'elle a commencé. Douce illusion dans le réel, légère brise d'un chaud midi d'été, coquillage orangé sur une plage séchée par la marée basse. Les extrêmes, en amour, ne sont jamais très éloignés. L'amour a son propre temps, parfois inaltérable, parfois éphémère.

Alors que les massacres se poursuivent sur les champs de bataille, en préparation du démantèlement de l'Empire ottoman qui s'annonce, les hommes politiques se partagent déjà sournoisement les futurs intérêts économiques. Le 16 mai a lieu la signature des accords Sykes-Picot, qui divisent arbitrairement le Proche-Orient en zones d'influence française et britannique. Cet accord va attiser la haine des populations locales et avoir des conséquences dramatiques dans la géopolitique de la région, jusqu'à aujourd'hui encore.

Pour les autorités politiques, la guerre semble déjà oubliée, mais elle n'a pas encore montré sa face la plus hideuse. Le 1er juillet 1916 est un jour noir foncé. La bataille de la Somme, où des chars sont utilisés pour la première fois, débute. Les armées s'engagent à 7 heures 30 sur un front de 40 km. Dans ce mouchoir de poche, dans ce filet coupant, dans ce piège à trous, près d'une trentaine de nations sont représentées, presque le monde entier. Il y a les goumiers marocains revêtus de leur longue djellaba rayée en laine ; les zouaves d'Algérie avec leurs pantalons rouges bouffants ; les tirailleurs indochinois avec leurs chapeaux plats ; les soldats hindous coiffés d'un grand turban ; les Égyptiens, les Néo-Zélandais, les Australiens, les Sud-Africains, les Fidjiens ; les Congolais, les Maliens, les Guinéens, les Mauritaniens. Et les Chinois, la plupart des civils : on parle de 140000 travailleurs contractuels, qui seront utilisés dans des conditions inhumaines pour charger et décharger le matériel de guerre, déterrer les cadavres ou encore enlever les mines sur les champs de bataille.

Dans les petits villages du Nord de la France, les gens sont éberlués. Ce qu'ils voient leur semble surréaliste. La plupart des habitants n'avaient jamais vu d'hommes de couleur. Il y a comme un air d'exotisme, de vacances. Et pourtant, ce n'est qu'une illusion. La réalité, c'est la guerre. La mort va frapper sans retenue, sans complexe. On estime à 30000 le nombre de victimes, tués, blessés, disparus, dans les six premières minutes de la bataille de la Somme. Près de quatre-vingts soldats par seconde ! Ce sera le jour le plus meurtrier de la guerre. Une masse de corps jonche le sol : des semi-vivants, des morts, des presque morts. Les médecins doivent se reconvertir en bouchers : ils scient des milliers de jambes, comme à la bataille de Waterloo. Les rares survivants sont mutilés, défigurés, estropiés : mâchoires arrachées, genoux explosés, mains coupées, yeux écrasés. Leurs familles les reconnaîtront à peine. Qu'elle est belle, l'Humanité !

Une fois de plus, les femmes montrent l'exemple

L'homme touche de nouveau l'extrême. Face à la quantité et à la complexité des soins à donner, la médecine va devoir s'adapter. C'est presque un euphémisme, mais la guerre 1914-1918 va permettre à la médecine d'améliorer radicalement ses techniques médicales. Au moins, les morts auront servi à quelque chose. C'est notre reconnaissance posthume.

Une personne peu ordinaire est un bel exemple de ce progrès de la médecine, c'est ma grande amie Marie Curie. Dans ce décor digne de l'enfer, elle va réagir avec son énergie coutumière et mettre sa haute intelligence au service des autres. Marie, à l'origine de la radiothérapie, va faire installer dans des camionnettes Renault des appareils radiologiques. Ces appareils vont permettre de localiser les éclats d'obus dans le corps des blessés. La radiographie va faciliter grandement le travail des chirurgiens, qui pourront opérer directement l'endroit à soigner au lieu de devoir chercher les éclats en mutilant le corps du blessé. Le poste de radiologie mobile est né. On appellera ces camionnettes les « petites Curie ».

En bravant les « qu'en-dira-t-on », Marie, comme un homme, va passer son permis de conduire. Elle se rendra, au volant de sa camionnette, dans les hôpitaux de campagne installés près du front, souvent en Belgique, « la brave petite Belgique », comme elle le dira dans une lettre adressée à sa fille Irène.

Une autre femme brave aussi les bonnes mœurs. C'est la Britannique Dorothie Feilding. Elle occupe des fonctions qui sont d'habitude l'apanage des seuls hommes : chauffeur, ambulancier, soigneur, porteur. Au milieu des corps déchiquetés, dans cet abattoir humain en plein air, elle fera preuve d'un courage et d'une résistance qui forcent le respect. Elle sera décorée par le roi Albert Ier de l'ordre de Léopold II. Pour la première fois dans l'histoire militaire, une distinction est donnée à une femme.

Contraste des genres

Pendant que des soldats s'entretuent le long de la Somme, ma grand-mère Marie est en vacances. Elle vit dans un cocon. Les atrocités de la guerre touchent peu son quotidien. Ma grand-mère vient de terminer ses secondaires. Quel avenir se présente pour elle ? Son père, Arthur, n'est pas très chaud à l'idée que sa fille entame des études. Une femme, faire des études ? Ce n'était pas très acceptable dans les familles bourgeoises de l'époque. Un bon mariage est plus dans l'ordre des choses. Ma grand-mère ne devra pas chercher bien loin. Son compagnon de chorale, Joseph, la regarde avec de plus en plus d'insistance. Mais la route vers le mariage sera bien longue. Il faudra encore attendre cinq ans, guerre oblige.

Cette guerre est loin d'être terminée. La liste de ses victimes s'allonge toujours plus. Le 30 juillet, à Bruges, un officier britannique accusé d'espionnage, le capitaine Fryatt, est fusillé en public par les Allemands. Les habitants sont horrifiés. La nouvelle se répand jusqu'à Ostende. Dans la ville, la population prend peur. La tension monte.

L'occupant est nerveux. L'armée allemande renforce ses contrôles. Quiconque voudra sortir de la ville et y rentrer devra se procurer un laissez-passer à la préfecture, installée dans les locaux de la police d'Ostende.

Pour se conformer à ce nouveau règlement, mon grand-père Joseph, qui se déplace souvent à Bruges chez sa tante Philomène, se rend début août à la préfecture, la *Kommandatur*, pour y chercher son laissez-passer. Coïncidence, il y croise sa future belle-mère, Alice Caroen, venue aussi en chercher un pour son mari et ses quatre enfants. Ils échangent quelques mots. Mon grand-père n'accroche pas trop avec Madame Caroen, qui est d'un extérieur très monacal, tout à l'opposé de sa chère mère. Il prend quand même le temps de lui annoncer qu'il vient de trouver une place comme professeur à l'école normale de Boom. Madame Caroen se montre agréablement surprise et le félicite. Ce garçon que fréquente sa fille semble bien de sa personne et a un statut social reconnu. Le gendre idéal. Mon grand-père enseignera dès le mois de septembre. Il en est très fier. Sous un aspect plutôt sévère, il sera néanmoins un professeur juste et très apprécié. De nombreux courriers écrits par ses élèves attesteront de la gratitude et du respect qu'ils lui témoignent.

Quand il sort de la préfecture, mon grand-père ne peut imaginer le drame qui se vit sur le front. Dans la vie, on peut mourir seul ou accompagné de vivants ou de morts. On ne choisit pas toujours son entourage. Le 15 décembre, les Allemands et les Alliés mettent un terme à la bataille de Verdun où 700000 soldats ont été tués. L'atmosphère y est lunaire et totalement irrationnelle. Il y a des cratères partout. On ne voit même plus l'herbe des champs. Les cadavres pourrissent dans la gadouille et les flaques de sang imitent grossièrement la teinte des coquelicots. Qui oserait se vanter d'être le vainqueur devant une telle apocalypse ?

Sur des centaines de mètres, des corps sans vie tapissent la terre. Amis, ennemis, ils se confondent. La mort les a réconciliés. Ils sont devenus identiques à l'échelle de « l'existence universelle ». Pourquoi faut-il attendre la mort pour que les hommes deviennent des frères ? Pourquoi la mort réussit-elle ce que les hommes tentent en vain de leur vivant ?

Dix jours plus tard, très loin de ce carnage cauchemardesque, ma famille du côté de ma grand-mère paternelle fête Noël. Elle ne sait pas ce qui s'est passé dans les champs de Verdun. La vie continue malgré tout. Toujours cet entêtement à passer outre, à aller de l'avant. Comme cadeau de Noël, Arthur, mon arrière-grand-père, offre à sa fille Marie un carnet de poésie. Dans ce carnet, ses amies lui dessineront des fleurs et lui écriront de douces pensées. Troublant contraste avec les 700000 cadavres de Verdun. Cruelle opposition des genres. Sa sœur Agnès écrira la première page. Comme pour clore symboliquement la jeunesse de sa future femme, Joseph, mon grand-père, écrira un petit mot à la dernière page, sur laquelle il glissera, en guise de vœu de bonne fortune, un trèfle à quatre feuilles.

La révolution russe

Pégase m'emmitoufle dans sa chaude crinière blanche. En ce début d'hiver 1917, le thermomètre descend très bas. À La Panne, la mer est même gelée ; les esprits des gens aussi. Ils sont à bout : l'occupation est longue et le conflit n'a pas l'air de se dénouer. Bien au contraire ! Début janvier, l'Allemagne lance une grande offensive maritime dans la Manche, dans l'océan Atlantique et en Méditerranée. La guerre est interminable. Et une autre, d'un genre différent, va bientôt commencer.

Cet hiver est très particulier dans l'histoire de la Russie. Si Tolstoï était encore en vie, les événements qui vont suivre lui auraient fait écrire beaucoup d'autres tomes à son livre *Guerre et Paix*. L'Empire russe est en très mauvais état, il ne tient plus qu'à un fil. Le mal est profond. Le froid est partout, dans les corps, dans les pensées. L'armée russe est sortie meurtrie après sa défaite contre l'Allemagne. Presque deux millions de ses soldats ont été tués. Les familles manquent de nourriture, les travailleurs sont exploités, l'économie est obsolète et le système politique désuet. Les autorités ne voient rien venir et accentuent la tension en imposant des licenciements, des restrictions alimentaires et des emprisonnements.

La fièvre monte, un vent de révolte se lève dans la population. Preuve de sa fragilité, l'immense Empire russe va chavirer en à peine quelques jours. En février, lors de la Journée de la femme, les premières manifestations sont organisées par un groupe d'ouvrières et de ménagères, puis par les ouvriers de l'usine d'armement Poutilov. Le peuple va très vite suivre.

Quinze jours plus tard, le tsar Nicolas II abdique déjà. Une énorme secousse politique qui ébranle l'Europe. Personne ne peut le croire. La révolution russe est déclenchée. L'autocratie tsariste vit son *Titanic*. Mais dans les capitales occidentales, on ne réalise pas vraiment la gravité de la situation. Comme souvent, depuis l'Ouest, on ne sait jamais très bien ce qui se passe en Russie. Les autorités russes manient l'art du secret comme une véritable stratégie.

La boussole de l'histoire s'affole de plus en plus. Mi-mars, la Chine se range du côté des Alliés et rompt ses relations diplomatiques avec les Empires centraux. Début avril, les États-Unis sortent de leur traditionnelle politique isolationniste, vieille de près d'un siècle, et déclarent la guerre à l'Allemagne.

Les tout premiers contingents américains arriveront en Europe dès le mois de juin. Parmi ces soldats, il y a des Noirs qui subissent le régime de la ségrégation, toujours en vigueur aux États-Unis. Ils ne peuvent pas porter d'armes et ne s'occupent que des travaux d'entretien et des tâches ménagères.

Les autorités militaires américaines, ne voulant pas leur donner de fusil, décident de les transférer dans l'armée française, qui acceptera de leur donner une arme pour combattre les Allemands. Les guerres peuvent parfois receler un peu de morale.

Les merles du pensionnat

Le monde est maintenant le théâtre d'un immense champ de bataille, d'est en ouest, du nord au sud. Les journalistes ne savent plus où donner de la tête. La guerre qui se mondialise, la révolution russe, l'avènement du bolchevisme qui pourrait déclencher une autre guerre mondiale… Il y a aussi cette épouvantable bataille de Messines, près d'Ypres, qui a fait 500000 tués et n'a servi à rien. Ni vainqueurs ni vaincus, que des morts. Pauvres habitants de la Terre !

Malgré cette immense corrida humaine, mon grand-père Joseph trouve encore l'esprit d'écrire sa toute première partition musicale, *Le Merle*. Au pensionnat, dans le dortoir du deuxième étage, au lever du jour, il prenait toujours plaisir à se réveiller en écoutant le chant du merle noir perché sur la corniche du toit. Il y en a beaucoup qui viennent picorer les mies de pain dans la cour de récréation. Mon grand-père aime la musique, car elle le met en pensée avec sa mère. La musique facilite le rapprochement avec ceux qui sont déjà partis.

La musique facilite aussi le rapprochement entre les hommes et les libère des idées reçues et des stéréotypes culturels.

Dans certains villages de France, derrière le front, le soir, au soleil tombant, on voit la population, entraînée par les soldats américains, se mettre à danser sur des airs de jazz et de blues, jamais entendus sur le sol européen. Les hommes sortent de leurs différences. La musique universalise.

Un régime politique d'un nouveau type

La musique, pourtant si pacifique et transcendante, n'a jamais hélas pu fléchir les hommes dans leurs acharnements à la violence. En Russie, la révolution d'Octobre, menée par Lénine, poursuit sa marche et sa litanie de morts. Le 6 novembre, les bolcheviks prennent le contrôle de Moscou et très vite de toute la Russie. L'Europe, dont la majorité des États sont des royautés, prend peur. Les têtes couronnées craignent la contagion des idées révolutionnaires russes.

Après Ivan le Terrible, Pierre le Grand et Catherine la Grande, la Russie a trouvé son nouveau grand tsar : Lénine. Il y aura après Staline, Brejnev, Poutine. D'autres suivront dans le futur. La Russie raffole des personnages dominateurs. Une idéologie inédite va être appliquée : le marxisme. Un nouveau type de régime autoritariste. Un de plus pour la Russie. L'histoire de la Russie est une succession d'autocraties. Difficile de gérer autrement le plus grand pays du monde, bordé par quinze pays, occupant 11,5 % de la surface de la Terre et qui compte onze fuseaux horaires. Personne à ce moment ne se doute des conflits majeurs que l'idéologie marxiste va petit à petit générer partout dans le monde. La société des hommes bascule encore de 180°. Le XXe siècle prend forme.

Lénine fait partie de ces individus — tels entre autres Confucius, Alexandre le Grand, Jésus, Mahomet, Charlemagne, Gengis Khan, Soliman, Napoléon, Hitler — qui ont à eux seuls, en bien ou en mal, changé la face du monde. Ils ont réalisé leurs rêves. L'Histoire a toujours été profondément marquée par ces personnes qui ont su convaincre la grande masse silencieuse de la population de les suivre. Où en serait la société aujourd'hui si on devait retirer ces acteurs de l'Histoire ? Les grands personnages de l'Histoire maîtrisent leur destin parce qu'ils le créent eux-mêmes. Le rêve est puissant et pousse l'Humanité dans sa longue route.

Sur le front, la guerre s'essouffle. En janvier 1918, le président américain présente déjà son plan de paix en quatorze points et, en mai, la Wehrmacht subit un grave échec dans son offensive lors de la bataille du Chemin des Dames, le long de la rivière, l'Aisne, entre Soissons et Reims. La fin de la guerre et ses atrocités approchent, mais pas en Russie, où un acte barbare va être commis dans le plus grand secret. Dans la nuit du 16 au 17 juillet, à Ekaterinbourg, des bolcheviks lettons, affolés par l'avancée des armées contre-révolutionnaires, assassinent le tsar Nicolas II ainsi que sa femme, son fils Alexis, ses quatre filles et ses domestiques dans la cave de la maison de Nikolaï Ipatiev, réquisitionnée par les bolcheviks.

Cet assassinat ne sera communiqué que quelques mois plus tard et provoquera une immense onde de choc partout dans le monde. Il faudra attendre quatre-vingts ans pour que la famille impériale ait le droit d'être enterrée dignement, et dix de plus pour qu'elle soit réhabilitée par la Cour suprême de Russie comme victime de la politique répressive des bolcheviks.

La libération d'Ostende et de Bruges

Le 13 octobre 1918, quatre ans jour pour jour après leur entrée dans Ostende, les troupes allemandes évacuent le port. Ils ne prennent même pas le temps d'emporter leur artillerie lourde. Ostende est la première ville belge libre. Mais comme rien n'est officialisé, les Ostendais sont sur leurs gardes. L'ennemi est-il parti définitivement ? Pendant trois jours règne un doute interminable. Le 17 octobre, l'amiral Keynes emmène par la mer le Roi et la Reine, de Dunkerque à Ostende, à bord d'une vedette. Les souverains arrivent vers midi et se rendent à l'hôtel de ville. Quelques passants les reconnaissent. Le couple royal est bientôt suivi par une foule de plus en plus nombreuse. Les Ostendais comprennent enfin que la guerre est définitivement terminée. Comme un éclair, les gens sortent de leur maison. L'allégresse est partout. Les habitants s'embrassent dans les rues et, bras dessus bras dessous, défilent dans un long cortège à travers la ville.

Qui sait si mon grand-père Joseph, ce jour-là, profitant de l'occasion, ne se sent pas pousser des ailes et, emporté par l'effervescence de la libération, ne va pas courir jusqu'à la maison de sa charmante compagne de chorale pour lui offrir un premier baiser ou, moins osé, la prendre poliment par la main ? Les circonstances offrent souvent de bonnes excuses aux grandes manœuvres sentimentales. Ma grand-mère Marie serait sûrement enchantée.

L'ambiance dans la foule est indescriptible. La fête durera jusque tard dans la nuit. Vers 21 heures 30, les souverains quittent la ville à bord de leur vedette, mais celle-ci tombe en panne en pleine mer. Il faut jeter l'ancre et attendre une aide. Après quelques heures, un contre-torpilleur britannique vient finalement les chercher.

Pendant une semaine, les souverains vont beaucoup se montrer à la population belge. Le 21 octobre, ils se rendent incognito à Bruges. Cet honneur soulage quelque peu les Brugeois des tourments de la guerre. La ville en est sortie meurtrie. Le port a été détruit totalement, plusieurs usines saccagées, et la plupart des ponts donnant accès à la ville rasés. Heureusement, le cœur historique de la cité est resté intact. Les Brugeois ont aussi beaucoup souffert de la faim. Ce manque de nourriture sera à l'origine, dans les derniers jours de la guerre, d'une terrible épidémie de grippe. Elle va sévir pendant trois mois et fera 907 victimes. Cette grippe, dite « espagnole », va faire des ravages partout dans le monde. On dénombrera 30 millions de morts. Comme si la perte d'un nombre pantagruélique de soldats sur les champs de bataille ne suffisait pas. La mort ne fait pas de différence entre la guerre et la paix. Elle ne choisit pas ses proies en fonction des circonstances. Elle avale quand bon lui semble. Et la mort de continuer à reprendre ses biens. Le mois suivant, le 9 novembre, mon ami Guillaume Apollinaire décède aussi de la grippe espagnole. Il s'en est allé avec, comme dernière image, le regard couleur vert olive de Madeleine.

La « grande muette »

Le jour où mon ami le poète entre dans ce qu'il appelait « la maison des morts », l'empereur de Prusse Guillaume II quitte son QG à Spa pour partir en exil aux Pays-Bas, où il vivra jusqu'à sa mort. La première république est proclamée : la république de Weimar. L'Europe des empires prend presque fin. Le continent européen devra encore subir un « interlude » tragique en 1940. La guerre va maintenant très vite se conclure. À la onzième heure du onzième jour du onzième mois de l'année, l'armistice franco-allemand est signé à Compiègne, dans un wagon de l'entreprise belge la Compagnie internationale des wagons-lits.

Trois grands empires — allemand, austro-hongrois et ottoman — vont éclater en plusieurs nouveaux pays. La carte de l'Europe centrale est complètement redessinée. Des frontières disparaissent, d'autres apparaissent. On assiste à des mouvements de population sans précédent, des familles sont délocalisées. Un véritable drame humain qui passera longtemps inaperçu chez nous. Une humiliation pour beaucoup de peuples. Elle va créer un esprit de revanche.

Juste après les signatures, pour marquer la fin de la guerre, les cloches de toutes les églises de France sonnent à tout rompre. Mais certains font la sourde oreille. Officiellement, la guerre est terminée, mais la réalité a un autre calendrier. Malgré l'armistice qui leur a été communiqué, certains généraux sans scrupules, par vengeance ou pour l'honneur, veulent encore continuer la guerre. 11 000 soldats seront tués le jour de la déclaration de paix. Pour sauver les apparences, ces morts seront datées d'un jour plus tôt. Certains ne seront même pas comptabilisés dans l'inventaire officiel des tués de la guerre. Jusqu'il y a peu, aucune reconnaissance posthume ne leur avait été donnée. La « grande muette » porte bien son nom. Grâce à ce dernier « fait d'armes », l'orgueil démesuré, le mépris de la vie et l'hypocrisie seront hissés en tête du classement très fourni des tares de la nature humaine.

Onze jours après cette sournoise prolongation du permis de tuer, le roi Albert Ier fait sa « Joyeuse Entrée », à cheval, dans Bruxelles. Dans son discours du trône, au Parlement, le Roi annonce d'importantes réformes : l'introduction du suffrage universel, l'égalité effective des deux langues nationales, la reconnaissance de la liberté syndicale et l'extension de la législation sociale. Un véritable programme révolutionnaire pour l'époque. Ne voulant pas vivre l'expérience dramatique russe, les autorités belges démocratisent les conditions de travail des ouvriers.

Bilan philosophique d'une guerre

Tout porte à la joie, mais la réalité va se révéler au grand jour. Je n'avais plus envie de parler de cette sale guerre, mais la vérité a ses droits. On ne peut oublier ni laisser passer. Une surprise de taille attend la population. Un premier bilan de la guerre paraît dans la presse. Il est exécrable. Les journaux publient des chiffres apocalyptiques : 28 millions de blessés et près de 10 millions de soldats tués. Dans ces victimes innocentes, toutes les variétés de morts sont représentées : les fusillés, les torturés, les malades et même les suicidés. Il y en a pour tous les goûts. Satan est comblé ! Cela représente 2,5 millions de morts par an, 6849 tués par jour, 285 par heure, presque 5 morts par minute ! Bon nombre de ces soldats ne seront jamais identifiés. Beaucoup de parents ne reverront plus leurs enfants. Et pour les maris qui auront la chance d'en sortir, beaucoup divorceront ; à leur retour, ils trouveront leur femme dans les bras d'un autre. Pauvres veuves, pauvres orphelins, pauvres pères et mères, pauvres sœurs et frères, pauvres amis, pauvres époux et épouses. Toute une génération galvaudée.

Les gens sont choqués par l'ampleur des pertes humaines. C'est la consternation. Comment a-t-on pu en arriver là ? Pourquoi ce carnage ? Cela n'a aucun sens quand on prend un peu de hauteur. J'ai envie de défaire l'Histoire, de la corriger ; reprendre le rôle d'Adam et tout recommencer. Tous ces jeunes soldats immolés au nom d'intérêts absurdes ou d'une gloire futile. Les mères des deux camps pleurent. L'être humain est l'opprobre de la vie. Tant de morts, une fois de plus. L'Histoire se répète encore et toujours dans ses travers les plus diaboliques. L'homme continue les mêmes extrémités. Pourquoi ne peut-il pas agir autrement que par la violence ? Des morts, toujours des morts. Comme si l'homme aimait la compagnie de la mort. Comme s'il n'y avait pas d'autres alternatives que de tuer. Cela semble presque naturel chez lui. Presque un besoin. Pourquoi ne parvenons-nous pas à nous débarrasser de ce vice ? S'il y a bien un vice que les hommes, depuis qu'ils existent, n'ont jamais su changer, c'est celui de considérer la mort de l'autre comme un moyen d'atteindre un objectif.

Les guerres paraissent si ineptes à l'échelle de « l'existence universelle », dont notre entendement ne perçoit que si peu de choses. Pourquoi l'homme a de si bas comportements dans une existence si vaste à découvrir, si généreuse, si mystérieuse ? Sa conscience de cet univers dont il est originaire est si faible. Il ne se regarde que face à lui-même, et cela le rend encore plus petit. Il vit à son échelle. Le jour où l'homme conscientisera sa vie en fonction de cet univers fondateur, une guerre lui semblera ridicule et abjecte. Mais ce n'est peut-être même pas sûr, tellement l'homme est habité par la violence. L'instinct de tuer est en lui dès sa naissance, et cette disposition à tuer va le poursuivre toute sa vie. Pourtant, il sait que la mort, un jour, viendra le prendre. Comme si l'homme voulait faire mourir avant de mourir lui-même. Comme s'il voulait se venger à l'avance de sa propre mort. Et Dieu, dans tout ça ? S'Il existe vraiment, pourquoi laisse-t-Il les hommes se massacrer ? Pourquoi ? Aucune indulgence de sa part ! Il ne faut pas compter sur lui. C'est presque du sadisme. Je m'emporte. Pégase n'arrive pas à me calmer. Il voudrait m'expliquer, mais il ne peut pas. Il est tenu par le secret-défense du ministère céleste. Les choses fondamentales de la vie, on ne peut pas les savoir. Le silence de Dieu est sibyllin.

Mon grand-père Joseph est révolté. Il se sent coupable de la bestialité des hommes. Il ne comprend pas comment l'homme, aussi intelligent, aussi inventif, n'arrive pas à dompter cet instinct de violence. Mon grand-père se console dans la musique. Il écrit, à l'approche de Noël, une nouvelle partition. Sa musique est un chant intime, plein d'innocence que lui, très croyant, adresse à son Jésus pour le remercier de la fin de la guerre et pardonner la famille des hommes de s'entretuer : « Jésus, d'une voix douce et délicate, je vous chante un de mes poèmes et je vous donne tous mes jouets, voyez comme cela vous rend heureux. »

L'heure du recueillement

Les fêtes de fin d'année sont l'occasion de grandes réjouissances. L'Europe est libérée de l'occupation allemande. Tout le monde, alliés et ennemis, jure ses grands dieux que de telles atrocités ne se répéteront plus jamais. Mais l'Histoire sourit déjà malicieusement dans un coin de son vieux livre. L'homme, combien de fois faudra-t-il le répéter, va recommencer. Il ne faudra pas attendre bien longtemps. Insupportable, amer constat. Énigme insoluble.

La guerre terminée, c'est l'heure du recueillement, de la méditation, de la reconnaissance. Le 24 avril à l'aube, comme une envie de tourner symboliquement la page de la guerre, la neige fait son apparition à Ostende. Les flocons balayent les dernières traces de violences. Le paysage est léger et envoûtant. La plage est recouverte d'une dentelle blanche finement tissée par le vent du nord. Il règne une paix enivrante. La lumière se prélasse sur le ventre de la mer et éparpille ses rayons au rythme languissant des vagues anesthésiées. La mer, très narcissique, se regarde dans le miroir du ciel. On l'entend ronronner de plaisir. Dans ce moment de grand relâchement, elle laisse apparaître ses couleurs les plus secrètes, celles que l'on ne peut voir que si on l'aime. Pour vraiment voir, il faut aimer. J'aime la mer. La mer ressemble tellement à la vie. Un jour elle peut être impitoyable, un jour elle peut être si désirable. Parfois elle rejette, parfois elle charme. Elle peut avoir des moments de colères violentes comme elle peut avoir des moments de plénitude immense. Tantôt despote, tantôt si mère. La mer nous a tous enfantés. Avant de naître de la chair, l'homme est né de la mer. La mer est le ciel liquide de notre Humanité.

Ce 24 avril, la mer n'a jamais été aussi maternelle, son ventre aussi détendu. Quel contraste avec cette Côte du 13 octobre 1914 sans eau ni sable ! Tout est devenu pur, limpide, simple. Mais le silence est dense. Les fusils résonnent encore dans la houle. Les âmes des morts se sont rassemblées au-dessus des flots pour y jouer l'hymne de l'incompréhension et du souvenir. En regardant cette mer si douce, oserait-on croire qu'une guerre vient d'avoir lieu et pourrait-on imaginer qu'une autre puisse survenir ? Que la vie est déconcertante. Rien n'est jamais réel. Toujours cette double face…

Après quatre années de destruction et de sacrifice, la population reprend son rythme de croisière. En ce début d'année 1919, mon grand-père maternel, Adelson Pilette, sur le conseil de sa mère, rentre comme auxiliaire au Secrétariat commercial de l'entreprise

Delhaize, situé dans les bureaux du siège central à Bruxelles. Il a vingt-trois ans ; une longue et belle carrière s'ouvre devant lui.

Le citoyen, acteur de la politique

La société, quant à elle, essaye tant bien que mal de tirer les leçons de la guerre. Les autorités politiques accentuent leur effort de démocratisation. En novembre a lieu un événement qui restera dans les annales : l'organisation des premières élections au suffrage universel pur et simple. L'âge requis pour voter tombe à vingt et un ans et l'accès à la vie politique est ouvert à toutes les classes sociales. Par la prise en compte du sort des moins privilégiés, des ouvriers, des sans-métier, la société devient plus égalitaire. La démocratie peut désormais s'exprimer équitablement. Mais il y a encore un bémol : les femmes ne sont toujours pas admises aux urnes, la gent masculine le leur refuse. Elles devront encore attendre vingt-neuf ans. Les mentalités sont dures à cuire.

Le développement et surtout le maintien de la démocratie sont des travaux de longue haleine, jamais pleinement réalisés. L'exercice démocratique exige une grande maturité humaine, sociale et culturelle de la part des autorités politiques, mais aussi des citoyens. L'esprit démocratique est quelque chose qui s'apprend, qui s'éduque. Il n'existe pas naturellement dans le caractère de l'être humain. L'homme doit se forcer pour être démocrate. Cela ne va pas de soi. La démocratie est fragile comme la nature humaine. Cela reste sans cesse un combat, quelque chose qui est toujours en chantier, qu'il faut remettre constamment à l'ouvrage. L'Histoire future va nous confirmer cela régulièrement.

Par cette élection au suffrage universel pur et simple, la véritable démocratie prend son envol. Elle va permettre à chaque individu de se forger une conscience citoyenne qui va lui faire comprendre sa position dans la société et l'influence qu'il peut exercer sur celle-ci.

Cette élection est aussi historique dans ses résultats. Elle va révéler que la population belge est majoritairement flamande. La Belgique connaît dès lors un basculement politique avec l'émergence d'une majorité flamande au sein du Parlement national. C'est un revirement majeur dans une société belge culturellement dominée par l'intelligentsia francophone. Après la littérature flamande, c'est le développement de la démocratie par le biais du suffrage universel qui va permettre à la Flandre de s'épanouir comme un peuple avec une identité propre. Cette mouvance identitaire se poursuit toujours, et nul ne sait où elle aboutira.

Regarder la mer, c'est ressentir le mystère

La politique n'est pas un sujet habituel de conversation dans la famille. Cela ne les intéresse pas trop. Les fondamentaux de la vie occupent tout leur esprit. Le 12 décembre, le premier petit-enfant de mes arrière-grands-parents paternels, Arthur et Augusta, voit le jour. Encore une nouvelle vie qui vient alimenter la Rivière du temps. Au baptême, le grand absent est toujours le même : Arthur. Personne ne sait vraiment où il se trouve. On n'a plus de nouvelles de lui. Il est déjà sorti de l'Histoire de son vivant.

Du côté de mes grands-parents, Joseph et Marie, leur printemps amoureux prend de plus en plus de couleurs. Ils commencent à se voir en dehors de la chorale du dimanche. Régulièrement, après l'école, ils se donnent rendez-vous sur la digue d'Ostende pour y faire de longues balades cadencées par le vent de la mer, qui a une aptitude prodigieuse à faciliter l'expression des sentiments.

Ils y croisent peut-être mes vieux amis Constant Permeke et Léon Spilliaert en train de peindre.

La mer du Nord est une source intarissable à l'inspiration, mais surtout à l'interrogation. Comme le ciel, la mer est un grand questionneur de soi. Elle a un pouvoir interrogatif puissant. Elle est le miroir de notre face cachée. Sur ses eaux plane l'âme de mon double. Sa houle, qui danse comme si elle était en transe, rend mes songes presque réels. La mer me fait imaginer ce que j'aurais pu être et ce que nous ne savons pas encore de nous-mêmes. Le ciel et la mer sont comme frère et sœur. Ils ont la profondeur en commun. Ils sont des puits ouverts au questionnement. La mer est aussi le reflet du ciel, immense scène de théâtre où se joue l'autre Histoire, « l'existence universelle ». Celle que l'on ne peut pas savoir, inaudible à notre intelligibilité. Regarder la mer, c'est ressentir le mystère.

Juillet 1920

Les animaux et les hommes se ressemblent

Tous les dimanches midi, les parents de ma grand-mère Marie ont, depuis quelque temps, pris l'habitude d'inviter son ami Joseph à la table familiale. Signe qu'il est apprécié. La maison est confortable et chaleureuse. Quelle différence avec les dortoirs austères et froids du pensionnat !

En ce début de 1920, mon grand-père a une situation professionnelle reconnue dans la société. Enseignant depuis près de trois ans, il a pu mettre de l'argent de côté.

Tout est maintenant en place pour que mes grands-parents, Joseph et Marie, puissent songer à leur mariage. Un dimanche qui ne sera pas comme les autres, Joseph se décide, comme le veut la tradition, à demander très officiellement aux parents de Marie la main de leur fille. Ma grand-mère, grande romantique, est si heureuse !

Les fiançailles seront organisées au printemps et le mariage à la fin de l'été. Les fiancés recevront de leurs parents un magnifique service à café tchèque. Il est de bon ton d'avoir de la belle vaisselle dans son intérieur. L'apparence, aussi futile soit-elle, est érigée en véritable règle de vie. Il faut en montrer.

Par-dessus le quotidien, l'Humanité poursuit sa route et son cortège de surprises.

La révolution des esprits ne s'essouffle pas. Après avoir déjà entendu dire que notre soleil n'est pas le centre de l'univers, que l'homme préhistorique est un artiste, qu'*Homo sapiens* n'est pas la seule espèce humaine, que l'homme n'est peut-être pas l'œuvre d'un Dieu, on découvre, en cette année 1920, que les êtres humains ne sont pas les seules espèces vivantes à avoir une forme d'intelligence, une vie sociale, de l'émotion.

Un de mes vieux amis, le naturaliste Karl Von Frisch, démontre que les abeilles ont un système nerveux très développé, un langage propre, des règles d'organisation très précises. Les critiques fusent. On l'accuse d'anthropomorphisme.

Dans quelques années, on fera le même constat pour les plantes et les arbres.

Les vérités sont de nouveau mises à mal. Les idées reçues dévissent encore une fois. Et c'est très loin d'être terminé.

Ma grand-mère vote pour la première fois

Mon grand-père Joseph n'aurait sans doute jamais accepté qu'un animal ou un arbre puisse avoir certaines capacités identiques à celles des hommes. À l'entame des vacances, lui qui lit toujours avec passion les pages sportives de son journal, il brûle d'impatience. La Belgique, pour la première fois et la seule fois de son histoire, et sans doute aussi la dernière, eu égard à la faible considération de nos élus politiques pour la cause nationale, va accueillir les Jeux olympiques à Anvers du 7 juillet au 12 septembre 1920. L'équipe belge de football y remportera la médaille d'or.

Mon grand-père s'y rend peut-être avec sa fiancée, mais je ne suis pas sûr que cela l'intéresse. Voir tous ces gens en sueur, à moitié dévêtus, ne doit pas trop lui plaire. Ma grand-mère se comporte d'une manière très éduquée. Elle a un côté cour, mais heureusement aussi un côté jardin. Distante et courtoise en société, elle se relâche plus facilement avec les siens et ses amis proches et peut même être très boute-en-train. Elle chante, elle rigole. Elle déclame de vieux poèmes. C'est une personne sans fard.

Plutôt sur la retenue, Marie, en cette période de démocratisation, va devoir apprendre à avoir une opinion politique, à se considérer comme une citoyenne responsable. Cela ne sera pas simple. Elle, si protégée, si choyée ! Ce n'est ni dans sa nature ni dans ses habitudes. Au mois d'avril 1921, ma grand-mère devra faire ses preuves. Ce mois d'avril est un mois spécial pour les femmes. Pour la première fois, elles pourront aller voter et être éligibles. Mais ce droit ne leur sera octroyé que pour les élections communales. Pour les élections législatives, elles devront encore patienter. Il aura fallu presque un siècle pour que ces messieurs les députés décident enfin d'ouvrir le monde politique à leurs partenaires privilégiées. Les hommes ne connaissent pas la chance qu'ils ont d'avoir les femmes pour les accompagner dans cette grande aventure qu'est la vie.

Cette ouverture est une véritable révolution. La démocratie fait de nouveau un pas en avant. Il était temps ! Jusque-là, seules les veuves de guerre et les mères de soldats tués pendant la guerre 1914-1918 pouvaient voter. On appelait ces votes « les votes des morts », car ces femmes étaient censées voter à la place de leur mari ou de leur fils décédé à la guerre. Les toutes premières femmes bourgmestres entrent maintenant dans l'arène politique. Quel courage ! Mais celles-ci ne peuvent ceindre l'écharpe maïorale que si elles en ont été formellement autorisées par leur mari. Toujours ce machisme. Il résiste encore aujourd'hui.

Ma grand-mère ainsi que sa sœur et sa mère iront donc voter pour la première fois. J'aurais bien aimé me faufiler dans la tête de mon arrière-grand-père Arthur pour connaître ses pensées quand il se rend avec ses trois « femmes » à l'établissement où est organisé le vote. On doit bien jacter dans les rues, ce jour-là. Marie est très fière de son nouveau droit. Elle s'est habillée comme si elle allait à la messe du dimanche. Ma grand-mère ne comprend rien à la politique. J'imagine qu'elle doit voter pour le Parti catholique. Les socialistes, elle doit les considérer comme trop révolutionnaires, et les libéraux trop libertaires.

Un chapeau difficile à porter

Le mariage de mes grands-parents a lieu le 6 septembre à Ostende. Comme à son habitude, mon arrière-grand-père Arthur s'occupera de tous les préparatifs. Il veut mettre les petits plats dans les grands, mais sans trop exagérer. Il n'oublie pas que trois ans auparavant, c'était encore la guerre. Pour les tenues vestimentaires, il fera exception. Sa fille Marie ira choisir sa robe de mariée dans une boutique à la mode, et son gendre achètera une jaquette ainsi qu'un chapeau haut de forme de la marque anglaise Wilson & C. Cet étalage vestimentaire ne plaît pas trop à Joseph, surtout ce chapeau qui lui donne un air si apprêté. Mais que ne ferait-il pas pour sa bien-aimée !

Le mariage religieux se déroule dans l'église Saint-Joseph, là où les deux tourtereaux ont échangé leur premier regard. Le père et la mère de Joseph sont absents, chacun pour des raisons très différentes. Son père n'est pas là parce que Joseph ne lui a pas envoyé d'invitation. Il lui en veut encore. Et sa mère est morte depuis quatorze ans. À la fin de l'homélie, en écoutant le prêtre entonner l'alléluia, l'esprit de mon grand-père oscille entre la joie et la tristesse. Mais il ne le montre pas, comme toujours.

« Tu es ce que j'ai été. Je suis ce que tu seras »

Quand il est pris par la tristesse et la mélancolie, mon grand-père cherche refuge dans la prière, mais aussi dans l'Histoire. Il est expert en dates : le 24 octobre 1921, cela fait 1842 années qu'a eu lieu une tragédie épouvantable. Ce midi-là, en 79 après Jésus-Christ, le Vésuve a craché sa salive bouillante sur la ville de Pompéi. Toute la ville a été complètement asphyxiée.

Pompéi, depuis sa découverte en 1748, est devenue, pour les hommes du futur, la plus grande galerie muséale du monde. Une galerie complète, détaillée, presque réelle d'un temps passé, où l'homme du présent peut visiter ses anciens compagnons de vie dans leurs habitudes journalières, à table, au lit, dans leurs moments de lecture, de sommeil, d'amour. Croisement des temps. Des morts qui se réveillent dans le présent. Troublant, émouvant. Cela me fait penser à une épitaphe que j'ai trouvée, par hasard, dans l'église franciscaine Santa Croce, à Florence : «Tu es ce que j'ai été. Je suis ce que tu seras.» On vient, on revient. Tout ne fait qu'un. Le véritable temps n'a pas d'aiguille. Il perdure, sans année, ni siècle, ni millénaire. Il est le vide dans sa parfaite plénitude. Il *est*, sans devoir contenir son être.

Bruges se réveille à moitié

La participation des femmes aux élections donne semble-t-il des envies de modernisation à la commune de Bruges. La ville de Rodenbach sort véritablement de sa léthargie. Elle va entreprendre de grands chantiers. En 1922, le réseau électrique sera installé dans tous les quartiers. Les habitants vont pouvoir jeter leurs bougies, et la commune les réverbères à gaz. Des canalisations seront aussi bientôt creusées le long de toutes les routes pour acheminer l'eau potable dans les maisons. Ce vent de modernisme souffle dans tout le pays. Le marché de l'automobile explose. L'Institut national de statistique belge a déjà recensé 20656 voitures.

Les voitures font la curiosité des gens, mais dans le microcosme très conservateur brugeois, cela suscite une certaine répulsion, voir une méfiance sur le bien-fondé d'un tel progrès. Le progrès est assimilé à une sorte de déviation de la ligne morale, comme un danger de perdre les valeurs. Le bien-pensant est toujours très timide à la nouveauté. En France aussi. Onze ans après l'avoir refusée, l'Académie nationale de médecine accepte enfin Marie Curie comme l'une de ses membres. C'est la première femme élue.

Arthur et le commerce du poisson

Pégase refait un passage au-dessus d'Ostende. Le spectacle en vaut la peine, surtout le dimanche. Il adore regarder les êtres humains se pavoiser. Sur la digue, les femmes, le visage astucieusement caché sous leurs ombrelles, dans leurs longues jupes cintrées, et les hommes en chemises blanches, boutons de manchette et chapeaux melon déambulent très courtoisement. Après quelques légers pas, ils viennent déguster une glace et boire le thé anglais sur les terrasses, en face de la mer. Ils contemplent le paysage marin où foisonnent les malles et les bateaux de pêche. Les navires coulissent sur l'eau au rythme très solennel des marées. Ils sont poursuivis par des essaims de mouettes dont les vols semblent dessiner des fresques sur le grand mur bleuâtre du ciel. Il n'y a pas que les hommes qui sont théâtraux, même la nature se laisse prendre au jeu.

C'est dans cette ambiance bourgeoise qu'Arthur Van Outryve, mon arrière-grand-père du côté de la mère de mon père, a passé la majeure partie de sa vie. De forte corpulence et doté d'un caractère bien trempé, il est issu d'une famille proche du milieu de la mer. Son père, Léopold Cornélius, était pilote de mer sur l'embouchure de l'Escaut, et le beau-père de son arrière-grand-père était marin et second sur le bateau de pêche *Saint-Hubert*. Arthur travaillera aussi dans le milieu, mais pas sur l'eau. Il sera grossiste, importateur et exportateur de poissons. Mon arrière-grand-père est considéré comme un véritable patron dans le milieu de la pêche, à Ostende. Sa réputation n'est pas usurpée. Il a de la clientèle en Italie, en Espagne, en Allemagne et en Angleterre. Quand il se rend à l'étranger, en train ou en avion, il prend toujours avec lui une petite sacoche de voyage en cuir brun. Plus tard, sa fille Marie, férue de couture, utilisera cette sacoche pour y mettre ses tricots et ses boules de laine.

Les affaires d'Arthur lui rapportent gros. Il place ses bénéfices en achetant des actions à la Bourse d'Ostende et en investissant dans l'immobilier. Il possède plusieurs maisons à Ostende. La première, rue de Rome, qu'il occupe dès son mariage et où naît ma grand-mère Marie. Chaque dimanche, la famille au grand complet — grands-parents, enfants et petits-enfants — s'y retrouve, après la messe, pour le repas familial. C'est le rendez-vous dominical que l'on ne peut absolument pas décliner. Le repas se termine souvent par une photo où la famille pose, en complet-veston, devant l'entrée de la maison, debout sur un tapis placé pour la circonstance. Cette maison, aujourd'hui, n'existe plus ; elle a été démolie. On y a construit à la place le Musée des beaux-arts. Les œuvres de mes amis Spilliaert, Permeke et Ensor y trônent. Cela aurait bien plu à mon arrière-grand-père de savoir que ces magnifiques œuvres ont trouvé refuge sur la terre familiale. Après 1930, mes arrière-grands-parents habiteront dans une autre maison, les « Fauvettes », avenue de Smet de Naeyer.

Mon arrière-grand-père possède aussi une maison rue d'Amsterdam, où habite également mon vieil ami le peintre Spilliaert. Cette maison, il l'a achetée pour ses deux fils, Maurice et Robert. Robert, le parrain de mon père, loge au rez-de-chaussée et Maurice au premier étage. Mon père passera souvent ses vacances chez son parrain. L'appartement du rez-de-chaussée est très sombre. Seule une fenêtre, située au niveau du trottoir, laisse rentrer la lumière. Mon père n'en gardera pas un très bon souvenir. Le plus souvent, il doit rester sagement dans la petite pièce de séjour du côté de la rue. À part lire et regarder les pieds des gens déambulant devant la maison, il ne fait rien d'autre.

Son parrain, plutôt flemmard, n'apprécie guère la compagnie des enfants. Impensable qu'il joue avec mon père dans le sable à la plage ! Sa seule et unique passion, ce sont les coquillages. Tous les soirs, quand le soleil commence à regarder de l'autre côté de l'horizon, il part se promener sur la plage, à marée basse, pour dénicher, telle une mouette affamée, les coquillages qu'il n'a pas encore dans sa collection. À force de patience, il réussira à avoir une collection complète de tous les coquillages de la côte belge qu'il identifiera, chacun par leur nom latin scientifique. Quelques jours avant son grand saut dans l'au-delà, je viendrai, avec mes parents, le saluer une dernière fois. Sur son lit de mort, il me donnera toute sa collection. Ces bijoux marins reposent aujourd'hui sur une étagère dans ma cave. La mer du Nord, ma toute grande amie, coule désormais sous ma maison. Nuit et jour, elle berce toutes mes actions et mes pensées.

La vieille bouilloire

Mon arrière-grand-père ne tient jamais en place. Il consacre une bonne partie de sa journée à son commerce dans le port. Il en est l'un des grands acteurs. Tout le monde le connaît. Dès l'aube, à l'arrivée des bateaux de pêche qui ont tiré, toute la nuit, leurs longs filets à travers la Manche, il se rend à la criée pour y acheter, en grandes quantités, les meilleurs poissons. Après des négociations rondement menées, il les fait mettre en caisse pour les transporter ensuite en train dans toute l'Europe, à partir de la gare située juste à côté.

Le matin, il règne dans ce port une atmosphère étrange d'ébullition qui lui donne une apparence de vieille bouilloire dont l'eau commence à s'agiter. De la fumée monte de partout dans le ciel. Les bateaux à vapeur crachent des nuages noirs qui propagent une odeur de charbon. Le brouillard, qui n'est pas encore dissipé, stagne autour des paniers à poissons que les pêcheurs viennent, à la chaîne, dans un rythme soutenu, déposer sur les quais. Les glaçons, jetés à coups de pelle sur les paniers, dégagent une vapeur blanchâtre qui rend le brouillard encore plus opaque. Et derrière la façade de la gare, les cheminées des trains éructent avec insistance leur fumée comme s'ils étaient pressés de partir.

Dans ce ciel de purée, les bruits se mélangent aux odeurs dans une rare unité. Sur les vieux bateaux à voile, les filets de pêche sont mis à sécher. Les cordes claquent dans le vent, et les voiles libérées des mains des pêcheurs frissonnent contre les mâts. On sent le poisson partout, grillé ou cru. Des enfants, rêvant d'aventures sous les tropiques, prennent plaisir à courir entre les paniers.

Les mômes offrent à ce paysage d'effervescence portuaire rigoureuse et laborieuse le contraste de la cour de récréation naïve et insouciante. Sous ce ciel du nord labouré par les nuages grisonnants et rendu caillouteux par les gouttes de pluie, bouffies par le vent, les mouettes se disputent le moindre petit morceau de poisson délaissé par les pêcheurs. Leurs cris stridents ressemblent à des rires narquois et amplifient le brouhaha du port. Ostende a une grande renommée internationale pour son commerce du poisson, mais aussi et surtout pour ses nombreux chantiers navals. Les bateaux de pêche sont pour la plupart des bateaux à vapeur utilisés depuis 1884. Avant cette date, les bateaux étaient encore des bateaux à voile. Dès 1907, les bateaux à vapeur seront concurrencés par des bateaux à moteur, dont le fameux 0,200 Pionnier, construit à Ostende sur le chantier naval Cattoor. Entre 1919 et 1923, Ostende connaîtra un essor économique sans précédent. Pas moins de six nouvelles sociétés d'armateurs de bateaux à vapeur seront créées.

Une femme photographe

Mon arrière-grand-père est fier de son succès et aime le montrer. Il se fait souvent prendre en photo par Maurice Antony. Maurice et son frère Robert, tous deux photographes, sont bien connus à Ostende. Ils tiennent un studio, rue Euphrosine Beernaert, le « Photo Antony d'Ypres ». La passion de Maurice est surtout le monde des pêcheurs et les portraits. Son portrait le plus célèbre est celui de la reine Élisabeth, pris sur la plage, où on la voit assise sur une chaise pliante, tenant une ombrelle. Antony a aussi fait deux autres portraits célèbres : un de son ami James Ensor et un autre de Léon Spilliaert, depuis le balcon du Casino. Quant à son frère, Robert, il s'est rendu célèbre par ses photos impressionnantes prises de la ville d'Ypres, complètement détruite par les bombardements allemands en 1914.

Les frères Antony ont hérité leur don de leur mère, Léontine, l'une des premières femmes en Belgique à se lancer dans la photographie. Elle a ouvert avec son mari Honoré Antony un studio, à Ypres, en 1887. C'est véritablement une famille d'artistes, puisque Léontine était aussi la tante du grand peintre Constant Permeke.

Encore une femme, forte et libre, qui sort de l'ombre. Toutes ces femmes, Marie Curie, Odile Amande, Léontine, Augusta, Marie Paradis et bien d'autres, à une époque où leur image est très stéréotypée, vont marquer les esprits et aider à l'égalité des sexes. Par leur sens de l'audace et leur ténacité, chacune, à sa manière, va hisser le drapeau de la féminité au rang de l'intelligence et du respect.

Toutes les femmes ne partagent pas ces idées libertaires. Mon arrière-grand-mère, Alice Caroen, d'origine hollandaise et d'obédience calviniste, est absolument contre ce mouvement de libération, qu'elle considère comme un véritable danger. Plutôt austère, elle est convaincue que cette émancipation détournera les gens de leurs devoirs et conduira à la dégradation des mœurs, prémices au déclin de la société. À chaque génération, on dit la même chose.

La Compagnie des Indes d'Ostende

La famille Caroen a instauré une tradition qui perdure déjà depuis bientôt deux siècles. Comme c'est l'habitude dans les familles aisées, les grands-parents d'Alice, à l'occasion de la naissance de leur fille Mélania en 1841, lui ont offert un hochet en ivoire et argent, objet fort à la mode, sur lequel ils ont fait graver ses initiales. Mélania Caroen, n'ayant pas d'enfant, offrira ce hochet à sa nièce Alice, qui le donnera à son tour à sa fille Agnès. Depuis lors, c'est devenu une coutume que de passer ce hochet de mère en fille aînée. 164 ans après Mélania, ma fille a hérité de ce hochet et poursuivra cette vieille tradition. Ce hochet traversera le temps dans des mains féminines et nous survivra tous.

Ces hochets ont la forme d'un sifflet et sont munis de grelots dont le tintement est censé éloigner les mauvais esprits. Parfois, on y attache une dent de loup, une branche de corail ou un fragment de cristal de roche comme porte-bonheur.

Le hochet de mon aïeule s'inspire des bijoux rapportés d'Orient, et plus particulièrement des Indes, par la Compagnie des Indes d'Ostende, qui fut pendant un demi-siècle le porte-étendard de la ville côtière. Son origine remonte au début du XVIIIe siècle, quand les Pays-Bas du Sud faisaient partie de l'empire des Habsbourg. La Compagnie, dont le nom officiel est la Compagnie générale impériale et royale des Indes, a été créée par une charte de Charles VI, empereur d'Autriche, le 19 décembre 1722, pour pallier la désastreuse fermeture de l'Escaut imposée par les Provinces-Unies du Nord. Financée sur des fonds privés, la Compagnie se voit offrir par l'empereur le monopole du commerce avec les Indes orientales. Le capital de la Compagnie s'élève à 6 millions de guldens et ses actions sont cotées à la Bourse d'Anvers. La Compagnie a des comptoirs commerciaux au Bengale, en Chine et en Inde, à Mekka, Banquibazar et Bhourompour. Elle importe principalement des toiles de coton, des soieries, du bois odorant, de la porcelaine, du thé et des épices. Les voyages sont très longs. Ainsi Guillaume de Brouwer, capitaine du navire *Marquis de Prié*, travaillant pour la Compagnie, parti d'Ostende en janvier 1727, n'arrivera à Canton que six mois plus tard. Une expédition aller-retour dure en moyenne deux ans.

La Compagnie d'Ostende est tellement prospère qu'elle porte ombrage au commerce des Anglais, Hollandais et Français. La Compagnie, à elle seule, entre 1725 et 1728, couvre 58 % des importations de thé en Europe occidentale. Pour les puissances concurrentes, le succès de la Compagnie d'Ostende ne peut plus continuer. Ils vont employer les grands moyens pour y mettre fin en allant jusqu'à couler des bateaux de la Compagnie. Ces mauvais perdants vont ensuite faire pression sur Charles VI de Habsbourg pour qu'il supprime la Compagnie d'Ostende. L'Empereur finira par s'incliner pour des raisons bassement politiques. Il acceptera, en 1731, la suppression de la Compagnie en échange de l'approbation, par la France et l'Angleterre, de la succession future de sa fille, Marie-Thérèse, à la tête des Pays-Bas du Sud. Mais malgré sa suppression de fait, la Compagnie poursuivra encore ses activités pendant quarante-cinq ans.

L'éternité dérangée

Pégase fait un grand bond et revient en 1922. À Bruges, la vague de modernisation se poursuit. Beaucoup de lotissements voient le jour dans les communes avoisinantes comme Sainte-Croix, Saint-André et surtout Assebroek. Dans tous les domaines, la modernisation bat son plein. De nouveaux moyens de communication apparaissent. Outre-Manche, la Grande-Bretagne crée une radio d'État, la BBC, la British Broadcasting Corporation. La Belgique suit le mouvement et crée la Radio belge. Les premiers postes de radio ou « récepteurs », comme on dit à l'époque, apparaissent. Ils seront construits par la Société belge radioélectrique, SBR, mise sur pied avec des fonds notamment de la Banque Lambert et de la Société Générale.

Les informations en tout genre vont circuler sur les ondes hertziennes. Fin octobre, la BBC annonce une nouvelle peu glorieuse. Le roi Victor-Emmanuel III d'Italie vient de nommer Benito Mussolini Premier ministre. C'est le début du fascisme, version italienne. Fin novembre, la BBC annonce cette fois une nouvelle beaucoup plus mémorable. La découverte exceptionnelle d'une momie égyptienne, celle du pharaon Toutankhamon.

Depuis maintenant presque un mois, l'équipe de l'égyptologue anglais Howard Carter creuse dans la vallée des Rois, sur la rive ouest du Nil, là où se couche le soleil, là où le temps des dieux commence. Le matin du 4 novembre, un ouvrier dégage une marche du sable, puis deux, puis trois. Il appelle Carter, qui lui donne l'ordre d'accélérer la cadence. Toute l'équipe travaille sans relâche jusque tard le soir. Arrivés à la seizième marche, les ouvriers se trouvent devant une porte. Carter comprend vite qu'il s'agit de l'entrée d'une tombe. Il arrête les travaux et fait recouvrir l'entrée de l'escalier. Il envoie une lettre à lord Carnarvon, qui a financé les travaux, pour l'informer de la découverte et lui demande de le rejoindre. Carnarvon arrive le 23 novembre.

Dès l'arrivée de Carnarvon, les ouvriers se mettent à déblayer l'escalier. La tension est à son comble. Le 26 novembre, la porte est démontée pierre par pierre. Celle-ci donne sur l'antichambre de la salle où se trouve la tombe. Carter est stupéfait par ce qu'il découvre : l'antichambre, bondée d'objets les plus divers, est une vraie caverne d'Ali Baba. Tout est encore intact, à croire que l'on vient juste de les déposer : des lits, des coffres à victuailles, un trône, des jeux, des vases, des statues, des bijoux, des armes, des chars et même des modèles de bateaux. Trois mois seront nécessaires pour vider la pièce. Beaucoup de ces objets, inconnus des archéologues, vont changer diamétralement notre compréhension de la civilisation égyptienne. Il y aura moult controverses dans le monde scientifique quant à l'interprétation à leur donner.

Le 17 février, l'équipe peut enfin s'attaquer à la chambre funéraire. La porte est encadrée par deux majestueuses statues, grandeur nature, de Toutankhamon. Une fois la porte dégagée, Carter passe le premier. La fine lueur de sa bougie dévoile, dans le noir d'encre, un sarcophage de pierre entouré de la déesse-mère Isis et de sa sœur Nephtys. En entrant presque par effraction dans le passé, le professeur est pris d'un sentiment de gêne : il dérange la paix de l'éternité. Il vient après la mort. Pendant quelques infimes secondes, le temps est sorti de son corps. Son esprit vacille entre la réalité et le mystère. Carter a comme une impression de fragilité temporelle. Il fait le grand écart sur le fil du temps : un pied dans l'avenir et un pied dans le souvenir. À l'intérieur, ses poumons respirent une bouffée d'air vieille de plus de trois millénaires. Carter va enlever cinq coffrets funéraires et trois sarcophages avant de pouvoir accéder à la momie. En ouvrant le dernier sarcophage, il tombe sur le sublime et déroutant masque d'or de Toutankhamon dont les yeux le regardent avec un complet détachement. Le passé et le futur se croisent dans le long défilement du temps. À cet instant irréel, Carter se voit ressusciter le pharaon. Il se sent subitement doté d'un pouvoir divin et voudrait le faire parler… mais les morts sont à tout jamais noyés dans la mer du silence.

Mon grand-père Joseph, qui suit de très près le déroulement de cette découverte, est fasciné. Toute la Belgique est follement passionnée. La reine Élisabeth viendra même, le lendemain, en compagnie de son grand ami l'égyptologue Jean Capart, voir le précieux sarcophage. Cette fouille historique sera très médiatisée : le public et les journalistes pourront y assister. Tous les jours, la presse du monde entier en fera ses choux gras. L'ère du journalisme *people* est née. Des informations les plus délirantes vont être écrites dont la fameuse malédiction de Toutankhamon.

Le quai Vert

Nous sortons du repos éternel du pharaon. Pégase salue sa collègue mythologique Nout, déesse du ciel, allongée dans un coin du tombeau. Il lui trouve un charme fou. Cela le démange de la prendre en croupe et de l'emmener se détendre entre les draps soyeux du firmament. Je dois insister pour qu'il reprenne notre périple intemporel. Mais je le comprends, elle est si belle, si sensuelle. On remonte le Nil, direction la Belgique. En juin, mon grand-père Joseph est nommé professeur à l'école normale de Bruges. Après plusieurs années passées dans cette ville de Boom, pas spécialement plaisante, il est ravi de revenir dans sa terre natale. Joseph doit trouver une nouvelle maison avant la rentrée scolaire. Heureusement, son beau-père Arthur, qui a un grand sens familial, achète pour sa fille et son beau-fils une maison située le long du quai Vert, dans le centre historique de Bruges.

L'emplacement est parfait. La maison ne se trouve qu'à quelques encablures de la nouvelle école de mon grand-père. Cette maison est achetée en vente publique pour la somme de 24600 francs belges. Le déménagement a lieu pendant les grandes vacances.

Le quai Vert est l'un des quais les plus emblématiques de Bruges. Il a inspiré le poète Rodenbach, qui lui a consacré quelques lignes dans son livre *Bruges-la-Morte*. Écoutons ses mots languissants s'évaporer des eaux du petit canal :

« Et, dans la prison des quais de pierre, l'eau stagnante des canaux où ne passent plus de navires, ni de barques, où rien ne se reflète que l'immobilité des pignons dont les arches décalquées ont l'air d'escaliers de crêpe qui conduisent jusqu'au fond. Et sur les eaux inanimées, des balcons en surplomb, des rampes de bois, des grilles de jardins incultes, des portes mystérieuses, toute une enfilade de choses confuses et déjetées qui sont accroupies au bord de l'eau, avec des airs de mendier, sous des haillons de feuillage et de lierre qui s'effilochent… »

Romantisme vaporeux d'un côté, extrémisme implacable de l'autre. Mélange des genres encore et toujours. En novembre 1923, après un putsch manqué, un homme démoniaque est fait prisonnier. Durant son incarcération, cet individu écrira un livre répugnant, *Mein Kampf*, point de départ aux plus odieux actes de barbarie que le genre humain connaîtra, seize ans plus tard. La vie n'aurait pas dû lui donner sa chance. Cela ne vaut même pas la peine de rappeler son nom.

Le développement de l'aviation

On s'éloigne de ce livre nauséabond. Nous prenons de l'altitude. Dans le ciel flamand, il est de plus en plus fréquent d'entendre des bruits d'avions. L'aviation civile est en plein développement. Le 3 mai 1924 est un grand jour pour la ville d'Ostende : la compagnie aérienne, l'Imperial Airways, ouvre une ligne Londres-Ostende-Bruxelles-Cologne. Cette ligne servira de point d'ancrage aux futures grandes lignes que la compagnie anglaise développera, dans les années 1930, en direction des principaux pays de l'Empire britannique, au Proche-Orient et au Moyen-Orient. La Belgique n'est pas en reste. La même année, la toute nouvelle compagnie aérienne belge, la Sabena, ouvre sa première ligne, Bruxelles-Strasbourg-Bâle.

J'ai retrouvé dans l'album familial une photo de mon arrière-grand-père posant devant un avion, à l'aéroport d'Ostende, situé au lieu dit

Stene Oostende. Je me suis amusé à enquêter sur l'identité de cet avion. Après quelques recherches, j'ai découvert qu'il appartenait à l'Imperial Airways. Cette compagnie est créée le 31 mars 1924, après une décision du gouvernement britannique de fusionner les quatre principales compagnies d'aviation anglaises de l'époque (l'Instone Air Line Ltd, la Daimler Airway, la British Marine Air Navigation Co. Ltd et la Handley Page Air Transport). Cette fusion en une seule compagnie a pour but de développer un service de transport aérien dans toute l'Europe et dans l'Empire britannique, et ainsi faire face à la concurrence d'Air France, de KLM, de la Deutsche Lufthansa et de la Pan American United. L'Imperial Airways et ces quatre compagnies forment à elles seules tout le réseau mondial du transport aérien, en ce début des années 1920. L'aéroport de base de l'Imperial Airways se situe à Croydon. Pour sa première année, la compagnie couvre 853042 miles et transporte 11395 passagers.

Avant la création de l'Imperial Airways, les vols vers les pays orientaux de l'Empire britannique, dont la ligne Londres-Bagdad, étaient organisés par la Royal Air Force. À partir de la fin de l'année 1926, ces vols sont assurés par l'Imperial Airways. Comme les distances sont énormes, les avions s'arrêtent au bout de quelques heures de vol. Après avoir survolé la Méditerranée, ils passent par Alexandrie, Heliopolis, Gaza, Amman, puis prennent la direction de Bagdad. Pour que les pilotes ne se perdent pas dans le désert, les Britanniques ont creusé une tranchée entre Amman et Bagdad, que les pilotes n'ont plus qu'à suivre. L'Imperial Airways utilise des avions construits pour la plupart par la compagnie anglaise Handley Page, première entreprise publique au monde à construire des avions.

L'aviation, à ses débuts, sert surtout au transport du courrier, mais très vite, des civils prendront aussi place dans les avions. Mon arrière-grand-père Arthur est l'un de ceux-là. Il est l'un des premiers hommes d'affaires belges à prendre l'avion. Il se rend surtout à Londres. Chaque avion porte un nom. L'avion, sur la photo, s'appelle le *City of London*, du type W10 (HP30) G-EBMS. Ces appareils, qui peuvent prendre jusqu'à seize personnes, volent à une altitude d'environ 500 mètres et peuvent atteindre une vitesse de 180 km/h. Ils ont une autonomie de 600 km.

Pour se procurer un billet d'avion, mon arrière-grand-père Arthur doit se rendre dans un bar ou un magasin, à Ostende, qui représente la compagnie Imperial Airways. Ce représentant dispose d'un téléphone pour contacter le siège de la compagnie, à Bruxelles, qui s'occupe des réservations pour toute la Belgique. Il existe déjà en 1926 une brochure des horaires des vols. Cette brochure est publiée deux fois par an : une pour les vols d'hiver, la « *winter time table* », et une autre pour les vols d'été, la « *summer time table* ». Un vol Ostende-Londres coûte environ 300 francs belges, soit 7,3 euros, et dure 45 minutes.

Premiers crashs d'avions civils

En ces premières années de l'aviation civile, les accidents sont fréquents. Mon arrière-grand-père Arthur est bien téméraire de prendre l'avion ! C'est une véritable aventure, car le risque d'un crash était grand. C'est ce qui arrive au *City of London*, qui s'échoue dans la Manche, le jeudi 21 octobre 1926, à 13 heures 30, à 18 miles des côtes anglaises, lors d'un vol Londres-Paris. Quand l'avion s'écrase sur la mer, les ailes de l'avion sont brisées sous le choc. Par miracle, le pilote, le capitaine F. Dismore, l'ingénieur assistant et leurs dix passagers en sortent indemnes. Ils sont sauvés par un chalutier anglais de

Folkestone, l'*Invicta*. Celui-ci, dès qu'il a vu l'avion perdre de l'altitude, a arrêté sa pêche et s'est rendu immédiatement à l'endroit où l'avion s'était échoué. Les passagers se sont regroupés à l'arrière de l'avion qui flotte encore un peu. Certains d'entre eux ont déjà de l'eau jusqu'à la ceinture. Le cockpit et le salon sont déjà sous eau. Peu après le sauvetage, à peine les passagers montés à bord du chalutier, l'avion coule sous leurs yeux. Il gît encore aujourd'hui au fond de la Manche. Parmi les dix passagers, il y a cinq dames. Quelle scène surréaliste ont dû découvrir le pêcheur et son fils : des hommes en costume cravate et chapeau melon et cinq dames en robe, assis en califourchon sur la queue d'un avion, en plein milieu de la Manche ! Quelle pêche miraculeuse ! Cet avion, le *City of London*, n'aura volé que six mois et trois semaines. Et dire que mon arrière-grand-père a pris ce même avion quelques mois plus tôt ! Suite à trois autres accidents, le constructeur Handley Page retirera définitivement de la production les avions de la série W.

On ne peut pas savoir

L'homme commence à apprivoiser le bas du ciel et à l'utiliser dans son intérêt. Mais le haut du ciel reste encore l'apanage du mystère. La genèse du Big Bang, l'au-delà, la mort restent toujours de grandes inconnues. Le mystère est tenace et se rappelle au bon souvenir des hommes, chaque jour de la vie. Dans la nuit du 29 novembre, au n° 1 de l'avenue de la Couronne, dans un hôpital d'Ixelles, mon vieil ami Puccini décède d'un cancer de la gorge. Son cœur n'a pas résisté aux rayons laser trop intensifs prescrits par les médecins. Puccini va pouvoir maintenant jouer ses airs lyriques à fleur de peau sur la grande scène céleste et émouvoir les âmes divines. Pégase est enchanté par cette perspective.

Encore un être humain happé par la mort. Encore un qui est parti sonder le mystère. Les morts devancent les vivants dans l'inconnu. Ils sont comme des explorateurs du mystère. Ils défrichent peut-être pour les vivants un nouveau chemin. Si cela pouvait être vrai ! Mais ils ne reviennent jamais nous dire ce qu'ils ont trouvé. Ils nous laissent seuls dans nos interrogations. La vraie solitude est de ne pas savoir.

C'est étrange, tous les hommes passent par la même porte. On a tous le même sort. Dans notre finalité, on est tous logés à la même enseigne. Cela allège vaguement le poids de nos doutes. J'aimerais tant croire que cette ressemblance dans notre sort soit le signe de quelque chose. Mes questions n'ont probablement aucun sens. Allons, Dominique, tu divagues encore. Les réponses ne sont pas à ta portée. J'ai cru entendre Pégase me donner un début d'explication. Je me suis trompé, c'était juste pour me rappeler à l'ordre. J'ai dépassé mon rôle. Je dois me contenter de participer à la vie, sans en connaître la véritable raison. À tour de rôle, à chaque génération, on fait des enfants, on guerroie, on ajoute du temps au temps, on invente, on achète, on vend et puis on passe et on trépasse. On est dans le courant de la Rivière du temps sans savoir vraiment pourquoi on est là.

Le Noir est aussi humain que le Blanc

Je reprends le fil de mon livre. Écrire me fait du bien. L'écriture repousse toujours plus les limites de mes pensées. À l'autre bout du monde, en Afrique du Sud, a lieu en décembre 1924 une découverte déconcertante et dérangeante. Notre passé très lointain va remonter le cours de l'Histoire à la vitesse de l'éclair. Le miroir dans lequel l'homme, jusque-là, se regardait va lui montrer un autre visage de lui-même.

Des ouvriers découvrent dans une carrière le crâne complet d'un enfant. On le fait envoyer à l'Université de Johannesburg, au directeur du département d'anatomie, Raymond Dart. Après une analyse approfondie, quelle n'est pas sa surprise de constater que ce crâne est non seulement encore plus ancien que celui de l'Homme de Java, mais qu'il a aussi une autre morphologie ! Il le nomme l'Australopithèque africain.

Ce squelette fera partie des espèces que les paléontologues classeront dans la catégorie des préhumains ou hominidés.

Cette découverte provoquera un tollé indescriptible dans le monde scientifique et dans la société. Qui peut admettre que les premiers hommes sont nés en Afrique ? Passe encore à Java, mais en Afrique ! Comment concevoir, dans la haute société, que nos ancêtres primitifs étaient des « Nègres » ? Les scientifiques de l'époque concluront que cet enfant est un singe, rien qu'un singe. Ce crâne tombera dans l'oubli pendant près de cinquante ans. Il servira même de presse-papiers à un collègue de Raymond Dart ! Aujourd'hui, ce crâne est reconnu par le monde scientifique comme l'un des plus grands trésors de l'anthropologie.

Les hommes ont souvent besoin de beaucoup de temps pour accepter de changer les choses pour lesquelles ils avaient trop de certitude. Les mentalités ne se changent pas en un tour de réflexion. C'est l'esprit, le regard, l'éducation reçue qu'il faut rénover simultanément. C'est beaucoup à la fois. Dans le long cheminement de la vie, l'humilité est préférable à la certitude. On n'est jamais sûr de rien.

Le citoyen, proie commerciale

Je ne suis pas certain qu'à Bruges, les gens prennent cette découverte très au sérieux; leurs journées se suivent et se ressemblent. Mais un matin, quand mon grand-père se rend au kiosque du coin pour y acheter son journal, un objet attire particulièrement son attention dans la vitrine du photographe. Beaucoup de passants s'attardent devant le magasin. L'entreprise Leitz vient de lancer sur le marché le premier appareil photo compact : Leica. C'est la grande attraction du moment. Tout le monde en parle dans la ville. La révolution des loisirs s'accélère. Le citoyen pourra jouer à l'artiste, au reporter, au journaliste, au cinéaste. Il est de plus en plus au centre de l'économie. Ce nouveau positionnement va lui permettre de s'affirmer socialement. Il va pouvoir s'émanciper, sortir du quotidien, rêver, faire les choses autrement, se distinguer, s'individualiser. Mais il y a un revers à la médaille. Ce nouveau statut de l'homme va le transformer en consommateur, en proie commerciale, en acheteur modelé. Il va faire l'objet de toutes les convoitises, de toutes les stratégies les plus étudiées, parfois même perfides. La tentation va devenir une arme de vente.

La révolution des loisirs s'étend aussi dans les airs. La compagnie aérienne belge, la Sabena, relie pour la première fois Bruxelles à Léopoldville, au Congo. Le pilote de l'avion est Edmond Thieffry, un as de la guerre 1914-1918. La durée du voyage est de 51 jours, en raison de nombreuses escales, soit 75 heures de vol. Aujourd'hui, la durée du même vol est de presque huit heures. L'avion va rapidement devenir l'un des moyens de transport les plus populaires.

Le lilas

Pégase a une surprise pour moi. Il s'arrête au mois d'avril 1925. Pendant les années qui ont suivi la Révolution, la France utilisait un calendrier spécifique : le calendrier républicain. Alors que dans le traditionnel calendrier grégorien, chaque jour portait le nom d'un saint, dans le calendrier républicain, les saints étaient remplacés par des noms de fleurs, de fruits, de légumes, d'arbres ou d'oiseaux. Si, en 1925, on avait utilisé le calendrier républicain, le 15 avril serait le jour du lilas. C'est ce jour-là que l'évolution fait naître ma chère mère, Georgette, à Jurbise, près de Mons. L'évolution a bien choisi son jour. Ma mère ressemble tellement au lilas : lumineuse, gracieuse, printanière. Elle est le premier être humain que la vie me fera rencontrer. Quelle chance ! Ma mère incarne la bonté à l'état pur. Son regard est peint dans la douceur et la générosité. Il n'y a absolument rien en elle de violent. Enfant, quand je croisais son regard, j'étais envahi par la paix. Aujourd'hui encore, dans mes moments de troubles, il me suffit de penser à ma mère, et la paix me revient. Elle naît la même année que de futures grandes stars hollywoodiennes : Paul Newman, Tony Curtis, Richard Burton, Rock Hudson. Une étoile parmi les étoiles.

Les âmes et les mortels

Après une naissance, un décès. Tout se mélange encore et toujours. Le 26 juillet, dans une chaleur étouffante, meurt à Ostende mon arrière-grand-père, Arthur Kesteloot, dans l'anonymat le plus total. On n'a plus entendu parler de lui depuis l'enterrement de sa femme Augusta. Il est tombé dans l'oubli. À la messe d'enterrement, à part le curé et ses acolytes, l'église est quasi vide. Mais dans les travées, il y a une ombre qui réchauffe timidement les vieilles dalles humides : c'est celle de son fils, Joseph. Il vient presque comme un inconnu, un étranger. Personne dans l'église ne sait qui il est. Il n'a pas emmené avec lui sa femme, enceinte, ni son petit Edgar. Peut-être même qu'il ne les a pas mis au courant, tant sa rancœur contre son père est encore grande. Il est venu par devoir saluer une dernière fois sa dépouille. Il ferme définitivement la porte de l'armoire dans laquelle il a caché son père. Son regard est perdu, son sang bout encore de colère.

Dans le train qui le ramène à Bruges, en regardant le paysage échapper à ses yeux, entre les couleurs ondulantes sous l'effet de la vitesse, mon grand-père Joseph aperçoit le visage de sa mère qui lui sourit. Il sent brusquement son doux baiser du soir sur la joue et l'entend lui lire des histoires. Joseph a envie que sa mère le serre tout contre lui. Il se surprend à lui parler. Des mots tendres sortent spontanément de sa bouche comme si elle était là à ses côtés pour les écouter. Serait-ce possible ? Le mystère qui nous est inaudible nous écoute peut-être et renvoie l'écho des mortels vers les âmes. Les âmes sauraient éventuellement se connecter aux pensées des mortels sans qu'ils ne s'en rendent compte. Tout forme un tout. Notre petite sphère du connu fait partie de la sphère de l'inconnu. Notre monde fini fait partie de l'infini. Nous sommes en même temps dans le mystère et l'expression vivante d'un mystère. Minuscule compensation métaphysique. Et si c'était vrai ?

La magie de l'infiniment petit

Pendant que mon grand-père fait son deuil, du côté de ma mère, la vie est belle, resplendissante. Mes grands-parents maternels, Adelson et Élise, passent quelques jours à la Côte d'Azur. Ils visitent Beaulieu-sur-Mer, Monte-Carlo, le cap Ferrat, la Pointe de Saint-Hospice et Villefranche-sur-Mer. À Bruges, c'est la tristesse dans la famille de mon père ; et le long de la Méditerranée, dans la famille de ma mère, c'est l'allégresse.

Les joies et les malheurs se confondent sans raison, sans politesse. La vie bat. Sans détour. Elle ne s'encombre pas des infortunes humaines. Il n'y a pas de sens à chercher aux contradictions, aux injustices, aux déboires. Politiquement, la vie est neutre. Elle n'est ni de droite ni de gauche, ni pour ni contre. La mort, les guerres, la félicité, les échecs, la pauvreté, la richesse, la pollution, la beauté, les inégalités, les peines, elle n'en a cure. La vie trace. Elle a une autre logique. Elle suit son propre cours. Un cours qui n'est pas parallèle à celui des hommes. Peut-être n'a-t-elle même pas de logique.

La vie n'a peut-être pas de logique, mais elle s'appuie sur un mécanisme étourdissant de complexité. Le physicien suisse d'origine autrichienne Pauli va encore le démontrer. Il fait une découverte prodigieuse. Il met en lumière l'un des plus importants rouages du monde de l'infiniment petit. Pauli a mis le doigt sur une règle fondamentale dans le comportement des électrons. Quand il se déplace sur les différentes couches entourant le noyau de l'atome, un électron ne prend jamais la place d'un autre électron. C'est le très fameux principe d'exclusion.

Ce principe est un principe fondateur de la vie. Pour bien le comprendre, prenons l'exemple de l'eau, le plus beau symbole de la vie dont notre corps est constitué en moyenne à 65 %. La molécule d'eau est composée de deux atomes d'hydrogène et d'un atome d'oxygène. L'hydrogène n'a qu'un seul électron qui tourne autour de son noyau. L'oxygène a deux couches d'électrons. La première couche contient deux électrons et la deuxième couche six électrons. Certains atomes peuvent avoir jusqu'à sept couches d'électrons. Quel que soit l'atome, chaque couche contient toujours le même nombre d'électrons : deux dans la première couche, huit dans la seconde, dix-huit dans la troisième, trente-deux dans la quatrième et ainsi de suite. Comme la deuxième couche d'électrons de l'atome d'oxygène contient six électrons et qu'il ne peut contenir plus de huit électrons, il y a donc de la place pour que les deux électrons des deux atomes d'hydrogène viennent s'y intercaler et accrocher ainsi le «wagon» de l'atome d'oxygène. Cet accrochage va se faire par le jeu de la force électromagnétique qui fait l'interaction entre l'électron, de charge électrique négative, de l'atome d'hydrogène et le proton, de charge positive, du noyau de l'atome oxygène. Cette interaction va former une molécule d'eau. Le liquide est né.

Imagine-t-on que ce liquide si doux et si précieux existe grâce à l'emboîtement parfait d'électrons, particules extrêmement petites et invisibles à l'œil nu? La fraîcheur et la douceur résultent d'une union chimique entre deux atomes! Quel beau couple ils forment! Quelle magie! Que sommes-nous réellement? Quel sens donner à la violence, à la couleur, à la vie, si tout se construit à partir de l'infiniment petit? La conscience est-elle aussi chimique? Pégase me sent troublé. Mais il doit se taire. La vérité est un principe d'exclusion du mystère. Ils ont aussi leurs principes, là-haut.

Et ce n'est pas tout. L'infiniment petit n'est jamais à un paradoxe près. Si l'atome d'hydrogène et l'atome d'oxygène sont pris séparément, ils peuvent être extrêmement dangereux. L'hydrogène est un gaz explosif et l'oxygène peut être toxique. Comment comprendre qu'une chose aussi délicate, aussi nécessaire à la vie que l'eau résulte de l'union de deux composants mortels? Une fois ensemble, ils sont doux comme des agneaux. Allez trouver un sens à tout cela! Dans quoi vivons-nous? Une illusion? Une sorcellerie? Une duperie?

La minque d'Ostende

Dans le monde du visible, encore quelques jours et ce seront les fêtes de fin d'année. Mon arrière-grand-père Arthur ne chôme pas. C'est la haute saison pour ses affaires. Il passe toutes ses journées à la minque du port d'Ostende. Juste avant le réveillon de Noël, il se fait prendre en photo par le photographe Antony au beau milieu de la criée. Une foule nombreuse est venue acheter du poisson pour les fêtes. Tous les sens sont en éveil : dans les yeux, dans les oreilles, dans le nez. Les poissardes aux bras trapus, dans un alignement militaire parfait, semblent coasser les prix de leurs poissons. Ils sont disposés sur les échoppes dans un ordre scrupuleusement établi. Il y a des soles, des plies, des limandes, du cabillaud, des raies, de la lotte, des crevettes. Toute la mer du Nord dans une grande assiette. Le coassement des vendeuses se mêle, dans une harmonie toute relative, à l'odeur aigre du poisson qui s'incruste au plus profond des narines. Mon arrière-grand-père est là, au beau milieu de cette agitation portuaire. Il pose pour la photo aux côtés de cinquante et une personnes, tous des professionnels de la pêche. Parmi ces personnes, dans un milieu très machiste, on devine malgré tout trois femmes qui ont beaucoup de peine à se faire une place pour être vues du photographe.

Un défi de taille

Pégase ne supporte pas l'odeur aigre du poisson. Il m'emmène respirer l'air du ciel.

On croise un avion, le *Spirit of St. Louis*, piloté par un certain Charles Lindbergh. En ce mois de mai 1927, l'Américain réalise un projet fou : la traversée de l'Atlantique. Il est parti de New York et atterrira 33 heures et 32 minutes plus tard à l'aéroport du Bourget, où une foule énorme l'accueillera. C'est le premier vol en solitaire sans escale New York-Paris. Lindbergh va connaître une popularité sans précédent dans son pays et dans le monde entier. Il sera invité partout. Cette notoriété excessive lui jouera bientôt un mauvais tour. Cinq ans plus tard, une femme, Amelia Earhart, réussira aussi la traversée de l'Atlantique et pulvérisera même le record de Lindbergh de plus de 18 heures.

1927 est une année de records. Après celui de Lindbergh, les hommes vont battre, tous ensemble, ce qui est plutôt rare, un record d'un autre genre. La population mondiale passe le cap des deux milliards d'êtres humains. La Terre est habitée par deux fois plus personnes qu'en 1804. En 123 petites années, le monde a engendré un milliard de personnes alors qu'il a fallu des centaines de milliers d'années pour arriver au premier milliard d'êtres humains. Ce rythme d'enfer de la démographie mondiale va aller en s'amplifiant. Trente-deux ans plus tard, les

3 milliards seront déjà atteints, soit une moyenne de 31,2 millions de naissances par an. Stupéfiant. En 1999, le cap des 6 milliards sera franchi. Aujourd'hui, la population mondiale s'élève à presque 8 milliards de personnes. Les prévisions parlent de 11 milliards en 2100, dont 4,2 milliards rien qu'en Afrique. Et dire qu'il y a à peine 100000 ans, il n'y avait que quelques milliers d'hommes sur notre planète ! La surpopulation s'annonce comme l'une des plus grandes menaces à la survie du genre humain. Un défi de plus pour les habitants de la Terre.

L'atome primitif

Quelques jours passent. Un grain de folie tombe dans le monde scientifique. La revue *Les Annales de la Société scientifique de Bruxelles* publie un article révolutionnaire, écrit par le chanoine Georges Lemaître, professeur de physique à l'Université catholique de Louvain. Il est tellement révolutionnaire que peu de gens y prêtent attention, même pas Albert Einstein, qui contestera l'article. Lemaître lance l'idée d'un atome primitif et son corollaire, l'expansion de l'univers. Selon lui, tous les milliards de kilomètres de galaxies qui se meuvent dans l'espace proviennent du même petit atome. L'infiniment grand enfanté par l'infiniment petit.

Quand on parle de l'infiniment petit, il ne s'agit pas de millimètres, mais de milliardièmes de millimètres ! On croit rêver. Qui pouvait croire une chose pareille en 1927 ? Même si c'est un curé qui le dit. Aujourd'hui, c'est toujours difficile à appréhender. Tout se résumerait à un point ! Tout vient d'un point. Cela paraît si cru, si plat. Ce n'est que ça ! Quelle banalité ! À quoi bon les formules mathématiques, les guerres, les rires, les galaxies, les mers, les mensonges, le principe d'exclusion, la tendresse ? Tout dérive, tout sort d'un point. Un seul ! Tout ça pour ça ! Il n'y a pas à se fâcher ou à pleurer. C'est comme ça. Un point, c'est tout.

On apprendra plus tard que cet atome primordial s'est développé en un temps record. L'ossature originelle qui a permis l'extraordinaire développement de notre univers s'est faite en quelques petits millionièmes de seconde. Comment une énergie aussi colossale a-t-elle pu émerger de presque rien ? Comment ce processus initial si complexe a-t-il pu mûrir aussi rapidement ? Puisqu'il a été effectué si vite, cela doit être facile à réaliser, tellement facile que l'on pourrait penser que ce n'était pas la première fois ! Cela ne ressemble pas à un coup d'essai. Pour le Très-Haut, c'est juste un simple geste machinal qu'Il connaît par cœur. Une pratique tant de fois répétée qu'Il l'exécute les yeux fermés. En fait, Il dort tout le temps. C'est pour cela qu'Il ne s'occupe pas de nous.

Quant à l'émergence du point, l'explication est peut-être à trouver dans les dernières réflexions scientifiques sur ce qui a précédé le Big Bang. Le Big Bang ne serait sans doute pas l'instant originel créateur de toutes choses. De plus en plus de cosmologues avancent aujourd'hui l'idée que le Big Bang n'est pas un point de départ, mais un point de passage dans une longue chaîne cyclique de fin et de début d'univers.

Le Big Bang, dont est issu notre univers, ne serait qu'un goulet entre deux états : un état de contraction extrême d'un ancien univers et un état de dilatation d'un nouvel univers. Un point d'avalement entre la fin d'un univers et un nouveau. Un univers succéderait à un autre univers dans une chaîne sans fin. Il existerait pourquoi pas des cycles cosmiques comme il existe des saisons sur Terre, des phases lunaires, des cycles de vie et de mort chez les organismes vivants, des cycles chimiques entre les atomes, des cycles hydrologiques entre les mers, les fleuves, les lacs et l'atmosphère. Tout se ressemble peut-être dans son mécanisme, à grande échelle et à petite échelle.

Mon esprit bout. Les réflexions se débattent entre elles. Je surchauffe.

La maison de ma grand-mère

Pégase me ramène dans ma famille. J'ai besoin de calme après cette glissade philosophique délirante. Pour mes grands-parents, Marie et Joseph, et leurs deux enfants, la maison du quai Vert devient trop petite. Arthur, en bon père de famille et en homme d'affaires avisé, profitant des nombreux projets de lotissement à Assebroek, décide d'y acheter un terrain et d'y faire construire une maison pour sa fille et son gendre. Ce terrain est situé avenue Général Leman, en pleine campagne, juste à la sortie de Bruges, après la porte de Gand, l'une des quatre portes de la ville.

Lorsque je pense à cette maison où je rendais régulièrement visite à ma grand-mère devenue veuve, qui y habitait seule, ma mémoire se dilate instinctivement et les émotions reviennent au grand galop. Il régnait dans cette maison une ambiance de je ne sais quoi d'absence, de vide temporel. Le temps y était passé, il avait fait son œuvre. Les occupants étaient partis. La mort y avait déjà glissé une main. Ma grand-mère, dans ce temps paralysé, était la seule forme de vie. Toute la maison était possédée par une immobilité si forte que ni un regard, ni un mouvement, ni un souffle ne parvenaient à la réanimer. À peine dans la maison, on était déjà muselé. Dès que je fermais la porte d'entrée, j'avais l'impression que je fermais la porte du temps. Les aiguilles de ma montre s'arrêtaient. Je m'enfonçais irrémédiablement dans le passé. En regardant à travers la fenêtre du salon circuler les gens, je me demandais si j'étais au-dessus ou en dessous de la rue, si j'étais inconscient ou dans un rêve. Je ne ressentais plus le besoin de respirer. J'étais peut-être mort sans le savoir. J'étais hors du temps à quelques centimètres de la réalité.

Cette immobilité temporelle était défendue de main de fer par le silence. Un silence inquisiteur qui engloutissait tous les bruits avec une rage implacable. C'était lui, le véritable maître des lieux. Il était le douanier de la frontière du temps, refusant toute incursion du présent dans l'intérieur de ma grand-mère. Tel un despote, le silence régentait tout. On osait à peine parler, de peur de le contrarier dans ses habitudes. Même les meubles étaient de connivence avec lui. Quand je passais devant eux, ils sortaient de leur bois comme un bruit effrontément sourd, ressemblant à un râlement d'avoir été dérangés.

Ma grand-mère subissait aussi la loi du roi silence : elle était malentendante. Mais cela ne la dérangeait nullement. Il y avait entre eux deux une relation fusionnelle. Le silence était pour ma grand-mère non pas un vide, mais un espace rempli de vécus et de certitudes. Le temps s'était arrêté dans son ancien présent, que le poids massif des souvenirs empêchait de basculer dans le futur. Ma grand-mère n'avait plus besoin d'horloge. Le temps perd de son poids si on l'ignore.

Dans la maison, la lumière n'arrivait jamais à pénétrer dans toutes les pièces. Tout était recouvert par des ombres comme une couverture sur le corps endormi d'un vieillard faisant la sieste. Certaines ombres étaient plus sombres que d'autres. Le degré d'obscurité des ombres dépendait de l'ancienneté de l'objet qu'elles recouvraient. Plus un objet était vieux, plus il était sombre. Les ombres protégeaient le passé du regard des vivants. Aucune rencontre entre les deux temps n'était possible. Tous ces objets semblaient collés, enracinés dans le bois des meubles sur lesquels ils étaient déposés, comme s'ils avaient été fabriqués avec le meuble lui-même. Ils étaient devenus incassables. L'idée de les déplacer ou de les toucher ne me traversait même pas l'esprit.

Dans ce décor immobile, je n'entendais plus mon cœur battre. J'étais derrière le rideau du temps. Je n'étais plus acteur, j'étais l'observateur, le penseur. Quelle sensation étrange que cette impression d'inertie, ni triste ni heureuse. J'étais dans le silence, envoûté par ses mots lents, lourds et incompréhensibles. J'étais sans être. Mes atomes et mes cellules ne me portaient plus. J'étais détaché de la matière. J'avais laissé mon corps dehors sur le trottoir pendant que mon âme se faufilait entre les ombres de la maison. J'étais tout à la fois présent et absent, vivant et mort, réalité et mystère.

La maison avait deux étages. Au premier se trouvaient la chambre des parents, le bureau de mon grand-père et la chambre des enfants, Pierre et Robert. Sur sa table de nuit, mon grand-père Joseph avait déposé une photo de lui et sa femme prise dans les Pyrénées, au pic du Midi. Ma grand-mère, qui dormait du côté de la fenêtre, avait préféré mettre une photo de ses parents ainsi qu'une photo de son mari. Sur cette photo, il avait l'air d'un jeune premier : cheveux en arrière, col blanc relevé, moustache parfaitement soignée. Ma grand-mère trouvait son mari particulièrement beau sur cette photo. Au-dessus du lit pendait un Christ sculpté en bois. Dans son bureau, mon grand-père avait accroché un texte qu'il avait écrit et dédié à sa mère Augusta. Sur le mur opposé pendait le plan d'un globe terrestre qu'il avait lui-même réalisé. Grand amateur de tabac, Joseph avait plusieurs pipes. Il les mettait dans un porte-pipes très original, composé de sept têtes représentant les sept péchés capitaux : la paresse, l'orgueil, la gourmandise, la luxure, l'avarice, la colère et l'envie. C'est dans cette pièce, au grand mélange des genres, que mon grand-père écrivait ses livres. Après son travail d'écriture, avant d'aller dormir, il mettait toujours un soin particulier à nettoyer sa plume avant de la replacer dans son vieil encrier bordé d'une petite plaque en bronze.

Le deuxième étage comprenait le grenier, où se trouvait une vieille machine à coudre, et la chambre où le troisième fils, Edgar, dormait, ainsi qu'une petite chambre d'amis. Le long escalier menant jusqu'aux étages était bordé par une étagère en bois remplie à ras bord d'une multitude de livres et de souvenirs de voyage, disposés sans aucune logique. Chaque marche craquait d'un ton très solennel et donnait à cette ascension vers les chambres une allure de défilé sans public. Je me souviens qu'enfant, quand je montais cet escalier, je me surprenais chaque fois à prendre une posture impériale. Il ne me manquait plus qu'une couronne de laurier sur la tête.

Le salon était divisé en deux pièces. Une pièce qui donnait sur la rue et une autre située du côté de la salle à manger. La première pièce, en forme d'un demi-cercle, comme dans les maisons anglaises, offrait une vue à 180° sur l'extérieur. Ma grand-mère adorait cet endroit. Chaque matin, elle s'asseyait tout près de la fenêtre, toujours du côté gauche, dans le sens des voitures allant vers le centre d'Assebroek, sur la chaise où la grand-mère de son mari, Moetje, avait l'habitude de faire sa sieste. Après la vaisselle et la lecture du journal, ma grand-mère, dans un emploi du temps scrupuleusement respecté, passait la fin de la matinée dans l'encoignure de la pièce. Ce coin très exigu qui ressemblait à une meurtrière lui permettait de voir sans se faire voir. De ce poste d'observation stratégique, elle tricotait des pulls pour ses enfants. Le tricot n'était qu'une excuse. La vraie raison, elle ne l'avouerait jamais, était de scruter les allées et venues des gens. C'était son passe-temps favori. Ma grand-mère connaissait par cœur les habitudes du voisinage. Son œil, mi-innocent, mi-curieux, épiait tout ce qui bougeait. Dans l'avenue Général Leman, il y avait beaucoup de veuves. Toutes ces veuves étaient cachées, comme ma grand-mère, derrière les rideaux blancs de leurs fenêtres. Chacune observait l'autre. Feignant de lire ou de tricoter, elles se surveillaient. C'était une véritable bataille discrète des regards. Des regards caméléons passant, avec une souplesse extraordinaire, de l'envie irrésistible d'espionnage au devoir forcé d'un sourire poli.

La seconde pièce, d'usage protocolaire, était exclusivement réservée aux invités qui y étaient conviés pour l'apéritif ou le café. Je ne me souviens pas m'y être assis. Cette pièce, très austère, comprenait plusieurs œuvres d'artistes brugeois qui enseignaient à l'école où mon grand-père était professeur. Au-dessus de la vieille commode, provenant de mon arrière-arrière-grand-mère Moetje, pendait un tableau représentant le *Quai Vert* du peintre brugeois Leo Mechelaere. Ce tableau faisait face à une nature morte d'un autre peintre impressionniste brugeois, Leo Lanckneus. Sur le meuble, deux têtes sculptées semblaient converser sur un ton très monocorde : la tête en terre cuite de mon grand-père, réalisée par le sculpteur brugeois Octave Rotsaert, et la tête de Beethoven en plâtre, dont mon grand-père était un grand admirateur. Il l'appelait « le maître ». La porte de la pièce était surmontée par un petit Christ entouré d'une branche de buis complètement desséchée. Un bénitier en cuivre, fixé à hauteur de la poignée de la porte, donnait à la pièce un air de presbytère.

À côté du salon, la salle à manger était la fierté de ma grand-mère. Son mari avait dessiné les meubles en s'inspirant de ceux qui se trouvaient dans la maison de Rubens, à Anvers. Sur le vaisselier, un samovar, acheté par mes grands-parents lors d'un voyage à Tanger, tranchait dans cet intérieur très catholique. Ce n'était sûrement pas ici que j'allais trouver un livre de Nietzsche.

Derrière la salle à manger se trouvait la pièce de séjour où la famille passait la majeure partie de son temps. Cette pièce était chauffée par un poêle à charbon, encastré dans un ancien feu ouvert. Dans le pourtour du feu ouvert, mon grand-père Joseph avait inséré trois plaques de cuivre rouge qu'il avait lui-même confectionnées. Ces trois plaques représentaient ses trois arts favoris :

la peinture, la musique et l'écriture. Sur ce même pourtour était déposée une sculpture en terre cuite de l'évangéliste saint Jean, réalisé par Rotsaert. Sur la droite du feu ouvert pendait une nature morte représentant un bouquet de fleurs, et sur la gauche un nu dessiné au crayon. Je ne me suis jamais expliqué comment, dans cette maison si monacale, pouvait se trouver un nu. À côté de la porte menant à la cuisine pendait une autre nature morte du peintre Jules Gonthier. Il y avait beaucoup de natures mortes dans cet intérieur. L'atmosphère y était lourde, plus tournée vers le recueillement que vers la détente.

Heureusement, une pièce sortait de la morosité ambiante : c'était la cuisine. Je me souviens tout particulièrement du four à charbon. Il était coiffé d'une grande cheminée blanche dont l'encadrement était bordé d'un minuscule rideau rouge pâle. Quand j'étais petit garçon, je m'amusais à regarder la couleur du ciel à travers le tuyau de la cheminée, que je prenais pour un périscope. J'avais l'impression d'être dans un sous-marin. Au fond de la cuisine trônait un évier très profond, armé d'une grosse pompe en fonte qui permettait de faire venir l'eau. Abaisser la poignée exigeait beaucoup de force. Ma grand-mère, plutôt fluette, n'avait aucun problème à l'actionner. Elle se mettait sur la pointe des pieds et, dans un mouvement opiniâtre qui faisait travailler tous les muscles de son corps, réussissait à pousser la poignée vers le bas.

Le travail dans cette cuisine était rythmé par le tic-tac d'une horloge suspendue au-dessus de la porte de la salle à manger. Cette horloge sonnait les heures d'un ton militaire et ébranlait, avec impudeur, la quiétude viscérale de la maison. Elle dérangeait jusque dans les chambres. À l'entendre, elle frappait comme le maillet du juge d'un tribunal réclamant le silence. Dès que l'on n'était pas dans la bonne conduite, elle semblait nous rappeler à l'ordre. On ne se sentait jamais à l'aise, toujours sur le qui-vive ou dans la peur de mal faire. Outre les oreilles, le nez était aussi mis à rude épreuve. L'odeur des soles cuites à la margarine, l'une des grandes spécialités de ma grand-mère, s'infiltrait partout. Quand on sortait de la cuisine, cette odeur nous poursuivait comme une mouche dont on ne parvient pas à se débarrasser.

À gauche du four à charbon, derrière une porte, se trouvait un petit escalier aux marches minuscules qui menait à la cave. Cette cave servait de réfrigérateur. Ma grand-mère y conservait soigneusement ses œufs, son lait, ses légumes et sa margarine. La « descente » à la cave était presque une descente aux enfers. Le risque était grand de tomber, tant l'escalier était abrupt et étroit. Il fallait d'abord se courber pour ne pas se cogner la tête. Puis se faufiler entre deux étagères, situées de part et d'autre de l'escalier, où ma grand-mère entassait toutes sortes d'objets comme des bougies usées, des pots de peinture, des outils de jardin ou encore de vieilles revues. La recherche de l'interrupteur pour allumer l'ampoule, qui se trouvait derrière cet amas d'objets, exigeait de longues secondes de patience et d'ingéniosité. Il n'y avait aucune rampe d'escalier pour se tenir. Je ne comprends toujours pas comment ma grand-mère n'est jamais tombée. Une fois arrivé sain et sauf dans cette étrange grotte, le nez était immédiatement émoustillé par un intense parfum, mélange singulier d'odeurs de charbon, de confiture de fraises et de vieilles pommes. Je ne serais pas surpris que des parfumeurs chez Cacharel ou Dior trouvent ce parfum original.

Ma grand-mère Marie était très friande de pommes. Elle avait avec les pommes un rapport quasi religieux. Leur conservation et leur dégustation s'inscrivaient dans un processus très sacralisé. En automne, après la cueillette, elle les rangeait dans sa cave, sur de vieux journaux, dans un alignement impeccable à faire pâlir de jalousie le centurion d'une cohorte romaine. Ces pommes, mélangées à l'actualité politique, internationale, sportive, assises sur les meurtres, les corruptions, les baisers, les publicités, les lois, avaient une dimension qui dépassait totalement leur nature première. Elles étaient devenues de petites planètes mûrissant dans le ciel de l'actualité mouvementée des êtres humains.

Pendant l'hiver, chaque matin, juste avant son petit-déjeuner, dans un cérémonial presque liturgique, comme si elle venait allumer une bougie devant la Vierge Marie, ma grand-mère descendait dans sa cave pour y choisir les pommes les plus molles. Elle les dégustait chaque midi et chaque soir. La dégustation d'une pomme, ma grand-mère la vivait comme une eucharistie. Elle semblait manger la pomme comme le pain consacré. Quand elle en mâchait un morceau, il y avait dans tout son visage une satisfaction gustative extraordinaire. Chaque ride de son visage, du haut de ses joues jusqu'à la pointe carrée de son menton, s'étirait dans un bien-être infini. On aurait dit qu'elle avait atteint l'extase physique et mystique.

Je prenais beaucoup de plaisir à la regarder peler les pommes. Les rides de sa main et la peau ramollie de la pomme ne faisaient plus qu'un. C'était le même dessin, les mêmes courbes, les mêmes plis. Pétries par le temps passé, leurs peaux étaient devenues identiques. Je ne savais plus qui tenait la main de qui. Le temps les avait rendues semblables. Comme si elles avaient le même âge, la même composition, les mêmes parents. La vieille pomme et la vieille femme vivaient dans une sorte d'harmonie quantique. Elles avaient réussi à dépasser leurs hivers.

La pièce de séjour, protégée par des volets vert foncé, donnait sur une terrasse entourée d'un mur tapissé de roses jaunes. De cette terrasse, on accédait au jardin par un escalier en briques rouges, qui descendait vers un minuscule étang peuplé de petits poissons orange. De chaque côté de l'étang, deux fines allées de gravillons couleur ocre conduisaient à un grand verger où poussaient de nombreux pommiers. Au fond du verger, mon grand-père avait installé une serre pour y assouvir sa passion pour la botanique. On y trouvait des plantes exotiques, des légumes, des fleurs séchées et même une vigne de raisins noirs. Ce cadre impressionniste, étonnamment multicolore, contrastait avec l'obscurité ambiante, à l'intérieur de la maison. C'était vraiment le jour et la nuit.

Ma grand-mère adorait se balader dans son jardin. Elle se plaisait à laisser prendre son nez par le parfum sucré et ses yeux par les couleurs rosées des nombreux phlox qui bordaient le petit étang. Son jardin, c'était son paradis terrestre. Le matin, après ses courses au marché, sa première préoccupation était de renouveler les fleurs de ses vases. Elle mettait d'abord son tablier de cuisine et puis s'en allait à la recherche des plus belles fleurs. Elle avait une prédilection pour les roses. Au passage de ma grand-mère, les fleurs semblaient tendre le cou, comme si elles étaient impatientes d'être cueillies de sa main. La cueillette terminée, ma grand-mère les rassemblait sur la table ronde de la terrasse. Elle les triait et les taillait pour les mettre en bouquet. Pendant ce moment de composition, ma grand-mère était ailleurs. Plus rien d'autre que ses fleurs ne comptait. Chaque bouquet était ensuite déposé, à une place bien établie, dans les trois pièces du rez-de-chaussée. Il y avait dans l'éclat des fleurs comme une fierté d'avoir été choisies par ma grand-mère. Elles étaient les élues du jour. La « mise en fleurs » de sa maison était un acte hautement crucial pour ma grand-mère. C'était le moment le plus important dans son agenda journalier. Elle était véritablement peinée, lorsqu'elle devait s'absenter quelques jours, à l'idée de ne pas pouvoir « rafraîchir » ses fleurs, comme elle le disait affectueusement. Ce moment de composition lui procurait une grande joie intérieure, un plaisir profond que je regardais toujours avec délectation, tant ses gestes, son corps, son regard étaient en symbiose parfaite avec les couleurs et la forme des fleurs qu'elle était en train de mettre en bouquet. J'avais vraiment l'impression qu'elle se prenait pour une fleur et qu'elle les considérait comme ses propres enfants.

Une nouvelle physique

La maison de ma grand-mère est omniprésente dans un coin de ma mémoire. Je n'oublierai jamais cette ambiance un peu feutrée, complètement intériorisée, hors temps. Je dois sortir de cette maison, sinon je vais m'endormir et ressembler à l'eau des canaux de Bruges, figée et opaque. Réintégrons l'Histoire. Reprenons notre route. Pégase m'attend devant la porte. Il n'a pas osé entrer de peur de déranger le roi silence, son grand patron dans le ciel. Pégase m'emmène à Bruxelles. Le 24 octobre 1927 a lieu une rencontre qui va marquer l'histoire de la science, et en particulier de la physique. C'est le cinquième congrès Solvay. Il réunit les plus grandes sommités dans le domaine de la physique quantique : Einstein, Planck, Heisenberg, de Broglie, Schrödinger, Pauli, Marie Curie, Bohr. Ce congrès va durer six jours. Le soir, les savants logent à l'hôtel Métropole, à la place de Brouckère. Le thème de ce cinquième congrès est « électrons et photons ». Vingt-neuf savants y participent, dont dix-sept sont ou seront des prix Nobel. Rien que du beau monde. L'Américain Irving Langmuir, prix Nobel de chimie, a la bonne idée d'amener avec lui une caméra. Il va filmer les débats, parfois houleux, entre les savants. Ce congrès est important, car il va, pour la première fois dans le monde scientifique, entériner l'existence d'une nouvelle physique : la physique quantique.

Jusque-là, la physique se basait sur un mode de description « classique » des phénomènes. Ce mode postule que l'on peut connaître la vitesse et la position d'un corps à un instant donné. Cette approche est déterministe. Mais dans le monde de l'infiniment petit, objet de la physique quantique, les choses ne peuvent pas être interprétées d'une manière déterministe. C'est Heisenberg qui va lancer cette idée le premier. Les particules, constituants de l'espace atomique, ont une nature bivalente. Elles sont à la fois des corpuscules et des ondes.

En raison de cette bivalence, on ne peut déterminer leur position en même temps que leur vitesse et leur direction. Une particule pourrait être à différents endroits au même moment. Elle est en état de superposition, tantôt en vitesse, tantôt en position. C'est le principe d'incertitude ou d'indétermination. Les acteurs du monde de l'infiniment petit ont un comportement imprévisible. La vie, dans ses fondements physiques et chimiques, ne semble répondre à aucune logique.

La physique quantique ébranle nos certitudes les plus enracinées. Les esprits sont en ébullition. Un débat métaphysique extraordinaire s'ouvre. Avec la théorie de l'évolutionnisme de la fin du XIXe siècle et l'indéterminisme de ce début du XXe siècle, comment se figurer la place de l'être humain dans « l'existence universelle » ? Que reste-t-il du Dieu biblique ? Que sommes-nous, finalement ? Les philosophes sont tous en émoi. Les Merleau-Ponty, Heidegger, Bergson trouvent dans ce débat un terrain opulent à leurs réflexions.

La science trouble la religion. La philosophie traduira cette confrontation en de nouvelles idées sur l'existence. La politique participera aussi au débat. Une science libre a facilité les découvertes. Il faut donc libérer le monde et les esprits afin que le citoyen puisse pleinement s'épanouir.

Dans l'œil de Brueghel

Mais laissons de côté pour un moment les grandes envolées métaphysiques, et retournons dans la vie de tous les jours. Il faut savoir voyager entre les deux; cela donne de la perspective à notre présence sur Terre. Le lendemain de la fête de Noël, ma grand-mère Marie, toujours très matinale, est un témoin privilégié des premières lueurs du jour.

Dans sa maison du quai Vert, qu'elle va bientôt quitter pour habiter à Assebroek, en jetant un œil à l'extérieur, elle est éblouie par la couleur aveuglante de la neige qui brille de mille feux sur les toits de Bruges. Dame Nature a étalé son grand drap blanc. De la fenêtre de la petite chambre, qui fait penser à un tableau de Brueghel, on aperçoit des enfants, emmitouflés dans leurs fourrures, patiner à grande vitesse sur le canal, s'amusant à défier la pesanteur. Un rouge-gorge joue à l'équilibriste sur la rampe en fer forgé de l'escalier qui mène au petit quai. L'horloge du beffroi sonne les heures légèrement en retard ; le gel a engourdi ses aiguilles. Tout inspire.

La nuit, le spectacle est encore plus féerique. La neige, veloutée par l'obscurité, a complètement ramolli les murs, les ponts et les rues. Ils se confondent, pris dans la même pâte hivernale. Le long du canal, les fenêtres des maisons, qui semblent flotter sur l'eau, sont à demi enveloppées dans le givre. Les vitres sont voilées par la buée qu'une timide lumière intérieure essaye en vain de percer. Juste en dessous des balcons pendent des stalactites dont les pointes semblent forer l'eau gelée du canal. On dirait la barbe du père Noël. Il est bien là. Il attend minuit pour escalader les cheminées. Personne ne l'a vu, pas même les passants dont les ombres défilent sur les façades comme des acteurs d'un film muet.

J'ai envie d'inviter Brueghel à dessiner au bord du canal. J'aurais aimé être là, à ses côtés, pour l'aider à peindre la métamorphose du paysage. C'est évidemment impossible. Mais, par un étrange miracle, ma pensée a pu faire le déplacement dans le passé et m'imaginer avec Brueghel.

Penser est le plus beau des voyages. La pensée peut m'emmener partout, dans tous les pays, dans toutes les époques, dans tous les rêves. Elle peut me faire jouer tous les personnages. Elle traverse les murs de l'interdit. Son espace est libre. Une pensée ne peut être confisquée. Personne ne pourra me l'enlever.

Le Néolithique, quand le progrès démarre

Je reviens dans la réalité. Je dois à nouveau freiner mon imaginaire. Quel bonheur si mon imaginaire pouvait être la vraie réalité ! Après l'hiver, les travaux de construction de la nouvelle maison à Assebroek débutent. Ils dureront un an. Un grand chantier est ouvert tout le long de l'avenue Général Leman. Les pelleteuses creusent partout.

Au même moment, en Palestine, on creuse aussi, mais l'objectif est bien différent. Depuis des mois, une femme passionnante fouille le sol. En juin 1929 vient la délivrance. La paléontologue Dorothy Garrod fait une avancée capitale dans la compréhension de notre histoire. Elle découvre des murs, des traces de cultures de céréales, des sépultures. La datation situe ce qui ressemble à un village à 13000 ans avant Jésus-Christ. Dorothy Garrod vient de mettre à jour les preuves des tout premiers pas de la sédentarisation des hommes.

Ces preuves marquent la fin du Paléolithique et ouvrent les portes de la période très avant-gardiste du Néolithique. Tout change diamétralement pendant cette période : l'homme devient producteur de lait, de blé, fabricant de laine, propriétaire d'une maison, chef d'un travail, il domestique certains animaux. Son régime alimentaire, plus riche et plus varié, va lui permettre de vivre plus longtemps. C'est le tout début d'un accroissement démographique considérable, qui ne va jamais cesser. Cette période est un véritable tournant dans l'histoire des hommes, car elle va servir de tremplin vers la modernité. À partir du Néolithique, la modernisation démarre véritablement, et son rythme s'amplifiera sans jamais s'arrêter. La dynamique du progrès et de l'innovation est lancée.

L'hiver 1929

À peine arrivé en Palestine, Pégase a déjà envie de retourner dans la petite maison familiale si enchanteresse du quai Vert. Il lui trouve un côté immuable, comme sa maison céleste. Un soir de novembre, c'est l'effervescence dans la famille. Ma grand-mère Marie met un troisième fils au monde, Robert. Elle qui aurait tant voulu avoir une fille est

déçue. Elle s'y était tellement préparée que pendant plusieurs années, elle appellera son fils Suzon. Elle ira même jusqu'à lui faire une coiffure de fille.

Dehors, le temps est si rude que ma grand-mère doit alimenter le poêle à charbon de la salle à manger plusieurs fois par jour. Les autres pièces sont fermées pour qu'elles ne prennent pas la chaleur. Le charbon se consomme vite, il faut souvent en commander. Le fournisseur transporte le charbon dans des sacs de jute, rangés par numéros à l'arrière d'un vieux tacot. Les sacs sont vidés dans la cave via une petite ouverture située devant la première marche de la porte d'entrée. Pour prendre le charbon, ma grand-mère utilise un seau en fer, dont le museau très pointu lui permet de ne pas se salir les mains.

Afin que son bébé ne tombe pas malade, elle le met près du poêle à charbon, et la nuit à côté de son lit. Comme les chambres ne sont pas chauffées, elle le couvre de plusieurs couvertures. Quand son petit dort, ma grand-mère prépare déjà le déménagement, prévu pour janvier. Elle empile toutes les caisses et les valises au rez-de-chaussée, qui ressemble plus à un grenier qu'à un hall d'entrée.

Cet hiver 1929 est spécialement âpre, surtout le mois de février. À l'aube du dimanche 10, la côte belge s'est déplacée au Groenland. Le port d'Ostende est enseveli sous une épaisse couche de laine blanche. Les bateaux sont pris en étau dans la glace. Les flocons, par milliards, jouent aux étoiles dans le ciel du jour. Tout le monde porte le même costume : la terre, les passants, les arbres, les toits, le ciel. Il y a comme une réconciliation métaphysique qui s'opère.

Ce matin-là, les Ostendais, en se levant, prolongent leurs rêves nocturnes. Ce qu'ils découvrent dehors relève de la magie. Le paysage est simplifié à l'extrême, tout semble avoir été dérobé. Il ne reste plus que le silence. Il est le roi, si puissant qu'on le voit. Le blanc est devenu sa couleur. Tout lui appartient, même les remords, les joies, les peines. Ostende, tout de blanc vêtue, est d'une grande beauté; l'habit hivernal lui va à ravir. La température chutera jusqu'à -19 °C, du jamais vu au littoral belge. Dame hiver dompte tout, même la mer du Nord doit céder à ses fantasmes. Elle l'a métamorphosée en banquise. À Blankenberge, le mur de glace atteint deux mètres, presque un iceberg. Les enfants sont heureux : ils jouent aux Esquimaux en construisant des igloos sur la plage. Voilà l'Arctique qui descend dans nos contrées. Les continents se retrouvent comme aux premiers temps. Magie des images, détournement des habitudes.

On n'y arrive jamais, on va

Cette météo extrême est annonciatrice d'une année où l'Histoire va s'emballer. Son mouvement de balancier, qui lui est si caractéristique, passera du bas vers le haut et du haut vers le bas dans un tempo plus rapide que de coutume. Scientifiquement, l'Histoire va connaître une accélération inouïe, mais humainement, elle va décélérer brutalement.

Début octobre 1929, une information capitale, que l'on peut considérer comme l'une des plus importantes découvertes scientifiques de l'Histoire de notre Humanité, est publiée aux États-Unis. L'univers dans lequel nous vivons n'est pas figé, il est en expansion. Il bouge, il vit, il « respire ». Cette découverte est une confirmation de ce qu'Einstein imaginait déjà dans sa théorie de la relativité générale. Celle-ci explique que les galaxies et les planètes s'attirent par leur force de gravitation. Mais s'il n'existait que cette force de gravitation dans l'univers, toutes les planètes et leurs galaxies s'écraseraient les unes contre les autres. Einstein présume donc l'existence d'une autre force qui maintiendrait, et augmenterait même, les distances entre les galaxies. C'est la force d'expansion. On découvrira, dans les années qui suivent, que cette force répulsive trouve son origine dans ce qu'on appellera l'énergie sombre, répartie dans tout l'univers.

C'est l'astrophysicien américain Hubble qui va, après une observation minutieuse des positions des galaxies connues sur plusieurs années, découvrir que la distance entre les galaxies augmente de plus en plus. Il va même démontrer que les galaxies s'éloignent à une vitesse qui croît avec leur distance. Plus la distance augmente, plus la vitesse s'accélère. Ce phénomène, couplé au fait que la vitesse de la lumière est limitée à 300000 km/seconde, explique pourquoi la lumière des étoiles des galaxies lointaines ne peut plus nous atteindre. C'est la preuve tangible de la couleur noire du ciel la nuit. Sans quoi, le dôme céleste serait totalement blanc!

Non seulement les galaxies s'éloignent les unes des autres, mais elles le font de plus en plus vite ! Il y a comme un affolement général. Le Grand Esprit perd-Il ses moyens? Pourquoi tant de précipitation?

Y a-t-il une urgence ? Le Grand Architecte voudrait-Il conclure ? Il veut peut-être passer à autre chose parce qu'Il n'est pas content de son travail. Ou bien Il a perdu la main et Il laisse tout partir en vrille. Il ne maîtrise plus rien du tout. Sympa pour nous ! Le ciel n'est pas si serein qu'il n'y paraît. C'est la panique, là-haut.

Il faut ici rendre à César ce qui appartient à César. On dit souvent « honneur aux femmes », mais cela ne doit pas se borner à de la galanterie. Ce que l'Histoire dit peu, c'est que le travail de Hubble s'est fondé sur une méthode développée par une femme éminemment experte et, de surcroît, affable : Henrietta Leavitt. Sa méthode permet de mesurer les distances entre galaxies en fonction de la brillance des étoiles. L'Histoire n'est pas très prolixe sur les femmes. Et pourtant, elles y ont joué des rôles plus que déterminants. L'exemple de Leavitt, comme tant d'autres, est singulièrement patent.

Ainsi donc, notre Voie lactée, chaque jour du temps qui passe, se distancie des autres galaxies, des premières étoiles, du Big Bang, de notre origine, de notre point d'attache. Il y a de quoi tomber dans une dépression profonde. Ce n'est pas très rassurant. On quitte le port sans plus pouvoir y revenir. On part. On s'enfuit. Pour aller où ? Dans notre brève existence sur Terre, on part aussi souvent : on coupe le cordon ombilical, on quitte la maison, on divorce, on meurt. Depuis que le temps est, le monde s'en va. On n'y revient jamais, on va. On n'y arrive jamais, on va. On n'est jamais, on va. Tout s'agite dans une sorte de grande fuite en avant. Drôle de sort. Adieu veau, vache, cochon, couvée.

Dans plusieurs millénaires, il faudra changer le nom de toutes les constellations, car elles n'auront plus les mêmes formes qu'aujourd'hui. Ce ne sera pas une mince besogne pour les astrophysiciens ! On ne reconnaîtra bientôt plus Pégase dans le ciel. Même lui va disparaître. Je n'aurai plus de compagnon de route à qui parler. Dans « l'existence universelle », tout se renouvelle, tout se réforme, continuellement. Rien n'est jamais définitif.

Et si l'univers est en expansion, cela veut dire qu'à ses débuts, il était tout petit. Le premier acte du fameux Big Bang, prédit par Georges Lemaître avec son idée d'atome primitif, se confirme. L'univers n'est donc pas infini ou éternel comme on le croyait

jusqu'ici. L'univers est bel et bien temporel. Il a eu un début et aura sans doute une fin.

D'après la communauté scientifique, l'issue de l'expansionnisme n'est pas très optimiste. Plusieurs cas de figure sont envisagés : soit un refroidissement thermique de l'univers, le Big Freeze, soit un effondrement de l'univers sur lui-même, le Big Crunch, soit un déchirement de l'univers, le Big Rip, soit une désintégration du vide quantique, le Vacuum Decay. Malgré des noms biscornus, fort peu à la hauteur de la discussion, dans tous ces cas, la mort de notre univers sera au rendez-vous. Peut-être pour se recomposer en un autre univers ?

Même notre univers meurt ! Comme nous les hommes, comme les chiens, les coccinelles, les mauvaises herbes. Le gigantisme n'est pas une garantie à l'éternité ; on est tous dans le même bain. C'est plutôt réconfortant, quelque part. On se console comme on peut ! Tout est donc voué à mourir. Petits êtres humains que nous sommes, ressaisissons-nous ! Savourons ce court moment de vie tant qu'il est encore temps. Vivons, jouissons, aimons ! Et comme dirait mon vieil ami Baudelaire, enivrez-vous ! « De vin, de poésie ou de vertu, à votre guise. Mais enivrez-vous. »

L'idée expansionniste prête rapidement le flanc à la critique. Certains lui trouvent un relent de créationnisme, bien que le professeur Lemaître ait toujours fait la distinction entre la création et le commencement. Trente-trois ans plus tard, une découverte va corroborer la théorie de l'expansionnisme. En 1962, les Américains Penzias et Wilson découvriront ce que l'on appelle communément le «rayonnement fossile», c'est-à-dire le premier rayonnement de lumière qui s'est échappé de la matière, 380000 ans après le Big Bang, quand la densité de celle-ci s'est affaiblie suite à la baisse de température de l'univers primordial. Cette première lumière s'étend encore aujourd'hui dans le cosmos, au même rythme que l'expansion de l'univers.

Quand le commun des mortels apprend la découverte de Hubble, il n'en mesure pas la portée. Cela le dépasse. Les esprits ne sont pas encore prêts – le seront-ils un jour? – pour comprendre cette nouvelle interprétation du fonctionnement de l'univers et en saisir les conséquences sur le sens à donner à la vie ainsi que sur la place de l'homme dans l'existence. Cela demande une prise de recul immense par rapport à la culture et à l'éducation du début de ce XXe siècle. L'écart est trop grand. L'accumulation des savoirs bouleverse sans cesse nos convictions. Les certitudes passent souvent difficilement l'examen du temps. La vérité est très versatile. Il n'y en a peut-être même pas du tout. Habitants de la planète Terre, passez votre chemin, il n'y a rien à comprendre !

Le ciel est-il vraiment le lieu du repos éternel ?

L'expansionnisme révèle à l'homme qu'il vit dans un monde en perpétuel devenir, qui n'en finit pas d'en finir, éternellement en cours de réalisation, où les coups d'essai suivent inlassablement les coups d'essai. L'existence serait une tentative indéfinie. Tout s'inscrirait dans un immense travail évolutif où les débuts et les fins se relaieraient dans une harmonie troublante.

Ce travail inarrêtable trouve son énergie dans les composantes très particulières de l'univers. Notre univers ne comprend pas uniquement de la matière ordinaire (matière composée d'atomes et de molécules), dite baryonique, qui représente à peine 5 % de sa composition. Il y a aussi, on le découvrira plus tard, de la matière noire (25 %) et surtout de l'énergie sombre, qui couvre 70 % des composantes de notre univers. Toutes ces composantes œuvrent sans relâche au maintien de ce monde qui semble encore se chercher. Il y a une sorte de vie, même dans le ciel. La vie n'est pas que biologique, elle bat aussi sous une autre forme dans l'infiniment grand. Dans le ciel, le sang est remplacé par la matière noire et l'énergie sombre.

L'homme commence à saisir qu'il est pris dans une espèce de bouillonnement cyclopéen qui s'agite dans tous les sens et dont les mécanismes cosmiques, physiques, chimiques, biologiques ne cessent de travailler à un rythme d'enfer, selon des règles bien précises, dans un rouage parfait. Quelle beauté ! On pensait que l'homme vivait jusqu'ici dans un univers inerte, statique, comme endormi, et voilà maintenant qu'il découvre que cet univers est immensément complexe, trime telle une fourmi, que cette « existence universelle » fonctionne comme une véritable usine, un fourneau presque en surchauffe. En dépit de ce que certains pensent, le repos ne semble pas exister dans l'au-delà.

La furie de la vitesse

Dans cette usine, tout le monde s'active à grande vitesse : vitesse d'expansion, vitesse de révolution, vitesse de rotation, vitesse de déplacement. Planètes, étoiles, comètes, galaxies, toutes galopent dans une course déchaînée. Notre petite Terre vit dans un environnement où de gigantesques vitesses s'accordent dans une discipline de fer. Tout s'effectue avec une célérité effrayante. Malgré cette furie de la vitesse, l'homme parvient encore à trouver son sommeil chaque soir ! Et dire que les atomes dans notre corps se déplacent aussi à des vitesses exponentielles : l'électron de l'atome d'hydrogène fait, en une seconde, dix millions de milliards de fois le tour de son noyau. Cette furie de la vitesse est partout dans l'infiniment grand comme dans l'infiniment petit. La vitesse, c'est la véritable colonne vertébrale, la charpente de la vie. Sans la vitesse, toutes les composantes de l'infiniment grand et de l'infiniment petit s'écrouleraient les unes contre les autres. Le Démiurge est un pilote de tout premier ordre. Quelle maîtrise, quelle virtuosité ! Et presque tout ce beau monde a la forme ronde, très commune dans l'univers : les étoiles, les planètes, le noyau de la Terre, les trous noirs. Notre bonne vieille Terre est un modèle du genre. Elle est ronde ou presque, car la force de gravité qui émane de sa masse s'exerce d'une manière isotropique, c'est-à-dire qu'elle attire d'une manière uniforme dans toutes les directions. Mais cette isotropie ne joue que pour les astres qui ont un diamètre supérieur à 1000 kilomètres de diamètre. En dessous, la « rondeur » ne peut pas se faire. C'est le cas des astéroïdes. À quelques exceptions, le ciel est majoritairement rempli de boules. Peut-être que le Grand Esprit aime jouer à la pétanque et qu'Il a conçu le monde pour ça. Quel grand enfant ! Le cercle est la forme géométrique parfaite. Imaginez une Terre carrée, quel bouleversement cela engendrerait dans notre quotidien ! Décidément, le bon Dieu est non seulement un pilote de course surdoué, mais Il est aussi un prodigieux expert en géométrie. Où est-Il allé se former ? Je serais bien curieux de connaître le nom de son instructeur.

Retour aux affaires terrestres

Le 24 octobre, la réalité des hommes va nous faire chuter des sommets de la réflexion. Le mouvement de balancier de l'Histoire passe du haut vers le bas. La grandiosité et la beauté de « l'existence universelle » n'empêchent pas les hommes de faire des choses avilissantes. Les bourses du monde entier s'effondrent. C'est le fameux « jeudi noir ». Le krach boursier va entraîner le monde dans l'une de ses plus grandes crises. L'Allemagne sera particulièrement touchée. L'inflation va exploser, et le chômage va atteindre, dans les trois prochaines années, 30 % de sa population active, soit près de six millions de personnes. Ce genre de terrain social où les gens sont prêts à tout pour sortir de leur précarité, comme souvent l'Histoire le répétera, est propice au développement des idéologies les plus extrêmes. *Mein Kampf* va hélas y trouver une terre pour s'exprimer. Son heure va sonner. Généralement, une crise économique grave annonce une crise politique majeure. Le monde est très loin d'imaginer le terrible danger qui le guette.

En écoutant la Symphonie avec orgue

En cette 1929e année de notre ère, les événements s'abattent lourdement sur l'Histoire. La Rivière du temps est démontée. Pégase est fatigué. Il veut se reposer. Cela arrive aussi aux esprits célestes. Je m'arrête quelques instants. On se détend en écoutant la *Symphonie avec orgue* de mon vieil ami Camille Saint-Saëns. Je m'assoupis très lentement.

Pendant que, dans la vie consciente, les minutes et les secondes tombent inexorablement et remplissent le puits du temps, le sommeil m'emporte dans les tréfonds du monde de l'inconscient. Je m'enfonce si profondément que je n'arrive plus à savoir réellement où je suis.

Dans ce tourbillonnement extérieur effréné d'attractions, de rotations, de révolutions, d'expansion céleste, suis-je sur Terre ? Dans le néant ? Dans un trou sans fond ? Dans un autre univers ? Au beau milieu de cette agitation intérieure immodérée de particules, de molécules de cellules, je ne sais plus ce que je suis. Une pierre molle ? Une pensée en chair ? Un électron libre ? Une protéine pensante ? Pendant quelques infimes secondes qui me paraissent une éternité, j'hésite sur la nature même de mon être. Ma mémoire ne se souvient plus de moi. Mes gènes sont déréglés. Je ne suis plus qu'une interrogation qui erre entre les atomes, à la recherche de son corps. J'ai l'impression d'être mort alors que je continue de penser. Je me sens minuscule et gigantesque à la fois. Je flotte dans le grand espace de mon inconscience. Se pourrait-il que je puisse exister autrement que biologiquement ? Dans des moments de grands égarements, la pensée peut parfois vous jouer des tours. Elle vous emmène dans des lieux où l'entendement est impuissant. Troublante sensation.

Le souffle des battements d'ailes de Pégase me sort doucement de mon étrange sommeil. Mes atomes et mes cellules se remettent en place pour redémarrer ma conscience. Je reprends mon stylo ; ma promenade le long de la Rivière du temps est loin d'être terminée. Pégase me redépose dans la réalité humaine, dans « l'existence historique ».

En 1930, Léandre, l'oncle de mon grand-père Joseph, meurt à Bredene. Léandre était l'oncle de tous. Par son charisme et ses succès, il a nourri l'esprit de ceux qui l'ont connu. Il leur a donné des envies de réussite.

Léandre a maintenant traversé les eaux du Styx. L'oncle de mon grand-père est peut-être dans un autre monde. Il est mort biologiquement, mais ses atomes sont emportés dans les rouages de « l'existence universelle ». Ils vont peut-être interagir avec d'autres atomes et participer à d'autres formes de vie.

L'homme meurt, mais « l'existence universelle » se poursuit. Cette continuité sans fin, sans début, sans limites laisse peut-être une légère raison d'espérer... Maigre consolation. Dans « l'existence universelle », rien n'est altérable. Tout sert à quelque chose. Tout s'inscrit dans un processus constant d'autoconstruction. Quelle différence avec les hommes qui ont plutôt une fâcheuse tendance à l'autodestruction !

Étrange paradoxe. Notre « existence historique » n'est pas du tout en ligne avec « l'existence universelle ».

La médiatisation

Et malgré le mystère, l'ignorance et les morts, les Terriens continuent à courir derrière un destin qu'ils ne connaîtront sans doute jamais. En Flandre, la ville de Bruges court toujours après la modernité, et elle s'en approche. Elle se met de plus en plus au diapason de la société. La ville vient de passer le cap des 50000 habitants et a fait construire une nouvelle gare pour remplacer celle du Zand. Bruges, la sérieuse, commence aussi à s'amuser. En juin, la Belgique célèbre le centenaire de son indépendance. Une fête a lieu au couvent « *der Zusters Maricolen* », où tante Isabella est religieuse. Mon père et son frère participent à la fête. Ils se déguiseront pour la circonstance en combattants belges de la révolution de 1830.

Les fêtes, dans les années à venir, vont être exploitées commercialement. Tous les domaines seront touchés. Les sports ne vont pas faillir à cette nouvelle mode. On va les transformer en de grands shows médiatiques très lucratifs. Un de ces événements sportifs se passe en juillet 1930 à Montevideo, en Uruguay. C'est la première Coupe du monde de football. Comme l'économie et le commerce, le sport s'internationalise. Pour des raisons financières et de logistique (le voyage en bateau dure quinze jours et huit escales sont nécessaires), seules quatre nations européennes participeront : la France, la Yougoslavie, la Roumanie, mais aussi la Belgique. La finale Uruguay-Argentine est arbitrée par un Belge, John Langenus. Il porte très sobrement mais avec beaucoup de distinction la chemise et la cravate. On est très loin des habits d'aujourd'hui avec les oreillettes, les mini-sets d'arbitrage et autres sprays.

Tout s'innove. Depuis que l'homme existe, le train de l'innovation file à toute allure. Et la vitesse de ce train est de plus en plus grande. Un domaine qui, en ce début du XXe siècle, est particulièrement novateur, c'est l'information. Dans les années 1930, elle va prendre une tournure tout à fait inédite. Après l'apparition du journal, dans les années 1880, deux nouveaux médias bien plus influents vont faire leurs premiers pas : la radio et la télévision.

L'information va s'inviter, petit à petit, au cœur même de l'intimité familiale. Les repas, les lectures vont être perturbés par l'intrusion de ce nouveau canal d'influence. En 1930, des émissions radiophoniques sont réalisées pour la première fois pour la Flandre, la NV Radio est lancée. La Belgique dispose désormais de deux radios qui émettent chacune dans leur propre langue : la Radio belge, déjà créée en 1926 pour les francophones, et la Nationale Vlaamse Radio pour les néerlandophones. Les termes « belge » et « *Nationale* » vont vite disparaître… Cette année-là, les Belges possèdent déjà 76 872 postes de radio.

Tout va être de plus en plus médiatisé. Il y aura une véritable prolifération de l'information, souvent alimentée par des intérêts partisans. On va créer des nouvelles alors qu'elles n'ont pas lieu d'être. L'information sera jetée en pâture au public, sans manière, sans pudeur, sans décence.

Un bel exemple nous vient des États-Unis. Le 1er mars 1932, la radio annonce l'enlèvement du fils de Lindbergh. Le pionnier de l'aviation paie cher sa notoriété et peut-être aussi sa sympathie fugitive pour le régime nazi. Une rançon est exigée. Les médias en font leurs « choux gras ». Toute la vie privée de Lindbergh est déballée sur la place publique; les radios et télévisions s'en donnent à cœur joie. Le grand solitaire du ciel est noyé dans la mer des sous-entendus, des insinuations médisantes, des fausses allusions. Hélas pour lui, son fils sera retrouvé mort. L'excitation médiatique l'a sans doute condamné. Lindbergh, tellement dégoûté, ne voudra pas de tombe pour son fils, par crainte d'une exploitation commerciale. Le petit corps sera incinéré, et les cendres jetées par son père au-dessus de l'Atlantique.

Une médiatisation exacerbée peut créer de l'inconscience dans l'esprit des gens. La soif de divulgation peut produire de l'information qui n'existe pas, travestir la réalité et bafouer la noblesse de la liberté d'expression. La vérité est alors déformée par les professionnels qui sont censés la faire connaître. Même si l'information est un pilier indispensable à la bonne marche de la démocratie, une certaine presse use jusqu'à l'os de son influence. Beaucoup d'autres exemples vont suivre.

Le quatrième pouvoir est né, et son empire va rapidement s'agrandir via la télévision. En août, la BBC l'incorpore dans ses programmes journaliers : quatre soirs par semaine, la chaîne britannique réalise une émission en images. La même année, Paris-Télévision lance ses premiers programmes télévisuels, diffusés une fois par semaine. Les images sont encore très rudimentaires. Il s'agit simplement de jeux, avec deux ou trois acteurs, parfois même en présence d'animaux, dans un studio décoré. En 1933, 464 téléviseurs sont vendus en Belgique. Très vite, il y en aura des millions. La TV va offrir une immense ouverture sur le monde. Mais elle a aussi une autre face. Elle va devenir un outil très efficace de propagande commerciale et politique. Les « petits écrans » vont servir de poste d'avant-garde aux stratégies de consommation et de rampe de lancement aux belles promesses de nos éminences politiques.

Le début d'un cauchemar

En Allemagne, notre individu innommable va bientôt comprendre tout le bénéfice qu'il peut tirer des médias, et en particulier des « petits écrans ». Manichéen, il va les utiliser dès 1933 comme un véritable outil de publicité politique. Une arme redoutable pour contrôler les pensées. Il va manipuler la TV à son profit avec une rare intelligence. La nature ne devrait pas accorder l'intelligence aux salopards ; il y a des gènes qui ont dû mal faire leur travail. Cet homme, à la moustache en forme de lame de rasoir, fera filmer toutes ses apparitions publiques. Les journaux, la radio, la télévision vont lui faire la meilleure des propagandes. C'est sans doute la première fois qu'un homme politique utilisera d'une manière aussi étudiée les techniques médiatiques. Le marketing politique est né.

1933 est une année infâme dans l'agenda de l'Humanité. Un régime politique d'un type subversif monte définitivement en puissance. Le 30 janvier, le député Hitler, membre du parti NSDAP, le parti fasciste allemand, est nommé chancelier par le vieux « président militaire » Hindenburg. Cette nomination sonne le glas du monde entier. Il y a des jours comme celui-là que l'on voudrait bien rayer du calendrier. Le lendemain, le parlement allemand, le Reichstag, est dissous. La police créée par Hitler, l'abominable SS, devient une police d'État. Les droits fondamentaux vont être mis au rancart. Une véritable stratégie de la terreur est organisée. Une machine infernale gorgée de haine est en train de se mettre en branle.

Le 5 mars, des élections sont organisées. Le NSDAP l'emporte avec 43,9 % des voix. Ce succès, Hitler le doit, en grande partie, à la haute bourgeoisie qui a financé sa campagne. Deux semaines plus tard, alors qu'il n'a pas la majorité, le Reichstag donne les pleins pouvoirs à Hitler. Le mouvement nazi est officiellement déclenché. Tout va alors brusquement et rapidement basculer : le NSDAP est déclaré parti unique, l'Allemagne se retire de la Société des Nations, l'équivalent à l'époque de l'Organisation des Nations unies, et les premiers Juifs sont déjà arrêtés. Le mal frappe à nos portes.

L'odeur repoussante de ce mouvement se fait même sentir sur les eaux froides de l'océan Atlantique. À mille kilomètres de là, un navire de la compagnie Red Star, le *Belgenland*, venant de New York, vogue paisiblement vers Anvers.

À son bord, un homme célèbre est dans la tourmente. C'est Albert Einstein. Dans la nuit du 26 mars, sur le pont, sous les halos lumineux embrasant la voûte céleste, il n'a pas l'esprit à débattre des mystères de l'univers. Il vient d'écouter la radio : la politique antisémite extrême d'Hitler le met personnellement en danger. Tous ses biens en Allemagne ont été confisqués. Il ne peut plus retourner dans son pays.

Le navire arrive à Anvers le 28 mars. Einstein décide de changer ses plans. Il va rester sur la côte belge, principalement au Coq, pendant six mois avant de retourner aux États-Unis. Il ne reviendra plus jamais sur sa terre natale. L'exode est définitif pour lui.

La politique face à l'immigration

Il y a de la tension dans l'air : l'exode, le chômage, le nazisme naissant, les prisons qui s'engorgent. Chez nous, la vie courante ne varie pas d'un iota. Mon grand-père maternel, Adelson, devient chef du service des achats chez Delhaize, et peu de temps après est nommé directeur commercial. Le secteur de l'alimentation et de la distribution est un secteur assez conservateur ; il est très peu question d'y engager des travailleurs étrangers. Par contre, dans le secteur industriel, depuis quelques années, on assiste à une vague d'immigration étrangère organisée par les entreprises. Cette vague arrive principalement en Wallonie et touche surtout les industries minières et sidérurgiques. Des ouvriers français, polonais et italiens travailleront dans les bassins de la Sambre et de la Meuse pour pallier le manque de main-d'œuvre locale.

Mais en 1934, face à la crise économique et au chômage, l'immigration fait l'objet de beaucoup de critiques. Des mesures de contrôle sont prises, et une réglementation sur la main-d'œuvre étrangère voit le jour. Pour la première fois, une politique d'immigration formalisée est mise en place par l'État belge.

Merci Marie

Mon grand-père ne sait rien de ce qui se trame chez nos voisins teutons. La nuit du 29 au 30 juin est une nuit maudite. Hitler organise ce qu'on va appeler cruellement « la nuit des longs couteaux ». Il veut se débarrasser une fois pour toutes de ses principaux opposants au sein de son propre parti. Plus de 1000 personnes seront assassinées cette nuit-là. Immonde personnage. Ce n'est pas du sang qui coule dans ses veines, c'est du goudron liquide.

Heureusement, le monde peut aussi compter sur des gens d'exception. Le 4 juillet, le cœur de mon amie Marie Curie effectue sa dernière contraction. Une grande figure de l'histoire des hommes s'en va. La classe à l'état pur : humilité, souci de l'autre, intelligence, sens aigu de la liberté et de la justice, désintéressement matériel. Une attitude sans faille. L'attitude, souvent, parle plus que les mots. Cela frise la perfection dans le genre humain. Un bien bel héritage pour nous tous, mais dont on ne se rendra compte que plus tard. On n'apprécie trop souvent la valeur des hommes et des femmes que lorsqu'ils deviennent des souvenirs.

Marie Curie est de la même trempe que la mathématicienne Hypatie d'Alexandrie, qui a vécu au IVe siècle de notre ère et a lutté toute sa vie, face au christianisme naissant, pour la liberté de pensée. Une vraie *pasionaria*. Elles ont toutes les deux une grandeur d'âme qui force le respect.

Soixante et un ans plus tard, le président François Mitterrand fera transférer les cendres de Marie et de Pierre Curie au Panthéon. Marie, qui a toujours refusé les honneurs de son vivant, se retrouve, bien malgré elle, dans le temple de la reconnaissance. Elle repose maintenant aux côtés de grands penseurs tels que Victor Hugo, Voltaire, Rousseau et Émile Zola, celui-là même dont un roman fut donné par Pierre Curie comme premier cadeau à sa chère épouse. Hasard enchanteur. Nouveau clin d'œil de Dame Connaissance. Révérence du temps dans toute sa plus belle intimité.

La charrette de bobonne

Mon amie Marie Curie est partie sous le soleil. En cet été 1934, le temps est vraiment magnifique. Un été comme on l'aime, qui avive les couleurs, qui fait délicieusement ressentir la douceur des ombres et la fraîcheur de l'eau, qui pacifie les regards, qui donne des envies. Il fait tellement beau que les parents de ma mère, en ce deuxième dimanche de juillet, décident de partir en pique-nique au bord de la Semois et d'y emmener toute la famille. On sort la vieille charrette que l'on fait tirer par l'âne de « bobonne ». La famille, au grand complet, est là : les oncles, les tantes, ma mère, son frère. On déroule une grande couverture près des berges de la rivière. On ouvre les bouteilles, on tartine les petits pains avec le beurre et le jambon de la fermière. Tout autour d'eux, les boutons d'or et les coquelicots fleurissent joyeusement. Un parfum délicieux survole les hautes herbes. Il plane une quiétude exquise qui pénètre jusqu'au plus profond de son corps. Mon grand-père, assis au bord de l'eau, se délecte d'un morceau de fromage accompagné d'un petit verre de vin rouge. Sa moustache en frémit de plaisir. Tout est léger, pur, simple.

La démocratie peut engendrer l'extrême

Mais l'apparence est de nouveau trompeuse. La réalité peut se montrer sous un autre visage. La douceur peut cacher son contraire avec une facilité déconcertante. Le 19 août, à la mort du président Hindenburg, Hitler est plébiscité président d'Allemagne par un referendum. C'est en utilisant les outils légitimes permettant le bon fonctionnement d'une démocratie que Hitler a pu prendre le pouvoir. Même un régime démocratique n'est pas à l'abri d'une radicalisation. La démocratie est un beau système politique, mais à manier avec beaucoup de prudence.

La victoire de Hitler est une catastrophe pour l'Humanité. Dès les premiers mois de sa présidence, il renouvelle de fond en comble l'armée allemande. Hitler va en faire l'armée la plus puissante et la plus moderne du monde. Il s'entête dans l'application de sa politique inhumaine. Le cauchemar s'annonce. L'orage nazi gronde. La tempête approche tout doucement, inexorablement.

Ma famille ne se doute de rien; elle vit dans l'insouciance. Au printemps 1935, mes grands-parents Joseph et Marie se rendent à Orval pour y visiter l'abbaye, renommée pour sa bière et son fromage. Je ne sais pas si mon grand-père aimait la bière. Ce dont je me souviens, c'est que sa femme buvait de la bière brune aux repas, même si cela sortait des bonnes convenances. Elle n'aurait jamais osé boire une bière en public, l'image de la femme était encore très stéréotypée. Ainsi, à l'Université libre de Bruxelles, cette même année, une élève est renvoyée pour s'être promenée sur le site universitaire avec un garçon. Le garçon, lui, n'est pas renvoyé. Difficile de comprendre tout cela aujourd'hui.

La Belgique ne semble pas s'inquiéter de l'imminence d'une catastrophe. Elle a la tête pleine de projets. Il y en a un très important qui a lieu en cette année 1935. La capitale belge est, pour la troisième fois, l'organisatrice de l'Exposition universelle. Ma mère, qui a dix ans, est venue avec ses parents, son frère Henri et ses oncle et tante Marcel et Hélène. Très friande de chocolat, elle goûte sûrement, au stand de Côte d'Or, les premiers Chokotoff qui viennent d'être lancés sur le marché. Mon grand-père Joseph, qui est aussi allé visiter l'Exposition universelle, y croise peut-être ma mère, sa future belle-fille. Qui sait ? Dans l'échelle du temps, je suis en haut de leur présent. Ils sont à la portée de mes pensées. Je peux jouer avec leur présent.

Je peux le défaire et le voir autrement. Je pourrais faire rencontrer mon grand-père et sa belle-fille plus tôt que prévu. Ma pensée me fait encore de drôles de tours. J'aime me laisser prendre par son imagination. La pensée, c'est comme un trou noir, elle peut vous mener dans un autre monde.

Tout passe dans les pensées, même les choses les plus ignobles. Hitler, cette créature ratée, continue d'appliquer son plan fasciste à la lettre. On fabrique des voitures pour le peuple : la Volkswagen est née. On construit des navires de guerre, des avions. On bâtit des casernes. Les usines des grandes entreprises allemandes tournent à plein régime. Dans tout le pays, des lignes de chemin de fer ainsi que des autoroutes apparaissent. Elles vont permettre d'acheminer très rapidement le matériel militaire jusqu'aux frontières des pays voisins. Un service du travail est rendu obligatoire pour tous les jeunes. L'industrie allemande surchauffe. En un peu plus d'un an, le nombre de chômeurs passera de 6 à 3,5 millions. On dirait que ce système politique, d'un genre spécial, fonctionne. Mais ce n'est qu'un leurre. Il cache derrière lui une volonté de violence programmée.

Un grand bal

Les choses de la société des hommes ennuient subitement Pégase. Il a la nostalgie du ciel. Il pense à sa grande famille dans le firmament étoilé. Le rythme céleste lui manque. Je suis surpris, il sort de l'attraction terrestre et m'invite à faire quelques pas de danse.

Dans le ciel, absolument rien n'est immobile. Tout se meut. Cette gigantesque chorégraphie a commencé par un tout petit pas de valse de particules élémentaires, puis d'un atome en solo, puis à deux, à trois, puis avec des billions d'autres, pour aboutir à un énorme mouvement entre des milliards de planètes, d'étoiles et de galaxies. Le ciel ressemble à une immense piste de danse, un carrousel endiablé : les planètes tournent sur elles-mêmes et autour de leur étoile, notre système solaire tourne autour du centre de la Voie lactée, les galaxies tournent sur elles-mêmes et autour du centre du Groupe local, les trous noirs tournent sur eux-mêmes ainsi que le cœur des étoiles. Peut-être que l'univers tourne aussi sur lui-même et autour d'autres univers. Même au centre de la Terre, le noyau liquide et le noyau solide tournent sur eux-mêmes, mais dans un sens opposé. Pas facile à danser, ce mouvement-là ! Et dans le monde de l'infiniment petit, tout n'est aussi que mouvement rotatoire : les électrons tournent sur eux-mêmes et autour du noyau de l'atome, le noyau tourne sur lui-même, tout comme les protons.

Rotations, révolutions, tout n'est que valse, danse soufie, tango, twist, sirtaki, flamenco. Le rythme est insoutenable. Depuis la nuit des temps, tourner est le protocole par excellence de « l'existence universelle », le mouvement sacré, initiateur de toutes choses. Dans ce grand ballet ininterrompu, il n'y a aucun temps mort, aucune pause. Quel chaos cela provoquerait !

Chose étrange, tout bouge comme si cela vivait. Qu'y a-t-il de plus vivant et heureux qu'une danse ? Si le Grand Architecte s'est lancé dans la création par un pas de danse, c'est qu'Il devait être habité d'une très grande allégresse ! Il laisse peut-être éclater Sa joie. L'homme participerait à un grand bal sans le savoir. Dans l'univers, on fait la fête nuit et jour. Freine ta plume, Dominique, tu es en train de délirer à force de te poser des questions qui resteront de toute façon sans réponse. Tu ne sais pas aller plus que loin que l'interrogation.

Et toutes ces danses s'inscrivent dans un calendrier rigoureux. Chacune se déroule à des dates précises et pendant des durées bien définies : les solstices, les équinoxes, les éclipses, les passages de comètes, les périodes de rotation ou de révolution. Dieu aime la ponctualité. Il est à cheval sur l'heure !

Ce calendrier céleste s'est imposé dans « l'existence historique ». Les saisons, les nuits, les jours, les heures, tout vient de là-haut. À leur petite échelle, les humains l'ont aussi adopté. Le temps du ciel rythme le temps des hommes. Les horloges, les montres, les cadrans solaires, les pendules, tous fonctionnent sur l'horaire du ciel.

Un chemin de croix

Ma famille ne fait pas exception à cet horaire. Mon grand-père Joseph se lève le premier à 5 heures 30 et prépare le petit-déjeuner. Il va ensuite à l'église Notre-Dame pour y suivre l'office de 6 heures 30. De là, il se rend à pied à son école. Son fils, mon père, se lève à 6 heures 30. Sa première tâche est d'approvisionner en charbon le poêle et aussi de s'occuper de la lessive. Il fait bouillir le linge dans un grand chaudron en cuivre. À 8 heures très précises, il prend la direction de l'école.

En hiver, le trajet vers son école est pour lui un vrai chemin de croix. Quand il quitte la maison, le jour n'est pas encore levé. Il doit longer plusieurs canaux et passer sous de grands arbres aux formes menaçantes. Les ruelles, désertiques, sont sombres et inhospitalières. La lumière des rares lampions fixés aux façades des maisons dessine sur les pavés des figures agressives, sans âme. Tout au long de ces sorties crépusculaires, mon père n'a comme seule compagnie que des ombres fluettes que son imagination d'enfant transforme en personnages lugubres et féroces qui lui lancent, avec un malin plaisir, des cris sarcastiques. Une vraie traversée de l'enfer. Le tableau *Le Portement de Croix* du peintre Bosch qui reprend soudainement vie. Parfois, les canaux sont gelés. Mon père, l'écharpe ballottée dans le vent et le cartable sur le dos, se rend alors en patins à glace en prenant le canal qui passe juste devant l'établissement scolaire.

Le soir, toute la famille se retrouve autour de la table ronde de la salle à manger. Les enfants y font leurs devoirs. On y mange et joue aux cartes. Mon grand-père y corrige les interrogations de ses élèves. Toute la vie familiale tourne autour de cette table. C'est le centre de leur univers.

Les premières vacances

L'horaire du ciel est toujours très pointu. Les jours remplacent les nuits à la minute près, et chaque année, les saisons arrivent toujours à l'heure. Elles sont créées depuis des temps immémoriaux par la révolution de la Terre autour de son astre et du fait de l'inclinaison de ses deux pôles. L'été 1936 ne déroge pas à cette règle. Il apparaît sans aucun retard, même pas une seconde. Cet été est très particulier pour les habitants de la planète bleue. Une génération entière s'en souviendra. Une nouvelle habitude s'inscrit dans l'agenda de monsieur et madame Tout-le-Monde. Ce sont les premiers congés payés, six jours par an ! Il y a un début à tout. La société continue sa démocratisation. Elle devient moins inégalitaire. Tout le monde a droit à une certaine qualité de vie.

À Ostende, en ce premier jour de congés payés du 8 juillet, l'ambiance est spéciale. Beaucoup de curieux rallient la digue pour regarder les gens sur la plage. Le spectacle est surréaliste pour certains. La société étalée sur le sable. Il y a une espèce de mixage des genres : des ouvriers, des employés, des enseignants. De la digue, sous leurs chapeaux de feutre Borsalino, et à travers leurs ombrelles dentelées blanches, les hommes et les femmes de la « haute » regardent ce spectacle avec circonspection. Ils éprouvent un certain malaise de voir ce mélange social. Cette promiscuité leur semble déplaisante, d'un mauvais goût, voire choquante. Mais ils devront s'habituer, car les mœurs vont vite changer.

Pas loin d'Ostende, sur la plage de Wenduine, parmi ces nouveaux genres de vacanciers, ma mère, qui a onze ans, fait la course avec les écumes de vague qui glissent jusqu'aux pieds des dunes. Elle est venue en famille avec ses parents, son frère et sa tante. Elle pouffe de rire en voyant sa mère jambes nues dans le sable. Sur la plage, il n'y a pas beaucoup d'hommes ; son père et son oncle ont préféré rester sur la digue. Le changement est trop brutal pour eux. La plage, c'est juste bon pour les femmes et les enfants ! Les femmes sont souvent plus flexibles aux changements d'habitudes.

Avec les congés payés, le tourisme prend un nouveau tournant, celui du tourisme de masse. Un futur grand marché. La société des loisirs démarre pour de bon.

Alors que la société, en Europe, se démocratise et que le bien-être est défendu comme un droit, en Allemagne, la politique prend une tournure diamétralement opposée. Le

1er août a lieu l'ouverture des Jeux olympiques, à Berlin. Ce n'est pas une fête sportive, mais une propagande du nazisme qui commence à devenir une véritable menace. Le monde s'interroge. Le renforcement militaire de l'Allemagne inquiète. Les journaux commencent à parler d'une possible guerre. Une autre menace, aussi fasciste, vient du sud de l'Europe. Le 5 août, partant des îles Canaries, le général Franco et son armée franchissent le détroit de Gibraltar pour reprendre le pouvoir aux républicains. C'est le début d'une guerre civile meurtrière qui fera plus de 500000 victimes. En Italie, Mussolini impose son mouvement. Comme le nœud coulant d'une corde, le fascisme se resserre autour du cou du continent européen.

Au bord de la Houille

Ma famille ne semble pas voir venir le danger. Ne se doutant de rien, mes grands-parents, Joseph et Marie, passent quelques jours au Grand-Duché de Luxembourg. Ils s'arrêteront à Echternach et visiteront aussi la ville de Trier et sa célèbre Porta Negra. Lors de leurs nombreuses balades, mon grand-père prend toujours avec lui sa canne en bois. C'est sa jambe de réserve ; il ne peut se promener sans elle. Il l'utilise aussi fièrement comme un trophée : après chaque randonnée, mon grand-père grave sur sa canne, à l'aide de son petit canif, le nom de la montagne qu'il a escaladée.

Pendant leur séjour au Luxembourg, mes grands-parents ont mis leurs fils, Pierre et Robert, chez tante Marcelle, à Ostende. Ils ne prennent jamais leurs enfants avec eux en vacances. Tante Marcelle est très prude et ne supporte pas de voir les vacanciers en maillot de bain sur la plage. Cette ostentation de la chair en public a pour elle quelque chose de dégradant, de malsain. À ses yeux, sa belle ville ne mérite pas cela. Comme elle ne veut pas mêler ses petits neveux à toute cette foule libertine, elle les emmène plutôt promener au parc Léopold, beaucoup plus convenable à ses yeux. Pendant leur promenade, mon père qui a onze ans et son frère huit ans, portent le costume cravate. Cela ne doit probablement pas fort les réjouir, mais pour eux, c'est normal, c'est « en ligne » avec leur éducation.

Du côté de ma mère, c'est plutôt le sud par rapport à la famille de mon père. En ce mois d'août, ils vont chaque week-end se baigner dans la petite rivière ardennaise, la Houille, près de Bourseigne. Il fait bien doux à l'ombre des grands chênes qui tamisent la lumière et distillent ses reflets à la surface de la rivière, avec un sens artistique inimitable. L'eau est délicieuse, transparente, diamantée. Mes grands-parents maternels apprécient particulièrement cet endroit bucolique.

Son papa, Adelson, a enlevé ses chaussettes et remonté son pantalon pour mettre ses pieds dans l'eau. Il a gardé sa chemise blanche. Tout le monde rigole. On s'amusait beaucoup dans la famille de ma mère. Ils savent prendre le temps, savourer un moment, admirer un lieu. Tout à l'opposé de la famille de mon père, qui est beaucoup plus « collet monté ».

Entre ces deux familles, c'est vraiment le choc des éducations, des mentalités, des attitudes. Leurs normalités sont différentes. Pour la famille de ma mère, la vie peut être belle et généreuse. Il faut savoir l'apprécier et en profiter. Pour la famille de mon père, au contraire, la vie est sérieuse. Il faut s'en montrer digne. Chaque société, chaque famille a sa propre normalité. Ce qui est correct chez les uns peut être inacceptable chez les autres. Tout est très relatif dans le comportement des hommes. Il ne faut jamais juger trop vite.

Le prix de Keyn

Homme de grande conscience, mon grand-père Joseph, depuis des mois, passe ses soirées à l'écriture. Il met la dernière main à son livre intitulé *Handels Producten.* Il le publiera à la fin de l'année et le présentera au 29e concours Joseph de Keyn. Ce concours récompense les ouvrages d'instruction et d'éducation à l'usage de l'enseignement primaire et moyen. Il est octroyé alternativement, chaque année, tantôt à l'enseignement primaire, tantôt à l'enseignement moyen. Ce prix est offert par l'Académie royale des Sciences, des Lettres et des Beaux-Arts de Belgique.

Mon grand-père emportera le prix haut la main et recevra la somme de 1000 francs. La presse en parlera. Vous ne pouvez pas imaginer la fierté de ma grand-mère quand elle voit son mari dans le journal du matin ! Elle découpera l'article avec ses vieux ciseaux rouillés et le mettra soigneusement dans une grande farde en cuir. Elle fera de même, plus tard, pour ses fils Edgar et Pierre quand le premier travaillera à la télévision et le second au Palais royal.

La remise du prix a lieu au palais des Académies, à Bruxelles. Mon grand-père commandera spécialement pour l'occasion un nouveau costume. Il emmènera avec lui, en train, sa femme et ses trois fils. Il leur offrira même un repas au restaurant pour marquer l'événement, chose exceptionnelle connaissant l'esprit monastique de mon grand-père. Ce jour-là, mon père, qui a treize ans, prend pour la première fois un train, se rend pour la première fois dans la capitale, et pour la première fois aussi mange dans un restaurant. Une véritable révolution dans les habitudes familiales très rigides.

Parmi ces habitudes, à la fin du printemps, comme il se doit dans les familles chrétiennes, mes grands-parents fêtent la communion solennelle de mon père. Après la messe à l'église Saint-Christophe d'Assebroek, un dîner est organisé à la maison. Il a lieu dans la pièce que l'on n'ouvre que pour les grandes occasions. Au centre trône une lourde table en chêne aux pieds énormes. C'est la table des fêtes. Ma grand-mère a sorti la belle vaisselle. La veille, comme elle le fait toujours pour les événements importants, elle a nettoyé tous ses cuivres. Tout est clinquant et surtout ordonné, « l'ordre mène à Dieu », dit-elle.

Le repas est gargantuesque. La lecture des menus, imprimés de rouge et d'or, fait saliver les convives : croquettes Périgord, potage *oxtail*, tronçons de turbot, tournedos à la parisienne, asperges en branches, poulet de grain rôti, pâtisserie et corbeille de fruits.

Guernica

Délectation des choses, version légère de la vie. Dans une famille de Bruges, on festoie, on passe du bon temps. Au Pays basque, dans un mois, des gens innocents vont mourir. Étrange futilité des choses. Troublante existence où tout se mêle sans aucune raison, sans aucun sentiment. On a beau chercher un sens à tout cela, on n'en trouve pas. Il n'y en a sans doute pas. Le 26 avril 1937, les habitants de la petite ville de Guernica, comme chaque lundi, font leur marché tranquillement. Beaucoup de ces gens sont des réfugiés qui ont fui la guerre civile espagnole. Le soleil printanier colorie généreusement les échoppes des marchands. Tout semble calme. Mais ce n'est qu'une illusion. La réalité peut être trompeuse, voire cynique. Dans le ciel, très haut derrière les quelques nuages blancs, des avions militaires envoyés par Hitler sur demande du dictateur Franco, qui vient de prendre le pouvoir en Espagne, vont bientôt lâcher par milliers des bombes sur le village. Franco ne supporte pas les idées indépendantistes. Trois petites heures après, il ne restera plus que des ruines et des cadavres. L'enfer a remplacé le quotidien. Il peut vite tomber dans la réalité de tous les jours. La vie est une illusion derrière laquelle se cache toujours son contraire. Perello, petit village catalan, subira le même sort.

Pour beaucoup d'historiens, Guernica est une nouveauté tristement célèbre. C'est la première fois qu'une extermination volontaire d'une population civile est préparée par une force militaire. Après une telle tragédie, on voudrait que le monde s'arrête, pour se recueillir, pour réfléchir, pour corriger. Mais comme souvent, l'homme passe. Il feint de n'avoir rien vu. Il subit plus qu'il ne réagit. Il laisse la main.

Comme si de rien n'était

Ce ressentiment est insupportable pour mon grand-père. Mais il passe aussi. Que pourrait-il faire ? Peu de temps après Guernica, il emmène sa femme pour un périple en Allemagne. Ils font d'abord une croisière sur le Rhin. Cet après-midi-là, le fleuve fait tranquillement sa sieste. Une lumière, légèrement fauviste, se détend sur l'eau. Les saules pleureurs, le long de la rive, dessinent des magnolias sur la peau lisse du cours d'eau, qui se laisse faire avec un plaisir que l'on devine immense en entendant la pureté de son silence. Cruel contraste avec l'enfer basque. Du haut du pont supérieur du bateau, mon grand-père voit, songeur, son visage flotter sur l'eau. Il pense à Guernica, à tous ces innocents tués. Lui est en vacances, le temps est radieux ; il est mal à l'aise. Et cette guerre maintenant qui semble inéluctable. Cette eau si reposante au regard va bientôt se mélanger avec le sang des morts. Une illusion de plus. Tout est tout et son contraire. Où est la vraie réalité ? Où te caches-tu, vérité ? Existes-tu seulement ? Je ne sais pas. On ne sait rien. Il y a quelque chose d'insidieux dans le réel. Il forme avec l'irréel un couple très singulier. Ils vivent comme des jumeaux. On ne sait jamais vraiment qui est qui.

Après leur croisière, mes grands-parents se rendent en train dans l'Odenwald où ils visitent le parc naturel et les châteaux de la région, Breuberg, Erbach, Wildenburg et Adersheim. Ils termineront leur périple à Francfort. Mes grands-parents ne semblent pas s'apercevoir que l'Allemagne se prépare à une guerre. Ne voient-ils pas que ce pays est en état d'excitation généralisée ? Quand il rentre à Bruges, mon grand-père est néanmoins perplexe mais il n'en parle pas à ses enfants, ne voulant pas créer un climat de peur dans la maison.

De peur, il n'en est nullement question au pays du flegme. Le 12 mai, l'abbaye de Westminster est le décor de l'intronisation du nouveau roi George VI, qui n'est pas très motivé à l'idée de porter la couronne. Une grande première a lieu : pour la première fois dans l'histoire des médias, un reportage est réalisé en direct par une télévision. C'est la BBC qui est l'heureuse pionnière.

En France non plus, la peur n'est pas présente. À Paris, deux semaines plus tard, s'ouvre l'Exposition universelle. Cette exposition a une forte connotation politique. Le pavillon de l'URSS communiste fait face au pavillon de l'Allemagne nazie. Les deux extrêmes se narguent. À quelques pas de là, dans le pavillon espagnol, pend une immense fresque qui frappe les imaginations. Les gens sont touchés par la force qui s'y dégage. Ce tableau dérange et attire à la fois. Il représente le carnage de Guernica, peint par Pablo Picasso. Cette œuvre est un véritable plébiscite politique contre la barbarie. Avant la guerre civile, le gouvernement républicain espagnol a passé une commande au créateur du cubisme. Cherchant un sujet, la tragédie de Guernica a servi de détonateur artistique à Picasso. Il s'est inspiré du tableau *Les fusillés du 13 mai*, réalisé par Goya.

Un apéritif sanglant

L'heure de la violence va bientôt sonner. La violence est la fidèle parmi les fidèles de l'Histoire. Les hommes lui ont pris un abonnement à vie. Mais avant les grandes manœuvres, une dernière répétition en guise d'apéritif va avoir lieu. Le diable a très faim. En Union soviétique, dans cet immense territoire où le silence est régenté et où les frontières sont opaques, une période d'une violence inouïe débute en ce mois d'août 1937. C'est la tristement célèbre « Grande Terreur ». Le mal nommé « petit père des peuples », Staline, de son vrai nom Iossif Djougachvili, lance un programme politique d'un genre particulier : le nettoyage de la population par l'extermination pure et simple de certaines catégories de personnes selon des critères sociaux, ethniques et politiques, subjectivement déterminés. Tout le monde doit faire et penser la même chose. Au pas, camarades. L'Union soviétique, sous Staline, va voir sa population chuter de plusieurs millions de personnes : un million d'exécutions, cinq millions de personnes mortes de faim, dix-huit millions de prisonniers dans les goulags. On appelle cela l'amour de la patrie. Rien que pendant la période de la « Grande Terreur », d'août 1937 à novembre 1938, l'un des bras droits de Staline, Beria, surnommé le « nain sanglant » en raison de sa petite taille, organisera jusqu'à mille exécutions par jour. Il travaille bien ; son « petit père » sera content. Tout est méthodiquement caché, nettoyé. On prend les poussières, l'intérieur est présentable. Il faudra attendre trente-sept ans après la mort de Staline, lors de l'ouverture des archives soviétiques, pour sortir la vérité de sa prison, afin que ces millions de victimes innocentes reçoivent une reconnaissance posthume. Écœurant, inexplicable, insensé.

Le monde fait une nouvelle fois pitié. Sans surprise, la « Grande Terreur » n'a pas servi de leçon, ni Waterloo, ni Verdun, ni Ypres, ni Guernica, ni la nuit des longs couteaux. Aucune guerre, quel que soit le nombre de ses victimes, n'a jamais servi de leçon. La mort de millions d'êtres humains de la main d'autres êtres humains n'a jamais été une bonne raison pour arrêter définitivement les guerres. Incompréhensible, cruel, misérable constat.

Et cette logique toxique va se poursuivre de plus belle. En septembre, mon père rentre en première secondaire à l'Athénée royal de Bruges. Avec ses camarades de classe, ils discutent de cette menace de guerre sans trop y croire. Même leurs professeurs n'en parlent pas sérieusement. La météo est moins optimiste que les hommes : l'automne est maussade et l'hiver s'éternise. En février 1938, des rafales de vent allant jusqu'à 142 km/h sont enregistrées à Bruges. Ces rafales feront d'importants dégâts à la Côte. L'hiver va se poursuivre jusqu'en mai où on relèvera, à Ostende, des températures négatives. Le temps s'énerve. Il crie sa colère au futur belligérant. Mais celui-ci n'écoute pas : le 12 mars, l'Allemagne de Hitler franchit la frontière autrichienne. À travers toute l'Europe, les pensées se glacent. Pourtant, les diplomates croient encore à une solution pacifique. Belle naïveté ! Les esprits vont vite déchanter, car les événements vont rapidement s'accélérer. La Terre des hommes est sur le point de tomber dans l'horreur. Hitler fait échec et mat.

L'odeur du foin

Malgré l'annexion de l'Autriche, personne dans la famille ne croit à une guerre. Mon grand-père rédige deux nouveaux livres : un sur la cosmographie et un autre sur l'économie belge. Pendant les congés scolaires de l'Ascension, il part avec sa femme et ses beaux-parents en pèlerinage à Lourdes. Peut-être ont-ils quand même une pensée dans leurs prières pour la paix dans le monde. Mes grands-parents profitent de ce voyage pour escalader le pic du Midi, dans les Pyrénées.

Du côté de la famille de ma mère, c'est pareil. Rien ne semble les inquiéter ; ils pensent que tout va s'arranger. Les grandes vacances se passent à la campagne, dans les Ardennes.

Ma mère adore donner un coup de main au fermier du coin. Elle l'aide à ramasser le foin et à le mettre en ballots. Les ballots sont ensuite placés dans une grande charrette en bois. Une fois la charrette remplie, ma mère se couche au-dessus du tas de foin. Sur le chemin du retour vers la ferme, au rythme lentement cadencé du vieux cheval de trait, elle aime s'abandonner à cette ambiance champêtre d'été : sentir cette lumière chauffante baigner son corps, fondre doucement son regard dans le bleu si généreux du ciel, s'étourdir de cet arôme singulier de foin coupé.

Je connais par cœur cette odeur de foin. Quand j'étais petit, j'habitais à la campagne. L'été, je passais des journées entières avec mon ami Jean-François dans les champs de blé. Le matin, on venait voir le fermier couper le foin avec sa grande machine et le mettre en ballots. Il les laissait sur le sol jusqu'au lendemain. L'après-midi, dès que le fermier était parti, on jouait avec les ballots, que l'on utilisait comme des pièces de Lego.

Quand le fermier revenait chercher ses ballots, son champ ressemblait à une grande cité médiévale remplie de maisons de tous les styles. Il va sans dire qu'il n'était pas très content.

Cette ambiance estivale vécue par ma mère, je la ressens très fort. Ses sensations sont passées en moi. C'est comme si je m'étais couché avec elle, au-dessus du tas de foin. Mon présent se fond dans son présent. Je la fais renaître par la magie d'un lien génétique et la force de la pensée. Le passé et le présent se sont annulés. Le temps existe-t-il vraiment ? Quand on se plonge entièrement dans la Rivière du temps, il n'y a qu'une seule ligne, la ligne de l'infini. Pégase acquiesce d'un grand coup de tête. Il trouve que je commence à comprendre le fin fond des choses. Ce n'est peut-être qu'un doux songe, une frêle illusion. Mais c'est déjà formidable de pouvoir le rêver.

La menace se concrétise

Les vices des hommes me sortent de mon rêve. Dans le ciel de l'Histoire, les éclairs de l'orage nazi frappent avec toujours plus d'insistance. Au début de l'année scolaire 1938, mon grand-père Joseph se rend à La Panne avec sa classe pour visiter l'usine Meli, fabricant de miel bien connu. Ses élèves le trouvent distant. Il a l'esprit ailleurs : des nouvelles alarmantes se succèdent dans les journaux. L'Allemagne inquiète, elle est menaçante. En septembre, une décision diplomatique rend les autorités politiques européennes mal à l'aise. Ce sont les accords de Munich. Les ministres des affaires étrangères français et anglais, Daladier et Chamberlain, viennent de signer un accord avec le chancelier Hitler et le Premier ministre italien, Mussolini. Ils se sentent indignes : ils ont cédé à l'Allemagne une partie du territoire de leur allié tchèque, le *Sudetenland*, en échange de la paix.

La population européenne croit qu'elle s'est sauvée d'un conflit militaire. Mais les deux ministres ont été floués par Hitler. Le tyran a un plan très clair dans sa tête : il veut réunir tous les peuples allemands sous l'autorité d'un même État. Le *Sudetenland*, à majorité allemande, qui a été incorporé dans le nouvel État tchèque créé au moment de l'armistice de 1918, est un premier pas. Le spectre de la croix gammée s'étend.

Hitler va mettre en application, avec un zèle indécent et une insensibilité totale, les différents chapitres de son plan. Prochain chapitre : rayer les Juifs du monde. Sans scrupules, il ordonne, dans la nuit du 9 au 10 novembre, de détruire toutes les synagogues en Allemagne. La guerre 1940-1945 sera un véritable calvaire pour le peuple juif. Six millions de Juifs vont mourir. Incompréhensible, surréaliste. L'écœurement total. Après la guerre, à Jérusalem, pour ne jamais oublier, six bougies seront érigées près du Mur des Lamentations. Chaque bougie représente un million de Juifs assassinés. Elles brûlent jour et nuit, comme un rappel du passé, éternellement présent. Lors d'un voyage à Jérusalem, cette image des bougies en face du Mur des Lamentations m'a profondément marqué. Chaque être que nous sommes a un devoir de mémoire. On n'est jamais à l'abri d'un retour de manivelle. L'homme est faible. Il peut refaire ce qu'il a condamné.

Dans cette atmosphère électrique, mon grand-père ne quitte plus son nouveau poste de radio avec tourne-disque incorporé qu'il vient de s'acheter. Les nouvelles sont de plus en plus mauvaises. Le 23 août, Staline le communiste pactise avec Hitler le fasciste. Les deux idéologies politiques les plus extrêmes s'allient en concluant un traité de non-agression. C'est la victoire de l'esprit impérialiste sans scrupules, où les valeurs morales sont anesthésiées par le calcul politique sordide. La sécheresse la plus totale de la pensée. Hitler exécute sa stratégie à la perfection. Tout est prêt maintenant pour envahir le versant ouest de l'Europe. L'impensable va se produire.

L'Allemagne déclenche son compte à rebours le 1er septembre 1939 : elle envahit la Pologne. Le couperet est tombé sur la tête de l'Humanité. Deux époques totalement opposées vont s'affronter : le Moyen Âge et l'ère atomique. La cavalerie polonaise charge les tanks allemands. Une bataille surréaliste. Le 20 septembre, Varsovie est écrasée sous les bombes. Les pays alliés de la Pologne ne peuvent plus jouer la carte diplomatique. C'en est trop. En vertu d'accords de défense conclus avec la Pologne, ils déclarent la guerre à l'Allemagne. C'est le point de départ de la Seconde Guerre mondiale.

Sur sa longue liste des pays à envahir, Hitler a mis le plat pays de Jacques Brel en bonne place. La presse belge s'affole. La météo, provocante, y ajoute son petit grain de sel : le 20 janvier 1940, le gel s'étend partout sur le territoire belge. À Rochefort, il fait même -30,1 °C, c'est le record de froid du XXe siècle dans notre pays. Même la nature a revêtu le costume militaire. Mon grand-père Joseph est effrayé quand il apprend le sort de Varsovie. Ce soir-là, il s'enferme dans son bureau pour réfléchir. Il a compris que la guerre est inévitable. Il faut se préparer à l'échéance fatale. Tout est à organiser : sa famille, son école, la résistance.

Et comme un tour cynique du destin, la vie va nous montrer ses habituels mirages. Elle se joue des contraires avec une totale indifférence. Ironie du sort, alors qu'à Varsovie les morts gèlent sur le sol enneigé, mon grand-père Joseph se voit gratifier d'une toute belle promotion : il est nommé directeur de l'École moyenne d'Ypres. C'est la juste et méritante récompense d'une brillante carrière d'enseignant commencée vingt-trois ans plus tôt. Mais il ne fêtera pas cette nomination; l'heure n'est pas à la réjouissance. Les nouvelles sont catastrophiques. L'Allemagne vient de s'emparer du Danemark et de la Norvège. La Pologne a été rayée de la carte. Elle a été dévorée en deux morceaux, par l'appétit carnassier de Hitler mais aussi de Staline. 4500 prisonniers polonais — officiers, médecins, ingénieurs, professeurs, parce qu'ils représentent l'élite — vont être tués, méthodiquement, d'une balle dans la nuque, à Katyn. Ce massacre innommable sera caché pendant cinquante-deux ans par les autorités russes. Toujours cette barbarie !

Un soir, autour de la table à manger, après la prière et le signe de croix pour entamer le repas, mon grand-père se décide à dire la vérité à ses enfants. Ils vont devoir vivre une guerre. Il faudra se préparer à des mois, si ce n'est des années de sacrifices. Encore une guerre. Il ne peut pas le croire. L'être humain continue dans ses tares les plus perverses.

Mai 1940

Une guerre pour la troisième fois

Vingt-cinq ans après le début de la Première Guerre mondiale, à l'aube du vendredi 10 mai 1940, à 5 heures 05 précises du matin, l'armée allemande, sans aucune déclaration de guerre, franchit la frontière belge pour la seconde fois. C'est même la troisième fois, en soixante-neuf ans, que l'Allemagne est prise de désirs belliqueux. J'entends encore ma grand-mère s'énerver, quand elle me racontait ses souvenirs de la Seconde Guerre mondiale : « Les Allemands, encore les Allemands, toujours les Allemands ! » Ma mère, plus sanguine, les appelait les « Boches ».

Certains peuples plus que d'autres ont des vues impérialistes. Ce besoin de conquête pour profiter de nouvelles opportunités commerciales, ce besoin d'agrandir son territoire pour préserver ses frontières, ce besoin d'imposer sa différence culturelle et religieuse font partie de l'ADN de l'homme. C'est marqué au fer rouge dans son cerveau depuis ses premiers pas. C'est son attribut mental le plus ancien. Il ne résiste pas au temps. Il existe encore aujourd'hui. Malgré la mondialisation, les zones de libre-échange, les traités internationaux, cet instinct d'impérialisme demeurera à jamais dans la tête des êtres humains. Dès qu'il y a une frontière, l'homme doit la traverser. C'est plus fort que lui.

À 8 heures, l'ambassadeur allemand se rend au ministère des Affaires étrangères pour y remettre au ministre Paul-Henri Spaak un mémorandum expliquant les raisons de cette violation de territoire.

Mis au courant, le roi Léopold III file à son quartier général de Breendonk, prend le commandement de l'armée et fait appel à ses garants, la France et l'Angleterre. Immédiatement, leurs armées se préparent à porter secours à la Belgique. L'alerte générale est donnée. Le conflit s'annonce terrifiant. Winston Churchill déclare devant la Chambre des Communes : «Je n'ai rien d'autre à offrir que du sang, de la peine, des larmes et de la sueur.»

Quand il arrive à son école, mon grand-père Joseph est médusé. Son esprit chancelle. Il regarde les élèves jouer dans la cour alors que les bombes tombent dans le sud du pays. À quarante-trois ans, il vit déjà une deuxième guerre.

L'agenda de l'histoire en regorge. La « Grande Faucheuse » va de nouveau pouvoir s'exprimer. Les hommes aiment faire appel à ses services. C'est facile : elle travaille gratuitement et est toujours disponible. En plus, il y a toujours de la place chez elle. Tout le monde est le bienvenu. Elle ne fait pas de distinction entre les gens et elle n'impose aucune condition. Alors pourquoi s'en priver ?

L'offensive allemande est brutale et fulgurante. Pendant que les blindés pénètrent dans le territoire, les stukas bombardent les aérodromes ainsi que les villes et dispersent les unités de l'armée belge en marche vers le front. Cette offensive ultra-organisée crée la panique dans la population et la surprise totale dans les états-majors alliés.

Les soldats allemands, qui ont suivi un entraînement intensif depuis plusieurs mois, dans l'Eifel et dans le massif rhénan, sont équipés des armes les plus modernes. La tactique porte immédiatement ses fruits.

Des milliers de civils, hommes, femmes, enfants, vieillards, s'enfuient. Ils encombrent les routes et entravent les mouvements des troupes belges.

Le drapeau nazi au-dessus de Bruxelles

Au moment où les Allemands envahissent la Belgique, mon grand-père habite à Assebroek et enseigne à Ypres. Il fait la navette en train tous les jours. Dans une Flandre bientôt occupée, il ne veut absolument pas laisser sa femme et ses trois enfants seuls à Bruges pendant la journée. Mon grand-père décide de chercher une maison près de son lieu de travail. Mais il a très peu de temps, l'armée allemande avance à grands pas. Il se met tout de suite à prospecter dans la commune d'Ypres. Quelques visites lui suffisent pour trouver une maison en bordure de la ville, qu'il va louer pendant toute la durée de la guerre.

Sans tarder, mes grands-parents se mettent à préparer leurs bagages. Le temps presse.

À l'opposé de ma famille, beaucoup de personnes quittent le pays. Vers Ostende pour prendre les malles et aussi vers Ypres. Ypres est un passage obligé pour la France et ses ports, Dunkerque et Calais, points d'échappée vers l'Angleterre. Parmi ces personnes se trouvent des parlementaires belges. Ils arrivent le jeudi 16 mai en fin d'après-midi dans l'ancienne grande cité drapière. Ils doivent prendre un train pour la France le lendemain.

Les parlementaires, dont le futur Premier ministre belge Achille Van Acker, vont loger cette nuit-là à l'école de mon grand-père, qui va s'occuper de la logistique de ces messieurs les députés. Il les soigne « aux petits oignons ». Le vendredi, tôt le matin, mon grand-père, brugeois comme Achille Van Acker, se rend dans la boulangerie d'en face pour leur acheter des pistolets qu'il paie de sa poche. Quel souci du raffinement dans un moment d'une telle gravité ! Petit bémol à ce beau geste de civilité, les députés ont oublié de les lui rembourser. Les hautes fonctions permettent sans doute de se libérer de certains principes. On mettra cela sur le compte de la guerre…

Ce jour du 16 mai, le drapeau nazi flotte déjà sur l'hôtel de ville de Bruxelles. Bien hardi, saint Michel, qui trône en haut de la tour, veut descendre et se battre, mais c'est trop tard. Après les Bruxellois, les habitants de Bruges sentent le vent fasciste souffler dans leur direction : les Allemands sont aux portes de la ville. Ma famille est sur le qui-vive. Au matin du dimanche 19 mai, les premiers tirs s'entendent dans les rues. La messe dominicale, à l'église Notre-Dame, est perturbée. Les bruits des fusils s'invitent sans scrupules dans les chants liturgiques et ralentissent les prières dans leur montée au ciel. Sans même attendre l'« *ite missa est* » du prêtre, les fidèles quittent précipitamment l'église.

Mes grands-parents ne peuvent déménager ce jour-là, c'est bien trop risqué. Des blessés gisent déjà sur les trottoirs. La ville doit s'organiser rapidement. Les souterrains de la gare sont transformés en hôpital. Pour mon grand-père, il faut parer au plus pressé avant que les Allemands ne prennent entièrement possession de la ville. Malgré la présence de soldats allemands dans les rues, il se rend à l'école anglaise pour y sauver des meubles et des livres de la bibliothèque. Dans une armoire, mon grand-père trouve, conservée sous verre, la tenue de Lord Plumer. Mon grand-père juge qu'on ne peut laisser cette tenue hautement symbolique entre les mains de l'armée allemande, qui ne se ferait pas prier pour la détruire. Il décide de la prendre et de la cacher en lieu sûr.

Herbert Plumer était une figure emblématique de la Première Guerre mondiale. Il fut le commandant de la seconde armée qui vainquit les Allemands à la bataille de

Messines, à Ypres, en 1917. Après cette victoire, il fut promu « *Field Marshal* ».

Pendant que mon grand-père essaye de sauver tout ce qui peut l'être, un autre corps de l'armée allemande rentre à Abbeville, empêchant les troupes alliées de venir secourir la Belgique. Malgré l'encerclement du pays, il y a encore des gens qui fuient. Le 26 mai, les Anglais évacuent, par Dunkerque, 200000 personnes. Le surlendemain, à l'aube, l'armée belge capitule. La conquête de la Belgique n'aura duré que dix-huit jours. On dénombrera 5481 soldats et 6557 civils belges tués. Dans les rangs de l'armée allemande, les pertes humaines sont faibles. Tout fonctionne comme Hitler l'a prévu. Il exécute à la lettre son plan diabolique. Un allié s'invite dans son plan. Le 10 juin, Mussolini déclare la guerre à la France et à l'Angleterre. Peu de temps après, la France capitule à son tour. L'acte de capitulation a lieu à Compiègne, dans le wagon où l'Allemagne a signé l'armistice en 1918. Hitler est revanchard. Il ira même jusqu'à déplacer ce wagon vers Berlin et à le faire exposer devant la porte de Brandebourg. Entre la France et l'Allemagne, il y a comme une habitude à la vexation. Souvenez-vous de la galerie des Glaces, à Versailles, en 1871.

La chapelle Sixtine de l'art

Tous ceux qui ont vécu la guerre de 1914-1918 sont sous le choc. Qui aurait pu imaginer qu'un tel cauchemar puisse revenir si rapidement ? Mon père, qui a quinze ans, commence ses vacances par une guerre. Les hommes rejouent à leurs activités favorites : les meurtres, les dénonciations, les tortures. La violence va de nouveau s'exprimer. Une véritable tradition depuis que l'homme existe. Si on devait réduire l'Histoire à un livre de 100 pages, 99 pages parleraient de guerres. Les journées de disette, de résistance et de deuil vont reprendre. En août, à Bruxelles, des rationnements sont déjà imposés à la population. Des potagers de fortune sont aménagés dans les parcs de la ville. Des salades et des carottes poussent au beau milieu du Parc royal. On se débrouille comme on peut. Les statues mythologiques qui bordent les allées sont quelque peu étonnées.

Mais très loin des affres de la guerre, comme un cri hors du temps pour détourner les hommes de leurs velléités de tuer, une incroyable découverte tombe en ce dimanche 8 septembre. Quatre garçons et un chien gambadent dans la campagne de Dordogne, en France. Soudain, le chien se met à courir après un lapin et finit sa course dans un trou où vient d'être déraciné un arbre mort. Le maître du chien, Marcel, un garçon de dix-sept ans, après avoir dégagé l'orifice, parvient à le reprendre. Quel n'est pas son étonnement de constater que ce trou donne accès à une petite grotte ! Il a envie de descendre, mais c'est trop dangereux sans équipement. Ils décident de revenir explorer cette grotte le jeudi suivant. Ce matin-là, ils entrent tous les quatre dans la grotte et découvrent, à travers la lumière de leurs lampes de poche, avec effarement et éblouissement, des peintures sur les parois. Ils viennent pour la première fois de faire revivre un endroit que l'homme n'a plus foulé depuis 17000 ans. C'est la fameuse grotte de Lascaux. On l'appellera « la chapelle Sixtine de l'art préhistorique », tellement les peintures sont flamboyantes. On n'avait jamais imaginé que l'homme préhistorique pût faire de l'art d'une aussi grande qualité. Les techniques de dessin sont très élaborées : estompes, proportions, mouvements.

Devant tant de ressenti et de délicatesse, les préjugés sur l'homme préhistorique perdent de leur superbe. Les convictions, les certitudes, les vérités sont une nouvelle fois remises en question. Rien n'est jamais totalement acquis. Les découvertes archéologiques de Lascaux, comme celles dans les autres sciences, sont importantes, car elles secouent à chaque fois l'homme d'une trop grande accoutumance à la pensée dominante. N'en déplaise à certains, personne n'a le monopole de la vérité. Elle est en perpétuelle mutation.

La fermière de Dudzele

Passons cet intermède archéologique et revenons à la famille en plein désarroi. À Ypres, les Allemands ont pris leurs quartiers dans le centre de la ville. Mes grands-parents, qui ont finalement pu déménager, se sentent perdus dans leur nouvelle maison. Elle est si grande qu'ils n'occuperont que les pièces du rez-de-chaussée et du premier étage. Derrière la maison, il y a un beau jardin entouré d'un grand mur, traversé du côté droit par une porte qui fait penser à l'arc de Titus, à Rome. Du côté gauche, mon grand-père cultive quelques légumes dans une serre qu'un arbre ombrage de toute sa majesté.

Ce beau jardin est un trompe-l'œil, car très vite, ma famille va être prise dans la tourmente de la guerre. Comme l'occupant applique une politique de rationnement sévère, ma famille ne peut pas toujours manger à sa faim. Mon grand-père, heureusement, connaît un fermier, à Dudzele, près de Bruges, qui lui fournit régulièrement des œufs, du lait et du jambon cru.

La ferme se trouve en bordure d'un canal qui ne sent pas toujours très bon. J'ai eu l'occasion, plus tard, de me rendre dans cette ferme. J'accompagnais, un peu contre mon gré, mes parents et ma grand-mère pour une visite de courtoisie. J'en ai un souvenir très vif, en particulier de la fermière. Je devais avoir dans les six ans, et c'est la seule fois que je l'ai vue. Je me souviens surtout de son physique de colosse. Un mélange de Cyclope et d'Hercule au féminin. Tout dans son corps évoquait la force, la puissance et la robustesse : une voix de ténor qui secouait la somnolence du canal, des bras qui ressemblaient à des rames de galère romaine, des mains sculptées par des milliers d'heures de travail, que l'on évitait de serrer, une taille si grande qu'une ombre gigantesque l'accompagnait dans tous ses déplacements, et des pieds qui semblaient plus creuser que marcher. Son mari, à côté d'elle, ne faisait guère le poids. J'espère qu'elle ne lira pas ce que je viens d'écrire ! Mais il y a une chose qui me fascinait en particulier, chez elle, c'était ses seins. Ils étaient d'une taille impressionnante pour mes yeux de petit garçon. On aurait dit les seins de la mère de Pantagruel. Voluptueux. Généreux. Le symbole même de l'abondance. On devinait les litres de lait qu'ils devaient contenir. J'avais envie de les vider.

Ma grand-mère Marie appréhendait, redoutait même au plus haut point deux moments très délicats : l'embrassade du bonjour et l'embrassade de l'au revoir. Elle, qui était beaucoup plus petite et mince, quand la fermière l'embrassait, avait complètement la tête écrasée entre ses seins. C'était des seins carnassiers. On sentait en eux une envie de dévorer. Je vois encore les joues rougies de ma grand-mère après l'étreinte. Quel spectacle ! Je ne savais pas si je devais rire ou m'émouvoir du sort de ma grand-mère.

Je n'oublierai jamais cette visite. Maintenant, je sais que Pantagruel et Hercule n'existent pas que dans les livres. Pégase a aussi été impressionné par la fermière. Elle aurait à coup sûr eu sa place dans le domaine des dieux, la place de la déesse de l'Abondance. Elle me fait un peu penser, mais en moins gracieux, à la déesse Artémis d'Éphèse, avec ses multiples seins qui garnissent son ventre.

La fermière de Dudzele est une version campagnarde d'Artémis.

La Résistance

Mais arrêtons de rire. La situation est grave : c'est la guerre. Le 7 décembre 1941, l'aviation japonaise attaque par surprise la base navale américaine de Pearl Harbour, à Hawaï. Le président Roosevelt déclare immédiatement la guerre au Japon qui, en moins de six mois, va conquérir la moitié du Pacifique. Les États-Unis sortent une nouvelle fois de leur isolationnisme. La guerre se mondialise. Elle va se dérouler sur tous les continents, dans les airs, sur les mers, sur terre.

En Belgique, la Résistance doit s'adapter aux événements. À l'origine appelée « la Légion belge », la Résistance se donne un nouveau nom, l'Armée secrète (AS), et modifie complètement sa structure. Le territoire belge est divisé en cinq zones. Chaque zone est elle-même subdivisée en secteurs, constitués de divers groupes. Chaque groupe est commandé par un officier de l'armée, le « chef », et un sous-officier. Au début de la guerre, le rôle de l'Armée secrète se limite à surveiller les mouvements des troupes, le cas échéant les identifier, donner des renseignements sur les collaborateurs et les dénoncer, et ramasser, si possible, les munitions abandonnées par les troupes françaises et belges en retraite. Mais dans la deuxième moitié de l'année 1943, le rôle de l'Armée secrète se voit élargi : destructions de ponts et de voies de chemin de fer, coupures électriques et même attaques ciblées contre l'armée ennemie seront régulièrement menées jusqu'à la défaite allemande.

Trois mois après la bataille de Pearl Harbour, mon grand-père Joseph est officiellement enrôlé dans l'Armée secrète, zone III, secteur d'Ypres. Il prend sa tâche avec beaucoup de détermination et un grand sens du devoir. Chaque jour après son travail, il part rejoindre ses camarades de la Résistance. Ses missions sont très périlleuses et de tous les genres. Il doit régulièrement cacher des armes dans la maison, faire des traductions pour la presse clandestine, lui fournir du papier stencil et des machines à écrire, distribuer de l'argent aux familles de résistants prisonniers ou déportés, fournir de fausses cartes d'identité pour les travailleurs vivant dans la clandestinité. Mon grand-père héberge dans son école des dizaines de jeunes gens traqués par les Allemands. Il prend des risques insensés. Un soir, il fait dormir dans son bureau de l'école deux résistants recherchés activement par la Gestapo. Un autre jour, il réussit à se procurer du phosphore blanc et à le fournir à un résistant pour incendier des wagons, remplis de paille et de lin, stationnés en gare d'Ypres. La Résistance d'Ypres est très active. Son fait d'armes le plus marquant est la destruction d'un petit pont surplombant le canal, pas loin de la maison de mes grands-parents. L'explosion est si forte que des débris du pont tombent sur le toit de leur maison et occasionnent de sérieux dégâts dans les chambres.

Mon grand-père s'absente souvent les nuits. Une de ces nuits, sans avoir informé sa femme de la véritable raison de son absence, il quitte son domicile. Il a une mission délicate : aller chercher un résistant très malade. Sans intervention médicale, il risque de mourir. Ce résistant vit caché dans la clandestinité. Mon grand-père, pour rendre sa mission plus crédible, décide de prendre une voiture de la Croix-Rouge. Il transporte le résistant à l'hôpital chez le docteur Ronse, médecin chirurgien attitré de l'Armée secrète, qui, avec les moyens du bord, réussira à lui sauver la vie.

Les deux fils aînés de mon grand-père, Edgar et Pierre, participent aussi à la Résistance. Ils distribuent des tracts clandestins qu'ils cachent dans la petite cabane au fond du jardin. L'ambiance à la maison est très tendue. Tout peut facilement basculer dans le drame. Il y en aura. Un jour, Edgar est dénoncé et fait prisonnier par les Allemands. Il restera six mois dans la prison de Bruges. Peu de temps après, la Gestapo frappe à la porte de la maison pour faire une rafle. Ils fouillent la maison, mais ne trouvent ni armes ni tracts. Frustrés, ils emmènent mon grand-père à leur quartier général, situé dans les bureaux de la police d'Ypres. Ma grand-mère, effondrée, croit ne plus jamais le revoir. Il sera présenté à un officier supérieur et une âpre discussion aura lieu entre les deux hommes. Par chance, l'officier allemand est un homme intelligent. « Est-ce que vous ne feriez pas la même chose que moi si vous étiez dans la même situation ? », lui demande mon grand-père. L'officier acquiesce. Il le laisse rentrer chez lui. À son retour, en le voyant franchir la porte d'entrée, ma grand-mère et les enfants n'en croient pas leurs yeux. Un vrai miraculé !

Mais la pression n'est pas levée. Quelques jours plus tard, au grand dam de ma grand-mère, un officier allemand s'installe à la maison. Elle ne supporte pas l'idée d'offrir l'hospitalité à un « ennemi ». Elle se sent déshonorée, souillée. Mais elle n'a pas le choix : les familles belges sont forcées par l'occupant à héberger des militaires allemands. Heureusement, ce militaire ne restera que deux mois. Quand ma grand-mère me narrera plus tard cet épisode, il y aura encore de la rage dans sa voix.

Le calvaire des Juifs

Voilà déjà deux ans que cette guerre a commencé. La chasse aux Juifs est de plus en plus violente. Ils sont oppressés de toutes parts. Par millions, ils sont emmenés comme du bétail en Allemagne et en Pologne. Personne ne sait où exactement. On pense qu'ils sont conduits dans des camps de travaux forcés, dans les mines de sel polonaises. Mais la réalité est bien pire. Le matin du 6 juillet 1942, à Amsterdam, la famille juive Frank doit se cacher dans une petite annexe secrète à l'arrière des bureaux de l'entreprise familiale. Un des enfants, ma vieille amie Anne, pour remplir ses longues journées, décide d'écrire un journal dans un carnet qu'elle vient de recevoir de son père pour ses treize ans. Elle ne se doute pas qu'elle est déjà en train d'écrire son testament. Le calvaire des Juifs est un crève-cœur absolu. Deux mois plus tard, à Bruxelles, dans le quartier des Marolles, 718 Juifs sont évacués de force. Ils ne peuvent rien prendre avec eux. Le lendemain, des gens sans scrupules viendront piller leurs maisons. Le cynisme humain dans toute sa splendeur !

À côté de celui d'Anne Frank et des enfants juifs des Marolles, le sort de mon père est beaucoup moins tragique. Depuis le début de l'occupation, il a coutume, avant l'école, de se rendre tous les jours à la première messe du matin de 6 heures 30 au couvent des Capucins, situé pas très loin, derrière la maison. Il va régulièrement à confesse chez le père Benedictus et, au fil des rencontres, s'est lié d'amitié avec lui. Mon grand-père a peu l'occasion de s'occuper de ses fils. Il est fort pris par la Résistance qui lui confie de plus en plus de responsabilités, au point même de le nommer officier de liaison entre la gendarmerie et l'Armée secrète.

Pour mon grand-père, à la tension liée aux risques qu'il prend dans la Résistance s'ajoute un gros souci avec son fils Pierre, qui vient de terminer ses secondaires. Pierre a l'intention de s'inscrire à l'Université de Gand afin d'y entamer des études de sciences politiques. Il veut faire carrière dans la diplomatie. Mais l'occupation allemande persistant, il doit revoir son projet.

Depuis le début de l'année 1943, les Allemands ont instauré le « service du travail obligatoire », le STO, pendant un an. Avant de pouvoir entrer à l'Université, les jeunes Belges ayant terminé leurs secondaires sont obligés de prester un an au service de l'occupant. Les usines d'armement, en Allemagne, fonctionnent à plein régime et manquent de main-d'œuvre. Deux mois auparavant, mon père a reçu pour son fils une convocation pour le STO qui l'invite à se présenter à la Werbestelle, le bureau de recrutement du travail, à Bruges. Mon grand-père, résistant, ne veut absolument pas mettre son fils au service des Allemands. Pour contourner cette obligation, il décide de le laisser en secondaires et de lui faire suivre une année supplémentaire en section scientifique, « spéciale maths ».

Mon grand-père est soulagé de ne pas voir son fils partir en Allemagne. Pendant l'été, il profite de ses rares moments de répit pour lire, sous les pommiers du jardin, un livre qui vient de paraître. Ce livre, tout empreint d'humanité et de sagesse, lui plaît beaucoup. Il va apaiser ses pensées en ces temps de barbarie. C'est le fameux *Petit Prince* de mon ami Antoine de Saint-Exupéry. Ce sera son dernier ouvrage. Un an plus tard, en mission de reconnaissance, il s'écrasera avec son avion dans la Méditerranée, à la Côte d'Azur. On ne retrouvera son épave que cinquante-sept ans plus tard. Ce long mystère fera de lui un véritable mythe.

Quelques pages blanches dans la mémoire collective

La guerre continue, implacable. Il n'y a pas que l'ennemi qui nous tue. Au cours de l'été et de l'automne 1943, les offensives alliées sur le continent européen, en prévision du futur débarquement déjà programmé, se font durement ressentir. L'objectif est d'affaiblir au maximum la capacité de réaction des Allemands pour le jour où le débarquement aura lieu.

Par centaines, des bombardiers anglais, canadiens et américains vont jeter leurs bombes sur les usines, les ports, les gares, les lignes de chemin de fer. Beaucoup de ces bombes vont rater leur cible. La Belgique, la France et l'Italie seront particulièrement touchées. Rien que le 4 août, à Naples, 3000 personnes seront tuées sous le bombardement, et le 7 septembre, à Bruxelles, 300 personnes subiront le même sort.

Le 16 septembre, c'est au tour des habitants de la ville de Nantes de vivre l'enfer : 1000 morts. Tout n'est plus que poussière. Les tuiles des maisons recouvrent le plancher, les églises sont ouvertes au ciel, le sang est évacué dans les rigoles.

Les livres d'histoire sont peu loquaces sur ces tragédies. La mémoire collective, qui a une façon bien particulière de trier les informations, les a oubliées. Elle ne retient souvent que la version écrite par les autorités officielles.

Et l'enfer persiste pour les Juifs. Un mois après, jour pour jour, le samedi 16 octobre à 5 heures 30 du matin, des camions entrent dans le quartier juif à Rome.

Des SS en sortent et pénètrent de force dans les habitations. Ils réveillent toutes les familles. On les entasse dans les camions. Parmi eux, une femme enceinte. Sur la route, elle ressent des contractions. Le convoi s'arrête. Trois soldats la traînent dans une cour où elle accouchera toute seule. Son bébé sera « arrêté » immédiatement. Leur destination finale : le camp de concentration d'Auschwitz. L'écœurement total. Le calvaire n'en finit pas.

La guerre s'éternise, la population n'en peut plus. Elle est harassée. Elle attend, en vain, une lueur d'espoir. Les gens ne le savent pas encore, mais une petite lumière va bientôt réussir à se lever dans le ciel noir de la guerre.

Des mouchoirs sur la mer

Peu avant le début de l'été, dans la soirée du 5 juin 1944, une chanson d'automne résonne dans les postes de radio. Les mots, pétris de mélancolie, de mon vieil ami Verlaine annoncent la délivrance : « Les sanglots longs des violons de l'automne blessent mon cœur d'une langueur monotone. »

En langage codé, le jour J est pour le lendemain. À l'aube, les Alliés approchent des plages de Normandie. Ils vont réussir un impossible défi : faire débarquer sur le continent européen, après une gigantesque préparation, la plus grande armada de tous les temps.

Au large des côtes, il y a près de 7000 bateaux transportant 140000 soldats. La mer a perdu sa peau ondoyante. Tout est recouvert d'acier ; le ciel ne se reconnaît plus dans son miroir naturel. On n'entend même pas les vagues. Quand l'attaque est lancée, les premiers soldats qui sortent des barges sont abattus comme des mouches. La marée montante rejette tous les cadavres sans pitié, comme s'ils dérangeaient. Elle ne fait pas le tri.

La plage est tapissée de morts. Les corps sont déchiquetés par les mines et les rafales de mitraillettes. Un immense mélange décousu et inerte de matières gît sur les flots : des photos, des mains, des cigarettes, des ceintures, des bagues, des montres qui tournent encore.

Tout est défait, désarticulé : des lunettes sans yeux, des bras sans épaules, des mouchoirs sans poches, des lacets sans chaussures. La vie dépecée, désintégrée. La fin du monde flotte sur l'eau rougeoyante. Toutes les phrases du livre de la vie sont rejetées. Les feuilles pourrissent dans le sang. La vie est devenue inintelligible. Le vide absolu, le trou sans fond. Dans les abysses de l'Atlantique, l'enfer ricane de plaisir.

Ce matin-là, mon grand-père et ses trois fils ont les oreilles rivées à la radio. Le soir, la BBC annonce officiellement que le débarquement a bien eu lieu. Ma famille est loin d'imaginer la terrible tragédie qui se joue sur les plages de Normandie.

Malgré cette hécatombe dantesque et au prix du sacrifice de milliers de jeunes soldats, les Alliés réussissent à mettre le pied sur le continent. Leur impressionnante et folle route à travers l'Europe occupée peut commencer. L'espoir renaît dans la population.

Les Alliés approchent

Tous les jours, mon grand-père suit très attentivement la progression des Alliés. L'information qu'il récolte est très utile pour la Résistance d'Ypres. Le 13 juin, il apprend que l'Allemagne a lancé sur Londres des appareils jamais vus jusque-là. Il s'agit d'engins volants qui explosent en tombant. Ce sont les premières fusées construites dans l'histoire des hommes. On les appellera des missiles de croisière, les V1. Pendant quatre-vingts jours, nuit et jour, des centaines de ces fusées s'écraseront dans la capitale anglaise.

Mon grand-père est aux abois. Il y a de l'électricité dans l'air. La Résistance rentre dans une phase délicate. Le chef de la gendarmerie d'Ypres, aussi résistant, est dénoncé. Il doit fuir dans le maquis. Avec l'avancée de plus en plus pressante des Alliés, la Résistance d'Ypres doit s'organiser afin de les aider au mieux. Mon grand-père installe dans son école le centre opérationnel de l'Armée secrète locale avec l'aide de son collègue Dehaene et le commandant de la gendarmerie. Des nuits entières, les trois hommes se retrouveront dans le bureau de mon grand-père pour mettre au point les procédures qu'il va falloir appliquer le jour où les Alliés s'approcheront d'Ypres. Témoin de ces réunions, le concierge de l'école est mis au courant et est fait membre de l'Armée secrète. Prévoyant, mon grand-père se fait indiquer l'endroit où sont cachées les armes.

Alors que la tension est à son comble, mon père, qui a presque dix-neuf ans, termine sa « spéciale maths ». L'adolescence s'achève, mais il ne l'a pas réellement vue passer : la guerre la lui a chipée. Que veut-il faire de sa vie maintenant que le conflit mondial semble prendre fin ? Mon père a son avenir pour lui. Il peut le préparer. Mais il hésite. Peut-être la diplomatie.

À 212 km de là, à Amsterdam, dans sa cachette, une autre adolescente, Anne Frank, qui a maintenant quinze ans, sait déjà ce qu'elle veut faire. Elle rêve d'être journaliste et écrivain. Mais son destin va en décider autrement. Elle n'a plus son avenir pour elle. La petite Anne, en ce 3 août, ne réalise pas qu'elle vient d'écrire la dernière page de son journal. Son destin va basculer tragiquement. La famille d'Anne a été trahie. Quelqu'un a dévoilé leur cachette à la police allemande. Tôt le lendemain matin, la police s'introduit dans leur planque. Avec une brutalité sans bornes, les armoires sont saccagées, les vêtements jetés, la vaisselle cassée. Le journal d'Anne tombe par terre.

Personne n'y prête attention, sauf Anne qui est abattue. Sa raison d'être, anéantie. Elle se sent mourir. Personne ne savait qu'elle tenait un journal. C'était son secret, sa sève. Toute la famille est emmenée. En sortant, Anne jette un dernier regard sur son journal. Elle a tellement envie de le reprendre, mais elle ne peut pas. Son sort est déjà scellé.

Pierre et Anne, deux adolescents aux destinées différentes. L'un peut décider de son avenir, l'autre doit subir. L'un peut choisir son sort, l'autre non. Y a-t-il un tribunal virtuel qui décide pour nous ? La vie est-elle prédestinée ? Il y a des destins auxquels on ne peut se soustraire. Quand on est trop dedans, il faut suivre, qu'on le veuille ou non.

À Ypres, la situation est à son paroxysme. Suite à une fausse alerte sur l'entrée imminente des Alliés, les gendarmes quittent leur caserne et prennent le maquis pour rejoindre la Résistance. Mon grand-père se rend à l'endroit où ils se cachent et leur ordonne de ne plus retourner dans leur caserne. La tension est exacerbée, comme la température ; il fait épouvantablement chaud. Au même moment, la Première Armée canadienne, flanquée à l'est de la division blindée polonaise, pénètre en Flandre-Occidentale. Le 2 septembre, devant l'avancée des soldats polonais, les Allemands quittent la ville d'Ypres.

La libération de Bruxelles

Ypres et Bruxelles vivent au même moment le même dénouement. La capitale belge est aussi sur le point d'être libérée. Le 3 septembre, les Allemands mettent le feu au Palais de justice et fuient la ville. Ce sont les *Welsh Guards* de la 32e brigade qui entrent les premiers dans la capitale entre 20 et 22 heures. Le soir, il y a encore quelques combats dans le parc du Cinquantenaire. Le lendemain, vers 15 heures, quand la brigade belge Piron entre dans la ville, les gens sont pris de folie. La population bruxelloise afflue de tous les quartiers vers les grands boulevards. La liesse populaire est indescriptible.

Ma mère est là parmi la foule. Elle a couru à toutes jambes de sa maison vers le boulevard Léopold II pour voir passer les soldats libérateurs. Elle crie sa joie avec des amies qui redoublent leurs acclamations au moment où les chars alliés passent devant elles. Le cliquetis des chenilles des chars sur la route et le vrombissement de leurs moteurs augmentent l'excitation générale et fait monter la chaleur ambiante. Des jeunes filles montent sur les chars, des roses sont lancées vers les soldats, des baisers volent, des mains se serrent, des regards se fondent. Ma mère, avec sa petite robe à fleurs, ses yeux verts et ses cheveux blonds, ne passe pas inaperçue. Les soldats la regardent. Ils ont sans doute une idée derrière la tête. Comment pourrait-il en être autrement ?

J'ai un portrait d'elle, cette année-là. Elle ressemble si fort à toutes ces femmes que l'on voit sur les photos de la Libération, habillées d'une robe légère tombant juste au-dessus des genoux, jambes nues, pieds recouverts par de petites chaussettes, chaussures plates en cuir. J'aurais bien aimé me retrouver aussi dans la foule. Non pas pour participer à la fête, mais pour voir ma mère. J'aurais aimé connaître la femme de vingt ans avant qu'elle ne soit mère. Je lui aurais peut-être fait la cour comme ces soldats. Aimait-elle séduire et être séduite ? Elle ne m'a jamais raconté cet épisode de sa vie. Il est vrai que je ne lui ai pas demandé. Je n'ai pas été assez curieux. Je respectais trop son silence.

Enfant, on a peu le sens de l'histoire. On n'a pas toujours le réflexe de considérer ses parents comme des acteurs de « l'existence historique », comme des passeurs de témoignage. Et c'est bien dommage. Je le regrette aujourd'hui.

La famille de ma mère est heureuse, mais celle de mon père vit dans l'incertitude : Ypres n'est toujours pas libérée. Mes grands-parents n'osent pas sortir de chez eux, ne sachant trop si les Alliés sont déjà arrivés. Pendant la nuit du 5 au 6 septembre, personne n'arrive à fermer l'œil.

Cette nuit tendue n'est rien en comparaison de celle que la famille Frank est en train d'endurer au même moment. Les Franck ont été empilés avec d'autres familles juives dans un train pour une destination inconnue. Au milieu de la nuit, le train s'arrête. Le noir de la nuit est encore plus noir que de coutume.

On vient de les débarquer dans un camp de concentration : celui d'Auschwitz. Les femmes et les hommes sont séparés. Ils vont être dépossédés de leur nature humaine et réduits à un numéro d'un à six chiffres «vissés» à même la peau. Ils seront déshabillés, rasés, torturés, humiliés… vidés. La mort est déjà là qui attend. Ces défunts en devenir rentrent dans un cauchemar vivant dont on ne se réveille pas. Aucun mot du dictionnaire ne peut traduire ce qu'ils vont vivre. L'apocalypse est atteinte. L'enfer existe : il est sur Terre.

Le bruit et le silence

Pégase est choqué. Jusqu'où les hommes peuvent-ils aller dans leurs monstruosités ? Ils n'ont pas de limites ; le pire est à chaque fois dépassé. Durant la nuit, mon cheval blanc prend brusquement de la hauteur. Il veut changer d'air. Pégase a de nouveau besoin de revenir chez lui arpenter les méandres du ciel. Nous nous laissons aspirer par un trou noir, on glisse sur une comète, on se met dans le souffle d'une supernova, on s'étire entre une étoile et une planète pour changer l'ombre d'une éclipse, on se fait porter par une onde gravitationnelle, on se couche sur une courbure de l'espace-temps. Quelle jubilation, quel allègement, quelle délivrance !

Le ciel est une immense scène où se joue un spectacle pharaonique. Mais, chose étrange, la musique de cet étourdissant spectacle ne s'entend pas. Dans l'espace, aucun bruit ne filtre, pas un souffle, un miaulement, un craquement, ni même un soupir, rien. Les sons, qui sont des ondes sonores, ont besoin d'un support pour se propager. Comme il n'y a ni air, ni eau, ni gaz dans l'espace interstellaire quasi vide, les sons ne peuvent se déplacer. L'univers se refuse à l'oreille. Le domaine des dieux est muet. Dans l'espace, seule la lumière peut se diffuser et se voir. Elle est composée d'une particule de matière, le photon, qui lui permet de se répandre. Si deux amoureux se promenaient dans l'univers, ils ne pourraient entendre leurs doux mots. Ce spectacle grandiose, fait d'explosions, de collisions, d'éruptions, se joue entièrement dans le silence. Imaginez le vacarme s'il y avait de l'air dans le ciel !

Quelle frustration pour le chef d'orchestre ! Son spectacle gigantesque sans musique ! Peut-être qu'il l'a voulu ainsi. Comme s'il avait un grand secret à protéger et avait choisi délibérément de se morfondre dans un long mutisme. Ou bien il préfère passer inaperçu. Cela ne l'intéresse pas, la célébrité, être sous les feux de la rampe. Dans l'univers, rien ne se dit, tout se fait : le Big Bang s'est accompli en silence, l'univers a grandi en silence, la Terre s'est formée en silence. Les grands desseins se taisent dans l'accomplissement de leurs actes. Aucun cri de joie, aucun cri de douleur. Quel sang-froid ! Quelle humilité ! Et si tout ce travail titanesque se fait en silence, presque dans la discrétion, c'est que ce n'est peut-être pas si important. La routine céleste. Bizarrerie métaphysique. Et quand l'immensité préfère se taire, les humains, à leur échelle microscopique, préfèrent les ragots, les simulacres, les flatteries. Antinomie totale des genres.

Une journée folle

Cette baignade dans la mer sans rivage a semblé une éternité, tellement elle fait tout oublier. On respire la quiétude de « l'existence universelle ». En bas sur la planète Terre, où le silence n'existe pas, les habitants répètent aveuglément leur sordide vieille habitude : la guerre. À l'aube de ce mercredi 6 septembre, dans un cérémonial séculaire, le soleil imperturbable et un peu moqueur se lève sur la ville d'Ypres. Il répartit sa lumière dans les rues avec méthode et une légère parcimonie. Le rose du levant teinte avec un soin extrême la brume qui s'escrime à freiner le réveil du jour. Comme d'habitude, la roue de « l'existence universelle » tourne sans prêter attention aux agissements des hommes.

Dans « l'existence historique », cette journée va être très mouvementée. Les Alliés sont aux portes de la ville. Après la dissipation du brouillard, un premier soldat ose s'aventurer le long des remparts. C'est un motard polonais. Mal lui en prend : un soldat allemand, qui fuyait de ce côté, l'aperçoit et l'abat froidement d'un coup de révolver. À quelques minutes près, le Polonais aurait encore été en vie. Il est le premier Allié à entrer dans Ypres, mais hélas la dernière victime de la libération d'Ypres.

Mon grand-père Joseph, posté à la fenêtre de sa chambre, suit très attentivement tout ce qui se passe dans la rue. Voyant que les Polonais prennent déjà position dans le quartier, il juge le moment opportun pour rallier le bureau de l'Armée secrète dans son école. Imprudent mais téméraire, il descend précipitamment les escaliers et quitte son domicile. Les Polonais ont besoin d'un coup de main de la Résistance. Ma grand-mère, qui est clouée au lit par une grosse grippe, veut l'en dissuader, mais l'entêtement de son mari est plus fort. En sortant de chez lui, mon grand-père croise un soldat polonais qui le prend pour un Allemand. Le Polonais arme son fusil, mais au moment de tirer constate que Joseph porte une chemise de couleur avec un col blanc. Aucun Allemand ne porte ce genre de chemise. Le Polonais ne tire pas. Mon grand-père est sauvé grâce à sa chemise. À quoi tient une vie ! Une deuxième fois miraculé. Décidément, Hadès est bienveillant avec lui. Malgré ce coup de sueur fou, mon grand-père court de plus belle à travers les dédales des rues alors que les soldats allemands n'ont pas encore tous quitté la ville. Arrivé sain et sauf à son école et constatant l'absence du chef officiel, il décide de prendre, avec son confrère Dehaene, les choses en main. En dépit d'un armement insuffisant, mon grand-père convainc ses collègues d'aider les soldats polonais. Il fait envoyer quelques volontaires à la planque où sont cachées les armes pour les distribuer à tous les membres de l'Armée secrète.

À la maison, vers midi, alors que ma grand-mère, malgré une fièvre tenace, prépare à manger, elle voit, par la fenêtre de la petite cour intérieure, la silhouette d'un soldat. Elle croit que c'est un Allemand. Elle prend peur. Elle crie inconsciemment vers son mari, mais il n'est pas là. Le soldat frappe à la fenêtre et, d'un geste rapide, montre le fanion polonais sur son uniforme pour la rassurer. Soulagée, ma grand-mère le fait entrer et l'invite à partager son repas. Ce soldat dormira pendant quelques nuits dans la maison de mes grands-parents. Le jour de son départ, il leur offrira son poignard et sa montre pour les remercier de leur hospitalité.

L'après-midi et jusque tard dans la soirée, les résistants de l'Armée secrète vont poursuivre les soldats allemands qui fuient la ville. L'Armée secrète d'Ypres parviendra à faire 453 prisonniers, dont 18 officiers et un major. Mon grand-père et deux de ses adjoints vont interroger pendant toute la nuit ces officiers pour connaître avec précision les positions de l'armée allemande et en faire part aux autorités militaires alliées. Mon grand-père décidera de mettre une partie de ces prisonniers dans son école. Il divisera son école en deux parties. Une partie comme prison où les soldats allemands seront hébergés et nourris et une autre partie comme hôpital pour soigner les blessés et les malades. Mon grand-père fera aussi regrouper les officiers prisonniers dans une pièce à part et les mettra sous surveillance spéciale. Il est au four et au moulin. Il n'arrête pas. Ce n'est que tard dans la nuit qu'il rejoindra la maison. Jamais il n'oubliera cette journée du 6 septembre.

La situation se décantera complètement le lendemain. Ypres est enfin libérée. Le même jour, mon père fête son anniversaire. Il a dix-neuf ans. Le destin lui offre le plus beau des cadeaux : la fin de la guerre. Peu à peu, le quotidien reprend son cours normal. La famille déménage pour revenir à Assebroek, et mon grand-père Joseph retourne enseigner à l'École moyenne de l'État. Il est choqué de voir comment sa ville natale a été traitée par les Allemands. La porte médiévale de Gand a été détruite.

Dans l'église Notre-Dame, les murs sont vides. De nombreux tableaux ont été enlevés par l'armée allemande, ainsi que la célèbre Vierge de Michel-Ange. Décidément, on ne veut pas laisser la Vierge Marie en paix ! Après Napoléon, la voilà de nouveau en exil.

L'enfer dans les Ardennes

Les pays libérés commencent à s'organiser. L'État belge s'engage à fournir aux troupes alliées 115 000 hommes dans les sept mois à venir. Un accord entre la Belgique et l'Angleterre prévoit la création d'unités auxiliaires, appelées LMU pour « *Liberated Manpower Units* ». L'ensemble de ces unités est réparti en 67 bataillons de fusiliers, 8 bataillons de pionniers, 34 compagnies de transport, 3 compagnies de dépôts d'essence ainsi que des détachements de prévôtés, de déminage, de garde de prisonniers de guerre et de récupération. Suite à cet accord, l'armée belge fera placer des affiches dans toutes les villes pour informer la population de l'enrôlement des volontaires.

Les événements, qui s'accélèrent subitement, poussent mon père à changer son fusil d'épaule. Après mûre réflexion, il décide aussi de participer à ce grand mouvement de libération en se portant volontaire de guerre. Mon père ira s'inscrire à la maison communale de Bruges.

Du côté du front, la reconquête de l'Europe se poursuit. Les troupes alliées gagnent du terrain. La fin de la guerre semble proche. Mais alors que l'on pensait qu'une ultime attaque des Alliés suffirait pour vaincre définitivement l'Allemagne, c'est au contraire l'armée allemande qui reprend l'offensive. Hitler ne s'avoue pas vaincu ; il va jouer sa dernière carte. Dans un sursaut d'orgueil désespéré, il jette ce qui lui reste de forces dans la bataille. Profitant de la rivalité entre les chefs d'état-major anglais et américain, l'armée allemande lance une contre-attaque dans les Ardennes belges pour essayer de couper l'avancée des Alliés vers l'Allemagne et, dans un second temps, de reprendre le port d'Anvers par où transite une grande partie du carburant des forces alliées.

À l'aube du 16 décembre, après un intense pilonnage d'artillerie, les troupes blindées allemandes entrent dans les Ardennes belges. Elles percent le front et refoulent la première armée américaine. La nouvelle sonne le glas pour tout le pays. La bataille, qui va durer un mois, se déroulera dans des conditions climatiques extrêmes. La neige n'arrêtera pas de tomber, transformant les

Ardennes en un véritable enfer polaire. Six jours plus tard, le général Patton réagit à l'attaque allemande et lance trois divisions au sud de Bastogne. Quelques heures après, les Alliés bombardent par erreur Malmedy. Ce bombardement causera 202 morts parmi les civils et 400 parmi les soldats américains.

Un Noël funèbre

Pendant les fêtes de fin d'année, personne n'a envie de s'amuser. Le moral de la famille est au plus bas. L'armée allemande va-t-elle de nouveau nous occuper ? Est-ce que le cauchemar recommence ? Le soir de Noël, ma grand-mère Marie est à la maison du quai Vert, au chevet de sa mère Alice, qui est très malade. Elle est à l'article de la mort. Ma grand-mère est venue lui apporter des couvertures. À l'intérieur, il n'y a ni sapin ni décoration. Seule une petite crèche, sur l'applique au-dessus du poêle à charbon, fait croire que c'est Noël. Au premier étage, dans la chambre où mon arrière-grand-mère dort, le froid pénètre les corps et les pensées. Tout au fond du silence s'entendent les premiers chants de l'au-delà. La mort fait déjà sentir sa présence.

Et comme pour se faire plaisir, le diable va rendre l'atmosphère encore plus macabre.

D'une manière tout à fait imprévue, la Luftwaffe déclenche, le jour de la Saint-Sylvestre, l'opération « Bodenplatte » en lançant 1 035 avions contre les bases aériennes alliées. 593 appareils alliés seront détruits. Et ce n'est pas terminé. Le lendemain matin, quasi jour pour jour quatre mois après la libération de Bruxelles, des avions allemands bombardent Evere. Ces offensives se solderont par de nombreux tués innocents. Le diable est aux anges. La population ne comprend plus grand-chose. Elle désespère.

Le découragement est total. Cette guerre ne veut pas finir. Et le diable va encore frapper. Deux jours après le réveillon du Nouvel An, mon arrière-grand-mère Alice s'en va rejoindre les étoiles. Le temps est glacial. Le canal en face de la maison est gelé. Il règne une ambiance morose, désabusée : l'hiver, la guerre, la mort. L'esprit de ma grand-mère est lourd. Elle qui avait eu le privilège de vivre jusque-là dans une relative insouciance est confrontée, par la mort de sa mère et par la guerre, à l'autre face de la vie. C'est inédit pour elle, ce sentiment de tristesse. Qu'elle est loin, la Belle Époque ! Mon grand-père Joseph, qui, lui, a eu un passé beaucoup plus pénible, va l'aider. Il a l'expérience des moments tristes. Arthur, le mari de mon arrière-grand-mère, est terriblement abattu.

Sa femme était son équilibre, sa bouée de sauvetage, sa lampe de nuit. Il ne va jamais se remettre de son départ. Lui si fort, si royal, si combatif, va rendre les armes et lâcher bientôt aussi la corde de la vie.

Mes grands-parents n'ont pas le temps de s'appesantir sur leur sort. Les événements ne leur en donnent pas l'occasion. Juste après l'enterrement de mon arrière-grand-mère, le général américain Patton déclenche une contre-offensive dans les Ardennes. Encore des morts, toujours des morts. Heureusement, cette attaque sera décisive. Elle va pousser les troupes allemandes à enfin se retirer vers l'est. La nouvelle est ressentie comme un immense soulagement.

L'extrême du genre humain

L'hiver et la guerre, en ce mois de janvier, se ressemblent : dur, implacable, cruel. Trente jours de gel. À Spa, la couche de neige atteindra 49 cm. Les Belges souffrent. Le charbon se fait rare. Pour se chauffer, il faut brûler du bois. Quand on n'en trouve pas, les meubles sont cassés et jetés dans le feu. Certains jours, le courant électrique est supprimé. Chez lui, mon père prend son mal en patience. Il attend en vain la convocation officielle de l'armée belge. Suite à des problèmes d'équipements et de matériel, la constitution des unités auxiliaires a pris du retard.

Les nouvelles du front sont un peu plus encourageantes. L'étau se referme lentement autour de l'Allemagne, sauf sur sa frontière orientale. Le 12 janvier, Hitler envoie, mais sans succès, sa sixième armée blindée SS sur le front est. Il cherche à contrer l'armée russe qui lance une offensive vers l'ouest. Les Soviétiques progressent très vite : en ce mois de janvier, ils sont déjà en Pologne. Le pays de Copernic, de Chopin, de Marie Curie, de Ben Gourion, de Rubinstein est libéré de l'occupation nazie. Mais est-ce vraiment une libération pour le peuple polonais ? Il ne gagne pas grand-chose au change. Après le régime nazi, les Polonais vont devoir subir les foudres d'un autre régime extrême : le communisme de Staline. La Pologne pâtit de sa position géographique, loin d'être idéale entre deux puissances impérialistes.

Dans leur course vers Berlin, les troupes russes vont toucher au point culminant de l'infamie. Ils vont découvrir l'inhumanité la plus parfaite, l'horreur absolue. On ne peut pas faire pire. Ce 27 janvier 1945, ils entrent dans le camp de concentration d'Auschwitz. Les soldats sont glacés d'effroi en ouvrant le portail en barbelés. Des vivants squelettiques s'amassent autour d'eux. Chaque corps n'est plus qu'un concentré osseux où seuls les yeux laissent encore passer un soupçon de vie. Un peu plus loin, des milliers de cadavres enchevêtrés moisissent dans une fosse. Une chambre à gaz est découverte.

Plus d'un million de personnes ont été tuées dans ce camp. Un million. 1000000 ! Essayez de mettre un million de personnes devant la porte de votre maison ! Tuées, que dis-je, assassinées ! Par le gazage, la malnutrition, la torture, les expériences médicales. Une véritable usine à fabriquer des morts. L'homme est un tueur viscéral. Le travail de millions d'années d'évolution est bafoué, méprisé. Quelle prétention et quelle insolence que de s'arroger le droit d'écraser le fruit de ce travail exceptionnel ! Une véritable insulte à la vie, une offense à la nature, un bras d'honneur à l'univers !

Décidément, l'espèce humaine n'est vraiment pas à la hauteur de la vie. L'homme est-il réellement humain ? Où va-t-il chercher cette antipathie, ce mépris, cette barbarie ? Comment croire que celui qui a créé la musique, la poésie, la médecine puisse être de la même nature que celui qui tue, qui torture ? Il y a du bourreau et du poète en chacun de nous. Il y a tout en nous : la violence et la bonté ; la haine et la fraternité. Et cette dualité, malgré les immenses progrès réalisés par notre Humanité, est toujours en nous. Pourquoi les hommes n'arrivent-ils pas à se libérer de leur face cruelle ? Pourquoi un homme ne pourrait-il pas aimer les autres comme il aime ses enfants ? Ne pourrait-il pas faire en sorte que le poète maîtrise le bourreau ? Cela demanderait beaucoup d'humilité, de générosité, de conscience de « l'existence universelle » et de culture de l'autre. Il faut travailler ces valeurs tous les jours, car elles ne sont pas innées chez l'homme.

Au 24e bataillon

Quelques jours passent. Alors que des V1 font encore des ravages à Liège et à Anvers, mon grand-père, dans son très strict rituel matinal, se dirige vers la boîte aux lettres, au fond du hall d'entrée. Il y trouve une enveloppe de l'armée belge adressée à son fils Pierre, qu'il s'empresse de lui donner : c'est une convocation invitant mon père à se rendre le 6 février à Gand afin d'y prester un mois d'instruction prévue pour les volontaires de guerre. La lettre l'informe aussi qu'il est incorporé dans la 4e compagnie du 24e bataillon de fusiliers, dirigée par le capitaine Farcy. Le chef du 24e bataillon, de régime linguistique néerlandophone, est le major Van Eerdewegh. Le bataillon s'installera à l'école de Kerchove, rue Pollepel, réquisitionnée pour la formation des volontaires de guerre. Ce 24e bataillon sera mis sous les ordres du XXIe corps d'armée britannique, commandé par le maréchal Montgomery, très envieux du succès du général Patton dans les Ardennes.

Tous les bataillons de fusiliers sont du même type. Un bataillon comprend un effectif d'environ 800 hommes répartis en six compagnies : une compagnie d'état-major et cinq compagnies de fusiliers. Chaque compagnie, qui compte plus ou moins 150 soldats, est dirigée par un capitaine et est subdivisée en sections qui elles-mêmes sont divisées en pelotons. Les premiers volontaires doivent suivre une instruction très sommaire et dans des conditions souvent peu orthodoxes. Faute de costumes militaires, ils doivent garder leur habit civil.

Du côté du monde politique, on prépare déjà l'après-guerre. Les autorités des pays vainqueurs s'attellent à construire le (leur) futur. Ils vont redessiner la carte de l'Europe. Le dimanche 4 février s'ouvre la conférence de Yalta entre les trois grandes puissances alliées : les États-Unis, l'Union soviétique et l'Angleterre. Sous la baguette autoritaire de Staline, l'Europe va être découpée comme un saucisson sec en deux grandes zones d'influence : soviétique et américaine. Cette nouvelle carte est très loin d'être idéale. Les peuples de l'Europe de l'Est vont en subir lourdement les conséquences. L'avenir s'annonce mal.

« Il a passé dans sa barque celui qui n'avait pas de barque »

Ce même dimanche, mon père se rend à la messe au couvent des Capucins. Il veut voir le père Benedictus. Après l'office, mon père et le prêtre s'asseyent sur un banc, au pied d'une des grosses colonnes de l'allée centrale. Une Vierge Marie pend au-dessus de leurs têtes et les regarde, malgré le million de morts d'Auschwitz, avec une apathie déconcertante. Mon père informe le père Benedictus qu'il a décidé de se porter volontaire de guerre. Il avait besoin de le lui dire. À la fin de l'entretien, le père capucin sort, d'une poche de sa longue bure, son chapelet personnel et le donne à mon père. Ils se quittent avec beaucoup d'émotion. Plus jamais ils ne se reverront.

Ce chapelet sera pour mon père, pendant ses moments de grande solitude sur le front, son porte-bonheur. Mon père le mettra dans la poche gauche, côté cœur, de son pantalon. Nuits et jours, dans tous ses combats, moraux et physiques, il le gardera sur lui. Après la guerre, il continuera de le porter jusqu'à sa rencontre avec ma mère. Mon père s'en séparera le jour même de son mariage ; sa femme sera devenue son nouveau porte-bonheur. Il cachera ce chapelet, qui lui rappelle trop de mauvais souvenirs, derrière des livres dans sa bibliothèque.

Bien plus tard, après des mois de lutte inutile contre une maladie perfide, quelques jours avant sa mort, quand il comprendra qu'il ne lui reste plus qu'une seule issue, la porte du « Grand Inconnu », mon père me donnera ce chapelet en pleurant comme un enfant, comme s'il se dépouillait de tout, comme s'il se livrait à la mort. Il se sera séparé deux fois de son talisman. Une première fois pour sa femme et une deuxième fois pour sa mort.

Je me souviens de la nuit de son décès. C'était au tout début du printemps. Quand son cœur s'est arrêté, nous nous tenions main dans la main. J'ai fait avec lui ses premiers pas dans l'au-delà. Je l'ai conduit au seuil du mystère. Quand sa bouche a respiré une dernière fois, étrangement, j'ai senti mon père partir, mais pas mourir. Le vent céleste l'avait emporté. Comme tout être humain, il s'en est allé, sans aucune certitude, avec pour seul bagage ses interrogations, ses remords, ses peurs, ses secrets. Mon père avait franchi son Nil. Comme aurait dit Hirkhouf, monarque d'Assouan, vers 2300 avant Jésus-Christ, l'un des premiers explorateurs de l'Histoire : « Il a passé dans sa barque celui qui n'avait pas de barque. »

Juste après l'envol de mon père, à l'aube, quand le soleil commençait à étirer ses premiers regards, j'ai été pris d'un appel du petit bois situé en contrebas de la maison. Je suis sorti. J'ai descendu le sentier. Tous les oiseaux du bois m'attendaient et m'ont chanté l'hymne du lever du jour, rien que pour moi. Dans leurs chants, j'ai reconnu la voix de mon père. Elle était si juste, si sereine, si rassurante. La lumière de l'aurore, encore à moitié endormie, dansait sur les premières feuilles du printemps. J'ai senti cette lumière m'étreindre affectueusement de tous ses rayons pour me faire participer intimement au réveil du jour. J'étais dans la paix la plus profonde, la vraie paix, celle qui révèle l'intériorité la plus enfouie de votre être, celle qui fait le lien entre le sang de l'homme et la sève de l'arbre, entre

« l'existence historique » et « l'existence universelle », celle qui révèle votre appartenance à la grande famille réconciliée du temps et du non-temps. Paradoxalement, ce matin-là a été l'une de mes plus belles matinées. Il y avait tout dans ce jour levant : l'espoir, la quiétude, la confiance, la plénitude.

J'ai remonté le sentier. Je suis rentré faire le deuil de mon père, rempli de paix. Une paix qui exalte un rien, où ce rien dévoile la vraie authenticité des choses. Ce genre de paix existe toujours, même dans le malheur. Elle est au-delà de tout.

Départ pour la guerre

Redescendons dans le temps, dans « l'existence historique ». Pégase me sort du petit bois et me conduit à Bruges. La réalité, c'est la guerre. Après sa visite au couvent des Capucins, mon père consacrera la journée du lundi 5 février à préparer ses affaires. Il suit à la perfection les instructions mentionnées dans la lettre de convocation. Cette nuit-là, un sommeil agité l'empêche de dormir : il pense et repense aux jours à venir. Le lendemain, mon père se lève tôt. Il doit prendre le train pour rejoindre son bataillon. Quand il descend, son baluchon sur le dos, et croise du regard, sur l'étagère, le petit soulier en étain que ses parents ont fait faire à l'occasion de sa naissance, mon père est très loin d'imaginer dans quel guêpier il va tomber. Sa mère l'attend en bas de l'escalier, le coude lourdement posé sur la rampe. Elle est abattue. La crainte de ne plus revoir son fils la fait tomber dans une profonde mélancolie. L'envie de garder son enfant à la maison et le devoir patriotique s'entremêlent dans ses pensées. Après un petit-déjeuner particulièrement copieux, Pierre doit partir. Son père l'accompagnera jusqu'à la gare. Les gorges sont serrées. Pierre embrasse sa mère et salue son frère Robert. Son autre frère, Edgar, aussi engagé comme volontaire de guerre, est déjà parti vers le front.

Ma grand-mère Marie, anéantie, ira se réfugier dans la cuisine pour y sécher ses larmes. Cette cuisine est son antre, son îlot où elle aime se retrancher pour ne plus être dans la retenue du socialement correct. Comme dans un « studiolo » de la Renaissance, elle y chante, dessine, déclame des poèmes. C'est aussi sa chasse gardée, son petit territoire sur lequel elle règne comme un chef suprême sans pitié. Quiconque veut y entrer doit en respecter les règles : s'essuyer les pieds sur le paillasson, fermer la porte pour éviter les courants d'air, ne toucher à rien et par-dessous tout ne rien y laisser traîner. Cette pièce ressemble à un QG de l'armée où les grandes décisions se prennent en pelant les pommes de terre ou en faisant la vaisselle. C'est aussi le lieu des invitations aux envies. Quatre pièces convergent vers la cuisine : la cave, le corridor qui mène vers la porte d'entrée, la terrasse donnant sur le jardin et la salle de séjour. De ce carrefour intérieur, on peut assouvir beaucoup d'envies : l'envie de croquer une pomme de la cave, l'envie de sortir en ville, l'envie de se balader entre les fleurs ou l'envie d'aller lire son journal. Cette cuisine est aussi le QG des odeurs. Elles y tiennent très régulièrement leur assemblée. Celles qui ont toujours le plus à dire, ce sont l'odeur des phlox du jardin, l'odeur sucrée des pommes, l'odeur de la cuisson, mais surtout l'odeur du charbon. Celle-là adore tenir le crachoir. L'inhalation de toutes ces odeurs fait perdre la tête. On est pris d'une forme d'ivresse sans avoir bu une goutte d'alcool.

Sur le quai de la gare, mon grand-père, dans un élan spontané qui ne lui ressemble pas, serre fortement son fils dans ses bras et laisse échapper malgré lui quelques discrètes perles de larmes. Mon père, troublé par ce geste affectueux, ne tarde néanmoins pas à monter dans le train. Ce dévoilement d'émotion est tout nouveau pour les deux hommes. On exprime peu ses sentiments dans le milieu très pudibond de Bruges. Le train quitte la gare plus lentement que d'habitude. Les pensées sont lourdes. À travers la fenêtre, le père et le fils se saluent une dernière fois. Reverrai-je mon fils? N'aurais-je pas dû lui refuser de partir? s'interroge mon grand-père. Dans quelle galère me suis-je embarqué? Ai-je pris la bonne décision? se demande mon père. Arrivé en gare de Gand, il monte dans un camion militaire qui l'emmène à l'école de Kerchove. Mon père se présente au bureau administratif, où il reçoit sa carte d'identité militaire, son document de congé ainsi que son document médical. On lui donne aussi sa plaque métallique d'identité, à porter autour du cou 24 heures sur 24.

Le lendemain, mon père passe chez le tailleur pour prendre les mesures de son uniforme. Quand il enfile pour la première fois son uniforme militaire, il a une impression mitigée de fierté et d'inquiétude. On lui met aussi une barrette blanche à l'épaule droite, signe distinctif des volontaires de guerre. Dans l'école, les conditions de vie sont très rudimentaires. Les classes ont été transformées en dortoirs où les miliciens dorment dans des sacs de couchage rembourrés de paille. Une classe comprend en moyenne une quarantaine de soldats. Chaque soldat a la responsabilité de changer régulièrement la paille de son sac de couchage. Comme la paille perce les sacs, les soldats passent leurs nuits à chercher en vain le sommeil. Qu'il est loin, le doux confort de la chambre à la maison !

Sur le front

Après son mois d'instruction, mon père est jugé apte au service. Il recevra sa première paie, 250 francs. Son chef lui annonce qu'il peut intégrer le prochain contingent pour l'Allemagne. Le « grand jour » arrive. Mon père va participer à la campagne de libération. Il va connaître la guerre de très près. Son esprit est perdu dans les interrogations. Le jour du départ, tôt le matin, l'infirmerie lui administrera sa deuxième dose de vaccin. Le contingent, qui comprend cinq sous-officiers fraîchement promus, est emmené en camionnette au camp militaire d'Orsoy am Rhein, sur la rive ouest du Rhin. Les Allemands occupent encore la rive est. Sur la route, le chauffeur n'a pas l'air très sûr de lui. Quelques kilomètres avant d'arriver, au moment de franchir un passage à niveau, alors que les barrières commencent déjà à baisser, le chauffeur freine brusquement, ayant compris qu'il ne pourra pas passer. Le choc est si violent que les cinq passagers sont projetés contre la porte arrière de la camionnette. Ils perdent tous connaissance. Ce n'est que le lendemain, après une nuit passée à l'infirmerie, qu'ils retrouveront totalement leurs esprits. Comme premier contact avec la vie militaire active, cela commence plutôt mal.

Sur place, mon père est nommé agent de liaison et prend le commandement d'un peloton. Son travail consiste principalement à assurer la garde des camps de prisonniers et à organiser l'intendance locale en vue d'accueillir les nouveaux renforts. Pour mener à bien cette tâche, mon père doit réquisitionner un grand nombre d'écoles. Son peloton est aussi chargé de sécuriser les zones qui viennent d'être bombardées par les tirs de l'aviation et des chars alliés. Le contact avec la population allemande est très difficile à gérer. Le comportement des soldats belges se vengeant sur les Allemands au nom d'atrocités commises sur leurs familles fait peine à voir. La peur est omniprésente. Mon père me racontera qu'une nuit, au cours d'une garde le long du Rhin, il a dû utiliser son révolver contre un soldat allemand : « C'était lui ou moi ! ». Mon père est face à la mort; celle des autres et peut-être la sienne. Mais il va y échapper.

Cette première expérience de la guerre, mon père la ressent comme un véritable cauchemar, un choc moral douloureux. Des traces ineffaçables seront marquées à jamais dans son corps et dans sa tête. Lui, jeune adolescent de dix-neuf ans, qui a jusque-là vécu dans la sécurité et la tranquillité familiale, découvre pour la première fois le monde des hommes dans toutes ses extrêmes, sa bassesse et sa vilenie. À l'âge des rêves, mon père est trop vite confronté à la face sombre de la nature humaine.

Durant cette période noire, les soirées sont ses seuls moments de répit et de relative évasion. Mon père n'oubliera jamais, à la nuit tombante, le son du clairon annonçant l'extinction des feux. Noyée dans la solitude la plus profonde, vivant à côté de la mort, cette lente et légère mélodie lui offre un instant d'oubli, de vide bienfaiteur. Dans des situations extrêmes, un rien peut vous sensibiliser : une brise dans les feuilles, un éclat de couleur, un geste, un regard, un son. Le simple révèle la vraie beauté des choses. C'est dans le simple que se cache la vraie profondeur. Le simple est l'enfant de la paix.

Parfois, un peu de fantaisie égaye tout de même ses journées. De temps en temps, mon père rencontre des soldats américains. Certains portent des t-shirts et des lunettes solaires, d'autres boivent du Nescafé ou du Coca-Cola. Mon père n'a jamais vu cela à Bruges et encore moins dans sa famille. Une chose l'a beaucoup frappé : les « Yankees » mâchent un truc bizarre entre les dents. Ils appellent cela du chewing-gum. Tous ces nouveaux produits vont se vendre comme des petits pains. Les guerres offrent souvent de grandes opportunités commerciales.

Une reconquête morbide

En ce printemps 1945, le temps presse. Un nouveau péril menace l'Europe : le péril rouge. Les Soviétiques gagnent de plus en plus de terrain sur le front est. Les Alliés occidentaux doivent se hâter s'ils ne veulent pas voir une grande partie du continent croquée par l'armée de Staline. Ils ne vont pas y aller de main morte. En quelques semaines, sans scrupules, leurs avions déverseront des centaines de milliers de bombes sur les villes allemandes. En février, Dresde sera rasée. Les dégâts collatéraux sont immenses : 400000 civils seront tués dans les derniers mois de la guerre. La patrie de Kant, de Nietzsche, de Heidegger, de Husserl ressemble à un purgatoire. Dans ce brasier épouvantable, le bataillon de mon père, qui ne s'imagine pas dans quelle galère il se trouve, vient de rejoindre la XXIe *Army Group* britannique. Et de l'autre côté du globe, c'est aussi le massacre. Personne ne sait que, quelques jours plutôt, dans la nuit du 9 au 10 mars, l'armée américaine a bombardé Tokyo au napalm. Un tiers de la ville sera détruite, 95000 morts, bien plus que les victimes d'Hiroshima et de Nagasaki réunies.

Les morts s'accumulent à une vitesse inouïe. Des dizaines de milliers de familles sont orphelines de leurs êtres chers. Fallait-il vraiment poursuivre tous ces bombardements ? La vie d'un citoyen du pays ennemi vaut-elle moins que la vie d'un citoyen du pays vainqueur ? Vainqueurs ou vaincus, amis ou ennemis, défenseurs ou envahisseurs, les hommes font la même chose : tuer. Les attitudes ne changent pas, quel que soit l'idéal que l'on défend. Encore des morts pour rien, encore des victimes innocentes. Quel gaspillage ! Au cours de l'Histoire, on compte tellement d'innocents dans les morts ! Pégase ne comprend décidément rien à la logique des hommes. La mémoire collective est une nouvelle fois restée très discrète. Elle ne parle pas de ces abominations. L'Histoire doit encore se faire corriger. Son interprétation est un exercice qui n'est jamais pleinement achevé. Ceux qui l'écrivent ne sont pas toujours les plus désintéressés.

La mort, une libération

Comme d'habitude, la vie mélange les douleurs et les bonheurs dans une rare harmonie. Le dimanche 15 avril, ma mère fête ses vingt ans. Après quatre ans de guerre, elle peut enfin vivre autrement. Mais d'autres n'auront pas sa chance. Toujours ce singulier mariage des genres. En ce mois d'avril — ou peut-être en mars, on ne connaît pas la date exacte —, dans une pièce humide et poussiéreuse du camp de Bergen-Belsen où elle a été transférée avec sa sœur trois mois auparavant, Anne Frank ressent dans son corps décharné ses derniers battements de cœur. Anne a le typhus et a perdu 20 kg. Elle a vu mourir sa sœur Margot, et sa mère est morte il n'y a pas longtemps dans un autre camp. Anne n'en peut plus. Elle veut s'enfuir. Il lui reste encore une sortie, celle qui est toujours à portée de main. Elle tend ses dernières pensées vers l'orifice de la mort. La mort peut aussi être une délivrance… la vraie, peut-être. Dans un ultime effort, elle songe à son journal, à tous ses mots détruits. Anne ne le saura jamais, mais le destin va se montrer plus clément avec elle, comme pour se faire pardonner de ce qu'il lui a fait subir. Son journal va être repris et gardé par un employé de l'entreprise de la famille Frank. Il le remettra plus tard au père d'Anne, seul survivant de la famille. Ce journal sera publié après la guerre et connaîtra un immense succès. L'âme d'Anne Frank va survivre. Elle va naître une deuxième fois.

Par la magie de l'écriture, elle vit maintenant en nous, chaque jour. Elle a gagné la guerre à sa manière.

Cette guerre va enfin trouver son dénouement. Le vendredi 27 avril 1945, les troupes américaines rejoignent les troupes russes à Torgau, sur l'Elbe. L'étau s'est refermé. Les Russes paieront un lourd tribut. Vous voulez encore des chiffres à cinq ou six zéros ? 17 millions de civils et 8 millions de soldats tués. Cela représente plus de 10 % de la population russe. Insoutenable.

Le lendemain, le principal investigateur de la guerre et son pantin italien vont disparaître à jamais. Mussolini est exécuté, puis pendu par les pieds. Et dans la nuit du 7 mai, à Berlin, Hitler va enfin prendre ses responsabilités : il se suicide dans son bunker souterrain avant que les soldats russes n'y entrent. Le monde est débarrassé de cet individu venu de l'enfer. Il ne méritait pas d'avoir un cœur dans son corps. Honte à l'Humanité d'avoir permis à l'enfer de s'exprimer !

Au même moment, mon père est à Velde, dans le Nord de l'Allemagne, avec son 24e bataillon. La nouvelle armée belge poursuit sa reconstitution et comprend déjà 57 bataillons de fusiliers. On déplore dans ses rangs 67 tués; ce seront les derniers soldats belges sacrifiés.

Mon père vient juste de terminer la lecture d'un livre écrit par René Bazin, *Le blé qui lève*. Tout un symbole en cette période de fin de guerre.

Cela fait maintenant trois mois qu'il a quitté sa famille. Elle lui manque cruellement, surtout sa mère.

Dans un geste instinctif, mon père va lui envoyer le livre de Bazin. La dédicace qu'il écrit, en première page, témoigne de la grande solitude du soldat : « À ma Mère bien-aimée, avec toute ma profonde affection.» Il met une majuscule à Mère; c'est comme un appel pour aller se blottir dans le creux de son épaule. Heureusement, mon père pourra bientôt la revoir.

50000000 !

Le mardi 8 mai, la capitulation générale des Allemands est officialisée. La nouvelle se répand comme un léger vent printanier à travers toute l'Europe. Il y a eu tant de changements de dernière minute que certains n'y croient pas. Mais les informations qui se multiplient de tous côtés concordent et confirment l'épilogue de la guerre. Enfin, cette guerre est finie. Enfin libre ! L'Histoire peut reprendre un cours plus normal, pour autant qu'elle ait un cours normal… Le soir, à Bruxelles, la foule s'agglutine sur toutes les places publiques. Des dizaines de milliers de Bruxellois passeront la nuit dehors. La foule est joyeuse, elle crie, elle chante. L'effervescence va durer jusqu'au lendemain.

Mais peut-on vraiment se réjouir ? Le nombre total de morts de la guerre s'élèvera à plus de 50 millions ! Faut-il vraiment parler d'une victoire ? 50000000, cela donne le vertige. Cinq fois la population d'un État comme la Belgique. En cinq ans, les morts se sont bousculés devant la porte de l'au-delà. Pour la première fois dans l'histoire des hommes, son entrée était trop étroite ! L'au-delà n'a jamais accueilli autant de morts en si peu de temps. Les morts sont si nombreux que les gardes de la Grande Porte n'arrivent plus à juguler le flux des nouveaux arrivants, ils sont complètement dépassés. Les dieux doivent même leur prêter main-forte, ils ont dû descendre de leurs trônes. Du jamais vu depuis Adam et Ève !

Au regard de « l'existence universelle », cette tuerie gigantesque doit paraître totalement incompréhensible, surréaliste, risible, ubuesque. Quel sens donner à ce qui s'apparente, vu du ciel, à un suicide collectif ? La Rivière du temps est rouge de sang. Elle ressemble à une grande plaie ouverte. Une blessure que l'homme s'est faite volontairement. Il est paranoïaque. Il y a chez lui une sorte d'inclination à l'automutilation. Avec un tel bilan, le monde entier devrait s'arrêter et jurer de ne plus jamais tuer. Vaine résolution, naïve illusion : dans quelques jours, on recommence. Les hommes apprennent très peu de leurs erreurs.

Ils ont osé !

Je poursuis ma longue marche avec Pégase. Mes pas sont de plus en plus lents. Le poids de l'inconscience et de la petitesse du genre humain est lourd à porter. Au début de l'été, mon père, toujours stationné en Allemagne, est nommé sergent. Lorsqu'il se lève, ce matin-là, il est à cent lieues d'imaginer que très loin de sa chambrée, au fin fond d'un désert au nom prédestiné de « Jornada del Muerto », dans l'État du Nouveau-Mexique, aux États-Unis, depuis plusieurs jours, quelques personnes sont en train de changer la face du monde. La guerre a pris fin en Europe, mais dans le Pacifique, elle continue toujours. Les Américains veulent en finir. Une tragédie gigantesque va bientôt se dérouler, qui va bouleverser l'Humanité tout entière. En ce début du mois de juillet, la première bombe atomique, la bombe A, très religieusement mal appelée « Trinity », préparée en secret depuis plusieurs mois dans le cadre du projet Manhattan par l'équipe du physicien Oppenheimer, est prête. La bombe est installée sur une tour en bois sur le site d'Alamogordo. Oppenheimer décide de la tester et fixe la date de l'essai pour le 16 juillet 1945, à 4 heures du matin. À l'exception des États-Unis, de la Grande-Bretagne et du Canada, personne dans le monde n'a été informé. À 4 heures, il pleut des cordes ; l'essai ne peut se faire. On dirait que les cieux interviennent, comme s'ils voulaient empêcher cette tragédie. Mais à 5 heures 30, la pluie s'arrête. Oppenheimer n'hésite pas. Il déclenche immédiatement le processus. Il pousse sur le bouton. « Trinity » explose au-dessus des dunes de sable, si belles sous la lumière du soleil levant. Les images sont dantesques. Le Père, le Fils et le Saint-Esprit sont écartelés dans le ciel. La fission d'atomes d'uranium a parfaitement réussi. Les ingénieurs présents, dont l'Allemand Wernher von Braun, inventeur des V1 et V2, missiles balistiques utilisés contre l'Angleterre, ainsi que l'Anglais James Chadwick, découvreur du neutron, et Enrico Fermi, découvreur du fermion, se regardent, médusés. Ils prennent conscience, tout à coup, des conséquences dramatiques de l'utilisation d'une telle arme. La science prend peur. Les autorités politiques, elles, ne vont pas se poser mille questions. Leur réflexion, plus guidée par des intérêts à court terme, sera brève, malgré la gravité extrême du sujet.

Une décision impensable va très vite tomber. Le monde politique va se servir du travail de la science dans un sens qu'elle ne désirait pas. Suite au succès des essais d'Alamogordo, les États-Unis, première démocratie moderne de l'histoire, décident, après que le gouvernement nippon a refusé leur ultimatum, d'utiliser la bombe atomique pour mettre fin à la guerre du Pacifique. La pire de toutes les bombes, la plus meurtrière, la plus radicale, la plus « efficace ». Ils ont osé ! Était-ce réellement nécessaire ? Il faut chercher la vraie raison ailleurs. Les États-Unis n'ont-ils pas plutôt voulu impressionner leur nouvel ennemi, l'URSS, à l'aube de la guerre froide ? Affligeant prétexte pour tuer. La stratégie politique l'emporte sur le sort des personnes !

La cible est la ville d'Hiroshima, siège du commandement du Japon impérial. Sur ordre du président Truman, membre du parti « démocrate », le 6 août à 1 heure 37, trois bombardiers américains B-29 décollent de l'île de Tinian, dans la mer des Philippines, avec pour double mission de contrôle météo au-dessus d'Hiroshima, Nagasaki et Kokura et l'observation des effets de la bombe atomique lancée par un quatrième bombardier qui décollera à 2 heures 45. Le commandant de bord de ce quatrième bombardier est le colonel Tibbets. Il a donné à son avion le nom de sa mère, *Enola Gay*, pour que, selon ses dires, son appareil soit « sous bonne étoile ». Bel euphémisme, l'avion transporte « Little Boy », la tristement célèbre bombe atomique. Cette bombe contient de l'uranium, extrait de la mine de Shinkolobwe, au Congo belge, et vendu par la Belgique aux États-Unis. Les autorités américaines n'ont pas mis l'État belge au courant de l'utilisation qu'ils allaient faire de cet uranium.

Ce jour du 6 août qui se lève est une journée comme les autres pour les habitants d'Hiroshima. Le temps est très clair sur cette ville réputée pour ses saules d'une beauté exceptionnelle. La ville a été jusque-là épargnée par les raids américains. C'est à peine si une douzaine de bombes sont tombées sur la ville en trois ans. Les habitants se sont accoutumés à voir les B-29 traverser leur ciel pour aller bombarder d'autres villes du Japon. Vers 8 heures, des servants de DCA repèrent l'arrivée des appareils américains, mais les sirènes ne sont pas déclenchées, car les Japonais pensent que ces appareils n'effectuent qu'une mission de reconnaissance. Dans l'*Enola Gay*, le colonel Tibbets, à 8 heures 14, donne l'ordre de larguer « Little Boy ». Juste après le largage, il fait un rapide virage sur l'aile pour éviter le souffle de l'explosion. Cinquante-trois secondes plus tard, la bombe atomique explose. Dans le bombardier, les mitrailleurs de queue sont éberlués par le spectacle apocalyptique qui s'offre à leurs yeux. Tibbets voit monter au-dessus d'Hiroshima un énorme nuage qu'il décrira comme « un énorme baril de goudron en ébullition qui s'élevait en altitude ». Jamais il n'aurait pu se douter qu'il transportait la pire des armes. Très peu de personnes connaissaient la véritable nature de la bombe. Sur le sol règne une température de 4000 °C. Dans un rayon de 2 km, 78000 personnes sont tuées sur le coup. Il y aura 51000 blessés, dont la plupart ne survivront pas.

Ma vieille amie Marie Curie doit se retourner dans sa tombe. Et dire que si la guerre avait encore duré quelques mois, les ingénieurs allemands auraient terminé cette bombe et Hitler aurait pu l'utiliser…

En discutant avec Pégase, une réflexion germe dans mon esprit. Les atomes qui ont permis la fabrication de la vie, les hommes s'en servent pour la tuer. Ils utilisent le véritable sang de la vie à des fins meurtrières. Les hommes tuent la vie avec le sang qui produit et porte la vie. Quel étrange paradoxe ! Les atomes sont une arme à double tranchant : ils peuvent faire créer, mais aussi faire tuer. Ils font créer quand on les laisse faire, ils font tuer quand on les manipule. Et cette arme est aujourd'hui dans les mains des hommes !

L'Humanité, c'est la guerre

Les gens sont abasourdis. Le monde des hommes fait de nouveau pitié. On n'a jamais autant tué en si peu de temps. On n'a jamais détruit la nature aussi vite. Tristes records ! Écœurant. C'est le néant de la pensée. Le silence vertigineux. Le vide insipide. En janvier dernier, le monde était choqué en découvrant plus d'un million de cadavres à Auschwitz ; et à peine six mois après, les hommes, de l'autre camp, refont la même chose. Quel cauchemar !

Pourquoi tuer, pourquoi détruire la nature qui nous a fait naître ? Dans la chaîne de la vie, l'espèce humaine est la cousine biologique des autres espèces vivantes. C'est la même vague évolutionniste qui nous porte. Nous sommes des descendants des coquillages, des plantes, des animaux. Nous avons la même composition : les atomes. Pourquoi toujours répondre à la violence par la violence ? Morts, ruines, faune et terres saccagées. L'homme sait, au fond de lui-même, que ce qu'il fait est mal. Pourquoi alors continue-t-il ?

L'être humain joue avec le feu. Il met en jeu sa propre existence. Nous sommes en vie grâce à un équilibre parfait mais infiniment délicat entre nos différentes composantes physiques, chimiques et biologiques, résultat d'un époustouflant et minutieux travail accompli depuis des milliards d'années. Les hommes marchent sur un fil. Par des actes aussi dangereux que des guerres, des pollutions industrielles ou des manipulations biologiques, ils peuvent rompre cet équilibre, au risque de faire disparaître leur propre espèce à tout jamais. Notre passage sur Terre pourrait être très court. Certaines des autres espèces vivantes sur notre planète prendront alors sans doute le relais de notre espèce. Nous sommes peut-être déjà en voie d'extinction.

Cela a failli d'ailleurs se passer, selon certains paléontologues, il y a 70000 ans, à l'époque de l'homme de Néandertal. Après une grande sécheresse qui a sévi pendant plusieurs années, il ne restait alors plus que quelques dizaines de milliers d'êtres humains sur Terre. Mais cette presque disparition n'était pas leur faute. Aujourd'hui, le locataire de la Terre est en train de tuer lui-même sa première mère, sa mère fondatrice, la nature. Un complexe d'Œdipe inversé où l'homme tue sa mère pour être l'égal du père ? Ce matricide peut mener à son propre suicide. Une histoire de famille qui risque de se terminer tragiquement. Si tel est le cas, au regard d'autres espèces, la présence du genre *Homo* sur la Terre aura été de courte durée, environ quatre millions d'années. D'autres espèces, éteintes ou encore en vie, ont tenu bien plus longtemps.

Les méduses, 500 millions d'années. Les trilobites, 300 millions d'années. Les tortues, 200 millions d'années. Les dinosaures, 160 millions d'années. On a beau être plus intelligent, cela n'est pas toujours une garantie de longévité.

Et comme pour confirmer cette tendance au suicide, trois jours après Hiroshima, une seconde bombe atomique, « Fat Man », est lâchée au-dessus de Nagasaki. Et l'enfer n'est pas fini pour les Japonais. Alors qu'il pleut des bombes dans leur ciel, les Russes leur déclarent la guerre et envahissent la Mandchourie. L'Empire nippon est pris en tenaille : au sud par les Américains, au nord par les Russes.

Le gouvernement japonais a enfin compris. Le jour de l'Ascension, à 12 heures, pour la première fois, la population du pays du Soleil levant entend la voix de son empereur Hirohito, Dieu vivant, qui annonce à la radio la capitulation de son pays. C'est un grand soulagement pour la population japonaise, mais une grande humiliation pour son armée. Certains généraux demanderont qu'on leur coupe le cou pour ce déshonneur. Le 2 septembre 1945, les autorités japonaises signent l'acte de reddition sur le pont du cuirassé américain « Missouri », en rade de Tokyo. L'empereur, membre de la plus ancienne famille régnante au monde, va être déchu de son statut divin.

La guerre 1940-1945 se termine, mais un autre type de guerre commence déjà : la guerre froide. Deux idéologies vont s'opposer, le communisme et le capitalisme. Cette guerre va voir s'affronter les deux plus grandes puissances, les États-Unis et l'Union soviétique, dans une lutte d'influence qui va s'étendre sur tous les continents. Ce conflit, d'un genre nouveau, va durer près de cinquante ans. La triste course à l'armement est déclenchée et va conduire à d'autres guerres.

Les guerres ne s'arrêteront-elles donc jamais ? L'Humanité a-t-elle seulement vécu dans son histoire une période sans guerre ? NON. Les guerres se maintiennent, avec une grande assiduité, dans l'actualité de l'Histoire. Elles sont présentes chaque jour. Il n'y a pas un pays sur notre petite planète qui n'a pas connu la guerre. La guerre est une spécialité typiquement humaine, sa recette favorite. S'il y a bien un mot qui résume l'Humanité, c'est hélas le mot « guerre ».

La violence est très vite apparue comme le trait le plus caractéristique des êtres humains, depuis que leur espèce s'est développée dans les forêts africaines. Les hommes aiment tuer. Ils ont une sorte de faim de mort. Cela ne m'étonnerait pas, s'il devait y avoir d'autres formes de vie dans l'univers, que celles-ci ne connaissent pas la violence. Sur Terre, l'espèce humaine doit être la seule espèce vivante qui pratique la torture. A-t-on déjà vu des hamsters étrangler des hamsters, des chats dépecer des chats, des dauphins étouffer des dauphins ? Et pourtant, l'homme est un animal intelligent. Cette intelligence devrait servir à empêcher la violence. Bien au contraire, elle sert la violence !

Les guerres sont partout sur Terre, à toutes les époques. Les 2 à 3 millions de morts lors des batailles napoléoniennes, les 9 à 10 millions de soldats tués en 1914-1918, le million d'exécutions pendant la « grande terreur » en Union soviétique, les 50 millions de civils et de militaires morts en 1940-1945, les centaines de milliers de morts brûlés à Hiroshima. Ce n'est jamais assez. Une immense foule de tués, d'hommes assassinés de la main d'autres hommes, flotte sur la Rivière, rouge vif, du temps. En à peine 130 ans, on les prend à la louche, par millions, dans la grande marmite débordante de la barbarie humaine. Cela continue aujourd'hui, et cela continuera demain. S'il n'y avait pas les hommes, la Terre serait un paradis. *Homo sapiens*, « Homme sage », le nom officiel de notre espèce donné par un naturaliste suédois au XVIIIe siècle, a été bien mal choisi. À sa place, j'aurais opté pour *Homo violentus*. Cela lui sied beaucoup mieux.

Que diraient tous ces tués, victimes de la vanité exacerbée de certaines personnes, s'ils pouvaient parler aux hommes dans leur présent ? Tant de sang qu'ils ont sacrifié pour aboutir toujours au même résultat ! À force d'être permanente, la guerre est devenue une forme de sélection naturelle. La violence est une dimension de l'évolution elle-même. Elle semble inscrite dans notre patrimoine génétique. Et si c'était un mal pour un bien ?

La Dernière Loi

Dans mes moments de grand étirement philosophique, j'ai l'impression que ce que les hommes font de leur vivant est enregistré par les autorités célestes et projeté sur un écran géant intemporel que les morts visionnent dans une autre vie. Ils doivent être dépités, abattus, découragés ; leur âme, remplie d'amertume et de honte. Il y a dans l'Histoire tant de morts intentionnelles ! Je suis désabusé de faire toujours le même constat. J'ai envie d'arrêter d'écrire, de fermer ce livre. À quoi bon ?

Une question me taraude. Tous les morts, ces morts de vieillesse, ces morts par accident, ces morts fusillés, ces morts martyrisés, ces morts de maladie, sont-ils réellement morts ? Inconsciemment, on les porte dans notre mémoire, et leur sang est le même que celui qui coule dans nos veines. On n'est pas si loin d'eux, finalement. Parfois, j'ai la sensation que les morts voient ce que mes yeux voient et que je regarde les choses pour eux.

Je me traîne le long de la Rivière du temps. La violence des hommes me fait vieillir encore plus vite. Je me regarde dans un miroir. La peau se plisse. Le regard se fane. J'ai l'impression de sécher. Je ressens la mort me prendre comme on ressent le vertige au bord du vide. L'esprit n'arrive plus à commander le corps. Je tombe. Jusqu'à preuve du contraire, c'est le corps qui emporte l'esprit et pas l'inverse. Ils sont solidaires jusqu'au bout. Dans le miroir, il n'y a plus personne, il ne reste plus que le miroir. Au moins, il reste encore quelque chose. Est-ce cela, mourir ?

Depuis l'aube de notre Humanité, les quelques milliards d'hommes qui sont nés sont tous morts. La vie aboutit toujours à la mort. On n'arrête pas de mourir. C'est la Loi par excellence, inscrite comme première phrase dans la Constitution de la vie. Une loi impossible à transgresser. Les plus grands scientifiques n'arriveront jamais à l'éluder. Toute la vie, on ne fait qu'obéir à des lois, celles dictées par les hommes, celles dictées par la Nature et puis pour terminer celles dictées par le Ciel.

Que l'on meure de la main d'un autre, de maladie, de vieillesse ou de sa propre main, on n'y échappe pas. La mort est la grande sortie obligée. L'unique porte. On n'a pas d'autre choix. Je ne sais pas ce qu'il y a derrière cette porte. Un mur ? Un champ de fleurs ? Un trou ? Ou rien ? Je sais juste un petit peu ce qu'il y avait avant ma mort. On peut investiguer l'avant, mais pas l'après. Peut-être qu'en investiguant toujours plus l'avant, on arriverait à l'après ?

Pourquoi y a-t-il en nous un compte à rebours, une horloge qui se bloque définitivement à un instant donné ? Pourquoi sommes-nous mortels ? Le « Grand Esprit » n'aurait-Il pas pu nous rendre éternels ? Il n'était pas à une complexité près. Immortalité ou mortalité, cela aurait changé quoi, pour Lui ? Il aurait suffi qu'Il ajoute quelques fonctionnalités supplémentaires à certains

atomes ou gènes, et l'affaire était faite. S'Il sait fabriquer l'immortalité, pourquoi ne l'a-t-Il pas prévue pour tout le monde ? Il a fait une exception pour les espèces vivantes. Il doit bien avoir une raison, mais laquelle ?

Il nous est difficile de placer notre naissance et notre mort dans une dimension plus grande que notre corps. La conscience d'être nous manque. On est des aveugles. On vit dans l'obscurité de soi. Il faut peut-être éprouver la mort pour comprendre ce qu'elle est…

Nous pouvons seulement faire des suppositions. Quand on naît, on ne sait pas qu'une mère nous a porté et nous attend. Quand on meurt, on ne sait pas si quelqu'un nous attend. L'inconnue est la même, sauf que lorsqu'on sort du ventre d'une mère, on n'est pas conscient qu'on arrive au monde, alors que quand on meurt, on est conscient qu'on part. Mais le fait d'être conscient de partir n'apporte pas de réponse sur la destination. Notre conscience n'est pas à la hauteur du mystère. Comme il n'y a pas de réponse, on peut tout imaginer. Ces deux situations diamétralement opposées dans leur départ sont peut-être identiques dans leur arrivée. On serait attendu… La mort ressemblerait à une nouvelle naissance sous une autre forme. Un infime début d'espérance, aussi infime qu'un grain de sable dans le désert de Gobi.

Mais ce n'est pas parce que je meurs que tout s'éteint. « L'existence universelle » continue son inépuisable ouvrage. La mort des hommes ne va pas la freiner dans ses actions. Elle ne s'arrête pas. Elle ne sait peut-être pas s'arrêter ! « L'existence universelle », qui nous a créés, semble être immortelle. Nous, mortels, vivons dans l'immortalité.

Mais à bien y réfléchir, il n'y a pas que les espèces vivantes qui meurent. La mort est partout : dans l'infiniment grand, par les explosions et les implosions d'étoiles ou par l'effondrement des univers ; dans l'infiniment petit, par la désintégration d'atomes ou encore par l'autodestruction cellulaire. Il est difficile d'imaginer que l'immortalité puisse faire mourir. Ces moments d'extinction, d'achèvement, de mort, sont peut-être des phases nécessaires au maintien de l'immortalité.

La mort n'empêche pas l'immortalité, et inversement. Tout meurt et tout se maintient. Allez comprendre ! Mais, encore un mais, quand ces grands acteurs de l'infiniment grand et de l'infiniment petit meurent, c'est souvent pour créer autre chose : une étoile qui meurt peut donner un trou noir, et un univers qui s'effondre peut générer un autre univers. Bien que la plupart des atomes ont une durée de vie illimitée, certains meurent, mais, chose étrange, en mourant changent en d'autres atomes par l'effet de la transmutation. La mort servirait-elle à recréer? Et un homme, quand il meurt, cela donne quoi? Peut-être toujours cette exception du « Grand Esprit » ?

Somme toute, la mort est une des choses les plus ordinaires et les plus prévisibles. Elle est annoncée dès notre naissance. C'est un drame humain, mais à l'échelle de « l'existence universelle », c'est quelque chose de très banal : rien qu'un instant dans le non-temps, une variation biochimique, un minuscule écho de fin de vie, une virgule dans un texte. Si c'est tellement normal, pourquoi alors dramatiser? Il faut peut-être faire confiance? Mais comment faire confiance à quelque chose ou quelqu'un que l'on ne connaît pas? Je m'entête trop à essayer de trouver des réponses. Dominique, comment veux-tu que toi, mortel, tu puisses expliquer ce qu'est l'immortalité?

Nous sommes dans une incompréhension totale de nous-mêmes. Seul l'espoir résiste à l'incompréhension. C'est déjà ça!

Y a-t-il un sens ?

Je ne sais pas si tout ce que j'écris a un sens, si la vie a un sens. On n'en sait rien. Cela n'en vaut peut-être pas la peine. On serait déçu si on devait le savoir. On vit dans une énigme. La vie ressemble à un jeu de cache-cache. Un jeu imposé dont on cherche à nous faire découvrir les règles. Une sorte de grand rébus qu'on nous pousse à résoudre. Le but du jeu serait que les habitants de la Terre arrivent par eux-mêmes à la révélation finale. On ne peut compter sur personne d'autre que sur nous-mêmes.

Cela serait énorme si les hommes parvenaient à élucider le mystère de leur vivant ! Cela changerait radicalement notre façon de vivre et de penser. Nous perdrions sans doute notre liberté, puisque nous nous tournerions aveuglément vers la face révélée du mystère. C'est peut-être cela que le Très-Haut veut éviter. Notre liberté a un prix : celui de ne pas savoir. L'ignorance, finalement, nous maintient libres.

Mais il ne faudrait pas que cette sorte de jeu de dupes s'éternise. Les heures de l'Humanité sont probablement comptées. Beaucoup de scientifiques prédisent que l'espèce humaine s'éteindra bien avant la mort de notre soleil. Elle risque de s'autodétruire. Toujours cette faculté naturelle au suicide. Le mystère perdurera après notre disparition. Nous venons du mystère et nous retournerons dans le mystère. Nous faisons un aller-retour. Comme une vague, la mer nous jette sur le rivage du temps et puis, à notre mort, nous reprend dans ses profondeurs. La vie n'est que l'interlude d'un gigantesque spectacle dont on ne connaît rien. Nous sommes des acteurs qui ne savons pas dans quelle pièce nous jouons. Tout n'est pas accessible à notre compréhension. Il y a comme une frontière taboue. On ne peut pas savoir. Les interrogations fondamentales restent sans réponse.

À l'échelle de «l'existence universelle», je ne connais même pas ma véritable identité. Cette ignorance de soi nous rend terriblement solitaires. Sommes-nous abandonnés à notre sort ? Nos vies ressemblent à un bouchon qui flotte impuissant sur la mer. Notre planète, la Terre, est certes d'une poésie extraordinaire, un paradis, mais métaphysiquement, c'est plutôt une prison dorée. Serait-on mis en quarantaine ? On est non seulement solitaires, mais aussi dans une dépendance totale de la matière qui nous a façonnés. S'il n'est pas alimenté en oxygène, après quelques petites minutes, notre cœur s'arrête. On est vite « débranchés » !

En dépit de cet isolement et de cette dépendance, la vie, dans ses défis, la nature, dans sa beauté onirique, me poussent à tourner la page et à en écrire une autre. Moi aussi, je laisse passer les morts, les doutes. Cette faculté de l'oubli, cet instinct de regarder vers l'avant, cette inclination à l'égocentrisme sont les vraies singularités de la vie. Il y a une sorte de mécanisme interne en chaque homme, qui le force à passer outre. L'énergie de mes gênes me pousse à construire, à oser, à transgresser. Il y a comme un entêtement à la vie. C'est plus fort que nous. Personne ne nous a demandé de vivre. On débarque sur la Terre comme dans un réveil brutal et puis on suit le courant de la Rivière. C'est le principe fondamental auquel personne ne peut se soustraire. On est les ouailles de la grande armée céleste.

« Home sweet home », « oost west thuis best »

Devant ce défilé interminable d'interrogations, Pégase garde son calme olympien. Quelle sérénité ! Je voudrais bien être comme lui, mais la solitude spirituelle m'empêche d'atteindre la paix intérieure.

Pégase me ramène sur mes terres, au cœur de ma famille, dans la chaleur de son foyer si apaisant et rassurant, là où souvent, pour beaucoup d'entre nous, tout démarre. La guerre terminée, mon grand-père Joseph va pouvoir à nouveau consacrer du temps à ses passions favorites : l'écriture, la peinture et la musique. À force de côtoyer ses amis peintres Lanckneus, Gonthier, Machelaer et Rotsaert, mon grand-père a pris goût à la peinture. Il peindra surtout à l'huile. Ses sujets de prédilection sont les paysages et les fleurs, surtout les coquelicots et les tournesols. Mon grand-père s'achètera aussi un violon. Il a envie de s'évader du monde cruel des hommes en se laissant prendre par la transcendance de l'art.

Alors que la guerre s'achève, la vie sentimentale de mes parents prend une tournure inattendue. Le hasard va bien faire les choses. L'amour arrive souvent quand on ne s'y attend pas. Il faut ici ouvrir une parenthèse pour expliquer la genèse de leur rencontre.

Derrière la maison de mes grands-parents habite la famille Dedulle. Les parents Dedulle ont deux filles, Marie-Rose et Reine. Elles sont amies de mon père Pierre et de son frère Robert. L'une des deux filles, Reine, « Reincke », pour les intimes, a les yeux de Chimène pour Pierre, et sa mère pousse sa fille dans ce sens. Madame Dedulle voit en Pierre un parti intéressant pour sa fille : un futur officier de l'armée comme gendre, et ce, en pleine libération, quel patriotisme ! En plus, mon père est plutôt bel homme.

Qu'est-ce que la voisine vient faire dans notre histoire ? Madame Dedulle va jouer un rôle crucial dans ma venue sur Terre : elle sera à l'origine de la rencontre de mes parents. Sans son concours, je ne serais pas là, en train d'écrire ce livre. Je devrais peut-être la remercier. La famille Dedulle tient une fabrique de chicorée qui compte parmi ses clients la société « Delhaize Frères et Cie Le Lion », dont le directeur commercial n'est autre que le père de ma mère, Adelson Pilette. Celui-ci achète pour Delhaize de la chicorée chez les Dedulle. Je ferme la parenthèse, la suite ne va pas tarder à venir.

Après avoir enduré sept mois de calvaire en Allemagne, mon père va, enfin, vivre des moments heureux. Un soir, son peloton est convoqué par l'officier de service. Il leur annonce une merveilleuse nouvelle : ils pourront dorénavant rentrer régulièrement chez eux en permission. Le 28 octobre 1945, mon père reçoit son premier jour de congé. Il est rempli d'une immense joie : il va enfin revoir sa maison, enfin retrouver les siens. Ils lui ont tant manqué ! Mon père part de Cologne et doit changer de train à Bruxelles, à la gare du Nord. Sur le quai, en attendant le train pour Bruges, il a une drôle de sensation : cela lui semble étrange de pouvoir se promener sans contrainte, sans ordre, sans menace.

Dans le train, très loin des bruits de la guerre, quand il regarde défiler le paysage automnal, son esprit subitement se relâche. Quel délicieux enchantement que de laisser vaguer ses pensées ! Tout le long du trajet, il se prend pour un nuage : léger, vaporeux, égaré. Dès que les premiers champs autour de Bruges apparaissent, en retrouvant ce décor si familier, son cœur se met à gonfler. Toute la tension de la guerre s'échappe en une fois. Il plane tellement qu'il ne voit pas le train s'arrêter. La voix de l'un de ses compagnons le sort de sa douce apesanteur.

Lorsqu'il quitte la gare, sur le chemin le long du canal menant à sa maison, mon père se laisse distraire par les feuilles qui sommeillent sur l'eau. Il se sent aussi flottant qu'elles. Son regard se fait prendre par la cadence moelleuse du courant. Il rêve : les nuages dansent avec le soleil et dessinent sur sa face un sourire d'une béatitude indicible, dans les arbres nichent des violons à la place des oiseaux, les façades des maisons ressemblent à du pain d'épices et la route est si douillette à ses pieds qu'il a l'impression de marcher sur un tapis persan. Tout ce que mon père voit est un cadeau que la vie lui offre, rien que pour lui. Il est tout d'un coup traversé par le vent de la délivrance. Il respire. Il est libre. LIBRE. Longtemps, mon père se souviendra de ces premiers moments de liberté retrouvée. Depuis ce jour, un rien lui fera plaisir, un rien suffira à son bonheur. La liberté est devenue pour lui une grâce. Jamais auparavant il n'a ressenti cela aussi fort.

Au moment où il s'engage dans l'avenue Général Leman, mon père a les larmes aux yeux : la maison n'est plus très loin. Il sonne. Sa mère ouvre la porte et tombe lourdement dans ses bras, comme si elle s'affalait dans un divan après des heures de dur labeur. C'est la première fois que la mère et le fils se donnent d'aussi tendres gestes ; ce n'était pas dans les habitudes familiales. Souvent, les événements poussent à briser les convenances et libèrent les cœurs. Quand il rentre dans la maison, toute cette odeur, toute cette douce chaleur intérieure, en une fois, tout revient dans son corps. Le soir, sa mère lui préparera l'un de ses plats préférés : une omelette aux oignons et pommes de terre rissolées. Mon père se couchera tard, il a tant de choses à raconter ! En remontant dans sa chambre, il passe devant le petit soulier en étain, toujours là sur l'étagère. Mon père, ému en le revoyant, mesure tout le chemin parcouru depuis son départ en Allemagne. En sept mois, il a vécu tous les genres humains possibles, il a mûri à la vitesse exponentielle de la guerre. Mon père, trop tôt adulte, sent déjà tout le poids de la vie. Mais le jeune soldat a besoin de fêter la libération, de s'amuser, d'oublier. Une belle occasion va bientôt se présenter. Le destin va la lui offrir sur un plateau d'argent. Depuis son retour en Belgique, mon père se trouve devant un grand dilemme. Les hostilités terminées, il pourrait, comme il en a émis le désir, se lancer dans la carrière diplomatique. Mais l'armée belge, au lendemain de la guerre, offre de multiples opportunités. Après mûre réflexion, mon père décide de poursuivre son expérience militaire. Il veut devenir officier. Première étape : suivre une formation qui a lieu à l'école d'infanterie de Tervuren.

Un soir à l'hôtel Albert Ier

Au cours de cette formation, une lumière spéciale va poindre dans le cœur de mon père. Par un beau matin, le destin arrive avec son plateau d'argent. Alors qu'il range sa chambre, mon père reçoit une lettre du soldat responsable de la distribution du courrier. C'est une invitation de Madame Dedulle, qui organise une soirée dansante à l'hôtel Albert Ier, place Rogier, au centre de Bruxelles, pour célébrer la Libération. La mère de Reine a élaboré un plan très précis pour attirer mon père dans les mailles du filet de sa fille. Elle envoie aussi une invitation à Georgette Pilette, la fille du directeur commercial de son fournisseur Delhaize.

Quand, le soir de la fête, accompagné de Walter, un ami de son bataillon, mon père franchit la porte d'entrée de l'hôtel, il ne se doute pas que cette soirée va faire basculer sa vie. Avec son costume militaire, il ne passe pas inaperçu ; cela attire le regard des filles. Au dîner, madame Dedulle le place à la droite de Reine. Sa stratégie, jusqu'à cet instant, est parfaite. Mais même la meilleure des stratégies ne peut pas toujours tenir compte des impondérables. Celle de madame Dedulle recèle un tout petit point faible : elle n'a pas étudié en détail, à table, le champ de vision de mon père. De sa place, en oblique, sur son côté gauche, son regard ne peut éviter le visage d'une fille pleine de charme. Cette fille porte une ravissante blouse blanche en soie, bordée sur les côtés par de longues manches et rehaussée d'un large col autour du cou. En la regardant, mon père sent monter en lui la flamme de l'amour. Le style si enjoué de cette jeune femme est un véritable plaisir pour les yeux. Mon père a hâte que la soirée dansante commence. Quand il entend l'orchestre entamer ses premiers airs, spontanément, il se dirige vers cette nymphe d'une blondeur étincelante. Il n'y a pas une once d'hésitation dans son pas. Il lui tend sa main et l'invite à une valse. Un peu étonnée, ma mère, d'un sourire angélique, accepte toutefois l'invitation. Dans la fièvre de la danse, mon père lui demande son prénom : elle s'appelle Georgette. Yeux dans les yeux, ils valsent toute la soirée comme s'ils étaient les seuls invités de la fête. Georgette dégage une chaleur affectueuse très naturelle. Ses yeux verts tranchent à ravir avec les yeux noirs de mon père. Ce n'est plus la fête de la libération de l'occupation allemande, mais la fête de la libération des sentiments. Que Reine doit être triste en les regardant danser ! L'amour a pris un autre chemin.

Ce soir-là, tout est allègre, intemporel, éthéré. Pour mon père, la beauté de sa cavalière contraste avec la barbarie de la guerre. La nuit tardive vient interrompre les deux tourtereaux dans leurs premiers balbutiements sentimentaux. Ils se quittent difficilement, mais, comme pour continuer à faire vivre cette douce illusion amoureuse, ils échangent leurs adresses. Ma mère, Georgette, prend la direction de Molenbeek, où elle vit avec ses parents, et mon père monte dans la chambre réservée pour lui par Madame Dedulle. Quelle n'est pas sa surprise quand il constate que pour s'y rendre, il doit passer par la chambre de Reine ! Madame Dedulle a vraiment tout prévu. Mais c'est trop tard, mon père en aime une autre. Il salue poliment Reine, qui passera une bien mauvaise nuit. Madame Dedulle a dû amèrement regretter d'avoir envoyé une invitation à la fille de monsieur Pilette…

Mon père est pris dans l'ouate de l'amour, il est sur un petit nuage. En décembre, il recevra encore quelques jours de permission et passera le réveillon de Noël en famille. Une famille qui va bientôt fêter une grande nouvelle. Cette nouvelle va flatter l'orgueil de ma grand-mère, très sensible aux honneurs. Au début de l'année, son mari Joseph est nommé directeur de l'École moyenne de l'État, à Bruges. Ma grand-mère est fière comme Artaban. Mon grand-père, lui, toujours très humble, n'en tire aucune gloire personnelle. Il continuera d'enseigner avec son habituelle grande conscience professionnelle.

Mon grand-père est aussi inspecteur, responsable de la supervision des examens de sortie des élèves de dernière année de primaire et de secondaire. À ce titre, il se rend souvent à l'école du couvent «*der Zusters Maricolen*», où sa sœur Isabella enseigne. Mon grand-père en profite pour lui ramener quelques petites sucreries dont elle raffole. La nourriture, au couvent, est très sommaire.

La glacière de famille

Deux mois s'écoulent. Mon père reçoit l'ordre de rejoindre à nouveau les troupes alliées en Allemagne. Nous sommes fin février 1946. Le dieu des vents, Éole, décide de modifier le cours du destin sentimental de mon père. La veille du départ, un brusque orage éclate sur la région rhénane et bloque toute la circulation ferroviaire. L'état-major de l'armée belge décide de postposer le départ des futurs officiers pour l'Allemagne. Ils seront logés dans un bâtiment tout près de la Grand-Place de Bruxelles et auront quartier libre durant la journée.

Ce temps libre, offert par le destin, fait naître chez mon père une petite idée. Il propose à son ami Walter de retrouver la maison de cette Georgette Pilette, rencontrée quelques mois plus tôt à l'hôtel Albert Ier, et d'aller lui dire bonjour. Mon père a gardé précieusement l'adresse qu'elle lui a donnée. Il ne prend pas le temps de la prévenir. Le cœur n'a que faire des politesses. Les sentiments transgressent souvent les bonnes manières. C'est ce qui fait leur force.

Les cloches de l'hôtel de ville de Bruxelles sonnent 11 heures. Les deux amis prennent la direction de Molenbeek. Ils traversent le boulevard Léopold II et se dirigent vers la rue Haeck, où ils n'ont aucun problème à retrouver la maison de la famille Pilette, située au n° 65. Mon grand-père Adelson occupe le premier étage avec sa femme et ses enfants alors que sa sœur et son beau-frère habitent au rez-de-chaussée.

Arrivé devant la porte, mon père se sent un peu gêné de déranger la famille Pilette en pleine heure de table, sans les avoir avertis et sans les connaître, de surcroît. Une force spéciale, que les personnes amoureuses connaissent bien, le pousse néanmoins à poursuivre dans son élan. Il décide de sonner. Pas de réponse. En face de la maison habite l'ébéniste de la famille. Celui-ci est justement en train de travailler dans son atelier. Mon père lui demande si les Pilette sont bien chez eux. L'ébéniste l'invite à insister. Mon père retourne au n° 65 et sonne à nouveau. Après quelques secondes, des pas, descendant un escalier à bride abattue, s'entendent. La porte s'ouvre. Ma mère apparaît. Elle reconnaît directement Pierre et Walter. Plutôt surprise, elle les invite néanmoins à monter au premier étage. Dans l'escalier, le nez de mon père est tout de suite troublé par une odeur très appétissante. On peut aisément deviner que la famille Pilette est en train de manger du poisson. Cela fait bien longtemps qu'il n'a plus senti un parfum culinaire aussi agréable. On mange très bien chez les Pilette, et pour cause, mon futur grand-père travaille chez Delhaize.

Il a été de bonne heure le matin acheter du cabillaud bien frais. Cela change de la guerre, où tous les achats alimentaires étaient rationnés. Priorité était donnée aux soldats de l'armée allemande. Pour chaque achat, la population devait donner au marchand un ticket. Quand il n'y avait plus de ticket, il fallait attendre le mois suivant. Les communes étaient chargées de distribuer tous les mois les tickets de rationnement. Mon futur grand-père prenait garde à bien planifier la consommation et éviter tout excès. Mais ce midi-là, la guerre est terminée depuis dix mois et il a enfin pu choisir ses mets préférés.

Pourtant, mon grand-père Adelson est dans l'embarras. Depuis la veille au soir, le frigo, que l'on appelle communément la « glacière de famille », est en panne. Il craint que les aliments ne perdent de leur fraîcheur. En 1945, les frigos ne sont pas encore électriques. Ils contiennent un caisson de glaçons que l'on se procure chez le glacier du quartier. Le commerce des glaces est très rentable à cette époque. Les glaçons sont découpés dans les pays scandinaves et ensuite acheminés vers des centres de conservation et de répartition situés dans les grandes villes. À Bruxelles, les glaçons sont conservés dans un immense édifice appelé la « grande glacière ».

Malgré ce petit problème de congélation, Monsieur Pilette invite les deux compères à partager le repas de famille. Dans la salle à manger, selon un rituel incontesté, ma mère est assise au bout de la table, du côté de la cuisine, son père et sa mère face-à-face, et son frère à l'autre bout. Dans le salon trône le piano de Georgette. La radio, bien mise en évidence sur un meuble, baigne l'intérieur d'un air légèrement dansant : c'est *La Mer*, de Charles Trenet, son tout nouveau disque.

Pierre et Walter prennent plaisir à déguster ce délicieux produit de la mer. Quel contraste avec la cantine militaire ! Une fois leurs tasses de café et autres verres de cognac vidés, les deux soldats, ne voulant pas abuser plus longtemps de son hospitalité, prennent congé de la famille Pilette. Ils doivent rejoindre leur quartier général à la Grand-Place avant 18 heures. Pierre salue Henri, le frère de Georgette, Monsieur Pilette ainsi que sa femme, Élise Honorez, qu'il ne reverra jamais. Elle décédera d'une leucémie foudroyante peu de temps après. Ma mère raccompagne les deux soldats jusqu'à la porte d'entrée. Sur le trottoir, mon père se retourne une dernière fois et lui lance un regard brûlant qui ne la laisse pas indifférente. La flèche de Cupidon vient de la toucher. Elle remonte l'escalier en courant, sans le moindre effort. L'amour produit déjà ses premiers effets…

Mais l'amour ne va pas lui faire perdre le sens des réalités. Après le repas, elle se rend au centre de Bruxelles, à l'ARFEG, l'Aide pour la reconstitution des foyers éprouvés par la guerre. Cette association, dont ma mère est membre actif, a été créée pour aider les malades et les familles en difficulté pendant la guerre. Leurs membres sont reconnaissables à leur uniforme, chemise blanche, cravate et longue jupe noire.

Le début d'une idylle

Le lendemain de leur visite chez les Pilette, Pierre et Walter prennent le chemin de l'Allemagne. À peine arrivé, dans le courrier de l'après-midi, mon père reçoit de Madame Dedulle — elle est décidément tenace — un message annonçant le décès d'Élise Honorez. Mon père envoie aussitôt une lettre de condoléances à Monsieur Pilette. Dans la lettre, il y a un petit mot de réconfort pour sa fille Georgette. Ce petit mot est loin d'être innocent. Mon père a aussi bien pris soin de mettre son adresse au dos de l'enveloppe. Il a une petite idée derrière la tête. Il ne parvient pas à oublier le visage de cette Georgette de Molenbeek. Bien vu de sa part. Ma mère va mordre à l'hameçon. Elle va répondre à mon père pour le remercier. Une longue série de courriers vont suivre. Mes parents vont apprendre à se connaître par les mots. Ils vont devenir les plus grands écrivains du monde. Lentement, les mots vont prendre une consonance subtilement amoureuse. À l'écriture, chaque mot sera rempli de sens. À la lecture, chaque mot sera examiné sous toutes les coutures.

Une lettre de condoléances, germe d'un amour, voilà le hasard de la vie à l'origine de nouveaux destins. Un paradoxe de plus de l'existence. Une mère, par sa mort, a donné à sa fille un joli coup de pouce. Son cadeau posthume… La mort, point de départ d'un élan sentimental. Opposition des styles. Tout est dans tout. Qui sait si ces paradoxes de la vie ne cachent pas, finalement, une signification ?

Lettre après lettre, l'adrénaline sentimentale s'empare progressivement de mes parents. Le lien par l'écriture ne suffit plus. Profitant d'une nouvelle permission, mon père propose à ma mère de la rejoindre à Bruxelles. Elle trouve l'idée plutôt bonne. En fait, elle est ravie, mais il ne faut pas trop le montrer au début. Cette première véritable rencontre à deux se passe à merveille. Mes parents vont jouer à Apollinaire et Madeleine, à Don José et Carmen, à Roméo et Juliette, à Rodrigue et Chimène. Mon père ne veut plus lâcher sa Georgette. Il profitera de toutes ses permissions pour la revoir. Ils iront souvent se promener dans la forêt de Soignes, où leurs pas seront couvés par les ombres protectrices des grands hêtres.

Ces arbres majestueux, dont les longs troncs semblent porter le ciel jusqu'à pouvoir le hisser encore plus haut, sont les seuls témoins des tout premiers gestes amoureux de mes parents. Tellement émue par la beauté de leurs paroles, la forêt les a enregistrés dans sa vieille boîte à musique. Aujourd'hui, à chaque fois que je me balade dans ses nombreux détours, la forêt m'ouvre affectueusement sa boîte pour me faire entendre les mots doux de mes parents. Le silence qui en sort est si réel que je pourrais croire qu'ils sont encore là en train de se parler d'amour.

Le silence est le gardien des souvenirs ; il a tout entendu. Il est le grand témoin de l'Histoire. Quand on l'écoute profondément, il se fait l'écho de tout ce qui s'est dit. Le silence fait le lien entre l'avant et l'après, entre le vécu et le non-vécu. Il est partout. Il a toujours existé. La seule chose qui soit éternelle, c'est le silence. Tout a commencé dans le silence et tout se termine dans le silence. S'il existe un Dieu, il est quelque part dans le silence.

Entre mes parents, la colle prend. Mon père, qui trouve en Georgette le réconfort affectif idéal face à l'ignominie et la médiocrité subies en Allemagne, va lui donner un petit surnom, « Georgy ». Follement épris l'un de l'autre, ils sortent de plus en plus souvent ensemble. Ils inventent les prétextes les plus fantasques pour se revoir.

Quand on aime, l'amour vous fait croire qu'il est omniprésent, que le monde entier est amour, que tout baigne dans la paix et le bonheur. Mais la réalité va très vite sortir mes parents de leur léthargie amoureuse. Un mois après le décès de sa femme, le 26 avril 1946, mon arrière-grand-père paternel, Arthur, meurt, dans sa maison « Les Fauvettes ». Manifestement, la mort se plaît dans la famille. Mon grand-père Joseph est particulièrement peiné par la mort de son beau-père. Il lui a montré ce que pouvait être un homme aimant et bienveillant. Il n'a jamais connu cela avec son père. Mon arrière-grand-père laisse derrière lui l'image d'un homme fort et bon. C'était un patriarche au sens noble du terme ayant une aile protectrice sur chacun. À l'enterrement, dans l'église, l'émotion est grande. Une belle personne vient de partir. Voilà mon aïeul à son tour explorateur du mystère. Il est dans l'immense file, en chapelet, derrière les 50 millions de tués de la guerre. Beaucoup n'ont pas encore eu le temps de monter

toutes les marches qui mènent à l'au-delà.
Ça se bouscule au portillon…

Juillet 1946

Sur un air d'Albinoni

Mon grand-père Joseph s'étonne de ne plus guère voir son fils lorsque celui-ci est en permission. Un jour, il s'enquiert auprès de lui. Mon père doit bien lui avouer qu'une femme s'est faufilée dans son cœur. Lors de ce dévoilement de secret entre père et fils, mon grand-père lui dit : « Ouvre bien les yeux, et une fois que tu les as bien ouverts, tu peux les refermer. » Une phrase dont mon père se souviendra toute sa vie.

Durant l'été, lors d'une nouvelle permission, une fois n'est pas coutume, mon père passe quelques jours chez ses parents, à Bruges. Un après-midi, le temps est si radieux qu'il décide d'aller à la mer. En se promenant sur la digue, il voit une naïade sortir de l'eau, puis s'allonger avec volupté sur le sable délicieusement chaud de la plage. Il croit rêver, mais ce n'est pas un rêve. Cet été-là, une nouvelle mode est lancée. Reprenant le nom de l'atoll de Bikini, dans le Pacifique, où a eu lieu le premier essai nucléaire américain, un fabricant de maillots de bain lance un deux-pièces révolutionnaire du même nom.

Cette nouvelle tenue estivale très simplifiée provoque à ses débuts un énorme scandale. En Italie, en Espagne et en Belgique, le bikini est interdit. Une telle exposition de la chair en public n'est vraiment pas du genre de mes grands-parents. Se pavoiser à moitié nu, cela ne leur ressemble pas du tout. Impossible d'imaginer ma grand-mère en bikini, et encore moins la fermière de Dudzele !

Très éloigné de la sensualité, l'agenda familial se remplit d'histoires. En automne, mon père est chargé de cours de néerlandais et d'anglais à l'école des candidats gradés de la 4e brigade d'infanterie, à Visé. Mes grands-parents fêtent leurs noces d'argent et de son côté, ma mère passe ses soirées à suivre des cours de chant et de piano à l'Académie de musique de Bruxelles. Au concours de fin d'année, elle remportera le deuxième prix avec distinction. Quand elle joue au piano, ma mère se surprend à penser à son beau soldat et, par la magie des sentiments, transforme un air de Schönberg en un air de valse viennoise.

Petit à petit, l'amour fait son chemin. Presque un an après avoir rencontré sa dulcinée, lors de cette fameuse soirée à l'hôtel Albert Ier, mon père se décide enfin à aller plus loin dans ses avances. Il l'invite à boire un verre dans un chic restaurant de Bruxelles. Ce soir-là, il est nerveux. Mon père ne sait pas trop comment s'y prendre. Heureusement pour lui, le hasard fait parfois bien les choses : l'*Adagio* d'Albinoni se fait soudain entendre dans les oreilles des deux tourtereaux. Profitant de cette aubaine qui surgit comme un coup de pouce du destin, mon père n'hésite plus et demande à sa Carmen si elle veut être sa femme. Ma mère se sent subitement d'une légèreté incommensurable. Laissant très lentement fondre son regard dans ses yeux, elle prend la main de son bel hidalgo et, du bout de son index droit, y écrit les trois lettres O, U, I. Cet instant, on peut encore le voir dans les étoiles.

Tout va ensuite vite s'enclencher. En vrai militaire, mon père ne veut pas laisser traîner les choses. Quelques jours lui suffiront pour informer ses parents de son projet de mariage, demander officiellement la main de Georgette à son futur beau-père et fixer une date pour les fiançailles. Le contact entre les deux familles se passe plutôt bien, même si on ne peut guère parler de véritable amitié. Cela ne les empêche pas de s'écrire très poliment des cartes postales quand ils sont en vacances.

Un voyage de noces avant la lettre

Très au-dessus des actions humaines, la Terre n'en finit pas d'effectuer son habituelle révolution autour de son étoile. Notre planète, comme les milliards d'autres astres, obtempère au mécanisme imperturbable et immuable de « l'existence universelle ». Juste après le solstice d'été 1947, ma mère se rend chez le photographe ; elle a besoin de photos d'identité pour son passeport. Son père a décidé de l'emmener dans le Nord de l'Italie avec son frère Henri, mais aussi son futur gendre. La Communauté européenne n'existe pas encore, et un passeport est nécessaire. Ma mère est heureuse de voyager avec son futur mari, son père lui offre un magnifique cadeau. Mon grand-père maternel est un homme résolument moderne. Il serait inconcevable que mes grands-parents paternels invitent leur future belle-fille en vacances avec leur fils, avant leur mariage. J'imagine qu'ils doivent faire chambre à part.

Mon père est ravi. Lui qui n'a jamais été en voyage avec ses parents, lui qui a vu la guerre de si près, il va découvrir cette Italie que tant de gens rêvent de voir. Mes futurs parents sillonneront en train la Riviera et visiteront le fameux village de Portofino. Cela m'aurait bien plu de voir Portofino en 1947. Malgré la chaleur suffocante dans les compartiments — les fenêtres doivent rester fermées car les trains encore à vapeur dégagent beaucoup de fumée —, mon père est ébloui par la beauté bucolique du paysage. Quelle douceur, quelle suavité, quel bien-être ! Et tout cela devant la femme qu'il aime. Que demander de plus ? Le contraste avec la guerre est saisissant, prenant, émouvant. La guerre paraît si loin et si proche ! Alors qu'il y a quelques jours à peine, les yeux de mon père ne voyaient que désolation et ruine, son regard paresse maintenant sur le bleu turquoise de la mer Ligurienne. Que la vie peut être équivoque, déconcertante !

La présence du silence

À 390 km de là, en Suisse, mes grands-parents paternels sont aussi en villégiature. Ils passent d'abord quelques jours à l'Alp Grüm. Au retour, ils s'arrêtent à Zermatt, station qu'ils apprécient énormément. Ils adorent faire des randonnées dans ces alpages complètement inféodés à la puissance du Cervin.

Cette montagne, qui fait penser à une pyramide égyptienne, est devenue mythique par la difficulté de son ascension et par son histoire remplie de tragédies. La première tragédie a eu lieu le 14 juillet 1865, dès la toute première ascension. Dans la descente, l'un des sept membres de la cordée a glissé et a emporté quatre de ses camarades dans le vide. Par chance, sous l'impact de la chute, la corde s'est rompue, sauvant les trois autres membres de cordée. Hasard heureux, parmi ces trois survivants, un père et son fils. La vie est parfois troublante dans ses déroulements. Le destin a fait preuve de bienveillance. Le réveil de la mort n'a pas sonné pour eux.

Il n'y pas longtemps, j'ai passé Noël au pied du majestueux Cervin, au milieu d'un immense cirque de montagnes qui ressemblait à un gigantesque amphithéâtre. J'ai été frappé par la force de sa présence, ému par la danse si délicate de la lumière sur la mer blanche, et surtout impressionné par le poids du silence. Il était partout ! Dedans et dehors, égalisateur, massif mais si léger. Il me pénétrait jusque dans le sang et annihilait l'effet de la pesanteur sur mon corps. Je sentais comme une ombre qui m'enveloppait et semblait me jauger avec condescendance, mais aussi avec une infinie compassion. J'avais l'impression que « quelqu'un » s'était discrètement introduit en moi. Le Grand Esprit, peut-être ? L'extérieur avait totalement imbibé mon intérieur. Il n'y avait plus d'espace ; tout était dans l'intériorité.

Le silence était si puissant que je n'arrivais plus à prononcer un mot. Je parlais par la pensée et plus par la voix. J'entendais par la pensée et plus par l'oreille. J'étais rempli de silence que je ressentais comme une présence enchanteresse qui m'avait complètement habité. Pour la première fois, j'ai palpé du mystère. Quelle sensation, quelle émotion! J'étais dans l'antichambre d'un nouveau monde. J'ai vaguement éprouvé la mort, non pas comme un sentiment de crainte, mais comme un sentiment de paix profonde. J'ai failli ne plus vouloir redescendre.

Le maquillage de ma grand-mère

Reste encore un peu dans « l'existence historique », Dominique! Presque deux ans après avoir échangé leurs premiers regards, mes parents fêtent leurs fiançailles, le jour de Noël 1947, dans la maison familiale des Pilette, à Molenbeek. Les deux familles ne sont pas nombreuses. Il y a juste mon père, ses parents et ses deux frères et Georgette, son père, son frère, sa tante Hélène et son mari Charles. Le curé de la paroisse est aussi présent. L'ambiance est courtoise et un rien feutrée.

Ma grand-mère paternelle, comme elle en a l'habitude pour les grandes occasions, s'est fardé le visage avec une poudre blanche à la manière d'un Indien sur le sentier de la guerre. Elle a gardé ce rituel depuis sa jeunesse, quand il n'était pas bien vu de sortir la peau bronzée. À cette époque, seules les personnes de « basses classes » affichaient leur bonne mine. La tête de ma grand-mère était si blanche qu'on aurait pu croire qu'elle sortait d'une machine à laver le linge.

À l'apéritif, juste après que le bouchon de la première bouteille de champagne explose, au beau milieu des guirlandes, des boules de Noël et des Rois mages, mon père offre à sa fiancée une bague ainsi qu'un vase en cristal du Val-Saint-Lambert rempli de roses rouges. Ma mère lui donne une bague en or sertie d'un diamant. Juste avant le repas, une séance de photos a lieu dans le salon. La fiancée demande que les photos soient prises devant son piano. C'est son ami intime, son libérateur de rêves. Sur le piano, une partition est ouverte sur le premier mouvement, *Adagio sostenuto*, de la *Sonate au Clair de lune* de Beethoven. Au mur, derrière le piano, pendent des photos de ma mère quand elle était enfant. En les regardant, elle se revoit dans les foins à la campagne, en haut de la charrette de bobonne, en pique-nique le long de la Semois. Elle pense aussi à la guerre, à la mort de sa mère. Tout se confond dans un grand mélange émouvant. Sur la photo officielle des fiançailles, assise devant son piano, dans sa façon de croiser ses jambes et de poser ses mains sur ses genoux, ma mère a quelque chose de Greta Garbo. Je la trouve hollywoodienne.

La paix est plus difficile à faire que la guerre

1947 touche à sa fin. L'Humanité bascule dans une nouvelle année. Je continue de longer, avec mon fidèle Pégase, les bords de la Rivière du temps. Il y a vraiment de tout dans son eau. Des découvertes incroyables, des comportements odieux, des interrogations qui ne changent pas, des regards nouveaux, des amours qui ne cessent de surprendre, des instincts qui ne se tarissent jamais, et encore et toujours des désillusions. L'année 1948 commence très mal. Un homme extraordinaire est assassiné le 30 janvier. C'est mon vieil ami Gandhi. Il a œuvré toute sa vie pour la non-violence, les droits de l'homme, l'équité, la liberté des peuples. La société l'a rejetée. On n'en veut pas.

Pourquoi la paix est-elle toujours plus difficile à faire que la guerre ? Pourquoi la défense des croyances et coutumes particularistes est toujours plus forte que la défense des valeurs universelles ? L'appartenance à une famille culturelle, ethnique ou religieuse sera toujours plus défendue que l'appartenance à la grande famille des êtres humains. La fraternité, le respect, la tolérance sont moins défendus que les religions, les intérêts financiers, les identités. Toute l'Histoire ne fait que rappeler cette réalité. Le progrès, la socialisation, la modernité n'y ont rien changé.

Mon père n'a pas la tête à ces considérations philosophiques. Il est dans les étoiles. L'amour l'a mis en apesanteur. Après ses fiançailles, il va faire visiter à sa bien-aimée son terroir familial. Ils prennent quelques jours de vacances à Ostende, chez sa tante Marcelle. Pendant leur douce escapade, ils passent voir à Bruges l'atelier du peintre et sculpteur Rotsaert, ami de mon grand-père. Des sculptures inachevées traînent partout ; il y a un fouillis monstre. Dans cet enchevêtrement poussiéreux de morceaux de bois, de plâtre et de terre cuite, seul l'artiste trouve son chemin. Rotsaert est muet. Pour se faire comprendre, il s'aide d'une petite ardoise sur laquelle il écrit quelques mots à l'aide d'une craie blanche. Sa voix, ce sont ses mains. Rotsaert sculptera plusieurs œuvres dans la ville de Bruges, dont une statue en bronze de deux moines, un jeune et un vieux, se donnant sobrement le baiser de la paix.

Très loin des terres de Flandre, en mai, la paix, si éphémère qu'elle puisse être, va aussi être célébrée, mais d'une autre façon. À Tel-Aviv, David Ben Gourion proclame la création du nouvel État d'Israël. Les âmes d'Anne Frank et des millions de Juifs assassinés pendant la guerre 1940-1945 trouvent une consolation à leurs calvaires. Mais cet acte de paix va initier un nouveau conflit, la guerre israélo-palestinienne, qui perdure encore aujourd'hui. Beaucoup de guerres n'arrivent jamais à leurs fins.

Dernier mariage en calèche à Bruxelles

Alors que les tirs des fusils et le claquement des bottes se sont définitivement tus et que l'Europe remet en route toute son économie avec l'aide du plan Marshall américain, mes parents préparent leurs noces. Le mariage religieux est fixé au samedi 18 décembre 1948, une semaine après le mariage civil, prévu le 11 décembre. Cette journée du 11 décembre suit une journée pleine de noblesse et d'espoir, où les cinquante-huit États membres des Nations unies ont adopté la Déclaration universelle des droits de l'homme. La dignité humaine est placée au rang d'une valeur fondamentale. Sur papier, c'est facile à écrire, mais le mettre en pratique s'avérera très ardu, presque irréalisable.

La célébration du mariage religieux se déroule à l'église Saint-Remi de Molenbeek. La famille Kesteloot est arrivée un jour plus tôt et a passé la nuit dans un hôtel, place Rogier. Mon père, à cheval sur la tradition, a commandé la veille le « bouquet de la mariée » chez le fleuriste du coin. Le jour des noces, ma mère se lève de bonne heure. Les préparatifs sont loin d'être faciles : le choix des bijoux, le maquillage, les boucles dans les cheveux. Heureusement, la tante Hélène veille au grain. Mais c'est surtout la traîne qui pose problème. Pour la faire tenir dans sa coiffure, ma mère aura besoin d'une bonne quinzaine d'épingles. La traîne ainsi que le col de la robe ont été spécialement tissés dans de la dentelle de Bruxelles. Sa robe ressemble à une fleur de lys géante. Après beaucoup de patience et un dernier coup d'œil dans le miroir, l'héroïne du jour peut entrer en scène. En descendant l'escalier, ma mère est d'une élégance marine : sa traîne blanche glisse sur les marches comme l'écume d'une vague retournant vers le large après avoir caressé le flanc des dunes. Mon père est définitivement conquis. Il attend sa « Georgy » au pied de l'escalier pour lui remettre le bouquet de la mariée. Il a belle allure dans son costume de sous-lieutenant sur lequel brillent d'un éclat particulier la médaille de volontaire de guerre ainsi que celle de la Résistance.

Mon grand-père Adelson est nerveux. Parmi les invités, il y a les directeurs et les fournisseurs de Delhaize. Il veut que l'organisation soit parfaite et ne va pas lésiner sur les moyens : mets de première qualité, vaisselle royale et, en point d'orgue, des calèches. À 10 heures, il rassemble tous les convives dans le hall d'entrée et les invite à se rendre à l'église. Quatre calèches tirées par deux chevaux sont prévues pour acheminer la suite de la maison vers l'église ainsi que pour le retour. La calèche des mariés dispose de deux places, alors que les trois autres calèches disposent chacune de quatre places. Comme la suite comprend plus de quarante personnes, il faut organiser plusieurs navettes entre l'église et la maison. C'est la dernière fois qu'un mariage avec des calèches est organisé à Bruxelles. La calèche de mon père précède celle de ma mère, qui ferme la marche du cortège, comme c'est la coutume. Le trajet n'est pas très long, à peine 300 mètres.

Au moment où le cortège arrive devant l'église, tous les regards se tournent vers la calèche de la mariée. À travers la petite fenêtre en bois, le visage de ma mère me fait penser à celui si pur de *La Jeune Fille à la perle*, peint par mon vieil ami Johannes Vermeer. Même naturel, même douceur, même sincérité. Quand le cocher arrête les chevaux, le laquais, qui se tenait debout derrière la calèche, met pied à terre, déplie le marchepied et aide la mariée à descendre. Elle a un port royal impressionnant. Son père, très distingué dans sa jaquette, vient la rejoindre et lui prend le bras. Précédés par deux pages, ma mère et son père pénètrent dans l'église au son d'une cantate de Bach. Mon grand-père accompagne sa fille jusque devant l'autel où l'attend son futur mari. La famille Pilette se place à droite dans l'église, la famille Kesteloot à gauche. Ma grand-mère Marie ne passe pas inaperçue : elle porte un grand chapeau noir plat qui lui donne un air de princesse polonaise. La cérémonie est longue, et c'est avec un certain soulagement que les mariés entendent le prêtre annoncer la fin de la messe. Mes parents sortent de l'église et prennent place dans une calèche, ensemble cette fois. Ils se dirigent ensuite vers la Grand-Place de Bruxelles pour y faire des photos. Sur le chemin, beaucoup de gens les applaudissent spontanément.

À cet instant-là, l'expression du regard et le sourire de ma mère frôlent la béatitude. En la voyant si radieuse, j'aurais bien voulu, le jour de son mariage, la prendre avec moi, en amazone, sur le dos de Pégase et lui faire le tour des temps. On aurait parcouru l'Histoire à la vitesse de la lumière. Elle aurait allumé le premier feu. Elle aurait participé à l'arrivée d'*Homo sapiens* en Belgique, utilisé le premier véhicule à roues, assisté à la pose de la dernière pierre au sommet de la pyramide de Khéops, écouté Socrate discourir dans les rues d'Athènes, vu la réaction ébaubie des Indiens au moment où les caravelles espagnoles sont sorties des eaux de l'océan, admiré Donatello en train de réaliser son David. On aurait déambulé, au gré de leurs couleurs et de leurs formes, sur les pavements en marbre dans la cathédrale de Sienne et aussi nagé dans les eaux chaudes des Cinque Terre. Je lui aurais fait goûter les olives farcies d'Ascoli Piceno. Je lui aurais fait toucher du regard la marqueterie de Benedetto da Maiano, dans le studiolo du duc Frédéric de Montefeltro, à Urbino, et promener ses doigts sur le *Christ voilé* de Sanmartino, à Naples, comme si elle jouait sur son piano. Je lui aurais fait sentir les lavandes bordant les flots tyrrhéniens dans la réserve de Zingaro, en Sicile. On aurait flâné entre les ombres évanescentes dans le cloître du Paradis, à Amalfi. Elle aurait assisté à sa naissance, elle aurait revu sa chère mère, elle aurait pris dans ses bras ses petits et arrière-petits-enfants. Et le vent lui aurait joué le Concerto pour piano n° 21 de Mozart. On aurait ressenti l'éternité, la plénitude. Un bien beau cadeau de mariage, mais qui ne dépassera jamais la frontière de mes songes. J'aurais tant voulu le lui offrir ! Peut-être plus tard, par la magie des atomes. Je ne sais pas. L'ignorance n'empêche pas le rêve.

Après la messe, la réception et le dîner du mariage ont lieu au domicile des parents de la mariée. Plus d'une heure passe avant que tous les invités, ainsi que la suite, emmenée comme à l'aller en calèche, n'arrivent à la maison. Mon père s'étonne de ne pas voir ses deux tantes, Mimi et Didi. Il demande à l'un des cochers de retourner à l'église. Les braves tantes sont toujours là sur le parvis, à attendre sagement qu'on vienne les chercher. Les cochers ne les ont pas fait monter dans une calèche, pensant qu'elles ne faisaient pas partie de la suite. Mimi et Didi sont complètement perdues dans toute cette mondanité. Même leur toilette n'est pas de circonstance : la robe sans goût, à la couleur d'un vert vieillissant, de la tante Mimi est incongrue pour un mariage. Mais il faut les comprendre ; elles ne sont jamais sorties de Bruges. Je crois même qu'elles n'ont jamais été au-delà du canal du Dijver, c'est tout dire ! Que d'émotions, de chocs, de surprises pour elles ! Se rendre d'une ville aussi religieuse et renfermée que Bruges dans une ville aussi libérale et internationale que Bruxelles, c'est comme passer le même jour du XVIIe siècle au XXe siècle.

Le repas nuptial débute à 14 heures sonnantes. La table est royale : verres en cristal, couverts en argent, assiettes en porcelaine de Limoges. Le menu n'a rien à envier à ceux présentés au Palais de Buckingham : suprême de volaille, turbot à la sauce hollandaise, ris de veau à la financière, filet de bœuf Richelieu avec des pommes noisette, foie gras de Hongrie, pièce montée glacée et corbeille de fruits, et dans les vins un Bordeaux château Petrus. L'influence « delhaizienne » de mon grand-père y est sûrement pour quelque chose. Pendant le dessert, une séance de photos est organisée. Comme pour le jour de ses fiançailles, ma mère a émis le désir d'être photographiée avec son mari et les petits pages devant son cher piano sur lequel une kyrielle de vases remplis de roses et de lys ont été déposés. Au beau milieu de cette colline fleurie, une photo de sa mère, Élise, décédée deux ans et demi plus tôt. Une fleur jamais fanée.

La tante religieuse de mon père, « tante chère sœur », n'a pas reçu la permission de sa mère supérieure d'assister au mariage de son neveu. Elle lui envoie néanmoins un magnifique faire-part qu'elle a elle-même confectionné, et sur lequel elle a dessiné, avec les lettres G et P de Georgette et Pierre, un bateau aux voiles ouvertes aux vents. Une phrase dans le faire-part est révélatrice de son esprit très conservateur : « Ta femme sera comme une vigne féconde dans l'intérieur de ta maison. Tes enfants seront autour de ta table comme de jeunes pousses d'olivier. » Tout appartient à l'homme : la femme, la maison, les enfants, la table. L'homme est le centre autour duquel tout se construit. Les temps ne sont décidément plus les mêmes !

Quand la politique s'en mêle

Mes parents vont en voyage de noces à Menton, où ma mère s'adonne à l'un de ses grands plaisirs : la peinture à l'huile. Quelques mois après leur retour, mon père entrera à l'École royale militaire pour y suivre les cours à la 89e promotion A, division

« toutes armes ». Trois mois plus tard naîtra leur premier enfant. Les séquences de la vie familiale s'enchaînent le plus normalement du monde. Dans l'actualité, les guerres s'enchaînent aussi le plus normalement du monde. C'est une très vieille habitude que les hommes, malgré des milliers d'années de vie commune, n'ont jamais réussi à bannir. Chez les êtres humains, les années ne jouent pas en faveur de la sagesse.

Les journaux s'affolent le 25 juin 1950. Les troupes nord-coréennes, soutenues par la République populaire de Chine et l'URSS, franchissent le 38e parallèle et entrent en Corée du Sud, appuyée par les États-Unis. Ce premier conflit de la guerre froide va faire plus de deux millions de victimes civiles. 3172 Belges se porteront volontaires ; 106 y trouveront la mort. Des morts des mains des hommes, encore et toujours.

Cette guerre jette le doute dans l'esprit des Européens et des Américains. Et si, avec le soutien de l'URSS, l'Allemagne de l'Est envahissait l'Allemagne de l'Ouest, qui n'a plus d'armée depuis l'armistice de 1945 ? L'idée d'une Europe forte et solidaire intégrant l'Allemagne commence à faire son chemin. Le Traité de Rome, qui créera en 1957 la

Communauté économique européenne, sera l'une des réponses à ce doute.

La déchirure de la Corée va créer l'un des régimes politiques les plus cyniques et barbares du monde. En Corée du Nord, dans cet État emmuré, les assassinats, les disparitions, les tortures sont monnaie courante. Comment un tel régime peut-il encore exister au XXIe siècle ?

Maintes fois, les hommes politiques font l'Histoire avec une absence totale de vision. Ils réagissent à court terme aux événements, sans évaluer la portée de leurs décisions à long terme. Souvent, le présent subit plus les conséquences des décisions du passé qu'il ne prépare l'avenir. Le conflit coréen en est un bel exemple. Il n'est toujours pas résolu. Le peuple coréen souffre encore aujourd'hui des effets de la guerre froide. Cela dure déjà depuis plus de septante ans.

Cette iniquité permanente dans la société, mon grand-père Joseph ne la supporte pas. Souvent désillusionné par l'attitude des hommes, il se réfugie dans la foi chrétienne. Chacun son îlot. Mon grand-père suit toujours de très près l'actualité de l'Église. Début juillet, il décide de se rendre à Rome avec sa femme Marie à l'occasion du Jubilé, promulgué par le pape Pie XII. Avec de tels prénoms, c'est le couple rêvé pour fouler le sol sacré du Vatican. Ce Jubilé a plusieurs objectifs, dont entre autres la sanctification des âmes par la prière et la pénitence et par la fidélité indéfectible au Christ et à son Église, la protection des lieux saints, la défense de l'Église contre les attaques renouvelées de ses ennemis et la demande de la vraie foi pour ceux qui sont dans l'erreur, pour les infidèles, pour les sans-Dieu. Aujourd'hui, le Vatican ne se permettrait sans doute plus d'affirmer que seuls ceux qui ont la foi sont dans le vrai.

Les décisions des autorités politiques et religieuses sont toujours très variables dans l'Histoire. Elles confisquent les libertés, elles découpent des pays, elles défendent obstinément leurs vérités. Les événements que ces décisions produisent se succèdent dans un rythme toujours aussi décousu et précipité. Dans l'Histoire, il n'y a jamais de ligne directrice durable et homogène, jamais d'attitudes partagées par tous. On pourrait rêver d'une sorte d'œcuménisme politique, mais il n'existera jamais. Les hommes aiment se distinguer, détruire, construire, s'accaparer. Leur histoire est confuse. Ils courent dans tous les sens. Mais derrière quoi et pour quel objectif? Ne pourraient-ils pas s'accorder sur quelques valeurs fondamentales et les appliquer une fois pour toutes ? Ce n'est pas dans leur nature. Ils mettent toujours plus l'accent sur leurs différences que sur leurs similitudes. Les hommes maîtrisent peu l'Histoire. C'est sans doute cela qui les fait courir.

Une noble dame se pose aussi souvent la même question. C'est mon amie Marguerite Yourcenar. Pendant les vacances de Noël, elle termine *Les Mémoires d'Hadrien*, qui connaîtra un immense succès dans le monde. J'adorais l'entendre parler. Sa voix sonnait comme un verre de cristal, et ses mots avaient la pureté du diamant. Née à Bruxelles, elle sera la première femme élue à l'Académie française. Son nom est écrit en lettres d'or sur la longue liste de ces femmes libres et passionnées qui ont osé s'affranchir des stéréotypes.

Le monde va changer comme jamais

Pégase non plus ne comprend pas le manque de conscience universelle des hommes. Il appréhende le devenir des Terriens. L'espèce humaine est en train de changer dans sa nature profonde. Dans un temps plus très lointain, une série de bouleversements qui transformeront radicalement le genre humain verront le jour. La révolution technologique multidimensionnelle (digitale, robotique et cybernétique) qui s'annonce et l'urbanisation grandissante vont faire basculer l'Humanité dans un tout autre monde. En cette année 1950, New York est la première ville à dépasser les dix millions d'habitants. En 2050, 65 % des habitants de la Terre vivront dans les villes.

Nous sommes aussi à l'aube d'un autre bouleversement : la révolution génétique. Par la maîtrise de plus en plus grande que la médecine acquiert sur les gènes, la mort sera peut-être bientôt considérée comme une maladie que l'on pourra soigner. Les hommes pourraient dès lors se rendre éternels. Quel chamboulement dans notre organisation sociale ! Il ne faudra plus passer par la religion pour trouver l'éternité.

Dans le futur, les hommes ne s'identifieront peut-être plus sur la base de leur race, de leur nationalité, voire même de leur sexe, mais sur celle de leur degré de numérisation, de leur force immunitaire ou de leur code génétique. Il y aura peut-être d'un côté des hommes nouveaux, génétiquement maîtrisés, et de l'autre des hommes anciens, continuant à vivre sous l'héritage de nos ancêtres : *Homo sapiens.* Tous ces bouleversements marquent l'entrée de l'Humanité dans sa quatrième révolution industrielle. La mutation du transhumanisme se dessine.

Un accident fatal

Ma mère n'a pas conscience de cette mutation latente. Comme des millions de femmes, grandes protagonistes dans le travail de l'évolution, elle donne naissance à son deuxième enfant, une fille. Le petit bébé, qui se porte bien, a les yeux légèrement bridés. En pleine guerre de Corée, certains ne vont pas se priver de faire des commentaires trop faciles. Juste après la naissance, mon père a dans l'idée de s'acheter une voiture. En Belgique, en 1950, le marché automobile est en forte expansion. L'Institut national de la statistique recense déjà 418 165 voitures immatriculées. Sur les trente dernières années, le nombre de véhicules a vingtuplé. Mon père est tenté d'en acheter une, mais le prix n'est pas donné. Il devra attendre. Sa première voiture, une Opel Kadett, il l'achètera au début des années 1960.

Au même moment, l'État belge est empêtré dans un imbroglio politico-communautaire, grande spécialité nationale. C'est la question royale, qui trouvera son épilogue avec l'abdication du roi Léopold III, le 17 juillet 1951. Ce mardi-là, du balcon du Palais royal de Bruxelles, par un geste symbolique de la main, le Roi renonce au pouvoir en faveur de son fils Baudouin. Dans la foule, mes parents applaudissent le nouveau souverain. Ils vivent un moment historique. Mon père ne se doute absolument pas, à cet instant, qu'il travaillera bientôt dans ce prestigieux édifice au service du Roi.

Un autre moment historique a lieu à Bruges. À la rentrée scolaire, l'École moyenne de l'État, la plus ancienne école de la ville, dont mon grand-père est le directeur, fête son centenaire. Mon grand-père a invité ses enfants à la commémoration. Un concert est organisé dans la magnifique salle gothique de l'hôtel de ville. Le soir, un grand banquet dans la salle des fêtes de l'école clôturera les festivités.

Pendant le banquet, mon père est loin d'imaginer que le destin, dans son agenda scabreux, a prévu pour lui un mois de janvier 1952 détestable. Au début du mois, il rejoint à Gand le premier centre d'instruction d'infanterie, en qualité de commandant de compagnie. Il compte ensuite poursuivre sa formation à l'École de guerre, mais le mauvais sort va en décider autrement. Quelques mois plus tard, lors d'une manœuvre militaire en Allemagne, il va se blesser très grièvement.

L'accident a lieu au cours d'un exercice de nuit. Mon père est assis dans un camion militaire à la droite du chauffeur. Le terrain est fort accidenté. À un moment donné, le chauffeur ne peut éviter une crevasse. Un énorme choc secoue l'habitacle. Le choc est tellement violent que mon père est projeté sur le côté, glisse sous la sangle en corde qui fait office de porte et tombe devant la roue du camion. Le chauffeur n'a pas le temps de freiner et écrase sa jambe droite. La douleur est insoutenable. Dans un geste héroïque, il parvient à défaire sa cravate et la nouer autour de son genou pour empêcher le sang de couler. Mon père est immédiatement emmené à l'hôpital militaire de Cologne. Sa jambe est broyée. Les médecins parlent de l'amputer. Heureusement, grâce aux soins prodigués, avec une patience et une dévotion admirables, par une sœur religieuse infirmière, l'amputation n'aura pas lieu. Mon père lui en sera éternellement reconnaissant; jamais il ne l'oubliera. Mais sa jambe restera affaiblie pour toujours. Cet accident le privera d'un commandement actif et l'empêchera de participer normalement à l'avancement. Il ne pourra pas se présenter à l'École de guerre. Sa carrière militaire est brutalement freinée. Mon père en est profondément dépité.

Le Grand Architecte est un artiste

Une information fascinante va atténuer quelque peu sa déception. La science, qui continue d'enfoncer le questionnement encore plus loin dans les abîmes du mystère, fait de nouveau une découverte prodigieuse et encore une fois si troublante. Le dévoilement se poursuit. La revue scientifique *Nature* publie en 1953 un article qui décrit pour la première fois la structure de l'acide désoxyribonucléique, l'ADN. L'ADN est une très longue molécule en forme d'hélice qui transmet l'information génétique à toutes les cellules du corps humain. Cette découverte a été faite par deux jeunes scientifiques : un biologiste américain, Jim Watson, et un physicien britannique, Francis Crick. Dans l'article, ils expliquent comment l'ADN contenu dans les cellules de tous les êtres vivants permet la duplication de celles-ci. Ils recevront le prix Nobel de physiologie et de médecine.

L'ADN porte les milliers de gènes de notre corps. Chaque gène est comme un code ou un programme qui permet à chacune de nos cellules d'accomplir une tâche bien précise dans le bon fonctionnement de notre corps. Si on pouvait étirer toutes les molécules d'ADN que contient notre corps, on arriverait à une longueur de plusieurs milliards de kilomètres ! On croit rêver. Il y a un mini-univers en chaque homme. Tout en lui a un sens, une raison d'être. Tout peut s'expliquer. L'homme est un concentré de choses les plus complexes qu'il est possible de faire. Une composition d'une ingéniosité sans bornes. Une véritable œuvre d'art d'une fantaisie infinie. Le Grand Architecte serait-Il un artiste ? La passion, le génie artistique doit être en Lui pour réaliser une telle folie ! Pourquoi pas ? Cela changerait de l'interprétation religieuse.

Tout est mouvement

Depuis le début de ma balade avec Pégase, commencée en 1786 au sommet du mont Blanc, la Terre a déjà fait 167 fois le tour du Soleil et a tourné près de 61000 fois autour d'elle-même. Il y a eu aussi 2004 pleines lunes et des millions d'explosions d'étoiles. Et je ne compte pas le nombre de marées basses, d'interactions entre atomes, de poussées pour accoucher, d'éclosions de fleurs, de pulsations de cœurs, de dalles de tombe fermées, de copulations, de cadences d'ailes, de pieds, de nageoires. Tout est mouvement, mélange, combinaison. Rares sont les cafouillages. Tout est en chantier, en évolution. Les choses ne se réalisent jamais. Tout est provisoire. Et toutes les choses qui sont en mouvement, quelle que soit leur nature, ne savent pas pourquoi elles le sont. Elles bougent, elles vont et viennent, sans comprendre ce qui les fait bouger. Tout est inconscient, instinctif, seule l'action compte. L'homme est comme emporté, presque avalé dans ce rythme sur lequel il n'a finalement guère de prise. On ne sait pas où on va, mais on y va. L'être humain a si peu de recul par rapport à ce qu'il fait ! Il vit, dans les limites très étroites de sa conscience. La vie semble plus une discipline, une règle de conduite générale. Bon sang, mais que suis-je ?

Pégase m'a déposé chez moi, un instant, dans mon présent. J'ai besoin de souffler, d'oublier, de digérer l'Histoire parcourue. C'est l'hiver. Dehors, il neige. Je regarde, à travers la fenêtre, les flocons tomber par milliers. On dirait des neutrons blancs, des protons cristallisés, des chromosomes gelés, des gènes dentelés. Ils viennent ensemencer notre terre. Ils remplissent les pas des hommes. Le temps qui ne cesse de se délier, depuis l'origine de l'univers, opère ses métamorphoses saisonnières. Elles me troublent toujours plus. Sur ma feuille de papier, les mots construisent des phrases. Dans le ciel, les flocons tissent le paysage.

Dans mon corps, les atomes forment des molécules. En regardant les flocons tomber, j'ai l'impression de voir l'intimité de la vie. L'extérieur ressemble à mon intérieur. Tout se confond : les flocons, les mots, les atomes. Tout se mélange à l'échelle infinitésimale. On a tous la même composition : l'extrêmement petit. Plus on voit les choses en petit, plus on se rend compte que tout se ressemble.

L'homme est-il fait de Dieu ?

Je quitte la neige. Je repars avec Pégase. On reprend notre pèlerinage intemporel, notre quête de réponses. L'année 1953 est décidément un grand millésime pour la science. Après la découverte de l'ADN, une autre découverte extraordinaire va voir le jour. Un biologiste américain de vingt-trois ans, Stanley Miller, prouve par l'expérience que les éléments essentiels à l'apparition de la vie peuvent naître de la matière inerte.

Arrêtons-nous un instant sur cette découverte, car elle est dans son approche et dans sa conclusion un petit chef-d'œuvre de la science. Miller veut reconstituer l'environnement de la Terre primitive telle qu'elle existait après sa formation, il y a 4,56 milliards d'années. Pour ce faire, il

« fabrique » cet environnement dans un ballon en verre. Il y met de l'eau, qui joue le rôle de la mer, et mélange cette eau avec des gaz qui existaient déjà sur la Terre primitive. Il fait chauffer le tout. Les vapeurs issues du bouillonnement arrivent dans un second ballon. Miller soumet ensuite ce second ballon à des décharges électriques censées représenter des éclairs tels qu'il en existait dans la troposphère de la Terre primitive. Quel n'est pas l'étonnement de Miller de voir apparaître, après une semaine, sur les parois du second ballon, un fin petit dépôt de matières ! Il analyse ce dépôt et constate qu'il contient des composés organiques tels que des acides aminés, molécules de base pour créer la vie.

Même si l'on peut discuter le côté simpliste de l'expérience, elle est une belle tentative de faire le lien entre le monde inerte et le monde vivant. L'homme commence à pouvoir reconstituer partiellement les différentes conditions nécessaires à l'élaboration de la vie. Plus tard, l'homme ira même jusqu'à reconstituer, partiellement aussi, en utilisant un accélérateur de particules, l'environnement dans lequel est apparu le Big Bang, phase embryonnaire de notre univers. Ce sont deux véritables révolutions !

L'homme est de plus en plus créateur : il joue à Dieu, il entre dans le mystère. Il commence à faire ce que Dieu a fait avant lui. À force de s'exercer à la création, il va peut-être atteindre le paroxysme de la compréhension et décoder entièrement la magie de la vie. Malgré son côté destructeur et meurtrier, l'homme a un côté divin, dans son ingéniosité, dans sa fantaisie. Il est peut-être un morceau de Dieu sans le savoir ou un Dieu en devenir. On porte en nous la clé de quelque chose.

Pensez aux premiers hommes, cachés dans leur caverne, revêtus d'une peau de bête : un homme sans conscience de lui-même et de l'environnement dans lequel il vivait. Regardez aujourd'hui : un homme qui jongle avec les molécules, avec les gènes, avec les atomes, qui voyage dans l'espace. Quelle odyssée, quelle prouesse ! Et toute cette chevauchée de l'espèce humaine n'a duré que quelques centièmes de seconde si on résume la durée de vie de l'univers à 24 heures. Imaginez la situation de cette évolution si l'homme vivait encore ne fût-ce que quelques minutes de plus !

Comment interpréter cette hallucinante et fulgurante chevauchée ? Est-ce une vaste croisade vers « l'au-delà paradisiaque » ? Une interminable conquête de l'inconnu ? Une remontée dans le temps ? Une force mystérieuse qui pousse « l'existence historique » à aller au bout d'une logique ? Personne ne le sait. Mais cette chevauchée passionnante n'est pas sans risque. Il ne faudrait pas que la face intelligente de l'homme agisse dans l'intérêt de sa face meurtrière. On l'a déjà dit et on le redit, l'être humain a une prédisposition au suicide, à l'automutilation. Il peut créer lui-même les conditions de sa propre fin. Cela serait dramatique pour l'Humanité, mais nullement pour « l'existence universelle ». Elle peut très bien se passer de nous. « L'existence universelle » est si bien réglée qu'elle ne doit pas réfléchir à ce qu'elle fait. Tout le contraire des hommes.

Un globe terrestre inversé

En un an, notre Humanité vient d'atteindre des sommets sur le plan scientifique. Cette quête inassouvie du plus inconnu, du plus lointain, du plus fou est dans les gènes de la race humaine. Un autre beau symbole de cette quête de l'extrême tombe à 9 heures, ce 29 mai 1953. L'apiculteur néo-zélandais Edmund Hillary et le sherpa Tensing Norgay sont les premiers hommes à atteindre le plus haut sommet du monde, le Chomolungma, « déesse-mère de la Terre » en népalais, aussi connu sous le nom d'Everest, situé à 8848 mètres d'altitude. Cet immense exploit fait la une des journaux dans le monde entier.

L'information, maintenant, est véhiculée partout dans le monde. Les médias s'internationalisent. Non seulement l'information, mais aussi l'image. Comme en ce 2 juin, quand se déroule le premier direct international à la télévision. C'est le couronnement d'Élisabeth d'Angleterre. Malgré l'opposition du Premier ministre Winston Churchill et de l'archevêque de Canterbury, qui estiment qu'on ne peut médiatiser ce type d'événement, la cérémonie est retransmise par la télévision anglaise ainsi qu'en temps réel en France, en Allemagne, aux Pays-Bas. Les habitants de Bruxelles pourront également suivre l'événement à la télévision via une antenne relais. En Belgique, la « TV » commence à remplir les soirées des gens. Elle fascine. Le 31 octobre, le premier programme national est produit par l'INR, l'ancêtre de la télévision belge. Les Belges achèteront de plus en plus de postes de télévision. En 1953, ils sont déjà 6500 à en avoir un.

Les caméras de télévision vont bientôt se balader partout. Deux ans plus tard, la ville de Bruxelles est choisie pour la prochaine Exposition universelle qui doit avoir lieu en 1958. Cet événement aura un impact considérable sur le développement et la réputation de la nouvelle télévision belge, mais aussi sur ma famille.

Les organisateurs recherchent un monument ou objet comme emblème pour l'Exposition. Un concours est lancé. Parmi les candidats en lice, mon grand-père Joseph, qui a une idée très originale en tête. Il veut réaliser un globe terrestre inversé dans lequel les gens pourraient se promener et, de la sorte, voir en un grand regard tournant toute la surface de la Terre. Avec sa minutie légendaire, Joseph dessine ce globe sur du papier cartonné. Il demande à son oncle Florimond, « maître-mécanicien » qui tient un petit atelier à Bruges, d'en fabriquer une maquette. Après de nombreuses nuits blanches, la maquette est envoyée à la Ville de Bruxelles, en charge de l'organisation du concours. Hélas pour mon grand-père, le jury porte finalement son choix sur le projet de l'Atomium aux neuf boules, conçu par l'ingénieur André Waterkeyn. Mon grand-père se classe tout de même deuxième. Il en est très déçu. Les neuf boules, de 18 mètres de diamètre chacune, représentent les neuf atomes constitutifs de la molécule cristalline de fer agrandie 165 milliards de fois. Initialement, l'Atomium est construit pour six mois et doit ensuite être détruit. Mais en raison de sa grande popularité et de son image de marque grandissante, les autorités communales décident de le sauvegarder.

Unique sortie du couvent

À Bruges, dans sa petite chambre humide du couvent, ma grand-tante Isabella trépigne d'impatience. Elle va bientôt fêter ses quarante ans de profession de foi. Un miracle lui est tombé du ciel : sa mère supérieure lui a donné un bon de sortie. À soixante-trois ans, pour la première fois depuis son entrée dans le couvent en mars 1914, elle pourra « voir » la société.

Son frère Joseph décide de fêter cet événement et convie toute la famille à un grand repas à la maison. Comme il n'a pas de voiture, il va la chercher à pied à son couvent. Ce jour-là, « tante chère sœur » n'en croit pas ses yeux très ascétiques. Sur le chemin, en passant sous la porte de Gand, elle voit pour la première fois des voitures. Ma grand-tante trouve que c'est horriblement dangereux et que cela fait énormément de bruit. En rentrant dans la maison de mes grands-parents, Isabella s'étonne de tout ce modernisme : une radio, de l'eau courante, des ampoules électriques... Elle n'a jamais vu cela. Ma grand-tante est persuadée que derrière tous ces changements se cache la main du diable. Elle est préoccupée. L'esprit, selon elle, pourrait être tenté de s'écarter du droit chemin tracé par le Seigneur. À table, Isabella trouve aussi que l'on mange trop. Cette journée est un véritable choc pour elle. Entre la date de son entrée dans les ordres et la date de son décès, soit sur une période de quarante-huit ans, c'est la seule fois qu'elle est sortie de son couvent. Elle n'aura vécu à « l'extérieur » qu'un seul jour.

Mon grand-père trouve sa sœur très vieillie. Elle n'est pas en bonne santé. Pendant la guerre, Isabella a contracté le psoriasis, maladie de la peau très pénible à vivre. C'est extrêmement irritant. Cela la gêne tellement qu'elle ne peut plus enseigner. Pour Isabella, c'est une catastrophe. Ma grand-tante, si active, qui trouvait tout son équilibre personnel dans l'éducation des enfants, se voit enlever la seule occupation qui lui permettait, indirectement, d'avoir un contact avec le monde extérieur. Dans les dernières années de sa vie, Isabella devra même porter des gants. Déjà enveloppée dans son voile et sa robe noire de religieuse, il ne lui restera plus que les yeux, le nez, les joues et la bouche à l'air libre !

Quand j'étais petit, je me demandais toujours pourquoi la plupart des prêtres et des sœurs religieuses s'habillaient en noir, couleur de la mort. N'y a-t-il déjà pas suffisamment de morts que pour en faire la couleur de la foi ? Pourquoi la foi devrait-elle se montrer en noir ? Si on a la foi, on devrait être immensément heureux ! À la place des autorités religieuses, j'aurais plutôt choisi une couleur joyeuse, printanière, pour manifester ce grand bonheur spirituel : du vert des premières feuilles de l'année, de l'orange comme le fruit ou un beau bleu de ciel d'été.

Un pas de danse avec ma grand-mère

Et comme toujours, la mort vient railler les hommes dans leur quotidien. Le noir reprend le dessus. Une nouvelle vague mortelle frappe. Il est 8 heures ce matin, du 8e jour, du 8e mois de l'année 1956, dans la mine du Bois du Cazier, à Marcinelle. Les mineurs travaillent, comme d'habitude, comme des forcenés. Un wagonnet, suite à une mauvaise manœuvre d'un mineur, arrache un fil électrique. Quelques minutes plus tard, une fumée apparaît dans une galerie à près de 1000 mètres de profondeur. Des étincelles partent dans tous les sens. Le feu est dans la mine. C'est rapidement l'enfer. Une épaisse couche de nuages noirs, au-dessus du charbonnage, s'étale au vent et prend la forme d'un drapeau funèbre. La nouvelle s'ébruite comme une foudre dans les corons voisins. Les femmes, les enfants et les mineurs des autres mines accourent. L'attente est intenable. Les secours sont impuissants. Très vite, tout le monde comprend qu'on ne pourra sauver personne ; ils vont tous mourir par intoxication. 263 enterrés vivants. Il y aura quand même 13 miraculés, dont l'auteur de la mauvaise manœuvre. Les gens sont atterrés. La direction de l'entreprise de Marcinelle et les autorités politiques font mine d'être surprises. Comme souvent, il faut des catastrophes pour se rendre compte des conditions déplorables dans lesquelles certaines catégories de gens doivent travailler. Les accusations fusent de partout. L'appât du profit a étouffé la réalité. Triste. Il y aura encore d'autres exemples dans l'Histoire.

Les défauts des hommes semblent incorrigibles. Mon grand-père Joseph est dégoûté. Il noie son amertume dans la rédaction d'un livre sur l'Espagne, pays qu'il apprécie énormément. Afin de préparer au mieux son livre, il décide de faire un grand périple à travers le pays de Cervantès. Il effectuera le voyage en train, au printemps 1957, en compagnie de sa femme et du docteur Warland, son grand ami. Ils visiteront entre autres la Costa Brava, Tolède, Saragosse et Salamanque. Mon grand-père intitulera son livre *Hispania.* Le frontispice de la couverture ainsi que les gravures dessinées dans le livre seront réalisés par son ami, le peintre Jules Gonthier. Ce livre, qui sera son dernier, est illustré par de nombreuses photographies dont une de ma grand-mère Marie se promenant dans un parc à Séville.

Ma grand-mère adore se promener. Elle est d'une résistance incroyable. Jusqu'à la fin de sa vie, elle fera chaque jour ses courses à pied. C'est une véritable gazelle. Elle marche d'un pas chaloupé, à la fois ferme et souple. Je me souviens que lors de nos nombreuses balades, le long des canaux de Bruges, elle aimait particulièrement accrocher son bras droit au mien. Elle le serrait si fort que son épaule était comme collée à la mienne. On ne faisait plus qu'un seul promeneur. Vu de dos, on aurait dit un être dalinien, à quatre pieds. Une illusion surréaliste, un mirage dans les brumes des vieux canaux. Pendant nos promenades, ma grand-mère était obnubilée par une chose : se mettre au pas de son partenaire. Il lui était impossible de marcher sans être au rythme de l'autre. Elle essayait toujours de synchroniser son pas au mien. Comme je marchais plus vite, elle devait à plusieurs reprises sautiller pour corriger son pas. Cela m'amusait beaucoup de la voir jouer à la ballerine. J'avais la sensation alors de danser quelques pas de valse avec une jeune femme à mon bras. Je n'étais plus son petit-fils, mais peut-être son maître de ballet ou son ménestrel ou son Ulysse idéalisé. Dans ces moments d'apparence troublée, d'imaginaire à peine conscient, les âges, les promesses, les erreurs, les principes s'envolent comme s'ils étaient inutiles. La vraie réalité est peut-être dans cette illusion libérée. Que j'aimerais la vivre plus souvent !

La Lune a un petit frère

En ce 4 octobre, une illusion d'un autre genre va bientôt devenir réalité. Jusqu'à il y a peu, tout ce qui touchait à l'espace relevait de Dieu et du rêve. Mais ce soir-là, le rêve va devenir réalité. Souvent, les rêves ne font que cacher une future réalité. À 19 heures, 33 minutes et 48 secondes, un satellite artificiel, le *Spoutnik*, est mis en orbite autour de la Terre par les Russes. Il va tourner autour de nous pendant trois mois. Pour la première fois de son existence, l'homme sort de sa planète un objet qu'il a lui-même fabriqué et va le faire voyager dans les contrées lointaines des cieux. Comme si l'homme ajoutait lui-même une étoile sur la carte céleste. Le journal officiel soviétique *Pravda* mettra en première page de son quotidien un titre magnifiquement imagé : « L'homme a donné un petit frère à la Lune ».

L'homme met au monde dans le Ciel, dans l'environnement divin ! Sa progéniture va s'y installer. Il vient d'entrer dans la monde sacré et inviolable des dieux. Il y a sûrement des esprits que cela doit déranger. L'homme est en train d'entrouvrir les immenses portes du palais du Créateur ou, pour d'autres, du Grand Architecte. L'homme s'introduit dans la propriété de Dieu, d'Allah, de Yahvé, d'Odin, de Zeus et de tous les autres, sans leur demander la permission. Quelle impertinence, quelle folie pour les uns, quelle prouesse, quelle émotion pour les autres !

Cette « chose humaine » est toute petite. Elle mesure 58 cm de diamètre. Voilà que le minuscule vient défier le gigantesque : 58 petits centimètres d'aluminium dans un univers de milliards de milliards de km^2 de superficie ! Tout un symbole proportionnel de la présence de l'homme dans le ciel. Un pas gigantesque pour l'homme, un pas ridiculement petit, presque mesquin, à l'échelle de l'univers. Le Démiurge doit bien s'esclaffer. Malgré tout, depuis son apparition, l'homme avance, certes à petits pas, mais il avance. La somme de tous ces pas l'a déjà placé très loin dans la ligne de la compréhension de la vie. « L'existence historique » se rapproche lentement de « l'existence universelle ».

Le premier supermarché

« L'existence historique » n'arrête pas de produire ses épisodes. En janvier 1958, ma famille déménage à l'École royale militaire, où mon père est appelé à exercer le poste d'officier d'éducation et d'information. Elle s'est aussi agrandie d'une troisième fille. Dans la commune voisine, à Ixelles, sur la place Flagey, Delhaize vient d'ouvrir le premier supermarché en Belgique. Une nouvelle manière de faire les courses entre dans les habitudes des gens. Les premiers jours sont plutôt laborieux : les clients errent entre les rayons, à chercher leurs victuailles ; et je ne parle pas du maniement des caddies, qui est loin d'être facile !

Ma grand-mère a toujours refusé de faire ses courses dans ce genre d'endroit, totalement anti-convivial à ses yeux. Le modernisme la rebutait. Et pourtant, l'entêtement à l'innovation est dans le sang de l'homme depuis la nuit des temps. Rien n'est plus tenace en lui que cette envie d'innover. C'est sa marque de fabrique, son véritable instinct avec celui de tuer. Innover et tuer, deux actions totalement antinomiques, mais révélatrices de la nature profondément ambiguë de l'être humain.

Le modernisme n'est pas que matériel. Dans le monde, les femmes poursuivent leur longue marche vers l'émancipation. Une dame forte et intelligente ébranle les esprits conservateurs. En juillet 1960, au Sri Lanka, pour la première fois dans l'Histoire, une femme, Sirimavo Bandaranaike, est Premier ministre. Elle ouvre la voie à une grande lignée de femmes politiques.

Entrée en fonction au Palais royal

Pendant l'été, mes parents achètent un terrain, pas très loin de Bruxelles, à Ohain, petit village paisible et champêtre, au cœur du Brabant wallon, pour y faire bâtir une maison. Mon père va pouvoir bientôt habiter à la campagne ; cela le rend très heureux. Ces années-là, mon père nage dans le bonheur : des naissances, une maison et aussi une nomination qui le comble. Il est appelé à exercer les fonctions de secrétaire de la Maison militaire du Roi, l'un des départements du Palais royal. Peu de temps après, à l'occasion du mariage du roi Baudouin et de *doña* Fabiola de Mora y Aragon, le 15 décembre 1960, il reçoit sa première mission « en solo ». Le ministère des Affaires étrangères lui demande de s'occuper de l'ambassadeur du Panama et de lui fournir tout l'appui protocolaire et administratif nécessaire.

Au-delà de la satisfaction personnelle qu'elle lui procure, cette nomination a aussi une valeur historique. Mon père est l'un des premiers Flamands et roturiers à entrer dans le cercle très fermé des membres du Palais royal. Il va sans dire que son intégration n'est pas des plus faciles. Être non noble et non francophone ne l'aidera pas non plus dans les promotions. Mon père devra aussi apprendre le protocole, très rigoureux au Palais royal. La façon de s'adresser au Roi, par rapport à ce qui se fait aujourd'hui, est alors encore fort du style Ancien Régime. Lors d'une entrevue avec le Roi, on ne peut lui parler qu'à la troisième personne. Il faut aussi toujours laisser le Roi entamer la discussion. Et quand on quitte le bureau du souverain, comme on ne peut pas lui montrer son dos, on doit rejoindre la porte à reculons. Mon père m'a raconté s'être entraîné dans son bureau à cet exercice d'un genre particulier.

L'homme joue à la balançoire

Dans un environnement beaucoup moins confortable qu'un palais, un homme va réaliser un exercice autrement plus périlleux. Dans la matinée du 12 avril, le Russe Youri Gagarine devient le premier homme à se déplacer dans l'espace. Sanglé dans sa capsule Vostok, il fera un tour de la Terre en 108 minutes, à près de 300000 km/h. Un homme dans le ciel qui joue à l'ange : les dieux ne peuvent pas le croire. Les Terriens l'ont fait !

Cette extraordinaire prouesse est un véritable affront pour les États-Unis. Vexés, ils créeront la NASA, National Aeronautics and Space Administration, et en un temps record développeront un véhicule spatial performant.

L'espèce humaine est grandiose dans ces moments où elle arrive à dépasser ses limites au point de se promener dans l'espace. À l'opposé, il y a des moments où elle stagne dans la médiocrité. Sa nature balance toujours entre l'émerveillement et la désillusion. Et le temps qui passe ne semble pas déroger à cette habitude ancestrale. Le 13 août, la balance penche de nouveau du côté de la désillusion : le régime communiste est-allemand décide d'ériger un mur pour empêcher ses habitants de fuir vers Berlin-Ouest. La ville est coupée en deux. Des drames humains vont suivre. Les gens n'ont rien demandé. Seize ans après le bombardement de leur ville, les habitants de Berlin doivent à nouveau subir les décisions des autorités politiques. Dans l'Histoire, quelles sont les populations qui ont vraiment pu choisir la société dans laquelle elles voulaient vivre ?

Quand un régime politique a peur de se perdre, il ne lui reste plus que le ciment pour survivre. Cette pratique d'ériger des murs de séparation fera beaucoup d'émules dans le monde : au Proche-Orient, entre Israël et les territoires palestiniens, en Méditerranée, entre les Chypriotes grecs et turcs, en Amérique, entre les États-Unis et le Mexique, en Afrique du Nord, entre le Sahara occidental et le Maroc et entre les enclaves de Melilla et Ceuta et le Maroc, en Asie, entre la Corée du Nord et du Sud, ainsi que, moins connu, entre le Bangladesh et l'Inde. Le mur de Berlin tiendra vingt-huit ans. Les autres existent toujours.

Ma rivière

Un an après le début de la construction de leur nouvelle habitation et beaucoup de problèmes avec l'architecte, mes parents déménagent enfin à Ohain, où je passerai toute mon enfance. Quand je pense à cette maison, deux choses envahissent mon esprit : la rivière du Smohain et le jardin. La maison se situe en face d'un grand champ où sont cultivés du blé et du maïs, une année sur deux. Les grandes fenêtres du salon offrent une vue splendide sur une petite vallée creusée par le Smohain. Cette rivière s'écoule en contrebas entre les champs et traverse un bois marécageux avant de tomber, un peu plus loin, dans les bras d'une autre rivière, la Lasne.

Que de moments heureux et bucoliques ai-je passés le long de ce petit cours d'eau ! Cette rivière m'a apprivoisé, presque éduqué. J'ai été son enfant, puis son amant. Ma première pensée est née de ses creux. Que de poèmes m'a-t-elle raconté, que les chants du vent résonnaient merveilleusement bien dans les méandres de son cours ! Sur son eau, j'ai lu les plus belles phrases et vu les plus beaux tableaux. Elle m'a chuchoté, du fin fond de son lit, tous les secrets de l'existence. C'est elle qui m'a ouvert les yeux de l'âme.

Elle m'a enfanté par une nuit où la lune luisait si fort que l'on aurait pu se croire en plein jour. Je me souviens de sa délivrance comme si c'était hier. J'entends encore son soulagement de joie vibrer à la surface de son cours, frémir dans les arbres et remonter jusqu'aux étoiles pour les faire briller encore plus fort. Depuis cette nuit-là, je ressens tout. J'ai la fibre de la vie. Cette rivière est ma mère conscience.

Elle parcourait mes bois et mes champs préférés. Je l'ai remontée jusqu'à sa source, je l'ai descendue jusqu'à sa fin. J'ai longé cent fois son existence. Je connaissais tout de ses contours et de ses profondeurs. Ses ombres, ses parfums, ses courbes : elle ne me cachait rien. Avec elle, je ne savais pas me perdre. Comme elle coulait en bas de chez moi, partout où j'allais, elle pouvait toujours me reconduire à la maison. C'était ma ligne, mon étoile, ma rampe.

Cette rivière, avec ses rives sinueuses et légèrement vaseuses qui ondulaient à travers les champs, m'a décliné la nudité au féminin. Dans son miroir, elle m'a dévoilé ses plus belles formes. Pour moi, elle muait son eau en peau. Je l'ai caressée comme un fin pinceau sur une toile vierge. Elle s'est offerte à moi en remuant ses berges jusqu'à l'orée du bois. Comme on était bien ensemble ! Tout était si léger, si beau, si simple. Que j'aimais regarder mon visage se défaire dans son eau. Elle s'amusait à le modeler en feuille, en lune, en vieillard, en forme inconnue. Son imagination était sans limites. Elle m'a fait porter tous les masques, elle m'a donné tous les visages. J'ai appris avec elle à jouer tous les caractères, à saisir toutes les subtilités de la vie.

Aujourd'hui, par la force de la pensée qui nous lie éternellement, je m'abreuve toujours de ses reflets, de sa mélodie, de ses nuances. Elle coule en moi. Elle traverse mon propre cours. Maintenant, c'est elle qui me remonte et qui me descend. Et quand je ne serai plus là, elle laissera flotter mon âme sur les rides de son eau comme un fin et léger drap de soie. Je serai devenu sa douce couverture. On se l'est promis.

Le jardin

Derrière la maison, soigneusement dissimulé entre la terrasse et un grand verger de pommiers, un paysage encore plus intime s'offrait aux regards : le jardin. C'était un petit paradis, le bout du monde de la beauté. Dans ce « parc », comme l'appelait ma grand-mère, lequel avait été dessiné par ma mère, les couleurs, les parfums, les ombres, les sons se conjuguaient en parfaite symbiose. Cette harmonie radieuse éveillait les sens et les pensées les plus profondes. Tout respirait la paix, la douceur, la détente. Combien d'heures n'ai-je pas travaillé dans ce jardin à l'embellir ! Je connaissais par cœur l'emplacement de chaque fleur, chaque plante, chaque arbre. Les yeux fermés, je pourrais refaire cette parcelle de rêve éveillé à l'autre bout du monde, en plein milieu d'un désert. Ce jardin donnait envie de flâner. On s'y sentait bien. On prenait plaisir jusqu'à regarder les plantes pousser et les fleurs se colorer. Le temps ne le traversait pas, il le contournait. Dans cet éden du Nord, on était à l'abri de notre finitude. Rien n'y vieillissait. Aujourd'hui, ce jardin pousse en moi et me fait vivre dans un éternel été.

Gala à la cour de Belgique

Pégase a adoré cet îlot de verdure. Il lui rappelle la quiétude du ciel. On passe quelques chapitres du grand livre de l'Histoire. À l'entame de l'année 1962, mon père et ma mère, enceinte, retournent à Bruges, au couvent « *der Zusters Maricolen* », pour saluer « tante chère sœur », Isabella. Elle est très malade. Ma grand-tante est sur le point de rejoindre son Dieu. Une femme va quitter la vie, une autre, ma mère, va bientôt donner la vie. Un croisement d'un départ et d'une arrivée. La vie dans toute son ambivalence. En regardant le ventre arrondi de ma mère, tante Isabella se sent prise d'un désir particulier. Elle ne peut s'empêcher de lui demander, très pudiquement, si elle ne pourrait pas appeler le futur enfant Dominique. Tante Isabella a une grande dévotion pour saint Dominique. Comme le prénom Dominique est valable à la fois pour un garçon et pour une fille, mes parents acceptent le vœu de « tante chère sœur ». Et voilà comment mon prénom trouve son origine dans un couvent ! En vertu de cette intercession d'un membre de l'Église, je dois sûrement bénéficier de la clémence et de la protection des autorités célestes !

Quelques jours plus tard, mes parents sont invités à un gala au Palais royal. Ma mère est magnifiquement habillée. Elle a la démarche gracieuse de l'Aphrodite d'Este et la beauté naturelle de la madone de Murillo. Dans la salle du Trône, les invités défilent très solennellement, comme dans une longue procession religieuse, pour venir saluer les souverains. Ma mère fait la révérence à la reine. Je suis là aussi, dans son ventre. Je sens son petit mouvement de génuflexion. La reine Fabiola, qui commence à comprendre qu'elle ne pourra pas avoir d'enfant, félicite ma mère avec une pointe d'émotion. À table, le personnel du Palais royal porte encore le collant blanc et des mocassins noirs qui brillent du même éclat que la lumière des 2800 ampoules sur le somptueux parquet, fait d'un sublime mélange de bois de chêne, d'érable, d'acajou et d'ébène. Le menu est impérial : consommé Orléans, homard Thermidor, caneton Mirabeau, haricots verts, timbale de foie gras, glace de la Reine. Le choix des vins laisse rêveur : un Château Mouton d'Armailhacq, un Beaune de 1937, un Moët et Chandon, une Cuvée royale de 1949 et un Dopff grande réserve.

Le côté pile

Indifférente aux convenances et aux apparences, la vie délivre imperturbablement, dans un rituel presque mécanique, ses sentences quotidiennes. Elle éteint, elle allume. Le 11 avril, « tante chère sœur », Isabella, meurt. Elle a perdu sa mère à quatorze ans, elle est entrée dans les ordres à vingt et un ans, elle est morte à soixante-neuf ans. C'est tout ce qu'on peut écrire sur elle. Le livre de son histoire ne contient que des pages blanches. Encore une victime consentante de l'existence. Confinée dans le silence des murs, elle n'a que rarement pu voir ses mots changer l'expression du visage des autres. Encore une personne qui s'en va. Elle est venue et puis a disparu, avalée par le temps. Encore quelqu'un dont on n'entendra plus parler. Où vont-elles, toutes ces âmes ? Dans le paradis des oubliés ? Que reste-t-il d'eux ? Je l'ai encore dans ma mémoire, mais quand je ne serai plus là, qui se souviendra encore de « tante chère sœur » ? Où est le sens d'une telle vie ?

Il n'est jamais facile de s'occuper de soi-même. La majorité des gens meurent sans jamais avoir su réellement qui ils étaient. Les cimetières regorgent de regrets. On y entend plus les soupirs que les apaisements. Beaucoup de vies terminées auraient pu avoir un tout autre destin. Elles auraient pu faire autre chose avec un peu plus de chance, avec un peu plus de savoir, de volonté, d'audace. Vains remords. La plupart des gens passent à côté de leur vie. Jusqu'à preuve du contraire, on ne vit qu'une fois. Il n'y a pas de repêchage possible. Il n'y a qu'une seule chance.

Retour de manivelle, deux mois après la mort de tante Isabella, la vie allume. En retard d'une semaine sur le calendrier médical, le 26 juin, je vois le jour au grand bonheur de mes parents et de mes trois sœurs. Enfin un garçon, un fils, un petit frère. Le défilé de la vie continue. Il y en a une qui part, il y en a un qui arrive. Un humain remplace un autre. Y a-t-il une raison à ces sorties et à ces entrées ? La vie est peut-être réglée. Il y aurait un agenda caché.

Ce mardi 26 juin de l'année 1962 après Jésus-Christ, deux millions d'années après *Homos habilis*, me voilà, moi aussi, arrivé sur cette petite planète Terre, égarée parmi les trillions de galaxies, dans l'immensité de l'univers. Mon histoire commence ce jour-là. La Rivière du temps m'a pris dans ses eaux. Je vais la nourrir, comme les milliards d'hommes et de femmes qui m'ont précédé. À mon tour de la remplir de mon vécu, de faire monter son cours, de pousser le courant plus loin. Je joue, moi aussi, le rôle du vivant mortel. Je sors de « l'existence universelle ». Je rentre dans « l'existence historique » pour un très court moment.

Ce bout provisoire de l'évolution que je suis est pris dans un va-et-vient quasi mécanique. Une énième vague de plus sur la plage. Et après ce court intermède, la mer va me repêcher. Elle me largue dans le temps, puis me reprend dans son ventre, comme si finalement elle avait encore besoin de moi. Je suis dans un intervalle, un cycle sur lequel je n'ai aucune maîtrise. Je suis arrimé dans cet immense et insondable rouage initié par « l'existence universelle », emporté dans son incessant travail de fabrication. Pendant quelques infimes moments, je vais faire durer le temps. Je prends le relais des hommes morts, des animaux morts, des poissons morts, des feuilles mortes. La mort est derrière moi et devant moi. Pour un instant fugace, je suis dans la lumière, dans le visible, dans le jour, le côté pile.

Pourquoi moi ? Je ne représente rien du tout dans ce rouage à la complexité vertigineuse. Quel rôle cette petite futilité que je représente pourrait-elle avoir ? Comment me situer dans cette mécanique démesurée ? C'est tellement difficile, si petit que l'on est, de se définir par rapport au gigantisme et d'y trouver un sens. Mais faut-il réellement se poser une telle question ? Ce n'est pas réaliste quand on n'est rien du tout. Cela paraît saugrenu. Ne vaut-il pas mieux rester à notre échelle et ne se soucier que de ce qui est de notre dimension : les hommes, les animaux, les plantes, la nature ? Mais j'aimerais pouvoir le faire avec la conscience que cela s'inscrit dans un grand et magnifique projet. Ce serait beaucoup plus motivant ! Je peux juste le penser, mais sans aucune garantie ou certitude. Je voudrais en avoir la foi, mais je n'y arrive pas. Le comportement meurtrier des hommes, l'exiguïté de ma conscience, le vide ambiant dès que l'on prend un peu de hauteur et mon ignorance devant « l'existence universelle » inhibent mon envie de foi. J'essaye de m'en faire une raison. La vie est pourtant d'une splendeur inouïe. Son mécanisme a enfanté l'harmonie, les couleurs, les vagues, le vent, un sourire, un air de musique, une fleur, une caresse. Rien que pour ça, j'ai envie d'y participer.

L'erreur n'est pas qu'humaine

La vie est une magnifique réussite. « L'existence universelle » a effectué un travail extraordinaire. En ce XXIe siècle, la nature paraît en harmonie. Pourtant, au cours de ce long travail qui a duré des milliards d'années, un nombre incalculable d'erreurs a été commis. Les dinosaures n'étaient pas un exemple de vie épanouie, et il y a 375 millions d'années, après une chute de la teneur en oxygène des océans, 80 % des espèces vivantes avaient disparu. Cet interminable processus fut un véritable chemin de croix. L'erreur n'est pas qu'humaine. Le Grand Ordonnateur en fait aussi. Aurait-on quand même un point en commun avec Lui ?

Malgré cette belle réussite, tout est loin d'être parfait. Dans cette harmonie magique, il y a comme un défaut de fabrication, une pièce mal ajustée : le caractère tueur des hommes. Les meurtres, les guerres, le désir de détruire sont dans notre nature profonde. On ne le répétera jamais assez.

Et même si les hommes arrivaient à vivre en paix, rêvons un peu, cela changerait quoi pour « l'existence universelle » ? Rien. Elle continuerait sa route comme si de rien n'était. Elle ne s'occupe d'ailleurs pas de nous. Elle se contrefiche de ce qu'elle a engendré. Elle trace sans s'apitoyer. Pourquoi nous a-t-elle fait naître, alors ? Après avoir travaillé dur pendant des milliards d'années, elle nous abandonne. Tout ce travail laborieux et complexe pour finir délaissé. Quelle drôle de mère ! Face à cette énigme totale, il est préférable de ne donner un sens que par rapport à ce qu'on peut comprendre. Au-delà, ce n'est plus de notre ressort. Chacun son niveau. Advienne que pourra. Les dés sont, de toute manière, jetés. Alors, tant qu'on y est, prenons à bras-le-corps cette chance unique d'être en vie et tentons le meilleur, si seulement on sait ce qu'est le meilleur. Chacun en a sa propre interprétation.

Rivalité Est-Ouest

Pégase me reprend. Je suis en train de me perdre. Il y a de quoi ! Il me remet sur les rails de « l'existence historique ». Le début des années 1960 est une période heureuse pour mes parents, et particulièrement pour mon père. Après le plaisir d'habiter une nouvelle maison et la joie d'une naissance, il reçoit encore les honneurs du souverain. Le 15 juillet 1962, le roi Baudouin doit se rendre à Bruges pour une visite officielle. Connaissant son origine brugeoise, le Roi propose à mon père de l'accompagner comme aide de camp. Geste chevaleresque. Le monarque est toujours très attentif aux autres.

Le roi Baudouin, comme tout chef d'État, est confronté à la solitude du pouvoir. Il a un immense besoin de confiance en son entourage. Tout au long du parcours royal, en plein centre-ville, les Brugeois acclament leur roi. À un certain moment, des personnes s'adressent au souverain pour lui dire quelques mots. Dans la voiture royale décapotée, le Roi demande à mon père ce que ces personnes ont dit. Mon père, n'ayant pas fait attention, ne peut traduire au souverain leurs propos. Le Roi se penche alors vers mon père et lui dit : « Chaque fois que je vous demanderai quelque chose, s'il vous plaît, dites-moi toujours la vérité. »

Durant la visite, le roi Baudouin fait part à mon père de sa grande préoccupation face à la tension qui ne cesse de monter entre les deux patrons du monde ; la guerre froide prend un virage dangereux. Le baromètre de la diplomatie indique « tempête ». Les États-Unis découvrent à Cuba des bases de lancement de missiles, construits par les Soviétiques en réponse à l'installation de missiles américains sur le sol turc, à la frontière avec l'URSS.

Le monde craint un affrontement nucléaire entre les deux superpuissances mondiales. Le 22 octobre, des bateaux soviétiques chargés de pièces de missiles sont en route vers Cuba. Sous la menace d'une attaque immédiate de l'aviation américaine, le gouvernement soviétique ordonnera à ses navires de faire demi-tour. Une guerre mondiale est évitée de peu. Pour éviter des dialogues de sourds entre leurs deux pays, le président John Kennedy proposera à Khrouchtchev d'ouvrir une ligne téléphonique directe entre eux. C'est le fameux « téléphone rouge ».

Une femme dans la mer céleste

Avec le conflit cubain, l'orgueil des Soviétiques en a pris un coup. Ils vont préparer une revanche, plutôt originale, sur les Américains. Une revanche qui mettra à l'honneur les femmes. L'expression « le sexe faible » est décidément mal à propos. En juin 1963, une femme va se baigner dans la mer céleste. Un fantasme surréaliste pour Botticelli, un simple point du programme politique pour le secrétaire général du Parti communiste. Il aura fallu près de deux ans pour préparer ce vol historique. Juste après l'exploit de Youri Gagarine, le comité central du Parti communiste voulait à nouveau frapper les esprits avant que les Américains ne rattrapent leur retard. Le comité a décidé d'envoyer une femme, de préférence sportive, dans l'espace. Tous les clubs sportifs du pays sont passés au peigne fin par les émissaires du parti. Une certaine Valentina Terechkova, vingt-six ans, inscrite au club de parachutisme de Iaroslavl, sa ville natale, est choisie, ainsi que quatre autres jeunes femmes, pour suivre un entraînement intensif à Moscou, dans le but de devenir cosmonautes. Elles passent toutes les épreuves avec succès, mais Valentina a un atout : c'est une ouvrière du textile, qui plus est secrétaire de la jeune Ligue communiste de sa région. C'est donc tout naturellement que Khrouchtchev, qui cherche un pur produit de propagande, choisit Valentina pour effectuer le vol.

Le 16 juin, elle s'installe à bord du vaisseau spatial *Vostok 6*. Elle devra attendre près de deux heures dans sa capsule avant de pouvoir décoller. Au sol, c'est le fameux constructeur de fusées, Korolev, surnommé le « Grand Concepteur », qui lui donne le feu vert : « Bon vol, la mouette, et à très bientôt sur Terre : 5, 4, 3, 2, 1… *Poyekhali* [*go*, en russe]. » Le vaisseau est mis sur orbite pour trois jours. Il fera 48 fois le tour de la Terre.

Le voyage de Valentina ne sera pas un long fleuve tranquille : mauvaise direction prise par le vaisseau, communication interrompue avec la Terre, vomissements, fracture du nez sous le choc de l'atterrissage et, pour couronner le tout, les secours ne trouveront la capsule que cinq heures après sa chute sur le sol sibérien. La propagande russe se chargera de passer ces péripéties sous silence. Malgré ces problèmes, l'exécution de mouvements chorégraphiques autour de la Terre représente un exploit humain extraordinaire. La Russie va la fêter comme jamais elle n'a fêté une femme. Valentina est une véritable icône en Russie. Elle restera sans doute la seule femme au monde à avoir volé en solo dans l'espace.

Tout part et se construit dans l'invisible

Alors qu'une femme joue avec les étoiles, sur Terre, un homme joue avec les particules quantiques. Deux exploits prodigieux. L'être humain fait le grand écart entre l'infiniment grand et l'infiniment petit. Dans l'actualité scientifique, les nouvelles sont de plus en plus abondantes et extraordinaires. Le physicien américain Murray Gell-Mann va bientôt découvrir dans les protons et les neutrons ce qui est considéré, encore aujourd'hui, comme la plus petite particule de l'atome : le quark.

La matière continue à dévoiler son intimité la plus profonde. Il y en a du monde, dans les atomes ! Une fourmilière gigantesque où toutes ces particules travaillent sans répit, 24 heures sur 24, à une cadence de métronome. Des millions de combinaisons entre les différentes particules se constituent chaque seconde, à une vitesse inouïe, pour fabriquer la matière, par le jeu des interactions électromagnétiques (liaison entre les électrons et les protons du noyau atomique), des interactions fortes (liaison entre les protons et les neutrons) et des interactions faibles (liaison entre l'ensemble des constituants de l'atome).

Le processus de fabrication de la matière suit des règles d'une précision insensée. Par exemple : le nombre de protons dans un noyau atomique est toujours égal au nombre d'électrons qui circulent autour du noyau ; un atome peut contenir jusqu'à maximum sept couches d'électrons ; chaque couche a toujours le même nombre d'électrons, quel que soit l'atome ; il faut toujours trois quarks pour former un proton ou un neutron. Ni plus ni moins. Ces règles strictes sont vitales dans le processus de fabrication de la matière. Si, dans un atome, le nombre de protons était différent du nombre d'électrons, l'interaction électromagnétique avec les autres atomes ne pourrait pas se réaliser pour créer des molécules et déclencher la vie biologique. La matière ne pourrait se former. La conjonction simultanée de ces trois forces interactives maintient aussi la matière sous sa forme compacte. S'il n'y avait pas ces trois forces, la matière se décomposerait totalement. À la place de ma feuille blanche sur laquelle j'écris, il n'y aurait qu'un amas de poussières d'atomes.

La vie repose sur une structure d'une complexité sans limites. Tout dans cette structure se conjugue en parfaite harmonie. Sans cet équilibre, nous ne serions pas en vie. Quelle élégance, quelle mise en scène grandiose ! Impossible de concevoir la préparation que cela a dû exiger ! Quel esprit machiavélique a bien pu imaginer une telle complexité avant même de l'avoir mise en route ? Dieu est diabolique ! Si seulement tout cela a été étudié, testé, créé. Faut-il parler d'expertise, de magie ou de hasard ? C'est si bien rodé que l'on pourrait penser que cela a toujours existé. Il ne faut peut-être même pas se poser la question d'un début. Cela n'a peut-être pas été préparé. La création n'a jamais eu lieu ! Tout va de soi. Cela tourne tout seul.

Cette complexité, si ardue et folle à nos yeux, semble si banale, si facile, au regard du Très-Haut. C'est tellement fou qu'il nous est impossible de prendre réellement conscience que cette immense structure, d'une sophistication démesurée, que tout ce méga-remue-ménage se soit formé en partant de quelques minuscules particules, principalement des électrons, des photons, des protons et des neutrons, et ce, avant même que les premiers atomes soient créés. Cette structure poursuit encore toujours, aveuglément, opiniâtrement, son labeur. Quel entêtement ! Jusqu'où le pouvoir de ces particules va-t-il mener « l'existence historique » et « l'existence universelle » ?

Je ne fais que poser des questions, rien que des questions. Je ne réponds pas. Je suis dans la supputation, l'hypothèse, le délire. Ce manque de perspective me rend amer. Je suis né sans savoir. Je vis sans savoir. Je mourrai sans savoir. Je suis, sans réellement être. Sommes-nous vraiment vivants ? On vit biologiquement, un peu intellectuellement, mais avec quelle conscience de nous-mêmes ? Métaphysiquement parlant, nous sommes des morts.

Que ce soit dans l'infiniment grand, dans l'infiniment petit, dans le monde animal, végétal ou humain, toute cette gigantesque harmonie fonctionne sur le principe de l'attraction. L'attraction nucléaire qui maintient unis les constituants d'un atome, l'attraction électromagnétique entre atomes qui crée les molécules, l'attraction gravitationnelle qui stabilise le mouvement des astres, l'attraction sexuelle qui permet la reproduction, l'attraction du mystère qui génère la spiritualité, l'attraction de l'inconnu qui crée l'envie de la découverte. L'existence ne peut se passer de l'attraction, c'est le principe même qui conduit à la vie et permet la vie. L'attraction sert à la fois de fondation et de fonctionnement.

Dans cette gigantesque harmonie, il y a très peu de visible. L'essentiel s'opère, avec la plus grande discrétion, dans la plus profonde des intimités : le monde invisible de l'infiniment petit. Seul le résultat se voit : les étoiles, la mer, les animaux, les arbres, les hommes. La vie, dans sa pleine dimension, est bicéphale : sa face intérieure et sa face extérieure. Cette face extérieure est visible par le travail de sa face intérieure. Nous sommes le visible de l'invisible.

Notre vie est en vie grâce à ce monde intérieur. C'est là que se trouve la vraie réalité. Cet immense chantier se déroule en nous et on ne sent rien. Notre corps, les feuilles, les pierres, l'eau, l'air sont formés et portés par ces millions de combinaisons chimiques. Il y a en nous une espèce de machinerie incroyablement sophistiquée, une puissance colossale qui nous a mis en vie et qui nous maintient en vie. Ce monde de l'infiniment petit, qui s'étend du milliardième de mètre au milliardième de milliardième de mètre, est gigantesque. Il semble aussi profond que le monde de l'infiniment grand, l'univers.

L'espace est partout, à toutes les échelles, dans l'infiniment petit comme dans l'infiniment grand. Nous vivons dans un double gigantisme, à cheval entre deux abysses, celui de la profondeur et celui de la hauteur qui se confondent dans un équilibre troublant. Cela donne le vertige.

Mais nous n'avons pas la faculté de saisir consciemment cette vraie réalité. Nous sommes enfermés dans l'étroitesse de notre esprit. Nous manquons de recul. Peut-être vaut-il mieux. La folie nous emporterait. L'homme vit sans savoir réellement qui il est. Il s'est donné un prénom, mais il ne connaît pas son nom. La vie est un rêve non conscientisé.

Parfois, les hommes font des rêves conscientisés. Le 28 août, Martin Luther King lance, dans le ciel de Washington, devant le mémorial de Lincoln, son merveilleux rêve : « Nous tenons pour vérité évidente que tous les hommes ont été créés égaux », inspiré de la Déclaration d'indépendance des États-Unis. Aujourd'hui, après un demi-siècle, son rêve ne s'est toujours pas pleinement réalisé. Ses paroles si justes, si nobles n'empêcheront pas qu'il soit assassiné cinq ans plus tard.

Quelque temps après, cela sera au tour du président John Kennedy. Avec les hommes, il y a toujours des conflits, mais jamais de solutions qui contentent tout le monde et qui perdurent dans le temps.

Un agenda décousu

Dans le grand concert de l'histoire des hommes, tout se mélange : des assassinats sans scrupules, des rêves jamais réalisés, des découvertes dérangeantes, des mensonges déguisés en vérités, des vies qui ne servent à rien et aussi des maladies inhumaines. Fin 1964, mon grand-père Joseph fait une thrombose. Il sait que ce mal entraînera lentement la paralysie de son corps. Dans quelque temps, il ne pourra plus faire usage de ses mains. Un soir, il s'enferme dans son bureau, au premier étage. À l'instar d'un président des États-Unis qui écrit une lettre à son successeur et la dépose, le jour de l'investiture, dans le tiroir de son bureau, mon grand-père va écrire une lettre d'adieu et la déposer sous son pupitre en cuir. Il écrira, en évitant tout sentimentalisme, un brouillon en utilisant son vieux stylo à plume. Il tapera ensuite son texte sur sa petite machine à écrire. Le calvaire de mon grand-père durera presque cinq ans.

Pendant sa trop longue souffrance physique, un événement va quelque peu le distraire. Son fils Edgar va présenter une nouvelle émission hebdomadaire, *Le Jardin extraordinaire*, à la télévision belge, la RTB. La grande première aura lieu le 3 octobre 1965. Mais tout le monde, dans la famille, ne voit pas cela d'un aussi bon œil. Ma grande tante religieuse Isabella est très inquiète, car pour elle, la télévision est un lieu de perversion, une dérive du bien-pensant. Elle ne veut pas que son neveu succombe à cette libéralité d'un genre nouveau. Elle est récalcitrante à toute forme de changement.

L'émancipation des femmes n'est pas non plus pour lui plaire. Au cours de cet automne, Marguerite De Riemaecker-Legot devient la première femme ministre belge. La gent masculine au pouvoir a dû faire beaucoup d'efforts pour mettre une femme dans un gouvernement. Mais ces messieurs ne vont pas prendre trop de risques. Ils lui donneront le ministère de la Famille. Ma grand-tante n'aurait jamais accepté qu'une femme soit ministre ! La nomination d'une femme à un poste ministériel est le début d'un nouveau mouvement égalitaire hommes-femmes. Il est loin d'être terminé aujourd'hui.

La misogynie est présente dans tous les milieux, même les plus hauts de la pyramide sociale. L'organigramme de la cour royale belge ne fait pas exception. Toutes les hautes fonctions sont occupées par des hommes. En mai 1965, mes parents sont invités par les souverains à un autre dîner de gala, au Palais royal de Bruxelles. Le personnel de service est exclusivement masculin. Ce gala est particulièrement prestigieux; il est organisé en l'honneur de la reine Élisabeth II et du prince Philip, à l'occasion d'une visite d'État. Le protocole est drastique sur les usages : le roi Baudouin prononcera son discours suivi de l'hymne national de son invitée, le *God save the Queen*, et la reine Élisabeth II prononcera ensuite son discours suivi de l'hymne national de son hôte, *La Brabançonne.*

Alors que les invités sablent le champagne, Pégase, brusquement, m'arrache du luxe tapageur du Palais royal. À vrai dire, il n'aime pas trop les mondanités. Il préfère la simplicité et la sincérité. Pégase saute une année d'un seul bond. On tombe en novembre 1966, sur les rives de l'Arno. Il est triste. Un accident regrettable vient de survenir dans la nuit du 3 novembre. Le fleuve est sorti de son lit à la suite de pluies diluviennes et a transformé la ville de

Florence en un immense marécage. La boue monte même jusqu'à 5 mètres dans l'église Santa Croce et touche le tableau du Christ, peint par Cimabue, qui en est irrémédiablement abîmé. Ce Christ, qui date de 1270, n'est pas comme les autres. Il est musclé, déhanchant, douceâtre, un rien érotique. Une véritable révolution par rapport à l'orthodoxie de l'époque, qui marquera profondément les esprits des nouvelles générations d'artistes.

L'agenda de la vie continue, nonchalamment, à défiler ses dangers, ses pièges, avec un réalisme implacable. Les hommes sont emportés docilement dans le flux de la Rivière du temps. On se croirait dans un grand pèlerinage qui n'arrive jamais à son lieu de rassemblement. Le matin du lundi 22 mai 1967, ma mère accompagne mon père à Bruxelles. Il la dépose devant le Palais des Beaux-Arts ; elle doit acheter des verres dans un magasin, au Mont des Arts. Ma mère se rend ensuite rue Neuve, à l'Innovation, faire quelques emplettes. Quand elle sort du magasin, il est presque 12 heures 30. Elle décide de casser la croûte dans un petit resto du coin. Rien dans le va-et-vient des gens qui déambulent, dans la rue Neuve, ne laisse percevoir le moindre signe d'une catastrophe imminente. Tout semble normal. Mais vers 13 heures 30, le ciel a l'air de s'assombrir. Il y a comme un chapeau grisonnant sur la tête des maisons. Ce ne sont pas des nuages de pluie. Un enfer vient de surgir. Quinze minutes plus tôt, un feu s'est déclaré, au troisième étage de l'Innovation. Il va se développer à une vitesse inouïe. Des flammes sortent de partout, transformant le magasin en un véritable bûcher. Des gens grimpent sur le toit, d'autres se jettent par les fenêtres. C'est une apocalypse. Les secours sont totalement dépassés. On ne peut plus rien : 323 personnes vont trouver la mort dans cet enfer dantesque. Mon père, apprenant la nouvelle au bureau, est blanc d'inquiétude. Le téléphone mobile n'existe pas encore ! Il rejoint précipitamment la rue Neuve, mais il ne peut rien faire, tout le quartier est fermé par la gendarmerie. Quand il regagne, glacé de peur, son bureau, quel n'est pas son soulagement d'entendre sa secrétaire lui annoncer que sa femme vient de téléphoner pour l'informer qu'elle n'était pas dans l'Innovation ! Elle est sortie du magasin à peine trente minutes avant le début de l'incendie.

Ma mère aurait pu périr dans les flammes. J'aurais été orphelin à cinq ans. Le destin ne l'a pas voulu. La vie distribue les cartes. Certaines sont perdantes, d'autres sont gagnantes. Chacun son sort. Dans ce jeu de hasard, les hommes essayent de tracer leurs chemins, des mauvais mais aussi des bons. En mai 1968, des jeunes rêvent d'un monde pacifique, qui bannit les inégalités, les injustices, qui protège notre nature, qui met en avant d'autres théories que celle de la croissance économique. L'espoir de vivre dans une autre société qui se distancie des desseins intéressés des puissances politiques et financières.

Une merveille dans le désert

Pégase n'y croit pas trop. Les désillusions dans l'histoire des hommes sont nombreuses. Pour me faire plaisir, il me ramène sur les terres d'Égypte. J'aime ce pays pour la majesté de son soleil qui apaise mes doutes, pour la beauté, infiniment légère, du chant des sourates qui élève si aisément les pensées et pour son fleuve, frontière du temps, qui cicatrise la blessure de notre solitude spirituelle.

En septembre 1968, un chantier gigantesque, en Nubie, se termine à Abou Simbel. Pour éviter que la montée des eaux du Nil, en raison de la construction du barrage d'Assouan, ne submerge deux temples, celui du pharaon Ramsès II et celui de son épouse Néfertari, l'État égyptien décide de les transférer sur une autre rive plus sûre. Un travail colossal qui va durer quatre ans.

Ce projet est particulier dans son statut juridique. C'est la première fois que la notion de préservation du « patrimoine mondial » est appliquée. Ce nouveau statut permettra le financement du projet sous l'égide de l'Unesco. Au cours d'un voyage, lors du Printemps arabe, j'ai été subjugué par la grandeur de ce site. Ces deux temples sont de véritables exploits techniques, par leur complexité et leur volume. Les hommes ont réalisé, sur ces terres mythiques, l'une des plus belles prouesses architecturales de leur histoire.

Dans les yeux des dieux

Et des prouesses, les hommes vont encore en faire. Pégase est heureux : « l'existence historique » vient de plus en plus dans son domaine. En décembre, la mission Apollo 8, au cours d'un vol d'entraînement en préparation du voyage sur la Lune, prend pour la première fois des photos de la Terre. Ces photos sont publiées dans les médias. L'homme de la rue peut enfin voir à quoi ressemble sa maison naturelle. Il a la preuve visuelle qu'il est un habitant du ciel, que la Terre est bien ronde, qu'elle tourne, que l'eau la submerge presque totalement.

Pour la première fois, l'homme filme la Terre. Il n'y a pas que les dieux qui peuvent nous regarder. Maintenant et encore plus, dans les années qui vont suivre, l'homme pourra se voir du ciel ! L'homme se met dans les yeux des dieux. Il regarde ce que les dieux voient ! Un tabou vient de tomber. L'homme a profané l'image du divin. En dépit de cet acte irrévérencieux, le ciel ne lui est pas tombé sur la tête.

Cette première observation de notre planète est le point de départ d'une véritable révolution dans notre futur contrôle des individus et de la Terre en termes de communication, de climatologie, de météorologie, de sismologie ! Ainsi que, hélas, en termes d'exploitation militaire. Une nouvelle force armée, la « Space Force », va bientôt voir le jour. Même le ciel n'est pas une limite à la guerre.

Mon premier enterrement

Alors que l'Humanité s'apprête à vivre un exploit technologique et scientifique retentissant, dans la famille, c'est l'hiver en plein été. Le 11 juillet 1969, doux hasard, le même jour que la naissance de sa femme, mon grand-père Joseph décède. Il s'est enfin libéré de sa terrible maladie. La mort l'a pris dans ses griffes. Elle rôdait autour de lui depuis un bon moment déjà. La mort n'est jamais très loin de nous. Elle nous guette, nous épie. La mort est à l'affût de la moindre petite faiblesse, du moindre faux pas pour nous prendre. Elle vit à côté de nous, on la frôle chaque jour. La mort assiste à nos joies sans sourciller. Elle nous attend. Sa patience est sans limites, car elle sait qu'elle aura toujours raison.

Le lendemain matin, son fils Pierre, mû par une voix venue d'ailleurs, entre dans le bureau de son père, soulève le pupitre en cuir et découvre sa lettre d'adieu. Il réunit sa mère et ses frères autour la table de la salle à manger et leur lit le texte. Cette lettre est un au revoir serein, mélange de paix et d'espoir. Mon grand-père a un petit mot pour tous ses proches, sa femme, ses enfants et chacun de ses petits-enfants.

Quelques jours plus tard, j'accompagne mes parents aux funérailles. C'est mon premier enterrement. Je suis étonné de la couleur ambiante. Tout le monde est habillé de noir, de haut en bas. Les femmes portent même un fin voile noir qui tombe devant leur visage. Pour la première fois, je découvre, à sept ans, la couleur noire. Cela me fait un effet bizarre. Moi, enfant de la campagne, qui passe des journées entières dans les bois et les champs, je ne l'ai jamais vue dans la nature.

Cette découverte d'une nouvelle couleur m'impressionne plus que la mort de mon grand-père. Je l'ai finalement très peu connu, même pas du tout. Je devais avoir trois ou quatre ans quand la thrombose l'a pris dans ses lianes carnassières. Je n'ai jamais pu lui parler. Il a été rapidement privé de la voix. Il communiquait par des cris, parfois violents, que je prenais pour des attaques agressives vers le monde extérieur. J'avais peur de mon grand-père. Après sa mort, j'apprendrai à le connaître autrement en lisant ses livres, en écoutant ce que sa femme et mon père me racontent de lui. Je rencontrerai l'homme à travers son âme.

Un Homo sapiens, debout sur un astre

Après le départ sans retour, vers le ciel, de mon grand-père, un autre départ, aussi vers le ciel, mais intentionnel celui-là, a lieu. Le 16 juillet, la fusée qui transporte le module lunaire, le LEM, de la mission

Apollo 11 décolle du cap Canaveral, en Floride. L'homme ne va plus seulement au ciel quand il meurt. Il le fait aussi vivant et il en revient ! Quel chamboulement métaphysique ! Quatre jours plus tard, un dimanche, jour du Seigneur, les Américains Neil Armstrong et Edwin Aldrin posent leur module, *Eagle*, sur la face visible de l'astre lunaire, au lieu dit de la mer de la Tranquillité. Neil Armstrong, commandant de la mission, foule le sol à 21 heures, 56 minutes et 15 secondes, heure des États-Unis. *Homo sapiens* vient d'accomplir son plus grand exploit depuis ses premiers coups de silex, il y a plus de deux millions d'années.

Ce dimanche soir, Séléné a le charme discret, seule la moitié de son œil est illuminée par son frère Hélios. Dans ce regard en demi-teinte, deux humains vont se promener. Ils narguent, du haut de leur 1,80 mètre, l'immense voûte céleste. Croyez-vous que cela rende les dieux jaloux, méfiants, furieux ? Même pas ! Rien ne bouge là-haut. Tout reste impassible. Que leur faut-il donc pour se montrer ?

Malgré le décès de mon grand-père, toute la famille regarde cet événement surréaliste à la télévision : un homme qui marche sur un astre de l'univers ! Mon grand-père a manqué, à neuf jours près, cet immense événement historique. Il aurait tant voulu voir cet alunissage. La mort lui a refusé ce dernier cadeau. Ce premier pas sur la Lune est un symbole fort de la somme colossale d'inventions et de changements qui se sont succédé entre sa naissance et son décès. Mon grand-père a eu la chance de vivre pendant une période exaltante sur le plan scientifique. Conservateur, il était néanmoins toujours très au fait des dernières découvertes. Son érudition était impressionnante. Il était curieux de tout. Pourtant, malgré ses grandes connaissances scientifiques, jamais il n'a changé d'un iota ses convictions religieuses. Il est resté fidèle à sa foi chrétienne jusqu'aux portes de la mort.

Ainsi donc, pour la première fois dans son histoire, en cette année 1969, l'espèce humaine pose physiquement un pied sur les terres jusque-là exclusivement réservées aux dieux. Quelle progression fulgurante depuis le vol de 50 mètres de Clément Ader, en 1890 ! En 79 petites années, l'homme est sorti de son berceau naturel. Il voyage maintenant dans l'environnement céleste, dans le divin, dans le mystère. Cela tient presque du prodige lorsqu'on voit d'où l'homme est parti : mi-animal dans la jungle africaine, le voilà maintenant mi-androïde dans le ciel. Quel bond, quel changement !

L'homme ajoute une nouvelle dimension à sa conscience : il n'est pas seulement un habitant de la Terre, il est aussi un habitant de l'univers. C'est le début d'un nouveau destin. Plus seulement celui prévu dans la logique de l'évolution, si logique il y a, mais un destin que l'être humain, lui-même, peut déterminer.

L'univers, un laboratoire

Et « l'existence universelle » va pousser les hommes à trouver ce nouveau destin. Un dimanche ordinaire de septembre de cette 1969e année de notre ère, un feu d'artifice naturel scintille dans le ciel. Une boule de feu déchire l'atmosphère et s'écrase sur le sol australien. Les habitants du petit village de Murchison sont effrayés par la lumière provoquée par l'explosion. C'est une météorite. Des centaines de fragments traînent par terre. Rapidement, des scientifiques sont appelés sur les lieux pour réaliser des analyses de ces fragments. Les résultats sont stupéfiants. La météorite est vieille de 4,5 milliards d'années. Mais chose encore plus surprenante, cette météorite contient des molécules organiques, comme des acides aminés. Les acides aminés sont les unités structurales de base des protéines qui constituent l'élément cellulaire indispensable à la vie. Ils remplissent des fonctions aussi fondamentales dans notre corps que le transport de l'oxygène des poumons vers les différents organes ou la consolidation des cellules. Ils sont considérés comme les outils majeurs du monde vivant à l'échelle moléculaire. Et voilà que ces acides arrivent, comme une lettre envoyée par la poste de l'espace, à notre petite planète !

Pour analyser au mieux cette météorite, les astronomes doivent faire appel aux biologistes. Devant la prolifération des découvertes scientifiques, les sciences vont de plus en plus travailler ensemble. Dans le domaine de l'astronomie, il y aura l'exobiologie, la biophysique, l'astrochimie. Dans le domaine médical, la biomédecine, la bio-informatique. À l'échelle de l'infiniment petit et de l'infiniment grand, tout est, scientifiquement, complémentaire. Les sciences interdisciplinaires voient le jour.

Avec les résultats de l'analyse de la météorite, de nouvelles questions se posent. La vie aurait-elle été « parachutée » sur Terre à la suite de collisions entre planètes ou de bombardements de comètes dans lesquelles des molécules organiques semblent exister ? C'est un scénario qui prend forme aujourd'hui. Il y en a d'autres, mais il reste celui qui est le plus défendu par la communauté scientifique.

On découvrira bientôt que les « matières premières » qui composent notre organisme, les atomes, ont été fabriquées dans l'univers. L'univers est un gigantesque laboratoire où sont produits et cultivés les constituants de la matière qui ont permis, après un colossal et interminable travail, l'émergence de l'espèce humaine. Dans ce laboratoire, il y a des fusions, des collisions, des explosions, préludes indispensables à la création. Tout y travaille en constante ébullition. L'univers est le vrai ventre de l'existence, là où les semences germent sous la forme d'éléments chimiques qui serviront à la vie biologique. Un préambule de vie s'initie, dans le ciel, à l'état physique et chimique. C'est l'étape indispensable à la vie biologique. La vie ne peut devenir biologique que si la mixture physique et chimique prend. L'homme est un produit de cette extraordinaire usine à fabriquer qu'est l'univers. Les scientifiques disent que nous sommes le produit du ciel, et les prêtres disent que nous sommes les enfants de Dieu. Chacun son interprétation. Mais ce qui est sûr, c'est qu'on ne s'est pas faits tout seuls. Au moins sur ce point, les prêtres et les scientifiques sont d'accord.

Réellement seuls ?

Quelque part dans cet univers en constante expérimentation, il y a peut-être d'autres produits d'un autre genre ou des formes de vie moins ou plus avancées que la nôtre. L'homme n'est sans doute pas un élément isolé. Si c'était le cas, il y aurait de quoi se poser d'étourdissantes questions !

Le satellite européen GAIA a récemment répertorié 1 692 919 135 soleils, principalement dans notre galaxie, la Voie lactée. S'il y en a autant dans une seule galaxie, imaginez le nombre total de soleils dans les milliards d'autres galaxies ! La chance qu'une forme de vie existe dans l'univers est immense. Dans quelques années, on découvrira sans doute que le ciel est peuplé de vies. Quelle révolution philosophique ! S'il y avait ne fût-ce qu'une planète « habitée » dans chaque galaxie de notre univers, cela donnerait des milliards de Terres ! Et si elles pouvaient communiquer entre elles, cela créerait de sacrés problèmes relationnels. On en a déjà suffisamment sur notre petite planète, alors entre plusieurs Terres !

Comment le Très-Haut arrive-t-Il à réguler toutes ces populations interstellaires ? Peut-être les a-t-Il mises en concurrence. Il disposerait d'un grand tableau de bord d'où Il pourrait analyser l'évolution de chaque forme vivante dans l'univers. Chaque million d'années, Il fait un classement des 10000 formes les plus évoluées. Les cinq premiers reçoivent l'éternité comme récompense. Il s'amuse comme Il peut !

Et si on était quand même la seule forme vivante dans l'univers ? Cela voudrait dire que l'être humain serait le but de la création. Mais alors, comme ce but semble atteint aujourd'hui, il se passera quoi, après ? En plus, quel serait le véritable sens de cette création puisque l'issue de notre forme biologique est la mort ? Pourquoi mettre en vie quelque chose qui est quand même voué à mourir ? Pourquoi créer pour détruire après ? Je n'en sors toujours pas. Tout cela ressemble à un grand simulacre. Dans quelle comédie jouons-nous ?

Quand j'interroge Pégase, il se tait. Il fait semblant de ne pas savoir. Les dieux raffolent de jouer aux innocents. Ils sont passés maîtres dans la langue de bois. Toujours ce silence pesant, presque moqueur, cette distanciation lancinante qu'ils maintiennent avec les hommes. Ils ne veulent pas nous expliquer. L'omerta est leur loi fondamentale. Malgré nos interrogations, les dieux ne trouvent rien à nous dire. Nos louanges et nos prières restent lettre morte. Ils font la sourde oreille. Les dieux ne nous entendent, peut-être, pas. On ne serait pas sur la même longueur d'onde. Depuis des milliards d'années, ils se cloîtrent dans leur secret. Cela ne doit pas être facile de garder un secret aussi longtemps. Si j'étais à leur place, un jour ou l'autre, je déballerais tout. Je ne pense pas qu'ils le feront. Ils préfèrent nous attendre. Ils laissent venir. Quelle patience ! Les dieux seraient-ils un rien perfide ? À force de vivre comme des reclus, les dieux doivent se sentir bien seuls. Je les plains, finalement.

L'empyrée est vide

Jusqu'il y a peu, les religions séparaient les hommes de l'univers. Le ciel était la sphère suprême où tout était occupé par les dieux, le paradis, les anges, les saints, l'enfer. On découvre aujourd'hui que l'univers est occupé par des soleils, des galaxies, des trous noirs, des comètes, de la matière noire. C'est une découverte fabuleuse, mais elle est désespérante : Dieu n'est pas au ciel. Il est ailleurs, mais où peut-Il alors bien se cacher ? L'homme a sondé des milliards de kilomètres et il ne L'a toujours pas trouvé. Mais est-ce réellement un problème de distance...

Si Dieu n'est pas au ciel, les êtres humains, en tout cas, y viennent. On a tous quelque chose en nous du ciel. C'est notre maison primitive, notre « donneur de sang », l'antichambre de notre propre vie où sont produits les atomes.

À partir de ces fruits de l'univers se sont formés la lumière, l'espace, le temps, la terre, l'eau, les plantes, les animaux, les hommes, le cerveau, les sentiments, la violence, l'esprit aussi. Ces mêmes atomes travaillent aujourd'hui au bon fonctionnement de notre corps, chaque seconde de notre existence.

Nous sommes partie intégrante de l'univers. Il vit physiquement en nous ! Chimiquement, il y a entre le ciel et la Terre une communion totale. Nous sommes des terrestres, mais aussi des célestes. Nous existons grâce au ciel. La vie est un don du ciel.

Un équilibre fragile

Mais la vie est fragile. Elle est supportée par une structure d'une complexité inouïe où tout se tient dans un jeu d'équilibre plus que parfait, tellement parfait qu'un petit incident de parcours, une lacune ou une défaillance pourrait avoir de lourdes conséquences : une Terre sans Lune, un proton sans électron, un animal sans prédateur, une fleur sans abeille, une atmosphère sans ozone, la posture debout de l'être humain sans la gravitation, une orbite terrestre trop excentrée, un pôle Sud sans glace ou encore la distance Soleil-Terre plus longue ou plus courte rendrait la vie impossible.

Si l'homme veut continuer à se prolonger dans le temps, à poursuivre cette expérience terrestre passionnante, il doit protéger cette structure qui l'a mis en vie, en préservant ce formidable jeu d'équilibre. C'est mal parti. Le comportement des hommes est en train de dérégler ce bel équilibre. Le tocsin s'entend au loin. Et pourtant, l'homme a une dette envers la vie. Il ne peut plus uniquement se contenter de l'exploiter, il doit aussi l'assister. C'est la nouvelle responsabilité des êtres humains. L'homme devient un acteur engagé de son devenir. Il doit assumer son nouveau statut : celui de gardien de la vie. L'homme doit maintenir la vie en vie ; c'est son nouveau défi. Sa présence sur Terre n'est plus une fatalité, c'est un engagement.

Et si cet équilibre est préservé - soyons optimistes ! –, l'homme continuera à mieux se connaître et à mieux connaître le milieu dans lequel il vit. La nature est très loin de nous avoir dévoilé tous ses secrets. Dévoilement après dévoilement, l'être humain pourrait peut-être saisir le sens de son destin et la raison de son passage sur la Terre. Mais ce jour-là, il ne s'appellera plus « homme ». Il sera quelqu'un ou quelque chose d'autre. Une nouvelle révolution est en marche. Une marche où notre espèce va prendre conscience du lien extrêmement étroit qui le lie avec la nature et surtout avec l'univers.

La fragilité de la vie ne réside pas uniquement dans son fonctionnement quotidien, mais aussi dans sa très longue élaboration. Il s'en est fallu d'un cheveu pour que la vie n'apparaisse pas. Durant son interminable préhistoire, la vie a dû passer par un nombre incroyablement élevé d'essais pour qu'elle puisse prendre vie. Il y a des milliards de combinaisons possibles entre les éléments chimiques. La probabilité de réussir correctement la chaîne de la vie est très faible. Le hasard, ou d'autres raisons, a bien fait les choses puisque cette probabilité est tombée sur les espèces vivantes, parmi lesquelles l'espèce humaine. Les conditions qui ont permis l'apparition de la vie auraient pu ne pas être réunies. Quelle chance a-t-on d'être là ! Chaque jour qui passe est un miracle.

Et ce n'est pas terminé ! La vie a été aussi extrêmement fragile dans sa genèse. Au tout début, dans cette phase rocambolesque du Big Bang, au temps presque zéro, la matière a pris le dessus sur l'antimatière, à quelques particules près. Si cela n'avait pas été le cas, l'univers serait resté de la taille d'un grain de poussière. Il a failli ne rien avoir du tout. Les galaxies, les planètes, les océans, les forêts, les montagnes n'auraient jamais vu le jour. À quoi tient le gigantisme, à quoi tient l'amour, à quoi tient la haine ? Tout n'est que futilité. C'est à déprimer ! Je me sens tomber en démence. Je n'arrive plus à m'accrocher à quoi que ce soit.

Une règle unique ?

L'environnement dans lequel la naissance nous a laissés est déroutant : le minuscule et le gigantesque s'y confondent, ils cohabitent d'égal à égal. On dirait qu'ils se connaissent par cœur. Leur entente est parfaite. Comment est-ce possible ? L'exploration de l'infiniment petit, grâce à la physique quantique, est en train de révéler les prémices de l'édification de l'infiniment grand.

Ces deux mondes sont peut-être régis par une seule Loi fondamentale faisant la synthèse entre d'une part la force gravitationnelle, expliquée par la théorie de la relativité générale et qui s'applique à l'infiniment grand, et d'autre part les trois forces quantiques (électromagnétique, nucléaire forte et nucléaire faible), expliquées par la théorie du modèle standard et qui s'appliquent à l'infiniment petit. Toute la matière (sur la Terre et celle dans le ciel) et l'antimatière sont peut-être gouvernées par une règle unique qui subordonne toutes les autres.

De même, tout comme il y a une évolution biologique telle que découverte et formalisée par Darwin et gérée par le mécanisme de la sélection naturelle et l'adaptation aux changements de l'environnement, il existerait peut-être aussi une évolution cosmique et quantique, gouvernée par un mécanisme de sélection qui lui est propre, que l'homme doit encore sortir des ténèbres.

Tout s'inscrit dans un immense mouvement d'évolution interminable, administré par un mécanisme auquel rien ne peut déroger. « L'existence universelle » avance les yeux fermés, comme portée par un étrange instinct. Elle est prise d'une volonté inflexible à fabriquer qui ne s'essouffle jamais.

Ce travail en continu est-il une préparation de quelque chose ? Va-t-il aboutir à une réalisation bien spécifique ? A-t-il un objectif? L'espèce humaine, finalement ? Les religions auraient-elles raison ? Mais ce travail est tellement puissant qu'il pourrait peut-être aussi engendrer autre chose que de la vie. Quelque chose d'encore plus spectaculaire ! L'apparition des espèces vivantes dont celle de l'homme serait une étape parmi d'autres.

Tout cela cache peut-être un noble dessein, un plan faramineux. J'aimerais tant le croire, mais je suis trop « contenu » dans ce mécanisme pour en comprendre les fondements et les raisons.

« L'existence universelle » semble si sereine dans ses actions. Elle a un tel contrôle sur elle-même qu'elle n'a pas besoin de méditer sur son sort. Elle est dans la béatitude. Dans un tel état d'être, la question du dessein ne se pose pas !

Une nouvelle espèce humaine

Ces grandes questions sans réponse n'empêchent pas l'espèce humaine de profondément évoluer. Par les avancées spectaculaires en génétique, en physique quantique ou en neuroscience, l'homme acquiert une connaissance et une maîtrise toujours plus grande de lui-même. Cette maîtrise aidant, il va se transformer en un être de plus en plus acteur de l'évolution et de moins en moins objet de l'évolution. L'être humain est en pleine mutation de lui-même. La fin d'une certaine idée de l'homme se profile. Il s'éloigne du milieu qui l'a fait naître et où il s'est développé : la nature. L'occupant de la Terre s'est donné aujourd'hui les moyens de se comprendre autrement. Il fait ses premiers pas dans une nouvelle réalité. L'homme mûrit désormais à l'échelle de ce qui a mis l'univers en route : le monde quantique. Il se tourne lentement vers son origine la plus lointaine.

Après plus de trois millions d'années de transformation, le bébé humain est aujourd'hui enfant. Sa vraie vie débute réellement maintenant. Où en sera l'espèce humaine quand elle deviendra adulte ? Si seulement elle existe encore… L'homme est dans un processus évolutif lancé il y a des milliards d'années et dont il commence à comprendre certains mécanismes ; le domaine de la nanotechnologie en est un exemple criant. L'être humain entre dans le moteur de la vie et arrive tout doucement à savoir l'utiliser, et même à le diriger. Il est aujourd'hui capable de modifier sa nature biologique. En s'immisçant ainsi dans sa « matière » biologique, il va sans doute modifier l'évolution de l'évolution ou même sortir de l'évolution.

Jusqu'ici, toutes les espèces humaines découvertes à ce jour résultaient d'une adaptation des hommes à leur environnement. Aujourd'hui, *Homo sapiens*, la seule espèce humaine qui a réussi à passer à travers toutes les mailles du filet de la vie, mais aussi à influencer la nature dans l'intérêt de ses besoins, va peut-être elle-même créer sa propre espèce. L'homme pourrait manipuler l'évolution pour la diriger dans le sens qu'il veut ou, dit autrement, dans le sens que l'évolution ne prévoyait pas, si sens il y a.

Peut-être aussi que l'évolution n'a pas d'orientation. Elle ne fait que fonctionner. Elle ressemblerait à un moteur allumé, sans pilote. Un programme informatique, sans concepteur ni superviseur.

Une question capitale s'invite au débat : vaut-il mieux laisser faire l'évolution ou bien intervenir dans son cours, au risque de modifier son mécanisme, avec comme éventuelle conséquence la fin de notre Humanité ? La soif de changement est plus forte que la sagesse. L'homme agit plus qu'il ne s'interroge sur le sens profond de son existence. Cette soif, jamais étanchée, entraîne l'homme dans un processus où il se transforme progressivement en autre chose que ce qui est inscrit dans le « programme » de l'évolution. Une fausse route ? Peut-être que c'est aussi prévu dans le « programme » ? Le Grand Concepteur aurait pensé à tout !

Dans ce fantastique bazar énigmatique, on dirait que personne ne sait vraiment où il va, ni l'évolution, ni l'homme, ni même l'Ordonnateur. C'est l'action qui compte, pas la direction. Étrange vie !

L'énergie primordiale

Depuis son commencement au Big Bang ou même sans doute avant, ce grand bazar énigmatique est porté par une sorte de force primordiale qui dicte son rythme. Cette force est partout. Elle existe toujours, aujourd'hui, dans le ciel, dans nos atomes, dans nos molécules, dans nos cellules. L'homme est pris malgré lui par ce courant originel. Cette force primordiale suit des règles propres sur lesquelles il n'a aucun pouvoir ou très peu. L'homme est comme domestiqué par ces règles qui le poussent toujours plus vers l'avant. L'être humain ressemble à une abeille dans sa ruche ou une fourmi dans sa fourmilière.

L'homme, aboutissement provisoire de milliards d'années d'évolution, semble participer à un chantier titanesque. Il est dans le flux, il alimente la Rivière du temps, il suit le mouvement. C'est l'un de ses rôles majeurs. Il est matière et acteur en même temps. On est tous dans une « poussée générale ». Il y a comme un entêtement à construire qui nous dépasse. C'est quoi, cette énergie qui nous fait lever chaque matin, qui nous fait manger chaque jour, qui nous fait prendre des risques, qui nous fait oublier la mort pourtant inévitable ? On est comme portés par une obsession à la vie alors que nous sommes tous, dès notre naissance, des morts en sursis. C'est notre seule certitude. La vie ressemble à une légende. On se l'imagine sans très bien savoir si cela est vrai, mais on y croit malgré tout. Nous rêvons. Notre vie est une illusion, l'envers de la vraie réalité que nous ne connaîtrons sans doute jamais.

Pourquoi est-ce si long ?

Et ce chantier titanesque n'a pas fini de s'arrêter. Ni halte ni répit ne sont autorisés. Il a fallu 13,8 milliards d'années pour que l'univers actuel se forme, des centaines de millions d'années pour que la Terre soit viable, des millions d'années pour que des espèces puissent s'y développer, des centaines de milliers d'années pour que les hommes puissent s'y installer confortablement. Quel gigantisme temporel ! « L'existence universelle » a eu besoin de beaucoup de temps pour faire apparaître la vie. La vie ne se fait qu'à un âge extrêmement avancé ! C'est en vieillissant que « l'existence universelle » a fait naître la vie. Il faut donc être vieux pour pouvoir faire naître. Quel paradoxe !

Ce processus extrêmement long ne s'est pas fait en un tour de magie ou en un signe de la main. Le Grand Architecte a dû faire preuve de beaucoup de patience. Quel travail cela Lui a demandé ! Je m'interroge sur cette durée colossale. Était-elle nécessaire à l'apparition de la vie ? Pourquoi avoir attendu si longtemps ? Le Grand Architecte souhaitait-Il vraiment que la vie apparaisse, que le genre *Homo* se développe ? Au regard de cet immense temps d'attente, on pourrait penser que non. Peut-être que cette longue durée s'explique par l'hésitation ? Si le Grand Architecte était aussi puissant qu'on le dit, Il aurait pu prévoir le genre *Homo* beaucoup plus rapidement et le créer en un claquement de doigts, comme l'aurait fait un vrai Dieu. Il n'a pas su le faire. Il aurait hésité, mais pourquoi ? À moins que ce soit de l'incompétence, de la désinvolture, ou une erreur ? Peut-être qu'Il n'avait pas prévu le scénario de l'apparition du genre humain ? Il s'est surpris Lui-même. Il s'est trompé dans ses calculs. L'homme serait un accident de parcours de « l'existence universelle », un bâtard de Dieu ? Ou bien il n'y a pas de Grand Architecte. Serait-il concevable que « l'existence universelle » vive par elle-même ? Elle se serait créée toute seule, elle aurait toujours existé.

Une survie plus qu'une vie

Tous les scénarios restent valables parce que l'ignorance qui nous habite enflamme à l'extrême notre imagination, laquelle peut nous faire croire tout et n'importe quoi. L'ignorance occulte l'esprit. On sait juste que l'on va mourir, que la Terre est perdue dans un espace infini, que l'on est façonnés par des atomes, et surtout que la maison où nous vivons se trouve dans un environnement extrêmement hostile. Si l'homme sort de la Terre, il meurt. Il ne peut que très difficilement s'en échapper. S'il veut le faire, il doit trouver un moyen d'atteindre la vitesse de 11,2 km/sec pour se libérer de l'attraction terrestre, résoudre le problème du manque d'oxygène et aussi se protéger des radiations du soleil qui sont mortelles. Encore faudra-t-il ensuite pouvoir trouver un moyen rapide et peu gourmand en énergie pour se déplacer dans l'espace. La dernière idée est le *warp drive*, c'est-à-dire l'utilisation de l'énergie sombre pour distordre l'espace-temps et créer un effet de vitesse supérieur à la vitesse de la lumière. On parle aussi de la propulsion par photons, mais ces deux idées relèvent plus de la fiction que de la réalité. Pour le moment…

On vit sur une petite île, entourée par une mer inhospitalière qui nous rejette sans cesse ses vagues comme pour nous empêcher d'en sortir. Le ciel ne veut pas de nous. On est plus dans la survie que dans la vie. Et dire qu'il faudra sans doute quitter cette île le jour où elle ne sera plus habitable ! Mais peut-être que, d'ici là, l'espèce humaine aura disparu. À moins que les possibles autres formes de vie dans les milliards de galaxies viennent nous sauver…

L'homme n'est presque rien, juste une minuscule conscience d'être, une bulle opaque, une goutte à la fois proie et composante de « l'existence universelle ». Mais c'est déjà tellement magnifique que moi, cet amas d'atomes venu du ciel, ce prodigieux agencement de molécules, ce singe évolué, cet esprit vaguement conscient, je puisse écrire tout cela. Dans ce questionnement insoluble sur lui-même, l'homme oublie l'essentiel : que la vie, dont il peut jouir à sa guise, est probablement la quintessence de « l'existence universelle ». Notre vie est une véritable merveille, un bijou rare d'une préciosité incomparable.

En dépit de ce privilège exceptionnel, les hommes arrivent encore à s'entretuer et à maltraiter Dame Nature. Comprenne qui pourra. « Le Grand Esprit » doit bien en rire ou être si terriblement désillusionné qu'Il laisse tourner le « programme ». Il n'a plus envie d'intervenir. Il s'arrête là, silence radio. À moins que ce silence ne soit un aveu d'échec personnel ? Le « boss » n'a pas réussi son objectif de créer une forme de vie sans défaut. Mes propos n'ont sans doute aucun sens. Peut-être que cela n'a pas de sens de donner un sens. Décidément, je n'y arriverai pas. Je buterai toujours contre cet incassable mur de l'ignorance.

L'accélération de la conscience

Lors d'une belle nuit, cet été, après que notre soleil est tombé une énième fois sous l'horizon et que des milliards d'autres soleils se sont levés dans le ciel, couché sous cette myriade de petits yeux blancs, j'ai été pris d'un songe très utopique. Intimidé par tous ces regards qui convergeaient vers moi, mon esprit s'est figé subitement par une question qui m'a traversé à la vitesse d'une étoile filante. S'il ne commet plus de folies guerrières et environnementales - quelle belle naïveté –, l'homme ne pourrait-il pas, un jour, tout comprendre ? Ce serait complètement fou ! Mais peut-être que, finalement, il n'y a rien à comprendre. Cela serait aussi fou !

Paradoxalement, alors qu'il a fallu un temps gigantesque pour que la vie soit humaine, la compréhension que l'homme a de lui-même et de son environnement semble s'accélérer. Les avancées scientifiques et la maîtrise des composants fondamentaux de la vie se font à une cadence de plus en plus rapide : un million d'années ont été nécessaires pour passer d'*Homo habilis* à *Homo erectus*, le genre *Homo sapiens* s'est érigé comme Humanité principale en 200000 ans, la révolution du néolithique a pris 2 à 3000 ans et les trois révolutions industrielles, 300 ans. La vitesse de la découverte et de notre évolution est exponentielle.

Pourquoi y a-t-il une accélération alors que le démarrage était si lent ? Cette accélération est peut-être le signe d'une fin, d'un achèvement de ce processus évolutionnaire ? Sommes-nous au bout de la route ? Je n'ai pas assez de hauteur pour le savoir. Mais si cette accélération se poursuit, la route de l'évolution pourrait, si l'homme ne s'autodétruit pas, nous conduire peut-être vers le point d'origine, vers le dénouement métaphysique final, qu'il soit de nature divine ou autre. Notre histoire agit comme une lente révélation du mystère de notre présence sur Terre. Comparé aux premiers *Homo sapiens*, l'homme du XXIe siècle a plus de conscience de ce qu'il est. Cette conscience n'a pu se développer sans le progrès exceptionnel de la connaissance. À quel niveau extraordinaire de conscience la connaissance nous a déjà menés aujourd'hui ! Il ne faut jamais cesser de chercher. La connaissance est la clé du développement de notre conscience. C'est elle qui peut nous conduire au plus profond de l'énigme de la vie.

Retour sur la plage du premier jour

Avec notre bateau de plus en plus rempli de connaissances, peut-être va-t-on, un beau matin, accoster sur la plage du premier jour.

Un retour à la maison, en quelque sorte. La boucle serait bouclée. Ne sommes-nous pas des naufragés de la mer « Univers » ? L'avenir n'est-il pas finalement la conquête du passé ? Le temps ne s'enroule pas, il semble plutôt se dérouler. Il dévoile les secrets les plus cachés de la vie. L'avenir n'est plus une fuite en avant dans l'inconnu, mais peut-être le retour de plus en plus conscient vers ce qui nous a mis en route.

Durant ce retour à la maison, deux énigmes sont particulièrement résistantes à notre entendement. Il y en a une dans le ciel : qu'y avait-il avant le Big Bang ? Comment s'est créée la création ? Et une autre sur Terre : pourquoi le cerveau de tous les singes n'a-t-il pas évolué comme celui de l'homme ? Comment l'être humain est-il passé de l'animalité à la conscience d'être, d'innover, d'agir avec dessein, de se projeter dans le temps et de se situer dans l'univers ? Il y a eu, semble-t-il, un concours de circonstances, concomitantes ou non (changement environnemental entre autres), qui a influencé le processus évolutif de quelques singes dans un sens favorable à l'émergence d'un profil *Homo*. Ou y a-t-il eu quand même une intervention abracadabrante ? Dame Connaissance a encore bien du pain sur la planche…

On vit dans un monde où tout est lié par une immense et puissante chaîne de fabrication, de destruction, d'évolution. Cette puissance semble plus un état d'être qu'un être véritable. La vraie question, ce n'est pas « Qui est Dieu ? », mais plutôt « C'est quoi, Dieu ? » La clé du mystère se trouve quelque part dans cette chaîne où tout se déroule dans un mécanisme extraordinairement harmonieux. Cette harmonie troublante, c'est la face réelle de l'existence. À nous de la comprendre et d'y trouver un sens. Douce utopie. Dans cette chaîne, tout ce qui se crée se détruit, tout ce qui se détruit se crée. Rien n'est jamais perdu. Tout ce qui débute finit, tout ce qui finit débute. La destruction est un passage obligé à la création. Tout ce qui meurt sert la vie. Tout ce qui vit sert la mort. L'un s'alimente de l'autre. L'un existe par l'autre.

Le moteur de cette chaîne tourne sur la base des contraires : particule-antiparticule, matière-antimatière, symétrie-asymétrie, charge négative-charge positive, tuer-aimer, mort-naissance, homme-femme. Notre univers aurait peut-être aussi son anti-univers.

Le couple sacré, les parents de toutes choses, c'est le couple des contraires. Tout est une histoire de couple. Dieu n'est peut-être pas célibataire…

Épilogue

Pégase vient de me déposer dans mon présent. Il a choisi symboliquement un endroit que je garderai secret, au bord du Smohain, là où tout a commencé pour moi. Il va reprendre sa place dans le ciel, juste en dessous de la constellation d'Andromède. Je retrouve ma famille, les voisins, les mensonges, les rires, les oiseaux, les factures, le gorgonzola, les guerres, les livres, « l'existence historique ». Pégase retrouve Argo, Persée, Éridan, les comètes, l'énergie sombre, les supernovae, les trous noirs, « l'existence universelle ».

Me voici arrivé au terme de cette petite balade le long de la Rivière du temps. Je l'ai commencée par l'ascension d'une montagne et terminée par le premier pas de l'homme sur un astre de l'univers. Jusqu'où l'homme s'arrêtera-t-il dans sa conquête de la « hauteur » ? Il avance et il continue d'avancer. Chaque homme et chaque femme participent à cette gigantesque avancée sans réellement savoir si elle débouchera un jour sur quelque chose. Vivre, c'est avant tout participer.

Écrire ce livre fut pour moi une façon de participer. Ce livre est maintenant dans l'Histoire. Il y a très peu de temps entre le présent et le passé. Ce livre tombe déjà dans le souvenir. Le souvenir est comme une barque, détachée de son port, laissée libre sur l'océan de l'Histoire. Avec le temps, la barque revient vers le rivage des nouvelles générations. Tout revient d'une façon ou d'une autre. Tout est dans tout. Le présent est la mémoire de demain. Le passé est le présent d'hier. Le présent est de l'histoire actualisée. Tout est mêlé. Tout ne fait qu'un.

Les pages de ce livre sont à présent noyées dans la Rivière du temps, qui s'écoule lentement et peut-être volontairement vers sa Mer. Cela paraît si long ! L'aventure de l'homme a commencé il y a quelques millions d'années et il s'interroge, encore aujourd'hui, sur son origine et sa raison d'être. Il ne sait toujours pas qui il est réellement. Mais l'homme a survécu aux innombrables pièges que lui a tendus la vie grâce à une force de résilience hors norme. Il a répondu à tous les défis. L'aventure continue. Quelle prouesse extraordinaire !

L'être humain avance en tirant derrière lui son histoire comme un alpiniste tire sur sa corde pour se hisser jusqu'au sommet de la montagne. L'odyssée humaine, en se poursuivant, renforce l'Histoire, la corde se rallonge. Elle permet à l'homme de monter encore plus haut dans l'espace toujours plus révélateur de la connaissance.

Mais malgré cet immense travail déjà accompli, il y a toujours des guerres, des épidémies, des assassinats, des fraudes, des calomnies. L'homme avance vite en termes de connaissance, mais il ne progresse que si peu en termes de sagesse ! Les défauts des hommes restent les mêmes depuis leur apparition sur Terre. Leurs comportements ne sont pas à la hauteur des découvertes de plus en plus troublantes de la science. Ils n'assimilent guère métaphysiquement la portée de ces découvertes dans leur conscience.-

Entraîné dans le courant de l'évolution, l'homme va de plus en plus se transformer, physiquement et psychiquement. L'homme a en lui un programme génétique qu'il lui est difficile d'arrêter, voire de freiner. Les gènes et les atomes sont les vraies puissances de la vie. L'homme n'a pas trop le choix. Il a l'énergie primordiale de l'univers et le code de l'évolution en lui, qui le poussent à continuer cette grande aventure de la vie. Est-ce délibéré ?

Curieusement, alors que nous sommes tous faits de la même matière, que nous avons tous la même origine, ce code a poussé à la différenciation des êtres humains en termes notamment d'espèces, de cultures et de caractères. La lecture de l'Histoire des hommes montre que la différence, la diversité génèrent des conflits, de la convoitise, de la violence. Cette différenciation a souvent servi de moteur au progrès, car elle a abouti chaque fois à une nouvelle forme améliorée de la société. La violence qui en résulte est peut-être un mal nécessaire dans notre grande et étrange aventure sur Terre. Un paradoxe de plus de l'espèce humaine.

Dans sa dimension spirituelle, notre Humanité s'est pour l'essentiel construite en deux modes de société : une société de type religieux et une société de type laïc. Aujourd'hui, sur une population mondiale de sept milliards d'habitants, les grandes religions (monothéistes, polythéistes, le confucianisme et le bouddhisme) accaparent encore près de cinq milliards de fidèles. La sécularisation reste somme toute très limitée. Ces deux modes de société ont une finalité différente : l'une où l'homme vit consciemment dans un cadre social défini en fonction d'un Dieu qui se fait attendre éternellement. L'autre où l'homme, poussé par sa liberté de pensée, irait inconsciemment sur les traces du Grand Architecte, de la clé initiale, du grand Graal, si vraiment il existe un « État suprême» qui puisse tout expliquer. Qui a raison? Nos cerveaux sont encore désespérément muets sur la question.

Cette petite histoire, racontée dans ce livre, d'une famille dans la grande Histoire est finalement comme dans toutes les autres familles : parsemée de joies, d'échecs, de douleurs, de regrets. Ma famille n'a que très peu influencé l'Histoire, comme si elle se déroulait, séparément, à côté d'elle. Elle a plus subi l'Histoire qu'elle ne l'a nourrie. C'est le sort de la majorité des gens. Les grands changements s'opèrent souvent par une minorité de personnes qui, chacune à leur manière, alimentent l'Histoire et la font évoluer.

Où suis-je dans ce grand défilé des hommes? Quelle est ma place dans cette vague têtue et silencieuse? Qu'ai-je pris des autres, qu'est-ce que les autres prendront de moi? Je participe inconsciemment, et j'espère aussi un peu délibérément, à l'évolution du genre humain. Je suis le dernier provisoire de tous ces gens qui ont vécu avant moi. Je suis le prolongement dans le temps de ce qu'ils étaient. Volontairement ou involontairement, ils se sont tous pris et donné quelque chose l'un à l'autre, directement ou indirectement, et ce quelque chose est arrivé à moi. À chaque naissance, on hérite de ce « tout ». C'est un devoir pour chaque homme et femme d'enrichir ce « tout » à la mesure d'une ambition tournée vers le souci de l'autre, le souci de la protection de notre environnement naturel et le souci d'une plus grande conscience de cette participation privilégiée, de chaque être vivant au grand chantier de « l'existence universelle ». Nous n'habitons pas que sur la Terre, nous habitons aussi le ciel.

Un être humain fait le lien entre deux générations. Il est une armoire biologique remplie d'archives qu'il passe, par la magie de la naissance, à la génération suivante. L'homme est une archive vivante. Par ses actions au présent, il alimente et maintient le débit de la Rivière du temps. La vie prend tout son sens dans cette continuité. Chaque génération fait la courte échelle à la génération qui la suit. Il faut poursuivre cette continuité, car elle pourrait conduire la Rivière jusqu'à sa Mer. Mais cette continuité ne sera possible que si l'Humanité se porte garante de l'entente entre les hommes et de la sauvegarde de la Terre.

Cependant, l'homme est fondamentalement bivalent. Il est tout et son contraire. Il peut construire comme il peut détruire. Si l'homme laisse sa face destructrice prendre le dessus, l'échelle tombera, et son espèce disparaîtra à jamais.

Le plus grand danger de l'homme, c'est lui-même. Mais s'il arrive à assumer son nouveau rôle de gardien de la vie, il y a l'espoir un jour que le « tout » accumulé révélera le mystère, qui deviendra alors simple réalité. Le Grand Architecte aura tombé le masque. Peut-être…

L'homme n'est plus seulement un objet de l'évolution, il est devenu, au fil de son histoire, un compagnon de route à part entière de la vie. Il est peut-être capable de faire le lien entre « l'existence historique » et « l'existence universelle », entre le monde du temps et le monde du « hors-temps ». On ne peut pas dire grand-chose de plus à l'aune du niveau de notre conscience en ce début du troisième millénaire.

Notre espèce humaine est une forme de vie qui semble accomplie biologiquement même si elle évoluera encore, mais pas spirituellement. Le mystère nous est toujours impénétrable. Mais cette réussite biologique est déjà exceptionnelle quand on voit le temps que cela a pris et la complexité que cela a exigée. Faudra-t-il aussi passer par la durée et la complexité pour aboutir à la réussite spirituelle ? Il y a peut-être un chemin plus court et plus simple…

L'homme est la résultante d'un très vieux mécanisme qui n'arrête jamais de tourner et qui peine à se faire comprendre. Son obstination, sa patience, sa tranquillité déconcertent. Tout semble s'inscrire dans une étrange habitude.

Nous sommes partie prenante d'un grand engrenage qui nous survivra tous et dont on ne connaîtra sans doute jamais le fondement. Quelle place occupons-nous dans ce mécanisme et quel devenir nous réserve-t-il ? Il faut peut-être lui faire confiance, même à notre mort. Après tout, c'est lui qui nous a enfantés. Et si au moment de rendre l'âme, nous pensions à notre propre naissance ? Qu'y a-t-il de plus confiant qu'un nouveau-né quand il arrive les yeux fermés ? À l'heure de son trépas, l'homme ne devrait-il pas aussi fermer les yeux en toute confiance ? Mais c'est loin d'être aisé, car il faudra le faire consciemment. Cela exige une force d'esprit hors du commun. Puisqu'on arrive au monde en toute confiance, laissons-nous partir au mystère en toute confiance…

La vie n'est ni juste ni injuste, elle est, sans état d'âme. Elle suit son cours, docile, mue par une énergie inépuisable dont la source paraît bien mystérieuse. Elle est dans la création, le mouvement, sans relâche, comme si tout cela était réglé à l'avance. La vie est une mer qui n'a pas de rivage où elle peut se reposer. C'est un privilège pour chaque être humain d'y participer. Il faut marcher avec elle et surtout ne pas la subir. Il faut donner tout ce qu'on est. Donner libère…

Le livre prend fin. Je vous quitte. Je replonge dans l'Histoire, dans la Rivière du temps. Ce livre va maintenant remplir votre mémoire, il va occuper le grand espace du souvenir. Vous m'avez lu, vous m'avez pris. La lecture de ce livre va compléter votre « tout » et ce tout passera, de naissance en naissance, à la postérité.

Un livre ressemble à un fossile. Il traverse les époques à attendre que l'on vienne l'étudier. Ce livre va me dépasser dans la course du temps. Il sera encore là quand je ne serai plus là. Écrire ce livre m'a procuré un profond soulagement métaphysique et affectif, car je demeurerai, grâce à lui, encore présent dans les mains de mes enfants et celles de leurs plus lointaines générations. Je vivrai dans leurs pensées. Une autre manière d'exister…

Coule, Rivière, prends-moi, nourris-toi de moi, ramène-nous vers ta Mer…